Daniel Moor

SONNENFINSTERNIS

Daniel Moor

SONNENFINSTERNIS

Kriminalthriller

Ungekürzte Hardcover-Ausgabe
1. Auflage 2011

Schweizer Edition

Veröffentlicht im OGMA Verlag Zürich
Umschlag/Bildredaktion: manuku
Autorenfoto: manuku
Foto Umschlagvorderseite: iStockphoto

Printed in France
ISBN 978-3-033-03116-6

Für meinen Vater

«Wer sich tief weiss,
bemüht sich um Klarheit;
wer der Menge tief scheinen möchte,
bemüht sich um Dunkelheit.»

Friedrich Nietzsche

PROLOG

Der zweite Faustschlag traf den drahtigen, mittelgrossen Enddreissiger mitten ins Gesicht. Seine Lippen platzten augenblicklich auf. Der metallische Geschmack von Blut breitete sich in seinem Mund aus und er spürte Zahnsplitter auf der Zunge. Der erste Schlag hatte ihm bereits die Nase gebrochen.

Die alten Instinkte kamen zurück. Er verlagerte sein ganzes Gewicht nach hinten, so dass der Kerl in seinem Rücken, der ihm die Arme festhielt, mit aller Kraft dagegen halten musste. Dann stampfte er mit voller Wucht auf dessen exponierten Knöchel. Er hörte das Knirschen von Knochen und gleich darauf lautes Schmerzensgeheul. Seine Arme wurden plötzlich losgelassen. Sofort verpasste er dem Schläger vor ihm einen schnellen, harten Tritt zwischen die Beine, gefolgt von einem wuchtigen rechten Aufwärtshaken auf den Adamsapfel. Der Getroffene griff sich mit beiden Händen an den Hals, röchelte laut und blieb für einen Moment vornübergebeugt stehen, bevor er langsam zu Boden sank und in Embryostellung wimmernd liegen blieb.

Was wollten die Kerle von ihm? Der Angegriffene spuckte eine schleimige Mischung aus Speichel, Blut und Zahnstückchen aus, holte tief Luft und starrte die verbleibenden Angreifer an. Er hatte sie noch nie zuvor gesehen und hatte keine Ahnung, ob sie ihn gezielt oder nur zufällig als Opfer ausgesucht hatten. Alle waren gross und vierschrötig. Keiner von ihnen sagte ein Wort. Soweit er das im fahlen Mondlicht sehen konnte, hatten zwei ein eher südländisches Aussehen, mit schwarzen Haaren und gebräunter Haut, die anderen waren wohl Nordeuropäer. Oder Slawen. Ungläubig starrten sie ihre zwei am Boden liegenden Kumpane an. Ganz offensichtlich war es für sie neu, dass sich jemand wehrte.

Wegrennen war keine Option. Hinten versperrte ihm der lange Maschendrahtzaun eines Sportplatzes den Weg, rechts war die tiefe Grube einer Baustelle – und die anderen beiden Seiten blockierten seine

Angreifer. Er griff in seine hintere rechte Hosentasche und zog das Klappmesser heraus, welches er immer bei sich trug. Dann holte er nochmals tief Luft, sprach lautlos ein kurzes Gebet und machte sich bereit.

Seine Angreifer erwachten aus ihrer Erstarrung und verteilten sich um ihn herum, so dass er nicht mehr alle gleichzeitig im Auge behalten konnte. Er begann, sich langsam um die eigene Achse zu drehen, die Messerhand immer vor sich. Plötzlich sah er aus den Augenwinkeln, wie einer der Kerle mit einer ruckartigen Bewegung einen Teleskopschlagstock öffnete und damit auf ihn zukam. Er drehte den Körper ab und machte sich bereit, dem Schwein das Leben buchstäblich aus dem Leib zu schneiden, als überraschend jemand die Scheinwerfer des Lieferwagens einschaltete, mit dem die Bande gekommen waren. Volllicht. Er stand mitten im Lichtkegel und konnte überhaupt nichts mehr erkennen. Blinzelnd hielt er sich schützend die linke Hand vor das Gesicht. Da erklang auf der ihm abgewandten Seite plötzlich ein lautes, metallisches Geräusch, das er nicht einordnen konnte. Fast gleichzeitig spürte er einen stechenden, brennenden Schmerz auf der linken Halsseite.

Seine Angreifer grinsten und warteten ab. Wieso griffen sie nicht an? Er begann zu taumeln. Seine Arme gehorchten ihm plötzlich nicht mehr. Das Messer fiel ihm aus der Hand. Panik stieg in ihm hoch. Was war los mit ihm? Alle Kraft verliess ihn. Er hatte keine Chance, sich zu wehren, als seine Widersacher schliesslich die Gunst der Stunde nutzten und nun alle zusammen auf ihn eindrangen. Schläge prasselten nur so auf seinen Kopf und Oberkörper ein. Er hörte ein lautes Knacken und spürte einen stechenden Schmerz auf der Seite. Etwas Hartes traf ihn brutal an der Schläfe und er sackte zu Boden. Statt jedoch von ihm abzulassen, traktierten ihn die Kerle nun wie wild mit Fusstritten. Noch immer schwiegen sie, nur ihre Atmung war laut geworden vor Anstrengung. Er war kurz davor, das Bewusstsein zu verlieren, als sie schliesslich aufhörten und zur Seite traten.

Einer der vierschrötigen Kraftpakete packte ihn an den Haaren, hob seinen Kopf und spuckte ihm ins Gesicht. Dann zog er ihn an einem Bein zum nahen Strassenrand herüber, drapierte seinen Schädel grob über den Rinnstein, grinste ihn breit an und stampfte mit voller Wucht darauf.

In der Ferne ertönte eine Polizeisirene. Sein letzter Gedanke war, dass er seinen Regenschirm bei seiner Freundin vergessen hatte. Dann schien sich die Erde vor ihm aufzutun und er begann in ein bodenloses Loch zu fallen, erst langsam, dann immer schneller, bis alles um ihn herum schwarz wurde.

KAPITEL 1

Ich sass auf meinem alten, abgewetzten Drehstuhl in unserem Büro an der Ämtlerstrasse in Zürich, Füsse auf dem Schreibtisch, Hände hinter dem Kopf verschränkt, und unterhielt mich mit Mina. Es war früh an einem wunderschönen Hochsommer-Nachmittag, der direkt aus einer Broschüre von Schweiz Tourismus zu stammen schien. Die Sonne brannte vor unseren Fenstern gnadenlos auf die stöhnende Stadt hernieder. Wir hatten keine Klimaanlage.

Unser Büro befand sich im Süden Zürichs, im dritten Stock eines grauen Geschäftshauses in der Nähe der Schmiede Wiedikon. Es war winzig und bot kaum Platz für die beiden bescheidenen Schreibtische, den kleinen ovalen Besprechungstisch in der Mitte und die wenigen anderen abgewetzten Möbelstücke. Der Verputz bröckelte von den Wänden und auch die Inneneinrichtung würde kaum je in ‹Schöner Wohnen› erscheinen. Trotzdem konnte ich mir meinen Teil der Miete nur leisten, weil er ungleich kleiner war als derjenige meiner Büropartnerin Mina.

Mina Portmann war eine der mittlerweile über dreissigtausend Deutschen, die sich in Zürich niedergelassen hatten. Sie kam aus dem Rheinland und war einundvierzig, blond, süss und klein. Sie behauptete, sie sei einsfünfundsechzig, aber ich hatte den dringenden Verdacht, dass sie die hinteren beiden Ziffern absichtlich vertauschte. Mina war nicht ihr Geburtsname, sondern sie hiess eigentlich Mirabelle Natalie, aber nach eigenen Angaben nannte sie ausser ihrer Mutter niemand so. Sie hatte mit neunzehn in Köln geheiratet und sich mit vierundzwanzig in eine Schweizerin verliebt, der sie nach Zürich gefolgt war. Bald darauf war sie zwar wieder Single gewesen, aber dafür hatte sie zwischenzeitlich ihre Liebe zu Zürich entdeckt und hielt der Stadt seither die Treue.

Mina war nicht nur meine Bürokollegin, sondern auch meine gelegentliche Chefin. Genauer gesagt half sie mir, auf meinen eigenen ökonomisch wackligen Beinen zu stehen, indem sie mich gelegentlich an einem ihrer Fälle beteiligte. Sie war freiberufliche Versicherungsdetektivin und wurde wegen ihrer guten Kontakte mit Aufträgen nur so zugedeckt. Was aber viel wichtiger war, sie war auch eine meiner besten Freundinnen. Nachdem ich die Polizei vor mittlerweile gut achtzehn Monaten verlassen hatte, war ich für eine gute Weile in ein Schnapsfass abgetaucht. Mina hatte einen massgeblichen Anteil daran gehabt, dass ich wieder herausgeklettert war. Und auch mehr oder weniger draussen blieb. Meistens jedenfalls.

Gerade hatten wir den Abschluss eines Falles diskutiert, bei dem ich eine kleine Observation erledigt hatte, als mich Mina plötzlich breit angrinste. Ich kannte diesen Gesichtsausdruck. Sie war berüchtigt für ihren verqueren Humor. Resigniert wartete ich ab, was da wohl kommen würde. Ich spürte einen leichten Druck hinter der Stirn und meine Zähne schmerzten ein wenig. Der Nachhall des gestrigen Abends. Ah, Whiskey, falscher Freund.

In diesem Moment klopfte es. Ohne etwas zu sagen, öffnete und schloss Mina den Mund wie ein Goldfisch. Ich grinste sie an. Sie zeigte mir den Finger.

Es klopfte erneut, und gleich darauf öffnete sich die Tür. Ein grossgewachsener, hagerer Mann mittleren Alters in einem dunklen Anzug trat herein, begleitet von einer zierlichen Frau, die ich auf Mitte dreissig bis Anfang vierzig schätzte. Sie trug einen rot-blau geblümten schwarzen Rock, eine orientalisch anmutende Bluse aus dunklem Stoff und trotz der gefühlten fünfzig Grad draussen ein Kopftuch. Die Frau hatte ich noch nie gesehen, aber den Mann kannte ich.

«Imam Kulenović, wie geht es Ihnen? Lange nicht gesehen.»

Ich stand auf und begrüsste die beiden. Kulenovićs Händedruck war fest, so wie ich ihn in Erinnerung hatte. Die Frau hingegen ignorierte meine dargebotene Hand und vermied auch jeden Blickkontakt.

«Herr van Gogh.» Mahir Kulenović sprach den lokalen Zürcher Dialekt fliessend, wenn auch mit einem deutlichen Anflug eines osteuropäischen Akzents. Trotzdem war seine Sprachfertigkeit für mich immer wieder erstaunlich, da ich wusste, dass er erst als Erwachsener in die Schweiz gekommen war. Er war Imam der bosnischen Glaubensgemeinschaft – des *Džemat* – in Schlieren und eine wichtige Figur bei der Integration der bosnischen Muslime in der Schweiz. Ich hatte ihn vor drei Jahren bei Ermittlungen kennen und schätzen gelernt. Der damalige Fall hatte heikle Fragen über die Beziehungen der muslimischen

Gemeinschaften in der Schweiz zum Rest der Gesellschaft aufgeworfen, aber Kulenović hatte alle gefährlichen Klippen mit Bravour umschifft, uns tatkräftig unterstützt und dabei seine Integrität immer gewahrt. Ich hatte grossen Respekt vor ihm.

«Darf ich Ihnen Frau Hasanović vorstellen? Jasmina ist der Grund meines Besuchs.» Er machte einen ernsten Eindruck.

Ich sah ihn erwartungsvoll an und lächelte aufmunternd.

Er zögerte und warf Mina einen unsicheren Blick zu. «Ich würde Sie gerne privat sprechen.»

Bevor ich antworten konnte, stand Mina auf und sagte: «Is' okay, ich muss sowieso noch zur Bank.» Nach einer kurzen Pause fügte sie etwas trotzig hinzu: «Inner halben Stunde bin ich aber wieder da.» Sie schaute Kulenović und seine Begleitung vielsagend an, nahm ihre Handtasche vom Schreibtisch, sagte absichtlich affektiert «Tüdeldü!» und ging hinaus.

Ich war nicht sehr erfreut darüber, dass Mina aus ihrem eigenen Büro geworfen worden war, liess mir aber nichts anmerken und drehte mich wieder meinen beiden Besuchern zu. «Also, was kann ich für Sie tun?»

Kulenović schaute seine Begleiterin etwas unbehaglich an. Diese machte immer noch einen gänzlich unbeteiligten Eindruck und vermied jeden Augenkontakt. Eine richtige Eisprinzessin.

Schliesslich zuckte er mit den Achseln und meinte: «Jasminas Ehemann ist verschwunden.»

Das schien die Dame aufzuwecken, und plötzlich sagte sie doch ein paar Worte, allerdings in einer Sprache, die ich nicht verstand.

Der Imam übersetzte: «Sie macht sich grosse Sorgen.»

Die Eisprinzessin starrte dabei auf einen Punkt irgendwo über meinem Kopf. Was mir sofort auffiel, waren ihre Augen. Sie waren alt. Und traurig. Ich hatte früher bei der Polizei ab und zu Menschen mit solchen Augen angetroffen.

Kulenović unterbrach meine Überlegungen. «Werden Sie uns helfen?»

«Was genau soll ich denn für Sie machen?», entgegnete ich.

«Wir möchten, dass Sie Jasminas Mann finden.»

Das war nun doch etwas anderes als Versicherungsbetrüger entlarven. Ich starrte die beiden einen Moment lang an und fragte dann:

«Waren Sie schon bei der Polizei? Die hat bedeutend grössere Ressourcen für so was.»

Kulenović schüttelte den Kopf. «Jasmina hat kein Vertrauen zur Polizei.»

Wieder überlegte ich kurz und schaute die beiden dabei nachdenklich an. Dann zeigte ich mit der Hand auf den Sitzungstisch in der Mitte des kleinen Büros und sagte: «Okay, setzen Sie sich doch bitte. Möchten Sie was zu trinken? Vielleicht ein wenig Wasser?»

Kulenović lehnte dankend für beide ab. Wir setzten uns.

Die einzige andere Option neben Wasser war ein Schluck aus der Flasche Bushmills Irish Whiskey, die ich in meiner Schreibtischschublade aufbewahrte. Für rein medizinische Zwecke natürlich. Ich wusste jedoch, dass Kulenović ein entsprechendes Angebot nicht zu schätzen gewusst hätte. Statt Whiskey nahm ich daher einen Block Schreibpapier und einen Stift aus der Schreibtischschublade und wandte mich an die Frau. «Okay, also dann: Wenn ich Ihnen helfen soll, muss ich mehr wissen. Wie heisst Ihr Mann?»

«Mujo», antwortete Kulenović für sie. «Das ist die bosnische Kurzform für Mustafa.»

Etwas irritiert schaute ich weiterhin die Eisprinzessin an. «Und seit wann wird Mujo vermisst?»

Erneut antwortete der Imam. «Vier Tage.»

Heute war Mittwoch. Das bedeutete, er war über das Wochenende nicht nach Hause gekommen.

«Freitag oder Samstag?»

Nach einem kurzen Hin und Her antwortete Kulenović: «Sie sagt, er sei am Freitag nach der Arbeit nicht nach Hause gekommen. Er kommt aber anscheinend oft so spät, dass sie schon schläft. Sie hat es erst am Morgen bemerkt.» Nach kurzer Pause ergänzte er: «Beim Freitagsgebet war er auch nicht. Aber das ist nicht ungewöhnlich.»

«Ist es das erste Mal, dass so was vorkommt?»

Erneut sprach Kulenović kurz mit der Frau, bevor er antwortete: «Sie sagt ja. Seit sie verheiratet sind, hat es noch nie einen Tag gegeben, an dem er sich nicht zumindest bei ihr gemeldet hat, wenn sie nicht zusammen waren. Und er hat nicht gesagt, dass er irgendwo hingeht.»

«Und wie lange sind sie schon verheiratet?»

«Elf Jahre.»

«Okay, dann ist das tatsächlich ungewöhnlich.» Ich schaute den Imam an und fragte: «Kennen Sie den Vermissten ebenfalls?»

Er nickte. «Ja, beide Hasanovićs sind Mitglieder unserer Gemeinschaft.»

«Und was halten Sie davon?»

«Mujo ist ein sehr pflichtbewusster Mann, soweit ich das beurteilen kann. Es muss ihm etwas zugestossen sein.»

«Kennen Sie ihn gut?»

«Nein, nicht wirklich. Er ist sehr zurückhaltend. Wissen Sie, er war im Krieg und hat da wohl Schreckliches erlebt.»

Erstaunt hakte ich nach: «In welchem Krieg?»

Der Imam starrte mich an. «Im Bosnienkrieg natürlich.»

«Ah ja? Und wissen sie darüber genaueres? Was er erlebt hat und so?»

Er schüttelte den Kopf. «Nein, wie gesagt, er ist sehr zurückhaltend. Er hat nie darüber gesprochen. Ich weiss nur durch Jasmina davon.»

Ich wandte mich wieder der Eisprinzessin zu. «Wie alt ist Ihr Mann?»

Kulenović übersetzte die Frage und teilte mir die Antwort mit. «Siebenunddreissig. Geboren am 18. April 1971.»

Das Frage-und-Antwort-Spiel setzte sich in diesem Stil fort. Ich notierte, was mir wichtig erschien und erfuhr, dass der Vermisste einsfünfundsiebzig gross und von mittlerer Statur war, kurze schwarze Haare und ein gleichfarbiges Kinnbärtchen trug und als Mechaniker bei einer Seefelder Autogarage arbeitete, von der sie nur den Namen, nicht aber die genaue Adresse kannte. Mujo und Jasmina hatten keine Kinder und wohnten in einer Mietwohnung im Westen Zürichs, ganz in der Nähe des Letzigrund-Fussballstadions. Er ging jeden Morgen um Punkt sechs Uhr aus dem Haus, fuhr mit dem Zweiertram zur Arbeit und kam oft zum Mittagessen nach Hause. Nein, sie wusste nicht mehr, welche Kleider er am Tag seines Verschwindens getragen hatte. Ja, Mujo arbeitete häufig bis spät in die Nacht. Er engagierte sich ab und zu bei Veranstaltungen der bosnischen Gemeinschaft und schrieb manchmal Gedichte, die aber niemand lesen durfte. Ansonsten hatte er weder Hobbys noch nahe Freunde und auch keine Verwandten in der Schweiz. Alles, was ich hörte, ergab das Bild eines zurückgezogenen Workaholics und Einzelgängers.

Ich wandte mich an Jasmina Hasanović. «Hat Ihr Mann irgendwelche besonderen Merkmale, an denen man ihn erkennen kann? Tätowierungen, Piercings, Narben, was auch immer? Oh, und ein Foto von ihm wäre sehr hilfreich.»

Kulenović übersetzte, wartete auf die Antwort und übersetzte diese dann wieder zurück für mich. «Also, er hat weder Tätowierungen noch Piercings, dafür aber Narben. Drei münzgrosse, runde auf seinem rechten äusseren Oberschenkel. Und eine schmale, etwa fünf Zentimeter lange mit wulstigem Narbengewebe unter seinem linken Schlüsselbein.» Dann griff er in die Innentasche seines Jacketts, zog ein Passfoto heraus und reichte es mir. «Leider ist es sehr klein, aber es ist das einzig aktuelle Bild. Vor zwei Monaten für die Erneuerung seines Führerscheins gemacht.»

Ich nahm das Bild entgegen und betrachtete es. Wie die meisten Passfotos war es nicht gerade ein Muster fotografischer Kunst, aber vom leicht zerknüllten Papier blickte mir zweifelsohne der soeben beschriebene Mann entgegen. Kurze schwarze Haare, schwarzer Kinnbart, eine offensichtlich gebrochene Nase und die gleichen traurigen Augen wie seine Ehefrau. Leider zeigte das Foto nur den Kopf und die Schultern.

Ich fragte zurück: «Woher sind die Narben, die Sie vorhin erwähnt haben?»

«Aus dem Krieg.»

«Okay, aber ich meine, wovon?»

Kulenović wechselte ein paar Worte mit Jasmina Hasanović und antwortete dann: «Aus dem Krieg. Das ist alles, was sie weiss.»

Da hatte ich meine Zweifel. Aber ich war es gewohnt, dass mich Klienten anlogen, aus welchem Grund auch immer, und liess die Sache daher für den Moment auf sich beruhen. «Na gut. Aber lassen Sie mich an dieser Stelle nochmals fragen, wieso Sie damit nicht zur Polizei gehen. Die Chance, dass diese Mujo findet, ist bedeutend höher, als wenn ich alleine suche. Ausserdem müsste sie sowieso von Amtes wegen aktiv werden und es würden Ihnen keine Kosten entstehen. Das ist bei mir nicht so.»

«Jasmina möchte das nicht. Sie hat kein Vertrauen zur Polizei.»

«Das sagten Sie schon. Darf ich fragen, weshalb nicht? Wie Sie ja wissen, war ich selber zehn Jahre bei der Polizei.»

«Weil ich Ihnen vertraue.» Er schaute mir eindringlich in die Augen. «Jasmina ist aus Bosnien und lebt sehr zurückgezogen. Obwohl sie schon über zehn Jahre hier wohnt, kennt sie die Verhältnisse noch nicht so gut. Und in Bosnien ist die Polizei korrupt.»

«Okay, aber sie selber kennen die Schweiz gut. Wieso reden sie nicht mit ihr und überzeugen sie?»

Er warf mir einen irritierten Blick zu und fragte ärgerlich: «Können Sie den Auftrag denn nicht gebrauchen?» Sein Blick überflog prüfend den Raum und wanderte dann zurück zu seiner Begleiterin. «Es ist Jasminas Wunsch, dass die Angelegenheit für den Moment ohne Polizei erledigt wird. Und wir sind bereit, dafür zu zahlen. Müssen wir woanders hingehen?»

Ich seufzte und erwiderte: «Schauen Sie, Imam, ich schätze Sie. Wirklich. Auch das Geld käme mir natürlich gelegen, aber ganz ehrlich gesagt, die Frage ist doch, ob Frau Hasanović dieses überhaupt hat. Und sogar wenn ja, soll sie es tatsächlich für einen Privatschnüffler wie mich ausgeben? Das wird schnell teuer.»

Kulenović warf der Frau einen Seitenblick zu. «Jasmina hat nur sehr begrenzte Mittel. Aber ich habe mit der Gemeinschaft gesprochen, und da Mujo ein geschätztes Mitglied ist und wir einen fremdenfeindlichen Hintergrund ausschliessen möchten, sind wir bereit, die Suche bis zu einem gewissen Grad zu finanzieren. Was verlangen Sie?»

Ich nannte ihm die Summe. Er erklärte sein Einverständnis, ohne dies vorher mit Jasmina Hasanović zu besprechen, woraus ich schloss, dass die schweigsame Eisprinzessin wohl nicht viel an mein Honorar beitragen musste. Aber im Endeffekt war mir das ja egal. Trotzdem zögerte ich immer noch. Irgendwie schien es mir nicht richtig, von diesen Leuten Geld anzunehmen. Ich hatte noch nie Bosnier oder Bosnierinnen getroffen, die an der Goldküste wohnten.

Kulenović versuchte mich zu überzeugen. «Kommen Sie, Herr van Gogh, ich bitte Sie. Helfen Sie uns. Geben Sie sich einen Ruck. Wir wären nicht zu Ihnen gekommen, wenn wir eine andere Möglichkeit sähen. Ich kenne leider keine anderen Privatermittler, und ich will nicht einfach jemanden aus dem Telefonbuch heraussuchen. Woher weiss ich, ob ich denen vertrauen kann? So wie Ihnen?»

Es war mir nicht recht, diesen stolzen Mann auf diese Weise betteln zu sehen. Trotzdem machte ich noch einen letzten Versuch und erklärte:

«Ehrlicherweise muss ich Ihnen aber sagen, dass ich als Privatermittler bis jetzt nur mit Versicherungsfällen zu tun hatte.»

Er zuckte mit den Achseln und meinte: «Das ist uns egal. Wichtig ist die Person, nicht die Referenzenliste.»

Damit hatte ich mein Pulver verschossen. Ich holte tief Luft und sagte: «Also gut, ich mache es. Ich hoffe einfach, Sie werden es nicht bereuen.»

Kulenović sah erleichtert aus und sprach kurz mit seiner Begleiterin. Diese blickte immer noch an mir vorbei, sagte aber deutlich «puno hvala». Ich wusste nicht, ob dies nun *Danke* oder *Das hat aber ziemlich gedauert!* heissen sollte. Daher sagte ich nichts, sondern nickte nur freundlich.

Dann erklärte ich meinen Besuchern, die nun Klienten waren, die nächsten Schritte. «Okay, also folgender Ablauf: Da es um eine vermisste Person geht, fange ich sofort an. Ich werde wöchentlich im Voraus bezahlt, das heisst, die erste Woche wird heute fällig. Bar, wenn möglich. Sie können mich jederzeit vom Fall abberufen. In diesem Fall behalte ich den Vorschuss für die noch laufende Woche.»

Kulenović nickte. «Das geht in Ordnung. Aber was ist, wenn Sie den Fall niederlegen wollen?»

«Das wird nicht passieren. Wenn ich mein Wort gebe, halte ich es.»

Er nickte ein zweites Mal. «Ich erinnere mich.»

«Gut. Haben Sie an den Vorschuss gedacht oder müssen Sie zur Bank gehen?»

«Wie hoch ist er?»

«Mein Tagesansatz mal sieben Tage.» Ich nannte ihm die Summe.

«Ich habe genug bei mir.»

Wir erledigten die Formalitäten. Ich stellte ihm eine Quittung aus und schüttelte beiden zum Abschied die Hände. Jasmina Hasanovićs Händedruck war weich und kraftlos, und es war ihr offensichtlich unangenehm, mich zu berühren. Genau wie meiner Exfrau.

Ich ging zu meinem Pult, nahm zwei Visitenkarten heraus und gab beiden eine. Dazu ermahnte ich sie: «Bitte rufen Sie mich jederzeit an, wenn Ihnen noch etwas in den Sinn kommt. Egal was. Irgendwas. Was immer mir bei den Ermittlungen irgendwie helfen könnte, wie unwichtig es Ihnen auch erscheinen mag. Und ich meine wirklich jederzeit. Können Sie mich einmal nicht erreichen, hinterlassen Sie mir eine Nachricht, okay?»

Kulenović übersetzte und beide nickten. Danach notierte ich mir ihre Kontaktdaten. Kulenović gab mir seine Handynummer an. Die Nummer von Jasmina Hasanović hingegen schien ein Festnetzanschluss zu sein. Als Antwort auf meine übersetzte Nachfrage nach ihrem Handy schüttelte sie den Kopf, woraus ich schloss, dass sie keins hatte.

Ich brachte die beiden zur Tür. Auf der Schwelle drehte sich Jasmina Hasanović um, streifte mich mit ihrem traurigen Blick und sagte nochmals «puno hvala». Dann schloss sie die Tür.

Nachdenklich starrte ich aus dem Fenster hinaus. Irgendwie hatte ich kein gutes Gefühl bei der Sache.

Von meinem irischen Grossvater hatte ich eine Faustregel gelernt, an die ich mich soweit wie möglich hielt: *When in doubt, whiskey out!* Im Zweifelsfall zuerst ein Whiskey. Eine gute Regel, fand ich. Also genehmigte ich mir einen Schluck. Mina war noch nicht wieder zurück, obwohl meine beiden Klienten über eine Stunde da gewesen waren. Typisch Mina. Ich betrachtete das Glas, bemerkte das offensichtliche Ungleichgewicht zwischen Inhalt und Grösse und schenkte mir noch etwas mehr ein. Danach stellte ich mich wieder ans Fenster, schaute hinaus, nippte an meinem Drink und dachte nach.

Ich hatte keinerlei Anhaltspunkte. Wäre ich dies nicht gewohnt gewesen, hätte es mich irritiert. Ich genehmigte mir einen zweiten Schluck Whiskey. Langsam, aber sicher entfaltete er seine medizinische Wirkung. Ich überlegte mir das weitere Vorgehen. Als Erstes musste ich wohl oder übel das Umfeld des Vermissten unter die Lupe nehmen. Familienangehörige, Verwandte, Mitarbeiter, Freunde und Nachbarn, in dieser Reihenfolge. Ich war nicht der Ansicht, dass mir Jasmina, die Eisprinzessin, im Moment weiterhelfen konnte, und andere Verwandte hatte der Vermisste anscheinend nicht in der Schweiz. Also beschloss ich, mit seinen Arbeitskollegen zu beginnen.

Ein kurzer Blick in mein Notizbuch erinnerte mich daran, dass Hasanović in einer Autowerkstatt namens ‹Gotti› im Zürcher Seefeld gearbeitet hatte. *Arbeitete*, korrigierte ich mich. Solange ich nichts Genaueres wusste, war es besser, von ihm nicht in der Vergangenheitsform zu denken. Der Name seines Arbeitgebers amüsierte mich. Meiner Meinung nach genossen Autogaragen generell nicht gerade den ehrlichsten Ruf, und die Ironie, dass diese wie ein notorischer New Yorker Mafiaboss hiess, brachte mich zum Schmunzeln.

Ich schaute auf meine Uhr. Viertel vor sechs. Die Garage würde wohl bald schliessen. Für heute war es daher zu spät. Also morgen. Mir fiel ein, dass es in den Fernsehkrimis irgendwie nie zu spät für irgendwas war, aber ich liess mich davon nicht umstimmen.

Das hiess, ich hatte etwas Zeit, an mir zu arbeiten, wie das meine Exfrau Claudia immer von mir verlangt hatte. Allerdings hatte sie etwas anderes gemeint. Aber es war Mittwoch und daher Zeit, an meinen Schiessfertigkeiten zu feilen. Obwohl die meisten Polizisten während ihrer gesamten Karriere kein einziges Mal in eine Schiesserei verwickelt sind, stellt ausreichende Treffsicherheit trotzdem eine Art Lebensversicherung für den Fall der Fälle dar. Das gleiche gilt natürlich auch für meine Berufsgruppe, auch wenn hier die Wahrscheinlichkeit, die Waffe einsetzen zu müssen, noch niedriger ist. Entsprechend schwierig ist es daher, überhaupt einen Waffentragschein ausgestellt zu bekommen. Ich hatte einen. Für einmal hatte mir mein altes Netzwerk etwas genützt.

Ich rief Alenka beim SZA an und fragte nach, ob am Abend noch eine Bahn frei sei. Sie war, und so reservierte ich sie auf sieben Uhr. Das SZA war das *Schiesszentrum Altstetten* und gehörte meinem Freund Ivica Sanader. Alenka war seine Frau und, wie er oft und gern – und nur halb im Scherz – betonte, seine Chefin.

Das SZA bestand aus einem öffentlichen Teil, dem eigentlichen Schiesskeller, und einem privaten Nebenraum mit Gewichten und einem schweren Sandsack. Heute wollte ich nur schiessen.

Treffsicherheit ist primär Übungssache. Ich hatte bereits während meiner Militärzeit und danach auch als Polizist mit verschiedenen Waffen mehrfach Schiesswettbewerbe gewonnen und betrachtete mich als kompetenten Schützen. Trotzdem wusste ich aus Erfahrung, dass Schnelligkeit und vor allem Präzision nachliessen, sobald ich einige Zeit nicht trainierte. Nachdem ich den Dienst quittiert hatte, stellte sich daher die Frage, wie ich meinen Trainingsrhythmus beibehalten und gleichzeitig mein Bankkonto schonen konnte. Zu meinem Glück hatte Ivica ungefähr zur gleichen Zeit beschlossen, eine beträchtliche Summe Geld aus nebulöser Herkunft in seine eigene Schiessanlage zu investieren. Er musste für seine Arbeit als Personenschützer – auf Neudeutsch Bodyguard – oft trainieren, und aufgrund seiner Verbindungen war das SZA schon bald nicht nur eine praktische Trainingsmöglichkeit, sondern trug auch einen erklecklichen Betrag zum

Familieneinkommen bei. Da Alenka den Betrieb führte, sah sie die Einkünfte allerdings als ihr Geld an. Das gleiche galt auch für Ivicas Einkünfte, da die sparsame Bauerntochter der Ansicht war, dass ihr verschwendungssüchtiger Ehemann ohne grössere Probleme seine gesamten Einkünfte verprassen würde, wenn man ihn nur liesse. Alenkas Lieblingsspruch war: «Mein Geld ist mein Geld, und dein Geld ist mein Geld.» Um den Hausfrieden zu wahren und gleichzeitig nicht permanent seine Alenka um Taschengeld bitten zu müssten, hatte Ivica damit begonnen, für jeden Auftrag einen Vorschuss in bar zu verlangen und diesen auf ein spezielles Konto einzuzahlen, das er vor Alenka geheim hielt.

Obwohl er einer meiner besten Freunde war, hatte ich Ivica nie gefragt, woher das Investitionskapital für das SZA stammte. Auch wenn ich nicht in einer Liga mit meinem Freund Markus Steiner – genannt ‹der Papst› – spielte, so sah ich mich doch als im Kern verhältnismässig moralischen Menschen. Bei Ivica war ich mir da nicht so sicher. Er war nicht im klassischen Sinn unmoralisch, aber seine Vorstellungen deckten sich nicht immer mit meinen, und daher wollte ich lieber gar nichts über die Herkunft des Geldes wissen. Wichtiger als ein abstrakter Begriff wie *Moral* waren ihm gewisse Grundprinzipien wie die Absolutheit von Freundschaft und das Primat der Familie, an die er sich eisern hielt. Interessanterweise gehörte eheliche Treue nicht dazu.

Bevor ich das Büro verliess, nahm ich meine Pistole samt Holster aus unserem kleinen Wandsafe. Waffen machten die meisten Leute nervös, und ich versuchte, meine immer so unauffällig wie möglich zu tragen, ohne zu viel Geschwindigkeit beim Ziehen zu opfern. Im Sommer vertraute ich üblicherweise auf eine kleine Beretta 3032 Tomcat, welche ich in einem Innenbundholster auf der linken Hüfte trug, Griff nach vorne, mit einem Extramagazin auf der gegenüberliegenden Seite. Früher hatte ich meine Pistole meist im Kreuz getragen, weil sie da praktisch unsichtbar ist, aber vor ein paar Jahren war ich bei einem Ringkampf mit einem Betrunkenen schmerzhaft darauf gefallen und hatte mir die Wirbelsäule angeknackst. Das Hemd, Polo-Shirt oder T-Shirt, welches ich immer ausserhalb der Hose trug, verdeckte die kleine Waffe auch auf der Seite gut genug. Die Beretta war nur zwölfeinhalb Zentimeter lang und wog lediglich vierhundert Gramm. Wegen des kurzen Laufs war sie nicht besonders genau und die Mannstopper-Wirkung der 7.65mm-Munition war nicht gerade berauschend, aber für meine Zwecke reichte es. Falls die Situation nach mehr Feuerkraft verlangte, trug ich eine SIG Sauer P226 in einem vertikalen Schulterholster, üblicherweise unter einem Sportsakko oder Anorak. Die kleine Beretta benötigte bedeutend mehr Training, und so übte ich üblicherweise zweimal nacheinander mit ihr und das dritte Mal dann mit der SIG. Heute war Beretta-Tag.

Ich bestieg das Vierzehnertram zum Stauffacher und wechselte nach einem kurzen Boxenstopp beim dortigen McDonald's auf das Zweiertram, welches mich bis zum Lindenplatz in Altstetten brachte. Dort stieg ich aus und ging die letzten dreihundert Meter zu Fuss. Das SZA befand sich in der Nähe des Altstetter Hallenbades. Alenka begrüsste mich freudig, erklärte mir in ihrem stark akzentuierten Deutsch, dass Ivica im Ausland sei, und gab mir wie immer einen dicken Kuss auf die Lippen. Sie machte das mit allen guten Freunden so, und Ivica störte das nicht im Geringsten. Mir dagegen war immer etwas unwohl dabei und ich fragte mich, was meine Freundin Fiona wohl davon halten würde.

Ich kaufte eine Schachtel Munition, erledigte die Formalitäten und ging die Treppe zur Präzisionshalle hinunter, wo ich insgesamt zehn Serien auf fünfundzwanzig Meter entfernte Olympia-Scheiben schoss. Dann wechselte ich zur Combathalle und übte für den Rest meiner neunzig Minuten Doubletten und Hammer aus verschiedenen Positionen und auf verschiedene Distanzen und Ziele. Er kürzlich hatte ich Fiona zu erklären versucht, dass ein ‹Hammer› zwei sehr rasch nacheinander abgegebene Schüsse sind, bei denen nur über das Korn gezielt wird, und dass bei einer ‹Doublette› ebenfalls zwei Schuss abgegeben werden, aber etwas langsamer und über Kimme und Korn gezielt. Es hatte sie nicht sonderlich interessiert.

Nur teilweise zufrieden mit meinen Resultaten sammelte ich zum Schluss meine Patronenhülsen auf und wechselte die Scheiben aus. Danach reinigte ich meine Pistole gründlich, verabschiedete mich von der wie immer fröhlichen Alenka und ging direkt nach Hause, wo mich mein vorwurfsvoll maunzender Kater Guinness bereits sehnlichst erwartete.

KAPITEL 2

Nach einer ausnahmsweise erholsamen Nacht war ich am nächsten Morgen bereits früh zurück im Büro und erledigte einiges an ausstehendem Papierkram. Gegen halb zehn suchte ich die Adresse der Garage Gotti AG im elektronischen Telefonbuch heraus, schaltete den Laptop aus und machte mich auf den Weg.

Beim Hinausgehen nahm ich meine Beretta samt Holster aus dem Wandsafe und steckte zusätzlich einen kleinen Notizblock und einen Bleistift sowie mein Handy ein. Zuletzt verstaute ich meinen iPod in der Brusttasche meines grauen Hemdes und machte mich dann auf den Weg.

Soweit möglich versuchte ich in der Stadt die öffentlichen Transportmittel zu benutzen, und zwar nicht nur aus ökologischen Gründen, obwohl ich nichts gegen saubere Luft einzuwenden hatte, sondern weil mir einfach die Geduld für die Parkplatzsuche fehlte. Zürich war keine geplante Stadt, sondern über Jahrhunderte organisch gewachsen, die meisten davon autofrei. Entsprechend war der Verkehrsfluss wie derjenige in anderen grossen europäischen Städten: chaotisch und chronisch verstopft. Ausserdem war die Strassenbahn – in Zürich Tram genannt – bei den aktuellen Benzinpreisen deutlich billiger als Autofahren, was mir bei meiner notorisch angespannten finanziellen Lage eindeutig entgegen kam.

Nach kurzem Spaziergang kam ich beim Stauffacher an und erwischte das Zweiertram Richtung Osten gerade noch. Die Tramlinie Zwei führte, West nach Ost, vom Altstetter Farbhof über den Paradeplatz zum Bahnhof Tiefenbrunnen und rollte dabei auch eine ansehnliche Strecke den See entlang. Der Anblick des glitzernden, grün-blauen Wassers hob meine Stimmung immer, und so war es auch diesmal. Dies änderte sich allerdings wieder, als ich nach der rund zwanzigminütigen Fahrt bei der Haltestelle Fröhlichstrasse aus dem klimatisierten Tram trat und mir eine Wand aus heisser Luft wie aus einem Pizzaofen entgegenkam. Ich war kein Fan hoher Temperaturen und hoffte, dass sich der Herbst bald melden würde. Aber bis dahin waren es noch mindestens dreissig glutheisse Tage und eben so viele durchgeschwitzte Nächte.

Zürich ist eine kompakte, von Hügeln umschlossene und von zwei Flüssen, der Limmat und der Sihl, durchzogene Stadt, die auf der Karte ein wenig wie ein gutes Wiener Schnitzel aussieht. Die Sihl schlängelt sich von Süden nach Norden durch die Stadt und mündet beim Landesmusem neben dem Hauptbahnhof in die Limmat. Diese wiederum entspringt der oberen Spitze des Zürichsees, welcher im Osten der Stadt liegt, und fliesst in westlicher Richtung durch das Limmattal nach Brugg, wo sie schliesslich in die grössere Aare mündet. Die beiden Stadtteile Seefeld und Wollishofen umfassen den oberen See wie zwei Klammern aus Beton, Glas und Verputz.

Mein Ziel, die Seefeldstrasse, verlief vom Bellevue an der Seespitze dem nördlichen Seeufer entlang Richtung Osten zur Goldküste, der Wahlheimat von Zürichs Schönen und Reichen.

Die Garage Gotti AG lag in einer Nebenstrasse. Ein moderner Glas-und-Stahl-Präsentationsraum sollte potentiellen Kunden Vertrauen einflössen. Vor der Glasfassade standen eine Anzahl Neu- und Gebrauchtwagen, primär BMWs und Mini Coopers. Eine Werkstatt sah ich nicht. Wahrscheinlich befand sie sich im hinteren Teil.

Ich betrat den Schauraum mit interessierter Miene und betrachtete die ausgestellten Wagen prüfend. In meinen dunkelblauen Jeans und dem grauen Hemd sah ich definitiv nicht wie ein Banker aus, der gerade seinen Jahresbonus kassiert hatte, aber der gewinnend lächelnde Verkäufer, der auf mich zueilte, schien diesbezüglich kein Risiko eingehen zu wollen. Er trug einen dunkelblauen dreiteiligen Anzug mit goldenen Manschettenknöpfen. Sein mittellanges schwarzes Haar war streng nach hinten gekämmt und sah feucht aus. Ich hatte den Eindruck, dass ein beträchtlicher Teil seines Einkommens für Haargel draufging.

«Guten Tag», begrüsste er mich mit aalglatter Stimme, «mein Name ist Gotti, Gianni Gotti. Kann ich Ihnen helfen?»

«Na, das hoffe ich doch», entgegnete ich ebenso freundlich.

Er lächelte weiterhin. «Wie wäre es mit einer Probefahrt?»

«Lieber nicht.»

«Interessieren Sie sich denn für einen bestimmten Typ?»

«Ja, für Mujo Hasanović.»

Jetzt dämmerte ihm, dass ich wohl kein Auto kaufen wollte. Sein Lächeln fror auf seinem Gesicht ein und er fragte sichtlich irritiert: «Ähmmm… okay. Dann suchen Sie keinen Wagen?»

«Nein, leider nicht. Nur Informationen.» Im Gegensatz zu ihm lächelte ich immer noch gewinnend.

Mit seiner Freundlichkeit war es jedoch vorbei. Unwirsch erwiderte er: «Wir sind kein Auskunftsbüro. Wenn Sie kein Auto kaufen wollen, dann gehen Sie bitte. Ich muss mich um die anderen Kunden kümmern!» Demonstrativ wandte er sich ab und stapfte in Richtung Bürotür.

Ich schaute mich ebenso demonstrativ im leeren Schauraum um und fragte dann seinen Rücken: «Wussten Sie, dass Mujo vermisst wird?»

Er hielt inne und erwiderte über seine Schulter: «Sagt wer?»

«Sagt seine Frau.» Ich machte ein paar Schritte auf ihn zu.

Er drehte sich halb um. «Also, ich weiss nur, dass er seit ein paar Tagen nicht zur Arbeit erschienen ist.»

«Sind Sie der Chef hier?»

«Ich bin der Verkaufschef. Mein Bruder Giulio leitet den Garagenbetrieb. Mujo arbeitet für ihn.»

«Und wäre es dann möglich, dass ich die Zeit ihres Bruder kurz in Anspruch nähme? Bitte?»

Er starrte mich schweigend an, und zwar so lange, dass ich mich allmählich fragte, ob mit ihm etwas nicht stimmte. Schliesslich antwortete er dann aber doch noch: «Also gut, wieso nicht? Mujo ist ein guter Typ. Warten Sie hier.»

Er verschwand durch eine Nebentür. Ich schaute mich um. Zwei üppig gebaute jüngere Damen kamen herein, die eine blond, die andere brünett. Die Blondine trug ein knielanges himmelblaues Sommerkleidchen, die Brünette Jeans und eine bauchfrei gebundene weisse Bluse. Keine der beiden geizte mit ihren Reizen, und beide sahen aus, als könnten sie den ausgestellten Fünfer-BMW aus dem Haushaltsgeld bezahlen. Die Blonde warf mir einen aufmunternden Blick zu. Ich lächelte mit halber Dosis zurück. Bei voller Wattzahl wäre ich Gefahr gelaufen, dass sie sich auf der Stelle auszog.

Ich schmunzelte inwendig. Wenigstens konnte ich mich selbst unterhalten.

Gianni Gotti kam in Begleitung eines älteren Herrn in einem ölverschmierten blauen Overall zurück. Er hielt einen Schraubenzieher in der Hand und trug volles graues Haar. Gelfrei.

Gianni nickte in seine Richtung und verkündete mit gebührendem Bombast: «Mein Bruder Giulio Gotti.» Dann runzelte er die Stirn und fragte etwas zögerlich: «Wie heissen Sie eigentlich?»

Ich nannte den beiden meinen Namen und gab ihnen je eine Visitenkarte.

Giulio Gotti schüttelte mir die Hand, las meine Karte und meinte amüsiert: «‹Ermittler›? Soll das ein Scherz sein?»

«Nein, wenn ich einen Scherz machen wollte, würde ich sagen: ‹Kommt ein Kamel zum Barkeeper und sagt...›»

Giulio schaute seinen Bruder mit hochgezogenen Augenbrauen an und grinste. «Ein Witzbold.» Dann wandte er sich wieder mir zu und fragte: «Sind Sie Polizist? Zivilfahnder?»

«Nein, Privatermittler. Aber ich war mal Polizist.»

Er zog die Augenbrauen hoch. «Aha. Also, Gianni sagte, es ginge um Mujo...?»

Ich nickte. «Ja, seine Frau weiss nicht, wo er ist und hat mich beauftragt, ihn zu finden.»

«Und was möchten sie von uns?»

«Nichts Konkretes. Informationen. Anhaltspunkte. Ich versuche einfach, ein Gefühl für den Verschwunden zu entwickeln.»

«Mujo, meinen Sie.»

«Ja, Mujo. Gewohnheiten, Bekanntschaften und so weiter.»

Er schaute mich nachdenklich an, und zwar ebenfalls lange und regungslos. Das musste wohl in der Familie liegen. Dann nickte er nochmals, drehte sich um und sagte über seine Schulter: «Kommen Sie mit.»

Er führte mich in ein winziges Büro und schloss die Tür. An der einen der grün tapezierten Wände stand ein Regal voller grauer Aktenordner, an der anderen ein kleiner Schreibtisch. In der Ecke unter dem Fenster brummte ein alter, orangefarbener Kühlschrank.

Gotti zeigte auf einen Bürostuhl, der noch aus der Vorkriegszeit stammen musste. «Setzen Sie sich. Möchten Sie ein Bier?»

Ich entschied, dass es trotz der Tageszeit unfreundlich gewesen wäre, sein Angebot auszuschlagen, und nickte.

Er nahm zwei Biere aus dem Kühlschrank, biss die Kappen von beiden und stellte eines vor mich hin. Ich war beeindruckt. Dann setzte er sich ebenfalls und wir stiessen an. Ich sagte auf Irisch «Sláinte» und er auf Italienisch «Salute». Zürich, oh multikulturelle Metropole.

Nach dem ersten Schluck stellte er sein Bier auf den Tisch und sah mich ungeduldig an. «Also, was wollen Sie wissen?»

Ich zückte meinen Notizblock und begann. «Okay. Also, dann: Wie lange arbeitet er schon für Sie?»

«Schon eine halbe Ewigkeit. Das müssen mindestens sechs Jahre sein. Warten Sie.»

Er stand auf, nahm einen der grauen Ordner vom Regal und blätterte darin herum.

«Ah, hier haben wir es. Fast sieben Jahre sogar. Im November.»

«Versteht er sich gut mit den anderen Mitarbeitern?»

«Ja, es hat niemand Probleme mit ihm, soweit ich weiss. Er ist ein solider Kerl und leistet gute Arbeit. Zuverlässig.»

«Seit wann ist er nicht zur Arbeit erschienen?»

«Montag.»

«Vorgestern?»

«Nein, Montag letzter Woche. Oder… warten Sie. Das heisst, am Morgen war er noch da und ist wie üblich gegen Mittag zum Essen nach Hause gegangen. Am frühen Nachmittag rief er dann an und meldete sich krank, meinte aber, er sei sicher in ein paar Tagen wieder fit. Als er den Rest der Woche nicht erschien, gingen wir alle davon aus, dass es ihn schwerer erwischt hatte, als es zunächst schien. Ich habe am Donnerstag mal angerufen, es war aber niemand zu Hause und ich habe mir nichts dabei gedacht. Wissen Sie, wir sind ein eher kleiner Betrieb, und im Moment läuft nicht so viel.»

Ich überlegte kurz. Gemäss Jasmina war ihr Ehemann erst seit Freitag letzter Woche verschwunden. Wieso hatte er sich schon vier Tage vorher krank gemeldet?

Giulio Gotti bemerkte mein Stirnrunzeln und fragte: «Ist das was Wichtiges?»

«Kann ich noch nicht sagen», antwortete ich. «Aber fahren Sie bitte fort.»

«Na, das war's schon in etwa. Viel mehr gibt's nicht zu sagen. Er ist nicht sehr gesprächig und hat ausserhalb der Arbeit kaum etwas mit den anderen zu tun. Ausser seiner Hand fällt mir nichts ein, dass irgendwie auffällig an ihm wäre.»

«Seine Hand?»

«Ja, seine linke Hand ist wohl irgendwie ein wenig versteift oder so. Es beeinträchtigt seine Arbeit nicht, aber wenn es kalt oder feucht ist, massiert er sie oft und starrt vor sich hin. Ein wenig abwesend, wissen Sie. Gedankenverloren.»

Ich machte mir eine Notiz und fuhr dann fort: «Hat er viele Überstunden geleistet?»

Gotti schaute mich überrascht an.

«Wieso fragen Sie?»

«Es wurde mir gesagt, er sei oft spät noch hier gewesen.»

«Das kann zwischendurch mal vorkommen, wenn wir Hochbetrieb haben. Ist aber selten. Mujo ging eigentlich meist so zwischen sechs, halb sieben hier raus, wie fast alle.»

Ich hielt kurz inne. Das war bereits die zweite Diskrepanz zu dem, was ich von Jasmina Hasanović erfahren hatte. Wenn ich davon ausging, dass sie mir die Wahrheit erzählt hatte – und ich hatte bisher keinen Grund, das Gegenteil anzunehmen – so bedeutete dies, dass Mujo des Öfteren seine Abende auf eine Art verbrachte, von der weder seine Frau noch seine Arbeitskollegen wussten. Vielleicht war dies ein Anhaltspunkt. Oder auch nicht. Ich hatte aus schmerzlicher Erfahrung gelernt, keine vorschnellen Schlussfolgerungen zu ziehen.

Wir sprachen noch eine weitere Viertelstunde über den vermissten Mujo, aber ich erfuhr sonst nichts Brauchbares mehr. Auch das anschliessende Gespräch mit den zwei Mechanikern, die neben Mujo bei Gotti angestellt waren, ergab nichts.

Etwas enttäuscht verabschiedete ich mich. Auf dem Weg nach draussen fragte ich Gianni aus lauter Bosheit nach seinem Haargel-Verbrauch, was mir ausser einem bösen Blick und etwas Befriedigung nichts einbrachte. Schliesslich schaute ich mich der Vollständigkeit halber nach den zwei Schönheiten von vorhin um, aber sie schienen nicht auf mich gewartet zu haben.

KAPITEL 3

Ich spazierte in Gedanken versunken zurück zur Seefeldstrasse. Das Seefeldquartier galt als teuerstes Pflaster der Stadt und sah auch so aus. Es war bekannt für seinen Chinagarten sowie allerlei herumstehende Kunstwerke wie Jean Tinguelys riesige Eisenplastik ‹Heureka› am Zürichhorn oder Henry Moores Steinplastik ‹Sheep Piece› am Seefeldquai. Ausserdem befand sich das *Centre Le Corbusier* hier, das letzte vom berühmten Architekten, Stadtplaner, Maler, Bildhauer und Was-weiss-ich-noch-was Le Corbusier entworfene Gebäude. Und im *Iroquois* erhielt man den grössten Cheeseburger der Stadt.

Da weit und breit kein Tram in Sicht war, beschloss ich, ein Stück zu Fuss zu gehen und nachzudenken

Okay, ich wusste bisher also, dass Mujos Mitarbeiter das Bild eines schweigsamen, aber umgänglichen Mannes teilten, dass seine Ehefrau Jasmina und Imam Kulenović in meinem Büro gezeichnet hatten. Sein Chef sah ihn als pflichtbewusst und kompetent an, was für ihn sprach, da Giulio Gotti einen guten Eindruck auf mich gemacht hatte. Ebenso wusste ich, dass Mujo manche Abende auf eine Art verbrachte, von der seine Frau nichts wusste. Und dass er sich bereits vier Tage vor seinem Verschwinden bei seinem Arbeitgeber krank gemeldet hatte.

Das warf einige naheliegende Fragen auf. Was genau machte er an diesen Abenden, die er nicht zu Hause und nicht bei der Arbeit war? Mein erster Gedanke war in solchen Fällen immer ‹Affäre›, aber irgendwie passte das nicht zu dem Bild, dass ich mir bisher von ihm gemacht hatte. Aber was sonst? Weiterbildung? Boccia-Abende? Sportklub? Weshalb sollte seine Frau dann nichts davon wissen? Und was hatte er in den viereinhalb Tagen vor seinem Verschwinden getan? Warum hatte er sich erst am besagten Montagnachmittag krank gemeldet?

Die Fragen flogen Kreise um meinen Verstand. Ich trat mental ein paar Schritte zurück und überlegte mir das weitere Vorgehen.

Als Erstes würde ich bei Jasmina Hasanović nachfragen müssen, ob Mujo vielleicht wirklich krank gewesen war, bevor ich anfing, irgendwelche Zusammenhänge zu konstruieren. Es war möglich, wenn auch unwahrscheinlich, dass sie einfach vergessen hatte, mir dies zu sagen. Was hingegen die besagten Abendaktivitäten anbelangte, so wusste Jasmina ganz offensichtlich nichts darüber, und es schien mir nicht angezeigt, sie darüber ins Bild zu setzen, solange ich selbst nicht mehr wusste.

Irgendwann hörte ich überrascht das Tram daherrumpeln. In Gedanken versunken hatte ich es nicht bemerkt, bis es praktisch auf gleicher Höhe mit mir war. Ich joggte die letzten paar Meter zur nächsten Haltestelle, kam gerade noch rechtzeitg an und stieg im hintersten Waggon ein. Mit Ausnahme einer Seniorin ganz am anderen Ende war er leer. Ich beschloss, dass dies für meine Zwecke diskret genug war und rief die Nummer an, die mir Jasmina Hasanović hinterlassen hatte. Keine Antwort. Ich probierte es nochmals und liess es zur Sicherheit klingeln, bis mich das System aus der Leitung warf. Dann halt Kulenović. Ich wählte seine Handynummer. Eine Frau antwortete nach dem dritten Klingeln. Leider verstand ich sie nicht.

Etwas verdutzt stammelte ich: «Äh... Hallo? Mahir Kulenović, bitte.»

Aus den Geräuschen in der Leitung schloss ich, dass das Telefon weitergereicht wurde. Dann hörte ich die unverkennbare Stimme des Imams: «Kulenović. Mit wem spreche ich?»

«Hallo Herr Kulenović, Van Gogh hier. Hören Sie, ich habe eine Frage an Frau Hasanović, kann sie aber nicht erreichen. Können Sie mir helfen?»

«Ja, kein Problem. Ich sollte sie spätestens beim Abendgebet sehen. Wie lautet die Frage?»

«Ich möchte wissen, ob Mujo in letzter Zeit krank war und nicht zur Arbeit gehen konnte. Spezifisch, ob er in den letzten Wochen einmal zu Hause geblieben ist und falls ja, weswegen.»

Ich war absichtlich vage. Es zahlte sich selten aus, Antworten im Voraus einzuengen.

Der Imam schwieg einen Moment lang. Ich nahm an, dass er sich die Frage notierte. Dann entgegnete er: «Okay, und weshalb wollen Sie das wissen? Ist das alles?»

«Ja, das ist alles, danke. Einfach Hintergrundinformationen.»

Plötzlich kam mir ein Nachgedanke. «Oh, und fragen Sie sie bitte, ob Mujo am Montag letzter Woche zum Mittagessen zu Hause war.»

Erneut war er einen Moment ruhig, bevor er antwortete. «Alles klar. Ich rufe Sie zurück, wenn ich mit ihr gesprochen habe. Sind Sie unter dieser Nummer erreichbar?»

«Ja, das ist meine Handynummer. Die auf meiner Karte.»

«Gut. Ich melde mich. Auf Wiedersehen.» Er legte auf.

Okay, was nun? Mit den Mitarbeitern hatte ich gesprochen. Freunde schien Mujo keine gehabt zu haben, obwohl er als umgänglich beschrieben worden war. Auf jeden Fall kannten weder seine Frau noch seine Mitarbeiter welche. Seltsam. Wie auch immer, auf jeden Fall blieben im Moment nur noch seine Nachbarn.

Ich steckte mir die Kopfhörer meines iPods in die Ohren und wählte die *Levellers*, eine meiner Lieblingsbands. Der einzige Nachteil war, dass ich von dieser Musik durstig wurde, im Moment jedoch nichts dagegen unternehmen konnte.

Mein Weg, der gleichzeitig Mujos Heimweg war, führte am Opernhaus vorbei zum wie immer belebten Bellevue mit seinem unter Denkmalschutz stehenden Tramhäuschen. Obwohl es hier die besten Sandwichs der Stadt gab und mein Magen bedenklich knurrte, widerstand ich der Versuchung. Nach kurzem Halt ging die Reise weiter über die malerische Quaibrücke zu den Schiffsanlegeplätzen am General-Guisan-Quai und dann die weltbekannte Bahnhofstrasse hinunter Richtung Paradeplatz, der Heimat der Banken. Danach fuhren wir via Talacker und Sihlstrasse über die Sihlbrücke zum Stauffacher, wo ich mich geschlagen gab, ausstieg und mir beim dortigen Starbucks einen Kaffee Latte samt Donut holte. Mit dem nächsten Tram ging es danach weiter Richtung Westen.

Mein Mobiltelefon klingelte. Es war Kulenović, der mir mitteilte, dass Jasmina fünf Minuten nach unserem Gespräch bei ihm aufgetaucht sei, dass Mujo zuletzt im Februar einmal zwei Tage krank zu Hause geblieben wäre und dass er am besagten Montag tatsächlich zu Hause sein Mittagessen eingenommen habe. Sie wusste sogar noch das Gericht, dass sie ihm serviert hatte: *Bosanski Lonac*, was immer das sein mochte. Meine Nachfrage, ob Mujo seit Februar wirklich nie krank gewesen sei, verneinte er nach kurzer Nachfrage etwas ungeduldig. Ich hörte eine Stimme im Hintergrund. Jasmina schien noch da zu sein. Ich verabschiedete mich und legte auf.

Als ich mein Handy wegstecken wollte, bemerkte ich eine SMS meines kroatischen Freundes Ivica. Er schrieb, er sei im Moment im Ausland, werde nach seiner Rückkehr aber sicher Durst haben. Das war nun wirklich nichts Neues.

Mittlerweile waren wir im Westen der Stadt auf dem Weg zum Letzigrund, Zürichs einzigem Fussballstadion nach der Schliessung des alten Hardturms. An der Freihofstrasse, eine Station nach dem Möchtegern-Fussballtempel, stieg ich aus. Auch Mujos Arbeitsweg hatte bisher keinerlei Anhaltspunkte ergeben. Nicht, dass ich damit gerechnet hätte.

Ich beschloss, die Aktion zu wiederholen, und zwar zu den Zeiten, zu denen auch Mujo diese Strecke gefahren war. Vielleicht waren regelmässige Pendler dabei, die Mujo am besagten Tag gesehen hatten. Aber im Moment hatte ich anderes zu tun.

Ich entsorgte meinen restlichen Kaffee in einem Abfalleimer und spazierte die knapp dreihundert Meter zum modernen Glas-und-Stahlbau an der Dennlerstrasse, in dem die Hasanovićs wohnten. Das Gebäude nahm fast die Hälfte des Strassenabschnittes ein, an dem es lag, und bestand aus insgesamt sechs zusammengebauten Einheiten zu je zehn Wohnungen plus einer Dachwohnung auf insgesamt sechs Stockwerken. Ich wurde mit Zählen fast nicht mehr fertig. Wäre die Glasverkleidung der Treppenhäuser nicht gewesen, man hätte das Haus mit seiner grauen Schieferplattenverkleidung für eine modernisierte Version der hinter dem Eisernen Vorhang so allgegenwärtigen Plattenbauten halten können. Ironisch, wenn man die Herkunft meiner Klienten bedachte.

Der Vollständigkeit halber läutete ich zuerst bei den Hasanovićs, welche in der zweiten Einheit im dritten Stock wohnten. Jasmina war offensichtlich bei Kulenović, aber wer weiss, vielleicht war Mujo mittlerweile nach Hause zurückgekehrt? *Nichts ist unmöglich*, wenn man Toyota glauben konnte. Aber natürlich öffnete niemand.

Ich verbrachte daher den Rest des Nachmittags damit, an jeder Wohnungstür des Riesengebäudes zu läuten. Eine ältere Dame war so nett, mich auf eine Tasse Kaffee hinein zu bitten, aber das war auch schon der klare Höhepunkt eines ansonsten ereignislosen und nicht sonderlich erbaulichen Nachmittags. Viele Nachbarn schienen gar nicht zu Hause zu sein, was mitten am Arbeitstag nicht weiter verwunderlich war, und wenn die Tür doch einmal geöffnet wurde, waren die meisten abweisend und misstrauisch. Ich beschloss, am frühen Abend nochmals einen Versuch zu starten und beruhigte in der Zwischenzeit meinen aufbegehrenden Magen mit einem Kebab, den ich in einer Imbissbude am Lindenplatz verschlang.

Anschliessend machte ich einen Verdauungsspaziergang zum Farbhof. Unterwegs kaufte ich an einem Kiosk den heutigen *Tages-Anzeiger* und schmökerte dann auf einer Bank an der Bushaltestelle solange darin, bis es schliesslich spät genug war, um meine Fragerei wieder aufzunehmen. Ich stand auf, seufzte und kehrte an die Dennlerstrasse zurück.

Diesmal hatte ich mehr Glück. Bei allen drei unmittelbaren Nachbarn meiner Klientin sowie beim Grossteil der Wohnungen in den Etagen darunter und darüber war mittlerweile jemand zu Hause. Auch jetzt war der Empfang allerdings wenig freundlich. Wahrscheinlich lag das auch daran, dass die meisten Einwohner dieser Gegend Ausländer waren und einen grossen, kräftigen und schräge Fragen stellenden Schweizer vor ihrer Tür ungefähr so herbei sehnten wie die Beulenpest. Ausserdem war gerade Essenszeit. Trotzdem gelang es mir, von den meisten wenigstens eine kurze Auskunft zu erhalten, ohne dadurch allerdings auf etwas Neues zu stossen. Die Hasanovićs schienen keine nachbarschaftlichen Kontakte zu pflegen. Wenigstens bestätigte die männliche Hälfte des in der Wohnung neben dem Hauseingang lebenden Seniorenpaars, dass Mujo tatsächlich oft spät nach Hause gekommen war. Auf mein Nachhaken hin war «meist weit nach Mitternacht» jedoch alles, worauf sich der kleine, nervöse Rentner festlegen wollte.

Um halb acht hatte ich genug. Es war Zeit, einen Schritt weiter zu gehen. Ich fischte mein Mobiltelefon aus meiner Hosentasche, entsperrte es und schrieb eine SMS an Markus Steiner, einen meiner wenigen ehemaligen Polizeikollegen, mit denen ich noch regelmässig Kontakt hatte. Wir waren gute Freunde, seit wir vor bald fünfzehn Jahren gemeinsam die Infanterie-Offiziersschule absolviert hatten. Danach waren wir gemeinsam durch die Polizeiausbildung gegangen und als Frischlinge auch noch der gleichen Wache zugeteilt worden. In weniger als einer Minute antwortete er auf meine SMS und schlug vor, uns in dreissig Minuten am ‹üblichen Ort› zu treffen.

Der besagte ‹übliche Ort› war das Pub *Paddy Reilly's* bei der Sihlporte im Stadtinnern. Die Haltestelle Sihlstrasse lag gleich davor. Ich ging zurück zur Freihofstrasse und bestieg das nächste Zweiertram

Richtung Osten. Unterwegs liess ich die *Levellers* erneut meinen Durst anfachen.

Auf der Hälfte der Strecke begann es zu regnen.

KAPITEL 4

Markus Steiner sass an einem Zweiertischchen in der Ecke, mit dem Rücken zur Wand. Eine Berufskrankheit. Über ihm hing ein grosser Flachbildfernseher, aus dem ausgerechnet MTV die Bar berieselte. Sonst lief meistens entweder Fussball oder irgendeine exotische Sportart von der Grünen Insel wie *Cricket* oder *Gaelic Football*. Die orangefarbenen Wände waren mit allerlei irischem Krimskrams zugepflastert, und die meisten Angestellten waren Iren. Das *Paddy Reilly's Irish Pub* war eines meiner drei Lieblingswasserlöcher in der Stadt und seit Jahren der übliche Ort, wo ich Steiner auf ein paar Bier traf.

Er war gleich alt wie ich, also fünfunddreissig, hatte eine glänzende Vollglatze und war von mittlerer Statur; drahtig, aber nicht wirklich muskulös, mit Gesichtszügen wie aus Stein gemeisselt. Er war in Zivil und trug verwaschene Jeans und ein zerknittertes schwarzes T-Shirt. Man hätte ihn leicht unterschätzen können, wären da nicht seine Augen gewesen. Sie waren kalt, stahlblau und durchdringend und spiegelten eine innere Stärke und Entschlossenheit wieder, auf die das eher unscheinbare Äussere nicht schliessen liess. In Tat und Wahrheit war er einer der zwei oder drei härtesten Männer, die ich je getroffen hatte. Die letzten zwölf Kilometer des traditionellen, die Ausbildung beschliessenden Hundertkilometer-Marschs der Offiziersschule hatte er damals mit einem gebrochenen Fuss absolviert. Im Gegensatz zu mir hatte er später auch die Möglichkeit nicht genutzt, sich als Polizist vom Militärdienst freistellen zu lassen. Ganz im Gegenteil, er war mittlerweile Generalstabsoffizier und gehörte damit zu einer kleinen Elite unter den Offizieren der Schweizer Armee. Sein Spitzname im Polizeikorps war ‹der Papst›, weil er sich selbst für praktisch unfehlbar hielt und das auch tatsächlich beinahe war. Ausserdem war er streng katholisch, konservativ und schonungslos sowohl im Umgang mit Kollegen wie auch ‹Kunden›, wie er das nannte. Die meisten Menschen waren automatisch vorsichtig im Umgang mit Markus Steiner. Aber die kannten ihn auch nicht so lange und so gut wie ich.

Er schaute meine durchnässte, zerknitterte Erscheinung grinsend an und meinte ironisch: «Na du, wieder wie aus dem Ei gepellt, was? Wie läuft die Privatdetektiverei?»

Ich zeigte ihm meine rechte Faust samt erhobenem Mittelfinger und erwiderte: «Erstens gibt es dieses Wort gar nicht, Hochwürden, und zweitens bin ich Privat*ermittler*. Und es läuft einigermassen, danke.»

«Gut zu hören. Was trinkst du?»

Ich sagte es ihm. Er stand auf, ging zur Bar und kam ein paar Minuten später wieder mit zwei Pint-Gläsern voll dunklem irischem Bier zurück. Wir stiessen an. Er blickte mir in die Augen und sagte dann: «Lange her seit unseren Skorpion-Tagen, was?»

«Das Gleiche habe ich gerade heute auch gedacht, ja. Siehst du die Jungs noch ab und zu?»

«Nein, eigentlich nicht. Aber sind ja sowieso fast keine mehr von uns Oldtimern übrig.»

Wir starrten beide für einen Moment gedankenverloren in unsere Biergläser. *Skorpion* war die Interventionseinheit der Stadtpolizei, zusammengesetzt aus Polizeigrenadieren. Sie kam bei Geiselnahmen, bei der Stürmung von Wohnungen und beim Schutz von gefährdeten Personen zum Einsatz. Zu unserer Zeit war das eine nebenamtliche Tätigkeit gewesen, vollamtlich hatte man seine Zeit zum Beispiel als Kriminalpolizist oder Verkehrspolizist verbracht. Unterdessen hatte die Stadt allerdings ihre Truppe voll professionalisiert und damit unter anderem auch einen Generationenwechsel ausgelöst. Von unseren ehemaligen Kumpels waren nur noch wenige übrig. Die Anforderungen waren damals wie heute hoch, und üblicherweise waren die Mitglieder dieser Spezialeinheiten nur einige Jahre aktiv dabei. Steiner und ich hatten das Auswahlverfahren zur gleichen Zeit bestanden und auch zur gleichen Zeit wegen des Wechsels zur Kantonspolizei – kurz Kapo – den Austritt geben müssen. Ich war danach noch weitere drei Jahre bei der *Einsatzgruppe Diamant* gewesen, der als *EGD* bekannten Kapo-Eingreiftruppe, während Steiner als Konzession an seine mittlerweile fünfköpfige Familie beschlossen hatte, die Rambospiele sein zu lassen.

«Genug Trübsal geblasen!» Ich klopfte Steiner auf die Schulter und rülpste herzhaft. Eine elegant gekleidete, dunkelhaarige Dame am Nebentisch starrte mich missbilligend an. Ich prostete ihr zu und forderte dann Steiner mit einer Handbewegung auf, mir das Neuste zu erzählen.

Als Erstes klärte er mich wie immer über sein Familienleben auf. Er war bereits seit einer Ewigkeit mit seiner ein Jahr älteren Frau Angelica verheiratet und hatte drei Töchter im Alter zwischen neun und zwölf. Wieder einmal schmunzelte ich inwendig beim Gedanken, dass die Älteste wohl bald einmal ihren ersten Freund nach Hause bringen würde. Der arme Kerl. Wenn man im Lexikon unter ‹überfürsorglich› nachschlug, fand man ein Bild von Markus Steiner. Dagegen war ich geradezu harmlos.

Nachdem ich solcherart ins Bild gesetzt worden war, erkundigte sich Markus seinerseits nach meiner elfjährigen Tochter. Gleichzeitig erwähnte er wieder einmal, dass ich und meine Exfrau Claudia für die Wahl ihres Namens ins Gefängnis gehörten. Das sagte er jedesmal, wenn die Sprache auf Niamh kam.

Dass meine Tochter einen komplizierten irischen Namen trug, lag an meiner Familiengeschichte. Meine Grosseltern mütterlicherseits waren Iren, die in jungen Jahren in die Vereinigten Staaten ausgewandert waren, wo meine Mutter geboren wurde und aufwuchs. Nach der Heirat meiner Eltern waren meine Grosseltern auf die grüne Insel zurückgekehrt, während meine Mutter meinem Vater in die Ostschweiz gefolgt war. Dessen ursprünglich holländische Herkunft hatte nie eine Rolle gespielt, aber unser irisches Erbe war während meiner Kindheit immer ein wichtiges Thema gewesen, und ich hatte bis zu meinem zwölften Lebensjahr jeden Sommer einige Wochen bei meinen Grosseltern in Galway verbracht. Die Scheidung meiner Eltern hatte diese Tradition vorerst beendet, da meine Mutter danach für einige Jahre mit uns nach Chicago gezogen war. Zurück in der Schweiz hatte ich nach und nach begonnen, mich wieder mit meinen irischen Wurzeln zu beschäftigen. Meine Exfrau Claudia, die mit Nachnamen sinnigerweise *Schweizer* hiess und so wenig Irisch war wie Wilhelm Tell, hatte ich bei einem Irischkurs in Belfast getroffen. Es war mein letzter Sommer als Student gewesen. Kurz darauf hatte ich das Studium hingeschmissen und war zusammen mit Steiner, den ich aus der Offiziersschule kannte, in die Polizeischule eingetreten. Am Ende des Kurses war Claudia schwanger und wir wenig später verheiratet gewesen. Und obwohl sich das Irische nie in unseren Köpfen festsetzen konnte, hatten wir in einem Anflug ethnischen Überschwangs beschlossen, unserer Tochter einen irischen

Namen zu geben. Ausgesprochen wurde er ‹Nív›, mit langem *i*, und er entsprach dem englischen Frauennamen ‹Neeve›. Wegen der komplizierten Schreibweise hatte sich Niamh angewöhnt, in der Schule ihren Namen als ‹Niv› zu schreiben. Ich musste zugeben, dass wir es unserer Tochter auch leichter hätten machen können.

Wir bestellten ein zweites Bier und stiessen erneut an. Danach erkundigte ich mich nach seiner Arbeit: «Und, wie läuft's so bei Forsters Gestapo?»

Forster war der Züricher Polizeidirektor. Eine linke Wochenzeitung hatte die Kantonspolizei vor einigen Monaten in einem Artikel als ‹Forsters Gestapo› bezeichnet. Der Übername hatte sich trotz seiner Herkunft rasant verbreitet unter den Zürcher Stadtpolizisten, bei denen sich viele diebisch darüber freuten, dass dem ewigen Rivalen öffentlich ans Bein gepinkelt worden war.

Er grunzte. «Na ja, du hast das ja noch erlebt. Die neue Organisation macht uns immer noch etwas zu schaffen. Und es hilft auch nicht, dass die Kompetenzen immer noch nicht wirklich klar geregelt sind. Einigen unserer werten Kollegen bei der Stadtpolizei geht es mächtig an die Nieren, dass sie komplexe Fälle an die Kapo abgeben müssen. Und obwohl ich ja damals nicht wirklich freiwillig gewechselt habe, sehen mich manche bei der Stapo nun als Verräter. Das macht die Zusammenarbeit natürlich nicht einfacher. Auch wenn das schon eine halbe Ewigkeit her ist.»

Im Sinne des föderalistischen Staatsmodells war das Schweizer Polizeiwesen kantonal geregelt. Das hiess, jeder der 26 Kantone regelte seine Polizei selbst. Im Kanton Zürich nahm die Kantonspolizei eine übergeordnete Rolle ein und war den kommunalen Polizeien eigentlich vorgesetzt. Aufgrund ihrer Grösse nahm die Stadtpolizei von Zürich, der einwohnerstärksten Schweizer Stadt, allerdings eine Sonderstellung ein und war im eigenen Selbstverständnis sozusagen die vierte Polizeiregion Zürichs. Ein todsicheres Rezept für permanente Reibereien.

Im Jahr 2004 hatte der Zürcher Kantonsrat dann das neue Polizeiorganisationsgesetz nach einem fast vierjährigen handfesten Streit zwischen Stadt und Kanton schliesslich verabschiedet. Es regelte erstmals generell die Verteilung der Polizeikompetenzen auf dem ganzen Kantonsgebiet, inklusive der Städte Winterthur und Zürich. Die zugehörige Verordnung hatte dann im Detail die Art Fälle aufgelistet, für welche in Zukunft die Kantonspolizei zuständig sein würde. Dazu gehörten zum Beispiel Mord, Totschlag, vorsätzliche Tötung, bandenmässiger Raub, Entführung oder Geldwäscherei. Ausserdem war die Kantonspolizei zuständig, wenn für einen Fall eine Ermittlungsgruppe gebildet werden musste oder wenn der Bund Ermittlungen nach unten delegierte. Für die Stadt Zürich bedeutete dies die gesetzliche Festschreibung des Modells *Urban Kapo*, welches eigentlich bereits seit 2001 die kriminalpolizeiliche Aufgabenteilung zwischen Stadt und Kanton festlegte. Im Verlauf von dessen Umsetzung waren 168 Stadtzürcher Kriminalpolizisten zum Kanton transferiert worden, darunter auch ein zunächst äusserst widerwilliger Steiner sowie meine Wenigkeit.

Steiner riss mich aus meinen Gedanken. Er zeigte auf seinen Oberarm und erklärte: «Ich bin übrigens befördert worden.»

«Ah ja?» Ich zog die Augenbrauen hoch und fragte: «Wachtmeister mit beschränktem Ausgang?»

Er nickte und ich pfiff anerkennend. Die korrekte Bezeichnung lautete eigentlich ‹Wachtmeister mit besonderen Aufgaben›, kurz *Wm mbA*. Steiner war jung für den Grad.

Ich gratulierte ihm und fragte dann: «Und sonst? Irgendwas Interessantes?»

«Nein, eigentlich nicht.» Steiner überlegte kurz. «Oder doch. Warte, das könnte dich interessieren. Hast du schon gehört, dass Roth wieder zurückversetzt wurde?»

«Heinrich Roth?»

Heinrich Roth war mein ehemaliger Chef und einer der Hauptgründe, weshalb ich den Polizeidienst quittiert hatte.

«Ja, Heinrich Roth.»

«Das blöde Arschloch. Wohin versetzt?»

«Zurück zu uns.»

«Ähm… okay? Wo war er denn vorher?»

Er grinste breit. «BFV.» Das Büro für Veranstaltungen, kurz BFV, war Empfänger aller Gesuche für Demonstrationen und Kundgebungen, Sportveranstaltungen, Filmaufnahmen, und so weiter. Jeder Stadtpolizist versuchte das BFV unter allen Umständen zu vermeiden.

Ich fragte erstaunt: «Wie soll das gehen? Er ist doch bei der Kapo.»

«Zwischendurch nicht», antwortete Steiner, «es ist ihm nahe gelegt worden, leise zur Stapo zu wechseln und dort Ludwigs alten Job zu übernehmen. Der wurde ja letztes Jahr pensioniert.»

Ich konnte meine Schadenfreude nicht verbergen. «Ah ja? Geschieht ihm recht, dem Wixer. Roth, meine ich.» Ich schrieb mit meiner Zunge gedankenverloren eine Acht in den Schaum des Bieres vor mir, bevor ich einen grossen Schluck nahm und dann fragte: «Weshalb wurde er versetzt?»

«Offiziell? Job-Enrichment.» Steiner schrieb mit Zeig- und Mittelfingern beider Hände zwei Anführungs- und Schlusszeichen in die Luft und grunzte dazu, wie wenn der neudeutsche Begriff schmerzhaft auszusprechen wäre. «Inoffiziell? Da sein Rabbi Berger bald pensioniert werden soll, wird niemand mehr da sein, der seine Inkompetenz verschleiern kann. Ausserdem hatte er anscheinend letztes Jahr eine Affäre mit einer Verdächtigen in einem grossen Drogenfall.»

Das konnte ich mir gut vorstellen. Roth sah sich selbst als eine Art James Bond der Zürcher Polizei, und manche Frauen fielen auf sein Getue herein.

Steiner fuhr fort: «Das ist so gut wie möglich vertuscht worden, aber es sind Gerüchte im Umlauf. Und du weisst ja, wie nervös auf so was reagiert wird. Also musste er weg. Sowas geht einfach nicht.»

«Klar. Aber sagtest du nicht, er sei zurück?»

«Ja, leider, verfluchter Scheiss. Seit Anfang letzter Woche.»

«Und wo ist er jetzt?»

Steiner zuckte mit den Achseln. «Na eben, zurück bei der Kripo.»

«Kripo? Scheisse. Ihr armen Schweine. Wie ist das denn passiert?»

«Keine Ahnung. Ich nehme an, dass das ganz oben gemischelt worden ist. Bergers Abschiedsgeschenk, sozusagen. Wahrscheinlich ist genug Gras über die Sache gewachsen.»

«Ist er immer noch Leutnant?»

Das war bereits sein Dienstgrad gewesen, als ich ihn vor etwa acht Jahren das erste Mal getroffen hatte. Er war schon damals ein arroganter Trottel gewesen.

«Roth? Logo.» Steiner schaute mich mit seinem patentierten Ist-das-dein-Ernst-Blick an, bevor er mit den Achseln zuckte und das Thema wechselte: «Und was läuft bei dir?»

«Bei mir? Das übliche. Ich habe einen Fall und keine Ahnung.»

Steiner grinste. «Also nichts Neues.»

«Du sagst es. Die Sache scheint unkompliziert, aber irgendwie habe ich kein gutes Gefühl dabei.»

«Und weshalb nicht?»

«Hmm… Na ja, erstens scheinen die Auftraggeber nicht wirklich Leute zu sein, die sich einen Privatermittler leisten können.»

«Das ist ja nicht dein Problem, oder?»

«Natürlich nicht, und die Kohle kann ich brauchen. Trotzdem stört es mich.»

Steiner schüttelte den Kopf. «Du hattest schon immer einen Hauch von Mutter Theresa. Wer sind die Auftraggeber?»

Ich schüttelte ebenfalls den Kopf, grinste und schwieg.

Steiner nahm das ungerührt zur Kenntnis und fuhr nahtlos fort: «Okay, und was stört dich sonst noch?»

«Ich bin mir nicht sicher. Zum einen wollen die Auftraggeber nicht die Polizei einschalten.»

«Und dabei sehen wir so schneidig und sympathisch aus in unseren blauen Uniformen.»

Ich lachte. «Absolut. Aber sag mal ernsthaft, kannst du für mich abklären, ob ein Mujo Hasanović kürzlich durch Polizei oder Rettungsdienste aufgegriffen, medizinisch versorgt oder in ein Spital eingeliefert worden ist? Oder sich allenfalls selbst in ein Spital eingeliefert hat? Oder ob seine Beschreibung irgendwo in einer Datenbank vorkommt?»

Ich gab ihm eine grobe Übersicht des Falles inklusive Beschreibung des Vermissten. Er versprach, die nötigen Abklärungen zu treffen. Auf sein Wort konnte man sich immer verlassen, und wir wussten beide, dass ich ihm nun einen weiteren Gefallen schuldete. Es war bei weitem nicht der Erste.

Zum Schluss zeigte ich Steiner das Foto von Hasanović, behielt es aber, da ich bisher keine Kopie gemacht hatte. Sollte er es benötigen, konnte ich es immer noch einscannen und ihm emailen.

Bald darauf leerten wir unsere Gläser und verabschiedeten uns.

Da ich nicht betrunken war, sah ich keinen Grund, Geld für ein Taxi auszugeben, und so nahm ich die SZU vom Bahnhof Selnau zur Haltestelle Binz. Die SZU war die *Sihltal-Zürich-Üetlibergbahn* und die weitaus schnellere Verbindung nach Hause als das Tram. Der fünfminütige Fussmarsch von der Binz an die Wiedingstrasse tat gut, und vor dem kleinen Hügel, auf dem ich wohnte, funkelte das Lichtermeer der

Stadt friedlich vor sich hin. Der Anblick war entspannend, und als ich bei meinem kahlen Mietshaus ankam, war ich bereit für mein Bett.

Ich wohnte in einem dieser typischen Betonklötze aus den siebziger Jahren. Die Fassade war einfallslos weiss gestrichen, und die kleinen grauen Balkone an der Seitenfassade werteten das Bild nicht wesentlich auf. Von meinem Kater Guinness war weit und breit nichts zu sehen, als ich die rot gestrichene Haustür aufschloss und zu Fuss die zwei Stockwerke zu meiner Wohnung hochstieg. Dort angekommen füllte ich trotzdem zuallererst seinen Fressnapf auf, bevor ich den Fernseher einschaltete. Danach schloss ich meine Pistole in den kleinen Wandsafe ein, zog mich aus und duschte erst einmal ausgiebig, bevor ich erfolglos versuchte, Fiona anzurufen. Sie war wohl aus. Ich nahm eine Flasche Rotwein aus dem Schrank und setzte mich auf das Sofa, wo ich eine gute halbe Flasche später einschlief.

KAPITEL 5

Das aufdringliche Klingeln meines Telefons riss mich aus dem Schlaf. Im Halbkoma griff ich nach dem Hörer und nuschelte ein schludriges «Hallo» in die Sprechmuschel.

«Du blöder Arsch!» Aha, meine Ex. Wortlos legte ich wieder auf, ignorierte das fast sofortige erneute Klingeln, duschte erst einmal ausgiebig und machte mir eine Tasse starken Kaffee mit drei Würfeln Zucker. Danach rief ich Claudia zurück. Die Zwangspause hatte ihre Laune nicht wesentlich verbessert. Nachdem ihre erste Schimpftirade abgeflaut war, erfuhr ich den Grund für ihre Aufregung: Anscheinend hatte sie diesen Monat meine Alimente nicht erhalten. Ich wäre zerknirschter gewesen, wenn ich nicht gewusst hätte, dass Claudia kurz vor unserer Trennung zwei grosse Mietshäuser geerbt hatte und absolut nicht am Hungertuch nagte. Im Gegensatz zu mir. Ich versprach mürrisch, mich um die Sache zu kümmern und sie zurückzurufen, bevor ich den Hörer auf die Gabel knallte.

Danach braute ich mir einen zweiten, noch stärkeren Kaffee, trank einen halben Liter Wasser und machte mich daran, die Sache auszusortieren. Eine halbe Stunde später war das erledigt. Bevor ich Claudia jedoch zurückrief, bereitete ich mir ein Katerfrühstück zu, welches aus Rührei mit viel Speck und der obligaten dritten Tasse Kaffee bestand. Das Ablaufdatum des Specks lag zwei Wochen zurück. Nachdem ich die letzten paar Bissen förmlich inhaliert hatte, biss ich in den sauren Apfel und rief meine liebenswürdige Ex zurück. Sie war nicht eben dankbar für meine Bemühungen. Auch das war nichts Neues. Danach nahm ich ein Aspirin, spülte es mit einem weiteren Glas Wasser hinunter und legte mich wieder aufs Ohr.

Als mein Wecker um halb elf klingelte, war mein Kater verflogen und die Zeit gekommen, meine Tochter zu treffen. Der Einfachheit halber holte ich sie normalerweise mit dem Auto ab, aber Mina hatte sich meinen kleinen silberfarbenen Mitsubishi Colt für einen zweitätigen Abstecher nach Deutschland ausgeliehen, weil irgendetwas mit ihrem Wagen nicht stimmte. Daher bestieg ich die S-Bahn nach Bassersdorf, einer Agglomerationsstadt im Nordosten Zürichs, wo Niamh mit ihrer Mutter in *meinem* Haus wohnte.

Meine Tochter erwartete mich bereits. Sie war ein süsses, eher ernsthaftes Mädchen mit einem blassen Teint, Sommersprossen und roten Pippi-Langstrumpf-Zöpfen. Schuld an letzteren mussten die irischen Gene auf meiner Seite der Familie sein. Mir gefielen sie, aber in den Augen ihrer Mutter war das einfach ein weiterer Punkt auf der langen Liste meiner Defizite und Vergehen. Für ihr Alter war Niamh gross, schon fast so gross wie ihre Mutter. Sie trug knielange Jeansshorts und ein rotes T-Shirt mit der Aufschrift ‹Miss Sixty›, wer immer das sein mochte.

Niamh hasste es, wenn sich ihre Eltern stritten, und so verabschiedete sie sich vorbeugend mit einem über die Schulter gerufenen «Tschüss» von ihrer Mutter und rannte mir entgegen, packte mich an der Hand und zog mich Richtung Parkplatz davon. Ich liess sie gewähren. Dort angekommen, schaute sie sich suchend um. «Daddy, wo ist denn dein Auto?»

Während Niamhs ersten Jahren hatte ich ausschliesslich Englisch mit ihr gesprochen, da ich der festen Überzeugung war, dass dies später ein Vorteil für sie sein würde. Im Gegensatz dazu war Claudia der Meinung, dass Kinder nur eine begrenzte kognitive Kapazität hatten und zweisprachige Kinder daher statt *einer* Sprache richtig einfach *zwei* Sprachen nur zur Hälfte beherrschten. Kurz vor ihrem sechsten Geburtstag hatte Niamh dann tatsächlich praktisch von einem Tag auf den anderen aufgehört, mit mir Englisch zu sprechen. Und zwar nur mit mir. Sie sprach weiterhin absolut fliessend, wenn auch mit einem gut hörbaren Schweizer Akzent, und unterhielt sich sowohl mit meiner Mutter wie auch mit meinen irischen Grosseltern in der Sprache Shakespeares. Aber mit mir sprach sie fortan eisern nur noch Schweizerdeutsch. Immerhin nannte mich meine Kleine weiterhin *Daddy*. Damit musste ich mich wohl oder übel zufrieden geben.

Augenzwinkernd fragte ich zurück: «Welches Auto meinst du denn, mein Spatz?»

«Daddyyyyy!»

Lachend gab ich zu, dass ich mit dem Zug hier war, was mir einen überraschend harten Boxhieb in die Seite einbrachte. Wir machten uns auf zum Bahnhof, wo wir wenige Minuten später ankamen. Während wir auf den Zug warteten, fragte ich sie, was sie heute machen wolle.

«Daddyyyyy!», stöhnte sie erneut. «Du bist so vergesslich!»

«Ich weiss, Spatz», lachte ich. «Dein Daddy wird alt.»

Sie kicherte. «Du bist aber gleich alt wie meine Mutter. Und sie sagt, sie sei noch ganz jung.»

«Männer altern halt schneller.»

«Warum?», fragte sie ernsthaft.

Ich verkniff mir die Antwort, die mir automatisch in den Sinn kam: *Wegen Frauen wie deiner Mutter!* «Tja, ich weiss auch nicht... Die Natur hat das wohl einfach so bestimmt. Also, was möchtest Du machen?»

«Können wir in den Zoo gehen?»

«Schon wieder?»

Niamh war entrüstet. «Wieso schon wieder? Das letzte Mal ist schon ganz lange her!» Sie wäre am liebsten täglich hingegangen. Ich mochte den Zoo, aber zweimal im Jahr war genug für mich. Trotzdem sagte ich: «Natürlich können wir in den Zoo gehen, Spatz, wenn du das möchtest.»

«Ja, bitte bitte bitte!»

Erneut musste ich lachen. «Okay, okay. Überredet.»

Den Nachmittag verbrachten wir daher – wie so oft – im Zoo. Meine Tochter bestand darauf, eine gute Stunde lang in der riesigen Masoala-Regenwaldhalle die kleinen Äffchen zu beobachten, die dort lebten. Das wäre kein Problem gewesen, hätten in dieser Halle nicht tropische Temperaturen geherrscht. Als wir wieder heraus kamen, war ich bis auf die Knochen durchgeschwitzt. Dies amüsierte Niamh mächtig, was ich zum Anlass nahm, sie aus meiner mitgebrachten Wasserflasche ebenfalls kräftig nass zu spritzen. Anschliessend mussten wir den obligaten Besuch im Elefantenhaus sowie bei Zorro, dem hässlichsten Maultier der Welt, machen. Wie üblich erkannte er Niamh, was mich jedesmal von Neuem verblüffte, und kam angezottelt, um sich über den Zaun hinweg streicheln zu lassen.

Wir teilten uns zum Abschluss gerade einen grossen Eisbecher im Zoorestaurant, als mein Handy klingelte. Es war Markus Steiner. Er teilte mir mit, dass mein Vermisster weder in Untersuchungshaft sass noch in einem Spital lag und auch sonst nirgendwo aktenkundig war.

Ebenso entsprach seine Beschreibung keinem Todesfall der letzten Zeit. Ich dankte ihm und legte auf.

Niamh stellte wie üblich keine Fragen. Das war auch gut so, denn ich wollte die hässlichen Aspekte meiner Arbeit so lange wie möglich von ihr fernhalten. Auf dem Rückweg nach Bassersdorf besprachen wir, was wir am Sonntag alles unternehmen wollten. Sie entschied sich für Kino bei Regen oder eine lange Schiffsfahrt bei Sonnenschein. Ich lieferte sie zu Hause ab, umarmte sie zum Abschied wie üblich und küsste sie auf die Stirn. Dann machte ich mich aus dem Staub, bevor Claudia meine Anwesenheit für einen weiteren Vortrag über meine vielen Fehler nutzen konnte.

KAPITEL 6

Ich war nicht gerade in Hochstimmung. Seit ich den Fall letzte Woche übernommen hatte, war ich noch keinen Schritt weitergekommen. Wenigstens war das Wochenende mit meiner Tochter sehr schön gewesen. Aber seither war absolut nichts Gutes passiert.

Es war später Mittwochnachmittag. Ich sass in Jeans und einem grauen T-Shirt mit der blauen Aufschrift ‹Chicago› über der Brust allein bei einem Bier in einer Ecke im vollen *Ip's Pub* in Oerlikon und bewunderte mein Talent, absolut nichts herauszufinden und dafür auch noch bezahlt zu werden.

Ich leerte mein Bier in zwei langen Zügen und signalisierte dem Barkeeper, mir noch eines zu zapfen. Das Pub lag in einem unscheinbaren, blassroten Gebäude unmittelbar neben den Bahngleisen. Die Bar war dunkelrot und von diesem altertümlichen Typ, der vom Fussboden bis zur Decke reicht. Die Theke war aus massivem Holz, und das gleiche galt für das Kopfstück, welches Platz für allerhand Gläser bot. Getragen wurde es von mehreren auf die Theke montierten, wenig fantasievoll gedrechselten Holzsäulen.

Ich war halbwegs durch mein zweites Glas, als mein Handy die Indiana-Jones-Titelmelodie abspielte. Steiner. Ich nahm ab und sagte mit hoher Kopfstimme: «Beratungsstelle für schwule Polizisten.»

Steiner lachte. «Fick dich.» Dann wurde sein Ton sachlich. «Fertig mit dem Scheiss, van Gogh. Ich hab was, das könnte dich interessieren.»

Den Tonfall kannte ich. Schlagartig wurde ich ebenfalls ernst. «Okay, was ist passiert?»

«Die vom Wasserschutz haben bei einer Übung in der Nähe von Wollishofen eine Leiche aus dem Wasser gezogen.»

Die Wasserschutzpolizei der Stadtpolizei Zürich übernahm auf Stadtgebiet die seepolizeilichen Aufgaben, inklusive der Suche nach

Gegenständen und Personen unter Wasser. Mein Herz schlug schneller. Scheisse!

«Hasanović?»

«Könnte sein. Die Beschreibung, die du mir gegeben hast, passt auf jeden Fall.» Etwas raschelte im Hörer. Ich nahm an, dass Steiner seine Notizen konsultierte. Nach kurzer Pause fuhr er fort: «Männlich, die Grösse kommt in etwa hin, das Alter wahrscheinlich auch. Und er hat die Narben, von denen du mir erzählt hast.»

«Wie lange war er im Wasser?»

«Das wissen wir noch nicht. Du weisst, wie das mit Wasserleichen ist. Die Fische nagen daran und das Wasser beschleunigt den Verwesungsprozess. Ich würde auf nicht mehr als zwei Wochen tippen, aber genaueres kann nur die Rechtsmedizin sagen.»

Steiner hielt inne. Ich kannte ihn gut genug, um zu wissen, dass er überlegte. Dann fuhr er fort: «Da ist noch was.»

Ich kannte ihn auch gut genug, um zu wissen, dass ich ihn nicht unterbrechen sollte. Daher wartete ich geduldig, bis er fast hörbar zu einem Entschluss kam, bevor er fragte: «Wo bist du jetzt?»

«Oerlikon.»

«Allein?»

«Ob ich mit jemandem hier bin? Nein. Ich bin im *Ip's*. Aber es hat massenhaft Leute hier, ja.»

«Okay. Was ich dir zu sagen habe, geht sonst niemanden etwas an. Ich hole dich ab. Wir können im Wagen reden.»

«Okay. Wann? Und was fährst du?»

«In etwa einer Stunde. Ich ruf dich an, wenn ich da bin. Unmarkierter blauer Opel Vectra.»

«Okay.»

Es war eine der längsten Stunden, die ich je verbracht hatte. Plötzlich schmeckte das Bier schal, so dass ich stattdessen einen Kaffee bestellte. Zur Ablenkung las ich den *Tages-Anzeiger*, aber eine Mischung aus professioneller Neugierde und vorauslaufendem Mitleid mit der Witwe – wenn es denn Hasanović war – verhinderte, dass ich mich auf die Lektüre konzentrieren konnte. Nachdem ich mindestens vierzig Mal auf die Uhr geschaut hatte, rief mich Steiner endlich an. Ich bezahlte, ortete seinen Wagen auf dem Parkplatz vor dem Pub und stieg ein.

«Also», fragte ich ohne Umschweife, «was ist so abartig, dass du's mir nicht am Telefon sagen konntest?»

Steiner antwortete nicht direkt, sondern stellte eine Gegenfrage. «Willst du nicht zuerst einen kurzen Überblick?»

«Klar, schiess los!»

«Also: Die vom Wasserschutz waren gestern bei einer Tauchübung in der Nähe des Mythenquais. Meyer...» Er blickte mich fragend an.

«Kannst du dich an Meyer erinnern?»

«Rolf Meyer, ‹Meyer mit Ypsilon›?»

«Genau der.»

«Ja, klar. Guter Mann. Was ist mit ihm?»

«Er war der zuständige Übungsleiter. Er war's auch, der uns informiert hat.»

«Was», fragte ich ironisch, «ohne den Dienstweg einzuhalten und den Vorgesetzten die Möglichkeit zu geben, über Zuständigkeiten zu streiten?»

Trotz der eigentlich klaren Rechtslage, welche die Kantonspolizei für die Ermittlungen in allen Tötungsdelikten zuständig erklärte, unterhielt die Stadtpolizei Zürich weiterhin eine Fachgruppe *Gewaltdelikte* innerhalb des Kommissariats *Ermittlung*. Meiner Meinung nach aufgrund der spezifischen Umstände in der Stadt mit gutem Grund, aber das war Ansichtssache. Die meisten Gewaltdelikte endeten zwar ohne Todesfolge, aber auch bei den eher seltenen Tötungsdelikten informierten die Damen und Herren ihre geschätzten Kollegen beim Kanton nicht immer so schnell, wie die sich das wünschten. Auf jeden Fall führten die mit dieser Frage zusammenhängenden Friktionen zwischen Stadt- und Kantonspolizei oft zu unnötigem Zeitverlust.

«Ja, genau. Wie gesagt, ein guter Mann.»

«Die Stapo sieht das vielleicht anders. Wann war das, gestern?»

«Ja, gestern kurz vor Mittag.»

Verärgert starrte ich ihn einen Moment lang schweigend an und fragte dann säuerlich: «Wieso zum Teufel hast du mich dann erst heute angerufen?»

Er starrte zurück und schwieg ebenfalls ein paar Sekunden lang, bevor er schliesslich sichtlich gereizt antwortete: «Du weisst genau, wie sowas läuft. Gestern hatte ich einfach keine Zeit. Sei lieber froh, dass ich dir das überhaupt weiterreiche. Das könnte mich meinen Job kosten.

Du bist kein Bulle mehr, sondern ein Zivilist. Ein oftmals ziemlich nerviger noch dazu.»

Ich zuckte mit den Achseln. «Dafür brauche ich mich nicht um Zuständigkeiten oder Vorschriften zu kümmern. Das kann auch für dich manchmal ganz nützlich sein.»

Er schwieg mich zwei Sekunden lang an. Es kam mir länger vor. Dann sagte er: «Genau. Also, soll ich fortfahren?»

«Ja, bitte.»

«Gut. Eben, Meyer informiert also die Kapo und Dierauer schickt mich, obwohl ich weiss Gott genug andere Fälle habe.» Major Peer Dierauer war Chef der kantonalen Kriminalpolizei und führte im Moment *ad interim* auch die Spezialabteilung Zwei, welche unter anderem für Kapitalverbrechen zuständig war. «Ich tauche da also auf, so ungefähr eine Stunde, nachdem Meyer und seine Jungs die Leiche entdeckt haben. Einer der Hamburger ist gerade am Kotzen.» *Hamburger* war die eigentlich aus dem Militär stammende Bezeichnung für neue Mitglieder einer Einheit.

Steiner kratzte sich gedankenabwesend an der Glatze. «Meyer nimmt mich in Empfang und beschreibt mir kurz den Hergang. Anscheinend haben sie die Leiche in ungefähr vier Metern Tiefe gefunden. Die Hände waren mit Isolierband auf den Rücken gefesselt. Das Wasser hat das Band aufgeweicht, aber es war noch dran. Die Fussgelenke waren übereinander gelegt und mit einer Kette gefesselt, die mit einem dieser billigen Vorhängeschlösser...» Er schaute mich fragend an. «Wie man sie am Flughafen für einen Koffer kaufen kann?» Ich nickte und er fuhr fort: «Also, die Kette um die Fussgelenke war vorne mit einem dieser Dinger zusammengeschlossen. Am anderen Ende der Kette war ein etwa halbmeterlanges Stück Eisen befestigt. Von einem dieser H-förmigen Stahlträger. Die Kette durch ein Loch darin gezogen und ebenfalls mit einem Vorhängeschloss festgemacht. Wie im Film. Eine Art Anker, um den Körper unten zu halten.»

Ich dachte darüber nach und meinte dann: «Aber ist das nicht irgendwie schräg? Wer macht sich denn diese ganze Mühe?»

«Jemand, der zu viele Gangsterfilme geschaut hat?»

«Selbstmord können wir wohl ausschliessen, was?»

Er schnaubte verächtlich. «Hast du schon mal einen Selbstmörder gesehen, der sich die Hände mit Klebeband auf den Rücken fesselt und dann auf so komplizierte Weise selbst ersäuft?»

«Nein.»

«Eben.» Steiner kratzte sich erneut an der Glatze. «Und da ist noch mehr. Sein Mund war mit Angelschnur zugenäht.»

«Wie bitte? Zugenäht?»

«Ja, mit Angelschnur.» Er schaute mich ausdruckslos an und ergänzte: «Und in seinem Mund war Geld.»

«Geld?»

«Geld.»

Irgendwie wollte ich es nicht glauben. «Echt? *Geld*?»

«Ja, *Geld*! Moneten. Knete.»

«Was, Münzen, Scheine, oder wie?»

«Scheine.»

«Ich dachte, der Mund war zugenäht?»

«Die von der Rechtsmedizin haben ihn heute geöffnet. Rate mal, wie viel drin war?»

Irgendwo hatte ich vor ein paar Monaten gelesen, dass die albanische Drogenmafia ihren Opfern manchmal grössere Beträge in den Mund steckte, wenn diese zum Beispiel wegen Unterschlagung umgebracht wurden. Unterschlagung von Mafiageldern, versteht sich. Es war ein Zeichen der Verachtung und eine Warnung an potentielle Nachahmer. Von Zunähen war dabei allerdings nicht die Rede gewesen. Ich hatte ehrlich gesagt keine Ahnung, und so antwortete ich aufs Geratewohl: «Ein paar Tausend?»

«Ja, würde man meinen, nicht? Aber es waren ganze fünfzig Franken. Fünf Zehnernoten.»

So viel zu meiner Theorie. Trotzdem fragte ich: «Können es die Albaner gewesen sein?»

Steiner zog die Augenbrauen hoch. «Das war auch mein erster Gedanke, aber die würden den Mund wohl eher mit ein paar Tausendern zustopfen. Sogar bei einem ganz kleinen Fisch sicher mit ein paar Hundertern. Hab‘ ich zumindest gelesen. In der Schweiz hatten wir zum Glück noch keinen solchen Fall, soweit ich weiss. Zur Sicherheit werde ich aber die vom Gift mal bitten, ihre Kontakte abzuklappern und herum zu fragen, ob ihnen Hasanović bekannt ist.» Da die albanische Mafia im Drogenhandel aktiv war, wusste die Drogenfahndung am ehesten Bescheid. Steiner trommelte mit seinen Fingern abwesend auf seinem Lenkrad herum. «Vorausgesetzt natürlich, er ist es überhaupt.

Nach ein paar Tagen im Wasser sieht niemand mehr wie auf seinem Passfoto aus.»

«Keine Ausweise?»

«Nein, nichts. Die Leiche war nackt. Aber eben, die Narben waren gut sichtbar und stimmen mit deiner Beschreibung überein. Um sicher zu gehen, müssen ihn deine Auftraggeber identifizieren. Du weisst, dass du auskunftspflichtig bist.»

Das wusste ich tatsächlich, und so antwortete ich: «Na ja, es war dir ja sowieso klar, dass ich von seiner Frau beauftragt wurde, nicht?»

«Schien mir logisch, ja.»

«Eben. Sie spricht kein Deutsch und wird von Mahir Kulenović beraten. Oder vertreten. Was weiss ich. Auf jeden Fall übersetzt er für sie und gibt ihr wohl auch Ratschläge.»

«Kulenović? Der Imam?»

«Ja», antwortete ich, «genau der.»

«Ein super Typ. Hat uns damals sehr geholfen.» Seine Miene war nachdenklich.

«Eben.»

«Und was hat er mit der Sache zu tun?»

«Soweit ich das beurteilen kann, sonst nichts. Er ist Imam des bosnischen *Džemat*, und die beiden Hasanovićs gehören zu seiner Gemeinde. Ich denke, er tut der Hasanović einfach einen Gefallen.»

«Na gut», sagte Steiner. «Willst du die beiden vorinformieren, bevor wir sie offiziell aufbieten?»

«Das wäre gut, ja. Zuerst würde ich die Leiche aber gerne selber sehen. Geht das?»

«Ja, das kann ich arrangieren. Das IRM hat sie.»

Das IRM war das Institut für Rechtsmedizin der Universität Zürich, welches für die Behörden pro Jahr zwischen vierhundert und fünfhundert Obduktionen durchführte.

«Sind sie mit der Obduktion schon fertig?» fragte ich erstaunt. «Oder gab's nur eine Legalinspektion?» Eine Legalinspektion war die äussere Untersuchung einer Leiche, einerseits überhaupt zur Feststellung des Todes und andererseits zur Bestimmung der äusserlich sichtbaren Ursachen und Umstände des Todes. Bei einer Obduktion wurde sie von aussen und innen untersucht.

Steiner antwortete erwartungsgemäss: «Obduktion. Mit allem drum und dran. Toxikologische Untersuchung und so weiter. Hinterberger und ihre Leute haben sich beeilt. Ich habe einen Gefallen eingezogen.» Er hustete. «Wie gesagt, die Sache stinkt mir. Und Manser ebenfalls.»

«Manser? Die Staatsanwältin?»

«Genau die. Sie ist für diesen Fall zuständig.»

«Und», fragte ich, «wie komme ich ins IRM rein?»

«Durch die Vordertür, würde ich vorschlagen.» Steiner tippte sich mit dem Zeigefinger an die Stirn. «Ich denke nicht, dass wir bis morgen warten sollten. Ich kann dich aber auch nicht hinfahren.»

«Klar.» Ich grinste breit. «Unser Gespräch hat ja schliesslich nie stattgefunden, James.»

«Nicht deshalb, du Blödmann. Aber ich muss vorher noch was erledigen. Wir können uns in etwa einer Stunde vor der Uni-Mensa auf dem Irchel treffen. Das Institut ist gleich da um die Ecke. Okay für dich?»

Ich nickte. «Ja, sicher. Eine Frage: Musst du die Manser nicht zuerst fragen?» Silvia Manser gehörte nicht zu meinem zugegebenermassen sowieso kleinen Fanklub.

«Nicht nötig», antwortete er, «wenn sie's erfährt, erklär ich's ihr. Ansonsten wird die offizielle Identifizierung ja durch die Angehörigen erfolgen. Wir können dich also ganz raushalten, und sie muss gar nicht Bescheid wissen.»

«Okay.»

Steiner zögerte kurz. Dann meinte er: «Es gibt noch einen anderen guten Grund, deine Verwicklung in die Sache möglichst im kleinen Kreis zu halten.»

«Und welchen?», fragte ich.

«Weisst du, wem Dierauer die Ermittlungsleitung übertragen hat?» Ermittlungsleiter war fast immer ein Polizeioffizier, auch wenn die Knochenarbeit von den unteren Graden erledigt wurde.

Mir schwante Unheil. «Sag jetzt nicht Roth!»

«Genau, Roth.»

«Im Ernst? Ich dachte, der sei immer noch in Ungnade gefallen?»

«Schon», erwiderte er bitter, «aber alle guten Offiziere sind ausgelastet, und so einen kleinen Wachtmeister wie mich kann man doch nicht unbeaufsichtigt herumpfuschen lassen, oder? Und das Opfer ist nun mal kein Politiker oder Bankdirektor.»

«Na schön. Aber ja, dann ist's eine doppelt gute Idee, meinen Namen rauszuhalten, sonst wirft er mir nur bei jeder Gelegenheit Knüppel zwischen die Beine. Danke, Markus.»

«Schon gut.» Er räusperte sich. «Sobald wir sicher sind, wer der Tote ist, können wir uns daran machen, die Schweine zu schnappen. Sowas mag ich in meiner Stadt überhaupt nicht!»

Obwohl er nicht mehr bei der Stadtpolizei, sondern bei der Kantonspolizei arbeitete, bezeichnete Steiner Zürich immer noch als *seine* Stadt, wie ein alter Sheriff im Wilden Westen.

Bald darauf waren wir zurück beim Bahnhof Oerlikon, wo mich Steiner rauswarf und davonbrauste.

Eine knappe Stunde später fand ich mich nach einer kurzen Fahrt im Vierzehnertram Cappuccino schlürfend in der Mensa des Universitätsgeländes im Irchelpark wieder. Dieser befand sich am westlichen Rand des Zürichbergs, einem der vielen Hügel in und um die Stadt Zürich, und lag zwischen Oerlikon und der Innenstadt.

Steiner wartete bereits auf mich. Er begleitete mich zur Winterthurerstrasse 190, wo ein vierstöckiger, eckiger Steinbau im neoklassizistischen Stil das Institut beherbergte. Das helle Gebäude erinnerte mich stark an die alte Infanterie-Kaserne in Herisau. Steiner hatte uns offensichtlich angekündigt, da uns am Haupteingang eine müde aussehende jüngere Dame, die mir als Doktor Regina Vetach vorgestellt wurde, in Empfang nahm und uns in den Obduktionssaal begleitete. Doktor Vetach war die zuständige Assistenzärztin. Sie trug einen zu engen weissen Laborkittel, der ihre sportliche Figur nur halb verbarg, war auffallend gross – mindestens einsachtzig – und hatte ihr glattes hellblondes Haar zu einem zerzausten Pferdeschwanz zusammengenommen. Sie war sichtlich ungehalten darüber, wegen uns noch hier sein zu müssen. An einer Obduktion nahmen normalerweise ein Rechtsmediziner, ein Assistenzarzt, ein Präparator und ein Medizinstudent teil, wobei natürlich alle auch weiblich sein konnten. Da die Obduktion aber abgeschlossen war, erachtete es die zuständige Rechtsmedizinerin Prof. Hinterberger als ausreichend, wenn die Assistenzärztin den Laien die Resultate erklärte.

Üblicherweise wurden Leichen in einem der vier Kühlschränke aufbewahrt, aber es war bereits alles für uns vorbereitet. Im Obduktionssaal lag ein lebloser Körper auf einem silberfarbenen Rolltisch bereit, am grossen Zeh eine Etikette mit dem Namen der zuständigen Staatsanwältin. Eigentlich hätten darauf auch Angaben zur Person stehen müssen, aber da der Tote bisher nicht identifiziert worden war, fehlten sie. Es roch süsslich. Ich wusste aus Erfahrung, dass sich dieser Geruch rasch und hartnäckig in den Kleidern festsetzen würde.

Die sterblichen Überreste vor mir lagen nackt und irgendwie würdelos auf dem kalten Metall. Der ganze Körper war mit Verfärbungen und kleineren und grösseren Wunden übersät. Ober- und Unterlippe wiesen deutliche, schwarz verfärbte Einstichspuren und mehrere Lücken auf, die wohl auf das Konto der Fische gingen. Über Brust und Bauch erstreckte sich eine lang gezogene Naht in Form eines grossen Ypsilons. Ich hatte so etwas oft genug gesehen. Bei einer Obduktion öffnete der untersuchende Mediziner Schädel-, Brust- und Bauchhöhle, um die entsprechenden Organe freizulegen. Dies geschah üblicherweise durch den Y-Schnitt, bei welchem von beiden Schlüsselbeinen schräg zum Brustbein und von dort gerade bis zum Schambein geschnitten wurde. Durch die Entfernung des Brustbeines und der benachbarten Rippen konnte dann die sogenannte ‹innere Besichtigung› durchgeführt werden. Der harmlose Klang dieses Begriffs hatte mich schon immer gestört. Bei dieser Prozedur wurden nämlich die inneren Organe nicht nur ‹besichtigt›, sondern entnommen, gewogen und untersucht. Im Anschluss daran wurden dann dem oder der Toten Organe und übriges Gewebe wieder eingesetzt und die Schnitte vernäht. Zuletzt wurde die Leiche gewaschen. Diese Schritte unternahm man, um den Angehörigen bei der Beerdigung die Abschiednahme am offenen Sarg zu ermöglichen. Normalerweise wurde auch eine toxikologische Untersuchung durchgeführt, bei welcher sowohl legale als auch illegale Drogen sowie allfällige andere Gifte bestimmt wurden.

Der Tote hatte eine sogenannte Waschhaut, also die Art schrumpelige Haut, die man bei langen Bädern erhält. Diese war typisch für Wasserleichen und konnte zur Bestimmung der im Wasser verbrachten Zeit herangezogen werden. An Fingern und Handflächen des Toten hatte sie sich bereits abzulösen begonnen. Gesicht und Hals waren schmutzigblau, die Brust und der Bauch jedoch wiesen noch keine grünlichschwarzen Verfärbungen auf, was bedeutete, dass die Leiche sicher weniger als einen Monat im Wasser gelegen hatte. Hasanović war vor nicht ganz zwei Wochen verschwunden.

Als Erstes kontrollierte ich die Narben. Sie waren tatsächlich da, und das Muster war genau so, wie es Jasmina Hasanović beschrieben hatte: drei runde auf seinem rechten äusseren Oberschenkel – je etwa so gross wie eine Einfrankenmünze – und eine rund fünf Zentimeter lange, schmale Narbe unter seinem linken Schlüsselbein. Auch das beschriebene wulstige Narbengewebe war sichtbar. Die Wahrscheinlichkeit, dass es sich nicht um Hasanović handelte, war sehr gering.

Steiner wandte sich an unsere unwillige Gastgeberin. «Frau Doktor, wären Sie bitte so freundlich, meinen Kollegen hier über den Befund der Obduktion zu orientieren? Wiederholen Sie einfach, was Sie mir schon heute Nachmittag erzählt haben.»

Doktor Vetach nickte müde. «Selbstverständlich.» Sie drehte sich zu mir um. «Gut, wo fangen wir an… Äussere, dann innere, würde ich sagen.» Sie nickte nochmals, wie wenn sie sich selbst zustimmen würde. «Also, unser Mann hier verstarb vor ungefähr zehn Tagen unfreiwillig und war etwa gleich lange im Wasser. Wir können den Zeitpunkt natürlich nicht auf die Minute genau bestimmen. Wie Sie sehen, sind die sonst charakteristischen Totenflecken wegen der Art, wie er im Wasser sozusagen schwebte, nur an den Beinen gut sichtbar. Hingegen weist sein Oberkörper zahlreiche Hämatome auf, welche darauf schliessen lassen, dass er massiv zusammengeschlagen wurde.»

Tatsächlich war der Körper auf dem Metalltisch vor mir mit verblichenen Blutergüssen regelrecht übersät. Oder vielleicht waren sie nicht verblichen, sondern auf der verfärbten Leiche einfach nicht mehr gut sichtbar. Verblichen Blutergüsse an Leichen überhaupt? Ich wusste es nicht.

«Hatte er innere Verletzungen», hakte ich nach, «die mit dieser Erkenntnis übereinstimmen?»

Ihrem Ton nach schien sie es nicht besonders zu schätzen, wenn Laien sich anmassten, Fragen zu stellen. «Ja, absolut, aber darauf komme ich nachher, wenn's recht ist.»

«Selbstverständlich, entschuldigen Sie.» Ich lächelte aufmunternd. «Fahren Sie bitte fort.»

«Hier beim Mund sehen Sie einen Quetschriss, wie wir ihn oft bei Verletzungen sehen, die von einem Schlagstock oder allenfalls Schlagring verursacht werden. Der abgesplitterte Zahn dahinter unterstützt dieses Bild.» Sie zeigte mit einem glänzenden metallenen Zeigestock, der aussah wie eine Radioantenne, auf den linken Mundwinkel des Toten. «Ebenso ist sein Schädel im Bereich der äusseren rechten Sutura coronalis gebrochen, und…»

«Im Bereich der was?», unterbrach ich sie.

Der missbilligende Ausdruck in ihren Augen war unmissverständlich: Wie konnte man diese einfache lateinische Bezeichnung nicht kennen? «Im Bereich der Kranznaht. Hier.» Ihr Zeigestab zeigte auf die rechte Schläfe, wo ein zweiter Quetschriss mit den charakteristischen unregelmässigen Wundrändern sichtbar war.

«Und was hat den Schädelbruch verursacht?» Die Frage schien mir logisch genug.

Mit vielsagender Miene meinte sie sarkastisch: «Gewalteinwirkung, würde ich sagen.»

Steiner warf mir einen warnenden Blick zu. Ich ging nicht auf ihren Spott ein. «Können Sie aus Form und Grösse etwas ableiten?»

«Stumpf, circa fünf auf zehn Zentimeter.» Sie zeigte mit ihren Fingern die ungefähre Grösse an. «Hart. Stahl oder Eisen, wäre meine erste Vermutung, obwohl dann die Ränder eigentlich schärfer sein müssten. Vielleicht eines dieser mit Leder bezogenen Metallrohre, aber das müsste dann riesig sein.»

Im Gegensatz zu ihr hatte ich ähnliche Wunden schon mehrfach gesehen, und so fragte ich: «Wäre es möglich, dass diese Verletzung von einem Stiefel verursacht wurde?»

Sie blickte mich skeptisch an. «Ein Stiefel?»

«Kein Damenstiefel, natürlich. So was wie ein Armeestiefel. Mit Stahlkappen vorne drin. Wenn jemand zusammengeschlagen wird, kommt es oft vor, dass das Opfer getreten wird, wenn es am Boden liegt. Bücken ist anstrengend, und ein Tritt hat mehr Power als ein Faustschlag.»

Es war ihr ganz offensichtlich nicht recht, dass weder die zuständige Rechtsmedizinerin noch sie selbst daran gedacht hatten, und sie war sichtlich irritiert. Trotzdem antwortete sie schliesslich widerwillig: «Ja, ich nehme an, das wäre möglich.»

Ich lächelte sie aufmunternd an. «Die Dimensionen würden ungefähr stimmen, nicht? Ich trage Schuhgrösse fünfundvierzig. Wenn Sie meine Turnschuhe anschauen, sehen Sie, dass das in etwa hinkommt. Ein Stiefel wäre noch etwas grösser.»

«Tatsächlich, das scheint mir plausibel.» Sie schien verblüfft darüber, dass jemand ohne Doktortitel einen halbwegs vernünftigen Gedanken fassen konnte, fing sich aber rasch wieder. «Na schön, ich werde das morgen mit Frau Professor Hinterberger besprechen. Soll ich nun fortfahren?»

«Ja, bitte.»

«Also... hier im Halsbereich sehen Sie eine grössere Punktion...» Sie zeigte auf die Mitte der linken Halsseite, gleich neben der Halsschlagader.

Ich wusste, was eine Punktion war, aber ich fand Gefallen daran, sie zu irritieren, und so unterbrach ich sie ein drittes Mal. «Einen Einstich?»

Sie verdrehte die Augen. «Genau, einen Einstich. Aber nicht von einem Messer, eher von einer grossen Spritze. So was wie die alten Tetanusspritzen, die man früher verwendet hat. Allerdings hätte man damit natürlich nicht in den Bereich der Carotis gestochen.»

Mit meinem besten Pokergesicht hakte ich erneut nach: «Sie meinen die Halsschlagader?»

Ihr Tonfall war nun deutlich gereizt. «Genau!»

Ein Einstich also. Der toxikologische Bericht nahm plötzlich eine ganz neue Bedeutung an. Wenn dem Verstorbenen etwas injiziert worden war, müsste dieser Bericht die entsprechenden Antworten enthalten. Sofern sich noch etwas nachweisen liess nach den zehn Tagen, die er im Wasser verbracht hatte. Ich konnte mich nicht mehr erinnern, ob dies der Fall war, aber ich sah keinen Grund, der dagegen sprach. Aber weshalb ausgerechnet in den Hals? Und wieso war nicht einfach eine handelsübliche dünne Spritze verwendet worden? Deren Einstich wäre bedeutend schwieriger zu finden gewesen.

Doktor Vetach wollte es nun offensichtlich schnell hinter sich bringen. «Die innere Untersuchung zeigt Verletzungen insbesondere der Nieren sowie einen Riss in der Leber und ist somit kongruent mit der äusseren Untersuchung.»

«Ist er daran gestorben?» Ich wusste, dass solche Verletzungen mit hohem Blutverlust verbunden waren.

Sie lächelte mich an wie Hugo Egon Balder seine Promikandidaten in *Genial daneben*. Es lächelt sich halt einfacher, wenn man die Antworten schon im Voraus kennt. Dann antwortete sie: «Nein, obwohl auch diese Verletzungen unbehandelt innert kurzer Zeit zum Tod geführt hätten.»

Meine Geduld neigte sich langsam dem Ende zu. «Also, woran ist er denn nun gestorben? Ist er ertrunken?»

«Nein. Auch das wäre natürlich möglich gewesen, vor allem wenn man bedenkt, wo und wie er gefunden wurde. Aber nein... Er ist an akutem Versagen des Atemzentrums verstorben.»

Ich war perplex. «Sie meinen, er ist erstickt?»

«Ja, genau.»

«Erwürgt?»

«Nein, das Zungenbein ist weder gestaucht noch gebrochen. Also wahrscheinlich keine Strangulation.»

«Wie kann er also erstickt sein? Haben sie ihm die Nase zugehalten, nachdem sie ihm den Mund zugenäht hatten?»

Sie schaute mich nun mit unverhohlenem Missfallen an. «Ich glaube nicht, dass die Angelegenheit zum Scherzen ist. Und nein, in Zusammenhang mit der Punktierung am Hals gehen wir von einer Droge oder einem Nervengift aus. Der toxikologische Bericht wird uns hoffentlich Aufschluss darüber geben.»

Steiner mischte sich ein. «Den Sie uns natürlich zukommen lassen werden, wenn er reinkommt», sagte er charmant, «nicht wahr?»

«Selbstverständlich.»

«Was ist mit den verwendeten Materialien», wollte ich wissen, «Angelschnur, Isolierband, Kette, Stahlträger? Konnte der wissenschaftliche Dienst deren Herkunft schon bestimmen?»

Steiner schüttelte den Kopf. «Ein klares ‹Nein› bezüglich des Isolierbandes, der Kette und auch des Stahlträgerstücks. Anscheinend gibt es keine Möglichkeit, die Herkunft von Isolierband oder Kette zu bestimmen. Beide könnten von praktisch überall her stammen. Beim Stahlträger handelt es sich um einen sogenannten HEB300-Träger. Seine Herkunft kann ebenfalls nicht bestimmt werden, aber es ist etwas ungewöhnlich, dass das Stück für den vorgesehenen Verwendungszweck geradezu ideal ist. Neunzig Zentimeter lang, dreissig breit und dreissig hoch. Damit wiegt es genau einhundertacht Kilo und…»

«…ist damit also mehr als schwer genug, um einen Körper auf dem Seeboden in Position zu halten.» Ich pfiff durch die Zähne.

Steiner nickte. «Gleichzeitig kann es bei diesem Gewicht von zwei bis drei kräftigen Männern noch herumgeschleppt werden. Höchstwahrscheinlich hatte also jemand Zugriff auf ein passendes Stück. Oder es wurde extra dafür zugeschnitten.»

«Zugeschnitten?»

«Genau, wohl mittels Wasserstrahl. Das ist eine verhältnismässig moderne Methode, und es gibt in der Schweiz nicht allzu viele Anlagen dafür. Ausserdem hat jemand extra ein Loch ins Mittelstück geschweisst, durch das die Kette geführt wurde. Wir sind an der Sache dran. Was die Angelschnur anbelangt, so besteht sie aus Dyneema, einer hochfesten Polyethylenfaser. Sie ist äusserst haltbar und beständig, gerade auch gegen Feuchtigkeit, und...»

Mir reichte der Vortrag. Ich unterbrach ihn und fragte: «Schön und gut, aber kann man die Herkunft dieses Dingsbums bestimmen? Können wir herausfinden, wo es gekauft wurde?»

Er schüttelte den Kopf. «Hersteller gibt es nur wenige, aber relevant dürften ja die Zwischenhändler sein, und davon gibt es leider eine ganze Menge. Zwölf allein im Kanton Zürich. Und das sind nur die Fischereibedarfsläden, die ganzen Sportgeschäfte und so weiter sind da nicht mitgezählt, von den ganzen Online-Läden im In- und Ausland ganz zu schweigen. Aber Angelschnur ist sowieso so billig und alltäglich, dass wir auf diese Weise kaum etwas herausfinden werden. Es sagt ja sicher niemand beim Kauf, dass die Schnur für einen Mord gebraucht wird. Wir versuchen es natürlich trotzdem, aber ich bin da nicht besonders zuversichtlich.»

Damit schien so ziemlich alles gesagt zu sein. Ich warf Madame Vetach einen fragenden Blick zu, aber sie ignorierte mich und schaute ihrerseits Steiner ungeduldig an. Es war offensichtlich, dass sie uns loswerden wollte. Eine letzte Frage an die arrogante junge Frau Doktor hatte ich aber noch, obwohl ich mir die Antwort denken konnte. Mit der Hand vage in die Richtung des Unterkörpers der Leiche zeigend fragte ich: «Nur der Vollständigkeit halber: Was ist mit diesen Verletzungen an den Hand- und Fussgelenken? Und wieso fehlen an seinen Lippen und anderen Körperteilen ein Stück?»

Sie verzog das Gesicht. «Die Ketten und der Einfluss der Strömung. Der Zürichsee hat eine gewisse Strömung, auch wenn sie natürlich nicht so stark ist wie in einem Fluss. Und die Verletzung am Glied stammt sehr wahrscheinlich von einem Fischbiss.»

Oha! Ich machte eine mentale Notiz, nie mehr nackt im Zürichsee zu baden.

Steiner mischte sich ein. «Ich denke, das wäre alles. Herzlichen Dank, Frau Doktor. Wir finden alleine raus.»

Steiner fuhr mich nach Hause. Unterwegs rief ich den Imam an und teilte ihm die traurigen Neuigkeiten mit. Er war sichtlich erschüttert, hatte aber offenbar damit gerechnet und fasste sich rasch wieder. Nachdem ich ihm seine Fragen so gut wie möglich beantwortet hatte, bot er von sich aus an, Jasmina Hasanović die schlechte Nachricht schonend beizubringen und ihr geistlichen Beistand zu leisten. Beide waren anscheinend gerade im *Džemat*. Ebenso erklärte er sich einverstanden, mit ihr am nächsten Morgen für die definitive Identifizierung beim IRM vorbeizukommen. An diesem Punkt mischte sich Steiner mit den Worten ein, dass es meist besser sei, wenn sich die Angehörigen so rasch als möglich sicher sein konnten und dass er eine Identifizierung noch am gleichen Abend organisieren könne. Kulenović versprach, baldmöglichst zurückzurufen.

Wir überbrückten die Wartezeit mit einem Kaffee und schwiegen dann gemeinsam vor uns hin. Ich merkte, dass dieser Fall auch Steiner ungewöhnlich stark beschäftigte. Gute vierzig Minuten später vibrierte dann endlich mein Handy. Kulenović liess uns wissen, dass Jasmina Hasanović es so schnell wie möglich hinter sich bringen wolle. Steiner liess sich Kulenovićs Nummer geben und versprach, alles Nötige in die Wege zu leiten. Ich drückte erneut mein Bedauern aus, verabschiedete mich und beendete das Gespräch.

Obwohl die Identifizierung durch die Ehefrau noch ausstehend war, hatte ich keine Zweifel daran, dass es sich bei der Leiche um die sterblichen Überreste von Mujo Hasanović handelte. Diese Erkenntnis deprimierte mich überraschend stark, und obwohl ich wusste, dass es dafür keinen Grund gab, fühlte ich mich wie ein Versager.

Steiner setzte mich vor meiner Wohnung ab. Ich stieg kraftlos und leer die zwei Stockwerke zu meiner Wohnung hoch, schloss auf, kickte meine Schuhe von den Füssen und schloss meine Beretta im kleinen Wandsafe ein. Guinness protestierte mit lautem Miauen gegen seinen leeren Fressnapf. Wenigstens dieses Problem konnte ich ohne weiteres lösen. Anschliessend klaubte ich ein Bier aus dem Kühlschrank und setzte mich vor die Glotze. Trotz der verhältnismässig frühen Stunde war ich erledigt und fühlte, wie ich langsam eindöste.

Das Klingeln meines Telefons riss mich aus dem Schlaf. Ich schreckte hoch und verschüttete dabei den Rest des Biers, das ich immer noch in der Hand hielt. Ich schaute auf die Uhr. Halb zehn. Am Apparat war Steiner. Er teilte mir mit, dass Jasmina Hasanović ihren Ehemann zweifelsfrei identifiziert hatte. Damit war der Fall für mich erledigt und nun offiziell Sache der Polizei, wie er es von Anfang hätte sein sollen. Ich dankte Steiner und legte auf.

Kaum hatte ich das Telefon hingelegt und mich wieder auf meine abgewetzte Couch fallen lassen, klingelte es erneut. Diesmal war es Kulenović, der mir wie erwartet mitteilte, dass mein Engagement beendet war. Ich drückte erneut mein Bedauern aus und bat ihn, dieses auch an Jasmina Hasanović weiterzugeben. Wir vereinbarten, dass Kulenović am nächsten Tag in meinem Büro vorbeischauen würde, um die Sache abzuschliessen und mir mein restliches Geld zu bringen. Dann hängte ich auf, legte den Hörer meines Telefons neben die Gabel, schaltete mein Handy aus, trank in rekordverdächtigem Tempo den Rest einer noch halbvollen Flasche Jameson Irish Whiskey und fiel in einen bleiernen, traumlosen Schlaf.

KAPITEL 7

Der Herbst war dieses Jahr früh gekommen. Zürich erstrahlte im Glanz der vielfarbigen Blätter, und das goldene Licht der Spätsommersonne liess sogar die übelste Betonwüste irgendwie edel aussehen. Es war nicht mehr heiss, aber immer noch warm genug, um einen lauen Herbstabend gemütlich bei einem Bier in einer der vielen Strassenbars ausklingen zu lassen, mit denen die Innenstadt übersät war.

Ich war auf dem Weg zu Fiona, in der Hand eine Orchidee, zu der mir Mina geraten hatte. *Mit en Orchidee liechst du bei kener Frau falsch*, war ihr Ratschlag gewesen. Die Orchidee war ein Friedensgeschenk. Wir hatten uns am Vorabend wieder einmal gestritten, und heute hatte mich Fiona angerufen und mich explizit zu sich zum Essen eingeladen. Explizit deshalb, weil ich in letzter Zeit sowieso viel Zeit bei ihr verbracht hatte. Meistens kochte allerdings ich.

Seit meinem abschliessenden Bericht an Kulenović und Jasmina Hasanović waren knapp drei Monate vergangen. Es kam mir viel länger vor, fast wie aus einem anderen Leben. In den ersten Wochen danach hatte ich fast ständig daran herum gegrübelt. Hätte ich etwas anders machen können? Sollen? Wollen? Ich wusste es nicht. In letzter Zeit war ich aber so beschäftigt gewesen, dass ich nur noch selten an die Hasanović-Sache gedacht hatte.

Fiona lebte auf dem Höngg, Zürichs Mittelklassehügel *par excellence*, obwohl sie definitiv in keiner Weise zum Mittelstand gehörte. Tatsächlich stammte sie aus einer alteingesessenen Industriellen-Familie, und obwohl sie nie mit ihrem Reichtum protzte, konnte man ihre Herkunft in vielen kleinen Dingen erkennen. Ihre schöne Fünfzimmerwohnung befand sich im obersten Stockwerk eines frisch renovierten, rechteckigen Bauhausstil-Mietshauses an der Regensdorferstrasse, von dem aus sich die halbe Stadt südlich der Limmat überblicken liess. Auf dem Flachdach vor der Wohnung breitete sich eine mit riesigen Topfpflanzen aller Art regelrecht übersäte

Dachterrasse aus, die fast so gross wie der Rest der Wohnung war. Mein gesamtes Appartement hätte in der Hälfte davon Platz gefunden.

Trotz ihrer Promotion in Wirtschaftswissenschaften war Fiona in vielerlei Hinsicht nicht gerade der Inbegriff einer Respektsperson. Auf die gute Art. Ich mochte ihren Sinn für schrägen Humor. Das gleiche konnte nicht für alle ihrer Mitarbeiter und vor allem Mitarbeiterinnen an der Uni Zürich gesagt werden, aber wen interessierten die schon? Ich hatte selber in meinen jungen Jahren vier Semester Geschichte an eben dieser Uni studiert und hänselte sie öfters damit, sie ginge keinem anständigen Gewerbe nach. Ihre Antwort war meistens lediglich ein tolerantes Lächeln bei hochgezogenen Augenbrauen, ab und zu unterstützt von ihrem Mittelfinger. Sie war einsachtundsechzig gross und hatte lange schwarze Haare, welche sie oft in einem Pferdeschwanz trug. Ihre Figur war das, was mich zuerst auf Fiona aufmerksam gemacht hatte, auch wenn sie nicht den momentan gängigen Modelmassen entsprach. Die so genannten Top-Models, welche in Zeitschriften und Fernsehen auftraten, glichen meiner Meinung nach eher Hutständern als Frauen. Fiona hingegen war sportlich, aber kurvig, mit einem flachen Bauch, breiten Hüften und grossen Brüsten. Aber natürlich waren mir ihr geheimnisvolles Lächeln und ihre tiefgründigen Augen zuerst aufgefallen, zumindest offiziell. Ihre sonnige und liebevolle Art, ihre Unternehmungslust und der Schalk, der ihr öfters aus den geheimnisvollen Augen blitze, zogen mich immer sofort in ihren Bann, wenn ich mit ihr zusammen war.

Andererseits war sie auch impulsiv, ab und zu jähzornig und neigte dazu, während eines Streits mit Gegenständen um sich werfen. Als in dieser Hinsicht typisches Einzelkind hatte sie manchmal Mühe, sich in andere hineinzuversetzen und konnte eine gewisse Altklugheit nicht immer verbergen. Sie war aber oft genug nackt, um mich davon abzulenken. Das einzige, was mich wirklich an ihr störte, war ihr Musikgeschmack. Das heisst, sie hatte keinen. Mozart, Bach oder Schubert, vielleicht auch einmal Händel, damit konnte ich leben. Ansonsten bevorzugte sie aber die Art seichten Unterhaltungspop, der seit den frühen Neunzigerjahren unter dem Namen *Eurodance* Angst und Schrecken unter echten Musikliebhabern verbreitete. Ich respektierte DJ Bobos Geschäftssinn, aber seine Musik verursachte bei mir Magengeschwüre. Er war aber bei weitem nicht der Schlimmste. Einmal hatte ich noch in Fionas Türrahmen auf dem Absatz kehrt gemacht und war wieder nach Hause gegangen, als mir aus dem Wohnzimmer Scooters ‹Hyper, Hyper› mit hundertzwanzig Dezibel entgegengeschallt hatte. Komischerweise hatte meine Freundin überhaupt kein Verständnis für meine Reaktion aufgebracht.

Als ich ankam, stand Fiona bereits in der Küche und grinste mich schelmisch an. «Wie hungrig bist du? Wir könnten auch nachher essen. Ich muss nur den Ofen ausschalten.»

Das klang überzeugend.

Eine gute Dreiviertelstunde später sassen wir nackt und verschwitzt am kleinen Tisch in Fionas geräumiger Küche und unterhielten uns über dies und das, während das Hühnchen Calypso im Ofen zu Ende brutzelte.

Obwohl sie meine Arbeit nicht mochte, hatte Fiona das Talent, aus jedem noch so langweiligen Fall ein Abenteuer zu machen, auf welches Huckleberry Finn neidisch gewesen wäre. Gerade hatte ich eine simple Observation abgeschlossen, bei der ich herausfinden sollte, ob ein Kadermitglied einer mittelgrossen Schweizer Bank wirklich zu hundert Prozent arbeitsunfähig war, und obwohl es reine Routine gewesen war, wollte sie alle Details wissen. «Und das ist wirklich kein Witz? Er ist aus dem Rollstuhl aufgestanden, um einer Prostituierten die Tür zu öffnen?»

«Zwei Nutten, genau genommen.»

Sie warf den Kopf zurück und lachte aus vollem Hals. «Wie ironisch!»

«Selber schuld.»

«Ja», gluckste sie, «aber man muss doch fast Mitleid haben mit ihm! Was passiert jetzt?»

Mein Mitleid hielt sich in Grenzen. Ich zuckte mit den Achseln und antwortete: «Keine Ahnung. Fristlose Kündigung, Rückforderung, Schadenersatz, was weiss ich. Ich war nur für die Observation zuständig.»

In diesem Moment piepste der Ofen.

Nach dem Essen duschten wir gemeinsam, was erwartungsgemäss eine Weile dauerte. Dann zogen wir uns bequem an und richteten uns für den Abend ein. Fiona trug ein leichtes, dunkelbraunes Leinenkleidchen, ich schwarze Trainerhosen, ein grünes *FCSG*-T-Shirt und keine Socken.

Der Abend war noch jung, und Fiona wollte noch ein wenig arbeiten, bevor wir ins Bett gingen oder uns vor die Glotze setzen. Ich beschloss, das schöne Wetter auszunutzen und fischte daher Irving Stones Klassiker ‹Vincent van Gogh: Ein Leben in Leidenschaft› von Fionas Bücherregal, dass ich für genau diesen Zweck da deponiert hatte, und streckte mich auf ihrem bequemem Liegestuhl aus. Es konnte nicht schaden, etwas über meinen berühmten Namensvetter zu wissen, schliesslich war mein Nachname der Anlass vieler blöder Sprüche. Erst kürzlich hatte Mina auf die Frage, ob sie mir bitte den Hefter rüber reichen könne, geantwortet: «Und wenn nich‘? Schneidste dir dann ein Ohr ab?»

Mitten in Vincents erster Begegnung mit seiner zwei Jahre älteren Cousine Kay entfaltete die angenehm warme Abendsonne ihre volle Wirkung und ich döste ein.

Ein nervtötendes Vibrieren in meiner rechten Hosentasche weckte mich auf. Schlaftrunken kramte ich mein Handy hervor und betrachtete die Nummer auf dem Display. Sie kam mir nicht bekannt vor. Das bedeutete allerdings nur, dass der Anrufer oder die Anruferin nicht zu meinem regulären Freundes- und Bekanntenkreis gehörte. Ich hatte die Angewohnheit, nach Abschluss eines Falls die dazugehörigen Kontaktdaten auf meinem Laptop zu speichern und von meinem Mobiltelefon zu löschen. So blieben meine Telefonnummern schön übersichtlich, und ausserdem reduzierte sich so die Wahrscheinlichkeit, dass ich betrunken peinliche SMS an die falschen Leute verschickte.

«Ja?», fragte ich in verschlafenem Ton. Mein melatoningetränktes Hirn hatte noch nicht die volle Betriebsbereitschaft erreicht.

Eine bekannte Stimme fragte: «Guten Abend, Herr van Gogh.»

Blitzschnell sass ich aufrecht auf und war plötzlich hellwach. «Imam Kulenović. Was für eine Überraschung. Was kann ich für Sie tun?»

«Es tut mir leid, Sie so spät noch zu stören…»

«Kein Problem.»

«… aber ich muss Sie dringend sprechen.»

«Jetzt?»

«Nein, aber morgen wäre gut.»

«Okay, kein Thema. Wann und wo?»

«Können wir uns in Ihrem Büro treffen? Das wird zwar ein wenig knapp, aber ich denke, ich könnte mich nach dem Mittagsgebet auf den

Weg machen, dann wäre ich… warten Sie… ich denke, so gegen zwei bei Ihnen?»

«Natürlich. Oder ich komme zu Ihnen nach Hause oder ins *Džemat*, dann können Sie sich den Weg sparen.»

«Sind Sie sicher?»

«Ja, das wäre wirklich kein Problem. Auf dem Rückweg kann ich dann gleich trainieren gehen.»

«Na gut», erwiderte er hörbar erleichtert, «dann kommen Sie doch auf zehn Uhr dreissig ins *Džemat*, wir können da in meinem Büro reden. Wissen Sie noch, wo es ist?»

«Ja, natürlich.»

«Dann also bis morgen. Und danke!»

Verblüfft legte ich auf, lehnte mich in meinem Liegestuhl zurück und liess meine Gedanken kreisen. In den ersten Wochen nach der traurigen Wende im Hasanović-Fall hatte ich Steiner mehrfach angerufen und mich erkundigt, ob es Fortschritte gäbe, aber die hatte es nie gegeben. Auch in der Presse war das Echo erstaunlich gering gewesen und dem Mord nicht mehr als eine Randnotiz eingeräumt worden. Hauptgrund dafür war wohl die Tatsache, dass es den Ermittlern gelungen war, die spezifischen Details zurückzuhalten. Da es sich nicht um eine bekannte Persönlichkeit handelte, waren die Medien auch nicht besonders neugierig.

Auf einen Schlag kam es mir so vor, wie wenn ich den Fall erst gestern abgegeben hätte. Immer noch gab es verschiedene offene Fragen. Wer hatte ihn ermordet? Hatte die Drogenfahndung ihre Kontakte bei den Albanern angezapft und falls ja, war es ihnen gelungen, eine Verbindung zwischen Mujo Hasanović und der Albanermafia herzustellen? Weshalb war der Geldbetrag in seinem Mund so klein gewesen? Was hatte der toxikologische Bericht ergeben? Wieso war er vor seinem Tod – durch Ersticken, obwohl er nicht erwürgt worden war, wie ich mich erinnerte – so fürchterlich zusammengeschlagen worden? Und was zum Teufel hatte er in den Tagen davor gemacht?

Fiona unterbrach meine Gedanken. «Hey mein Bärchen, was hältst Du davon, wenn wir…» Sie bemerkte meinen Gesichtsausdruck und hielt mitten im Satz inne. «Was ist passiert?»

Wahrheitsgemäss antwortete ich: «Keine Ahnung.»

«Wie meinst du das, keine Ahnung?»

«Kannst du dich an den Hasanović-Fall erinnern? Ich habe dir davon erzählt. Vor etwa einem Vierteljahr?»

Ihr Gesicht nahm einen besorgten Ausdruck an. Sie war süss, wenn sie sich um mich sorgte. «Du meinst, der arme Mann, der im See gefunden wurde? Der Fall, der dir so zugesetzt hat? Über den du nie richtig reden wolltest?»

Ich hatte ihr damals tatsächlich nur in ganz groben Zügen von der Sache erzählt und wollte daran auch jetzt nichts ändern. Unsere Welten waren in dieser Hinsicht einfach nicht kompatibel. In Fionas ging es um Literaturübersichten, Grundpopulationen, Stichproben und Regressionsgleichungen, nicht um erstickte statt ertrunkene Wasserleichen mit zugenähten, geldgefüllten Mundhöhlen und gebrochenen Schädeln.

«Ja», antwortete ich also lediglich, «genau der.»

«Und was ist damit?»

«Eben, ich weiss es nicht. Kulenović hat gerade angerufen...»

«Wer?»

«Er ist Imam des bosnischen *Džemat* in Schlieren. Er berät Hasanovićs Witwe.»

Sie schaute mich fragend an. «Was ist ein *Džemat*?»

«Es ist eine islamische Glaubensgemeinschaft. So was wie eine Kirchgemeinde, aber für den ganzen Kanton. Sie haben eine Art Klub in Schlieren, mit einem Gebetsraum und so weiter.»

«Okay, und was ist mit ihm?»

«Eben», antwortete ich, «ich weiss es nicht. Er ruft aus heiterem Himmel an und will mich sehen... keine Ahnung.»

«Vielleicht will er dir nur sagen, dass der Mörder geschnappt wurde?» Ihre Besorgnis wich Hoffnung.

Ich war nicht überzeugt. «Dann hätte mich Steiner sicher informiert. Nein, es muss etwas anderes sein.» Ich lehnte mich zurück und verschränkte die Hände hinter dem Kopf. «Aber morgen werde ich es ja herausfinden. Lass uns jetzt nicht mehr darüber reden.» Ich zog sie zu mir herunter und küsste sie, erst sanft, dann nochmals, intimer und leidenschaftlicher. Nach einer halben Ewigkeit löste sie sich von mir, setzte sich neben mich auf den Liegestuhl und schaute mir lange in die Augen. Dann sagte sie mit kehliger Stimme: «Genug gelesen?»

Wir schafften es nicht bis ins Schlafzimmer.

KAPITEL 8

Die S12 kam pünktlich um ein Uhr dreiundzwanzig an meinem Ziel an. Schlieren war einer von Zürichs westlichen Vororten und primär bekannt für seinen Kinderchor, die ‹Schlieremer Chind›. Die industrielle Vergangenheit der Stadt war offensichtlich, und niemand kam wegen der Sehenswürdigkeiten hierher. Der triste Bahnhof passte perfekt zu dieser Stimmung, und der graue Himmel verstärkte den Eindruck nur noch.

Das Zentrum der bosnischen Glaubensgemeinschaft lag gleich um die Ecke. Als ich in den Innenhof einbog, sah ich zu meiner Rechten ein langgestrecktes, schmales Industriegebäude, welches sich rund fünfzig Meter die Grabenstrasse entlang zog und zusammen mit dem rechtwinklig dazu stehenden Anbau ein riesiges ‹L› bildete. Gegenüber befand sich ein modernes Bürogebäude mit Flachdach. Noch von meinem letzten Besuch her wusste ich, dass der unauffällige Eingang zum *Džemat* am anderen Ende des Hofes lag.

Ich stieg die Treppen hoch und betrat den Klubraum durch einen kleinen, vorne offenen Flur. An den beiden Wänden dieses Flurs hingen die Namen der Gemeinschaftsmitglieder sowie die Namen und gespendeten Geldbeträge der Gönner. Der rechtwinklig zum kurzen Flur stehende, grosse und nach innen völlig offene Klubraum war voll mit langen Holztischen. An einem davon sassen drei ältere Männer und spielten Karten. Alle hatten sonnengegerbte Haut und grosse Schnurrbärte. Als sie mich hereinkommen sahen, hielten sie inne und starrten mich schweigend an. Ich konnte es ihnen nicht verdenken. Ich passte ungefähr so gut hierher wie ein Atomkraftwerk an die Côte d'Azur.

An den bleichen Wänden zwischen den breiten, raumhohen Fenstern hingen allerlei Memorabilien aus Bosnien und verschiedene islamische Symbole. Zu meiner Linken war eine Art Empfang, der auch als Kiosk diente. Eine hübsche junge Frau mit slawischen Gesichtszügen und Kopftuch telefonierte in einer mir völlig unverständlichen Sprache und sah mich fragend an. Ich schüttelte meinen Kopf und wartete artig, bis sie ihr Gespräch beendet hatte. Dann sagte ich auf Hochdeutsch: «Guten Tag, ich habe einen Termin bei Imam Kulenović.»

Amüsiert zog sie die Augenbrauen hoch und antwortete in astreinem Zürcher Dialekt: «Er ist noch in einer Besprechung mit der Gönnervereinigung. Möchten Sie etwas trinken?»

Ich hätte mich ohrfeigen können. Natürlich, sie war hier aufgewachsen, wie hunderttausende von Immigrantenkindern. Zerknirscht antwortete ich: «Ja, das wäre super. Ein Glas Mineralwasser, bitte.»

«Wir haben nur Flaschen. Ist das okay?»

Ich bejahte, nahm die dargebotene Flasche und das dazugehörige Glas in Empfang und setzte mich an einen der freien Tische. Die Kartenspieler hatten sich mittlerweile wieder ihrem Zeitvertreib zugewandt.

Fast alles, was an den Wänden hing oder auf den Tischen stand, schien mir exotisch und fremd. Wenn etwas beschriftet war, dann entweder auf Arabisch oder Bosnisch. An der Wand links von mir hing eine arabische Kalligraphie in einem goldfarbenen Rahmen. Es war die einzige, die ich erkannte, und das auch nur, weil Kulenović sie mir das letzte Mal erklärt hatte. Die fünf Säulen des Islams: Glaubensbekenntnis, Gebet, Almosen, Fasten und die Hadsch, die Pilgerfahrt nach Mekka.

Am anderen Ende des lang gezogenen Raums öffnete sich eine Tür und Kulenović kam zusammen mit drei Männern in grauen Anzügen herein. Sie schienen in eine hitzige Diskussion vertieft zu sein. Schliesslich küsste Kulenović jeden der drei zum Abschied auf beide Wangen und kam dann auf mich zu. Ich hoffte, er würde mich nicht auch küssen wollen.

«Herr van Gogh, wie gut, Sie zu sehen», begrüsste er mich herzlich und mit festem Händedruck, aber ohne Bruderkuss.

«Gleichfalls, Imam Kulenović, gleichfalls», erwiderte ich ebenso freundlich und kam dann gleich zur Sache. «Also, weshalb wollten Sie mich so dringend sprechen?»

Er lachte auf seine breite, freundliche Art und antwortete: «Gehen wir doch in mein Büro, da können wir ungestört reden.»

Sein Büro war bescheiden eingerichtet. Die Wände waren kahl bis auf ein schlichtes weisses Büchergestell, welches die gesamte rechte Wand bedeckte und mit allerlei auf Deutsch, Kyrillisch und Arabisch beschrifteten Büchern gefüllt war. Er setzte sich auf den schwarzen Bürostuhl hinter seinem Kirschholz-Schreibtisch und zog zwei in der Ecke stehende Holzstühle heran. Dann lud er mich mit einer Handbewegung ein, Platz zu nehmen. Ich folgte der Aufforderung und blickte ihn erwartungsvoll an.

«Sie fragen sich sicher», begann er, «weshalb ich Sie nach drei Monaten einfach so aus heiterem Himmel anrufe.»

«Der Gedanke ist mir tatsächlich gekommen», antwortete ich und blickte ihm in die Augen. «Der Hasanović-Fall?»

Er hielt mir die Handfläche der rechten Hand in einer Geste entgegen, die ich als *Warten Sie kurz!* interpretierte, nahm mit der anderen den Hörer des altertümlich anmutenden Telefons auf seinem Schreibtisch von der Gabel und wählte mit dem Zeigefinger eine dreistellige Nummer. Nach kurzer Pause sprach er ein paar Worte in die Sprechmuschel und legte dann wieder auf. «Bitte haben Sie noch einen Moment Geduld. Möchten Sie einen Kaffee?»

Kaffee war für mich prinzipiell immer eine gute Idee. «Arabischer Kaffee?»

Er schmunzelte. «Wenn Sie möchten.» Er wählte erneut und sprach ein paar Worte in die Muschel. Kaum zwei Minuten später kam eine rundliche ältere Frau mit einem kleinen Tablett herein, auf dem zwei konische Kupferkännchen mit langem Griff und zwei reich verzierte, farbige Porzellantassen standen. Sie stellte das Tablett auf den Schreibtisch und ging wortlos wieder hinaus. Ich leerte den Inhalt meines Kännchens in meine Tasse, gab noch etwas Zucker hinzu, rührte das Ganze gut um und nahm einen Schluck. Er schmeckte süss und stark, mit einem Hauch von Kardamom.

In diesem Moment kam die Eisprinzessin durch die geöffnete Bürotür. Sie trug ein dunkles Kleid und ein Kopftuch, und obwohl seit unserem ersten Treffen nur drei Monate vergangen waren, sah sie noch verhärmter aus, wenn das überhaupt möglich war. Sie wechselte ein paar für mich unverständliche Worte mit Kulenović und setzte sich dann. Meine Anwesenheit schien sie nicht zur Kenntnis zu nehmen.

Der Imam öffnete die oberste Schublade in seinem Schreibtisch und nahm einen dicken Umschlag heraus, den er vor mir auf die Tischplatte legte. Ich hatte genug Krimis gesehen, um zu vermuten, dass darin Geld war. Und zwar eine ansehnliche Menge Geld.

Mit meinem besten Pokergesicht fragte ich: «Was ist das?»

Kulenović ignorierte meine Frage und sagte stattdessen: «Wir möchten Sie wieder engagieren, Herr van Gogh.»

«Wer ist ‹wir›?»

«Das *Džemat*. Zugunsten von Jasmina und der ganzen Gemeinschaft.»

«Um was zu tun?»

«Wir möchten, dass Sie für uns den Mörder von Mujo finden.»

«Oder *die* Mörder», erwiderte ich. «Oder die Mörder*in*.»

Ohne eine Übersetzung zu benötigen warf mir die Eisprinzessin einen missbilligenden Blick zu und sagte etwas zum Imam. Wieder bemerkte ich die unergründliche Trauer, die sich in ihren Augen widerspiegelte. Kulenović machte ein peinlich berührtes Gesicht, übersetzte aber nicht. Ich liess die Sache jedoch nicht auf sich beruhen und fragte: «Was hat sie gesagt?»

Widerstrebend antwortete er: «Sie sagt, Frauen würden so was nicht machen.»

Der Drang, laut herauszulachen, war fast unwiderstehlich. Während meines Polizeidienstes hatte ich nichts gesehen, was Frauen nicht genauso wie Männer machen würden. Was den kriminellen Einfallsreichtum und die Grausamkeit anbelangte, so hatten weder die Männer noch die Frauen einander etwas voraus. In einem Punkt hatte die Eisprinzessin allerdings Recht: Die schiere physische Kraft, welche nötig war, eine Leiche samt daran gekettetem Stahlträgerstück auf ein Boot zu schleppen und dann etwas weiter draussen über Bord zu werfen, wies auf eine Gruppe hin. Eine Gruppe von Männern, höchstwahrscheinlich. Das bedeutete allerdings nicht, dass die Tat nicht von einer Frau geplant und in Auftrag gegeben worden sein konnte. Oder dass keine Frauen unter den Tätern waren. Ich ignorierte die lächerliche Bemerkung, so gut ich konnte, und hakte stattdessen nach: «Und wieso brauchen Sie meine Hilfe?»

Ohne zunächst meine Frage zu beantworten, begann der Imam einen rapiden Wortwechsel mit Jasmina Hasanović. Nach einer halben Minute oder so drehte er sich schliesslich zu mir um und sagte nur: «Mujos Tod ist ungesühnt.»

Ich war mir nicht sicher, ob ich richtig gehört hatte. «Sie brauchen meine Hilfe, um sich zu *rächen*?»

«Mujos Tod ist ungesühnt. Der Koran sagt: Es liegt Leben für euch in der Vergeltung.»

«Ach ja?», rutsche es mir heraus, «und wo genau?»

Ohne mit der Wimper zu zucken antwortete er: «Sure 2, Vers 179.»

Ich wusste nicht, was ich sagen sollte. Also sagte ich gar nichts. Auf diese Weise sagt man selten etwas Falsches. Kulenović schwieg ebenfalls, und die Eisprinzessin starrte wortlos vor sich hin. Eine regelrechte *ménage à trois* des Schweigens. Schliesslich fragte ich zögerlich: «Und was genau wollen sie von mir?»

«Wir möchten, dass Sie herausfinden, wer ihn getötet hat.»

«Damit Sie sich rächen können?»

«Damit diese ihrer gerechten Strafe zugeführt werden können, *inschallah*», antwortete der Imam irritiert. «Ist das nicht, was mit Mördern geschehen sollte?»

«Kommt drauf an», erwiderte ich ebenso irritiert, «wie die Strafe aussehen soll. Wenn Sie an Selbstjustiz denken sollten, müssen Sie auf mich verzichten.»

Kulenović legte seine Hände auf meine und meinte besänftigend: «Beruhigen Sie sich. Es war keine Rede davon, dass wir das Recht in die eigenen Hände nehmen wollen. Wir möchten lediglich, dass Sie die Täter finden, damit ihnen der Prozess gemacht werden kann und sie ihre gerechte Strafe von der Justiz erhalten.»

«Na gut», lenkte ich ein, «aber dann erteilen Sie mir den Auftrag bitte schriftlich. Und erwähnen Sie das explizit.» Zehn Jahre in einer grossen Bürokratie hatten mich gelehrt, dass es nie schaden konnte, sich abzusichern. Ich beabsichtigte nicht, für etwas zur Rechenschaft gezogen zu werden, das sich meiner Kontrolle entzog. Wie zum Beispiel eine gut-balkanische Blutrache, sollte ich die Täter tatsächlich finden. Schön, vielleicht war ja Blutrache auch nur ein albanischer Brauch, kein bosnischer, aber ich verstand zu wenig vom Balkan, um da sicher zu sein.

Kulenović verzog keine Miene und meinte nur: «Selbstverständlich, wenn Sie das brauchen. Also, werden Sie uns helfen?»

Eigentlich war mir von Anfang an klar gewesen, dass ich genau das tun würde. Die offenen Fragen im Hasanović-Fall störten mich, und auch das Geld kam mir sehr gelegen. Aber wie schon beim letzten Mal passte es mir nicht, diesen Leuten ihr weniges Geld abzuknöpfen. Und hinsichtlich des Erfolgs war ich keineswegs so zuversichtlich, wie es meine beiden Gesprächspartner zu sein schienen.

Bevor ich erneut zusagte, wollte ich deshalb ein paar Punkte klären. «Ist Ihnen klar, worauf Sie sich einlassen? Eine solche Untersuchung kann dauern. Ausserdem gibt es keine Garantie, dass den Kosten am Schluss wenigstens das gewünschte Resultat gegenübersteht. Ich meine, die Polizei hat bedeutend mehr Ressourcen als ich, und trotzdem sind sie ganz offensichtlich nicht weitergekommen.»

Kulenović hielt beschwichtigend seine Hand auf und meinte: «Das ist uns alles klar. Wir haben finanzkräftige Sponsoren gefunden…»

«Die drei Herren vorhin?», unterbrach ich ihn.

Er nickte und fuhr nahtlos weiter: «…und sind daher bereit, Ihre Bemühungen grosszügig zu honorieren. Ein Bonus für die Zusage sowie einen weiteren im Erfolgsfall. Ein fünfzig Prozent höherer Ansatz als letztes Mal. Zuzüglich Spesen. Solange es dauert, also bis Sie den oder die Täter gefunden haben oder bis die Sponsoren es sich anders überlegen. Was immer zuerst kommt.»

Das Wort ‹Bonus› klang überzeugend. Trotzdem fragte ich vorsichtshalber: «Woher stammt das Geld?»

«Das braucht Sie nicht zu kümmern.»

«Aus legalen Quellen?»

«Ich denke schon.»

«Wer sind die drei Herren?»

«Geschäftsleute.»

«Welche Art Geschäfte?»

«Alle Arten.»

«Und was», versuchte ich es auf eine andere Art, «ist das Interesse der Herren am Fall?»

Der Imam blickte mich ausdruckslos an und sagte nichts. Jasmina Hasanović sah Kulenović an und schwieg. Ich schaute den Geldumschlag vor mir auf dem Tisch an und hielt die Klappe. Déjà-vu.

Schliesslich überzeugte mich der Gedanke an mein leeres Bankkonto und meine anspruchsvolle Ex. So genau musste ich es wohl doch nicht wissen.

«Also gut», sagte ich deshalb, «ich bin dabei.»

Kulenović holte tief Luft. Dann lächelte er und meinte: «Ich hatte die Hoffnung, dass Sie unsere Argumente überzeugen würden.» Er sprach kurz mit Jasmina Hasanović. Dann wandte er sich wieder an mich fragte: «Wann können Sie beginnen?»

«Sofort.»

«Und wie schätzen Sie unsere Aussichten ein?»

Ich überlegte einen Moment, bevor ich antwortete. «Ehrlich gesagt, ich weiss es nicht. Es gibt keine Erfolgsgarantie. Vor allem, nachdem die Polizei bisher auch keinen Erfolg hatte. Und deren Ressourcen sind wie gesagt viel grösser als meine. Andererseits haben wir aber auch ein paar Vorteile auf unserer Seite...»

«Welche?»

«Nun, zum einen hat die Polizei viele Aufgaben und viele Fälle, die sie bearbeiten muss. Mujo ist nur einer davon, und je länger die Erfolglosigkeit andauert, desto kleiner ist das Interesse der Medien und somit auch der Polizei daran.»

Kulenović übersetzte für die Eisprinzessin und betrachtete mich dann nachdenklich. «Ist das nicht etwas zynisch?»

«Nennen Sie es, wie sie es wollen», antwortete ich ungerührt, «aber so funktioniert das. Es ist kein böser Wille dabei, es ist einfach so. Praktisch jedes Polizeikorps in der Schweiz leidet an chronischem Unterbestand. Im internationalen Vergleich ist zwar die Aufklärungsquote vor allem bei Gewaltverbrechen nach wie vor sehr hoch, aber die Möglichkeiten der Polizei sind trotzdem begrenzt, und die Zeit bleibt ja nicht stehen. Es kommen laufend neue Fälle hinzu. Wissen Sie, die meisten Gewaltverbrechen sind Beziehungsdelikte und die Täter rasch ermittelt. Oft stellen sie sich sogar selber. Wenn sich deshalb in einem Fall wie unserem nach mehreren Wochen nichts ergibt, dann sinkt die Aufklärungs-Wahrscheinlichkeit rasch. Und im Gleichschritt sinkt die Zahl der zugeteilten Ressourcen. Dem muss man ins Auge sehen.»

Kulenović übersetzte erneut und nahm danach einen Schluck Kaffee. Ich wollte es ihm gerade gleichtun, als Jasmina Hasanović sichtlich erregt die Arme verwarf und einen Wortschwall ausstiess. Ich schaute Kulenović fragend an. Wieder war es ihm offenkundig peinlich, aber er übersetzte sofort. «Jasmina ist der Meinung, dass die Polizei sich mehr bemüht hätte, wenn das Opfer ein reicher Schweizer wäre.» Nach einer kurzen Pause fügte er hinzu: «Ich teile diese Meinung nicht.»

«Ich schon», erwiderte ich.

Er schaute mich überrascht an und fragte: «Ist das wirklich ihr Ernst?»

«Ja», erwiderte ich, «absolut. Schauen Sie, die Polizei ist eine Art Dienstleister und steht zumindest zu einem gewissen Grad unter Rechtfertigungszwang. Wie alle öffentlichen Behörden kämpft sie um

Budgets und Ressourcen. Und wie in jeder Bürokratie gibt es viel internes Gerangel. Die Medienberichterstattung beeinflusst die zuständigen Politiker, und daher ist es logisch, dass einem Fall mit grossem Medieninteresse mehr Aufmerksamkeit geschenkt wird. Da es sich in unserem Fall nicht um eine bekannte Persönlichkeit handelt, wäre aber höchstens die ungewöhnliche Art des Todes von Interesse für die Medien. Diese wurde aber erfolgreich zurückgehalten, wie Sie wissen. Also ist es für mich absolut klar, dass die Bemühungen mittlerweile nicht mehr gleich intensiv geführt werden wie bei einem Industriellen oder Politiker. Sie können es Zynismus nennen. Ich nenne es Pragmatismus.»

Kulenović trank den Rest seines Kaffees und starrte dann einige Sekunden lang nachdenklich auf die leere Tasse zwischen seinen Händen. Mein Monolog schien ihn nicht überzeugt zu haben. Er schaute mir in die Augen und meinte: «Das mag so sein. Trotzdem ist es eine Sichtweise des Lebens, die ich nicht teilen möchte. Auch wenn Ihnen das naiv erscheinen mag, in meinem Beruf muss ich an das Gute im Menschen glauben.»

«Das ist ein Luxus», erwiderte ich lakonisch, «den ich mir in meinem nicht erlauben kann.»

KAPITEL 9

Während ich in einem der neuen, angeblich superleisen S-Bahn-Wagen zurück in Richtung Zürich rumpelte, starrte ich abwesend aus dem Fenster auf die vorbeihuschende Vorstadtidylle und überlegte mir das weitere Vorgehen.

Kulenović hatte mir die gewünschte schriftliche Auftragserteilung sofort ausgestellt und sie mir zusammen mit einem Umschlag übergeben, welcher den versprochenen Bonus und mein Honorar für die erste Woche sowie einen grosszügig bemessenen Spesenvorschuss enthielt.

Draussen huschte die graue Betonlandschaft unbeachtet vorbei. Das offensichtliche Vertrauen, das mir Kulenović entgegen brachte, schmeichelte mir, aber es machte mich auch ein wenig nervös. Ich wusste, dass ich ein guter Ermittler war, aber trotzdem zweifelte ich daran, dass ich mehr als die Polizei herausfinden konnte. Andererseits gab es in einem Fall wie diesem immer viele Unwägbarkeiten, und es war durchaus möglich, dass die zuständigen Ermittler etwas übersehen hatten. Sogar Steiner konnte das einmal passieren.

Als Erstes musste ich in Erfahrung bringen, ob die Polizeiakten zusätzliche Ermittlungsergebnisse enthielten, die mir bisher nicht bekannt waren. Ich spielte mit dem Gedanken, Steiner zu fragen, verwarf ihn aber wieder. Ich schuldete ihm bereits zu viele Gefallen. Zunächst würde ich versuchen, Steiner da rauszuhalten. Also blieb noch Zada übrig. Ah, Zada.

Zada Meier war eine der rund dreihundertfünfzig zivilen Angestellten bei der Kantonspolizei. Sie war also keine Polizistin, sondern das, was man eine Papiertigerin nannte, obwohl sie die meisten Zeit am Computer sass. Das machte sie momentan für mich besonders interessant, weil sie in ihrer Funktion Zugriff auf POLIS hatte, das Polizei-Informationssystem der Kantonspolizei Zürich sowie der Stadtpolizeien Winterthur und Zürich. Ihre aktuelle Berechtigungsstufe kannte ich zwar nicht, aber es war ja nicht so, dass es sonst viele Möglichkeiten für mich gab. Also rief ich sie an.

Zadas rauchige, tiefe Stimmte lachte fröhlich ins Telefon. «Hey, wie geht's dir? Lange nichts von dir gehört.»

«Mir geht's gut, danke. Dir auch?»

«Ja, alles paletti.» Dann fügte sie in schelmischem Ton hinzu: «Noch besser ginge es mir allerdings, wenn wir uns heute Mittag kurz zu mir verdrücken könnten.» Zada war eine meiner Exfreundinnen und machte gerne anzügliche Bemerkungen.

Ich grinste. «Da gebe ich dir Recht. Aber Fiona nimmt's ziemlich genau mit der Monogamie, weisst Du...»

«Du und deine blöden Prinzipien!» Sie kicherte.

«...aber als Trostpreis könnte ich dir anbieten, dich morgen Mittag zum Essen einzuladen.»

Ihr Ton wurde schlagartig misstrauisch. «*Aha*! Was willst du?»

Ich musste erneut grinsen und antwortete: «Du hast mich erwischt. Ich brauche tatsächlich etwas. Aber das heisst nicht, dass ich dich nicht sehen will.»

«Jaja», meinte sie, «schon gut. Warte kurz.» Ohne ein weiteres Wort legte sie auf. Verdutzt schaute ich mein Handy an und wartete. Währenddessen fuhr der Zug in den Hauptbahnhof ein. Ich stieg aus, ging die Rolltreppen hinauf zur Hauptebene und dann nach rechts Richtung Platzspitz. Dieser Stadtpark an der Limmat, gleich hinter dem Hauptbahnhof und neben dem Landesmuseum, war in den Achtzigerjahren europaweit für die offene Drogenszene bekannt gewesen, die wie ein riesiger Schimmelpilz davon Besitz genommen hatte. Nach deren gewaltsamer Auflösung wagte sich der Rest der Stadt langsam wieder hinein, aber meistens tummelten sich auch heute noch nur wenige Leute im Park. Also ein ideales Plätzchen, wenn man privat telefonieren wollte.

Nach etwa fünf Minuten läutete mein Handy erneut. Ohne die Nummer zu kontrollieren nahm ich ab und sagte vorwurfsvoll: «Na, das hat ja gedauert!»

Zu meiner Überraschung war es nicht Zada, sondern Ivica Sanader, der überrascht fragte: «Was hat gedauert?»

«Ups», antwortete ich, «falsche Person. Sorry, Ivi, kann ich mich später bei dir melden? Ich warte auf einen Anruf.»

«Machst du das nicht immer? Wie viel später?»

«Maximal eine halbe Stunde.»

«Ja, das ist okay. Ich habe um fünf noch einen Termin bei einem Klienten, aber der sollte nicht lange dauern. Vorher und nachher bin ich erreichbar.»

«Okay, ich melde mich bei dir. Ciao.»

Kaum hatte ich aufgelegt, läutete es schon wieder. Zada war sichtlich ungehalten. «Was soll der Scheiss? Zuerst soll ich was für dich erledigen und dann bist du nicht mal erreichbar?»

Ich schmunzelte. «Beruhig dich, Zsa Zsa Gabor. Ich habe abgenommen, ohne die Nummer zu kontrollieren. Du musstest, was, ganze zehn Sekunden warten?»

Logik besänftige sie nicht. «Ja, aber ich musste wegen dir meine Pause vorverlegen.»

«Es war nur Ivi. Ivica Sander. Er hat mich zurückgerufen.»

Das hob ihre Stimmung sofort. «Ivica? Mmm. Ist er immer noch verheiratet?»

«Ja, ist er.»

«Schade.»

Ich schmunzelte. Zada war Zada. «Also, kannst du jetzt reden?»

«Ja, ich bin im Hof draussen. Was willst du? Und mach's kurz, ich will noch eine rauchen, bevor meine Pause um ist.»

Ich erklärte ihr in wenigen Worten, was ich brauchte: minimal eine Zusammenfassung der wichtigsten im Hasanović-Dossier enthaltenen Ermittlungsergebnisse, maximal eine Kopie des gesamten Dossiers. Sie hustete und meinte ironisch: «Ist das alles? Du änderst dich wohl nie.»

«Ach komm, versuch's, okay? Ich werde dir auch ewig dankbar sein.»

«Ja, aber leider kannst du wegen Fiona deine Dankbarkeit nicht so zeigen, wie ich das gern hätte.»

«Tja, das Leben ist hart. Aber du würdest mir damit wirklich sehr helfen, okay? Es scheint, dass die Polizei nicht weiterkommt. Denk an die armen Angehörigen.»

«Das ist unfair», schmollte sie, «du weisst genau, dass du mich auf die Art rumkriegst.»

«Ja, ich weiss. Das ist ja der springende Punkt.»

«Das wird dich aber bedeutend mehr als einen Salat kosten.» Sie seufzte. «Also gut. Morgen, Punkt zwölf Uhr bei *King's Kurry*. Du zahlst selbstverständlich. Und reservier ja einen Tisch, ich will nicht umsonst da rausfahren!»

«Okay, alles klar. Dann sehe ich dich morgen. Und, Zada?»

«Was ist denn noch?»

«Danke.»

«Schon gut. Wehe, wenn das Essen nicht gut ist!»

Wir verabschiedeten uns und legten auf.

Als nächstes rief ich Ivica zurück. Er wollte mich nur wissen lassen, dass er wieder in der Stadt war und Durst hatte. Es war Mittwoch, und so verabredeten wir uns im SZA für eine Stunde Schiesstraining mit anschliessendem Hopfentee, sprich Bier. Dafür würden wir wie üblich das *Si o No* heimsuchen, eine kleine gemütliche Bar an der Ankerstrasse, gleich neben dem Bahnhof Wiedikon. Dort gab es ein paar feine Biersorten und eine gute Auswahl an Single Malt Scotch. Und was noch wichtiger war, der Nachhauseweg war für uns beide verhältnismässig kurz. Je nach konsumierter Menge konnte dies von entscheidender Bedeutung sein.

Am nächsten Morgen erwachte ich wieder einmal mit einem Brummschädel. Wenn Ivica und ich uns trafen, blieb es selten bei den vorgängig abgesprochenen «zwei oder drei Bier». Er war gerade von einem lukrativen Personenschutzauftrag in Paris zurückgekehrt und hatte den Abend daher gesponsert. Meine Frage, ob Alenka nicht sauer würde, wenn er gleich am ersten Abend nach seiner Rückkehr besoffen nach Hause käme, hatte er mit einem Lachen quittiert. Ich machte eine mentale Notiz, das nächste Mal wenigstens vorher eine Schachtel Kopfwehtabletten zu besorgen.

Bevor ich Zada traf, nutzte ich die Zeit, mein bisheriges Wissen zum Hasanović-Fall zusammenzutragen und etwas Internet-Recherche zum Thema Bosnien zu betreiben. Das meiste wusste ich schon.

Die unabhängige Republik Bosnien und Herzegowina war 1992 aus der jugoslawischen Teilrepublik Bosnien und Herzegowina hervorgegangen und hatte fast dieselben Grenzen, wie sie 1878 auf dem Berliner Kongress für das österreichisch-ungarische Okkupationsgebiet festgelegt worden waren. Die moderne Republik bestand seit dem Dayton-Vertrag, der 1995 den Bosnien-Krieg beendet hatte, aus zwei grösstenteils autonomen Teilstaaten, der Föderation Bosnien und Herzegowina sowie der Republika Srpska. Ausserdem gab es noch ein

Sonderverwaltungsgebiet, den sogenannten Brčko-Distrikt, welcher im März 2000 eingerichtet worden war, nachdem sich die beiden Seiten jahrelang nicht auf eine Zuordnung des Gebietes hatten einigen können. Die Föderation hatte etwas über zwei Millionen Einwohner, von denen rund drei Viertel muslimische Bosniaken waren. Dazu kamen noch ungefähr fünfhunderttausend Kroaten und rund hunderttausend Serben. Die Republika umfasste neunundvierzig Prozent des gesamten Staatsgebietes und hatte rund anderthalb Millionen Einwohner, von denen die überwiegende Mehrheit orthodoxe Serben waren. Es schien, dass die zwei Teilstaaten nicht gerade viele Gemeinsamkeiten hatten. Nicht einmal die Verwaltungseinheiten waren gleich. Erstaunt stellte ich fest, dass die Föderation nach Schweizer Vorbild in Kantone eingeteilt war, zehn an der Zahl. Die *Republika* andererseits bestand aus dreiundsechzig Verbandsgemeinden, sogenannten *Opštine*.

Anscheinend waren sich Kroatisch, Bosnisch und Serbisch so ähnlich, dass sich die Sprecher der einen Sprache ohne weiteres mit denjenigen der anderen verständigen konnten. Also wohl etwa so wie Österreichisch und Hochdeutsch. Oder eher die verschiedenen Dialekte in der Schweiz? Am besten fragte ich mal Ivica, der war schliesslich Kroate. Ein grosses Thema in der Geschichte des Landes war natürlich der Bürgerkrieg von 1992 bis 1995. Noch bevor ich mich jedoch damit auseinandersetzen konnte, war es auch schon Zeit für mein Treffen mit Zada.

Zada sah wie immer super aus, als sie mit zwanzig Minuten Verspätung zur Tür hereinkam, fit und sexy. Sie war drei Jahre älter als ich, gross für eine Frau und als Marathonläuferin für meinen Geschmack etwas zu dünn. Ihr arabischer Vorname, der ‹glücklich› bedeutete, war für ihre Mitarbeiter bei der Kantonspolizei Anlass für eine Unzahl Terroristenwitze, die sie meist gutmütig über sich ergehen liess. Ihre Augen funkelten mit einer Art spöttischer Herausforderung, und ihre schwarzen Haare kontrastierten ihre helle Haut auf elegante Weise. Sie betonte diesen Effekt bewusst mit schwarzer Wimperntusche und dunklem Liedschatten, und sie trug meist dunkle Kleider. Heute hatte sie einen anthrazitfarbenen Hosenanzug mit weisser Bluse und schwarzen Stöckelschuhen an. Das Outfit verfehlte seinen Zweck nicht. Mehrere der Männer an den Nachbartischen warfen mir neidische Blicke zu.

Ich erhob mich und küsste sie zur Begrüssung auf die Wange. Kaum hatte sie sich gesetzt, läutete auch schon ihr Handy, und sie verbrachte zwei Minuten in lebhafter Diskussion mit jemandem namens Susanne. Nachdem sie aufgehängt hatte, sagte sie «Sorry» und schaltete ihr Handy aus. Wer sie kannte, wusste, wie schwer ihr das fiel.

Wir bestellten zwei grosse Mineralwasser mit Kohlensäure und eine Flasche Rioja. Zur Vorspeise entschied sich Zada für Pundschabi Samosa, also frittiertes Gebäck mit vegetarischer Füllung. Als Hauptgang wählte ich für uns Chicken Tikka Masala mit Reis und einer grossen Portion Naan-Brot. Während wir assen, machten wir Smalltalk und erzählten uns gegenseitig, was in den letzten paar Monaten so gelaufen war. Anscheinend hatte Zada gerade mal wieder mit einem ihrer vielen Freunde Schluss gemacht. Ihr Männerverschleiss war legendär.

Nachdem alle Speisen samt der Flasche Rotwein den Weg allen Irdischen gegangen waren und wir unseren abschliessenden Kaffee genossen, kramte Zada schliesslich in ihrer Handtasche herum, nahm einen prall gefüllten, nicht markierten weissen A5-Umschlag heraus und schob mir diesen herüber. Ich nahm ihn an mich, ohne ihn zu öffnen, und steckte ihn ein.

Sie blickte mir in die Augen. «Dafür schuldest du mir mehr als ein Mittagessen, mein Lieber.» Mit verschränkten Armen lächelte sie mir triumphierend zu, beugte sich vor und raunte halblaut: «Ein kompletter Ausdruck des gesamten Dossiers. Alles, was im Computer zum Fall zu finden ist.»

Ich war beeindruckt. «Wow, super! Herzlichen Dank! Weisst du, es erstaunt mich, dass du überhaupt Zugriff darauf hast.»

Sie grinste mich nur an und zwinkerte.

«Wirst du keinen Ärger kriegen?», hakte ich nach. «Du weisst, dass alle Zugriffe und Ausdrucke protokolliert werden.»

Sie machte eine abschätzige Handbewegung. «Keine Sorge. Erstens schaut niemand wirklich je diese Protokolle an, und ausserdem habe ich mich nicht mit meinem Konto eingeloggt.»

Ich starrte sie ungläubig an. «Was meinst du damit, du hast dich nicht mit deinem Konto eingeloggt?»

Ihr Grinsen wurde breiter. Es war offensichtlich, dass sie sich diebisch über etwas freute. «Na, genau, was ich sage. Mit meinem eigenen Konto hätte ich sowieso keinen Vollzugriff erhalten. Ich kenne rein zufällig das Zauber-Passwort.» Sie sah meinen ungläubigen Gesichtsausdruck und fügte hinzu: «Mach den Mund wieder zu.»

«Ist das dein Ernst? Wessen Passwort?»

Sie strahlte wie ein kleines Kind am Heiligabend. «Roth!»

«Heinrich Roth?»

«Ja, genau, *der* Roth. Dein Roth. Der grüne Heinrich.» Sie schaute mich triumphierend an. Ich schüttelte den Kopf. «Warte», fuhr sie fort, «was hältst du *davon*? Das Passwort ist Vorname und Geburtsjahr seiner Frau, kannst du das glauben?»

Natürlich konnte ich das. Roth war und blieb ein Vollidiot. «Und wieso weisst du das?»

Sie zuckte mit den Achseln, um anzudeuten, dass dies ja nichts zur Sache täte. Da hatte sie Recht.

«Und wenn die Protokolle doch einmal kontrolliert werden und Roth angibt, das Dossier nie geöffnet zu haben?»

«Ach was. Erstens werden die Protokolle nie kontrolliert, zweitens hat der grüne Heinrich bekanntlich ein Gedächtnis wie ein Emmentaler, und drittens wird kaum einer dieser Technikfritzen einen Offizier fragen, aus welchem Grund er ein bestimmtes Dossier geöffnet hat, oder? Meinst du im Ernst, jemand macht sich deswegen zusätzliche Arbeit?»

Ich lachte leise in mich hinein und meinte dann: «Du erstaunst mich immer wieder!»

Mit kokettem Augenaufschlag blickte sie mich grinsend an und erwiderte: «Nicht wahr?»

Kurz darauf verabschiedeten wir uns und ich eilte förmlich zurück zum Büro. Dort angekommen, kramte ich Zadas Umschlag hervor, öffnete ihn und nahm den gehefteten Stapel Papiere heraus.

Tatsächlich, das komplette Ermittlungsdossier des Hasanović-Falls. Nachdem ich an allerlei im Moment uninteressanten Detailinformationen vorbei geblättert hatte, kam ich zum Ermittlungsprotokoll. Ich lehnte mich zurück, legte die Füsse auf den Schreibtisch – Mina war nicht da, um mich deswegen anzupöbeln – und begann zu lesen. Die Auflistung der unternommenen Bemühungen und befragten Personen war eine praktische Referenz, half mir aber im Moment nicht weiter. Interessant war allerdings, dass alle Veterinäre im Kanton befragt worden waren und man an die Nachbarkantone Anträge gestellt hatte, dort dasselbe zu tun. Mit – ich blätterte um – negativem Ergebnis. Aha.

Auch der schriftliche Obduktionsbericht bot nichts Neues. Nicht, dass ich etwas anderes erwartet hätte.

Also blieb noch der toxikologische Bericht. Bingo! In Hasanovićs Körper wurden Spuren von Xylazin und Ketamin gefunden. Prof. Hinterberger, die zuständige Rechtsmedizinerin, hatte an dieser Stelle handschriftlich vermerkt, dass diese Mittel zwar auch oral verabreicht worden sein konnten, höchstwahrscheinlich aber ein Zusammenhang mit dem Einstich an Hasanovićs Hals bestand. Aus den im Körper enthaltenen Restmengen hatte sie geschlossen, dass die Dosis hoch genug gewesen war, um zum Versagen des Atem- und Kreislaufzentrums und somit zum Tod zu führen. Da hatten wir es.

Ich schaltete meinen Laptop ein und recherchierte ‹Xylazin› und ‹Ketamin› sowie die Kombination der beiden Ausdrücke auf dem Internet. Anscheinend war Ketamin ein Cyclohexanonderivat, was immer das war, und wurde in der Human- und Tiermedizin zur Narkose eingesetzt. Xylazin war ebenfalls ein Betäubungsmittel aus der Tiermedizin. Und eine Kombination davon wurde in der sogenannten Hellabrunner Mischung verwendet, welche fünf Teile Xylazin und vier Teile Ketamin enthielt. Gemäss Wikipedia wurde diese Mischung von Henning Wiesner entwickelt, dem Direktor des Tierparks Hellabrunn, um mittels Blasrohr, Gewehr oder Pistole Tiere aus der Entfernung zu betäuben. Da hatten wir es. Deshalb also auch die Befragung der Veterinäre und Tierklinikmitarbeiter.

Ich ermahnte mich, keine vorschnellen Schlüsse zu ziehen und nur die Fakten zu betrachten. Tatsache war, dass Hasanović also sozusagen dreifach ermordet worden war: Sowohl das Betäubungsmittel wie auch der Leberriss und natürlich auch das Wasser hätten ihn früher oder später getötet. Alles deutete darauf hin, dass es sich um eine genau geplante Tat handelte. Ich ging nicht davon aus, dass er erst am See umgebracht worden war. Wozu sonst die Hellabrunner Mischung? Sie hätten ihn ja nur mit einem Gewicht beschwert ins Wasser werfen müssen. Also war es wahrscheinlicher, dass er anderswo betäubt und dann zum See gekarrt worden war.

Ich blätterte zurück. Die Befragung einer grossen Anzahl Personen rund um den Fundort hatte ergeben, dass absolut niemand etwas gesehen hatte. Oder gesehen haben wollte. Das überraschte mich nicht.

Ich konnte es drehen und wenden, wie ich wollte, es half nichts: Ich wusste immer noch nicht genug, um irgendwelche Schlüsse zu ziehen.

Aber das Ergebnis des toxikologischen Berichtes war zumindest endlich etwas Handfestes. Die Hinweise in diesem Fall waren bisher so dünn gesät, dass ich für jeden einzelnen dankbar war, auch wenn ich noch nicht wusste, was er bedeutete. Das einzige, woran ich mich im Moment klammern konnte, war die Ähnlichkeit des Mordes an Hasanović mit anderen Verbrechen im Ausland. Der zugenähte, geldgefüllte Mund wies auf die Albanische Mafia hin, auch wenn der Betrag dafür eigentlich viel zu niedrig war. Ich kannte keine albanischen Mafiosi und ich hatte auch keinerlei Ahnung, wie ich an welche herankommen sollte. Aber ich kannte zumindest einen albanischen Kleinkriminellen.

Um Punkt halb vier Uhr nachmittags läutete ich die Klingel zu Blerim Mekulis Wohnung. Das heisst, eigentlich war es die Wohnung seiner Mutter. Blerim war im Kosovo geboren worden, lebte aber seit seiner Kindheit in Zürich und wohnte trotz seiner zweiunddreissig Jahre immer noch zu Hause. Er war ein kleiner Fisch, der immer noch Nacht für Nacht durch das Zürcher Rotlichtviertel streifte und versuchte, Rauschgift und gestohlene Waren an den Mann und ab und zu auch an die Frau zu bringen. Aber vor allem war er ein Schwamm für Informationen aller Art. Wenn etwas im Milieu ablief, dann wusste Blerim davon. Ich kannte ihn seit fast zehn Jahren, seit meiner Zeit als junger Streifenpolizist, und hatte ihm während dieser Zeit mehrmals aus der Patsche geholfen. Er schuldete mir etwas. Und was noch besser war: Er hatte eine Heidenangst vor mir.

Ich hörte eine Stimme hinter der Tür etwas murmeln. «Mach auf, Blerim», sagte ich mit Nachdruck, «ich bin's, van Gogh.»

Einen Moment lang herrschte Stille, dann fragte er vorsichtig: «Van Gogh? Was willst du von mir?»

«Wo ist deine Mutter?»

«Sie ist bei Verwandten. Was willst du?»

«Ich will, dass du die verdammte Tür aufmachst, Blerim, sonst trete ich sie ein!»

Er glaubte mir offensichtlich, denn gleich darauf hörte ich ihn zuerst am Vorhängeschloss und dann am Türschloss herumfummeln. Einige Sekunden später öffnete sich die Tür und Blerim blinzelte mich verlegen an. «Van Gogh, alter Kumpel, wie geht's dir? Lange nicht mehr gesehen.» Sein zerknitterter violetter Anzug war zu gross für seinen schmächtigen Körper. Er hatte eine neue Narbe unter dem linken

Auge, aber ansonsten sah er aus wie immer, mit Hakennase, südländischem Teint und kurzen schwarzen Haaren.

Ich packte ihn am Kragen, zog ihn nahe zu mir heran und schloss die Tür hinter mir. «Hallo, mein Hübscher.»

Er versuchte sich zu befreien. «Hey, was soll das? Geht man so mit alten Freunden um?»

«Wenn ich befürchte, dass mich der ‹alte Freund› verarschen will…»

Ich hielt in immer noch am Kragen fest, und er musste schräg nach oben schielen, um mich entgeistert anzustarren. «Wovon um alles in der Welt sprichst du? Ich habe dich jahrelang nicht mehr gesehen. Weshalb sollte ich dich verarschen wollen?»

«Das wirst du gleich merken. Ich habe ein paar Fragen an dich.»

«Na schön.» Er strampelte mit den Beinen und versuchte erneut erfolglos, sich zu befreien. «Aber lass mich zuerst los, damit wir wie zwei zivilisierte Menschen miteinander reden können.»

«Wie du meinst.» Ich liess ihn los.

Er strich sich den Hemdkragen glatt, zog sich das Jackett zurecht und blickte mich misstrauisch an. «Also, was gibt's?»

Ich zog das Foto von Mujo Hasanović aus der Jackentasche und hielt es ihm vor das Gesicht. «Sag mir, wer dieser Mann ist!»

Entgeistert starrte er mich mit offenem Mund an. Nach ein paar Sekunden stammelte er: «Aber… ich… woher soll ich das denn wissen? Den habe ich noch nie gesehen.»

«Bist du sicher?»

«Ja, hundertprozentig.»

«Du hast ihn wirklich noch nie gesehen?»

«Nein, wenn ich's doch sage!»

«Wehe, du verarschst mich, Blerim!»

«Ich verarsche dich nicht, ich hab den Typen noch nie in meinem Leben gesehen! Du weisst, ich würde dich nie anlügen!»

Ich lachte trocken. «Natürlich würdest du das, und zwar ohne nachzudenken, wenn du einen Vorteil davon hättest. Aber na schön, nehmen wir mal an, ich glaube dir. Vielleicht kannst du mir trotzdem weiterhelfen.»

«Sicher, wenn ich kann. Was ist denn mit dem Typ? Schuldet er dir Geld?»

«Nein. Er ist tot.»

Das schien ihn nicht im Geringsten zu schockieren. «Mord?»

«Genau.»

«Ein Albaner?»

«Bosnier.»

Er nickte nachdenklich. «Und wieso kommst du dann zu mir?»

«Wegen der Art, wie er umgelegt wurde. Man hat ihn gefesselt und im See versenkt, mit einem Gewicht an den Füssen. Sein Mund war voller Geld und seine Lippen zusammengenäht.»

Auch das schien ihn nicht sonderlich zu beeindrucken. «Ziemlich übel», war sein einziger Kommentar.

«Ja», erwiderte ich, «das finde ich allerdings auch. Was fällt dir sonst noch dazu ein?»

Nachdenklich antwortete er: «Klingt nach dem Begu-Clan. Das ist ihr Markenzeichen.»

«Begu? Sind das Kosovaren?»

«Nein, die sind aus Albanien. Ich habe aber noch nie gehört, dass sie in der Schweiz operieren. Hier sind vor allem kosovarische Gangs am Werk, wie du ja weisst.»

«Erzähl mir trotzdem mehr von diesem… wie heisst der Clan?»

«Begu-Clan. Ich weiss nichts über die. Nur, dass sie extrem gewalttätig vorgehen und dass das mit dem Geld im Mund ihr Markenzeichen ist. Damit drücken sie ihre Verachtung aus.»

«Und das soll ich dir glauben? Du bist doch sonst immer so gut informiert.»

Er warf mir einen gequälten Blick zu. «Ich schwör's.»

«Beim Leben deiner Mutter?»

«Ja.»

«Sag es!»

Er seufzte. «Ich schwöre beim Leben meiner Mutter. Ich weiss nichts über die ausser dem Namen und dass sie Gerüchten nach manchmal jemanden auf diese Weise umlegen, wenn er etwas besonders Schlimmes getan hat. Schlimm aus ihrer Sicht, natürlich. Meist sind es Typen, die Geld von ihnen geklaut oder sie verraten haben. Was für diese Gangs das Gleiche ist. Dann wird ihnen mit einem Teil dieses Geldes symbolisch das Maul gestopft. Aber es müsste dabei wirklich um eine grosse Sache gehen.»

«Von welchen Beträgen sprechen wir hier?»

«Oh, ich weiss nicht… sicher ein paar Tausender.» Er lächelte gequält. «Sonst macht's ja keinen Eindruck, nicht? Wie viel hatte er denn im Mund?»

Ich antwortete nicht, sondern überlegte. Warum zum Teufel sollte ein obskurer albanischer Clan, der in der Schweiz wahrscheinlich gar nicht aktiv war, den Vorzeigebürger Hasanović umbringen?

«Sag mal, Blerim», fragte ich, «ist es möglich, dass auch andere Clans auf diese Weise ein Exempel statuieren? Kosovarische, zum Beispiel?»

Er dachte nach. «Klar ist das möglich, sowas spricht sich ja rum. Aber die meisten der Kosovaren hier kenne ich. Ziemlich sicher hätte ich davon gehört, wenn hier jemand auf diese krasse Weise umgelegt worden wäre. Normalerweise verbreitet sich sowas in der Szene wie ein Lauffeuer. Da wird ja nicht einfach jemand in einer dunklen Ecke abgemurkst. Sowas braucht Planung. Und wenn zu viele Leute auf zu prominente Weise umgelegt werden, dann haben sie wochenlang die Bullen auf dem Hals. Das ist schlecht für's Geschäft.»

«Na schön.» Ich zeigte ihm nochmals das Foto. «Du weisst, wo du mich findest, wenn du was hörst.»

«Ja, klar.»

Ich fixierte ihn mit meinem kältesten Blick. «Und lass dir ja nicht einfallen, mich zu verarschen. Du weisst, ich kann sehr unangenehm werden.»

«Ja, das weiss ich. Im Ernst, van Gogh, ich hab den Typen noch nie gesehen und auch noch nie von der Sache gehört. Kein Sterbenswörtchen. Ehrlich!»

«Na schön. Wenn dir irgendwas zu Ohren kommt…»

«Ja, versprochen, du kennst mich. Du kannst dich echt auf mich verlassen.»

Ich liess ihn stehen und machte mich auf den Rückweg zum Büro. Unterwegs rief ich Kulenović an und bat ihn, bei Jasmina Hasanović nachzufragen, ob ihr Mann öfters im Ausland gewesen sei und falls ja, wo. Wenige Minuten später rief er bereits zurück und teilte mir mit, dass Mujo in den letzten zehn Jahren nur ab und zu nach Österreich gefahren sei. Und einmal nach Holland. Nicht einmal nach Bosnien sei er gereist. Ich dankte ihm und legte nachdenklich auf.

Eine Auslandreise alle paar Jahre reichte kaum aus, um eine grosse, geheime Verbrecherkarriere ausserhalb der Schweiz zu machen.

Andererseits wusste ich, dass Hasanović Geheimnisse gehabt hatte. Was zum Teufel hatte er an diesen mysteriösen Abenden gemacht, als er weder bei der Arbeit noch zu Hause war? Hatte er doch insgeheim für die albanische Mafia gearbeitet? Aber in welcher Funktion? Und wäre das seiner Frau nicht aufgefallen? Wäre ihm da nicht früher oder später die Polizei auf die Spur gekommen? Und wenn er doch mit lokalen Gangstern zu tun gehabt hätte, müsste der normalerweise gut informierte Blerim nicht davon gehört haben? Verfluchte Scheisse!

Ich ging zurück ins Büro und verbrachte den Rest des Nachmittages mit allerlei Papierkram. Gegen halb sechs schaltete ich meinen Laptop aus, nahm meine Beretta aus dem Wandsafe und machte mich auf den Nachhauseweg.

Als Claudia Niamh vorbeibrachte, war ich bereits am Kochen. Wie immer hatte meine Tochter einen Bärenhunger, und von der grossen Portion Spaghetti mit Thunfischsauce, die sie sich gewünscht hatte, blieb nichts übrig. Danach schauten wir uns den neusten Harry Potter auf DVD an. Der Film war nicht wirklich mein Fall, aber die Art, wie sich Niamh an mich kuschelte, entschädigte mich dafür. Um halb zehn steckte ich sie ins Bett, gab ihr den obligaten Gutenachtkuss und löschte trotz ihres Protests das Licht. Nach einem kurzen Telefongespräch mit Fiona legte ich mich ins Bett und nahm einen *Spiegel*-Artikel über keltische Kunst in der Spätantike zur Hand. Nur zehn Minuten später gab ich es wieder auf und legte das Magazin weg. Ich war nicht bei der Sache. Der Hasanović-Fall liess mir keine Ruhe. Ich grübelte und studierte und ging im Kopf jedes Detail des Falles wieder und wieder durch. Um ein Uhr morgens überlegte ich mir ernsthaft, dem Sandmännchen mit einem grossen Glas Whiskey auf die Sprünge zu helfen. Aber da Niamh bei mir war, verwarf ich die Idee wieder. Gegen halb zwei fiel ich schliesslich doch noch in einen unruhigen, traumlosen Schlaf.

KAPITEL 10

Die nächsten paar Tage waren ein einziges grosses *Déjà-vu* meines ersten Einsatzes in Sachen Mujo Hasanović. Ich fand absolut nichts heraus.

Den Freitag und, da es nicht mein Wochenende mit Niamh war, den Samstag nutzte ich dazu, nochmals mit einigen der im Polizeibericht aufgelisteten Zeugen zu sprechen. Die ganze Liste nochmals durchzugehen machte keinen Sinn. Immerhin war es schon mehr als drei Monate her seit Mujos Ermordung, und ausserdem hatte die Polizei auf jeden Fall gründliche Arbeit geleistet, wenn Steiner *de facto* die Ermittlungen führte. Andererseits konnte es durchaus sein, dass jemandem in der Zwischenzeit noch etwas in den Sinn gekommen war oder dass sich etwas Neues ergeben hatte. Unter den Personen, die ich aufsuchte, waren auch mehrere, mit denen ich selbst bereits einmal gesprochen hatte, so zum Beispiel die Nachbarn und die Gotti-Brüder, aber es brachte alles nichts. Noch am Freitag telefonierte ich auch mit Steiner und informiert ihn, dass ich wieder an der Sache dran war. Seine Reaktion war verhalten positiv, aber gleichzeitig merkte ich ihm seine Zweifel, dass ich allein etwas ausrichten konnte, deutlich an. Er liess mich wissen, dass der Fall offiziell weiter offen sei, sie aber bereits alles unternommen hätten, leider ohne Erfolg.

Am folgenden Montag und Dienstag arbeitete ich mich ebenfalls ergebnislos durch die im Bericht enthaltene Liste der Veterinäre und Tierkliniken.

Also blieb noch eine Massnahme, die bisher weder die Polizei noch ich in Betracht gezogen hatten. Etwas anderes war mir jedoch nicht mehr eingefallen, und so stand ich nun bei strömendem Regen an einem kalten Mittwochmorgen bereits um Viertel vor sechs an der Tramhaltestelle Freihofstrasse, von der aus Mujo Hasanović jeweils zur Arbeit aufgebrochen war. Meine dunkelblaue Goretex-Regenjacke hielt meinen Oberkörper und meine Beretta einigermassen trocken, aber meine Jeans waren bereits klatschnass und klebten an meinen Beinen. Meine ehemals weissen Turnschuhe waren schmutzig-grau und machten bei jedem Schritt laute Sauggeräusche. Das Geräusch erinnerte mich an einen billig synchronisierten Pornofilm.

Mein Plan war zwar nicht genial, dafür aber simpel: Hasanović hatte jeden Morgen und jeden Nachmittag ein bestimmtes Tram zu einer bestimmten Uhrzeit benutzt, um zur Arbeit zu gelangen. In Anbetracht der Regelmässigkeit, mit der viele Schweizer ihr Leben lebten, war anzunehmen, dass er nicht der Einzige gewesen war. Wenn es mir also gelang, weitere Pendler mit diesem Rhythmus zu identifizieren, war ich der Sache zumindest wieder einen Schritt näher. Ich wollte herausfinden, weshalb Mujo an jenem Montag im Juli nach dem Mittagessen zwar zu Hause losgefahren war, sich aber unterwegs telefonisch krank gemeldet hatte und der Arbeit die nächsten vier Tage bis zu seiner Ermordung ferngeblieben war. Dass er seiner Frau nichts davon gesagt und ihr vorgegaukelt hatte, wie üblich zur Arbeit zu gehen, liess darauf schliessen, dass er nicht einfach blau gemacht hatte. Obwohl... der Gedanke an vier ganze Tage zu Hause mit der Eisprinzessin flösste mir auch Angst ein. Vielleicht hatte Mujo ja nur etwas Zeit für sich gebraucht? Vielleicht hatte er sich einfach vier Tage im Freibad erholt? Oder vielleicht hatte er auch nur vier Tage lang am Seeufer gesessen und *zen*-mässig auf die Wasseroberfläche gestarrt?

All das war zwar möglich, aber wenig wahrscheinlich. Nach allem, was ich bisher über Mujo erfahren hatte, passte nichts davon zu seinem Charakter. Es musste etwas anderes sein. Die Frage war nur, was. Vielleicht hatte ja jemand etwas gesehen an diesem besagten Montag. Das war zwar unwahrscheinlich, aber eben, sonst fiel mir rein gar nichts mehr ein.

In diesem Moment kam das Tram dahergerumpelt. Ich wartete so lange wie möglich und stieg dann als Letzter ein, und zwar zuhinterst. Bei dieser ersten Fahrt würde ich nur beobachten und versuchen, mir die Gesichter der Leute einzuprägen, die ich als mögliche Kandidaten betrachtete. Unauffällig studierte ich den Waggon. Obwohl er halb leer war, erstaunte es mich doch, wie viele Menschen bereits zu dieser unchristlichen Zeit zur Arbeit pilgerten. Interessant für mich waren nur diejenigen, die ein möglichst grosses Teilstück von Mujos Arbeitsweg mitfuhren, und ich entschied daher, dass ich nach solchen Pendlern Ausschau halten würde, die mindestens die Hälfte des Weges im Tram blieben. Ein Blick auf den in der Wagenmitte angeschlagenen Streckenplan offenbarte, dass diese mittlere Haltestelle an der Sihlstrasse lag. Ich zählte davon ausgehend auf jeder Seite ein Viertel zurück und legte dann fest, dass die für mich relevante Strecke von der Haltestelle Lochergut bis zum Bellevue reichte. Wer vor dem Paradeplatz ausstieg oder erst danach zustieg, schied aus. Auf diese Weise versuchte ich die Anzahl der in Frage kommenden Leute auf ein vernünftiges Mass zu reduzieren. Es war natürlich auch möglich, dass dann gar niemand mehr übrig blieb. In diesem Fall musste ich mein System halt ändern und die massgebliche Strecke verkürzen. Oder mir etwas anderes einfallen lassen. Wenn gar nichts mehr half, würde ich Mujos Foto im Tram herumzeigen und offen fragen, ob jemand etwas gesehen hatte. Aufgrund der Umstände wollte ich aber zuerst den unauffälligen Ansatz probieren. Ich gab mir dafür drei Tage.

Am Morgen des ersten Tags identifizierte ich zwei mögliche Kandidaten. Ich trug ihre wichtigsten Merkmale in meinen Notizblock ein und wies ich ihnen zur einfacheren Unterscheidung einen Spitznamen zu, da ich ihre richtigen Namen logischerweise nicht kannte. Der eine war etwa fünfzig, gross und fleischig, mit einer immensen Hakennase und einer Vollglatze. Eindeutig ‹Kojak›. Der andere war um die siebzig, hatte volles weisses Haar und sah aus wie Leslie Nielsens Zwilling. Ich schrieb ‹Leslie› neben seine Beschreibung.

Da ich den Rest des Morgens nichts vorhatte, fuhr ich anschliessend zum SZA, um Gewichte zu stemmen und ein wenig den Sandsack zu malträtieren. Das Schiesszentrum war noch geschlossen, also liess ich mich mit dem Schlüssel, den mir Ivica gegeben hatte, selbst in den Gewichtsraum hinein. Nach zehnminütigem Aufwärmen arbeitete ich eine Stunde lang methodisch alle Muskelgruppen von oben nach unten durch. Danach trainierte ich weitere dreissig Minuten verschiedene Schlag- und Trittkombinationen am Sandsack. Zum Abschluss schwitzte ich nochmals dreissig Minuten auf dem Laufband. Dazu führte ich mir *Punk'd* auf MTV zu Gemüte. Nachher wünschte ich allerdings, ich hätte das nicht getan.

Am Nachmittag wiederholte ich die vormittägliche Prozedur. Massgeblich war das Tram um ein Uhr zwölf, welches Mujo gemäss der Eisprinzessin jeweils genommen hatte. Natürlich hatte ich sie nicht direkt, sondern wie immer via Imam Kulenović gefragt.

Diesmal war die Traube Wartender bedeutend grösser. Ich nahm mir eine herumliegende Gratiszeitung und studierte unauffällig die Menge. Niemand kam mir bekannt vor. Eine etwa vierzigjährige Brünette in einem dieser modischen anthrazitfarbenen Hosenanzüge, die Banksekretärinnen zu bevorzugen scheinen, erwischte mich dabei, wie ich sie prüfend ansah, und lächelte mir aufmunternd zu.

Bis zum Ende der Fahrt hatte ich drei weitere Personen identifiziert, die möglicherweise in Frage kamen. Ich gab ihnen die Spitznamen ‹Bruce›, ‹Drew› und ‹Angela›, wegen ihrer jeweiligen Ähnlichkeit mit Bruce Willis, Drew Barrymore und Angela Merkel. ‹Bruce› sass schweigsam in der Ecke und starrte grimmig wie sein Namensvetter vor sich hin. ‹Drew› war ihrer Namensspenderin so ähnlich, dass ich unabhängig vom Fall hoffte, sie würde auch morgen wieder im gleichen Tram sitzen. Und ‹Angela› war der deutschen Bundeskanzlerin nur in Frisur und Kleidungsstil ähnlich. Ansonsten war sie mindestens zehn Jahre älter, hatte ein ganz anderes Gesicht und einen dieser kleinen Hunde dabei, der besser zu Paris Hilton gepasst hätte. Aber mir fiel kein besserer Name ein, und schliesslich war es mein System.

Der Morgen des zweiten Tages war ein völliger Reinfall. Von ‹Leslie› und ‹Kojak› keine Spur. Mist! Dafür entdeckte ich bei meiner Nachmittagstour zu meiner Freude ‹Angela› samt Taschenhündchen. Bedauerlicherweise nicht ‹Drew›, die pralle Blondine, aber immerhin. Eine Station weiter stieg dann auch noch ‹Bruce› ein. Ich fühlte mich ein wenig wie ein Lottogewinner. Man muss sich ja auch an kleinen Dingen freuen.

Etwas später fiel mir dann noch ein älterer kleiner Mann mit randloser Brille und einem dieser *Melone* genannten altertümlichen schwarzen Filzhütte auf dem Kopf auf. Obwohl es nicht regnete, hatte er einen Regenschirm dabei. Ich setzte ihn provisorisch ebenfalls auf meine Liste. Sein Outfit bestimmte unweigerlich seinen Spitznamen: ‹Pan Tau›.

‹Bruce› und ‹Angela›, beide an zwei aufeinanderfolgenden Tagen zur gleichen Zeit im gleichen Tram, hatten es an die Spitze meiner Liste geschafft. Die anderen vier – ‹Kojak›, ‹Leslie›, ‹Drew› und nun ‹Pan Tau› – hatten noch eine zweite Chance, falls sich heute nichts ergab. Dann fiel mir ein, dass ich für diesen Fall den nächsten Schritt noch nicht so ganz durchdacht hatte. Wie konnte ich die Damen und Herren ansprechen, ohne dass sie mir gleich die Brieftasche entgegen warfen und davon rannten? Ihnen eine erfundene Geschichte auftischen? Mich neben sie setzen und ein belangloses Gespräch beginnen? Oder doch auf die direkte Art? Schliesslich entschied ich mich für die letzte Variante: Ich würde den richtigen Moment abwarten, ihnen dann Hasanovićs Foto zeigen, sie fragen, ob sie diesen Mann kannten oder schon einmal gesehen hatten, und dann, sofern sie tatsächlich bejahten, auf den spezifischen Montagmittag zu sprechen kommen. Aber wann? Sollte ich nochmals einen Tag warten? Aber nein, ich war kein geduldiger Mensch, und ausserdem gab es keine Garantie dafür, dass sie auch morgen wieder im Tram sitzen würden.

Na schön. Kurz vor dem Bellevue sassen sowohl ‹Bruce› als auch ‹Angela› noch da. Ich musste eine Entscheidung zwischen den beiden treffen. Dann also ‹Bruce›. Er war gerade im Aussteigen begriffen, und in letzter Sekunde stolperte ich hinter ihm aus dem Tram.

Der gute Mann hatte ein ziemliches Tempo drauf. Mit Müh und Not folgte ich ihm in einiger Entfernung zu einer kleinen Bar in der Altstadt. Ich betrat die schmierige Spelunke kurz nach ihm und schaute mich um. Der schmale, langgezogene Raum war düster und roch nach Rauch und abgestandenem Bier. Mit Ausnahme von uns beiden war er leer. ‹Bruce› stand hinter der Theke. Er trug ein Namensschild, auf dem ‹M. Kohli› stand.

«Hallo, M. Kohli», sagte ich freundlich und setzte mich an die Bar aus dunklem Nussholz.

Er musterte mich mit neutraler Miene und fragte: «Was darf's sein?»

«Klosterbräu.» Ich schaute ihm zu, wie er das Bier zapfte und es dann nonchalant herüber schob. Nach einem kräftigen Schluck ging ich in die Offensive. Ich griff in meine Brusttasche, nahm Hasanovićs Foto heraus und legte es auf die Bar. «Sagen Sie, kennen Sie den Mann.»

Er blieb ungerührt und beachtete das Foto nicht. «Warum?», knurrte er nur.

«Es könnte doch sein, dass Sie ihn kennen», antwortete ich, immer noch freundlich.

«Ich kenne viele Leute.» Er drehte mir den Rücken zu und begann, Gläser mit einem Tuch auszureiben und in eine Ablage über der Bar zu stellen.

«Es geht auch nicht in erster Linie darum, ob Sie ihn kennen, sondern ob Sie mir allenfalls weiterhelfen können. Ich suche ihn.»

Nun hatte ich seine Aufmerksamkeit plötzlich. Er drehte sich um und musterte mich eingehend. «Sind Sie ein Schroter?»

«Ex.» Ich gab ihm eine meiner Visitenkarten.

Er unterzog sie ebenfalls einer genauen Untersuchung und schaute mich dann misstrauisch an. «Müsste das nicht *Privatdetektiv* heissen?»

«Matula ist Privatdetektiv. Ich bin Privatermittler.»

Er schüttelte den Kopf und ich hoffte, dass er gar keinen Fernseher hatte und darum auch nicht wusste, dass Ermittler in den Krimis für Auskünfte meistens bezahlen mussten. Das Glück war auf meiner Seite. Er sagte nur herablassend: «Sie sind ein kleiner Klugscheisser, wie?» Dann seufzte er, nahm das Bild vorsichtig zwischen Daumen und Zeigfinger und betrachtete es eingehend. Schliesslich schüttelte erneut er den Kopf und schaute mich neugierig an. «Wie kommen Sie überhaupt darauf, dass ich ihn kennen könnte?»

«Sie haben den gleichen Arbeitsweg», antwortete ich und nahm das Foto wieder an mich.

Seine Miene verfinsterte sich sofort und sein Ton wurde misstrauisch. «Woher wollen Sie das wissen?»

«Ich habe *seinen* Arbeitsweg ein paar Mal abgefahren und nach Leuten Ausschau gehalten, die regelmässig zur gleichen Zeit einen Teil davon mitfahren. Da sind Sie mir aufgefallen.»

«Ach ja? Und von wo bis wo fahre ich?»

«Lochergut bis Bellevue.»

Er nickte. «Also gut. Und woher wissen Sie, dass ich hier arbeite? Sind Sie mir gefolgt?»

Nun war es an mir, zu nicken. «Ich fand das diskreter, als Sie im Tram anzusprechen und die ganze Sache zu erklären.»

«Na schön.» Er kratzte sich an der Nase. «Nur leider waren Ihre Bemühungen umsonst. Ich kann Ihnen dazu absolut nichts sagen. Ich habe den Mann noch nie gesehen. Soweit ich mich erinnere wenigstens.»

Ich hielt ihm das Foto nochmals vor Augen. «Sind Sie ganz sicher? Er ist Bosnier, circa einsfünfundsiebzig gross.»

«Ja», antwortete er, «ich bin sicher. Aber wissen Sie, ich achte nicht auf diese Jugos. Von dem Gesindel hat's sowieso zu viele in der Stadt, und einer sieht wie der andere aus.»

Was sollte ich dazu sagen? Ein richtiger Menschenfreund. Ich starrte ihn ein paar Sekunden wortlos an und antwortete dann: «Erstens ist er

Bosnier. Jugoslawien gibt's nicht mehr, falls Sie die letzten fünfzehn Jahre verschlafen haben sollten. Zweitens hat er eine Frau, die ihn vermisst, genauso wie Sie.» Ich musterte ihn von oben nach unten, von der arroganten Visage über den Ohrring bis zur schwarzen Lederweste über dem halboffenen weissen Hemd und spürte, wie meine Irritation langsam die Oberhand gewann. «Obwohl, wenn ich Sie so anschaue… vielleicht mögen Sie doch lieber Männer?»

Sein Gesicht wurde schlagartig rot vor Wut, und eine Ader auf seiner Stirn begann sichtbar zu pochen. Er griff unter den Tresen und nahm einen kurzen Holzknüppel mit Lederschlaufe am Griff hervor, mit dem er etwas unbeholfen vor meinem Gesicht herum wedelte. «Verschwinde! Aber sofort!»

Ich war etwas enttäuscht. Der echte Bruce Willis hätte sicher einen besseren Spruch auf Lager gehabt. Ohne den Blickkontakt zu unterbrechen ergriff ich mein Bierglas, leerte es in einem grossen Zug und rülpste herzhaft. Dann stellte ich das leere Glas vor ihn hin, lächelte ihm freundlich zu und sagte: «War mir kein echtes Vergnügen. Was schulde ich Ihnen für das Bier?»

«Geht aufs Haus. Und nun verpiss dich!»

«Aber gern.» Ich stand auf und tat ihm den Gefallen. Schliesslich hatte ich erfahren, was ich wollte, und dem Barkeeper das Maul zu stopfen würde nichts bringen ausser kurzlebiger Befriedigung. Und wer wusste schon, ob er nicht doch mit diesem Holzknüppel umgehen konnte?

In den letzten zwölf Jahren war ich oft angelogen worden. Sehr oft sogar. Irgendwann entwickelt man ein Gespür dafür. Mein Gefühl sagte mir, dass der Arsch mit Ohren hinter der Bar die Wahrheit gesagt hatte. Wahrscheinlich fielen ihm ‹diese Jugos› wirklich nicht auf. Ich kannte solche Leute. Meist fiel ihnen auch sonst nicht viel auf. Also Fehlanzeige. Ich musste morgen mein Glück nochmals versuchen.

Den Abend verbrachte ich mit Niahm, die nach der Schule von Claudia vorbei gebracht wurde und eine grosse Schachtel in meine Wohnung schleppte. Darin war ein enormes Schachbrett aus Holz samt Spielfiguren und einer Schachuhr. Es stellte sich heraus, dass Niamh soeben dem Schachklub ihrer Schule beigetreten war und üben wollte. Wir verbrachten daher einen angenehmen Abend zu Hause und spielten, bis Niamh nach ihrem ersten, hart erkämpften und von meiner Seite unauffällig unterstützen Sieg einschlief. Ich trug sie in ihr Bett und löschte das Licht. Mein kleines Mädchen wurde schneller erwachsen, als mir lieb war.

Kurz darauf hörte ich ein metallisches Kratzgeräusch, dann klopfte es leise. Ich hatte wohl wieder einmal meinen Schlüssel von innen stecken lassen. Alte Gewohnheit. Vor der Tür stand Fiona. Da ich in der Frühe erneut die Zürcher Trams unsicher machen wollte, schlief sie bei mir, damit sie Niamh am nächsten Morgen zur Schule fahren konnte.

Auch der Rest des Abends stellte sich als sehr angenehm heraus.

Am nächsten Morgen stand ich zum dritten Mal hintereinander bereits vor sechs Uhr morgens an der Freihofstrasse. Langsam hatte ich die Schnauze voll, und ich schwor mir, am nächsten Tag auszuschlafen.

Der Anfang war nicht vielversprechend. Keiner meiner Hoffnungsträger liess sich blicken, weder ‹Kojak› noch ‹Leslie› und auch sonst niemand. Also konnte ich nach dem Reinfall mit ‹Bruce› nur noch auf ‹Drew› oder ‹Angela› hoffen.

Den Rest des Morgens verbrachte ich erneut im Büro, und nach einem frühen Lunch mit Mina stand ich um zehn vor eins schon wieder an der Freihofstrasse. Nach kurzer Wartezeit rumpelte das Tram auf die Minute genau nach Fahrplan heran. Ich stieg ein und setzte mich zur Abwechslung hin.

Beim Lochergut stieg ‹Bruce› ein, der mich sogleich erkannte. Zur Feier des Wiedersehens winkte ich ihm extrafreudig und mit einem breiten Grinsen zu. Bei der nächsten Haltestelle wechselte er den Waggon. Spielverderber.

Nach dem Paradeplatz stellte ich überrascht fest, dass auch ‹Angela› mitsamt ihrer zu heiss gewaschenen Bulldogge im Tram sass. Ich hatte sie gar nicht einsteigen sehen. Aber wichtiger war ja auch, wo sie ausstieg. Ich musste mit ihr reden. Vielleicht hatte ich ja bei ihr mehr Glück als beim guten alten ‹Bruce›.

Zum Schein beschäftigte ich mich mit meinem iPod und betrachtete sie unauffällig. So aus der Nähe sah sie noch bedeutend älter aus, als ich sie zuerst geschätzte hatte. Sie war mindestens Mitte sechzig, wenn nicht Anfang siebzig. Ihre Haare mussten getönt sein. Sie sah eigentlich sehr sympathisch aus, wäre da nicht diese unsägliche Frisur gewesen. Und dieses nutzlose kleine Kläfferchen. Für mich war etwas, das kleiner als eine wohlgenährte Katze war, einfach kein Hund. Ein Collie war ein Hund. Ein Labrador war ein Hund. Aber dieses kleine, undefinierbare Wuschelding war definitiv kein Hund, eher eine Ratte mit Leine daran.

Ausserdem brauchten Hunde für meinen Geschmack viel zu viel Aufmerksamkeit. Guinness und ich, wir führten eine harmonische Männer-WG. Jeder machte, was er wollte, und basta. Allerdings wollte Guinness sowieso hauptsächlich schlafen sowie rein- und rausgelassen oder gefüttert und ab und zu gestreichelt werden. Also genau wie ich.

Die alte Dame stieg schliesslich bei der Fröhlichstrasse aus, der drittletzten Station auf dieser Strecke. Ich folgte ihr in einiger Entfernung zum Restaurant Fischstube am Seeufer, wo sie sich im Garten an einen Zweiertisch setzte und einen Kaffee mit Schlagsahne – in Zürich *Kafi mélange* genannt – bestellte. Der Kellner begrüsste sie als ‹Frau Schmied›. Offensichtlich kam sie öfters hierher.

Ich setzte mich an den Nebentisch und sagte beiläufig: «Schöner Tag heute, nicht?»

Der kleine Kläffer winselte und verkroch sich unter dem Stuhl seiner Herrin. Diese fixierte mich mit ihren grünen Augen und fragte nicht etwa das Offensichtliche – «Kennen wir uns?» – sondern wollte verdutzt wissen: «Sagen Sie, habe ich Sie nicht vorhin im Tram gesehen?»

Die Frau litt nicht an Altersdemenz, so viel war klar.

Ich antwortete freundlich: «Ja, da haben Sie Recht.»

Ihre Miene wurde misstrauisch «Aber ich denke nicht, dass wir uns kennen. Was wollen Sie von mir?» Sie hatte eine tiefe, angenehme Stimme und sprach Berner Dialekt.

Ich beschloss, direkt zum Kern der Sache vorzustossen. «Mein Name ist van Gogh, Frau Schmied. Ich bin Privatermittler und auf der Suche nach einer vermissten Person.»

Über ihr Gesicht huschte ein amüsierter Ausdruck. «Privatdetektiv? Wie Matula? Ich dachte, die gibt es nur im Fernsehen.» Sie sprach sogar für eine Bernerin auffallend langsam, und ihre Wortwahl und Aussprache waren überaus sorgfältig, als ob sie sich jedes Wort zuerst sorgsam im Kopf zurechtlegte.

Ich grinste. «Privat*ermittler*. Und die Realität ist leider viel langweiliger.»

Schmunzelnd erwiderte sie: «Ja, das kann ich mir vorstellen. Wissen Sie, ich war über vierzig Jahre lang Krankenschwester, und bei uns ist es auch nie so abgelaufen wie in diesen neumodischen Fernsehserien.

Obwohl... also, einen Arzt habe ich mir tatsächlich geangelt.» Sie lachte fröhlich. Vor meinem geistigen Auge erschien ein jüngeres Ebenbild der Dame im hellgrünen Kittel einer Krankenschwester. Ich hätte wetten können, dass sie eine tolle Schwester gewesen war. Das Eis schien gebrochen. Aber plötzlich kam ihr etwas in den Sinn. «Haben Sie eine Bewilligung oder so was? Etwas, das Sie mir zeigen können?»

Immer die gleiche Frage. Routiniert antwortete ich: «Im Kanton Zürich ist ‹Privatermittler› kein bewilligungspflichtiger Beruf wie zum Beispiel in Basel oder Genf. Der Kanton kann nur ein Berufsverbot erlassen, wenn man sich etwas zuschulden kommen lässt. Ich habe also leider keine Marke wie die Privatdetektive im Fernsehen. Aber ich bin Mitglied im SPPK und habe einen Waffentragschein. Den und den Mitgliederausweis kann ich ihnen gerne zeigen.»

Ich stand auf, ging unter dem Gekläffe des Möchtegern-Pitbulls zu ihr herüber und blieb vor ihrem Tisch stehen. Dort nahm ich meine Brieftasche hervor und zeigte ihr die beiden Ausweise. Sie kniff die Augen zusammen und meinte dann leicht verlegen: «Wissen Sie, meine Augen sind leider nicht mehr so gut. Was steht denn da unter ‹SPPK›?»

«Schweizerischer Privatdetektiv-Verband ehemaliger Polizei- und Kriminalbeamter», antwortete ich.

Ihre Miene hellte sich auf. «Oh, dann waren Sie früher Polizist? Das ist gut. Leider wird die Polizei heute viel zu wenig respektiert.»

Da musste ich ihr zustimmen. Ich beschränkte mich aber auf ein Nicken und steckte meine Brieftasche wieder ein.

Das Gesicht der alten Dame nahm einen etwas entrückten Ausdruck an. «Wissen Sie, junger Mann, seit meiner Pensionierung komme ich jeden Tag zur gleichen Zeit hierher ans Zürichhorn, um meinen Kaffee zu trinken und nachher mit Rocky spazieren zu gehen und die Enten zu füttern.»

Das Mikrohündchen hiess also Rocky. Das war so köstlich, dass ich am liebsten laut losgelacht hätte. Aber ich beherrschte mich und lenkte stattdessen das Gespräch wieder auf mein Anliegen. «Wie gesagt», erklärte ich, «ich suche jemanden. Einen Vermissten. Die letzten paar Tage bin ich seine Arbeitsstrecke abgefahren. Mit den gleichen Trams, die er jeweils benutzte. Dabei ist mir aufgefallen, dass Sie an allen drei Tagen ebenfalls in diesen Trams sassen.»

Sie dachte kurz nach und antwortete dann: «Und das ist ja auch der Grund, weshalb Sie mitgefahren sind, nicht? Um Leute zu finden, die ihn kennen?»

Ich nickte. «Ja, so ungefähr. Eigentlich eher, um Leute zu finden, die vielleicht etwas beobachtet haben.» Ich nahm Hasanovićs Foto aus meiner Brusttasche, legte es vor sie hin, nickte in Richtung des freien zweiten Stuhls an ihrem Tisch und fragte: «Darf ich mich setzen?»

Sie nickte geistesabwesend, während sie das Foto einen Moment lang stumm betrachtete und dann erstaunt meinte: «Sie, ja, ich kenne diesen Mann tatsächlich!» Dann wurde ihr bewusst, dass sie laut geworden war, und sie schaute sich in typisch schweizerischer Manier schuldbewusst um. Etwas leiser wiederholte sie: «Ich kenne ihn!»

«Wirklich *kennen*? Als Person? Wissen Sie, wie er heisst? Oder sind Sie einfach manchmal mit dem gleichen Tram gefahren?»

«Nicht manchmal. Jeden Tag!»

Bingo! Ich versuchte, mir meine Aufregung nicht anmerken zu lassen und fragte: «Wirklich? Jeden Tag?»

«Ja», antwortete sie energisch, «wirklich jeden Tag. Bis vor etwa vier Monaten, dann habe ich ihn plötzlich nicht mehr gesehen. Er hat wohl die Stelle gewechselt oder andere Arbeitszeiten erhalten.» Ihr Gesicht nahm wieder diesen gedankenverlorenen Ausdruck an, wie die Engelsstatuen auf katholischen Friedhöfen in Italien, die mir aus einer Kindheitsreise im Gedächtnis geblieben waren. «Er war ein sehr netter Mann. Immer gut gekleidet und sehr zuvorkommend. Er grüsste einen immer und wenn das Tram voll war, bot er den Damen oder älteren Personen, auch den Männern, seinen Platz an, und…»

Ich unterbrach sie. «Ja, aber kennen Sie seinen Namen?»

«Sultan», entfuhr es ihr, dann lächelte sie verlegen und meinte: «Nein, seinen Namen kenne ich nicht. Aber er hat dieses Gesicht, wie aus Stein gemeisselt. Und dieses Bärtchen. So männlich und geheimnisvoll. Ich habe ihn immer Sultan genannt. Weil er einfach so aussieht.»

«Ausgesehen hat», korrigierte ich sie reflexartig. Dann hielt ich kurz inne, als mir bewusst wurde, was ich gerade gesagt hatte. Supersensibel, van Gogh! Ich gab mir einen mentalen Tritt in den Hintern und blickte ihr in die Augen. «Er ist ermordet worden.»

Sie hielt sich erschüttert eine Hand vor den Mund. «Oh mein *Gott*! Wann?» Rocky nahm das Stichwort auf und jaulte, bis sie ihn mit einem ungeduldigen Wort zum Schweigen brachte.

«Schon vor etwa vier Monaten», antwortete ich.

«Deshalb war er nicht mehr auf unserem Tram?»

«Ich fürchte ja.»

«Oh mein Gott!», wiederholte sie und starrte in ihren Kaffee. Die Nachricht erschütterte sie ganz offensichtlich. Dann blickte sie auf und fragte: «Wer tut so was?»

«Genau das versuche ich herauszufinden. Wann haben Sie ihn zuletzt gesehen?»

Sie überlegte kurz. «An einem Dienstag vor... ja, eben, das war vor etwa vier Monaten. Ich erinnere mich gut wegen dieser komischen Sache damals...»

Eins ums andere. Zuerst wollte ich sichergehen, dass der Wochentag stimmte. Also unterbrach ich sie und hakte nach: «Entschuldigen Sie, aber sind Sie sicher? Ein Dienstag? Es ist immerhin schon eine Weile her und...»

Nun unterbrach sie mich. Etwas unwirsch meinte sie: «Ja, natürlich bin ich sicher. Ganz sicher. Ich erinnere mich so genau daran, weil es der Geburtstag meines verstorbenen Mannes gewesen wäre, Gott hab ihn selig.»

Elender Mist! Wenn sie sich so sicher war, erinnerte sie sich wohl tatsächlich gut daran. Aus reiner Gewohnheit bohrte ich trotzdem noch etwas nach: «Darf ich fragen, wann ihr Mann Geburtstag hatte?»

«Natürlich dürfen Sie. Markus hatte am elften Juli Geburtstag. Das war sehr praktisch, weil wir da die Geburtstagsfeier immer gleich mit den Ferien verbinden konnten.»

Ich kramte mein Handy hervor und sagte: «Entschuldigen Sie bitte kurz.» Dann rief ich die Kalenderfunktion auf und blätterte zum elften Juli dieses Jahres. Zum zweiten Mal innert weniger Minuten erhielt ich einen Adrenalinschub. Aber Moment, ganz sachte. Konnte ich das falsche Jahr angeschaut haben? Nein. Falscher Tag? Ich starrte auf das Display. Da stand es blau auf grau: ein Montag! Wusste die Frau vielleicht den Geburtstag ihres Mannes nicht mehr?

«Entschuldigen Sie, Frau Schmied, aber darf ich fragen, wie lange Sie verheiratet waren?»

«Vierundzwanzig Jahre. Markus war mein zweiter Mann.»

Okay, nach vierundzwanzig Ehejahren war zu vermuten, dass sie das genaue Geburtsdatum kannte. Schliesslich war sie eine Frau. Umgekehrt hätte ich mich weniger darauf verlassen. Ich fragte weiter: «Sind Sie schon lange Witwe?»

«Vier Jahre.»

«Und Sie gedenken seiner an jedem Geburtstag, nicht wahr?»

«Ja, ich zünde immer eine Kerze im Grossmünster für ihn an.»

Ich holte tief Luft. Kein Zweifel, sie erinnerte sich. Und sie hatte vor vier Monaten an genau diesem Tag irgendetwas Wichtiges beobachtet. Und dieser Tag war kein Dienstag, sondern ein Montag gewesen! *Der* Montag!

Unwillkürlich warf ich einen Blick nach oben. So viel Glück machte mich misstrauisch, und ich hatte plötzlich die irrationale Furcht, dass meiner Zeugin etwas passieren könnte, bevor sie mir den Rest erzählte. Wie zum Beispiel von einem abgebrochenen Stück eines vorbei fliegenden Jumbojets platt gedrückt oder vom Blitz getroffen zu werden.

Sie bemerkte meinen Blick, folgte ihm und fragte: «Stimmt etwas nicht?»

«Nein, nein», antwortete ich, «alles in Ordnung. Ich habe nur gerade festgestellt, dass der elfte Juli ein Montag war, nicht ein Dienstag.» Ich zeigte ihr den Eintrag auf dem Display meines Handys.

«Ach wirklich», seufzte sie. «Wissen sie, mein Gedächtnis ist noch sehr gut, aber mit den Wochentagen hatte ich es schon früher nie. Das tut mir jetzt leid.»

«Kein Problem, genau deshalb überprüfe ich immer alles. Seien Sie mir nur nicht böse.»

«Natürlich nicht.»

«Gut.» Ich lächelte sie aufmunternd an. «Können Sie mir dann erzählen, was Sie damit gemeint haben, dass an dem Tag etwas Seltsames passiert sei?»

«Natürlich. Warten Sie… also…» Sie stockte erneut und strich sich mit einer fahrigen Handbewegung durch ihre getönten Haare. «Also, das war so… An diesem Morgen sass der Sultan – wie heisst… *hiess* er eigentlich?»

«Mujo. Mujo Hasanović.»

«Ein Türke?»

«Ein Bosnier», antwortete ich.

Sie lächelte traurig. «Sultan passte also nicht schlecht, oder? Also, der Sultan… ich meine, Herr Hanowitsch…»

«Hasanović», korrigierte ich sie automatisch.

«Ja, eben, Herr *Hasanović* sass an diesem Mittag zwei Reihen vor mir. In einer dieser Vierergruppen, bei denen sich jeweils zwei Sitze gegenüberstehen?» Ich nickte aufmunternd und sie fuhr fort: «Also, Herr Hasanović sass zwei Reihen vor mir, und zwar so, dass ich sein Gesicht sehen konnte. Wissen sie, an Markus' Geburtstag bin ich immer sehr traurig, weil ich ihn nicht mehr gemeinsam mit ihm feiern kann, und Herr Hasanović war wie immer sehr freundlich und hat mir einen guten Tag gewünscht, als ich eingestiegen bin, und das hat mich sehr gefreut und auch ein wenig aufgemuntert.»

Ihre Augen glänzten feucht. Sie nahm ein Stofftaschentuch aus ihrer Handtasche und tupfte sich damit die Augenwinkel ab. Dann fuhr sie fort: «Er hat in einem Magazin gelesen. Er las immer etwas, ich glaube, er ist… *war* sehr belesen. Ich habe ihm dabei gerne zugeschaut, deshalb erinnere ich mich so genau daran. Er war also am Lesen und hat ab und zu aus dem Fenster geschaut. Ich glaube… warten Sie… ja, ich bin *sicher*, das Tram stand gerade an einer Haltestelle, als Sultan… ich meine, Herr Hasanović… also, er hat aus dem Fenster geschaut. Dann ist plötzlich so etwas wie ein elektrischer Schlag durch seinen Körper gefahren. Wirklich, es hat genau so ausgesehen. Ich habe so etwas sonst nur bei Psychiatriepatienten gesehen. Er ist ruckartig bockgerade aufgesessen und hat mit weit aufgerissenem Mund aus dem Fenster gestarrt. Ich konnte ihn von der Seite gut sehen. Sein Gesicht war plötzlich kreideweiss, und er hat geschwitzt wie in der Sauna. Im Ernst. Es waren nicht einfach ein paar Tropfen. Der Schweiss ist ihm richtig die Stirn hinuntergelaufen. Er sah aus, wie wenn er einen Geist gesehen hätte. Dann hat er so etwas Komisches gerufen. Das ganze Tram hat ihn angeschaut.»

Sie war ganz ausser Atem gekommen und hielt inne, um nach Luft zu schnappen.

Ich gab ihr einen Moment und fragte dann: «Wissen Sie noch, was er gerufen hat?»

«Nein… oder doch… nicht so richtig. Irgendwas von einem Prinzip? Ja, genau, das war's. Ich habe mich danach die längste Zeit gefragt, was er damit wohl meinte.»

«Ein Prinzip? Was für ein Prinzip?»

«Keine Ahnung. Aber er hat es sehr laut gerufen. Alle im Tram haben sich nach ihm umgedreht. Und wissen Sie, an einem meiner normalen Tage passiert sonst nicht besonders viel.»

Hasanović hatte also etwas – oder jemanden – gesehen. Die Frage war nun, was es mit diesem Prinzip auf sich hatte und was er danach tat. Ich fragte also: «Ist er denn ausgestiegen?»

Sie überlegte einige Sekunden, bevor sie antwortete. «Nein. Oder warten Sie... ja, doch, gleich bei der nächsten Haltestelle. Ja, genau. Er stand vor der Tür und war ganz nervös und ungeduldig, ganz anders als sonst immer. Und kaum war er draussen, ist er gleich wieder in die Richtung zurück gerannt, aus der wir gerade gekommen waren. Ich erinnere mich, dass mir das sehr seltsam vorgekommen ist.»

Ich liess die Information kurz auf mich einwirken. Es war also etwas so Wichtiges vorgefallen, dass er zu Fuss zurück in die Richtung geeilt war, aus der er soeben mit der Strassenbahn gekommen war. Dann hakte ich nach: «Können Sie sich auch noch erinnern, an welcher Haltestelle das passierte?»

«Am Paradeplatz.»

Mehr kam ihr nicht mehr in den Sinn. Aber die alte Dame genoss die Gelegenheit sichtlich, sich mit jemandem unterhalten zu können, und ich blieb deshalb noch eine weitere halbe Stunde lang sitzen und plauderte mit ihr über dies und das. Ich erfuhr, dass ihr Vorname Irmgard war und erhielt allerlei Tipps für den Umgang mit meiner vorpubertären Tochter.

Um zehn nach drei drückte ich schliesslich mein Bedauern aus und stand auf. Zum Abschied gab ich ihr meine Karte und bat sie, mich jederzeit anzurufen, falls ihr noch irgendwas in den Sinn kam.

Wieder hatte ich ein Stück des Puzzles gefunden, aber ich hatte immer noch keine Ahnung, wie die Teile zusammenpassten.

KAPITEL 11

Um zehn Uhr morgens sassen Mina und ich schweigend in unserem Büro und frönten dem heiligen Schweizer Brauch des *Znüni*, der kleinen Zwischenmahlzeit am Morgen. Bei uns bestand sie aus Kaffee und Croissants, welche Mina mitgebracht hatte. Es war Montag, und meine Bürogenossin war erst gerade zur Tür herein gekommen. Wie üblich war sie vom Wochenende gezeichnet. Ich hatte schon vor langer Zeit gelernt, dass es sich nicht lohnte, sie auf den offensichtlichen Raubbau an ihrem nicht mehr ganz taufrischen Körper aufmerksam zu machen.

Demgegenüber war mein eigenes Wochenende mit Niamh geradezu harmlos gewesen. Kebab, Kino, Schach und – *Überraschung!* – ein Zoo-Besuch hatte das Rahmenprogramm gebildet. Niamh würde sicher einmal Tierärztin werden.

Nach einer zweiten Tasse Kaffee setzte ich mich an meinen Schreibtisch, startete meinen Laptop und öffnete die Hasanović-Datei, die ich am Freitag nach meinem Gespräch mit der alten Dame aktualisiert hatte. Noch gleichentags hatte ich auch Kulenović angerufen und ihm einen kurzen Zwischenbericht erstattet.

Nachdem mein an Altersschwäche leidender Computer die Datei endlich geladen hatte, scrollte ich langsam durch sie hindurch. Sie war enttäuschend kurz.

Mujo war also am Montag der zweiten Juliwoche wie üblich zum Mittagessen nach Hause gefahren. Auf dem Rückweg hatte ihn beim Paradeplatz etwas so aufgeregt, dass er kreideweiss im Gesicht geworden war und wie ein Tier zu schwitzen begonnen hatte. Dazu hatte er irgendetwas von einem Prinzip vor sich hin gestammelt. Schliesslich war er bei der nächsten Haltestelle, also an der Börsenstrasse, ausgestiegen und in Richtung Paradeplatz zurückgerannt. Anschliessend hatte er sich – vermutlich erst einige Zeit später – telefonisch bei Gotti krank gemeldet und war die nächsten viereinhalb

Tage nicht zur Arbeit erschienen. Zu Hause hatte er aber den gewohnten Tagesrhythmus eingehalten.

Am Freitagabend war er dann überhaupt nicht nach Hause gekommen. Dies hatte dazu geführt, dass sich seine Frau Jasmina am nächsten oder übernächsten Tag hilfesuchend an den Imam ihrer Glaubensgemeinschaft, Mahir Kulenović, gewandt hatte. Der wiederum war mit ihr bei mir aufgekreuzt, allerdings erst – ich rechnete kurz nach – *vier* Tage später. Wieso eigentlich erst dann? Ich machte mir eine Notiz, den Imam darauf anzusprechen.

Mujo selbst war bereits in der Nacht auf den Freitag oder allenfalls am Samstag ermordet und auf bizarre Weise im See versenkt worden.

Am Ende des Dokuments befand sich meine Liste offener Fragen. Sie wurde immer länger.

Frage eins: Wann genau hatte sich Mujo bei Gotti krank gemeldet? War das vor oder nach dem Vorfall beim Paradeplatz gewesen?

Zwei: Was zum Teufel hatte er zwischen Montagmittag und Freitagnacht gemacht?

Drei: Weshalb hatte er seiner Frau keinen reinen Wein eingeschenkt?

Vier: Weshalb hatten sich Jasmina die Eisprinzessin und Kulenović nicht schneller bei mir gemeldet?

Fünf: Wieso eigentlich hatten sie nicht sowieso sofort die Polizei verständigt und eine Vermisstenmeldung aufgegeben? Die Erklärung, dass Jasmina Hasanović einfach kein Vertrauen in die Polizei hatte, befriedigte mich nach wie vor nicht.

Sechs: Was war am Paradeplatz vorgefallen? Wen oder was hatte Hasanović gesehen oder was war da sonst mit ihm los gewesen?

Sieben: *Weshalb* wurde Mujo ermordet?

Acht: *Wo* wurde er ermordet?

Neun: *Wer* hatte ihn ermordet?

Und zehn: Was hatten die Tatumstände zu bedeuten? Was sollte das alles? Weshalb hatte man ihn vor der Tat so furchtbar verprügelt, dass er einen Schädelbruch sowie einen Leberriss davontrug? Wieso der zugenähte Mund, das Geld darin, das Versenken im See? Hatte irgendwas davon eine tiefere Bedeutung? Ich dachte mit zusammengefalteten Händen nach und ergänzte die letzte Frage noch mit fünf Unterpunkten: A, woher stammte die Hellabrunner Mischung; B, woher stammte die Angelschnur; C, woher stammte das Stahlträgerstück; D, womit war das

Opfer nach Wollishofen transportiert worden, und E, weshalb zum Teufel ausgerechnet nach Wollishofen?

Mangels Alternativen begann ich mit der ersten Frage. Ich nahm also das Telefon zur Hand und rief Giulio Gotti an. Es stellte sich heraus, dass er sich genau erinnerte: Hasanović hatte ihn während eines Meetings mit dem Versicherungsmakler der Firma angerufen, und zwar etwa in der Mitte. Gemäss seiner Agenda hatte das Meeting um halb zwei begonnen. Ich bedankte mich, legte auf und überlegte. Irgendetwas war also am Paradeplatz vorgefallen, und erst *danach* hatte sich Hasanović krank gemeldet.

Bezüglich des Rests der Fragen konnte ich bisher nur Vermutungen anstellen. Aber ich *konnte* ein wenig fabulieren und einige Arbeitshypothesen aufstellen. In meinem Beruf war es nicht angebracht, an Zufälle zu glauben. Oder anders gesagt, ich war mir durchaus bewusst, dass einige Dinge rein zufällig passierten und daher auch bei meinem Fall nicht hinter allem ein tieferer Grund stecken musste, aber bei der Lösung musste ich davon ausgehen, dass dem nicht so war. Stattdessen stellte ich Hypothesen auf und versuchte diese anschliessend zu überprüfen. Mit der Zeit ergab sich dann die Lösung sozusagen von selbst. Zumindest theoretisch.

Ich arbeitete mich systematisch von oben nach unten durch die Liste. Also: *Wahrscheinlich* bestand ein Zusammenhang zwischen Hasanovićs mysteriöser Beschäftigung zwischen Montagnachmittag und Freitagnacht und dem Vorfall am Paradeplatz. Ebenso gab es *wahrscheinlich* auch einen guten Grund, weshalb er seiner Frau nichts davon erzählt hatte. Und *möglicherweise* hing die Tatsache, dass Kulenović und Jasmina Hasanović mich erst vier Tage nach dem Verschwinden ihres Mannes aufgesucht hatten, mit ihrer Weigerung zusammen, eine Vermisstenmeldung bei der Polizei aufzugeben.

Ich lehnte mich zurück und stand auf, um mir eine weitere Tasse Kaffee zu holen. Mein Gehirn brauchte Treibstoff.

Zurück an meinem Pult ging ich weiter die Liste durch. *Vielleicht* hing der Grund für Mujos Ermordung mit dem Paradeplatz-Vorfall zusammen, und *möglicherweise* standen auch die Mörder in irgendeiner Verbindung dazu. Auch Grund und Ort der Tat *konnten* in einem Zusammenhang stehen, mussten es aber nicht. Das gleiche galt für den Ort des Verbrechens und die Identität der Mörder. Letzere hing *vielleicht* – ich unterstrich das Wort – auch mit der Herkunft der

Hellabrunner Mischung, der Angelschnur und des Stahlträgerstücks, das für den Transport eingesetzte Fahrzeug und der Wahl von Wollishofen als Standort für die Entsorgung der Leiche zusammen. Und schliesslich waren *möglicherweise* der Ort des Verbrechens und der Ort, wo die Leiche gefunden wurde, irgendwie miteinander verbunden.

Ich hielt inne und trank einen weiteren Schluck Kaffee. Was fehlte noch? Auch wenn ich es nicht gerne in Betracht zog, konnte ich die Möglichkeit nicht ausschliessen, dass meine verspätete Einschaltung in den Fall und die Weigerung Kulenovićs und Jasmina Hasanovićs, für Hasanović eine Vermisstenmeldung aufzugeben, ebenfalls etwas zu bedeuten hatten. Ich mochte Kulenović und hielt die Eisprinzessin zumindest nicht für eine Gattenmörderin, aber eigentlich kannte ich beide kaum. Also durfte ich die Möglichkeit, dass sie mich nach Strich und Faden belogen hatten und irgendein groteskes Spiel mit mir trieben, nicht von Anfang an ausschliessen. Aber ich hoffte natürlich, dass dem nicht so war.

Was noch? Es störte mich, dass ich immer noch keine genaue Vorstellung davon hatte, wer Mujo gewesen war. Oder wer seine Witwe, die Eisprinzessin, wirklich war. Woher in Bosnien kamen die Hasanovićs? Weshalb waren sie in die Schweiz gezogen? Was hatten beide im Bosnienkrieg erlebt? Wie hatten sie sich kennen gelernt? Und weshalb hatten sie überhaupt geheiratet?

Ich war der festen Ansicht, dass die Menschen für den Schritt in die Ehe immer noch einen zweiten, unterschwelligen Grund hatten nebst der Sehnsucht nach der grossen romantischen Fernsehliebe, sei es nun finanzielle Sicherheit, die Erlangung einer Aufenthaltsbewilligung oder sonst etwas. Bei mir zum Beispiel war es Claudias Schwangerschaft gewesen. Mina hatte geheiratet, um ihrem Elternhaus zu entfliehen. Bei Markus Steiner kam für Leute mit seinen Wertvorstellungen ab einem gewissen Alter einfach nichts anderes in Frage. Und Ivica hatte seine Alenka nur so in die Schweiz nachkommen lassen können. Was also war es für die beiden Hasanovićs gewesen?

Ich brauchte dringend intellektuelle Unterstützung. Auf meine Bitte hin ging Mina deshalb den ganzen Fall nochmals mit mir durch, aber ausser der Ermahnung, meine Paranoia nicht zu übertreiben, kam ihr leider auch nichts in den Sinn.

Um Viertel nach elf gaben wir auf und genehmigten uns eine grosse Pizza in einem kleinen Laden gleich um die Ecke. Wie immer war meine Hälfte mit Schinken, Salami und Ananas belegt, während Minas aus Pilzen, Sardellen und Rucola bestand. Und wie immer erhielt ich für meine angeekelte Miene einen Tritt gegen das Schienbein.

Zurück im Büro überlegte ich mir meine nächsten Schritte. Nicht einmal die Polizei mit all ihren Mitteln und der ihr zur Verfügung stehenden Manpower hatte es geschafft, ein Motiv für den Mord zu finden, geschweige denn den oder die Mörder zu identifizieren. Auch die beim Mord verwendeten Hilfsmittel hatten die staatlichen Ermittler nicht weitergebracht, weder Angelschnur noch Isolierband, Kette oder Stahlträger. Und wenn das dem wissenschaftlichen Dienst nicht gelungen war, konnte ich es auch gleich vergessen.

Auch bezüglich des verwendeten Betäubungsmittels hatte die Kantonspolizei den Durchbruch nicht geschafft, obwohl sie alle Tierarztpraxen im Kanton abgeklappert hatte. Aber hatten sie wirklich an alles gedacht? Ich wusste es nicht.

Und was war mit dem Vorfall am Paradeplatz? Vielleicht hatte ja sonst noch jemand etwas bemerkt? Ich konnte natürlich mit Hasanovićs Foto hausieren gehen und herumfragen, aber das Ganze war immerhin schon über vier Monate her.

Ich starrte gedankenversunken auf den Bildschirm. Die Buchstaben verschwammen vor meinen Augen. Meine Gedanken drehten sich im Kreis wie die Wäsche im Trockner.

Ich beschloss, dem weisen Rat meines Grossvaters zu folgen und mir zunächst einmal einen Whiskey zu gönnen, bevor ich ein paar vergrösserte Fotokopien von Hasanovićs Passfoto machte. Falls mir nicht vorher noch etwas Besseres in den Sinn kam, würde ich doch am Paradeplatz herumfragen müssen. Ausserdem musste ich Kulenović wohl bitten, Jasmina Hasanović zwecks Intensivbefragung ins *Džemat* zu bestellen. Ich wusste allerdings nicht, wie er darauf reagieren würde, und die Tatsache, dass ich dabei immer auf seine Übersetzerdienste angewiesen war, störte mich sowieso zunehmend. Vielleicht sollte ich Steiner bitten, mir einen externen Übersetzer zu schicken. Oder Ivica ins Boot holen? Als Kroate verstand er die Eisprinzessin wahrscheinlich auch, rein sprachlich zumindest. Ich konnte mir zwar kaum vorstellen, dass der Imam etwas mit der Sache zu tun hatte, aber es konnte trotzdem nicht schaden, einmal ohne ihn mit ihr zu sprechen.

In diesem Moment kündigte das Vibrieren meines Handys eine neue SMS an. Die Nummer des Absenders war mir unbekannt. Die Nachricht selbst war zwar kurz aber verblüffend: «Bitte kommen sie zu mir. Wir reden. Jasmina»

Heilige Scheisse! Unwillkürlich stiess ich einen lauten Fluch aus, was mir einen finsteren Blick der verkaterten Mina einbrachte. Ich ignorierte sie und las die Textnachricht nochmals. Die Eisprinzessin! Das war zu viel. Genau in dem Moment, in dem ich an sie gedacht hatte? Hatte Sie die Nachricht selbst geschrieben oder hatte ihr jemand geholfen? Eigentlich hatte sie ja nie konkret behauptet, kein Deutsch zu sprechen, sondern einfach nie etwas in dieser Sprache gesagt. Ich Depp hatte daraus natürlich automatisch geschlossen, dass sie es nicht konnte. Aber nichts sagen in einer Sprache ist ja bekanntlich nicht das gleiche wie eine Sprache nicht sprechen.

Ich schrieb zurück: «Wann und wo?»

Kaum eine Minute später kam die Antwort: «Bald bitte, in meiner Wohnung.»

Ich war nun wirklich neugierig und schrieb zurück: «Ok. 2 h.»

Zwei Stunden sollten ausreichen, um hinzufahren und ihre Wohnung eine Weile lang im Auge zu behalten, bevor ich läutete. Nur um sicherzugehen, dass sich nicht noch jemand für die Hasanović – oder mich – interessierte. Aber natürlich nützte das nur etwas, wenn die Eisprinzessin nicht selbst in die Sache verwickelt war.

Fast auf die Minute genau zwei Stunden später drückte ich auf Jasmina Hasanovićs Klingelknopf. Das Gebäude sah auch auf den zweiten Blick aus wie eine Legehennenbatterie.

Ich trug eine schwarze Windjacke, Jeans und weisse Turnschuhe. Mein dunkelblaues Sweatshirt verdeckte den Griff meiner Beretta. Ich war nervös und neugierig.

Die Eisprinzessin öffnete die Tür. Erneut hatte ich den komischen Eindruck, dass sie seit unserer ersten Begegnung um mindestens zehn Jahre gealtert war. Sie trug einen schwarzen Rock und eine dunkelbraune Bluse, aber kein Kopftuch. Ihre langen schwarzen Haare waren in einem Knoten zusammengesteckt. Mit einer Handbewegung bedeutete sie mir stumm, ich solle eintreten. Dann führte sie mich durch den Flur ins Wohnzimmer.

Ich hatte halbwegs erwartet, eine opulente orientalische Inneneinrichtung wie bei Kulenović vorzufinden, bei dem ich vor Jahren einmal zum Essen eingeladen gewesen war, aber die Wohnung der Hasanovićs war spartanisch und funktional, ohne Brimborium und irgendwie auch ohne Wärme. Nach meiner Erfahrung verwandelten viele Migranten ihre Wohnungen in eine Art Schrein für ihre alte Heimat. Bei mir hing und stand zum Beispiel allerhand Firlefanz aus Chicago herum. Bei Ivica zu Hause war alles voll mit kroatischem Krimskrams. Aber an den weissgetünchten Wänden der Hasanovićs hingen nur einige dunkle Holzrahmen mit Fotos von Personen und Landschaften darauf, sonst nichts. Die erste Hälfte des Raumes wurde von einem hölzernen Esstisch und vier Stühlen belegt, in der anderen stand ein billiges dreiteiliges rotes Sofa an der Wand, flankiert von einem abgewetzten, aber gemütlich wirkenden Ledersessel und einigen Pflanzen. Ausgerichtet war das Ensemble auf einen an der gegenüberliegenden Wand stehenden vorsintflutlichen Fernseher auf einem einfachen weissen Möbel. Sonst war der Raum leer. Bis auf die Fotos hätte es gerade so gut die Dienstwohnung eines Beamten sein können. Wenn es sowas noch gab.

Etwas verloren stand ich in der Mitte des Raums und schaute die Eisprinzessin erwartungsvoll an. Bisher hatte sie immer noch kein Wort gesagt.

Das konnte ja heiter werden. Vielleicht war ein Übersetzter doch keine so schlechte Idee. Aber ausser uns war niemand da, und plötzlich sprach sie doch, auch wenn sie dabei aus dem Fenster schaute. «Danke fürs Kommen.»

Ich war so verblüfft, dass ich keine Antwort gab.

Schliesslich schaute sie mir in die Augen und meinte mit einem Achselzucken: «Ja, ich spreche Deutsch.» Sie hatte einen deutlichen Akzent und sprach eine eigentümliche Mischung aus Hochdeutsch und Zürcher Dialekt, aber sie redete flüssig und bisher fehlerfrei.

Das erste, was mir in den Sinn kam, war: «Und wieso haben Sie mir das nicht schon früher gesagt?»

«Bosnische Frauen sollen nicht allein mit fremden Männern reden.»

Auch ihre Grammatik war gut. Aber nach allem, was ich bisher gelesen hatte, war die bosnische Kultur tolerant und die Interpretation des Islams liberal. Es schien mir also wahrscheinlicher, dass in erster Linie die Eisprinzessin nicht gerne mit fremden Männern sprach. Ich fühlte mich irgendwie belogen und benutzt und reagierte dementsprechend unwirsch. «Wissen Sie, ich hätte mir einige Umtriebe sparen können, wenn ich gewusst hätte, dass ich Sie direkt fragen kann. Gerade bei den Gesprächen mit dem Imam hätten Sie ruhig etwas mehr beitragen können.»

Sie sprach so leise, dass ich sie kaum hörte. «Ja, aber das ist… wie sagt man… Mannsache?»

«Männersache», korrigierte ich sie automatisch.

«Männersache.»

Ich hatte den Verdacht, dass meine Mutter diese Einstellung nicht gutgeheissen hätte. Andererseits war ich nicht hierher gekommen, um der Frau Vorwürfe zu machen. Ich stand auf und betrachtete eines der Fotos an der Wand. «Sind das Verwandte von Ihnen?»

«*Da.* Meine Eltern und ihre Geschwister.»

Das Wort ‹da› hatte ich schon von Alenka Sanader gehört, und ich nahm an, dass es auch auf Bosnisch ‹Ja› bedeutete. «Leben sie in Bosnien?»

Sie schaute mich ausdruckslos an. «Sie leben nicht mehr.»

Entgeistert fragte ich: «Was, alle?»

«*Da.*»

«Das tut mir sehr leid.»

Immer noch hatte ihr Blick diese irritierende Leere, als sie antwortete: «Das ist lange her.»

Ich zeigte auf eines der anderen Bilder, auf denen ein fröhlicher junger Mann in weissem Hemd und schwarzer Weste vor einem orientalisch aussehenden Haus abgebildet war. «Ihr Bruder?»

Sie nickte. «Senad.»

«Sehen Sie ihn manchmal?»

«Nein.»

«Oh, das ist schade. Was macht er denn?»

«Verschwunden im Krieg.»

Das Thema war das reinste Mienenfeld. Ich kam mir ungewöhnlich unbeholfen vor. Andererseits war es für meine Begriffe seltsam, dass in der ganzen Wohnung keinerlei sonstige Erinnerungsstücke aus Bosnien zu finden waren ausser dieser Galerie der Toten. Ich wusste nicht, was ich sagen sollte, und so sagte ich wieder einmal nichts und schaute mich stattdessen weiter um. Dabei fiel mir etwas auf: Es gab keine Spuren von Mujo Hasanović in diesem Wohnzimmer. Keine Fotos, keine Andenken, keine Bücher. Keine Hinweise auf seine Vorlieben und Abneigungen, seine Hoffnungen und Ängste. Nichts. Es war, wie wenn er gar nie hier gewohnt hätte.

Schliesslich wurde auch der Eisprinzessin die ungemütliche Stille zu viel und sie lud mich mit einer Handbewegung ein, auf dem Sofa Platz zu nehmen. Dann verschwand sie in der Küche und kam kurz darauf mit einem kleinen Tablett zurück, auf dem zwei kleine weisse Porzellantassen ohne Henkel und ein dampfendes, sich nach unten weitendes Kupferkännchen mit langem schmalem Metallgriff standen. Ohne zu fragen, ob ich wollte, schenkte sie uns beiden ein.

Ich bedankte mich, probierte einen Schluck und machte eine verzückte Miene. Dabei musste ich nicht gross schauspielern. Bosnischer Kaffee schmeckte für mich genau wie arabischer. Mein Zuspruch schien der Hasanović sichtlich zu gefallen.

Ich beschloss, nochmals einen Anlauf zu nehmen, um ein paar persönliche Dinge über sie zu erfahren. Unverblümt frage ich: «Sagen Sie, vermissen Sie Ihre Heimat?» Nach einer kurzen Pause fügte ich als Nachgedanke hinzu: «Woher stammen Sie eigentlich?»

Sie schwieg so lange, dass ich dachte, sie würde gar nicht mehr antworten, aber schliesslich sagte sie leise: «Ja, natürlich vermisse ich Bosnia, jeden Tag.» Ihre Augen erhielten einen eigentümlichen Glanz. «Ich komme aus einem kleinen Dorf in Zentralbosnien namens Vitez. Nicht weit von Sarajevo.»

«Und ihr verstorbener Mann?»

«Gleiche Region, aber noch näher an der Hauptstadt.»

So ging das noch einige Minuten weiter. Ich stellte Fragen, und sie wich ihnen aus. Schliesslich beschloss ich, zum Kern der Sache vorzudringen. Ich räusperte mich, schaute ihr direkt in die Augen und fragte: «Frau Hasanović, weshalb haben Sie mich hierher bestellt?»

Wieder sagte sie nichts. Stattdessen starrte sie auf ihre grünen Filzpantoffeln und kaute dazu nervös auf ihren Fingernägeln herum. Ich schwieg ebenfalls. Sie schwieg noch ein bisschen mehr. Nach einer Weile hatte ich genug und räusperte mich erneut. «Frau Hasanović?»

Plötzlich begann sie aus heiterem Himmel zu weinen. Es war wie ein innerer, unsichtbarer Wolkenbruch. Nur ihre zuckenden Schultern und die Tränen, die ihr über das Gesicht liefen, wiesen darauf hin.

Erschrocken starrte ich sie einen Moment lange entgeistert an. Was sollte ich tun. Trösten? Ja, aber wie? Den Arm um sie legen? Sie schien mir nicht der Typ dafür zu sein. Etwas Aufmunterndes sagen? Aber was? Hilflos sass ich da und wartete darauf, dass sie sich beruhigte.

Nach einigen Minuten wurde das Zucken der Schultern seltener und die Tränen versiegten allmählich. «Entschuldigung», sagte sie und wischte sich mit dem Ärmel die Nase ab.

Ich gab keine Antwort. Nichts schien mir angemessen zu sein. Ich hatte keine Ahnung, wie ich mit der Frau umgehen sollte. Wie den meisten Männern waren mir weinende Frauen ein Gräuel. Böse Zungen behaupteten ja, dass manche Exemplare des schönen Geschlechts diese Tatsache ganz bewusst als Verhandlungsstrategie einsetzten, aber bei Jasmina Hasanović lag die Sache anders, das konnte ich fühlen. Ich hatte den eigenartigen Eindruck, die tiefe Trauer, welche sie durchflutete, fast sehen zu können, wie wenn eine bläuliche Aura um sie herum schimmerte. Die Frau brauchte eine Therapie, so viel war klar.

Sie nahm ein Papiertaschentuch hervor und tupfte sich damit die Augenwinkel ab. Dann schnäuzte sie sich mehrmals die Nase, lehnte sich in ihrem Sessel zurück und liess das Taschentuch achtlos neben sich auf den Boden fallen. «Entschuldigung», sagte sie nochmals.

Sanft wiederholte ich meine Frage von vorhin: «Weshalb wollten Sie mich sehen, Frau Hasanović?»

Sie seufzte tief und fixierte mich dann mit ihrem unergründlichen Blick. «Ich habe Ihnen nicht alles gesagt. Leider.»

«Möchten sie es mir denn jetzt sagen?»

Sie nickte. Mit der kleinen Geste schien neue Energie über sie zu kommen. Sie streckte sich ein wenig, und ihr Gesicht nahm einen entschlossenen Ausdruck an, als sie unvermittelt sagte: «Mein Mann hat andere Frau.»

«Sie meinen, er hatte eine Affäre?»

«*Da.* Mit einer anderen Frau.»

Ich fragte das Offensichtliche. «Woher wissen Sie das?»

Sie wandte den Kopf ab. Ich schwieg. Sie schwieg. *Déjà-vu.*

Schliesslich stand ich auf und fragte: «Ist es Ihnen lieber, wenn ich gehe?»

«Nein, bitte! Bleiben Sie!»

«Na gut, aber dann müssen Sie wohl oder übel mit mir reden.» Seufzend liess ich mich wieder auf das Sofa sinken.

Sie räusperte sich, und dann brach plötzlich alles aus ihr heraus. Anscheinend war die Eisprinzessin nicht so ahnungslos, wie es zuerst schien. Ihr Mann war seit einigen Monaten oft sehr spät nach Hause gekommen, vielfach erst, wenn sie schon geschlafen hatte. Zuerst hatte sie ihm geglaubt, dass er lediglich sehr viel Arbeit habe, aber als es immer schlimmer wurde und mehr und mehr Abende, ja sogar ganze Wochenenden betroffen waren, hatte sie beschlossen, ein ernstes Wort mit seinem Chef zu reden. Zu diesem Zweck war sie eines Abends zum Seefeld hinaus gefahren. Statt an der richtigen Haltestelle auszusteigen, war sie aber im Tram eingeschlafen und erst beim Bahnhof Tiefenbrunnen wieder aufgewacht. Als sie schliesslich zurück an der Fröhlichstrasse, ihrem eigentlichen Ziel, angekommen war und gerade aussteigen wollte, hatte sie aus den Augenwinkeln unter den Wartenden ein bekanntes Gesicht gesehen. Mujo. Er war einen Waggon weiter vorne in die gleiche Strassenbahn eingestiegen, ohne sie zu bemerken. Das hatte sie befremdet, und ohne genau zu wissen, weshalb, blieb sie sitzen und beobachtete ihn, statt zu ihm hin zu gehen. Beim Bellevue hatte er dann auf die Linie Elf gewechselt. Wieder war Jasmina einen Wagen hinter ihm eingestiegen, ohne dass er sie bemerkt hatte.

Ich unterbrach sie: «Hat er gelesen?»

«*Da*», antwortete sie, «er liest meist unterwegs.»

Ein Punkt für die Beobachtungsgabe der alten Frau Schmied.

Jasmina fuhr mit ihrer Geschichte fort. Die Fahrt im Elfertram hatte eine ganze Weile gedauert, vorbei am Hauptbahnhof und weiter Richtung Norden über den Bucheggplatz nach Oerlikon, und da sie nicht gewusst hatte, wohin die Reise ging, war es ihr natürlich noch länger vorgekommen. Beim Hallenstadion war Mujo dann schliesslich ausgestiegen.

Eine Sache kam mir komisch vor, und ich sagte: «Entschuldigen Sie, dass ich Sie unterbreche, aber haben Sie eine Ahnung, weshalb er nicht beim Bahnhof Stadelhofen auf die S-Bahn gewechselt hat? Damit wäre er doch viel schneller in Oerlikon gewesen.»

Sie schaute mich verwundert an und überlegte einen Moment. Dann antwortete sie nachdenklich: «Das weiss ich nicht. Aber wissen Sie, Mujo hasst Tunnels. Aus dem Krieg.»

«Wissen Sie auch, weshalb?»

«Nein, er spricht nie drüber.»

So langsam begann mich die Verwendung der Gegenwartsform für ihren verstorbenen Mann zu irritieren, aber ich liess mir nichts anmerken und sagte aufmunternd: «Okay. Erzählen Sie bitte weiter.»

Jasmina hatte nicht recht gewusst, was sie tun sollte, nachdem ihr Mann ausgestiegen war. Sollte sie ihm wirklich nachspionieren? Vielleicht war ja alles ganz harmlos? Angetrieben von einer inneren Stimme war sie in letzter Sekunde ebenfalls aus dem Tram gesprungen und ihm dann in weiter Entfernung gefolgt. Zu ihrem Schock hatte sie feststellen müssen, dass seine Endstation ein älteres Mehrfamilienhaus in einer Seitenstrasse hinter dem Schwimmbad Oerlikon war. Einige Zeit hatte sie vergeblich in der Nähe gewartet und gehofft, er käme gleich wieder heraus. Dann hatte sie sich die Adresse notiert, war nach Hause gefahren und hatte den ganzen Abend geweint. Als er spät in dieser Nacht endlich nach Hause gekommen war, hatte sie sich schlafend gestellt. Er hatte nur kurz ins Schlafzimmer geschaut und war dann im Bad verschwunden. Anschliessend hatte sie gehört, wie er sich es auf dem alten Sofa im Wohnzimmer bequem machte.

Ich unterbrach sie erneut. «Hat er das öfters gemacht, Frau Hasanović? Ich meine, auf dem Sofa zu schlafen?»

Aus irgendeinem Grund war ihr das sichtlich peinlich, aber sie antwortete: «In letzter Zeit immer öfters. Er kommt halt immer so spät nach Haus. Wenn ich schon schlafe. Am Morgen steht er oft früh auf. Manchmal hab ich nichts gemerkt, nur danach gebrauchte Sachen gesehen. Aber er kam immer nach Hause am Mittag.»

«Okay. Und sind Sie sicher, dass es eine andere Frau ist? Haben Sie sie gesehen?»

«Nein.»

«Wie können Sie dann wissen, dass es um eine Frau geht? Vielleicht ist die Erklärung ganz harmlos?»

Es war ihr offensichtlich peinlich, aber sie sagte: «Ich bin ihm noch zweimal so gefolgt. Immer zu diesem Haus.»

«Aber Sie haben nicht *wirklich* je gesehen, ob er sich mit jemandem getroffen hat und, falls ja, mit wem?»

Sie zögerte einen Moment. Dann sagte sie trotzig: «Nein.»

«Woher wollen Sie dann wissen, wirklich *wissen*, dass es um eine Frau ging? Vielleicht zockte er heimlich?»

Jasmina wollte davon nichts hören. «Es ist eine Andere. Eine Frau spürt das.»

«Könnte es nicht auch ein Mann sein?»

Sobald mir die Bemerkung herausgerutscht war, bereute ich sie auch schon. Obwohl mir Mina erzählt hatte, dass nicht wenige liebevolle

Väter und vordergründig treue Ehemänner eine aussereheliche Affäre mit einem Mann hatten – oft, weil sie zu einer Generation gehörten, die noch nicht öffentlich zu ihrer Homosexualität stehen konnte – so stand es mir doch nicht zu, so etwas zu einer trauernden Witwe zu sagen. Ich hätte mich ohrfeigen können.

Jasmina begann wieder zu weinen, aber diesmal waren es eindeutig Tränen des Zorns. Ihr Kopf wurde ganz rot und ihre Augen blitzten. «Weshalb sagen so was? Mujo ist guter Mann! Ein richtiger Mann! Ein guter Moslem!» Es war mir zwar nicht klar, inwiefern diese drei Punkte als Argument gegen eine allfällige Homosexualität gelten sollten, aber ich liess es auf sich beruhen. Wieder fühlte ich mich hilflos. Schliesslich nahm ich etwas unbeholfen ihr benutztes Taschentuch vom Boden auf und hielt es ihr hin. Sie starrte einen Moment lang völlig perplex darauf, dann begann sie hinter ihren Tränen zu lachen. Eine Weile lang weinte und lachte sie gleichzeitig, dann nahm das Lachen überhand.

Ich konnte es kaum fassen: Die Eisprinzessin konnte lachen!

Sie hatte ein tiefes, lautes, fröhliches Lachen und steckte mich damit an. Wir lachten, bis sich die Balken bogen. Eine ganze Zeit lang sassen wir nur so da und lachten um die Wette wie zwei Bekloppte. Mein Zwerchfell begann vor lauter Lachen zu schmerzen und mein Atem ging allmählich schwer.

Schliesslich erholten wir uns einigermassen. Ich holte tief Luft und bemerkte, dass ich ihr immer noch das Taschentuch hinhielt. Sie stand auf, nahm es mir aus der Hand und entsorgte es in der Küche. Dann holte sie sich ein neues aus dem Badezimmer und liess sich erledigt wieder in ihren Sessel plumpsen. Sie blickte mich schmunzelnd an und meinte: «Ich habe sehr lange nicht so gelacht!»

«Das freut mich», antwortete ich zögerlich. «Wie gesagt, es tut mir leid. Ich wollte Ihnen oder Ihrem verstorbenen Mann in keiner Weise irgendwas unterstellen. Es ist in meinem Beruf einfach so, dass man versucht, an alle Eventualitäten und Möglichkeiten zu denken.»

«Ich verstehe», meinte sie darauf, «aber in meinem Beruf ist das halt nicht so wichtig.»

«Sie arbeiten?», fragte ich erstaunt.

«Nicht hier, aber vor dem Krieg in Bosnien. Ich war... wie sagt man... eine Frau, die arbeitet mit Blumen...»

«Floristin?»

«Das Wort kenne ich nicht. Aber dann ja, Floristin. Ich bin Floristin in Bosnia.»

Das war die erste persönliche Bemerkung, die ich ihr bisher hatte entlocken können. Der Wutanfall schien eine Barriere geöffnet zu haben. Ich beschloss, auf unser eigentliches Gesprächsthema zurück zu kommen.

«Frau Hasanović...»

«Jasmina.»

«Also, *Jasmina*, um nochmals auf unser Thema von vorhin zurückzukommen: Sie... ich meine, *du* hast also nie wirklich gesehen, wer in diesem Gebäude in Oerlikon wohnt? Oder in welche Wohnung Mujo jeweils hineinging?»

Sie schüttelte bedauernd den Kopf. «Nein, hab ich nicht. Ich hab nur immer von weit hingeschaut.»

Sie schien sich erholt zu haben, und das informelle ‹Du› störte sie offensichtlich nicht. Das war mir recht, und die Zwischenstufe, sich zwar mit Vornamen anzureden, aber weiterhin beim formellen ‹Sie› zu bleiben, war in der Schweiz sowieso nicht üblich.

«Schade», antwortete ich, «aber immerhin.» Ich wartete, bis sie uns Kaffee nachgeschenkt hatte und fragte dann: «Gibt es sonst noch etwas, das ich wissen sollte?»

Sie überlegte kurz und meinte dann bedauernd: «Nein, leider nicht.»

Eine letzte Sache wollte ich noch ansprechen. «Jasmina, kannst du mir mehr über Imam Kulenović erzählen?»

Es war, als schaute man einer Weinbergschnecke dabei zu, wie sie sich in ihr Gehäuse zurückzog. Ich konnte richtiggehend zusehen, wie Jasmina Hasanović wieder ihre übliche Abwehrhaltung einnahm. Das offene Lächeln gefror in ihrem Gesicht und ihre traurigen Augen begannen nervös zwischen mir und ihren Filzpantoffeln hin- und herzuwechseln. Leise antwortete sie: «Was willst du wissen?»

«Wie ist er so als Mensch?»

«Gut.»

Das war nicht gerade eine erschöpfende Auskunft. Ich versuchte es anders: «Weisst du, wo er herkommt?»

«Bosnien.»

«Ist er schon lange hier?»

«Ja, schon vor dem Krieg.»

«Siehst du ihn oft?»

«Sicher. Ich gehe oft zum *Džemat*. Er ist der Imam.»

«Mochten sich Mujo und er?»

Sie war nun so weit zurück in ihrem Schneckenhaus, dass sie nur noch trotzig auf ihre Füsse starrte. Ihre Wangenknochen waren leicht gerötet. Ausweichend antwortete sie: «Mujo ist kein einfacher Mann. Mahir hat probiert ihn… wie sagt man… beziehen…»

«Einzubeziehen?»

«*Da*. Einzubeziehen. Im *Džemat*. Aber Mujo ist ein stiller Mann und wie eine Nuss…»

Ich war nicht sicher, ob ich sie richtig verstanden hatte. «Nuss? Wie meinst du das?»

«Nuss… hart aussen… man weiss nicht, was ist drin.»

«Er hatte eine harte Schale? War er unzugänglich?»

«Ja. Niemand weiss, was unter seiner Schale ist.»

«Nicht einmal du?»

Ihr Gesicht nahm einen traurigen und gleichzeitig verlegenen Ausdruck an. «Nicht einmal ich.» Dann fügte sie fast entschuldigend hinzu: «Der Krieg hat ihn kaputt gemacht.»

«Aber der Krieg ist lange her.»

«Weiss ich. Aber ist so.»

«War er traumatisiert?»

«Was bedeutet das?»

«Hatte er wegen des Krieges psychische Probleme? Depressionen? Gewaltausbrüche? Oder physische Symptome? Kopfschmerzen, so was?»

Sie überlegte kurz. «Er war einfach immer traurig. Immer. Nie fröhlich. Immer nur traurig.»

«War er in Behandlung?»

«Bei einem Doktor?»

«Bei einem Psychologen oder allenfalls Psychiater?»

Sie schaute mich etwas verwirrt an. Der Unterschied schien ihr nicht ganz klar zu sein. Aber sie antwortete: «*Da*. Ich glaube schon. Vor vier oder fünf Jahren hat er einmal gesagt, er will das. Dann hat er nie mehr etwas dazu gesagt. Aber er hat mit Mahir geredet und Mahir hat ihm eine Adresse gegeben.»

«Woher weisst du das?», fragte ich erstaunt.

Sie schwieg verlegen. Ich nickte innerlich. Der Imam hatte es ihr also erzählt. Das erstaunte mich nun doch. Wenn Mujo es seiner eigenen Ehefrau nicht erzählen wollte, so schien es mir nicht angebracht, dass der Geistliche, den er im Vertrauen um Rat gebeten hatte, dies tat. Es gab eindeutig eine ziemlich enge Verbindung zwischen Jasmina und Kulenović. Ich hatte noch keine Ahnung, welcher Art sie war, aber sie war da.

Ich blickte sie an. «Wie ist es bei dir? Was hast du im Krieg erlebt?»

Ihre Miene wurde abweisend und hart. Ich konnte sehe, dass sie erneut mit den Tränen kämpfte, als sie antwortete: «Darüber will ich nicht sprechen.»

«Hast du dir helfen lassen?»

Sie schaute nicht auf, als sie murmelte: «Wie Mujo?»

«Ja, von einem Therapeuten oder einer Therapeutin.»

«Ich spreche oft mit dem Imam.»

«Ich meinte professionelle Hilfe. Ein Doktor.»

Sie lächelte traurig. «Ich weiss. Ja, ich habe es versucht. Hat nicht geholfen.» Dann stand sie auf, ging in die Küche und schloss die Tür hinter sich.

Ich wartete eine Weile, aber sie kam nicht mehr zurück. Also stand ich ebenfalls auf und ging.

KAPITEL 12

Das Gebäude an der Greifenseestrasse war aus den sechziger Jahren des vorigen Jahrhunderts, mit weissgetünchter Fassade, dunkelgrünen Fensterläden und einem braun-roten Ziegeldach. Die Fenster funkelten in der Morgensonne. Es war Dienstag. Seit Kulenovićs Anruf waren genau zwei Wochen vergangen.

Drei der vier Klingelknöpfe neben dem Hauseingang waren beschriftet. ‹I. + K. Gyurcsány›, ‹Hodler/Furrer/Schellenb.› und ‹S. Rappolder›. Ein Pärchen, vielleicht auch eine Familie. Eine Studenten-WG? Davon gab es hier viele. Die dritte Person lebte allein. *Wahrscheinlich allein*, korrigierte ich mich automatisch.

Während der nächsten Stunden beobachtete ich von meinem Wagen aus das Kommen und Gehen im Haus. Aufgrund meines Gesprächs mit der Eisprinzessin war ich primär an den Frauen im Haus interessiert. Aber es gab keine hundertprozentige Sicherheit, dass Jasminas Gefühl wirklich stimmte und ihr Mann eine Affäre gehabt hatte. Also achtete ich im Moment auf alles.

Die Zeit verstrich quälend langsam. Wie immer, wenn ich mich langweilte, versuchte ich, nicht einzuschlafen.

Gegen halb zehn öffnete sich die Haustür und eine Gestalt trat heraus, die ich von meinem Standort aus mit blossem Auge nicht gut genug sehen konnte. Ich griff nach meinem Fernglas in der schwarzen Tasche auf dem Beifahrersitz. Es war ein Monokular 8x21, also kein Feldstecher, sondern so eine Art Minifernrohr. Ich kam mir damit zwar vor wie Kapitän Ahab, aber es war für meine Zwecke geradezu ideal: klein genug, um in jede Tasche zu passen, aber trotzdem mit achtfacher Vergrösserung. Durch das Fernglas betrachtete ich die Person im Hauseingang genauer. Es war eine alte Frau. Sie sah aus wie eine der drei Hexen aus *Macbeth,* klein und buckelig. Auf ihrer Hakennase prangte prominent eine grosse Warze, und ihre grauen Haare waren im Nacken zu einem strengen Knoten zusammengebunden. Sie öffnete den

Briefkasten ganz links, nahm die Post heraus und kehrte ins Haus zurück. Das war also wohl die eine Hälfte der Gyurcsánys.

In diesem Moment spazierte ein auffallend unattraktiver Mann mittleren Alters in Begleitung eines auffallend schönen schwarzen Labradors an meinem Wagen vorbei und blickte mich missbilligend an, bevor er um die Ecke verschwand. Das war das Problem: Ferngläser waren auffällig und man konnte leicht erwischt werden. Mit etwas Glück wurde man dann nur kopfschüttelnd als harmloser Spanner abgetan, aber es gab auch Leute, die gleich die Polizei holten.

Eine gute Stunde verstrich, bis sich wieder etwas tat. Die drei Figuren, welche dann aus dem Haus traten, sahen aus wie Extras in einem College-Film: Jeans, Turnschuhe und langärmlige T-Shirts mit darüber angezogenen Sport-Trikots. Einer trug die blau-weissen Farben der ZSC Lions, ein anderer die rot-blauen des FC Barcelona. Der dritte hatte das grüne Trikot des FC St.Gallen an und war mir damit auf Anhieb am sympathischsten. Ihre Erscheinung, ihr jugendliches Alter und die Tatsache, dass sie alle drei erst am späten Morgen von zu Hause weggingen, stützte meine Studenten-These. Ausserdem sahen sie ein wenig zerknittert aus, so als hätten sie eine harte Nacht hinter sich.

Wieder etwas später fuhr ein Kurier vor dem Haus vor, nahm ein paar Tüten aus dem Kofferraum und ging zum Haus. Lebensmittel. Er studierte zuerst die Klingelknöpfe – war also offensichtlich keiner der Hausbewohner – und läutete dann bei den Gyurcsánys. Nach kurzer Wartezeit öffnete sich das Fenster über dem Eingang. Ein alter glatzköpfiger Mann schaute heraus, und nach einem kurzen Wortwechsel betrat der Kurier das Haus. Kaum zwei Minuten später kam er pfeifend wieder zur Tür heraus.

Danach passierte wieder längere Zeit nichts mehr. Obwohl es erst kurz nach elf Uhr war, knurrte mein Magen bereits hörbar. Ich verdrückte deshalb genussvoll mein mitgebrachtes Mittagessen und spülte mit einer Cola nach. Dann schrieb ich eine kurze mentale Notiz an mich selbst: Keine Lachsbrötchen mit Eiern mitbringen, wenn diese danach einen halben Tag bei praller Sonne auf dem Rücksitz liegen!

Kurz vor zwölf öffnete sich die Haustür schliesslich erneut. Heraus kam eine hübsche junge Frau mit kurzen, eindeutig gefärbten roten Haaren und einer dieser eckigen Brillen mit dickem Rand, welche ich automatisch mit Feministinnen und Sozialdemokratinnen in Verbindung brachte. Ich schätze sie auf Mitte zwanzig bis Anfang dreissig. Sie trug

Jeans und eine zugeknöpfte, bis zu den Knie reichende schwarze Filzjacke mit grossen weissen Knöpfen. Und sie kam direkt auf mich zu. Oha!

Ich kramte eilig mein Handy hervor und gab vor, ein intensives Gespräch zu führen. Sie war jedoch so in Eile, dass sie meine pantomimische Meisterleistung gar nicht bemerkte, sondern schnurstracks an mir vorbeirauschte.

War das ‹S. Rappolder›? Falls ja, so hatte sie es soeben ganz nach oben auf meiner Liste der Personen geschafft, die Mujo hier möglicherweise besucht hatte. Ich beschloss trotzdem, nochmals eine halbe Stunde zu warten. Falls sie in der Zwischenzeit nicht zurückkam und auch sonst nichts passierte, würde ich als Erstes das alte Paar aufsuchen und den beiden ein paar Fragen stellen.

Die halbe Stunde verstrich ereignislos, und so startete ich den Motor, parkierte das Auto ausser Sicht um die Ecke und ging dann zu Fuss zurück zum Haus. Dort angekommen, drückte ich den Klingelknopf der Gyurcsánys.

Eine ganze Weile passierte nichts. Ich klingelte erneut und nach kurzer Zeit, ungeduldig, noch einmal. Schliesslich hörte ich das Fenster über mir aufgehen. Eine heisere männliche Stimme fragte: «Ja?»

Ich trat einen Schritt zurück, blickte zum Fenster hinauf und sagte: «Guten Tag, mein Name ist Steiner. Kantonspolizei. Ich würde gerne ein paar Minuten ihrer Zeit in Anspruch nehmen.» Ich wusste, dass Steiner diese Woche mit seiner Familie in Österreich in den Ferien war.

«Kantonspolizei?» Die Stimme nahm einen ehrfürchtigen Klang an. Zumindest bei den Rentnern waren Polizisten noch Respektspersonen. Dann aber fragte er plötzlich misstrauisch: «Haben Sie einen Ausweis?»

Ich öffnete meine Brieftasche, klappte meinen Waffentragschein aus, schwenkte diesen nonchalant ein paar Mal hin und her und steckte die Brieftasche dann zackig wieder ein. Das schien zu genügen. Der Kopf verschwand.

Gleich darauf hörte ich ein Summen und drückte die Tür am Knauf nach innen. Sie ging auf. Oben an der Treppe schaute mir der gleiche komplett kahle, fleischige und stark gerötete Kopf entgegen, den ich vorhin am Fenster gesehen hatte. Der zum Kopf gehörende Körper war massig und steckte trotz der frühnachmittäglichen Stunde noch in einem Morgenmantel.

Ich stieg die paar Stufen zu ihm hoch und fragte dann: «Herr Gyurcsány?» Den Namen sprach ich phonetisch als ‹Giurtzani› aus. Anscheinend war das falsch.

Er gab mir die Hand und sagte: «Ja, István Gyurcsány, das bin ich.» Bei ihm klang das wie ‹Ischtwan Djurtschaann›, mit einem noch leicht angedeuteten ‹j› am Ende. Er betrachtete mich von oben nach unten und meinte dann: «Sie sehen gar nicht wie ein Polizist aus. Haben Sie keine Uniform?»

«Ich bin Zivilfahnder.»

«Ach so.» Er akzeptierte das ohne ein weiteres Wort, zeigte auf die offene Wohnungstür und bedeutete mir mit einem Nicken, ich solle eintreten.

Der Flur war mit einer Unzahl an Fotos und allerlei Erinnerungsstücken richtiggehend zugepflastert, und nachdem ich ins Wohnzimmer gelotst worden war, stellte ich fest, dass es dort ebenso aussah. In der Mitte der gegenüberliegenden Wand prangte ein grosses Hirschgeweih über dem ausladenden, braunen Stoffsofa. Daneben stand ein schwarzer Schaukelstuhl. Auf dem Büchergestell aus Kiefernholz an der anderen Wand sah ich eine stattliche Anzahl Bildbände. Auf dem Umschlag des vordersten war ein Mann in weissem Hemd mit weiten Ärmeln, schwarzer Weste, schwarzer Hose und eigentümlichem schwarzem Hut auf einer Holzkutsche abgebildet, vor welche zwei Rappen gespannt waren. Das Buch war mit *Szép Magyarország* beschriftet. Ich vermutete, dass ich mich wahrscheinlich umbringen würde beim Versuch, das auszusprechen.

Der alte Mann bemerkte meinen Blick und sagte wehmütig: «Ungarn, mein Heimatland.»

In diesem Moment betrat seine Frau das Zimmer. Es war tatsächlich die gleiche alte Dame, die ich heute Morgen am Briefkasten gesehen hatte. So aus der Nähe betrachtet sah zwar immer noch ein wenig wie eine Hexe aus, allerdings ganz und gar nicht böse, nur etwas vom Alter gezeichnet. István Gyurcsány stellte sie als ‹mein Engel Katalin› vor und bedeutete mir dann, mich auf die eine Seite des Sofas zu setzen. Er selber setzte sich auf die andere, und sein Engel belegte den Schaukelstuhl. Beide sahen mich erwartungsvoll und ein wenig aufgeregt an.

«Herr und Frau Gyurcsány», begann ich, wobei ich mir grosse Mühe mit der richtigen Aussprache des Namens gab und dafür mit einem anerkennenden Blick der Frau belohnt wurde, «ich störe Sie nur ungern, und Sie müssen keine Angst haben, die Angelegenheit betrifft Sie nicht direkt.» Beide entspannten sich sichtbar. «Ich möchte mich gerne ein wenig mit Ihnen über die anderen Bewohner dieses Hauses unterhalten...»

In diesem Moment stand Katalin Gyurcsány abrupt und überraschend zackig auf und sagte in gutem Zürcher Dialekt mit einigen eingemischten hochdeutschen Wörtern und einem leichten Akzent undefinierbarer Herkunft: «Oh, wo sind nur meine Manieren? Möchten Sie einen Kaffee, Herr...?»

Gerade noch rechtzeitig kam mir in den Sinn, als wen ich mich ausgegeben hatte. «Steiner. Und ja, Kaffee wäre toll.»

Sie verschwand in der Küche und begann dort herumzuhantieren. In der Zwischenzeit unterhielt ich mich mit ihrem Mann. Die Gyurcsánys waren anscheinend nach dem Einmarsch der Roten Armee während des Ungarischen Volksaufstands Anfang November 1956 wie rund vierzehntausend ihrer Landsleute in die Schweiz geflohen, hatten sich hier kennen- und liebengelernt und wohnten seit ihrer Heirat im Jahr 1967 in dieser Wohnung.

Katalin Gyurcsány kehrte mit drei Tassen dampfendem Kaffee, Milch und Zucker auf einem silbernen Tablett zurück. Ich lächelte sie dankbar an und sagte: «Sie retten mein Leben, Frau Gyurcsány!»

Sie lächelte scheu zurück, ermahnte mich dann aber mit Nachdruck: «Damit sollte man nicht spassen, Herr Steiner!»

Ich nickte zerknirscht und fuhr dann fort: «Also, können sie mir etwas über die junge Dame sagen, die über ihnen wohnt?»

«Ach, sie meinen Sarah?», strahlte die alte Frau. «Sie ist *so* ein nettes Mädchen!»

«Sarah? Und wie weiter?»

«Sarah Rappolder», antwortete István Gyurcsány für sie. Bingo! «Sie ist wirklich eine sehr zuvorkommende junge Frau.»

«Und was ist mit den jungen Herren in der anderen Wohnung?»

«Herr Hodler, Herr Furrer und...» Er schaute Hilfe suchend seine Frau an. «Der dritte ist mir entfallen.»

«Schellenberg», antwortete sie. «Wir haben nicht viel mit ihnen zu tun. Sie sind laut und feiern viel. Aber sonst sind sie ganz nett. Studenten halt. Wir waren ja auch mal so.»

István Gyurcsány mischte sich ein und fragte: «Herr Steiner, ich möchte nicht unhöflich erscheinen, aber weshalb fragen Sie uns nach den drei Studenten und der kleinen Sarah?»

«Ich betreibe nur ein wenig Hintergrundrecherche.»

«Recherche? Und wozu?»

«Es geht um einen Mord, bedauerlicherweise.»

Katalin Gyurcsány gab einen erschrockenen Laut von sich. «Ein Mord? Und was hat Sarah damit zu tun?»

«Soweit ich bisher weiss, gar nichts», antwortete ich beruhigend.

Wie wenn sie mich gar nicht gehört hätte, fuhr sie fort: «Wissen Sie, das kann nicht sein. Die Kleine hat unmöglich mit sowas zu tun.»

«Das stimmt», pflichtete ihr ihr Mann bei. Nach einer kurzen Pause fügte er knurrend hinzu: «Bei ihrem Taugenichts von einem Bruder bin ich mir da weniger sicher.»

Das war mir nun neu. «Sarah hat einen Bruder?»

«Ja. Er besucht sie regelmässig.»

«Und weshalb nennen sie ihn einen Taugenichts?», wollte ich wissen. «Ist er respektlos zu ihnen?»

«Nein, das nicht. Im Gegenteil, er ist immer sehr höflich und zuvorkommend.» Die beiden wechselten einen Blick, den ich nicht deuten konnte. Dann meinte Katalin Gyurcsány: «Aber er macht mir Angst. Wir haben Leute wie ihn unter den Kommunisten in Ungarn gekannt.»

«Wie meinen Sie das?»

«Er hat eiskalte Augen. Ich glaube, wenn man ihm in die Quere kommt, dann kann er fürchterliche Dinge tun.»

«Kennen Sie seinen Namen?»

«Sarah nennt ihn Kalle.»

Ich bohrte noch ein wenig weiter und erfuhr, dass Kalle seine Schwester mindestens einmal in der Woche besuchte und dabei meist Anzug und Krawatte trug, manchmal aber auch enge Hosen, hohe Stiefel und eine kurze dicke Windjacke.

«Woher wissen Sie das denn so genau?», fragte ich, obwohl ich es mir schon denken konnte.

Die beiden warfen sich einen verstohlenen Blick zu. Dann antwortete Katalin Gyurcsány, während ihr Mann die Decke studierte: «Wissen Sie, wir haben nicht mehr so viel zu tun. Ich schaue oft aus dem Fenster und beobachte die Leute.»

«Okay» Ich lächelte sie aufmunternd an, machte mir einige Notizen und fuhr dann fort: «Nun, wegen dieser Stiefel und den engen Hosen und der kurzen Windjacke, die Sie erwähnt haben... Wie genau sehen die denn aus?»

Ihre Beschreibung überzeugte mich davon, dass sie von Röhrenjeans, Springerstiefeln und einer Bomberjacke sprachen, und mir dämmerte allmählich etwas. «Eine Frage: Welche Haarfarbe hat Sarahs Bruder?»

«Das weiss ich nicht», antwortete István Gyurcsány, «er trägt eine Glatze.»

Bingo! Ich notierte mir auch diese Information und unterstrich sie dick. Dann kam ich auf den eigentlichen Grund meines Besuchs zurück. «Schön und gut. Und was können Sie mir nun über Sarah selbst sagen?»

Es stellte sich heraus, dass Sarah Rappolder sechsundzwanzig Jahre alt und unverheiratet war, seit drei Jahren in diesem Mietshaus wohnte und an der Universität Zürich studierte. Und sie war politisch aktiv.

«Welche Partei?»

Katalin Gyurcsány überlegte kurz. «Das weiss ich leider nicht. Ich interessiere mich nicht mehr so für Politik.»

«Wissen sie denn, was Sie studiert?»

«Psychologie. Oder vielleicht Soziologie.» Sie machte eine hilflose Handbewegung. «Oder vielleicht Geologie? Es war auf jeden Fall irgendwas mit *-logie* am Schluss.»

«Hatte sie oft Männerbesuch?»

«Aber wo denken sie hin, Herr Steiner!» Sie blickte mich missbilligend an. «Sarah ist ein anständiges Mädchen! Nur ihr Bruder hat früher ab und zu bei ihr übernachtet. Und im Frühling hatte sie eine Zeit lang oft Besuch von diesem Mann, dem sie Deutsch beigebracht hat. Aber das hat schon vor einiger Zeit wieder aufgehört. Er war wohl ein guter Schüler.»

Deutschunterricht? Am Abend? Das wollte ich genauer wissen. «Seit wann genau kommt er denn nicht mehr her?»

«Oh, ich weiss nicht... sicher ein paar Monate. Warten Sie, ich glaube, das war kurz, bevor unsere Enkel diesen Sommer bei uns in den Ferien waren.» Sie überlegte angestrengt und bewegte dabei lautlos den Mund. «Ich weiss nicht mehr...»

Ihr Mann half ihrem Gedächtnis auf die Sprünge. «Die Kinder waren in der letzten Juliwoche hier.»

Ich war innerlich wie elektrisiert, liess mir aber nichts anmerken. «Wie sah der Mann denn aus?»

«Also, er war grösser als ich. Aber nicht so gross wie Sie, Herr Steiner. Etwa so wie mein István, aber drahtig. Er sah immer traurig aus, und er hatte eines dieser Bärtchen...?» Sie fasste sich mit Daumen und Zeigefinger der rechten Hand an beide Mundwinkel und fuhr dann mit den Fingern zum Kinn hinunter, um die Form des Kinnbartes anzuzeigen.

Ihr Mann ergänzte: «Ja, genau. Und kurze schwarze Haare und eine gebräunte Haut. Nicht so wie ein Afrikaner, aber dunkler als Sie und ich. Ich glaube, er war Italiener. Oder vielleicht Spanier. Ich habe ihn nie sprechen gehört, aber er sah danach aus.»

«Woher wissen Sie, dass Sarah ihm Deutsch beigebracht hat?»

«Oh, sie hat es mir erzählt. Wissen sie, ich unterhalte mich gerne mit der Kleinen.»

«Und können Sie auch sagen, wann er jeweils gekommen und gegangen ist?»

Beide nickten eifrig, und die alte Dame meinte: «Also, gekommen ist er meistens etwa, wenn wir gerade mit dem Nachtessen fertig waren. Also so etwa um sieben. Und gegangen ist er immer so um neun, halb zehn.» Sie wechselte einen kurzen Blick mit ihrem schweigenden Mann, machte ein verlegenes Gesicht und zuckte mit den Achseln. Dann erklärte sie entschuldigend: «Ich habe mir am Anfang ein wenig Sorgen wegen der kleinen Sarah gemacht und darum immer genau aufgepasst, wann er wieder gegangen ist. Er ist immer zur Tür heraus und dann nach links Richtung Kirchenackerweg weggegangen und dort um die Ecke gebogen. Er wollte wohl zur Tramhaltestelle beim Berninaplatz oder so.»

Ich nickte. «Um welche Zeit gehen Sie beide denn so zu Bett?»

«Oh, ich glaube, meistens zwischen zehn und halb elf.»

Plötzlich kam mir ein Nachgedanke. «Gibt es hier vielleicht einen Hintereingang zum Haus?»

István Gyurcsány antwortete: «Ja, den gibt es. Möchten Sie ihn sehen?»

«Ja, gerne. Nur so der Vollständigkeit halber.»

Nach der Besichtigung des Hintereingangs, welcher vom Innenhof in die Waschküche führte, war ich überzeugt, dass es ohne weiteres möglich war, auf diesem Weg unbemerkt ins Haus zu gelangen. Vor allem im Dunkeln. Ich hatte genug gesehen.

Als ich wieder im Auto sass, holte ich erst einmal tief Luft. Es bestand kaum ein Zweifel, dass der ominöse Deutschschüler Mujo Hasanović gewesen war. Dass Katalin Gyurcsány ihn jeweils gegen neun hatte weggehen sehen, besagte nichts. Er hätte sich leicht nach ein paar Minuten durch den Hintereingang zurück ins Haus schleichen können.

Endlich kam etwas Bewegung in die Sache. Wem sollte ich zuerst einen Besuch abstatten, Schwester oder Bruder? Ich beschloss, Sarah zunächst aus der Sache herauszuhalten und mich auf den glatzköpfigen Kalle zu konzentrieren.

KAPITEL 13

Ich parkierte meine Klapperkiste beim Bahnhof Oerlikon. Bevor ich mir nach einem recht erfolgreichen Tag ein Bierchen gönnte, wollte ich mehr über Kalle Rappolder in Erfahrung bringen.

Steiner, dessen Identität ich mir für das Gespräch mit den Gyurcsánys ausgeliehen hatte, war diese Woche in den Familienferien bei Verwandten seiner Frau in Graz. Angelica war eben eine clevere Person und sorgte so elegant dafür, dass Markus während ihrer Ferien nicht zwischendurch «kurz mal ins Büro» gehen konnte. Ich wählte seine Handynummer. Er meldete sich beim dritten Klingeln und fragte unwirsch: «Was willst du?»

«Na, Markus», fragte ich zuckersüss, «ist dir langweilig?»

«Fick dich ins Knie, van Gogh. Du weisst genau, dass ich nach ein paar Tagen mit Angis Verwandtschaft die Wände hoch gehe!»

Ich lachte. «Das weiss ich allerdings.»

«Eben! Also, was zum Teufel willst du?»

«Kennst du einen Skinhead namens Kalle? Wahrscheinlich Kalle Rappolder, aber beim Nachnamen bin ich mir nicht sicher.»

«Arbeitest du immer noch am Hasanović-Fall?»

«Ja.»

«Und hat deine Frage etwas mit dem Fall zu tun?»

«Ja!»

«Also gut. Nein, Ich kenne keinen Skin namens Kalle, aber wenn jemand etwas über ihn weiss, dann ein Sozialarbeiter namens Neumann. Gunnar Neumann. Er ist der Gründer der *Aktion Holocaust-Aufklärung*. Einer der besten Kenner der Schweizer Neonazi-Szene. Ich kann dich mit ihm in Verbindung bringen, wenn du willst.»

«Ja, bitte. Schickst du mir seine Nummer?»

«Geht leider nicht. Er wird öfters mal bedroht wegen seiner Arbeit. Ich habe ihm versprochen, seine Nummer nicht weiterzugeben. Aber ich kann ihm deine geben und ihn bitten, dich anzurufen. Okay?»

«Sicher, solange es nicht Tage dauert.»

«Sollte es nicht. Er ist ein wirklich guter Typ.»

«Okay, dann warte ich auf seinen Anruf.»

«Du schuldest mir was.»

«Schreib's auf die Liste. Danke, Markus.»

Das Klingeln meines Handys riss mich aus dem Schlaf. Ich warf einen Blick auf die Uhr in der Mitte der Autokonsole. Vier Uhr fünfundvierzig. Nachmittags. Ich musste eingepennt sein. Belämmert tastete ich nach dem Handy, drückte die Sprechtaste, nachdem ich es endlich gefunden hatte, und sagte verschlafen: «Hallo?»

Eine tiefe, sonore Stimme fragte: «Herr van Gogh?»

«Am Apparat.»

«Neumann hier. Wachtmeister Steiner von der Kantonspolizei hat mich gebeten, Sie anzurufen.»

Ich setzte mich gerade hin und schüttelte ein paar Mal den Kopf hin und her, um die Spinnweben in meinem Hirn zu vertreiben. Dann antwortete ich: «Ja, genau. Danke für ihren Anruf.»

«Keine Ursache. Worum geht es?»

«Wie viel hat Steiner ihnen erzählt?»

«Gar nichts. Nur, dass Sie einige Fragen an mich hätten.»

«Im Moment eigentlich nur eine: Kennen Sie einen Skinhead namens Kalle? Nachname wahrscheinlich Rappolder.»

Neumann schwieg auffallend lange. Dann antwortete er vorsichtig: «Ja, ich kenne Kalle Rappolder. Weshalb wollen Sie das wissen?»

«Sein Name ist im Zusammenhang mit einem Fall aufgetaucht, an dem ich arbeite.»

«Wirklich… Gut, hören Sie, am besten treffen wir uns. Wo sind Sie jetzt?»

«Sagen Sie mir einfach, wo ich hinkommen soll.»

«Ich bin in Seebach. Hier oder in Oerlikon wäre gut. Kennen Sie den Starbucks am Max-Bill-Platz?»

«Ja, den kenne ich.»

«Okay. Ich kann Sie da in etwa einer Stunde treffen. Der Laden schliesst erst um sieben. Das sollte reichen, nicht?»

«Sicher.»

«Gut, dann sehe ich Sie dort. In einer Stunde.»

«Bis dann.» Ich beende das Gespräch und überlegte kurz. Ich hatte noch etwas Zeit. Bier oder Kaffee? Mein Bierchen konnte ich auch nachher noch trinken. Aber wenn es denn schon Kaffee sein musste, so konnte ich genauso gut jetzt schon zum Starbucks gehen. Ich startete den Motor und fuhr die paar hundert Meter zur Tiefgarage des Center Eleven an der Sophie-Täuber-Strasse. Dort parkierte ich und nahm den Lift ins Erdgeschoss.

Der Max-Bill-Platz lag gleich gegenüber, auf der anderen Seite der Binzmühlestrasse, Zürichs alter Industriemeile. Er hatte die Form eines langgezogenen Dreiecks, und sein markantes, dreifarbig-geometrisches Plattenmuster stand in interessantem Kontrast zur eintönigen Phalanx rechteckiger Fenster an den Häuserblocks, welche den Platz auf zwei Seiten einrahmten. Im Erdgeschoss des linken Gebäudes befand sich der besagte Starbucks. Bis auf ein paar Teenager war er praktisch leer.

Ich bestellte einen Cappuccino und setzte mich in der Ecke an einen Tisch. Von hier aus konnte ich den Vordereingang gut im Auge behalten und blieb selber im Hintergrund.

Ich nahm den mitgebrachten Krimi zur Hand und begann zu lesen. Der Held, ein amerikanischer Privatdetektiv, löste seine Fälle mit einer Leichtigkeit und Nonchalance, dass man richtig neidisch werden musste. Ausserdem wusste er immer ganz genau, was richtig und falsch, moralisch und unmoralisch war. Zu blöd, dass es ihn nicht wirklich gab. Sonst hätte er mir ab und zu einen Tipp geben können.

Kurz vor der vereinbarten Zeit läutete mein Handy. Ich kramte es mühsam hervor, aber bevor ich den Anruf entgegen nehmen konnte, hörte das Klingeln abrupt auf. Gleichzeitig sah ich aus den Augenwinkeln einen etwa fünfzigjährigen, glattrasierten Mann in Jeans und Flanellhemd mit kurzgeschnittenem grauem Haar auf mich zukommen, der gerade sein Handy wegsteckte. Das musste Neumann sein.

«Herr van Gogh?» Er war etwa einen Kopf kleiner als ich und schmal gebaut. Trotzdem strahlte er eine grosse Selbstsicherheit aus. Er war mir auf Anhieb sympathisch.

«Genau», antwortete ich und erhob mich. «Herr Neumann?»

«Gunnar.»

Ich schüttelte seine dargebotene Hand und erwiderte: «Van Gogh.» Er hatte einen festen Händedruck.

«Hast du keinen Vornamen?», fragte er verwundert.

«Doch, aber den benutzt keiner. Er ist aber nicht Vincent.»

Verdutzt hielt er einen Moment inne, dann schmunzelte er und erwiderte: «Du hörst wohl viele Künstlerwitze, was?» Ohne eine Antwort abzuwarten holte er sich ebenfalls einen Kaffee an der Theke. Damit setzte er sich zu mir und fragte: «Und was machst du so?»

«Reicht die Kurzversion?»

Er nickte freundlich.

«Ich war Polizist. Ich wurde gefeuert. Jetzt ermittle ich privat. Sternzeichen Fisch. Was willst du sonst noch wissen?»

Erneut schmunzelte er. «Eigentlich nichts. Steiner meinte, du seist sein Freund. Das reicht mir.»

«Kennst du Steiner gut?»

«Eigentlich nicht, aber ich vertraue auf meine Menschenkenntnis. Sie ist mein Kapital. Und Steiner hat mir mehr als einmal ausgeholfen.» Er lehnte sich zurück, verschränkte die Arme und blickte mir in die Augen. «Also, *van Gogh*, was kann ich für dich tun?»

Wie im Starbucks üblich lief im Hintergrund Musik. Sie war laut genug, um unser Gespräch zu übertönen, so dass wir frei reden konnten. Ich begann damit, Neumann einen kurzen Überblick über die Umstände zu geben, unter denen ich auf Kalle Rappolder gestossen war, ohne allerdings den Namen der beiden Alten zu erwähnen.

Neumann verdaute die Informationen und nickte dann nachdenklich. «Da hat deine Quelle nicht übertrieben. Der gute Kalle ist tatsächlich eiskalt.»

Ich nahm das kommentarlos entgegen und erwiderte stattdessen: «Gunnar, wenn's dir recht ist, hätte ich zuerst gerne ein paar Hintergrundinfos über dich und deine Arbeit. Ist das okay?»

«Sicher, kein Problem.»

«Okay. Also, was genau machst du und weshalb hat mich Steiner an dich verwiesen?»

«Ich bin Sozialarbeiter. Auf Neudeutsch ‹Streetworker›. In meiner Freizeit studiere ich die rechtsextreme Szene, sowohl national wie international. Nebenberuflich, sozusagen.»

«Wie meinst du das, nebenberuflich?»

«Ich habe mit zwei Kollegen zusammen die *Aktion Holocaust-Aufklärung*, kurz AHA, gegründet. Wir suchen und identifizieren in Chatrooms Jugendliche, welche rechtsextreme Inhalte verbreiten.»

Ich grinste. «Also seid ihr sozusagen Internet-Streetworker?»

«Du lachst, aber genau so ist es, ja.»

«Okay. Und was macht ihr mit diesen Teenies?»

«Üblicherweise verwickeln wir sie in Diskussion über Rassismus und Extremismus. Aber auch über Probleme in der Familie oder im Job. Die meisten dieser Kids sind keine eingefleischten Rassisten, sondern suchen einfach einen Platz für sich. Sie wollen irgendwo dazu gehören.»

«Das ist alles? Ihr redet einfach mit ihnen?»

«Wir wollen sie zum Nachdenken anregen. *Prävention* nennt sich das. Wir gehen aber auch in Schulen und diskutieren mit den Jugendlichen über diese Themen.»

«Und wie kam Steiner gerade auf dich?»

«Ich berate die Polizei ab und zu. Stadt und Kanton. Manchmal auch die aus anderen Kantonen. Auch die Bundespolizei hat schon bei mir angeklopft.»

Ich nickte langsam und sagte dann: «Okay. Du bist also *der* Experte für Neonazis.»

«Das kann man so sehen, ja. Und um das gleich zu unterstreichen: Skinheads und Neonazis sind eigentlich nicht genau dasselbe.»

«Wie meinst du das?»

Er lachte. «Willst du das wirklich wissen? Das kann eine Weile dauern.»

Ich zog die Augenbrauen hoch und bedeutete ihm mit einer Handbewegung, er solle weitermachen.

«Na gut», meinte er achselzuckend. «Also, die Skinhead-Bewegung ist in den späten Neunzehnsechzigerjahren aus der englischen Arbeiterschicht entstanden und war am Anfang unpolitisch. Skinheads waren Weisse *und* Schwarze.»

Ich schaute ihn ungläubig an. «Schwarze Skinheads? Ist das dein Ernst?»

«Na klar. Beide verband ihre Vorliebe für Musik, primär Ska und den sogenannten *Early Reggae*.»

«Okay, und wie kommt's, dass man heute in den Medien nur diese glatzköpfigen Naziarschlöcher sieht?»

«Im Verlauf der Siebzigerjahre hat sich die Bewegung gespalten. Viele Schwarze sind zum politischen Reggae abgewandert...» Er schaute mich fragend an. «Bob Marley, Peter Tosh, Black Uhuru?»

Ich nickte.

«Also», fuhr er fort, «das war die erste Spaltung der Szene. In den späten Siebzigerjahren gab es dann eine erneute Spaltung in Traditionalisten, Linksextreme und Rechtsextreme. Damals kam auch der Nazirock auf, der heute so prominent ist. Harte Gitarrenriffs und primitive rassistische Texte mit gequältem Schreigesang. Beim Zuhören kriegt man selber fast Knötchen auf den Stimmbändern.»

«Klingt unangenehm.»

«Ist es auch. Für dich oder mich. Aber in der Naziskinszene werden Härte, Kampfbereitschaft und Männlichkeit idealisiert. Oder das, was sie dafür halten. Und diese Musik soll diese Eigenschaften wohl besonders zum Ausdruck bringen. Allerdings hat auch die Nazimusik in den letzten Jahren diversifiziert. Mittlerweile gibt es sogar Nazi-Hip-Hop. Ironisch, was?»

Ich trommelte mit den Fingern nachdenklich auf die Tischkante und hakte nach: «Du willst mir also erzählen, dass die alle nur brav Musik hören? Was ist mit dem Verkloppen von Schwarzen, Juden und Linken?»

«Das kommt natürlich vor, aber es ist eigentlich ein verhältnismässig geringer Anteil, der sich aktiv an sowas beteiligt. Allerdings ist die Gewaltbereitschaft in der Skinheadszene traditionell hoch, und zwar sowohl bei den linken wie bei den rechten Skins.»

Ich trank einen Schluck Kaffee und verarbeitete das.

Gunnar fuhr fort: «Also, wie gesagt, im Verlauf der Siebzigerjahre formierten sich die Naziskins. Ab Anfang der Achtzigerjahre verband sie dann der Rechtsrock, sozusagen als identitätsstiftendes Element. Begründet wurde dieser Musikstil in gewissem Sinn durch eine Band namens *Skrewdriver*, deren zweite Single *White Power* hiess.»

«Aha!», war alles, was mir einfiel.

«Ja, *aha*. Der Sänger wurde zum Idol einer ganzen Generation von rechten Skins. Eigentlich hiess er Ian Stuart Donaldson, aber in der Szene war er einfach als Ian Stuart bekannt.»

«War?»

«Er starb im Herbst 1993 bei einem Autounfall. Die Band löste sich danach auf.»

«Pech für ihn.»

«Ja, aber nicht unbedingt für die Szene. Damit hatten sie ihren ersten richtigen Märtyrer. An seinem Todestag finden heute noch Gedenkkonzerte statt, auch in der Schweiz.»

«Und wieso ist Rechtsrock immer noch so populär, wenn der Kerl seit fünfzehn Jahren tot ist und es seine Band ebenso lange nicht mehr gibt?»

«Nazirock ist eine richtige Geldmaschine geworden. Die Naziskinbewegung ist heute komplett internationalisiert, und die Musik ist das verbindende Element zwischen den einzelnen nationalen Gruppen. Und Ian Stuart war halt der Übervater.»

Er hielt inne und schlürfte ebenfalls einen Schluck Kaffee.

Ich starrte ihn an und sagte wahrheitsgemäss: «Jetzt bin ich etwas verwirrt. Du hast von Skinheads und Naziskins gesprochen. Naziskins sind also Skinheads, aber nicht jeder Skinhead ist ein Rassist?»

«Genau.»

«Und was ist ein Neonazi?»

«Neonazis halten nationalsozialistisches Gedankengut hoch, obwohl sie nicht unter der Naziherrschaft aufgewachsen sind. Im Gegensatz zu den sogenannten *Alt*nazis.»

«Und die rechtsextremen Skins sind keine Neonazis?»

«Nicht alle, zumindest nicht im engeren Sinne, trotz der Bezeichnung ‹Naziskins›. Die Musik vieler Rechtsrockbands, welche in der Szene populär sind, enthält zwar Neonazi-Gedankengut, aber der Grossteil der jugendlichen Mitläufer will einfach irgendwo dazugehören und wird vom martialischen Gehabe in der Szene angezogen. So gesehen sind sie sogar eher unpolitisch.»

«Das macht doch keinen Sinn!»

«Doch, es macht schon Sinn, wenn du darüber nachdenkst. Sie prügeln sich, grölen herum und kauen Parolen wieder, die sie nicht verstehen, aber im Grunde genommen ist es nicht der politische Inhalt, der sie anzieht, es ist das Gefühl, einer Bruderschaft anzugehören. Du weisst, was ich meine: etwas wert zu sein, für voll genommen zu werden, gemeinsam stark zu sein. Natürlich lernen sie die Texte der Songs auswendig, aber der grosse Teil der Mitläufer verinnerlicht diese nicht, und die meisten davon verschwinden nach ein paar Jahren wieder aus der Szene.»

«Okay, und die eigentlichen Neonazis sind anders?»

«Ja, bei denen steht das politische Programm im Vordergrund und sie arbeiten verdeckt und auch offen darauf hin. Aber im Volksmund und in den Medien werden die beiden Begriffe halt meist synonym verwendet, da hast du schon Recht.»

«Und was ist nun Kalle Rappolder, ein Skinhead oder ein Neonazi?»

«Er ist ein Neonazi, der sich gerne als Skinhead ausgibt.»

Ich hustete. «Willst du mich verscheissern?»

«Überhaupt nicht. Rappolder verfolgt eindeutig politische Ziele. Das ganze Naziskingehabe mit Springerstiefeln und Glatze und so ist bei ihm nur Mittel zum Zweck. So rekrutiert er seine Gefolgschaft.»

«In den Nachrichten sieht man aber nur Glatzköpfe, wenn überhaupt mal über Rechtsextremismus berichtet wird.»

«Ja, das stimmt. Das hängt mit den Strukturen der Skins zusammen.» Er räusperte sich, bevor er mit seinem Vortrag fortfuhr, den er ganz offensichtlich nicht zum ersten Mal hielt. «Seit der Spaltung der Skinheadbewegung in den Siebzigerjahren dominieren die Rechtsextremen in den Medien tatsächlich, weil ein Bericht über solche Gewalttaten wohl einfach publikumsträchtiger ist als einer über antirassistische Demonstrationen linker Skins. Anfang der Achtzigerjahre verbreitete sich dann die Skinheadszene auch nach Deutschland und in die USA. Bomberjacken und Springerstiefel tragen sie alle, aber die von den Medien her bekannten Glatzköpfe finden sich tatsächlich nur bei den Rechtsextremen. Eine Vollglatze ist unter traditionellen Skinheads sogar verpönt. Auch der Bekleidungsstil ändert sich langsam. In Deutschland sieht man zum Beispiel vermehrt Rechtsextreme in Che-Guevara-T-Shirts oder auch im *Kefije*.»

«Was ist das?»

«Ein *Kefije*? Ein Palästinensertuch. Wie Arafat immer eins getragen hat.»

Ich nickte und fragte: «Und wie kommen die ausgerechnet darauf?»

«Einerseits versuchen sie wohl dem negativen Image der Glatzköpfe zu entkommen, und andererseits sehen sie das Palästinensertuch auch als antisemitisches Symbol an.»

«Der Feind meines Feindes?»

«So ungefähr.» Er trank einen weiteren Schluck Kaffee und fuhr fort: «Niemand hat gesagt, dass der durchschnittliche Naziskin überdurchschnittlich intelligent ist. Die antirassistischen Skinheads nennen die Glatzköpfe auch *Boneheads*.»

Ich prustete unwillkürlich lost und verschüttete dabei einen Teil meines Kaffees. «Boneheads!», wiederholte ich ungläubig, während ich die Sauerei mit einigen Papiertüchern aufzuwischen versuchte. Gunnar ermahnte mich halblaut: «Hey, etwas leiser!» Dann lehnte er sich zurück, verschränkte die Arme und fragte: «Du weisst also, was es bedeutet?»

«‹Knochenkopf›. Ein Slangausdruck für Idiot.» Dann fügte ich erklärend hinzu: «Ich bin zweisprachig aufgewachsen.»

«Praktisch.»

«Absolut.» Ich lehnte mich zurück und versuchte, die Flut an Informationen zu verarbeiten. Das Ganze war viel komplizierter, als ich gedacht hatte.

Gunnar las meine Gedanken: «Kompliziert, was?»

«Ja, echt verwirrend.»

Er zuckte mit den Achseln. «Genau genommen ist es sogar noch komplizierter. Manche der Traditionalisten nennen sich heute auch ‹Trojans›, wegen *Trojan Records*, einem Plattenlabel aus der Anfangszeit der Skinheadbewegung...»

«Was», unterbrach ich ihn, «wie die Kondommarke?»

«Genau gleich, ja. Daneben gibt's zum Beispiel noch die GSM, was für *Gay Skinhead Movement* steht. Die kämpfen vor allem gegen die weit verbreitete Homophobie in der Skinszene, sind ansonsten aber wie die Trojans relativ unpolitisch. Bei den Linken dominieren zwei Gruppierungen, die SHARP- und die RASH-Skins. SHARP steht für *Skinheads Against Racism* und hat sich Ende der Achtzigerjahre in den USA formiert. Die RASH sind die *Red and Anarchist Skinheads*, die Vereinigung kommunistischer und anarchistischer Skinheads.»

‹Rash› bedeutete auf Englisch unter anderem ‹Ausschlag›. Ich fand das irgendwie passend. Statt auf die Ironie hinzuweisen, hakte ich aber ungläubig nach: «Wie bitte? Kommunistische Skinheads?»

«Ja, kommunistische Skinheads. Wie schon gesagt, nicht alle Skins sind rechtsextrem. Aber wie die Naziskins sind auch die beiden linken Skinhead-Gruppierungen heute länderübergreifend vernetzt.»

Kalle Rappolder war ein Glatzkopf, also interessierte ich mich vor allem für die Naziskins und fragte deshalb: «Und wie treten die Naziskins auf? Ich meine, wie sind die organisiert?»

«International treten vor allem zwei Gruppen in Erscheinung: *Blood & Honour* und die Hammerskins. Beide sind in der Schweiz relativ prominent vertreten.»

«Was heisst das in Zahlen?»

«Weisst du, genaue Zahlen gibt es nicht. Man schätzt den harten Kern der Naziskins in der Schweiz aber auf momentan etwa achthundert Mitglieder. Dazu kommen aber noch zusätzlich mehrere tausend Sympathisanten, die selber allerdings kaum in Erscheinung treten. Die Szene ist also verhältnismässig überschaubar. Nur ist die Schweiz leider ein Paradies für rassistische Konzerte, die Naziskins aus ganz Europa anziehen. Die Gesetze sind lasch im Vergleich zum nahen Ausland, und die Polizei schreitet meist nur zögerlich ein. Wenn überhaupt.»

Ich lehnte mich zurück, verschränkte den Kopf hinter den Armen und dachte nach. Dann meinte ich: «Okay, soweit hab ich‘s begriffen. Erzähl mir mehr von diesen zwei rechtsextremen Gruppen mit den komischen Namen.»

«Die Hammerskins und *Blood & Honour*.»

«Genau. Ist eine davon in Bezug auf Kalle Rappolder relevant?»

Er nickte. «*Blood & Honour*, im weiteren Sinne.»

«Und die Hammerskins?»

«Nein, ausser, dass zwei von Rappolders Gefolgsleuten ehemalige Hammerskins sind.»

«Du sagst das, wie wenn es ungewöhnlich wäre.»

«Das ist es auch. Die Hammerskins sind die selbsternannte Elite der Naziskins. Sie verstehen sich als auserwählte Bruderschaft, der nicht jeder Dahergelaufene beitreten kann. Man muss sich bewerben und durchläuft einen strengen Auswahlprozess, bevor man aufgenommen wird.»

«Nur in der Schweiz?»

«Nein, überall. Gegründet wurden sie Mitte der Achtzigerjahre in den USA. In Dallas, glaube ich. Die einzelnen Ländergruppen werden als *Divisionen* bezeichnet, die Abteilungen innerhalb der Länder als *Chapter*. Wie bei den Rockern. Die Schweizer Division hat etwa fünfzig Mitglieder. Das klingt nach wenig, aber man muss bedenken, dass es in ganz Deutschland auch nur rund hundert sind.»

«Und woher kommt der Name?»

«Ihr Symbol ist das Logo der Faschisten aus dem Pink-Floyd-Film *The Wall*. Das mit den zwei gekreuzten Hämmern?»

Ich schüttelte den Kopf. «Ich hab den Film nur einmal gesehen, vor fast zwanzig Jahren.»

Er verzog sein Gesicht. «Na ja, die Hammerskins haben ihr Logo von diesem Film geklaut. In ihrer Deutung stellen die Zimmermannshämmer den Bezug zu Thor und damit zu den nordischen Göttern her.»

«Ah, der Germanenkult. Wie bei den Nazis.»

«Ja, genau. Die nordische Herrenrasse. Die Arier.»

«Ich dachte, dass man heutzutage davon ausgeht, dass die Arier gar nicht aus Nordeuropa stammen?»

Er nickte und meinte mit triefendem Sarkasmus: «Alles gelogen, selbstverständlich.» Er lachte humorlos. «Weisst du, das stört diese Fanatiker nicht im Geringsten. Die legen sich ihr eigenes Weltbild zurecht. Echte Wissenschaft stört da nur. So betrachtet unterscheiden sie sich in dieser Hinsicht nicht von anderen Eiferern, ob religiöse oder politische.»

«Okay, und was ist mit der anderen Gruppe? *Blood & Honour*? Und was hat Kalle Rappolder damit zu tun?»

«Na ja, *Blood & Honour* ist nicht eine Gruppierung im eigentlichen Sinne, sondern eher ein übergeordnetes Netzwerk von kleinen und grossen regionalen Naziskin-Gruppen. In der Schweiz tritt es hauptsächlich in den Kantonen Zürich, Aargau, Bern und Waadt auf. Ah ja, und Baselland. Es wurde von Ian Stuart Donaldson höchstpersönlich gegründet.»

«Dem englischen Nazisänger?»

«Genau dem. Ich sehe, du passt auf. Das Netzwerk hatte ursprünglich die Aufgabe, die nationalsozialistische Ideologie durch das Organisieren von Nazirockkonzerten zu verbreiten. Das machen sie heute zwar auch noch, aber mittlerweile steht der Verkauf von CDs im Vordergrund. Der bringt ordentlich Kohle rein und führt auch mal zu kleineren und grösseren Reibereien. Kaufmännisch betrachtet ist *Blood & Honour* ein Vertriebsnetzwerk für Rechtsrock und eine Koordinationsplattform für Neonazibands. Politisch gesehen ist es eine Indoktrinationsmaschine für unsichere Jugendliche auf der Suche nach Identität.»

«Besteht ein Zusammenhang mit der Hitlerjugend? Auf deren Messern war doch ‹Blut und Ehre› eingraviert, wenn ich mich richtig erinnere.»

«Das stimmt, aber Blut und Ehre waren bei den Nazis generell viel bemühte Begriffe. Die Nürnberger Rassengesetze zum Beispiel hiessen eigentlich *Gesetz zum Schutz des deutschen Bluts und der deutschen Ehre*.»

«Und ist *Blood & Honour* gewalttätig? Oder nur die Hammerskins?»

«Beide. Wobei *Blood & Honour* ja eben nicht eine geschlossene Gruppierung ist, sondern mehr ein Netzwerk, eine Art Dachverein. Aber sie haben einen militanten Arm namens *Combat 18*, der verschiedentlich in Anschläge und terroristische Aktivitäten verwickelt war. Vor allem in England.»

Neumann beugte sich vor und sagte so leise, dass ich ihn kaum verstehen konnte: «Weisst du, ich stehe auf mehreren schwarzen Listen und bin auch schon zweimal wirklich übel verprügelt worden. Eine Briefbombe haben sie mir auch schon geschickt, von Schweden aus. Zum Glück ist sie bereits unterwegs hochgegangen, ohne dass jemand verletzt wurde.»

Ich zog die Augenbrauen hoch. «Heilige Scheisse! Aber weshalb, zum Teufel, machst du dann trotzdem weiter?»

«Gute Frage.» Er starrte eine Weile nachdenklich ins Leere. Dann stützte er den Kopf auf die Hände und antwortete müde: «Ehrliche Antwort: weil ich nur so mit mir selbst im Reinen bleiben kann. Ich leiste einen wichtigen Beitrag gegen Hass und Intoleranz, und das lasse ich mir von so ein paar Spinnern nicht kaputt machen.»

«Okay, aber werden da die Behörden nicht aktiv? Ich meine, Briefbomben verschicken ist kein Dummerjungenstreich.»

«Nein, definitiv nicht. Und ja, es gibt schon Massnahmen, aber halt immer nur als Reaktion auf konkrete Vorfälle. In Deutschland wurde *Blood & Honour* als verfassungsfeindlich eingestuft und verboten. Aber es gibt bereits mehrere Gruppen, die sich als Nachfolgeorganisationen betrachten. Die bekannteste davon ist *Division 28*.»

«Irgendwie ist das alles sehr militärisch.»

«Ja, die Naziskins sind fasziniert vom Kampf, den sie als Inbegriff des Männlichen sehen. Dazu gehört das Militär. In der Schweiz versuchen viele, die nicht bereits vor der Rekrutenschule enttarnt werden, eine Unteroffiziers- oder sogar Offizierslaufbahn einzuschlagen. Zum Glück werden die allermeisten aber vorher aussortiert.»

«Und wieso nennen die sich gerade – was war es? ‹Division 28›? Ich meine, was hat es mit der Zahl auf sich?»

«Die Zahlen stehen meistens für den entsprechenden Buchstaben im Alphabet. Die ‹28› bedeutet also ‹B–H›. *Blood & Honour*.» Er nahm einen Kugelschreiber aus seiner Tasche und schrieb damit auf die Serviette vor ihm. «Zahlen machen einen ansehnlichen Teil der rechten Symbole aus. In Neumünster gibt es zum Beispiel einen Neonazitreffpunkt namens *Club 88*.»

Mir ging ein Licht auf. «‹88›… Der achte Buchstabe des Alphabets. ‹H–H›. ‹Heil Hitler›?»

«Genau», antwortete er anerkennend, «und von diesen Zahlen gibt es eine ganze Menge. Die ‹18› steht für ‹Adolf Hitler›, ‹74› für ‹Grossdeutschland›, ‹1919› für ‹SS›. Und so weiter.»

Gut, soweit hatte ich alles begriffen. Nur die Rolle von Sarahs Bruder Kalle war mir immer noch nicht so ganz klar, und so fragte ich: «Und wie passt jetzt Kalle Rappolder ins Bild? Du sagtest, er sei ein Neo getarnt als Skin?»

«So ist es. Kalle Rappolder ist eine Ausnahmeerscheinung in der Naziskinszene. Er ist hochintelligent und ein geborener Anführer. Gleichzeitig ist er auch eiskalt und wenn nötig äusserst gewalttätig. Er ist wegen schwerer Körperverletzung vorbestraft. Eine psychiatrische Evaluation würde wahrscheinlich ergeben, dass er eine antisoziale Persönlichkeitsstörung aufweist.»

«Und das heisst?»

«APS ist die moderne Bezeichnung für die veralteten Begriffe ‹Soziopathie› und ‹Psychopathie›. Sie manifestiert sich in der Missachtung sozialer Verpflichtungen und der Unfähigkeit, sich in andere hinein zu fühlen. Herzlosigkeit.»

«Aber hast du nicht gesagt, er sei der geborene Anführer?»

«Das muss kein Widerspruch sein. Viele Personen mit APS sind ausserordentlich charmant und haben unter anderem ein übersteigertes Selbstvertrauen. Sie besitzen ein sehr begrenztes eigenes Gefühlsleben, können aber die Gefühle anderer gut wahrnehmen und sie dadurch manipulieren. Das kann so jemanden gerade in der Skinhead-Szene zu einem erfolgreichen Führer machen. Aber APS ist natürlich nicht auf die Skinszene beschränkt. Man geht davon aus, dass in der Bevölkerung etwa drei Prozent der Männer und circa ein Prozent der Frauen eine solche Störung aufweisen.»

«Drei *Prozent*? Unglaublich!»

«Nicht wahr? Der typische APS-Patient wird schon als Kind auffällig, zum Beispiel wegen Vandalismus, Stehlen oder häufigem Lügen. Auch Schule schwänzen und wiederholtes Weglaufen von zu Hause gehören dazu. Als Erwachsene sind sie dann oft sehr rücksichtslos, häufig arbeitslos, zahlen Schulden nicht, sind gewalttätig und tendieren generell zur Kriminalität.» Er bemerkte meinen aufkeimenden Widerspruch und ergänzte: «Der Umkehrschluss gilt natürlich nicht. Nicht jeder, der arbeitslos ist, seine Schulden nicht bezahlen kann und deshalb öfters gereizt ist, hat APS. Und nicht jede Person mit APS ist in diesem

Sinne auffällig. Viele setzen sich auch in der Geschäftswelt durch, fallen aber sonst nicht weiter auf. Diese Eigenschaften scheinen dort übrigens unter gewissen Umständen geradezu von Vorteil zu sein. Es gibt eine Studie, die nachweist, dass überdurchschnittlich viele CEOs grosser Unternehmen diese Störung aufweisen.»

Ich meinte sarkastisch: «Was für eine Überraschung!»

Er grinste. «Nicht wahr?»

Etwas ging aber für mich immer noch nicht auf, und auch auf die Gefahr hin, als speziell begriffsstutzig wahrgenommen zu werden, hakte ich nochmals nach: «Aber ich begreife immer noch nicht, was du damit meinst, dieser Psychopath sei ein als Skinhead verkleideter Neonazi.»

«Na ja, das ist wirklich nicht so schwierig: Er ist ein politischer Fanatiker, wie er im Buche steht, und so wie ich ihn einschätze, verfolgt er seine Ziele immer mit denjenigen Mitteln, die am meisten Erfolg versprechen. Im Moment scheint sein Mittel zum Erfolg eine Gruppe von besonders gewaltbereiten Skinheads zu sein. Eine Bruderschaft, wie sie das nennen.»

«Hat sie auch einen Namen?»

«Sie nennen sich *Aktion Mjölnir*.»

«Nach Thors Hammer?»

«Ganz genau. Der Hammer, mit dem der nordische Donnergott die Feinde der Götter bekämpfte. Rappolder hat der Gruppe eine völlig abstruse Philosophie verpasst, aber die armen Idioten fressen ihm förmlich aus der Hand. Ihr Selbstbild ist das einer Widerstandsgruppe, welche die Feinde der Herrenrasse zerschmettern soll. Weisst du, im Weltbild der extremen Rechten ist die weisse Rasse unter Druck und muss sich gegen die Ausrottung wehren.»

«Und haben die Anfangsbuchstaben dieses Namens eine Bedeutung? So wie bei *Division 28*?»

«Das haben sie tatsächlich. A und M sind der erste sowie der zwölfte Buchstabe des Alphabets.» Er machte eine Kunstpause. «Am 1. Dezember 1936 wurde das *Gesetz über die Hitlerjugend* erlassen, wonach alle männlichen Jugendlichen des dritten Reiches ab dem zehnten Lebensjahr zwingend Mitglieder sein mussten.»

«Du denkst, das sei Absicht? Ist das nicht etwas gar gesucht?»

«Natürlich ist es das. Aber erzähl das mal diesen Spinnern. Es steht auf ihrer Homepage!»

«Die haben eine *Homepage*?»

Gunnar nickte mit Nachdruck. «Über das Internet organisieren sie sich und verbreiten auch ihre Propaganda. Allerdings nur Parolen und ‹Frontberichte›, wie sie das nennen. Eine Homestory über die Mitglieder oder ein Impressum wirst du vergeblich suchen. Aus naheliegenden Gründen halten sie sich stark bedeckt. Aber sie veröffentlichen zum Beispiel alle zwei Monate ein Pamphlet, ein übles Hetzblättchen, in dem sie die Unterwanderung der Schweiz durch Immigranten und den Verlust der Schweizer Kultur beklagen. Und so weiter.»

«Klingt nach viel Arbeit. Sind diese Jungs alle arbeitslos, oder wie?»

«Nein, erstaunlicherweise nicht. Es gibt zwar tatsächlich viele Arbeitslose in der braunen Szene, aber von Rappolders Jungs haben praktisch alle einen Job.»

«Und was ist die Adresse dieser Homepage?»

Er gab sie mir und ich notierte sie. Dann fragte ich: «Und wie war das mit der Ausrottung der weissen Rasse? Denken die wirklich, sie wären die Gralshüter?»

«Ja, das tun sie. In ihren Köpfen befinden wir – also die Weissen – uns in einem Krieg um das Überleben unserer Rasse. Dabei wird getreu dem nationalsozialistischen Gedankengut die Rasse über das Blut definiert, also ausschliessend. Diese Jungs glauben, dass die Reinheit dieses Blutes – und damit eben im Endeffekt das Überleben der Rasse – von allen Seiten bedroht wird, von den Schwarzen, den Juden, den Zigeunern und so weiter. Halt einfach *alle* Gruppen, die in der Nazi-Ideologie als minderwertig angesehen werden. Dieser Logik nach sind daher gemischtrassige Ehen Verrat am Volk.»

«Und was ist nochmals ihre eigenen Rolle in diesem Krieg?»

«Sie», antwortete Gunnar mit einem sarkastischen Unterton, «sind die Krieger, welche die Rasse retten, indem sie ihre Feinde vernichten. Thors Hammer ist das Symbol dafür, und die Riesen, welche Thor in der nordischen Mythologie damit zerschmetterte, stellen die Feinde dar. Der Name soll also ihren Willen dokumentieren, es Thor gleich zu tun und diese Feinde zu zerschmettern. Wie zum Beispiel die angebliche zionistische Weltverschwörung, von welcher in der Naziszene so viel gefaselt wird.»

«Davon habe ich schon gehört. Die *Protokolle der Weisen von Zion* sollen das belegen, oder?»

«Nachweislich gefälscht. Geschrieben zwischen 1895 und 1902 durch einen russischen Journalisten namens Golovinski, wahrscheinlich im Auftrag der damaligen russischen Geheimpolizei. Aber ja, genau. Die Skinnies haben das natürlich nicht erfunden. Viele antisemitische Kreise, vor allem auch in den USA, benutzen den Ausdruck ‹ZOG›. Das steht für *Zionist Occupation Government*, also ‹zionistische Besatzungsregierung›. Manchmal auch *Zionist Occupied Government*, also ‹durch Zionisten besetzte Regierung›. Die Verfechter dieser Theorie behaupten, dass die gewählten Regierungen nur die Marionetten einer zionistischen Weltverschwörung sind, von der sie heimlich kontrolliert werden. Wobei allerdings nicht klar zum Ausdruck kommt, ob daran nur Zionisten oder alle Juden beteiligt sind.»

«Das ist ja absolut lächerlich!»

«Ja, für dich und mich und andere rational denkende Menschen. Die Sache ist nun aber die: Kalle Rappolder ist zwar hochintelligent, aber auch verblendet. Er glaubt wirklich an diesen ganzen Schrott. Wozu er allerdings die *Aktion Mjölnir* braucht, ist mir noch nicht so ganz klar. Die Kerle sind äusserst verschwiegen.»

«Wie gross», fragte ich, «ist die Gruppe?»

Er überlegte kurz. «Eben, wir haben bisher kaum Informationen über sie. Aber soviel wir im Moment wissen: Nicht mehr als etwa zwanzig Mitglieder»

«Ist denn diese *Aktion Mjölnir* in der Szene bekannt?»

«Nein, eigentlich nicht. Rappolder selber kennt man, aber seine Gruppe nicht. Aber das trägt auch zu seinem Ruf bei. Als Anführer eines Geheimbundes, sozusagen. Eine mysteriöse und verschwiegene Bruderschaft. Gleichzeitig macht sie das für Eingeweihte natürlich umso interessanter.» Er kratzte sich am Kinn. «Weisst du, in der Szene geht ein Gerücht um…»

«Was für ein Gerücht?» Ich horchte auf.

«Dass Kalle Rappolder Anführer eines Schweizer Ablegers von *Combat 18* ist. Womit wahrscheinlich die *Aktion Mjölnir* gemeint ist.»

«Woher stammt das Gerücht?»

«Zwei der ehemaligen Hammerskins in Rappolders Gruppe sollen einmal besoffen damit geprahlt haben. Rappolder hat sie dafür halb tot geschlagen. Das ist alles. Ansonsten habe ich noch nie davon gehört.»

«Und was genau ist mit *Combat 18*?» Mit der 18 konnte ich zunächst nichts anfangen. Dann ging mir plötzlich ein Licht auf. «Ach so. A und H… ‹Adolf Hitler›?»

«Du hast es erfasst.»

«Okay, und was ist mit *Combat 18*?»

«Das ist der militante Arm von *Blood & Honour*. Gegründet in den frühen Neunzigerjahren in England. Wie man sagt, von ehemaligen Mitgliedern des BNP-Sicherheitsapparats.»

«BNP?»

«*British National Party*, eine rechtsextreme Partei in Grossbritannien. Ob die BNP-Sicherheitsleute *Combat 18* gründeten oder eine bereits existierende Gruppe mit diesem Namen für Sicherheitsaufgaben angeheuert wurde, ist nicht ganz klar. Auf jeden Fall waren sie während der Neunzigerjahre eine Zeit lang öfters in den englischen Medien wegen gewalttätiger Angriffe auf Immigranten und Schwule. Und zwar nicht nur der übliche Kleinkram, sondern auch Attentate und Morde. Sie sollen Briefbomben an farbige Sportler verschickt und Anschläge mit Nagelbomben durchgeführt haben. Ab 1992 veröffentlichte die Gruppe auch ein Magazin namens *Redwatch*, welches Todeslisten von politischen Gegnern enthielt. Mehrere darin aufgeführte Personen wurden jeweils kurz nach der Veröffentlichung Opfer eines Attentats.»

Ich schluckte zweimal leer. «Oha! Das klingt aber ein wenig ernster als Prügeleien und primitive Konzerte.»

«Du sagst es. Zwischen 1998 und 2000 haben Scotland Yard und der MI5 Dutzende von Mitgliedern verhaftet. Unter den Verhafteten befanden sich auch britische Soldaten. Danach wurde das Prinzip ‹Leaderless Resistance›, also führerloser Wiederstand, eingeführt. Jeder kann sich als Mitglied bezeichnen, wenn er die gleichen Ziele verfolgt. Wie die Muttergruppierung *Blood & Honour* ist *Combat 18* heute ein internationales Netzwerk gewalttätiger Gruppen mit der gleichen Ideologie und Philosophie. Da es keine klaren Führungsstrukturen gibt, kann sie kaum zerschlagen werden.»

Das kam mir bekannt vor. «Wie Al-Kaida?»

«Wahrscheinlich, das weiss ich nicht.» Er schnaubte verächtlich. «Weisst du, das wirklich Ironische ist natürlich, dass das Prinzip des führerlosen Widerstandes einer so auf den Führerkult ausgerichteten Subkultur wie die der Naziskins eigentlich ein Gräuel sein müsste. Entsprechend ist das mehr ein Propagandainstrument, um das Beste aus einer schlechten Situation zu machen. Alle internationalen Untergruppen hatten und haben einen Hang zu Machtkämpfen und rigiden Führungsstrukturen, was es dem Verfassungsschutz jeweils nicht besonders schwer macht, sie zu zerschlagen. Im Oktober 2003 hat die deutsche Polizei etwa fünfzig Häuser in Kiel und Flensburg durchsucht und mehrere Mitglieder der lokalen Organisation verhaftet. Im September 2006 hat die belgische Polizei etwa zwanzig Mitglieder von *Combat 18 Flandern* verhaftet.» Er blickte mich vielsagend an. «Vierzehn davon waren Soldaten in der belgischen Armee!»

«Klingt ein wenig wie ein Krebsgeschwür.»

«Das kannst du laut sagen, ja.»

«Und Rappolder soll also einen Schweizer Ableger gegründet haben? Oder gründen wollen?»

«Das weiss ich eben nicht.»

«Na gut.» Ich überlegte. Der Abend war viel ergiebiger gewesen, als ich es mir vorgestellt hatte. Nur Rappolder selbst war mir immer noch ein Rätsel, und so fragte ich: «Kannst du mir sonst noch was über Kalle Rappolder erzählen? Über ihn als Person?»

Er schüttelte den Kopf, als er antwortete: «Nicht viel. Wie gesagt, er ist sehr intelligent, charmant, gefühlskalt und äusserst zielstrebig. Er stammt aus einer reichen Basler Unternehmerfamilie.»

«Stadt?»

«Nein, Baselland. Liestal, glaube ich.»

«Welche Art Geschäfte betreibt die Familie?»

«Hoch- und Tiefbau.»

«Okay, und weiter?»

«Von einem seiner ehemaligen Lehrer habe ich gehört, er hätte die beste Abschlussnote seines Matura-Jahrgangs gehabt. Mit einundzwanzig hat er dann aber sechs Monate wegen schwerer Körperverletzung abgesessen.»

«Nur sechs Monate?»

«Seine Familie hat Geld.»

Ich lachte trocken ob so viel Zynismus, aber Gunnar fuhr unbeirrt fort: «Weisst du, ich bin fast sicher, dass er das Ganze absichtlich veranstaltet hat. Im Gefängnis gewesen zu sein verleiht ihm Glaubwürdigkeit in der Szene. Ich mache jede Wette, dass das schon damals Teil seines Plans war.»

«Wie alt ist er jetzt?»

«Siebenundzwanzig.»

«Und wie sieht er aus?»

«Eigentlich nicht wie der typische Naziglatzkopf. Er hat zwar einen geschorenen Schädel, aber das haben ja heute viele. Er ist ein Chamäleon. Wenn er eine Bomberjacke und Springerstiefel trägt, dann sieht er aus wie ein Model für ein Naziskin-Rekrutierungsposter. In Anzug und Krawatte hingegen wirkt er smart und sieht eher aus wie ein Unternehmensberater oder ein Banker.» Er kramte in seiner Jackentasche und zog ein zweifach gefaltetes Stück Papier heraus. «Hier. Ich hab dir einen Ausdruck mitgebracht.»

Nachdem ich das Papier geöffnet und glattgestrichen hatte, starrten mir zwei verschiedene Personen entgegen. Zumindest schien es auf den ersten Blick so. Das linke Foto war offensichtlich an einem Konzert entstanden und zeigte einen typischen Skinhead, der eine Bierflasche hochhielt, das Gesicht zu einer grölenden Fratze verzogen. Auf dem rechten Bild war ein selbstbewusst dreinblickender, elegant angezogener Mann von stattlicher Statur hinter einem Vortragspodium abgebildet, der wohl eine Präsentation oder einen Vortrag hielt. Das Gesicht war auf beiden Fotos unverkennbar dasselbe, aber ansonsten unterschieden sich die beiden wie Tag und Nacht.

«Verdammt», entfuhr es mir unwillkürlich, «das ist wirklich erstaunlich.»

«Nicht wahr?» Neumann kratzte sich am Kopf. «Der Kerl ist total wandlungsfähig. Kombiniert mit seinem Charisma, seiner Intelligenz und seiner absoluten Rücksichtslosigkeit macht ihn das zu einem ungemein gefährlicheren Neonazi.»

«Wo habt ihr die Fotos her?»

«Von der Antifa.»

«Wem?»

«Der Antifa. Das ist ein Netzwerk linker Gruppen, welches die rechte Szene beobachtet, dokumentiert und darüber berichtet. Sie hat sich ursprünglich in der Hausbesetzer- und Autonomen-Szene gebildet, etwa zur gleichen Zeit, in der auch die Naziskins aufgekommen sind.»

«Das ist wie in einem schlechten Film. Noch so eine Geheimgesellschaft?»

«So geheim sind die nicht. Sie machen das gleiche wie die Rechtsextremen, sie outen ihre politischen Gegner. Nur, dass sie im Gegensatz zu denen nicht zum Mord an ihnen aufrufen.» Er zeigte mit dem Finger auf das erste Foto. «Dieses hier wurde vor zwei Jahren an einem Rechtsrockkonzert in der Nähe von Frauenfeld aufgenommen. Das andere wurde letztes Jahr in einem Vorlesungssaal der Uni gemacht. Er hatte da bis letztes Semester einen kleinen Lehrauftrag.»

«Na super», meinte ich sarkastisch, «Geschichtsvorlesungen beim Führer höchstpersönlich.»

Neumann drehte den Ausdruck vor uns um, so dass die Fotos nicht mehr zu sehen waren. Dann schaute er sich kurz um und antwortete nachdenklich: «Weisst du, das ist genau der Punkt. Rappolder ist ein Fanatiker, aber er ist kein Eiferer, wenn du weisst, was ich meine. Er muss nicht bei jeder Gelegenheit mit seinen Überzeugungen hausieren gehen. Im Gegenteil, er weiss immer ganz genau, was sein aktuelles Publikum gerade hören will. Wenn er sich je ernsthaft der Politik zuwendet, dann könnten wir hier bald Zustände wie in Frankreich haben.»

Ich wusste, worauf er anspielte: Der rechtsextreme *Front National* holte bei den Wahlen in Frankreich regelmässig bis zu fünfzehn Prozent der Stimmen.

«Na», antwortete ich, «dass wollen wir mal nicht hoffen.» Dann zeigte ich auf das Blatt Papier vor uns auf dem Tisch. «Kann ich die Fotos haben?»

«Ja, aber nicht rumliegen lassen.»

Ich nahm den Ausdruck an mich, faltete ihn und steckte ihn in meine Tasche. Dann fragte ich: «Was hat Rappolder für eine Ausbildung?»

«Er hat einen Abschluss in Zeitgeschichte. Nebenfach Arabisch.»

«Arabisch?» Ich starrte ihn ungläubig an.

«Ja. Ich kann mir auch keinen Reim darauf machen.»

«Und was macht er sonst so?»

«Zurzeit arbeitet er an seiner Doktorarbeit und schreibt für mehrere rechtsextreme Publikationen. Woher aber der Grossteil seines Einkommens stammt, weiss ich nicht.»

«Papas Geldbörse?», fragte ich nachdenklich.

«Schon möglich», antwortete er, «aber wie gesagt, ich weiss es nicht. Rappolder ist ein Enigma.»

«Ein Enigma», zitierte ich, «eingewickelt in ein Geheimnis und umgeben von einem Rätsel.»

Neumann starrte mich verständnislos an.

«Winston Churchill hat das gesagt», klärte ich ihn auf. «Er meinte damit Russland.»

Er schüttelte den Kopf. «Du bist ein schräger Typ.»

«Ich weiss. Wo finde ich dieses Enigma?»

«Ich habe dir seine Adresse ausgedruckt.» Er griff in seine Hosentasche, zog ein zweites, wiederum gefaltetes Blatt Papier hinaus und schob es mir herüber. «Er steht nicht im Telefonbuch.»

«Okay, danke.» Ich steckte es ebenfalls ein. Dann fragte ich: «Sonst noch was?»

Er überlegte und antwortete dann: «Ja, seine Gruppe hat eine Art Klubhaus im Zürcher Unterland, in der Nähe von Bülach. Eine Waldhütte. Vollversammlung ist jeweils am Mittwochabend um acht, sofern das immer noch gleich ist wie im Frühling. Der harte Kern der Gruppe trifft sich wahrscheinlich öfter, aber ich weiss weder wo noch wann und auch nicht wie oft.»

Ich machte mir eine Notiz.

«Noch was», fuhr er fort. «Das Stück Wald, in dem sich die Hütte befindet, gehört Rappolder. Wie auch die Hütte selbst. Entsprechend beruft er sich bei Bedarf sicher darauf, dass alles, was in dieser Waldhütte geschieht, im rein privaten Rahmen abläuft und das Antirassismusgesetz daher keine Anwendung findet. Bisher ist der Fall allerdings noch nicht eingetreten.»

«Und wo genau befindet sich diese Hütte?»

«Warte.» Er hantierte an seinem iPhone herum und zeigte mir dann den genauen Punkt auf GoogleMaps. Dann emailte er mir diesen gleich auch noch. Ich war beeindruckt.

Schliesslich fragte er: «Weshalb musst du das so genau wissen?»

Ich zuckte mit den Achseln. «Vielleicht werde ich mir die Sache mal aus der Nähe betrachten.»

Er starrte mich einen Moment lang schweigend an und sagte dann mit Nachdruck: «Das lässt du besser bleiben. Mit den Kerlen ist nicht zu spassen.»

KAPITEL 14

Trotz Gunnars Warnung wollte ich möglichst bald selbst einen Augenschein bei Kalle Rappolders Waldhütte nehmen, und so kam es, dass ich mich bereits am nächsten Abend, einem Mittwoch, auf einem matschigen Feldweg im Zürcher Unterland wiederfand. Es war Neumond. Das eintönige Trommeln des Regens auf dem Blechdach meines Wagens wirkte in höchstem Masse einschläfernd. Die Uhr zeigte kurz vor sieben Uhr an.

Am Wochenende hatte wieder die Winterzeit Einzug gehalten, und so war es bereits dunkel. Zu meiner Linken hob sich der dunkle Wald kaum vom wolkenverhangenen Himmel ab. Zu meiner Rechten befand sich ein einsames, windgepeitschtes Maisfeld. Mein Standort hatte einen gewissen morbiden Charme, aber ich hatte ihn nicht deshalb gewählt, sondern weil ich von hier aus die schmale Zufahrtsstrasse zu Rappolders Hütte gut im Auge behalten konnte. Diese befand sich mitten in einem dichten Waldstück, gleich neben dem Rhein und ganz in der Nähe des sogenannten Tösseggs, wo die Töss in den Rhein mündet.

Ich gähnte. Mein bisheriger Tag war äusserst ereignisarm gewesen, abgesehen von einem kurzen Treffen mit Mahir Kulenović. Dabei hatte ich ihn gefragt, ob seine Gemeinde je mit Rechtsradikalen Probleme gehabt hätte. Sein erstauntes Nein hatte mir auch nicht weitergeholfen.

Ich wusste nicht recht, was ich mir von heute Abend versprechen sollte. Gunnar hatte erwähnt, dass sich Rappolders Spinnertruppe jeweils am Mittwochabend traf, und heute war Mittwoch. Ich wollte einfach schauen, was da so vor sich ging. Um ein Gefühl für die Gruppe zu kriegen.

Um mich abzulenken, trommelte ich mit meinen Fingern leise den Radetzkymarsch auf dem Steuerrad, als ich in der fernen Dunkelheit plötzlich rasch näherkommende Scheinwerfer bemerkte.

Ich griff nach meinem Nachtsichtgerät. Trotz des Namens *Gigant* war es erstaunlich klein und handlich und erlaubte dank der Fünffachvergrösserung und des zuschaltbaren Infrarotstrahlers Beobachtungen bis zu einer Distanz von etwa dreihundert Meter. Und das in absoluter Dunkelheit. Bisher hatte ich der Versuchung, es eines Nachts einmal an der Studentinnen-WG im Nachbarhaus mit den immer offenen Vorhängen auszuprobieren, erfolgreich widerstanden.

Die Klarheit des grünen Bildes versetzte mich immer wieder in Erstaunen. Nach ein paar Sekunden war der Wagen nahe genug, um zu erkennen, dass es sich um einen grossen Audi handelte. Das Gesicht hinter der Windschutzscheibe war unverkennbar das von Kalle Rappolder. Neben ihm sass ein kahlgeschorenes, bartloses Milchgesicht mit grimmigem Blick, dessen einziges besonderes Merkmal eine grünschattierte Zickzacklinie über dem linken Auge war. Wahrscheinlich eine Narbe. Ein paar Sekunden später verschwanden sie im Wald.

Ich wartete weiter.

Eine gute halbe Stunde lang passierte nichts mehr. Dann ging es plötzlich Schlag auf Schlag. Ein Wagen nach dem anderen fuhr an mir vorbei wie an einem McDonald's Drive-in-Schalter. In den meisten Autos sass mehr als eine Person, und ich schätzte daher nach dem letzten der insgesamt elf Fahrzeuge, dass sich etwa zwanzig bis fünfundzwanzig Personen bei Rappolders Hütte versammelten, also gemäss Neumanns Informationen wohl praktisch die ganze Bruderschaft.

Um sicherzugehen, dass ich keine Nachzügler übersehen hatte, wartete ich noch eine weitere halbe Stunde. Vergeblich. Rappolder schien Wert auf Pünktlichkeit zu legen.

Es war Zeit zu handeln. Immer noch schüttete es wie aus Kübeln. Ich stieg aus und schmierte grosszügig Schlamm und Dreck auf meine vordere und hintere Autonummer. Dann stieg ich wieder ein und fuhr los in Richtung Waldhütte. Mein Plan war simpel: Sollte ich angehalten werden, würde ich den ahnungslosen amerikanischen Touristen spielen und vorgeben, mich verfahren zu haben. Zur Unterstützung dieser Legende nahm ich die Strassenkarte der Schweiz aus dem Handschuhfach und legte sie auf den Beifahrersitz. Meine Autonummer hatte ich im kantonalen Index vorsorglich sperren lassen, so dass die Skins sie nicht im Internet abrufen konnten, falls sie vor lauter Dreck überhaupt noch lesbar war.

Gerade noch rechtzeitig bog ich links auf den nicht asphaltierten, kiesbestreuten Feldweg ein, der zu Rappolders Hütte führte. Um ein

Haar hätte ich die Abzweigung verpasst, die von üppig wuchernden Büschen und Stauden fast gänzlich verdeckt wurde.

Langsam holperte ich tiefer in den Wald hinein. Nach etwa fünfzig Metern kam ich überraschend zu einer Art Checkpoint. Der Feldweg machte eine langgezogene Rechtskurve und die Hütte war von hier aus noch nicht zu sehen, aber ich wusste, dass sie nicht mehr als etwa hundert Meter entfernt sein konnte. Die Zufahrtskontrolle machte einen durchdachten Eindruck. Links und rechts standen mehrere Plastikfässer, die auf beiden Seiten bis zu den Bäumen reichten und den Weg versperrten. Eines der Fässer war umgestürzt und ich konnte sehen, dass es mit Beton gefüllt war. Quer über die Zufahrt blockierte ein Schlagbaum aus Holz den Weg. Er sah zwar nicht sonderlich stabil aus, aber das musste er wegen des Nagelbands, welches einige Meter dahinter über die gesamte Wegbreite gelegt war, auch nicht sein.

Das Ganze war zwar improvisiert, hatte aber einen unmissverständlich militärischen Charakter. Hinter der Barrikade standen zwei vierschrötige Glatzköpfe in Jeans und Bomberjacken in einem aus Brettern und einer Plastikplane gezimmerten primitiven Unterstand. Sie qualmten wie Industrieschlote und schienen ziemlich zu frieren.

Ich nahm meine Karte zur Hand und fuhr bis zum Schlagbaum vor. Zeit für Tex Auton, mein amerikanisches Alter Ego. Ich hoffte, es würde ihnen nicht auffallen, dass Tex Auton ganz in Schwarz gekleidet war.

Einer der Glatzköpfe trat nonchalant seitlich an mein Auto heran und bedeutete mir mit Handzeichen, ich solle das Fenster herunterkurbeln. Sobald es unten war, lächelte ich ihn freundlich an und sagte: «Hi, how are ya?»

Offensichtlich ohne mich gehört zu haben bellte er: «Kannst du nicht lesen? Das ist Privatbesitz, Mann!»

Ich zuckte entschuldigend mit den Achseln und antwortete: «I'm sorry, I don't speak German. Would you happen to speak English?»

Das nahm ihm den Wind aus den Segeln. Er drehte sich zum zweiten Glatzkopf um und rief ihm zu: «Karl, komm her. Der Typ spricht nur Englisch.» Dann zeigte er mit dem Finger drohend auf mich, was mich wohl einschüchtern sollte, und wartete wortlos auf Karl. Dieser war genauso massig wie sein Kumpan und hatte eng zusammenstehende Wieselaugen, welche pausenlos nervös hin und her wanderten.

«Frag ihn, was er will», wies ihn der erste Kerl an.

«What do you want?» Sein Ton war noch eine Spur barscher als der seines Kompagnons, wenn das möglich war.

Ich griff nach meiner Strassenkarte und breitete sie über dem Steuerrad aus. Dann zeigte ich mit dem Finger fahrig auf die Karte und erklärte ihm in bester Touristenmanier, dass ich mich verfahren hätte: «Well, I guess I'm lost, silly me.»

«Was hat er gesagt?», fragte der erste Kerl.

«Er hat was verloren, glaub ich», antwortete der Zweite. Seine Sprachkenntnisse schienen ebenfalls klar begrenzt zu sein.

«What you have lost?», fragte er in zögerlichem und grammatikalisch nicht gerade einwandfreiem Englisch.

Ich antwortete langsam und deutlich: «Nothing, I hope. I just don't know where I am.» Zur Verdeutlichung zeigte ich nochmals auf die Karte.

«*Was* hat er gesagt?» Das Vokabular des ersten Kerls schien sogar auf Deutsch deutliche Limiten aufzuweisen.

«Ich glaub, er hat sich verfahren», antwortete Karl geduldig. «Ein Ami. Er weiss nicht, wo er ist.» Die Frage, weshalb ein Tourist ausgerechnet hier am Arsch des Kantons Zürich durch eine praktisch zugewachsene Zufahrt auf einen ungeteerten Waldweg abbiegen sollte, schien ihn nicht zu beschäftigen.

«Na und», regte sich der Erste auf, «ist das unser Problem? Sag ihm, er soll gefälligst abhauen, aber pronto!»

Karls Übersetzung war kurz und auf den Punkt. «Fuck off!», sagte er drohend und zeigte auf die Strasse hinter mir.

Ich blieb bei meiner Rolle und zeigte nochmals auf die Karte. «Please, if you could just…»

Er trat noch einen Schritt näher, baute sich drohend vor mir auf und wiederholte energisch und erst noch zweisprachig: «Fuck off, du Arschloch!»

Ich zuckte mit den Achseln, legte die Karte auf den Beifahrersitz, startete den Motor und legte den Rückwärtsgang ein. Zum Abschied zeigte ich den beiden den Stinkefinger und fuhr dann rückwärts zur Kreuzung zurück.

Nun zu Plan B. Immerhin hatte ich in Erfahrung gebracht, dass es ein gewisses Sicherheitsdispositiv gab. Für den Fall, dass ich die Kerle aufgeschreckt hatte und sie im Moment speziell wachsam waren, liess ich etwas Zeit verstreichen und gönnte mir inzwischen ein grosses

Steak in einem kleinen Restaurant am Rhein. Trocken und mit vollem Magen war ich danach bereit für den zweiten Anlauf. Ich umfuhr Rappolders Waldstück weiträumig und stellte mein Auto am Rand einer kleinen Lichtung neben einen Holzstapel. Den Ort hatte ich am Nachmittag bereits erkundet, und so wusste ich, dass die Distanz von hier bis zur Hütte rund einen Kilometer betrug. Um mich in der Dunkelheit und im Regen nicht zu verlaufen, hatte ich einen Kompass mitgebracht. Ich steckte die Karte in eine wasserdichte Plastikhülle und warf nochmals einen prüfenden Blick darauf, um mich zu vergewissern, dass ich tatsächlich am richtigen Ausgangspunkt war. Im Dunkeln sah alles immer anders aus als im Hellen. Zufrieden schloss ich danach meinen Wagen ab und machte mich querfeldein in Richtung Ost-Nordosten auf den Weg zur Waldhütte.

Der Wald war von der naturbelassenen Sorte, und wegen des vielen Unterholzes kam ich nur langsam voran. Der kleine Vorfall mit dem Checkpoint hatte mich auf den Gedanken gebracht, dass Rappolder vielleicht nebst der Zufahrtsstrasse auch die Waldwege, welche zur Hütte führten, überwachen liess. Unwahrscheinlich, aber möglich. Sicher wussten die Skinheads Bescheid darüber, dass ihnen die Antifa an den Fersen klebte wie die Beobachter an Duncan McLeod. Ich vermied daher alle Feldwege und Trampelpfade und arbeitete mich stattdessen mit Hilfe des Kompasses in direkter Linie quer durch den Wald vor. Der Regen dämpfte das Geräusch meiner Füsse. Ich verwendete kein Licht und hob mich im dunklen Wald auch nicht gegen den Hintergrund ab. Trotzdem hielt ich etwa alle hundert Meter an und horchte in die Dunkelheit hinein. Dann suchte ich mit meinem Nachtsichtgerät die jeweils nächsten hundert Meter ab, bevor ich weiterschlich.

Auf diese Weise benötigte ich rund vierzig Minuten, bis die Hütte in Sicht kam. Sie stand in der Mitte einer Lichtung von etwa fünfzig Meter Durchmesser und war auf allen Seiten von dichtem Wald umgeben. Das Meeting musste mittlerweile – ich rechnete kurz nach – schon fast zwei Stunden im Gang sein, und erleichtert stellte ich fest, dass in der Hütte noch Licht brannte und der Parkplatz davor noch voll war.

Ich kauerte mich im Schutz einer grossen alten Linde hin, nahm mein Nachtsichtgerät zur Hand und suchte zunächst den Waldrand rund um die kleine Lichtung ab. Das zahlte sich aus, denn plötzlich bemerkte ich etwa fünfzig Meter zu meiner Rechten einen hellen Punkt. Er leuchtete kurz auf und verschwand dann wieder. Ich fixierte meinen Blick auf diese Stelle und sah durch die fünffache Vergrösserung des Nachtsichtgerätes deutlich einen grossen, stämmigen Kerl in Jeans und Bomberjacke an einem Baum lehnen. Der Trottel rauchte, wenn auch auf die clevere Art: Das glühende Ende seiner Zigarette steckte in etwas, das wie eine Bierbüchse aussah und den charakteristischen roten Punkt, den man in der Dunkelheit kilometerweit sieht, verdecken sollte. Ich hatte ihn nur bemerkt, weil dieser Sichtschutz kurz versagt hatte. Wahrscheinlich war ihm die Büchse runtergefallen. Ich beobachtete den Kerl eine Weile. Er bewegte sich nicht vom Fleck und rauchte eine Zigarette nach der anderen.

So weit, so gut. Im Kopf stellte ich mir den Grundriss des kleinen Waldstücks aus der Vogelperspektive vor. Die Hütte war ungefähr in der Mitte. Der Checkpoint und der soeben entdeckte Wachtposten im Wald bildeten zwei Eckpunkte eines gleichschenkligen Dreiecks, welches sich in die runde Lichtung einpassen liess. Daraus schloss ich, dass wohl noch ein zweiter Posten auf der anderen Seite stehen musste, und ich konzentrierte mich auf die Stelle, an der ich ihn vermutete. Es dauerte nicht lange, bis ich ihn entdeckte, und zwar aus dem gleichen Grund wie den ersten Kerl: Auch er rauchte. Ich befand mich ungefähr in der Mitte zwischen beiden und war vorläufig gefeit davor, von ihnen entdeckt zu werden – sofern keine zusätzliche Patrouillen im Wald waren.

Als nächstes nahm ich Rappolders Waldhütte näher unter die Lupe. Die Bezeichnung ‹Hütte› war allerdings etwas irreführend, da sie in Form und Aussehen eher einem kleinen Haus entsprach, zweistöckig und offensichtlich aus mehreren Räumen bestehend. Davor befand sich ein kleiner Kiesplatz, auf dem jetzt die ganzen Autos der Skins parkiert waren, dahinter eine grosse Feuerstelle mit kreisrund darum herum angeordneten Fackelständern aus Gusseisen. Das Ganze sah aus wie die Miniversion eines SS-Kultusplatzes.

Der Regen liess allmählich nach. Ich hatte ein Problem: Von meinem momentanen Standort aus konnte ich nicht sehen, was in der Hütte vor sich ging, weil die mir zugewandte Fassade nur im oberen Stockwerk ein kleines Dachfenster hatte. Das erklärte auch den Standort der Wachtposten.

Ich überlegte kurz. Nach dem ganzen Aufwand war es absolut unbefriedigend, ohne einen Blick in den Versammlungsraum wieder abzuziehen. Andererseits wollte ich definitiv nicht entdeckt zu werden. Ich kroch zurück in die Tiefe des Waldes, umging den linken Posten weiträumig und schlich mich dann zwischen ihm und den Glatzköpfen am Checkpoint auf der Zufahrtsstrasse langsam und vorsichtig wieder an den Waldrand. Dort angekommen legte ich mich auf den Bauch und kroch langsam vorwärts, bis ich ungestört durch die zwei grossen Fenster auf dieser Seite der Hütte in eine Art Versammlungsraum hineinblicken konnte. Er war hell erleuchtet, und so steckte ich das Nachtsichtgerät in meinen schwarzen, wasserfesten Rucksack und kramte vorsichtig mein Fernglas hervor.

Was ich nun sah, entsprach so gar nicht dem Bild der wilden, von rassistischem Grölrock untermahlten Bierparty, welches Neumann gezeichnet hatte. Eher wirkte es wie die Versammlung einer Dorfpartei. Auf einem kleinen Campingtisch in der Mitte des Raumes stand ein Laptop, daneben ein erregt gestikulierender Rappolder vor einer Schar aufmerksamer Glatzköpfe. Hinter ihm projizierte ein Beamer eine Traktandenliste an die Wand. Er zeigte mit einem metallenen Zeigestab auf einen Punkt in der Mitte und sagte etwas, das sein Publikum mit wildem Gelächter und Schenkelklopfen zu quittieren schien. Hören konnte ich natürlich nichts. Das Ganze hatte den surrealen Charakter alter Stummfilme.

Ich zählte sechsundzwanzig Zuhörer, welche alle auf in Konzertbestuhlung angeordneten Klappstühlen sassen. Zu meiner Überraschung waren darunter auch drei Frauen. Diese unterschieden sich nur dadurch von den Männern, dass sie statt einer Glatze kurz geschorene Haare mit zwei langen Strähnen auf beiden Seiten des Kopfes trugen. Ansonsten waren alle, Männer und Frauen, gleich gekleidet: Jeans, Springerstiefel und schwarze T-Shirts. An der Wand hing eine ganze Anzahl grüner Bomberjacken.

Plötzlich trat Rappolder ans Fenster und schaute theatralisch hinaus. Ich zog unwillkürlich den Kopf ein wenig ein, obwohl er mich keinesfalls sehen konnte. Auf der Brust seines schwarzen T-Shirts prangte ein weisser Schriftzug: ‹RaHoWa!›

Nach ein paar Sekunden drehte er sich wieder um und ging zum Laptop hin. Er fummelte daran herum und sagte dann etwas zu seinen Zuhörern, worauf einer das Licht löschte. Kurz darauf veränderte sich das Bild an der Wand, und das Schwarzweissfoto einer Steintafel erschien. Gerade, als ich mich fragte, was das wohl sein sollte, erschienen plötzlich wie von Geisterhand grosse Buchstaben auf der Steintafel: *Am 5. September 1934... 20 Jahre nach Ausbruch des Weltkrieges... 16 Jahre nach dem Anfang deutschen Leidens... 19 Monate nach dem Beginn der deutschen Wiedergeburt... flog Adolf Hitler wiederum nach Nürnberg, um Heerschau abzuhalten über seine Getreuen.*

Nun wusste ich, worum es sich handelte: *Triumph des Willens* von Hitlers Lieblingsregisseurin Leni Riefenstahl. Statt Rechtsrock zu hören und Bier zu saufen veranstaltete Rappolder also Indoktrinationsseminare mit Hilfe von nationalsozialistischer Propaganda. Ich spuckte unwillkürlich auf den Boden. Neumann hatte absolut Recht, der Kerl war nicht einfach einer der üblichen dahergelaufenen Rassistenschläger.

Mittlerweile war ich bis auf die Knochen durchnässt, völlig verschlammt und kurz davor, am Boden anzufrieren. Ausserdem wuchs die Gefahr, dass ich entdeckt wurde, mit jeder Minute. Ich beschloss daher, die Sache für heute auf sich beruhen zu lassen und schlich vorsichtig zu meinem Wagen zurück. Dort angekommen stieg ich ein, startete den Motor und fuhr schnurstracks nach Hause zu meinem Kater, einer warmen Dusche und einem feinen Glas Single Malt.

KAPITEL 15

Am nächsten Morgen wachte ich früh auf. Sehr früh. Ich gewährte Neumann daher noch eine Gnadenfrist und machte mir zuerst eine Kanne Kaffee, bevor ich ihn anrief. Beim neunten Klingeln hob er ab und sagte schlaftrunken und hörbar verärgert: «Hallo?»

«Van Gogh hier, Gunnar. Tut mir leid, dass ich dein Angebot, dich jederzeit anzurufen, so wörtlich nehmen muss.»

«Van Gogh? Verdammt nochmal, weisst du, wie spät es ist?»

Immer die gleiche Frage, wenn man jemanden in aller Hergottsfrühe aus dem Bett holt. «Zeit für eine Frage, die nicht warten kann», antwortete ich. «Wie gesagt, sorry, Gunnar.»

Ich hörte ein Rascheln im Hörer und schloss daraus, dass er sich aufgesetzt hatte oder aufgestanden war. Sein Tonfall änderte sich und er klang plötzlich wach. «Na schön. Also, was gibt's denn so dringendes?»

«Sagt dir ‹RaHoWa› etwas? Ich weiss nicht, ob es ein Ausdruck oder eine Abkürzung ist.»

«Ja, klar. Es ist eine Abkürzung. Steht für ‹Racial Holy War› und kommt aus der amerikanischen *White-Power*-Szene. Weshalb willst du das wissen?»

«Ich war gestern Zaungast bei einem Indoktrinationsseminar der *Aktion Mjölnir*. Rappolder trug den Spruch auf seinem T-Shirt.»

Neumann schnäuzte sich geräuschvoll. Dann fragte er ungläubig: «Du warst *was*?»

Ich erzählte ihm in raschen Zügen die Ereignisse des Vorabends. Er hörte schweigend zu. Als ich fertig war, meinte er: «Davon höre ich zum ersten Mal. Aber es passt zum Bild, dass wir von diesem Kerl haben.»

Obwohl Neumann das natürlich nicht sehen konnte, nickte ich automatisch zustimmend. Das war ein kleiner Tick von mir. Dann fielen mir zwei weitere Fragen ein. «Du, noch was. Ist Rappolder oder einer seiner Mitläufer militärisch ausgebildet worden?»

«Keine Ahnung. Wieso fragst du?»

Ich ignorierte die Gegenfrage und fuhr fort: «Ausserdem waren bei der Versammlung auch ein paar Frauen. Was hältst du davon? Ist das üblich?»

«*Feathercut*? Ich meine, kurze Haare, zwei lange Strähnen auf der Seite, sonst angezogen wie die Männer?»

«Ganz genau.»

«Ist nicht ungewöhnlich. Frauen in der Skinszene sind recht verbreitet. Bei den Antirassisten hat's mehr, aber auch bei den Naziskins kommen sie vor. In der Szene werden die Skingirls ‹Renees› genannt.»

«Renés?»

«Nicht *René*, sondern *Renee*. Der englische Frauenname. Woher das kommt, weiss ich jetzt auch nicht, aber das kannst du sicher im Internet rausfinden, wenn's wichtig ist.»

«Ist es nicht, denke ich.»

«Und was hast du jetzt vor?»

«Den Stier bei den Eiern packen.»

«Heisst das nicht ‹bei den Hörnern›?»

«Wenn du meinst.»

Er lachte. Dann wurde sein Tonfall ernst, als er eindringlich sagte: «Hör mal, van Gogh, mach einfach nichts Unüberlegtes. Das klingt jetzt zwar reichlich dramatisch, aber zumindest im Ausland sind schon mehrfach Leute verschwunden, die den falschen Nazistier an den Eiern packen wollten.»

«Keine Angst, ich bin nicht auf Ärger aus, ich suche nur ein paar Antworten.»

«Ärger wirst du sicher einfacher finden. Viel Glück!»

Nach dem Gespräch mit Neumann gönnte ich mir eine zweite Tasse dampfend heissen Kaffee mit etwas Zimt, schlürfte ihn langsam und überlegte mir dabei das weitere Vorgehen.

Die Naziskins schienen mir im Moment die vielversprechendere Spur zu sein als die Albanerfährte, aber auch diese durfte ich nicht ignorieren. Sarah Rappolder stellte möglicherweise ein Bindeglied zwischen Hasanović und ihrem Bruder dar, der immerhin ein Rassist und Ausländerhasser war. Ob auch eine Verbindung zwischen den Albanern und Hasanović bestand, musste mir Blerim herausfinden. Ich konnte da wenig machen.

Also, wie sollte ich vorgehen? Eine wochenlange Beschattung kam nicht in Frage. Sowohl das Budget meiner Auftraggeber als auch meine Geduld waren zu begrenzt dafür. Eine Alternative musste her. Meiner Erfahrung nach konnte es sich ab und zu lohnen, Verdächtige direkt mit Anschuldigungen zu konfrontieren. Wurden sie nervös, machten sie manchmal etwas Unüberlegtes. Die Frage war nur, ob Rappolder zu der Art gehörte, die sich verhaspelte.

Zwei Stunden später, kurz vor sieben Uhr morgens, stellte ich meinen Colt auf dem Parkplatz einer kleinen Kirche ab, etwa zweihundert Meter von Rappolders Appartementblock entfernt, und ging den Rest zu Fuss. Eine alte Angewohnheit.

Rappolder wohnte am östlichen Stadtrand von Opfikon, einer der vielen Kleinstädte in der nördlichen Agglomeration von Zürich. Sie befand sich direkt in der Anflugschneise des Flughafens, und bereits um diese Zeit war der Lärm der über mir zur Landung ansetzenden Flieger ohrenbetäubend. Die Häuser in dieser Gegend mussten wirklich gut isoliert sein, damit an Schlaf überhaupt zu denken war.

Ich überlegte, ob ich meine Pistole mitnehmen sollte oder nicht, und entschied mich dann dagegen. Es war ziemlich unwahrscheinlich, dass ich gleich beim ersten Gespräch auf ihn schiessen musste, und wenn er sie bemerkte, war meine Tarnung aufgeflogen. Also ab ins Handschuhfach damit.

Als Nächstes rief ich mit unterdrückter Nummer Rappolders Festnetzanschluss an. Neumann hatte ihn mir gegeben. Nach dem vierten Klingeln hörte ich ein Knacken in der Leitung, dann kam das Freizeichen. Also hatte jemand abgenommen und dann gleich wieder aufgelegt.

Rappolder wohnte im mittleren Block einer Überbauung aus drei gleichartigen Wohnkomplexen, die in Form einer grossen *U* angeordnet waren. Alle drei sahen neu und seelenlos aus: sechs Stockwerke Glas und roter Verputz unter einem modernen Flachdach. Anonymität und Ausbaustandard waren es wohl auch, die den reichen Industriellensohn Rappolder dazu bewogen hatten, ausgerechnet hierher zu ziehen. Durch die Tiefgarage und das Treppenhaus kam ich ungesehen bis vor seine Wohnungstür. Ich klingelte.

Etwas rumpelte im Inneren der Wohnung und jemand fluchte laut. Dann fragte eine heisere Männerstimme verärgert durch die Tür: «Wer zum Teufel ist das um diese Zeit?»

Statt zu antworten, fragte ich zurück: «Herr Rappolder»?

«Wer sonst? Und wer sind sie?»

«Magro», antwortete ich, «vom *Tagi.*» Der *Tages-Anzeiger* war eine der auflagenstärksten Zeitungen Zürichs. Ein Freund Minas, der dort arbeitete, hatte mir vor einiger Zeit einen Presseausweis besorgt. Das war vielleicht nicht ganz sauber, konnte aber ganz nützlich sein. Wie jetzt zum Beispiel.

Die Aussicht, mit der Presse zu sprechen, schien Rappolder jedoch nicht gerade freundlicher zu stimmen. «Und was wollen Sie von mir?»

Ich hörte ein Kratzen auf der anderen Seite der Tür und vermutete, dass Rappolder durch das Guckloch einen Blick auf mich zu erhaschen versuchte. Allerdings erfolglos. Ich hatte vor dem Klingeln gewohnheitsmässig meinen Finger auf den kleinen Spion gelegt. Dies zwang jemand auf der anderen Seite dazu, die Tür zu öffnen, um mich zu sehen.

Drinnen wurde die Sicherheitskette vorgehängt, dann öffnete sich die Tür einen Spalt breit und ich konnte Rappolders Gesicht sehen. Wie auf dem Foto hatte er kantige Züge und eine Vollglatze. Als Erstes fielen mir aber seine Augen auf. Sie waren stahlblau und irgendwie leer. Er musterte mich von oben bis unten und forderte dann barsch: «Zeigen Sie mir Ihren Presseausweis!»

Er nahm den dargebotenen Ausweis entgegen und betrachtete ihn einige Sekunden lang schweigend von allen Seiten. Dann gab er ihn zurück und fragte: «Und was will die Presse so früh von mir?»

Ich lächelte gewinnend und erwiderte: «Können wir vielleicht drinnen reden?»

Mit ausdrucksloser Miene fragte er: «Wozu?»

«Es könnte einen Moment dauern.»

«Na und?»

«Ich glaube, der Inhalt unseres Gespräches ist nicht unbedingt für Ihre Nachbarn bestimmt.»

«Das werde ich selbst beurteilen.»

«Na schön. Also, Herr Rappolder, wir arbeiten an einer grossen Story über den Rechtsextremismus in der Schweiz. Im Zuge meiner Recherchen ist mehrfach Ihr Name gefallen, und ich möchte Ihnen die

Gelegenheit für eine Stellungnahme geben, bevor der Artikel in Druck geht.»

Er schlug mir wortlos die Tür vor der Nase zu. Ein paar Sekunden später öffnete sie sich wieder, diesmal ganz, und Rappolder sagte mit plötzlicher Freundlichkeit: «Okay, kommen Sie rein!»

Er war ungefähr so gross wie ich. Unter seinem Lonsdale-Kapuzenpullover und den Trainerhosen zeichneten sich breite Schultern und gut trainierte Muskeln ab. Er führte mich ins Wohnzimmer, zeigte auf einen hauptsächlich aus Stahlröhrchen bestehenden Designersessel und nahm selber auf einem teuer wirkenden Ledersofa Platz. Es war sinnigerweise braun. Seine gesamte Einrichtung war spartanisch und modern, mit viel Metall und Glas. Der Sessel allein hatte wahrscheinlich so viel wie meine gesamte Wohnungseinrichtung gekostet. Ich setzte mich, zückte ein Notizbuch samt Bleistift und nahm ein kleines Diktiergerät aus meiner Jackeninnentasche, das ich auf den Kaffeetisch zwischen uns stellte.

Rappolder schien schon Erfahrung im Umgang mit der Presse zu haben. Er zeigte auf das Aufnahmegerät und sagte: «Das kommt nicht in Frage! Schreiben sie meine Antworten gefälligst auf. Und lassen Sie mich die Notizen vor der Veröffentlichung gegenlesen.»

«Wie Sie meinen.» Ich zuckte mit den Schultern und packte den Rekorder wieder weg. Dann öffnete ich den Notizblock, schlug eine neue Seite auf und blickte Rappolder in die Augen.

«Also», begann ich, «es geht im weiteren Sinne um extremistische Gewalt in der linken und rechten Szene. Dabei werden auch exemplarisch einige Gewalttaten erwähnt und in den grösseren Zusammenhang gestellt.»

Er blickte mich immer noch ausdruckslos an und fragte betont gelangweilt: «Und was hat das mit mir zu tun?»

«Sie wurden mehrfach als einer der Führer in der rechten Szene genannt.»

«Ah ja? Von wem?»

«Unter anderem soll Ihre Gruppe mehrfach Anlässe antirassistischer Gruppierungen überfallen haben.»

«Ich habe gefragt, von wem!»

«Stimmt das?»

«Nein, sicher nicht. Das ist eine böswillige Unterstellung.» Er schnäuzte sich geräuschvoll. Dann lehnte er sich zurück, verschränkte die Arme und schaute mich herausfordernd an.

Ich wartete ein paar Sekunden, bevor ich erwiderte: «Können Sie noch ein wenig mehr dazu sagen?»

«Nein», sagte er gelangweilt, «was soll ich dazu sagen? Da hat offensichtlich jemand das falsche Zeugs geraucht. Ich bin weder ein Rassist noch Mitglied einer solchen Gruppe.»

«Sie sind kein Skinhead?»

«Wegen meiner Glatze, meinen Sie? Das ist nicht verboten, oder? Viele Männer tragen heutzutage eine Glatze.»

«Natürlich, aber vielleicht keinen Lonsdale-Pullover dazu.» Ich wusste, dass diese Kleidermarke unter Skinheads besonders beliebt war.

«Na und? Das ist einfach coole Sportbekleidung. Ich boxe ab und zu. Auch das ist nicht verboten.»

«Sie bleiben also dabei, dass Sie nicht der Anführer einer Gruppe von Skinheads sind, die sich *Aktion Mjölnir* nennt?»

Nun hatte ich seine Aufmerksamkeit. Er war gut, aber das hatte ihn überrascht. Seine Augen weiteten sich einen kurzen Augenblick lang, bevor er wieder die alte Abgebrühtheit aufsetzte und nonchalant zurückfragte: «Wie bitte?»

«*Aktion Mjölnir*. Benannt nach dem Hammer Thors.»

«Ich habe keine Ahnung, wovon Sie sprechen.»

«Kommen Sie, das kaufe ich Ihnen nicht ab.»

Er lachte humorlos. «Na und? Wen interessiert schon, was Sie denken, Sie Tintenpfuscher!»

«Meine Leser vielleicht.»

«Darauf würde ich nicht wetten.» Er warf mir einen verächtlichen Blick zu. Dann stand er auf und sagte: «Ich muss mal kurz für kleine Jungs.»

Ich wartete ungeduldig. Seine geschliffene Sprache und das gespielte Desinteresse täuschte nicht darüber hinweg, dass ihm meine Fragen überhaupt nicht in den Kram zu passen schienen.

Kurz darauf kam Rappolder zurück und setzte sich wieder auf das Sofa. Er hatte nun ebenfalls einen Notizblock und einen Kugelschreiber dabei und fragte als Erstes: «Wie war nochmal ihr Name?»

«Magro. M-A-G-R-O.»

«Und Name und Telefonnummer ihres Redakteurs?»

Soweit hatte ich nicht gedacht. Ich nannte ihm den ersten Namen, der mir in den Sinn kam, und erfand eine Telefonnummer.

Er notierte sich alle Angaben, stand auf und sagte: «Ich denke, ich rufe da gleich mal an.»

Ich merkte, wie ich nervös wurde. Das lief ganz und gar nicht so, wie ich mir das vorgestellt hatte. Trotzdem sagte ich: «Sicher, nur zu. Aber waren sie nicht gerade im Begriff, mir zu erklären, was es mit der *Aktion Mjölnir* auf sich hat?»

Er starrte mich mit seinen kalten Augen an und antwortete im gleichen gelangweilten Ton, den er schon während des ganzen Gesprächs benutzt hatte: «Wohl kaum. Wie ich ja sagte, weiss ich gar nicht, wovon Sie sprechen.»

Ich beschloss, die Stossrichtung zu ändern. «Na gut, dann zu etwas Anderem. In meinem Artikel geht es ja um Gewalt… und vielleicht wissen Sie, dass vor einigen Monaten ein Mann aus dem Zürichsee gefischt wurde?»

Er setzte sich langsam und starrte mich dabei unentwegt an. Dann fragte er beiläufig: «Tot?» Trotz des Themas klang er so gelangweilt, als würde er gerade eine Fernsehkochsendung anschauen.

«Ja, tot.» Ich machte eine Kunstpause. Dann fügte ich hinzu: «Sie kannten ihn übrigens.» Ich hatte zwar keine Ahnung, ob das tatsächlich so war, aber *audaces fortuna juvat*, den Tapferen hilft das Glück, wie ich vor langer Zeit im Lateinunterricht gelernt hatte.

Auch das schien Rappolder nicht sonderlich zu beeindrucken. Er fixierte mich nur unentwegt mit seinem Reptilienblick und fragte gelangweilt: «Ach ja? Und woher?»

«Er soll der Liebhaber ihrer Schwester gewesen sein.»

Die Verwandlung vom Leitwolf zum Werwolf geschah so plötzlich, dass ich komplett überrascht wurde. Rappolder schoss aus seinem Sitz hoch, sprang über den Kaffeetisch, packte mich mit erstaunlicher Kraft am Kragen und zischte mit hochrotem Kopf: «Lass meine Schwester aus dem Spiel, du verficktes Arschloch!» Seite Atmung kam stossweise und er hatte einen irren Ausdruck in den Augen.

Was sagte man dazu? Ich hatte Rappolders wunden Punkt entdeckt. Trotz seines Ausbruchs blieb ich ruhig sitzen, packte aber mit meiner Linken das Handgelenk, mit dem er mich festhielt, und stiess ihn mit der anderen Hand langsam aber bestimmt von mir weg. Dazu sagte ich laut: «Beruhigen Sie sich, verdammt nochmal!»

Einige Sekunden lang standen wir so da, verbunden in ewigem Kampf wie Ahriman und Ahura-Mazda. Dann verschwand der seltsame Ausdruck aus seinen Augen und seine Atmung wurde wieder regelmässig. Er liess mich los und fragte unvermittelt: «Möchten Sie einen Kaffee?»

Etwas überrascht erwiderte ich: «Nein, danke.»

«Gut, aber ich. Warten Sie kurz.» Dann verschwand er erneut. Es dauerte sicher fünf Minuten, bis er mit einer Tasse in der Hand zurück kam. Er setzte sich wieder auf das Sofa und begann, genüsslich seinen Kaffee zu schlürfen. Dazu fixierte er mich schweigend mit seinen kalten Augen. Als ich deswegen nicht im Boden versank, sagte er schliesslich halb anklagend, halb entschuldigend: «Ich kann es einfach nicht ausstehen, wenn man meine Schwester beleidigt.»

«Wer kann das schon? Ich wollte ihre aber Schwester keinesfalls beleidigen. Vielleicht habe ich mich etwas im Ton vergriffen. Was ich meinte war, dass es sich beim Toten um einen Freund ihrer Schwester handelte. Dafür gibt es Zeugen.»

«‹Dafür gibt es Zeugen›», äffte er mich nach und stiess dann ein trockenes, humorloses Lachen hervor. «Sie sprechen von den zwei alten Säcken, die in Sarahs Haus wohnen?»

«Das tut nichts zur Sache, oder? Ihre Schwester soll den Toten auf jeden Fall gut gekannt und oft getroffen haben.»

Das liess die Farbe erneut aus seinem Gesicht weichen, mit Ausnahme eines grellroten Flecks auf beiden Backen. In diesem Moment erinnerte er mich an eine glatzköpfige Matrjoschkapuppe. «Verdammter Kanake!», knurrte er.

«Wie bitte?!»

Die Wut war zurück, aber diesmal war sie unterschwellig, versteckt, wie ein schlafender Vulkan, der jederzeit ausbrechen konnte. Leise erwiderte er: «Lassen Sie das. Sie meinen diesen Balkanwixer, der mit meiner Schwester herumgespielt hat.» Plötzlich schlug er mit der Faust auf den Kaffeetisch und zischte: «Den verfickten Kanaken, der mit meiner Schwester rumgemacht hat!»

Dann wurde ihm offensichtlich klar, dass er zu weit gegangen war, und er sammelte sich sichtbar, bevor er in neutralem Ton fragte: «Er ist also tot?»

«Ja, das ist er.»

«Okay. Sie erwarten sicher nicht von mir, dass ich darüber traurig bin. Aber nur, falls Sie darauf hinaus wollen: Ich hatte nichts damit zu tun.»

«Das habe ich auch gar nicht behauptet.»

Von irgendwo im Haus drang ein gedämpftes Hämmern an mein Ohr. Rappolder schien es nicht zu bemerken und erwiderte ungerührt: «Natürlich haben Sie das. Einfach indirekt. Das war doch der Hauptgrund ihres Besuches, nicht? Zu schauen, wie ich auf die Nachricht reagiere?» Er blickte mich aus seinen kalten Fischaugen an und fragte fast beiläufig. «Sind Sie wirklich Journalist?»

Ich nickte und antwortete etwas zu hastig: «Selbstverständlich. Ich habe Ihnen ja meinen Ausweis gezeigt.»

«Ja», sagte er aufreizend bedächtig und nickte dazu, «das haben Sie.» In diesem Moment piepste sein Handy. Er nahm es aus der Tasche und schaute kurz auf das Display. Dann warf er einen Blick auf seine Armbanduhr, stand auf und sagte mit bestimmter Stimme: «Unsere Zeit ist um. Verlassen Sie jetzt augenblicklich meine Wohnung!»

«Nur noch ein paar Fragen…»

«Augenblicklich! Sonst hole ich die Polizei!»

Ich zuckte mit den Achseln. Hier war ich wohl fertig. Also stand ich auf und ging, ohne mich zu verabschieden.

KAPITEL 16

Es war mittlerweile halb acht. Während ich die drei Stockwerke zurück zur Eingangstür hinunterstieg, liess ich mir das Gespräch mit Rappolder nochmals durch den Kopf gehen.

Ich musste zugeben, dass mein Plan nicht aufgegangen war. Eigentlich hatte ich vorgehabt, ihn durch die Konfrontation mit meinen Vorwürfen aus der Ruhe zu bringen und zu irgendeiner unbedachten Äusserungen zu verleiten. Aber der Kerl war tatsächlich aalglatt. Nur einmal, als ich die Beziehung seiner Schwester zu Hasanović erwähnt hatte, war seine Maske verrutscht. Was sich dahinter verbarg, hatte mir nicht gefallen.

Die Haustür klemmte. Zumindest dachte ich das zunächst. Dann bemerkte ich, dass sie von dieser neumodischen Art war, mit einem Drehknopf statt einer Türklinke, der gleichzeitig zum Abschliessen und Öffnen benutzt wird. Oder in diesem Fall benutzt worden wäre. Er fehlte nämlich. Nur der kurze, gezackte Rest eines Eisenstifts ragte noch heraus. Es war noch früh, und statt den Hauswart zu rufen ging ich lieber wieder auf dem gleichen Weg hinaus, auf dem ich gekommen war. Ich stieg die zwei Treppen ins Kellergeschoss hinunter und betrat die riesige Tiefgarage.

Es war dunkel wie in einem Kuhmagen. Ich tastete nach dem Lichtschalter und drückte mehrfach darauf. Weiter vorne warfen ein paar flackernde Neonröhren nach und nach etwas fahles Licht in die riesige Betonkaverne, aber in meiner Ecke blieb es finster. Unter meinen Füssen knirschten Glasscherben. Den Blick auf den Boden gerichtet versuchte ich die gröbsten Splitter zu vermeiden, als ich mich auf den Weg zum breiten Eingangstor am anderen Ende der Garage machte.

Plötzlich hielt ich inne und lauschte angestrengt. War da was gewesen? Ich verfluchte innerlich den Entschluss, meine Beretta im Auto zu lassen.

Dann sah ich sie. Etwa zehn Meter vor mir standen zwei grinsende, vierschrötige Kerle im Halbdunkeln. Bomberjacke, enge Jeans, Springerstiefel, Glatzen: Die Kerle waren ein wandelndes Klischee. Zum Lachen war mir trotzdem nicht zumute. Einer hielt einen Baseballschläger in der rechten Hand und schlug das dicke Ende langsam und rhythmisch in die andere Handfläche. Die Botschaft war eindeutig.

Ich erstarrte für einen Sekundenbruchteil. Dann machte ich auf dem Absatz kehrt und rannte los wie von der Tarantel gestochen, zurück zum Treppenhaus, aus dem ich gerade gekommen war. Flucht war grundsätzlich immer die bessere Alternative bei solchen Kräfteverhältnissen, wenn man mich fragte. Leider wurde jedoch nichts daraus. Die etwa zwanzig Meter entfernte Tür wurde jetzt nämlich von drei weiteren Glatzköpfen verdeckt, zwei davon genauso vierschrötig wie die anderen, der Dritte deutlich kleiner und ziemlich dürr. Er hatte eine grellrote Zickzacknarbe über dem rechten Auge und trug einen übel aussehenden gezackten Schlagring auf den Knöcheln der rechten Hand. In der Linken hielt er eine Bierbüchse. Irgendetwas an dem Burschen kam mir bekannt vor. Dann fiel es mir ein: gestern Nacht, auf dem Weg zum Treffen der *Aktion Mjölnir* – Rappolders Beifahrer.

Keiner der Kerle sah älter aus als Mitte Zwanzig, und sie schienen es eindeutig ernst zu meinen. In meinem Magen breitete sich ein flaues Gefühl aus.

Also das hatte Rappolder während seinen Abstechern zu Bad und Küche wirklich gemacht. Da ich nichts gehört hatte, war das Aufgebot an seine Schläger wohl per SMS erfolgt. Die Gruppe musste wirklich gut organisiert sein, wenn sie innert zwanzig Minuten so etwas auf die Beine stellen konnte. Noch dazu an einem normalen Arbeitstag.

Einige Sekunden lang standen wir uns wortlos gegenüber. In den Filmen hatten die Helden in solchen Situationen immer einen coolen Spruch auf Lager. Leider kam mir aber partout keiner in den Sinn. Mein Mund war ausgetrocknet, mein Herz schlug schneller und mir war ein wenig flau. Zum Glück kannte ich das Gefühl und wusste, was zu tun war. Ich atmete zweimal tief durch und konzentrierte mich. Dann drehte ich mich um neunzig Grad zur Seite und begann langsam rückwärts zu gehen. Damit wurde aus der Geraden, auf der wir uns alle befunden hatten, ein Dreieck, so dass ich beide Skin-Gruppen im Auge behalten konnte. Gleichzeitig hob ich meine Arme, wie wenn ich die ganze Welt umarmen wollte, und sagte laut, aber freundlich: «Guten Morgen, die Herren, kann ich Ihnen helfen?»

Es funktionierte. Alle fünf starrten auf meine Handflächen, wie wenn sie damit rechneten, dass ich gleich einen Zaubertrick vollführen würde. Nach ein paar Sekunden blieb ich vor einem Betonpfeiler stehen. Er gab mir Rückendeckung. Ich liess meine Arme wieder sinken und fragte erneut: «Na? Kann ich irgendwie helfen?»

Einer der Kleiderschränke sagte sarkastisch zum dürren Kerl mit der Narbe: «Hörst du das, Markus? Er will uns helfen!»

Anscheinend war der Dürre der Anführer. Er lachte höhnisch und meinte: «Ich denke, wir helfen lieber ihm!» Er hatte eine quietschende Stimme, die sich aufgrund seiner offenkundigen Nervosität beim Sprechen überschlug. Zusammen mit seiner Erscheinung war die Wirkung geradezu grotesk, aber mir war weiterhin nicht zum Lachen zumute.

In diesem Augenblick sah ich aus den Augenwinkeln eine Bewegung. Der Hüne mit dem Baseballschläger zu meiner Linken hatte ein paar Schritte zur Seite gemacht. Das war ziemlich clever, denn indem er den Abstand zum Nebenmann vergrösserte, reduzierte er gleichzeitig die Wahrscheinlichkeit, dass ich sie alle erwischen konnte, sollte ich wider Erwarten eine Waffe haben. Gleich darauf verteilten sich auch die anderen Kerle. Wie schon gestern Abend im Wald beschlich mich auch jetzt wieder das Gefühl, dass diese Glatzköpfe zumindest ein rudimentäres militärisches oder paramilitärisches Training absolviert hatten.

Ich sah meine Felle davon schwimmen, obwohl ich normalerweise gut auf mich selbst aufpassen konnte. Als Jugendlicher hatte ich jahrelang Aikido gemacht, war später in militärischem Nahkampf ausgebildet worden und hatte während meiner Polizeizeit fast zehn Jahre lang Jiu-Jitsu trainiert. Nebenbei hatte ich in der Highschool boxen gelernt, die letzten Jahre oft bei Ivica am Sandsack trainiert und manchmal auch Sparring gemacht. Gegen *einen* Angreifer konnte ich mich gut zur Wehr setzen, vielleicht auch zwei, wenn ich Glück hatte. Realistischerweise hatte ich aber ohne Waffe keine Chance gegen gleich fünf solche Typen. Das gab es nur in den Filmen. Meine einzige Chance bestand darin, schneller als die Kerle zu rennen. Dafür brauchte ich aber zuerst einmal eine Fluchtroute. Rückwärts konnte ich nicht verduften, da waren nur Betonwände. Ich schaute nach links, dann nach rechts. Keine Lücken.

Ich musterte die Gegenseite. Die grösste Gefahr ging eindeutig vom Typen mit dem Baseballschläger aus. Das Resultat eines direkten Treffers auf den Kopf wäre wohl in jedem Fall ein Schädelbruch. Auch den Schlagring des Narbengesichtes wollte ich unter keinen Umständen näher kennenlernen. Auf diese zwei musste ich also besonders achten.

Dann ging plötzlich alles sehr schnell. Ohne Vorwarnung und mit überraschender Gewandtheit und Wucht schleuderte das Narbengesicht seine Bierbüchse in meine Richtung. Nur eine blitzschnelle Seitwärtsbewegung verhinderte, dass ich getroffen wurde. Gleichzeitig ging der Rest auf mich los.

Die Zwei auf meiner linken Seite standen näher bei mir als das Dreiergrüppchen rechts, und der Kerl mit dem Baseballschläger war daher am schnellsten. Er war massig, aber unkoordiniert. Noch im Laufen holte er aus und schlug mit aller Kraft zu, als wollte er mit meinem Kopf einen Home-Run schlagen. Ich duckte mich gerade noch rechtzeitig, so dass er mit voller Wucht den Betonpfeiler hinter mir traf. Er grunzte und liess mit der rechten Hand los, so dass er den Schläger nur noch in der Linken hielt. Gleichzeitig versetzte ich ihm aus meiner gebückten Stellung eine harte Gerade in seine exponierten Weichteile. Er stiess einen Schmerzensschrei aus und krümmte sich zusammen. Blitzschnell richtete ich mich wieder auf und versetzte ihm dabei einen Schulterstoss, der ihn aus dem Gleichgewicht brachte. Aus der Bewegung heraus drehte ich mich dann seitlich in ihn hinein und schlug ihm beide Handkanten mit voller Kraft auf den exponierten linken Unterarm, unmittelbar hinter dem Handgelenk. Er grunzte erneut und liess den Schläger fallen. Zum Schluss versetzte ich ihm aus der Körperdrehung heraus einen gut platzierten seitlichen Ellbogenschlag zum Kopf. Benommen sank er auf die Knie. Ich versetzte dem Baseballschläger einen Tritt, so dass er mit lautem Kratzgeräusch über den Betonboden auf ein parkiertes Auto zuschlitterte und schliesslich darunter verschwand.

Das alles hatte kaum eine Sekunde gedauert, aber der nächste Kerl packte mich bereits von der Seite her am Kragen und holte mit der anderen Faust zu einem gewaltigen Schwinger aus. Gleichzeitig hörte ich die anderen drei Kerle heransprinten, als ob ihr Leben davon abhinge. Ich machte einen Schritt vorwärts, in meinen Angreifer hinein, und unterlief seinen Schlag. Dann packte ich sein Handgelenk, mit dem er mich festhielt, machte blitzschnell noch einen Schritt auf ihn zu, drehte mich wuchtig nach innen und riss ruckartig meinen linken Arm hoch. Das brachte ihn aus dem Gleichgewicht und verdrehte ihm schmerzhaft das Handgelenk. Ich packte dieses auch noch mit meiner anderen Hand, fixierte es mit aller Kraft und liess meinen ganzen Körper plötzlich und kraftvoll nach unten sacken. Elle und Speiche brachen mit einem eigentümlich schnappenden Geräusch. Er schrie auf und hielt sich den verletzten Arm mit schmerzverzerrtem Gesicht an den Bauch. Ein kräftiger, gezielter Tritt an den Oberkörper schleuderte ihn auf den Rücken, so dass sein rasierter Schädel hart auf den Boden knallte. Halb zur Seite gedreht blieb er wimmernd liegen.

Das Adrenalin pumpte durch meinen Körper. Ohne Verschnaufpause wurde ich bereits wieder von hinten an der Jacke und am Arm gepackt. Gleichzeitig warf sich jemand auf meine Beine und versuchte, mich festzuhalten. Es war das Narbengesicht. Mit meinen einsachtundachtzig und hundertfünf Kilo brauchte es dafür allerdings wohl mehr, als der Kerl an Masse zu bieten hatte. Ich warf mich nach vorn und schlüpfte im Fallen aus beiden Jackenärmeln. Hinter mir fiel jemand laut fluchend hin, und es klang, als wäre jemand anderer gleichzeitig gegen den Betonpfeiler geknallt. Nur der Kerl an meinen Beinen liess nicht locker. Ohne ihn wäre ich vielleicht tatsächlich davongekommen, aber er war zäh wie Leder und hielt trotz meiner verzweifelten Bemühungen, ihn abzuschütteln, eisern fest.

Die zwei noch unverletzten Kleiderschränke hatten mittlerweile ihr Gleichgewicht wiedergefunden und sich erneut auf mich gestürzt. Der Kerl, der auf meinem Rücken landete, wog wahrscheinlich fast genau so viel wie ich, und die Wucht des Aufpralls verschlug mir den Atem. Instinktiv zog ich ihm mit einem kräftigen Ellbogenschlag rückwärts einen Scheitel, aber leider reichte das nicht aus, um ihn zum Heruntersteigen zu bewegen. Während ich so am Boden liegend nach Atem rang, traktierte mich der zweite Kerl von der Seite her mit Fusstritten. Nach dem vierten oder fünften Tritt spürte ich ganz deutlich eine Rippe knacksen. Der narbengesichtige Anführer hielt während der ganzen Zeit weiterhin meine Beine wie im Schraubstock umklammert und fluchte dazu wie ein glatzköpfiger Matrose.

Ich rang nach Luft und spürte, wie in mir langsam die Panik aufstieg, die Sauerstoffmangel mit sich bringt. Irgendwann wurde ich an beiden Armen und Beinen gepackt, aufgehoben, noch in der Luft auf den Rücken gedreht und dann hart wieder auf den Boden geknallt, so dass ich mit dem Hinterkopf brutal auf dem Beton aufschlug. Dann kniete sich einer der Kerle auf meinen Brustkorb und versuchte, mir die Faust ins Gesicht zu schlagen. Ich drehte meinen Kopf hin und her und bewegte dazu meine Arme wie Windmühlen, aber trotzdem landete er zwei, drei gute Treffer. Aus meiner Nase spritzte Blut und ich spürte mit der Zunge, dass ein Zahn gelockert worden war. Zwischen zwei Schlägen gelang es mir schliesslich, ihm meinerseits die Ballen der flachen Hand von unten her voll auf die Nase zu pfeffern. Er schrie auf und griff sich ins Gesicht, und durch eine halbe Körperdrehung und einen kräftigen beidhändigen Stoss gelang es mir endlich, ihn von mir herunter zu bugsieren.

In diesem Moment spürte ich einen grellen, stechenden Schmerz zwischen den Beinen. Schleim floss mir augenblicklich aus der Nase und der Atem stockte mir. Es tat so weh, dass ich beinahe das Bewusstsein verlor. Einer der anderen Kerle hatte mich mit seinen Springerstiefeln voll in die Hoden getreten. Der Tritt raubte mir jeglichen noch verbleibenden Kampfgeist. Ich rollte mich zur Seite, krümmte mich zusammen und blieb stöhnend in Embryostellung liegen. In dieser Position blieb ich auch, als mir der gleiche Bastard noch zweimal in die Nieren und einmal in den Rücken trat. Ich spürte die Schläge, aber ich konnte mich kaum noch bewegen und schon gar nicht zurückschlagen.

Das Narbengesicht hatte mittlerweile meine Beine losgelassen und war aufgestanden. Er und der Hodentreter standen keuchend über mir und starrten mich finster an, während ihre drei anderen Kumpane verstreut um mich herum am Boden sassen oder lagen und ihre Wunden leckten.

In der Ferne hörte ich irgendwo eine zittrige, unsichere Männerstimme, die meine Angreifer beschwor, mich doch endlich in Ruhe zu lassen. Gleich darauf kam eine aufgeregte, sich überschlagende Frauenstimme dazu, die schrie: «Die Polizei ist unterwegs! Die Polizei ist unterwegs! Schatz, nun komm endlich, die Polizei ist unterwegs!» Gleich darauf schlug eine Tür zu.

Dann hörte ich, wie das Narbengesicht zu den anderen sagte: «Zeit zu verschwinden!» Die drei Verletzten erhoben sich unter Ächzen und Stöhnen vom Boden und humpelten ins Halbdunkel. Ihr Anführer spuckte mich verächtlich an und versetzte mir zum Abschied einen gut gezielten Tritt an die Schläfe, den ich jedoch kaum noch spürte, bevor er sich ebenfalls aus dem Staub machte.

Auf der Seite liegend starrte ich eine Weile lang regungslos den kahlen Betonboden an. Dann wurde mir speiübel und ich kotzte mir den Magen aus, bis nur noch Galle kam.

KAPITEL 17

Nachdem ich mir mein Frühstück nochmals ausgiebig durch den Kopf hatte gehen lassen, rappelte ich mich mühsam auf. Es war mir so schwindlig, dass ich mich an einem der Betonpfeiler abstützen musste, als ich mich vorsichtig am ganzen Körper abtastete. Die linke Seite meines Gesichts war klebrig und über der linken Schläfe spürte ich eine riesige Beule. Das Blut auf meinem Gesicht schien daraus zu stammen. Meine Seite pochte wie verrückt. Wahrscheinlich war mindestens eine Rippe gebrochen. Ich lehnte mich benommen an die Wand und atmete ein paar Mal tief durch. Dann machte ich vorsichtig einige Probeschritte.

Ich musste verschwinden, bevor die Polizei kam. Sie hätte angesichts meines Zustandes wohl kaum akzeptiert, dass ich lediglich in der Dusche hingefallen sei. Da ich aber herausfinden wollte, was Rappolder und seine Saukerle im Schilde führten, musste ich die Polizei vorläufig aus der Sache herauszuhalten.

Zeit zu gehen also. Ich verliess die Tiefgarage durch das Haupttor und schleppte mich mühsam die Strasse entlang. Nach einer gefühlten Ewigkeit kam ich schliesslich komplett erschöpft bei meinem Wagen an. Ich setzte mich auf den Beifahrersitz, schloss die Tür und blieb eine Weile regungslos sitzen, bevor ich kontrollierte, dass meine Beretta immer noch im Handschuhfach lag. Dann bemerkte ich, dass meine Nase immer noch blutete. Ich riss zwei Stücke von einem gebrauchten Papiertaschentuch ab, welches ich unter dem Sitz fand, rollte sie zu Kügelchen zusammen und stopfte sie mir in beide Nasenlöcher. Dann warf ich einen Blick in den Rückspiegel und betrachtete mein blutverschmiertes Gesicht. Die Kerle hatten mich ganz schön erwischt.

Ich betastete meine Nase. Sie war wohl gebrochen. Wieder einmal. Mit einem Feuchttüchlein aus dem Handschuhfach versuchte ich mit mässigem Erfolg, die blutige Kruste über der Oberlippe zu entfernen. Ein zweites Tüchlein war für die Säuberung meiner blutverschmierten linken Gesichtshälfte nötig. Mit einem dritten reinigte ich schliesslich die pochende Kopfwunde an der linken Schläfe, so gut es eben ging. Der im penetrant nach chemischen Zitronen stinkenden Tüchlein enthaltene Alkohol brannte wie Feuer.

Meine Seite schmerzte so stark, dass wohl oder übel ein Arzt her musste. Nach einigen tiefen Atemzügen und unter ausgiebigem Gestöhne – schliesslich hörte mich ja niemand – startete ich den Motor und machte mich auf den Weg zum nur einige Kilometer entfernten Medical Center am Flughafen. Es befand sich in einem Seitenflügel des Hauptgebäudes, im zweiten Stock. Ich mochte die behelfsmässige Klinik, weil die Wartezeiten meist kurz, die Ärzte kompetent und die Arztgehilfinnen hübsch waren. Auch diesmal wurde ich nicht enttäuscht. Kaum hatte ich mich am Empfang gemeldet, führte mich eine umwerfende Blondine ins Untersuchungszimmer. Ich war nicht restlos davon überzeugt, dass man sie nur wegen ihrer Intelligenz angestellt hatte.

Dr. Braun, ein graumelierter Mittvierziger, der mich fatal an George Clooney erinnerte, erwartete mich bereits. «Ah, sieh an, Herr van Gogh beehrt uns mal wieder! Wir haben Sie schon vermisst! Sind Sie mal wieder die Treppe runtergefallen oder in der Dusche ausgerutscht?»

«Hallo Dr. Braun. Ironie führt direkt in die Hölle.»

Er grinste und erkundigte sich dann: «Sind Sie wegen der Kopfwunde hier oder ist das nur die Spitze des Eisbergs?»

«Ein paar Rippen sind angeknackst und ein Zahn sitzt ziemlich locker, aber sonst geht's mir einfach fantastisch.»

«Na, dann schauen wir uns das mal an. Machen Sie bitte den Oberkörper frei.»

Die Untersuchung ergab wider Erwarten, dass – ganz im Gegensatz zu meiner Nase – keine Rippe gebrochen war und ich wohl auch keine inneren Blutungen hatte. Dafür eine ziemliche Hirnerschütterung. Die Riss-Quetschwunde am Kopf musste genäht werden. Sieben Stiche später betrachtete ich im Spiegel nachdenklich das grosse Pflaster an meiner Schläfe. Gerade sexy war das nicht.

Dr. Braun schaute mich halb amüsiert, halb besorgt an und meinte: «Sie sollten wirklich besser aufpassen beim ‹Treppensteigen› und ‹Duschen›! Das ist jetzt schon das dritte Mal in, was, achtzehn Monaten?»

«Ich werd' mir Mühe geben. Aber wer zählt schon mit?»

«Sie sollten das tun! Wegen des Zahns sollten Sie übrigens dringend beim Zahnarzt vorbeigehen. Die Kopfwunde und die geprellten Rippen werden sicher noch eine Weile ziemlich schmerzen. Ich lasse ihnen ein Mittel dagegen mitgeben. Gefährlicher ist aber die Hirnerschütterung. Können Sie sich abholen lassen?»

Ich hatte keine Lust, meine Karre am Flughafen zu lassen bei den Preisen, die hier fürs Parkieren verlangt wurden, und so schüttelte ich den Kopf.

«Na schön», meinte er, «aber Sie sollten jetzt direkt nach Hause fahren, und zwar am besten mit den öffentlichen Verkehrsmitteln. Bleiben Sie zwei, drei Tage im Bett. Ich gebe Ihnen ein Arztzeugnis mit.»

Dreissig Minuten später lag ich auf meinem alten Sofa und tat mir selber so richtig leid. Es gab kaum eine Stelle an meinem Körper, die nicht schmerzte, und so schluckte ich zwei von Dr. Brauns Pillen und spülte sicherheitshalber mit einem ordentlichen Schluck Bushmills nach. Bald darauf wurden meine Augenlieder immer schwerer und ich döste langsam ein.

Um vier Uhr nachmittags erwachte ich mit bleiernen Gliedern, brummendem Schädel und knurrendem Magen. Die Kopfschmerzen bekämpfte ich erneut mit zwei Schmerztabletten und einem weiteren ordentlichen Schluck Bushmills. Dann rief ich beim Zahnarzt an, um einen Termin auszumachen. Anscheinend war sein Terminkalender aber so voll, dass man mich erst im Verlauf der nächsten Woche irgendwo dazwischen schieben konnte. Ja, Zahnarzt müsste man sein. Oder vielleicht doch nicht. Der Gedanke, tagein, tagaus wildfremden Leuten ins Maul schauen zu müssen, war auch nicht sonderlich ansprechend.

Danach versuchte ich erfolglos, Ivica zu erreichen. Vielleicht war er ja immer noch in Paris. Ich hinterliess ihm eine Nachricht und rief stattdessen Markus Steiner an. Schon nach dem ersten Klingelton nahm er ab. Wahrscheinlich war ihm langweilig. Steiner hatte seine Ferien noch nie richtig geniessen können. Er hörte schweigend zu, während ich ihm die Ereignisse der letzten beiden Tage schilderte und fragte dann: «Und wie geht's dir?»

«So einigermassen, danke.»

«Und du denkst, dass dieser Rappolder in den Hasanović-Fall verwickelt ist?»

«Du nicht?»

«Ich weiss nicht. Nur weil er ein Rassist ist und ein ungesundes Verhältnis zu seiner Schwester hat, heisst das noch nicht, dass er nur deswegen ihren ausländischen Lover ermordet hat. Oder ermorden liess.» Er hielt kurz inne und fügte dann hinzu: «Das ist ein ziemlich schwaches Motiv.»

«Ja, das weiss ich auch. Aber immerhin überhaupt ein Motiv.» *Was mehr ist, als ihr Jungs bisher zu Tage gefördert habt*, fügte ich nicht hinzu.

«Angenommen, er hätte doch was damit zu tun: Denkst du, er hätte es selbst getan?»

Ich überlegte. «Gut möglich. Er scheint von der Sorte zu sein.»

«Also gut. Gib mir ein paar Minuten. Ich werde überprüfen lassen, ob etwas gegen ihn vorliegt.»

«Gemäss Neumann war er nur einmal wegen schwerer Körperverletzung im Knast. Ein halbes Jahr.»

«Wir werden sehen. Neumann ist ein feiner Typ und er kennt die Szene gut, aber auf unsere Akten hat er keinen Zugriff. Ich ruf zurück, sobald ich was weiss.» Ohne ein weiteres Wort legte er auf.

Grübelnd sass ich am Küchentisch, bis die Pizza fertig gebacken war, die meinen plötzlichen Heisshunger stillen sollte. Nach den Ereignissen des Morgens hätte ich für den nächsten Schritt etwas Rückendeckung gebrauchen können. Da ich nicht wusste, wo Ivica steckte, versuchte ich Roger Schmeling anzurufen, einen ehemaligen Kollegen bei der Kapo, der mir ab und zu aushalf. Aber auch er nahm nicht ab. Mina wäre sicher sofort mitgekommen, aber sie wollte ich nicht in die Sache verwickeln. Die Glatzköpfe schienen es ernst zu meinen. Also war ich mal wieder auf mich allein gestellt.

Vierzig Minuten später rief Steiner zurück. «Also, Folgendes», kam er ohne Umschweife zur Sache, «Rappolders einzige Verurteilung liegt tatsächlich schon sechs Jahre zurück. Allerdings ist er seither nicht völlig unbescholten geblieben. Er taucht in einem Bericht des Zürcher Gifts auf, und zur Sicherheit habe ich noch ein paar Kontakte bei anderen Behörden abgeklappert. Anscheinend hatte ihn auch die Zollfahndung eine Zeit lang im Visier letzten Winter. Und in den vergangenen vier Jahren wurde er mehrfach wegen Körperverletzung angezeigt und sass auch zweimal in Untersuchungshaft. Keine Verurteilungen.»

Das kam mir nun spanisch vor. Was wollte die Drogenfahndung von Rappolder? Im Weltbild der Neonazis hatten Drogensüchtige keinen Platz, genauso wenig wie Homosexuelle. Und der Zoll? Ich konnte mir keinen Reim darauf machen. Daher fragte ich: «Hast du eine Ahnung, was die alle von ihm wollten?»

«Keine Details. Anscheinend besteht der Verdacht, dass Rappolders Gruppe im Schmuggelgeschäft ist. Da sowohl der Zoll als auch die städtische Drogenfahndung involviert waren, nehme ich an, dass es entweder um Drogen oder Zigaretten – oder beides – ging. Und Zürich eines der vermuteten Ziele war. Oder ist. Ich kann mal nachfragen, wenn du willst, aber du weisst, dass die da drüben nicht so gerne mit mir reden.»

Etwas ging für mich nicht auf. «Ja, aber… Wozu sollen sich ein paar simple Schläger wie diese Jungs mit Zigarettenschmuggel oder Drogenhandel abgeben? Die haben ein abstruses Weltbild und ein fragwürdiges pseudopolitisches Programm, aber ich denke, das ist es dann auch schon. Und Rappolder ist reich.»

«Wie auch immer. Das ist auf jeden Fall alles, was ich auf die Schnelle über den Kerl rausgefunden habe. Was ist eigentlich mit den Albanern?»

«Noch nichts.»

«Die können's genauso gut gewesen sein wie die Skinheads.»

«Ja, ich weiss. Aber die haben mich nicht zusammengeschlagen.»

«Ja, zumindest noch nicht. Aber vielleicht war es auch jemand ganz anderes.»

«Klar, das wäre auch möglich. Nur nützt es mir nichts, sowas anzunehmen. Die Skinnies und die Albaner sind im Moment meine einzigen Spuren.»

Ich wollte das Gespräch gerade beenden, als Steiner plötzlich nachdenklich sagte: «Warte noch kurz!»

«Wieso?»

«Warte!» Ich hörte Papier rascheln. Es dauerte einige Sekunden, bis er fand, was er suchte. Dann fragte er: «Weisst du gerade noch auswendig, wann Hasanović umgelegt wurde? Das genaue Datum, meine ich?»

«Natürlich. Aber du warst ja auch dabei, als Frau Doktor Knackarsch es uns sagte.»

«Ich habe noch andere Fälle, du Klugscheisser.»

«Elfter Juli. Plus minus einen Tag.»

«Okay, dann wird dir das hier nicht gefallen: Rappolder sass vom zehnten bis fünfzehnten Juli im R21.» Das R21 war ein Gefängnis der Stadt Zürich, in dem auch Untersuchungshäftlinge einsassen. Es wurde manchmal so genannt, weil es an der Rotwandstrasse 21 lag.

«Scheisse! Und weswegen?»

«Er soll den Vermieter eines Bekannten verprügelt und massiv bedroht haben.»

«Wo?»

«Glattbrugg. Er wurde einkassiert, um ihn vom Opfer fernzuhalten, während die Vorwürfe abgeklärt werden. Am Fünfzehnten wurde die Anzeige zurückgezogen und er kam raus.»

Ich lachte trocken. «Da hat wohl jemand Druck gemacht. Ich hab ja heute Morgen ein paar der Jungs getroffen. Die können recht überzeugend sein, wenn sie wollen.»

«Scheint so. Auf jeden Fall spricht das gegen deine Theorie, dass er Hasanović eigenhändig umgelegt hat.»

«Danke, Herr Professor», antwortete ich sarkastisch, «da wäre ich selbst nie drauf gekommen.»

«Ich weiss», sagte er und legte ohne ein weiteres Wort auf.

Als Nächstes suchte ich die Ausrüstung zusammen, welche ich für den nun folgenden Teil benötigte: mein Yukon-DSAS-Richtmikrofon, mein bewährtes Fernglas und einen kleinen digitalen Audiorekorder. Dann braute ich einen grossen Topf Kaffee und füllte meine alte gammlige Thermosflasche damit auf, während ich in Gedanken meinen ursprünglichen Plan nochmals durchging, der mit meinem morgendlichen Besuch bei Rappolder begonnen hatte. Der Plan stützte sich auf etwas, das Gunnar Neumann gesagt hatte: praktisch alle von Rappolders Jungs hatten einen Job. Wenn ich ihn tatsächlich aufgeschreckt hatte, dann war es durchaus realistisch, dass er nicht vor dem Feierabend einen Kriegsrat einberufen würde. Oder konnte. Schliesslich hatten die fünf Kerle in der Tiefgarage bereits für ihre morgendliche Einlage am Arbeitsplatz gefehlt. Das war auch der Hauptgrund dafür, weshalb ich die berechtigte Hoffnung hegte, dass ein allfälliges Treffen in Rappolders Wohnung stattfinden würde. Sie war einfacher zugänglich als die Waldhütte. Ausserdem rechneten sie heute kaum nochmals mir.

Ich spülte zwei weitere Schmerztabletten mit einem Glas Wasser hinunter, wechselte das Pflaster an meiner Schläfe, zog meine dicke schwarze Winterjacke mit dem verklumpten Daunenfutter an und machte mich auf den Weg.

Es war halb acht, bereits stockdunkel und eindeutig zu kalt für die Jahreszeit. Zum Glück hatte ich mich warm angezogen. Die Heizung meines Wagens konnte ich nicht einschalten, da diese nur bei laufendem Motor funktionierte. Und ein laufender Motor erregt Aufmerksamkeit. Ebenso konnte ich die Fenster nicht völlig schliessen, da die Scheiben sonst von innen beschlagen hätten.

Nun sass ich also bereits seit rund neunzig Minuten auf dem kleinen Parkplatz hinter einem Beton-und-Ziegel-Mietshaus aus den Siebzigerjahren, im Schutz einer riesigen Eiche und einiger nur noch spärlich belaubter Büsche. Ich hatte diesen Standort gewählt, weil ich von hier aus direkte Sicht auf Rappolders Balkon und Wohnzimmerfenster hatte und die Distanz nicht zu gross für mein Richtmikrofon war.

Rappolder schien noch nicht zu Hause zu sein, aber die Familie im Stockwerk darunter konnte ich beim Testen meines Richtmikros dabei belauschen, wie die Eltern ein erregtes Gespräch über die Noten ihres Sohnes führten. Armer Kerl.

Die Minuten tickten zäh vor sich hin. Trotz der dicken Winterjacke fror ich erbärmlich, und da ich kein Licht anmachen konnte, leerte ich mir zweimal verdammt heissen Kaffee auf die Jeans beim Versuch, mich etwas aufzuwärmen. Ich versuchte alles, um mich abzulenken. In meinem Kopf stellte ich Top-Ten-Listen zusammen: Frauen, mit denen ich geschlafen hatte; Verbrecher, die ich verhaftet hatte; Filme, die ich mehrfach gesehen hatte. Und so weiter.

Nach weiteren zwei Stunden begann ich ernsthaft daran zu zweifeln, dass mein Plan funktionierte. Ich war beinahe steifgefroren und überlegte mir gerade zum hundertsten Mal, die Sache sein zu lassen und nach Hause zu einer heissen Dusche und einem kühlen Bier zu fahren, als plötzlich Licht in Rappolders Wohnung anging. Endlich, verflucht nochmal!

Ich schaute auf die Uhr. Einundzwanzig Uhr achtundvierzig. Geräuschlos kurbelte ich das Fenster auf meiner Seite des Wagens herunter. Dann brachte ich das Richtmikrofon samt bereits angeschlossenem Digitalrekorder in Stellung und setzte die Kopfhörer auf. Nach Herstellerangaben hatte mein Richtmikro eine Reichweite von bis zu achtzig Metern. Das war allerdings in direkter Linie und ohne

Hindernisse dazwischen, also entweder unter freiem Himmel oder im gleichen Raum. Ein Hindernis wie zum Beispiel ein Fenster verringerte die Hörleistung deutlich, was leider auch jetzt der Fall war. Die Distanz von etwa fünfzig bis sechzig Metern schien bei geschlossenem Fenster eindeutig zu viel zu sein. Ich konnte zwar Stimmen hören, aber nur sehr leise und undeutlich. Trotzdem zeichnete ich alles auf. Vielleicht konnte ich später am Computer noch mehr aus der Aufnahme herausholen.

Ich nahm das Fernglas zur Hand. Das Geländer an Rappolders Balkon verdeckte zwar rund die Hälfte der grossen Wohnzimmerfenster, aber der Rest reichte aus, um die Gesichter der Männer dahinter zu erkennen. Es waren drei, und ich hatte sie heute alle schon einmal gesehen: Rappolder, der narbengesichtige Markus und der Kerl mit dem Baseballschläger, aus dessen Eiern meine Faust heute Morgen ein Omelette gemacht hatte. Rappolder trug nun einen dunklen Anzug, die anderen beiden hatten Sweatshirts mit dem Aufdruck *CONSDAPLE* an.

Ich schaute ihnen eine Weile zu, aber es gab nichts zu sehen. Also legte ich mein Fernglas wieder zur Seite und konzentrierte mich auf das Gemurmel in meinen Kopfhörern. Es war leider immer noch so leise und undeutlich, dass ich absolut nichts verstand. Das blieb auch noch eine ganze Weile so, und meine Frustration wuchs stetig, bis mir irgendwann indirekt die Hausverwaltung zu Hilfe kam. Im Kopfhörer hörte ich ein bekanntes Geräusch. Ich griff nach dem Fernglas. Tatsächlich: Mr. Baseballschläger stand beim Fenster, dass er gerade in Kippstellung gebracht hatte. Auf einmal konnte ich alles einwandfrei hören.

Rappolder: «So, ich bin zurück. Jetzt setzt euch wieder auf eure Ärsche, damit wir weitermachen können.» Dann: «Also, Markus, ich verlass‘ mich auf dich.»

Narbengesicht: «Keine Sorge, Kalle, ich werde die Sache wie besprochen durchziehen.»

Rappolder: «Natürlich wirst du das. Bei uns gibt es keine Versager.»

Mr. Baseballschläger: «Kalle, wenn ich rechtzeitig da sein soll, dann muss ich langsam verduften.»

Rappolder: «Klar, Harald, geh ruhig. Lass mich danach aber wissen, wie's gelaufen ist. Du weisst, die Einnahmen sind wichtig für uns.»

Mir fiel auf, dass Harald hochdeutsch sprach, und zwar sehr geschliffen, nicht mit dem in der Schweiz sonst üblichen Bauernakzent. Ein Deutscher.

Ich hörte Stühle rücken, dann bellte Harald: «White Power!» Er sprach es «Vait Paua» aus, mit einem Arnold-Schwarzenegger-Akzent. Die anderen zwei antworteten mit dem gleichen Spruch, das Narbengesicht enthusiastisch, Rappolder wie üblich gelangweilt. Gleich darauf knallte eine Tür zu.

Nun stand ich vor einem Dilemma. Harald war offensichtlich auf dem Weg zu etwas, das den Kerlen Geld einbringen sollte. Steiners Hinweis, dass sich der Zoll und die Drogenfahndung für die Gruppe interessiert hatte, kam mir in den Sinn. Ich konnte nun entweder Harald folgen oder die Abhöraktion fortsetzen.

Ich stiess unwillkürlich einen Fluch aus. Wären Ivica oder Roger Schmeling dabei gewesen, hätten wir uns aufteilen können. Aber so musste ich mich entscheiden. Also Harald oder Kalle? Kalle oder Harald? Harald oder Kalle?

Ich nahm einen ordentlichen Schluck Bushmills aus meinem Flachmann, spülte mit Kaffee nach und versuchte es trotz des äusserst störenden Pochens meiner Kopfwunde mit Logik. Rappolder war der Anführer. Also war die Chance grösser, dass ich von ihm irgendetwas hörte, das mich weiterbrachte, als wenn ich mich an Harald hängte. Ausserdem schmerzte mein ganzer Körper und ich hatte überhaupt keine Lust, heute noch irgendwo herum zu schleichen wie Sam Fisher. Also Kalle.

Eine Weile sagte keiner der verbleibenden zwei Glatzköpfe etwas. Dann aber wurde es plötzlich interessant.

Markus: «Wer war eigentlich der Kerl heute Morgen?»

Rappolder: «Keine Ahnung. Aber das finden wir noch raus. Jedenfalls kein Journi, so wie er Euch zugerichtet hat.»

Markus übellaunig: «Das war nur Glück! Und ihn hat's viel schlimmer erwischt.»

Rappolder: «Ja, aber ihr wart auch zu fünft. Glück war das nicht.»

Markus: «Und wenn schon, er hat auf jeden Fall gekriegt, was er verdient hat, das blöde Arschloch.» Dann: «Wenn er also kein Tintenpfuscher ist, was ist er dann?»

Rappolder: «Keine Ahnung. Ein Zivilbulle? Ein V-Mann? Oder vielleicht ein Privatdetektiv?»

Es gelang ihm, das letzte Wort so verächtlich auszuspucken, dass ich mir um ein Haar selbst unsympathisch geworden wäre.

Markus: «Scheisse! Meinst Du *echt*?» In seiner Stimme schwang ein aufgeregter Ton mit. Das baute mein Ego wieder ein wenig auf.

Rappolder jedoch klang immer noch gelangweilt. Der Kerl war wirklich wie ein Eisblock. «Kann schon sein. Ich vermute, dass er mit den zwei alten Säcken in Sarahs Haus gesprochen hat. Auf diese Weise ist er dann auf mich gekommen. Die zwei Alten schauen ja auch den ganzen Tag aus dem Fenster.»

Eine Weile herrschte wieder Stille. Irgendwann hörte ich Papier rascheln. Dann fragte der dürre Markus: «Kalle, wegen diesem Artikel über *Gladio*, den ich verteilen soll…»

In meinem Kopfhörer erklang ein lautes Klatschgeräusch. Was zum…?

Dann hörte ich Markus mit weinerlicher Stimme sagen: «Verdammte Scheisse, Kalle, wieso schlägst du mich? Spinnst du? Das kannst du doch nicht machen!»

Rappolder entgegnete ungerührt: «Ach ja, du Spatzenhirn, kann ich nicht? Benutz dein bisschen Hirn, verdammt noch mal!»

Das war nun eine interessante Wendung. Ich schraubte die Lautstärke noch weiter hinauf und konzentrierte mich auf das Gesagte.

Markus unterwürfig: «Ja gut, Kalle, okay, du hast ja Recht. Tut mir leid, ich habe nicht nachgedacht.»

Rappolder etwas versöhnlicher: «Verdammt richtig, du hast nicht nachgedacht! Und das ist genau das Problem! Als meine Nummer zwei muss ich mich darauf verlassen können, dass du immer deinen Kopf benutzt.»

Markus verständnislos: «Ja, aber ich meine… wir sind doch in deiner Wohnung…»

Rappolder verächtlich: «Ja, aber wenn du das schon hier drin nicht machst, dann machst du es auch draussen nicht! Man soll trainieren wie man kämpft, das wusste schon die Wehrmacht.»

Markus zerknirscht: «Ja, das weiss ich ja. Ich hab ja gesagt, es tut mir leid, Kalle! Ehrlich!»

Das schien Rappolder für den Moment zufrieden zu stellen. Jedenfalls wechselte er abrupt das Thema. «Übrigens werde ich euch bald einweihen. Für den Moment ist einfach wichtig, dass ihr mir vertraut und dass wir genug Kohle auftreiben. Wir brauchen zusätzliche Geldquellen. Die paar Tausender in der Woche, die wir im Moment einnehmen, reichen bei weitem nicht.»

Die Erleichterung über den Themenwechsel schwang in Markus' Stimme mit, als er fragte: «Und wie stellst du dir...»

Den Rest hörte ich nicht, weil ihm Rappolder aufgebracht ins Wort fiel: «Verdammter Scheiss! Wieso ist das verfickte Fenster geöffnet? Spinnt ihr oder was? Hört ihr eigentlich nie zu, wenn ich euch was sage?» Dann erklang lautes Stühlerücken, bevor ein wutentbrannter Rappolder das besagte Fenster wuchtig zuknallte und gleich auch noch die Jalousien herunterliess.

Die Wirkung der Schmerztabletten liess langsam nach, und mehr davon schlucken oder noch mehr Whiskey trinken wollte ich nicht, solange ich noch fahren musste. Also beschloss ich, die Sache für heute auf sich beruhen zu lassen.

Zu Hause angekommen, schloss ich zunächst wie üblich meine Waffe im Wandsafe ein und fütterte dann meinen Kater Guinness. Danach genehmigte ich mir – endlich – einen ordentlichen Schluck Whiskey und setzte mich damit an den Schreibtisch.

Als Erstes verband ich meinen Digitalrekorder mit dem Computer und übertrug die Aufnahme auf die Festplatte. Dann machte ich eine Sicherungskopie der Datei. Schliesslich startete ich mein Software-Tonstudio. Ich liess verschiedene Filter über die Aufnahme laufen und versuchte insbesondere, die Umgebungsgeräusche – welche bereits die Elektronik des Richtmikrofons teilweise unterdrückt hatte – noch weiter zu reduzieren sowie die Sprachfrequenzen hervorzuheben. Da ich fast eine halbe Stunde bei hoher Qualität aufgenommen hatte, brauchte mein nicht mehr ganz taufrisches Notebook über zehn Minuten dafür. Ich nutzte die Wartezeit für einen zweiten Whiskey. Zu rein medizinischen Zwecken natürlich.

Als das Programm schliesslich fertig gerechnet hatte, ergab eine Hörprobe leider, dass zwar vor allem das tiefe Brummen des Strassenlärms deutlich abgenommen hatte und auch die Stimmen nun deutlich besser zu hören waren, man allerdings in den Passagen, während denen Rappolders Fenster geschlossen gewesen war, immer noch nicht verstehen konnte, was gesagt wurde.

Was nun? Steiner wollte ich nicht einschalten, da beim Papst durchaus die Möglichkeit bestand, dass er mir zuerst einen langen Vortrag über meine nicht ganz legale Beschaffungsmethode hielt, bevor er – vielleicht – die Aufnahme zu den Spezialisten ins Labor schickte.

Aber eventuell konnte mein Vetter Andreas noch etwas aus der Aufnahme herausholen. Er war ein Musik- und Computerfreak, wie er im Buche stand. Als ich ihn gerade anrufen wollte, bemerkte ich, dass mein Anrufbeantworter blinkte. Ich drückte den Abspielknopf, hörte die einzige Nachricht darauf ab und fluchte dann los wie ein Bierkutscher. Im Eifer des Gefechtes hatte ich meinen Abend mit Niamh total vergessen.

Ich versuchte sofort, die Sache telefonisch zu bereinigen, aber Claudia liess mich nicht mit meiner Tochter sprechen, da sie angeblich schon im Bett war. Ich überlegte mir ernsthaft, noch nach Bassersdorf zu fahren, aber in meinem gegenwärtigen Zustand war es wohl sowieso besser, wenn mich Niamh eine Weile nicht sah.

Geplagt von einem unheimlich schlechten Gewissen nahm ich die fast leere Whiskeyflasche mit ins Schlafzimmer und stellte sie dort auf die Holzkiste, die als Nachttischchen diente. Dann zog ich meine Schuhe aus und legte mich angezogen aufs Bett. Nach ein paar Minuten rappelte ich mich nochmals auf, trank den Rest der Flasche in zwei langen Zügen aus, liess mich dann wieder rücklings auf die Matratze plumpsen und schlief ein, noch bevor ich das Licht löschen konnte.

KAPITEL 18

Am nächsten Morgen erwachte ich wie gerädert. Mein ganzer Körper fühlte sich an, als wäre jemand mit der Dampfwalze darüber gerollt. Mehrfach. Die genähte Wunde am Kopf pulsierte wie ein Love-Mobile-Lautsprecher an der Street Parade und meine Nase fühlte sich etwa doppelt so gross an wie normal. Ein vorsichtiger Griff zwischen die Beine bestätigte meinen Verdacht, dass dies auch für meine Hoden galt. Ich beschloss, einfach regungslos liegen zu bleiben, und zwar bis die Schmerzen aufhörten. Nach kaum fünf Minuten verwarf ich diesen Plan jedoch wieder. Stattdessen hob ich vorsichtig den Kopf und schaute mich um. Die leere Whiskeyflasche lag neben mir im Bett. Ich warf einen Blick auf das Display des Radioweckers. Halb neun. Ich hatte über neun Stunden geschlafen. Ächzend zwang ich meinen geschundenen Körper dazu, sich aufzusetzen.

Ich wälzte mich mühsam aus dem Bett, schaltete das Licht aus, welches anscheinend die ganze Nacht gebrannt hatte, und schleppte mich ins Badezimmer. Dort zog ich mich im Tempo einer altersschwachen Schildkröte aus, warf die Kleider auf einen Haufen in der Ecke und betrachtete mich im Spiegel. Meine ganze linke Seite war ein abstraktes Kunstwerk aus blauen und dunkelvioletten Flecken verschiedenster Grösse. Dort, wo meine Rippen besonders schmerzten, prangte prominent ein etwa faustgrosser, beinahe schwarzer Bluterguss. Mein linkes Auge war immer noch blutunterlaufen, und das riesige Pflaster auf meiner Schläfe trug auch nicht gerade positiv zur Ästhetik meines Gesichts bei.

Ich schluckte zwei Schmerztabletten und spülte sie mit einem Schluck Wasser hinunter. Sogar für mich war es noch zu früh für Whiskey. Inbrünstig hoffend, dass es den Saukerlen noch schlechter ging als mir, liess ich die Wanne mit heissem Wasser volllaufen und genehmigte mir zum ersten Mal seit Jahren ein Bad.

Eine gute halbe Stunde später fühlte ich mich langsam wieder wie ein Mensch. Ich liess das Wasser ab und duschte zum Schluss eiskalt. Danach fror ich zwar wie ein Nacktmull in der Antarktis, aber dafür war ich wach. Ich stieg aus der Wanne, trocknete mich ab und zog ein grosses schwarzes T-Shirt, ein loses dunkelblaues Sweatshirt und weite khakifarbene Dockers-Hosen an.

In diesem Moment läutete mein Handy. Es war Fiona, die mir mitteilte, dass sie als Ersatz für eine erkrankte Arbeitskollegin für ein paar Tage an eine Konferenz nach Paris müsse. Obwohl ich sie in den letzten zwei Wochen kaum gesehen hatte, war das keine wirklich schlechte Nachricht. Man konnte nicht gerade behaupten, dass Fiona meiner Arbeit positiv gegenüberstand, und mein aktueller Zustand hätte daran wohl kaum etwas geändert. Bis sie zurück kam, war ich hoffentlich wieder einigermassen fit.

Ich ging in die Küche, setzte einen Topf Kaffee auf und rief endlich meinen Cousin und Computerhexenmeister Andreas an. Es hatte kaum zweimal geklingelt, da begrüsste mich auch schon seine heisere Stimme. Während der Kaffee langsam vor sich hin tröpfelte, erklärte ich ihm, was ich von ihm wollte. Als ich fertig war, wies er mich an, die Datei zu komprimieren, mit einem Passwort zu versehen und auf einen FTP-Server hochzuladen, für den er mir die nötigen Adress- und Zugangsdaten diktierte und zur Sicherheit gleich auch noch per SMS schickte. Ich dankte ihm und legte auf. Wenn jemand aus meinem Abhörprotokoll noch etwas herausholen konnte, dann Andy.

Um die Datei zu verschicken, musste ich ins Büro gehen. Mein Internetzugang zu Hause war gerade wieder einmal gesperrt, da ich vergessen hatte, eine Rechnung zu bezahlen. Zuerst gönnte ich mir aber erst einmal eine grosse Tasse pechschwarzen, bitteren Kaffee.

«Ach du Schande! Was is‘ denn mit *dir* passiert?» Mina schlug die Hände vor dem Gesicht zusammen, als ich zur Bürotür herein kam.

In wenigen Worten erzählte ich ihr, was geschehen war. Sie zog scharf die Luft ein, als ich zur Verdeutlichung mein Sweatshirt und T-Shirt anhob und sie das Farbenkaleidoskop darunter sah. Dann schaute sie mich nachdenklich an und meinte: «Du bis‘ schon ein verdammter Glückspilz, weisste das eigentlich?»

Ungläubig starrte ich sie einen Moment lang an. Dann beschrieb ich mit der Hand theatralisch einen Kreis um meinen Oberkörper und frage sarkastisch: «*Das* nennst du Glück?»

«Na ja, schon! Du könntst och tot sein.»

«Ich denke nicht, dass sie mich umbringen wollten. Rappolder ist viel zu clever dafür. Er wusste, dass ich nicht gleich zur Polizei rennen würde. Die wollten mir nur eine Lektion erteilen.»

«Das ist ihnen jelungen!»

Ich grinste schwach. «Du solltest mal die Anderen sehen.»

«Ja, ja. Spar dir des Machogerede für die Heteromädchen auf!»

Trotz meines Zustandes musste ich lachen. Mina konnte mich immer wieder aufheitern. Dann fiel mir etwas ein. «Du, sag mal, gestern ist einem der Kerle so ein Wort rausgerutscht: *Gladio*. Der Anführer ist deswegen mächtig sauer geworden. Hast du den Ausdruck schon mal gehört?»

«Das is' italienisch und heisst *Schwert*.»

«Okay, und sonst?»

«Hmm… nee, da fällt mir nix ein. Gladiator? Gladiolen?»

«Also, Floristen sind das definitiv nicht.»

Ich setzte mich also an meinen Schreibtisch und versuchte mein Glück auf Google, das gleich auf Anhieb hundertachtundsechzigtausend Hits auflistete. Der oberste Eintrag verwies auf einen englischsprachigen Wikipedia-Eintrag mit dem Titel *Operation Gladio*. Ich klickte auf den Link, rief die Seite auf und überflog die Einleitung. Der Artikel handelte von einer paramilitärischen Geheimorganisation der NATO, der CIA und des britischen Geheimdienstes während der Zeit des Kalten Krieges. Das Ganze klang für mich wie eine der üblichen Verschwörungstheorien, die dutzendfach im Internet kursierten. Allerdings war der Beitrag gespickt mit Quellenangaben, davon ein ansehnlicher Teil wissenschaftliche Publikationen. Als ich die lange Liste durchging, fiel mir auf, dass ein Name immer wieder vorkam, manchmal allein, manchmal als Teil einer Autorengruppe: *Enteler, M.*

Bei einigen der Artikel waren Links angegeben. Ich klickte auf einen davon, und nach ein paar Sekunden fragte mich das Betriebssystem, ob ich eine PDF-Datei öffnen wolle. Ich wollte. Nachdem das Dokument vollständig heruntergeladen und angezeigt worden war, suchte ich es nach einer kurzen Biografie des Autors oder der Autorin ab. Auf der letzten Seite wurde ich tatsächlich fündig. Ein Fünfzeiler liess mich wissen, dass Dr. Marc Enteler einer der renommiertesten Forscher zum Thema NATO-Geheimarmeen war und – viel wichtiger – nicht irgendwo an einer weit entfernten amerikanischen oder englischen Universität forschte und lehrte, sondern hier in Zürich am *Center for Security Studies* der ETH. Ich rief die angegebene Website auf und fand nach kurzer Suche sein Dozentenprofil. Einen Klick später schaute mich auf dem Bildschirm ein gut gekleideter, hagerer und bebrillter Mann mittleren Alters mit dichtem schwarzem Haar an. Auf dem Foto schätzte ich ihn auf etwa Anfang Vierzig. Anscheinend war er Frankokanadier, forschte seit sechs Jahren an der ETH und hatte seine Dissertation über *Gladio* geschrieben. Unter seinem Kurzprofil war eine Telefonnummer aufgeführt. Ich wählte sie und wurde von einer freundlichen Sekretärin ohne langes Zureden zu Dr. Enteler durchgestellt. Nach ein paar erläuternden Sätzen erklärte er sich bereit, mich zu treffen, wenn ich in einer halben Stunde bei ihm sein konnte. Wenige Minuten später sass ich bereits im Neunertram zum Hauptbahnhof. Dort stieg ich auf die Linie Zehn um und fuhr weiter bis zur ETH. Auf meinem iPod liefen die *Counting Crows*.

Um Viertel vor elf sass ich auf einem abgewetzten braunen Bürodrehstuhl in einem nüchternen, kleinen Akademikerbüro. Die weissen Wände waren mit Karten und Symbolen zugepflastert und auf dem Boden stapelten sich Berge von Büchern. Vor mir auf einem winzigen, aber eleganten schwarzen Schreibtisch aus Metall stand ein Papierbecher voll mit einem hellen, undefinierbaren Gebräu, das Kaffee sein sollte. Auf der anderen Seite des Schreibtisches sass Dr. Enteler. So *in persona* sah er jünger aus als auf seinem Foto. Meine derangierte Erscheinung geflissentlich übersehend fragte er freundlich: «Also, Herr van Gogh, was kann ich für Sie tun? Am Telefon waren Sie ein wenig vage.» Er sprach mit perfekter Grammatik und nur einem Hauch von französischem Akzent. Seine geschliffene deutsche Aussprache hatte er kaum in der Schweiz gelernt.

«Ich ermittle in einem Mordfall», antwortete ich wahrheitsgemäss, «und habe in diesem Zusammenhang den Ausdruck *Gladio* aufgeschnappt. Im Internet bin ich dann auf Ihren Namen gestossen.»

«Aha, gut. Es gibt einen recht langen Wikipedia-Artikel zu diesem Thema, zu dem wir substantiell beigetragen haben. Kennen Sie den?»

Leicht verlegen antwortete ich ausweichend: «Na ja, ich habe ihn überflogen.»

Er schmunzelte. «Jetzt haben Sie gerade ein Gesicht gemacht wie meine Studenten, wenn sie ihre Arbeiten nicht fristgerecht fertigstellen und eine Verlängerung beantragen.»

Ich musste grinsen. Der Mann gefiel mir. «Nun ja… ich war vor langer Zeit einmal Geschichtsstudent, und da sollte man ja meinen, dass ich von der Sache wenigstens mal gehört hätte.»

«Wie alt sind Sie?»

«Fünfunddreissig.»

«Dann haben Sie wann mit dem Studium begonnen, 1993? 1994?»

«1994.»

«Dann brauchen Sie kein schlechtes Gewissen zu haben. Die BBC machte die Sache erst 1992 publik, und die wissenschaftliche Forschung hat sich erst in den letzten Jahren systematisch damit beschäftigt.» Er betrachtete mich prüfend. «Was genau machen Sie beruflich, Herr van Gogh? Sind Sie Polizist?»

«Ex. Jetzt bin ich Privatermittler.» Ich klaubte meine Brieftasche hervor und zeigte ihm meine Mitgliedschaftskarte für den SPPK. Dazu erklärte ich ihm wie üblich, dass Zürcher Privatermittler keine Pseudopolizeimarken wie im Fernsehen trugen. Er gab sich damit zufrieden.

«Tragen Sie eine Waffe?»

Ich nickte, drehte mich zur Seite und hob meine Windjacke ein wenig.

Er überraschte mich mit der Frage: «Eine Beretta?»

Etwas verdutzt antwortete ich: «Genau, eine 3032 Tomcat.»

«Wenig Mannstopperwirkung, aber einfach zu verbergen.» Dann bemerkte er meinen verdutzten Gesichtsausdruck und fügte mit einem halb entschuldigenden Achselzucken hinzu: «Vor meinem Studium war ich einige Jahre lang beim *Van Doos*.»

Meine Miene wechselte von verdutzt zu fragend. «Van Duhs?»

«*Van Doos*. D-O-O-S. Eigentlich das *Royal 22ᵉ Régiment* der kanadischen Armee. Das Infanterieregiment von Quebec. Der Spitzname kommt von *Vingt-Deux*, der Regimentsnummer.»

«Ach so.»

«Haben Sie auch gedient?»

«Ja, auch bei der Infanterie. Ich war zwei Jahre lang Unteroffizier und fünf Jahre lang Offizier. Zugführer. Dann habe ich mich als Polizist dienstbefreien lassen.»

«Gut, dann muss ich Ihnen nicht alle militärischen Ausdrücke miterklären.»

«Ich hoffe nicht.» Ich lehnte mich zurück und fragte: «Also, was können Sie mir über *Gladio* sagen?»

Die nächsten dreissig Minuten lang verblüffte mich Dr. Enteler mit einem faszinierenden, aus dem Stegreif gehaltenen Vortrag, der nur einmal kurz unterbrochen wurde, als eine Sekretärin ein Dokument zur Unterschrift vorbeibrachte.

GLADIO

Die *Gladio*-Affäre kam durch eine überraschende Enthüllung des damaligen italienischen Ministerpräsidenten Giulio Andreotti ins Rollen. Dieser sagte am 24. Oktober 1990 vor einer parlamentarischen Kommission aus, der sogenannten *Commissione Stragi*, die verschiedene terroristische Anschläge in Italien untersuchte. Vor den erstaunten Parlamentariern gab er zu Protokoll, dass im Italien des Kalten Krieges eine geheime paramilitärische Organisation mit dem Codenamen *Gladio* einen von der amerikanischen CIA orchestrierten heimlichen Krieg gegen den Kommunismus geführt und massgeblich zur sogenannten Strategie der Spannung im Italien der Sechziger und Siebziger Jahre beigetragen hatte. In dieser als ‹Bleierne Jahre› bezeichneten Periode Nachkriegsitaliens operierten einerseits gewaltbereite linksextremistische Gruppierungen wie die *Brigate Rosse*, andererseits versuchten rechtsextremistische Gruppierungen die Bevölkerung gezielt zu verunsichern und damit die öffentliche Meinung gegen die politische Linke zu wenden. Dabei konnten sie die die *Gladio*-Infrastruktur nutzen und wurden vom militärischen Nachrichtendienst SISMI gedeckt.

Andreotti sprach von einer «Struktur der Information, Reaktion und Sicherung», zu welcher Waffenverstecke und Reserveoffiziere gehörten. Er händigte dem verdutzten Präsidenten der Kommission, Giovanni Pellegrino, eine Liste mit den Namen von 622 Zivilisten aus, die Teil des *Gladio*-Netzwerkes gewesen sein sollten. Ebenso gab er zu Protokoll, dass bereits 127 Waffenverstecke aufgehoben worden waren und dass *Gladio* nie in irgendwelche Bombenanschläge innerhalb Italiens verwickelt gewesen sei. Letzere Behauptung wurde allerdings im Nachhinein durch einen im Jahr 2000 veröffentlichten parlamentarischen Untersuchungsbericht widerlegt, der zum Schluss kam, dass im Verlauf der Strategie der Spannung, welche zum Ziel hatte, eine Regierungsbeteiligung der italienischen Kommunisten sowie teilweise auch der Sozialisten zu verhindern, eine ganze Reihe von Attentaten verübt worden waren. So explodierte im Dezember 1969 auf der Piazza Fontana in Mailand eine Bombe, die sechzehn Menschen tötete und neunzig verwundete. Ein halbes Jahr später folgte ein Anschlag auf den *Treno del Sole*, den Zug von Palermo nach Turin. Der Bombenexplosion und der anschliessenden Entgleisung des Zuges fielen sechs Menschen zum Opfer. Weitere 66 wurden verletzt. Wieder zwei Jahre später starben drei Polizisten bei der Explosion einer Autobombe nahe der nordostitalienischen Ortschaft Peteano. Im Mai 1974 explodierte eine Bombe inmitten einer antifaschistischen Demonstration in Brescia. Acht Demonstranten kamen ums Leben und 102 wurden verletzt. Nur drei Monate später explodierte eine weitere Bombe im *Italicus*-Schnellzug Rom–München, die zwölf Todesopfer und 48 Verwundete forderte. Danach war einige Jahre ruhig, bis am Morgen des 2. August 1980 eine ungeheure Explosion den Hauptbahnhof von Bologna erschütterte. Als Folge davon starben 85 Menschen. Über 200 wurden verletzt. Die Welt war entsetzt, aber die Anschlagsserie noch nicht beendet. Viereinhalb Jahre später, am 23. Dezember 1984, explodierte während der Fahrt durch den Apennin-Basistunnel eine Bombe im italienischen Schnellzug 904 von Neapel nach Mailand. Insgesamt 127 Menschen wurden getötet und über 200 verletzt.

Fast alle dieser terroristischen Anschläge wurden durch Mitglieder der rechtsextremistischen Vereinigungen *Avanguardia Nazionale* und *Ordine Nuovo* sowie dessen Ableger *Nuclei Armati Rivoluzionari* verübt, die nachweislich auf die *Gladio*-Infrastruktur zurückgreifen konnten, durch den militärischen Nachrichtendienst gedeckt wurden und teilweise auch *Gladio*-Mitglieder waren. Durch den Staatsapparat geschützt, konnten die Täter jeweils unerkannt entkommen.

Zwei Jahre nach Andreottis Aussage griff die BBC die Story auf und strahlte 1992 im Rahmen ihrer Geschichtsreihe *Timewatch* eine dreiteilige Dokumentation aus, in der zahlreiche Schlüsselpersonen der Operation grösstenteils anonymisiert zu Wort kamen. Zwar hatte der zu *Ordine Nuovo* gehörende Terrorist Vincenzo Vinciguerra bereits während seines Prozesses 1984 die Existenz von *Gladio* publik gemacht, bis zu Andreottis Aussage und der darauf folgenden BBC-Dokumentation, in der Vinciguerra ebenfalls zu Wort kam, hatte die Öffentlichkeit allerdings kaum Notiz davon genommen.

Vinciguerra war vom venezianischen Untersuchungsrichter Felice Casson vor Gericht gebracht worden, der 1984 den Fall des bis dahin ungeklärten Bombenanschlages von Peteano neu aufrollte und bald Vinciguerra als Urheber eruierte. Bei diesem Anschlag waren am 31. Mai 1972 drei Carabinieri – Mitglieder einer zur italienischen Armee gehörenden, jedoch dem

Innenministerium unterstellten Gendarmerie – getötet worden, als sie den Kofferraum eines Fiat 500 öffneten, den sie gerade untersuchten. Sie waren durch einen anonymen Anruf zum Fahrzeug gelockt worden. Zwei Tage später beschuldigte ein weiterer anonymer Anrufer die linksextremistischen *Brigate Rosse* der Urheberschaft, und fast unmittelbar darauf begann die italienische Polizei mit einer gross angelegten Operation gegen die italienische Linke, in deren Verlauf rund zweihundert Kommunisten verhaftet wurden. Über ein Jahrzehnt lang glaubte die italienische Öffentlichkeit an die offizielle Version, nach der die Roten Brigaden für den Anschlag verantwortlich seien, bis Untersuchungsrichter Casson zwölf Jahre später auf allerlei Ungereimtheiten stiess. Zum Beispiel fand er heraus, dass am Ort des Anschlags keinerlei polizeiliche Spurensicherung betrieben worden war. Ebenso stellte er fest, dass die damalige Expertise, wonach der verwendete Sprengstoff einem von den Roten Brigaden üblicherweise verwendeten Typus entsprach, eine Fälschung war. Der zuständige Experte war selbst ein Mitglied von *Ordine Nuovo* gewesen und hatte den gefälschten Bericht als seinen Beitrag im Kampf gegen die Kommunisten angesehen. Casson konnte nachweisen, dass in Tat und Wahrheit C4 verwendet worden war, ein unter anderem von den NATO-Armeen eingesetzter militärischer Plastiksprengstoff.

Das geheime *Gladio*-Netzwerk war auch an einem stillen Putsch mit dem Codenamen *Piano Solo* massgeblich beteiligt, bei dem im November 1963 die erst kürzlich gewählten, demokratisch legitimierten Minister der Sozialisten gezwungen wurden, ihre Kabinettsposten wieder aufzugeben. Aus den Parlamentswahlen im April 1963 war die italienische Linke als Wahlsiegerin hervorgegangen, und Ministerpräsident Aldo Moro, der dem linken Flügel der konservativen Christdemokraten entstammte, hatte die Sozialisten deshalb an der Regierung beteiligt. Die Kommunisten hingegen wurden übergangen, was sie allerdings nicht widerspruchslos hinnahmen. Eine Demonstration im Mai 1963, bei der sie ihre Regierungsbeteiligung lauthals einforderten, wurde durch als Polizisten und Zivilisten verkleidete *Gladio*-Mitglieder gewaltsam aufgelöst. Mehr als zweihundert Demonstranten wurden dabei verletzt. Gleichzeitig plante eine Verschwörergruppe im Hintergrund einen Staatsstreich und wartete nur noch auf den richtigen Moment. Als der amerikanische Präsident John F. Kennedy, dessen versöhnliche Einstellung gegenüber den italienischen Sozialisten deren Regierungsbeteiligung überhaupt erst möglich gemacht hatte, im November 1963 in Dallas ermordet wurde, war der Moment gekommen. Die Putschisten wurden vom Kommandanten der Carabinieri, General Giovanni De Lorenzo, angeführt. Er kooperierte seinerseits eng mit Vertretern der CIA sowie dem *Gladio*-Kommandeur Renzo Rocca. Als ersten Schritt liess er durch *Gladio*-Mitglieder verschiedene Büros der regierenden

Christdemokraten sowie einiger Tageszeitungen bombardieren und schob den Terror dann der Linken in die Schuhe. Als sich die Regierung nicht einschüchtern liess, gab De Lorenzo den Befehl, auf sein Signal hin die Regierungsbüros, die wichtigsten Kommunikationseinrichtungen, die Zentralen der Linksparteien, die Hauptsitze der wichtigsten linken Zeitungen sowie alle Radio- und Fernsehzentren zu besetzen. Ebenso wurden einige der Putschisten mit Namenslisten ausgerüstet. Die darauf aufgeführten Personen –primär Sozialisten und Kommunisten – waren aufzuspüren, zu verhaften und nach Sardinien zu deportieren, wo das geheime *Gladio*-Zentrum als Gefängnis dienen sollte. Ein Vierteljahr später, am 14. Juni 1964, gab De Lorenzo dann endlich das langerwartete Zeichen und marschierte mit Panzern, Schützenpanzern, Jeeps und Granatwerfern in Rom ein, während die NATO ein gross angelegtes Manöver in der Gegend abhielt, um die italienische Regierung einzuschüchtern. Diesmal wirkte es. Ministerpräsident Aldo Moro traf sich heimlich mit De Lorenzo, und im Anschluss daran verzichteten die Sozialisten stillschweigend auf die eben erst erhaltenen Ministerposten. Die *Gladio*-Spuren wurden verwischt. Als im Juli 1968 Ermittler den *Gladio*-Kommandeur Renzo Rocca befragen wollten, fanden sie ihn tot in einer Privatwohnung in Rom auf. Der anscheinend zu einer Aussage bereite Rocca war durch einen Kopfschuss hingerichtet worden. Ein Richter, der hartnäckig die Spur dieses Mordes verfolgte, wurde schliesslich durch eine höhere Instanz vom Fall abgezogen.

Das Telefon läutete. Während Dr. Enteler ein kurzes Gespräch führte, verdaute ich das soeben Gehörte. Hätte mir sonst jemand diese Geschichte aufgetischt, ich hätte ihn ausgelacht. Aber Enteler war offensichtlich eine anerkannte Koryphäe auf diesem Gebiet und machte mir ganz und gar nicht den Eindruck eines politischen Wirrkopfs. Als er sein Telefonat beendet hatte, fragte ich ihn deshalb pointiert: «Entschuldigen Sie, Dr. Enteler, aber wie viel davon sind belegte Tatsachen? Ich meine, das Ganze klingt schon sehr abenteuerlich, das müssen Sie zugeben.»

Er schmunzelte und nickte zustimmend. «Ja, da haben Sie absolut Recht. Auch ich war am Anfang meiner Forschungsarbeiten ziemlich skeptisch. Aber alles, was ich ihnen bisher erzählt habe, ist durch offizielle Dokumente oder glaubwürdige Zeugenaussagen belegt.»

«Das ist aber wirklich ganz schön starker Tobak.»

«Ja, nicht wahr? Und bisher habe ich nur über Italien gesprochen.»

«Das wäre meine nächste Frage gewesen. Ich habe gelesen, dass sich die Organisation über ganz Westeuropa, Griechenland und die Türkei erstreckt haben soll.»

Er schüttelte den Kopf und antwortete: «Das ist nicht ganz korrekt. *Gladio* war auf Italien beschränkt. Allerdings wird die Bezeichnung umgangssprachlich oft für alle solchen Geheimarmeen verwendet. Im Fachjargon werden sie als *Stay-Behind*-Organisationen bezeichnet, weil ihre Hauptaufgabe theoretisch darin bestanden hätte, den Widerstand nach dem erwarteten Einmarsch der Sowjetunion zu organisieren.»

«Und wie viele davon gab's denn nun?»

«Nun, alle westeuropäischen Länder verfügten über eine solche Stay-Behind-Organisation. Diese wurden von einer Geheimstelle der NATO, dem *Allied Coordination Committee*, kurz ACC, koordiniert. Daneben gab es noch eine zweite Koordinationsstelle, das *Clandestine Planning Committee* oder CPC, welches für die reibungslose Zusammenarbeit zwischen den beteiligten Geheimarmeen und der militärischen Führung der NATO besorgt war.»

Ich fragte ungläubig: «*Alle* Länder hatten eine solche Organisation? Sogar die neutralen?»

Er nickte. «Ja, auch die neutralen. Erinnern sie sich noch an die Fichenaffäre?»

Er spielte auf einen Skandal in der Schweiz im Jahr 1990 an, als eine Untersuchungskommission des Schweizer Parlaments zum Schluss gekommen war, dass der Inlandnachrichtendienst während des Kalten Krieges heimlich von über siebenhunderttausend unbescholtenen Bürgern und einer Vielzahl von Organisationen Akten angelegt hatte. Im Verlauf dieser Affäre war durch eine zweite parlamentarische Untersuchungskommission auch die Existenz einer geheimen Widerstandsarmee namens *Projekt 26*, kurz P26, sowie eines geheimen Nachrichtendienstes namens *Projekt 27* ans Licht gekommen. Ebenso fanden die Parlamentarier Listen mit den Namen von ‹verdächtigen Personen› und ‹Extremisten›, die im Ernstfall hätten interniert werden sollen.

Mir dämmerte etwas. Ungläubig fragte ich: «Die P26 war Teil von *Gladio*?»

Dr. Enteler schüttelte den Kopf. «So kann man das nicht sagen. Eben, *Gladio* war auf Italien beschränkt. Und nach heutigem Wissensstand war die Schweizer Geheimarmee weder an die zentrale NATO-Führung gebunden noch kooperierte sie mit den Amerikanern, die sonst über das CPC und die CIA fast alle Stay-Behinds kontrollierten. Allerdings liessen die Schweizer ihre Agenten durch den britischen *Special Air Service*, die berühmten SAS-Kommandos, ausbilden und arbeiteten eng mit dem SIS zusammen.»

«Der SIS? Was ist das?»

«*Secret Intelligence Service*. Der britische Auslandsgeheimdienst. Oft auch als MI6 bezeichnet, was seit dem britischen Geheimdienstgesetz von 1994 jedoch offiziell falsch ist.»

«Ach so. Und was war mit den Geheimarmeen in den anderen Ländern?»

«Die meisten wurden durch die CIA und den britischen SIS gemeinsam kontrolliert, wobei es von nationaler Seite her durchaus auch Widerstände gab. Zum Beispiel von den Norwegern, die sich nicht von der NATO kontrollieren lassen wollten. Ihre Organisation hiess *ROC*, die der Dänen *Absalon* und die der Belgier *SDRA8*. Die türkische Version wurde als *Konterguerilla* bezeichnet, die griechische als *LOK* und in Portugal hiess sie *Aginter Press* und war als Presseagentur getarnt. In den anderen Ländern existierten die entsprechenden Strukturen zumeist ohne speziellen Codenamen innerhalb der Nachrichtendienste.»

«Unglaublich! Und ging es überall zu und her wie in Italien?»

«Na ja, Hauptaufgabe und überhaupt Existenzberechtigung dieser Organisationen wäre ja eigentlich der Widerstand gegen eine sowjetische Besatzung gewesen. Dies trifft nach dem heutigen Wissensstand bei den skandinavischen Ablegern sowie der Schweizer Version auch zu. In der Türkei hingegen wurden die *Konterguerilla* vor allem für die systematische Unterdrückung von Regimegegnern sowie für mindestens zwei Staatsstreiche eingesetzt. Das gleiche gilt für Griechenland. In Portugal und Spanien wurden sie unter anderem dazu benutzt, Oppositionsgruppen zu zerschlagen. Über die italienische Organisation habe ich ja schon gesprochen. Ausserdem...»

In diesem Augenblick steckte eine brünette, etwa fünfzigjährige Sekretärin den Kopf herein und verkündete: «Marc, dein Lunchtermin ist hier.»

Dr. Enteler nickte, schaute mich an und meinte entschuldigend: «Tut mir leid, aber wir müssen hier abbrechen.»

«Kein Problem.»

«Aber ich kann Ihnen noch weiteres Material mitgeben, wenn Sie möchten. Dann können Sie sich selber noch etwas mit der Thematik beschäftigen.»

«Sehr gerne.»

Er stand auf und kramte in mehreren Schubladen herum, bis er schliesslich in der letzten fand, was er suchte. Er streckte mir einen Stapel Kopien entgegen und fragte dann: «Konnte ich Ihnen weiterhelfen?»

Gute Frage. «Ich weiss es noch nicht», antwortete ich wahrheitsgetreu. «Es war sehr informativ, aber im Moment sehe ich keinen Zusammenhang mit meinem Fall. Trotzdem vielen Dank.»

«Keine Ursache. Guten Tag, Herr van Gogh.» Er schüttelte mir die Hand zum Abschied. Sein Händedruck war fest.

Ich wollte gerade zur Tür herausgehen, als ich einem inneren Impuls folgend den Ausdruck mit Rappolders Fotos aus der Jacke klaubte und ihn Dr. Enteler entgegenstreckte. «Noch eine letzte Frage: Kennen Sie vielleicht die Männer auf diesen Fotos?»

Er machte eine ungeduldige Miene, nahm das zerknitterte Blatt Papier aber entgegen und warf einen kurzen Blick darauf. Dann meinte er: «Den Namen weiss ich nicht mehr, aber der Herr hier rechts ist Historiker. Den Anderen kenne ich nicht.»

«Es ist der gleiche Mann. Er heisst Rappolder.»

Enteler zog erstaunt die Augenbrauen hoch und schaute die Fotos nochmals an, diesmal länger. Dann sagte er bestürzt: «Rappolder ist ein *Skinhead*?»

Ich nickte. «Genauer gesagt, ein Naziskin. Woher kennen Sie ihn? Erinnern sie sich an alle Ihre Studenten?»

Er schüttelte den Kopf. «Nein, nur diejenigen, die irgendwie auffallen. Ich hielt vor etwa drei Jahren einen Vorlesungszyklus an der Uni zum Thema Stay-Behind-Organisationen. Rappolder war dort Student und hat einige meiner Seminare besucht. Seither habe ich ihn nicht mehr gesehen, aber ich habe gehört, er hätte einen kleinen Lehrauftrag an seiner Alma Mater erhalten.»

«Sonst fällt Ihnen nichts ein?»

«Nein, ausser… er machte einen sehr intelligenten Eindruck, soweit ich mich erinnere. Aber wie gesagt, er war ein Student von vielen. Ich kenne ihn eigentlich überhaupt nicht. Im Gedächtnis geblieben ist er mir nur, weil er so interessiert wirkte. Er wollte einfach alles wissen. Aber jetzt entschuldigen Sie mich, ich muss wirklich weg.»

Zurück im Büro lud ich als Erstes endlich die komprimierte Sounddatei der gestrigen Observation getreu Andys Instruktionen hoch. In der ganzen *Gladio*-Aufregung hatte ich das völlig vergessen. Danach probierte ich nochmals, Niamh ans Telefon zu kriegen. Diesmal mit Erfolg. Es stellte sich heraus, dass sie keineswegs so wütend über das Malheur des vorigen Abends war, wie mir das Claudia hatte weismachen wollen. Typisch. Meine Tochter war sofort Feuer und Flamme, als ich ihr anbot, zur Wiedergutmachung den folgenden Nachmittag mit ihr zu verbringen und sie ins Kino einzuladen. Die Aufgabe, Claudia über die Planänderung in Kenntnis zu setzen, übernahm sie gleich selbst mit dem Argument, bei mir würde diese sowieso aus Prinzip Nein sagen. Da hatte meine Kleine völlig Recht. Ich war stolz auf sie.

Danach machte ich mich auf den Weg nach Hause. Unterwegs kaufte ich einen Kebab – «mit alles» – und verschlang ihn noch im Gehen, was für meinen Magen erfreulichere Folgen zeitigte als für meine Hosen. Zu Hause angekommen fütterte ich als Erstes den vorwurfsvoll maunzenden Guinness. Danach nahm ich zwei weitere Schmerztabletten, spülte sie mit einem Schluck Whiskey herunter und legte mich hin. Noch bevor mir bewusst wurde, dass ich bereits zum zweiten Mal nacheinander komplett angezogen im Bett lag, schlief ich ein.

KAPITEL 19

Am nächsten Morgen fühlte ich mich etwas besser. Die Vorfreude auf den Nachmittag mit Niamh wirkte Wunder. Nach dem üblichen Kaffee schluckte ich eine Schmerztablette und beschloss, nochmals ein heisses Bad zu nehmen, um meinen geschundenen Körper etwas zu entspannen. Das hiess allerdings nicht, dass ich die Zeit nicht gewinnbringend nutzen konnte. Während sich meine Badewanne mit heissem Wasser füllte, suchte ich die Unterlagen hervor, die mir Dr. Enteler mitgegeben hatte, und holte mir einen zweiten Kaffee, den ich mit ins Badezimmer nahm. Anschliessend zog ich mich aus und liess mich langsam ins dampfende Nass gleiten.

Zufälligerweise war der Artikel über die belgische Stay-Behind-Organisation zuoberst, also begann ich damit. Die präzise, nüchterne Sprache versetzte mich zurück in meine Studienzeit.

BELGIEN

Am 7. November 1990 schockierte der sozialistische Verteidigungsminister das Königreich Belgien, als er bestätigte, dass im Land eine mit der NATO verflochtene geheime Widerstandsorganisation existierte, die möglicherweise mit ungeklärten terroristischen Anschlägen Mitte der Achtzigerjahre in Verbindung stand. Im Anschluss daran formierte das belgische Parlament eine spezielle Untersuchungskommission, welche die Geheimorganisation auflöste und ein Jahr später einen 250 Seiten starken Bericht vorlegte, in dem der Werdegang dieser Organisation beschrieben wurde.

Traumatisiert von der vorausgegangenen deutschen Okkupation und der daraus folgenden Flucht nach Grossbritannien beschloss die belgische Regierung einige Zeit nach dem Zweiten Weltkrieg, die per Kriegsende abgeschaffte geheime Widerstandsarmee angesichts der sowjetischen Bedrohung rasch wieder aufzubauen. Die neue Organisation bestand aus zwei Teilbereichen: SDRA8 und STC/Mob.

SDRA8 war der militärische Arm und im militärischen Nachrichtendienst *Service General du Renseignement*, kurz SGR, angesiedelt. Die Abkürzung stand für *Service de Documentation, de Renseignement et d'Action VIII*. Mitglieder waren in Sabotage, Fallschirmspringen und Seekriegsführung geschulte Soldaten. Ihre Aufgaben bestanden in der Informationsbeschaffung und der Organisation von Fluchtrouten für den Fall einer Besetzung Belgiens, inklusive Evakuation der belgischen Regierung.

STC/Mob war der zivile Arm und innerhalb des zivilen Nachrichtendienstes *Sûreté de l'État*, kurz Sûreté, angesiedelt, welcher dem Justizministerium unterstand. Die Abkürzung stand für *Section Training, Communication et Mobilisation*. Mitglieder waren primär zivile Techniker mit starken antikommunistischen und religiösen Überzeugungen, deren Aufgaben im Betrieb von Radiostationen sowie der Sicherstellung von sicheren Kommunikationskanälen im Ernstfall bestanden.

Nach dem Zweiten Weltkrieg sah sich die Westliche Allianz in Belgien wie in anderen Ländern mit einer starken kommunistischen Partei konfrontiert. Der charismatische und angriffige Anführer der belgischen Kommunisten, Julian Lahaut, wurde am 18. August 1950 von zwei rechtsextremen Attentätern vor seinem Haus erschossen. Dass die belgische Stay-Behind-Organisation darin verwickelt war, wurde zwar vermutet, konnte aber nicht bewiesen werden. Jedoch hatte der britische Aussenminister Ernest Bevin bereits im Januar 1948 festgehalten, dass sich die westeuropäischen Länder nicht nur mit dem Angriff eines externen Aggressors, sondern vor allem auch mit der Abwehr einer Fünften Kolonne, also der Subversion von innen, beschäftigen mussten.

Wie alle westeuropäischen Stay-Behind-Armeen verfügte auch die belgische über geheime Kommunikationszentralen des Typs *Harpoon* sowie im ganzen Land verteilte Waffenverstecke, welche Schusswaffen, Sprengstoff und Goldmünzen enthielten.

Die belgische Stay-Behind kooperierte eng mit ihren Pendants in anderen europäischen Ländern und nahm oft an grenzüberschreitenden Übungen teil, in deren Verlauf Zielpersonen zum Beispiel heimlich von Norwegen nach Italien evakuiert werden mussten. Offiziere und Agenten der SDRA8 wurden in England und den USA durch die jeweiligen Spezialkräfte trainiert.

Die Untersuchungskommission des belgischen Senats fand zu ihrer Überraschung auch Beweise dafür, dass Mitglieder der belgischen Stay-Behind an Operationen der belgischen Armee in den damaligen Kolonien in Afrika, Zaire und Ruanda teilgenommen hatten. Dies verstiess in eklatanter Weise gegen die offizielle Weisung, wonach die Stay-Behind-Krieger aus Geheimhaltungsgründen während Friedenszeiten nicht mit der restlichen Armee in Kontakt kommen sollten. Ebenso wurden Beweise dafür gefunden, dass die

USA und SDRA8 kooperierten, um die Strategie der Spannung auch in Belgien zu betreiben. So griff im Jahr 1984 eine per Fallschirm in Belgien gelandete und durch einen SDRA8-Agenten in Empfang genommene und eingewiesene Gruppe US Marines nach vierzehntägiger Vorbereitung die Polizeistation im verschlafenen Städtchen Vielsalm an. Obwohl es sich offiziell nur um eine Übung handelte, verlor ein Marine dabei ein Auge und ein belgischer Polizeiadjutant wurde schwer verletzt. Er verstarb einige Zeit darauf im Krankenhaus. Die beim Angriff aus der Polizeistation gestohlenen Waffen wurden später aus unerfindlichen Gründen in der Brüsseler Wohnung der mysteriösen belgischen Kommunistengruppe *Cellules Communistes Combattantes*, kurz CCC, gefunden. Später stellte sich heraus, dass die angeblich kommunistische CCC in Tat und Wahrheit von der extremen belgischen Rechten gegründet und insgeheim kontrolliert worden war. Zwischen Oktober 1984 und Dezember 1985 war die CCC für insgesamt 27 gut geplante Attentate und Sprengstoffanschläge auf kapitalistische Symbole wie Banken, amerikanische Einrichtungen sowie Installation der NATO verantwortlich. Schliesslich wurde die gesamte Führungsriege der CCC am 17. Dezember 1985 in der grössten Polizeiaktion verhaftet, die Belgien seit der Verhaftung der Nazis nach dem zweiten Weltkrieg gesehen hatte. Die Verbindung zur extremen Rechten wurde wenig später durch Journalisten aufgedeckt. Wieder wurde eine Beteiligung der belgischen Stay-Behind vermutet, konnte jedoch nicht bewiesen werden.

Die Senatskommission fand zwei übergeordnete Ziele aller Aktivitäten: Einerseits sollten die belgischen Polizeikräfte in erhöhte Alarmbereitschaft versetzt werden, andererseits sollte die belgische Bevölkerung das Gefühl erhalten, das kleine Königreich befände sich unmittelbar an der Schwelle einer Roten Revolution.

Zur Politik der Destabilisierung gehörten auch die sogenannten Brabant-Massaker: Zwischen dem 14. August 1982 und dem 9. November 1985 verübten unbekannte Attentäter insgesamt sechzehn Überfälle auf Lebensmittelläden, Supermärkte, Restaurants, einen Juwelierladen sowie einen Taxifahrer. Total 28 Menschen wurden getötet und viele mehr verwundet. Die Opfer waren vor allem Frauen, Kinder und ältere Menschen. Die Täter wurden nie gefunden. Die Polizei hatte lediglich feststellen können, dass in jedem Fall nur sehr kleine Geldbeträge gestohlen worden waren, das Vorgehen der Täter aber durch äusserste Rücksichtslosigkeit und Professionalität gekennzeichnet gewesen war. Dazu gehörte unter anderem, dass die Täter am 3. März 1983 nach einer brutalen Attacke im kleinen wallonischen Städtchen Nivelles, in deren Verlauf sie ein Pärchen getötet und den Alarm ausgelöst hatten, nicht flohen, sondern kaltblütig auf die Polizei warteten und diese in einen Hinterhalt lockten. Die Brabant-Massaker versetzten Belgien in Panik. Eine Beteiligung der belgischen Stay-Behind wurde wie in anderen Fällen vermutet, konnte aber von der Senatskommission nicht belegt werden, da sich sowohl SDRA8 wie auch STC/Mob strikte weigerten, Listen ihrer Mitglieder herauszurücken. Was die belgischen Senatoren aber noch fast wütender machte, war die Tatsache, dass auch CIA und SIS über die entsprechenden Mitgliederlisten verfügten, sich aber trotz des konkreten Terrorismusverdachts ebenfalls strikte weigerten, diese an die belgischen Untersuchungsbehörden auszuhändigen.

Im Laufe der folgenden Jahre sagten mehrere ehemalige Stay-Behind-Agenten aus, dass die Geheimarmee auch mit der belgischen Neonazigruppe *Westland New Post*, kurz WNP, kooperiert hätte, deren Mitglieder sich fast ausschliesslich aus der belgischen Gendarmerie rekrutierten. Im Jahr 1990 verstärkten sich auch Hinweise darauf, dass die WNP während ihres kurzen Bestehens nicht nur durch den belgischen Staatsapparat, sondern auch durch die NATO selbst gedeckt worden war: Sieben WNP-Mitglieder – allesamt angeklagt, in den frühen Achtzigerjahren mehrere hundert geheime Dokumente der NATO und der belgischen Armee gestohlen zu haben – wurden durch das oberste belgische Militärgericht völlig unerwartet und unter mysteriösen Begleitumständen freigesprochen.

Die belgische Stay-Behind-Organisation wurde am 23. November 1990 offiziell abgeschafft und alle Kontakte zu ausländischen Diensten eingestellt.

Ich war fasziniert und schockiert zugleich. Schon Dr. Entelers Ausführungen zu Italien waren starker Tobak gewesen, aber irgendwie erwartete man solche Dinge von den Italienern, ob das jetzt gerechtfertigt war oder nicht. Aber Belgien war ein kleines demokratisches Land und der Schweiz in mancherlei Hinsicht recht ähnlich, inklusive einer Vorliebe für Schokolade und Bier. Dass ein solcher Staat auf diese Art als Geisel genommen werden konnte, schien mir unfassbar.

Kopfschüttelnd legte ich den Artikel weg und nahm den nächsten zur Hand.

DEUTSCHLAND

Der offizielle Bericht der deutschen Regierung zum Thema Stay-Behind-Armeen wurde 1990 veröffentlicht. Er kam zum Schluss, dass die westdeutsche Stay-Behind von den Amerikanern gleich nach dem Zweiten Weltkrieg geschaffen und fast ausschliesslich mit ehemaligen Nazis besetzt wurde, die allesamt stark antikommunistisch eingestellt und in Guerillakriegsführung geschult waren. Darunter fanden sich auch ehemalige SS-Angehörige wie der Kriegsverbrecher und Gestapo-Offizier Klaus Barbie, der 1947 als Agent des *66th CIC Detachment* angeworben, vor dem Kriegsverbrechertribunal versteckt und 1951 insgeheim nach Argentinien geschafft worden war.

Mit der tatkräftigen Unterstützung dieser Ex-Nazis wurde die westdeutsche Stay-Behind rasch aufgebaut. Dazu gehörte wie in anderen Ländern nebst der Ausbildung des angeworbenen Personals auch das Anlegen geheimer Waffenverstecke. Die Organisation wurde unter dem harmlosen Namen *Technischer Dienst*, kurz TD, im von Altnazis dominierten *Bund Deutscher Jugend* – BDJ – angesiedelt. Sie blieb allerdings nicht lange geheim: Am 10. Oktober 1952 enthüllte die *New York Times* ihre Existenz und löste damit einen handfesten Skandal auf beiden Seiten des Atlantiks aus. Interessanterweise berichtete der deutsche *Spiegel* bereits damals, dass die deutsche Stay-Behind Teil eines europaweiten Netzwerks gleichgearteter Geheimarmeen sei. Beide Publikationen stützten sich dabei auf die freiwillige Zeugenaussage des ehemaligen SS-Offiziers und Stay-Behind-Mitglieds Hans Otto, der am 9. September 1952 im Hauptquartier der Frankfurter Kriminalpolizei aufgetaucht war und den TD aufgedeckt hatte. Auf ihn ging auch die Information zurück, dass der TD nebst der Stay-Behind-Aufgabe auch für inländische Subversion gegen die Kommunisten vorgesehen war.

Im Anschluss an Ottos Aussage stürmte die Polizei am 13. September 1952 die geheime Stay-Behind-Basis im hessischen Waldmichelbach. Die TD-Mitglieder wurden verhaftet und Waffen, Munition und Sprengstoff sowie allerlei Dokumente konfisziert. Darunter fand sich auch eine sogenannte Proskriptionsliste. Diese enthielt die Namen von Personen, die im Bedarfsfall eliminiert werden sollten, darunter viele bekannte Kommunisten, aber auch moderate Sozialisten, von denen eine ganze Anzahl aktive Politiker oder Verwaltungsangestellte waren, wie zum Beispiel der Chef der westdeutschen SPD, Erich Ollenhauer. Ausserdem wurde bekannt, dass bereits Mitglieder der Organisation in die SPD eingeschleust worden waren, um im Ernstfall eine möglichst effiziente Ausführung der Attentate zu ermöglichen.

Trotz der Aufdeckung dieses Skandals behinderte die deutsche Regierung die Untersuchung, wo sie nur konnte. Am 30. September 1952 ordnete der Bundesgerichtshof ohne vorherige Konsultation mit der Frankfurter Polizei an, dass alle verhafteten TD-Mitglieder wieder freizulassen seien. Interessanterweise machten die beiden dafür verantwortlichen Richter im Anschluss einen deutlichen Karrieresprung.

Anfang 1953 wurde der BDJ zwar als rechtsextreme Organisation eingestuft und verboten, die westdeutsche Stay-Behind-Organisation aber keineswegs aufgelöst, sondern einfach noch besser versteckt. Schliesslich wurde die in *Bundesnachrichtendienst* umbenannte *Organisation Gehlen* per Regierungsbeschluss mit der Aufsicht betraut.

Nach der Aufdeckung der Stay-Behind-Netzwerke im Jahr 1990 wurde die deutsche Geheimarmee von der Presse in Zusammenhang mit mysteriösen Waffenfunden während der frühen Achtzigerjahren gebracht. So gruben Waldarbeiter zum Beispiel in der Lüneburger Heide am 26. Oktober 1981 ein grosses Waffenversteck aus, das neben Arsen und Zyankali automatische Waffen, über 150 Kilogramm Sprengstoff, etwa 14‘000 Schuss Munition sowie 50 Panzerfäuste, 258 Handgranaten und rund 230 Sprengladungen enthielt. Im Anschluss an die Entdeckung wurde das Haus des zuständigen Försters und bekannten Rechtsextremisten Heinz Lembke gestürmt. Darin fand sich ein zu einem Gewehr des Typs Heckler & Koch G3 gehörendes leeres Magazin und Bombenmaterial.

Lembke selbst schien zunächst unberührbar. Erst Wochen nach der Entdeckung des Waffenverstecks wurde er verhaftet, und zwar nur wegen unrechtmässiger Zeugnisverweigerung im Prozess gegen seinen Freund und Mitstreiter Manfred Roeder, nicht wegen des Waffenverstecks. Roeder war Anführer der rechtsterroristischen *Deutschen Aktionsgruppen* und wurde unter anderem beschuldigt, Anschläge auf Asylbewerberheime ausgeführt zu haben. Dafür wurde er 1982 zu dreizehn Jahren Freiheitsstrafe verurteilt.

Schon kurz nach Bekanntwerden des Waffenverstecks wurde verkündet, dass Lembke ein Einzeltäter gewesen sei. Nicht erklärt wurde allerdings, wie ein Einzelner ein solches Waffendepot überhaupt anlegen konnte, ohne dass der Diebstahl oder Schmuggel von solchen Mengen Gefahrenmaterials bemerkt wurde. Dies notabene in einem Land mit strenger Waffenkontrolle und aufgrund der Bedrohung durch die linksterroristische RAF besonders hoher Wachsamkeit.

Kaum war Lembke in Untersuchungshaft, änderte er seine Meinung und erklärte sich plötzlich bereit, sowohl gegen seinen Freund wie auch zu vielen anderen Dingen auszusagen. Allerdings bestand er darauf, nur mit dem Staatsanwalt zu sprechen, der ihn bereits einmal erfolglos zum Fall Roeder verhört hatte. Die Bedingung wurde angenommen und der Staatsanwalt machte sich sofort auf den Weg zu Lembkes Zelle. Dort gab dieser am 31. Oktober 1981 detaillierte Informationen preis, welche die Behörden zu dreiunddreissig weiteren Waffenverstecken führten. Am Schluss des Abends kündigte er an, dass er am folgenden Tag Angaben zu den vorgesehenen Benutzern der Waffenverstecke machen würde. Am nächsten Morgen wurde er jedoch erhängt in seiner Zelle gefunden, bevor er seine Aussage machen konnte. Daraufhin wurde der Fall Lembke den lokalen Behörden entzogen und dem Bundeskriminalamt in Bonn zugewiesen. Ein Jahr später wurde er mit der Schlussfolgerung, dass Lembke tatsächlich ein Einzeltäter gewesen sei, abgeschlossen. Dies verstörte vor allem diejenigen, die einen klaren Zusammenhang zwischen dem Fall Lembke und einem besonders abscheulichen Verbrechen sahen: dem Münchner Oktoberfestanschlag.

Am Samstagabend, dem 26. September 1980, um genau zweiundzwanzig Uhr neunzehn, explodierte beim Haupteingang zur Teresienwiese in München eine gewaltige Bombe. Zeugen beschrieben den Ablauf: ein scharfes Zischen, eine immense Feuersäule, eine gewaltige Detonation, dann mehrere Sekunden Grabesstille, bevor das Wimmern, Stöhnen und Schreien der Verletzten, die Angstschreie der wie durch ein Wunder unverletzt Gebliebenen und die verzweifelten Hilferufe der ihre Freunde und Angehörigen Suchenden begann. Dreizehn Menschen wurden getötet und über zweihundert zum Teil schwer verletzt. Viele entwickelten aufgrund des Erlebten oder wegen des Verlustes von Angehörigen psychische Probleme, insbesondere posttraumatische Störungen.

Noch am Tatort beschuldigten Vertreter der regierenden konservativen CSU Linksextremisten der Tat. Bereits am gleichen Abend titelte jedoch die Münchner Abendzeitung in einer Sonderausgabe: «Wiesn-Mörder sind Neonazis». Als Täter eruiert wurde der einundzwanzigjährige Geologiestudent Gundolf Köhler, der sich unter den Toten befand. Dieser war Mitglied der Anfang 1980 verbotenen rechtsextremen *Wehrsportgruppe Hoffmann* gewesen und hatte den Untersuchungen zufolge die Bombe in einem Papierkorb am Eingang zur Wirtsbudenstrasse deponiert.

Bereits zwei Tage nach dem Attentat verkündete der bayrische Innenminister, dass es sich bei Köhler um einen Einzeltäter gehandelt habe. Zu dieser Zeit hatten die Untersuchungsbehörden jedoch noch nicht einmal Köhlers Kameraden in dessen Heimatstadt Donaueschingen vernommen. Der acht Monate später publizierte Abschlussbericht des bayrischen Landeskriminalamtes stützte die Einzeltäterthese und kam zum Schluss, dass Köhler das Attentat nicht aufgrund politischer Motive, sondern wegen einer schweren persönlichen Krise ausgeführt und die Bombe selbst gebaut, transportiert und gezündet habe. Daraufhin wurden die Ermittlungen abgeschlossen. Verschiedene Ungereimtheiten liessen jedoch bald Zweifel an der offiziellen Version aufkommen. So hatten verschiedene voneinander unabhängige Zeugen den Täter noch kurz vor der Explosion mit mehreren anderen Menschen in grünen Parkas am Tatort sprechen sehen. Vor allem ein Zeuge, der anfangs von der Polizei als sehr glaubwürdig eingestuft wurde, machte eine ausführliche Aussage dazu und konnte auch detaillierte Angaben zur Bombe machen, bis hin zu deren exakten Abmessungen. Die Behörden versuchten diesen Zeugen nachweislich mehrfach dazu zu bringen, seine Aussage so abzuändern, dass sie mit der Einzeltäterthese übereinstimmte. Er weigerte sich konsequent, starb aber einige Wochen später völlig überraschend im Alter von nur sechsunddreissig Jahren an Herzversagen. Zwei weitere Zeugen hatten Köhler mit vier bis fünf weiteren Personen bereits eine Woche vor dem Anschlag in München gesehen. In beiden Fällen wurden keine Versuche unternommen, die anderen Personen zu ermitteln. Im Oktober 1980 wurde Walter Behle, ebenfalls Mitglied der *Wehrsportgruppe Hoffmann*, an einer Hotelbar in Damaskus vom Barkeeper dabei belauscht, wie er damit prahlte, dass seine Gruppe den Anschlag ausgeführt hatte. Der Barkeeper informierte daraufhin die deutschen Behörden.

Deutsche Journalisten deckten auch bereits kurz nach dem Anschlag Verbindungen zwischen der *Wehrsportgruppe Hoffmann* und Heinz Lembke auf, die aber offiziell nie untersucht wurden. So hatten zwei Mitglieder der *deutschen Aktionsgruppen* bereits am Tag nach dem Attentat übereinstimmend ausgesagt, dass Lembke ihnen Waffen, Sprengstoff und Munition angeboten und von umfangreichen Waffendepots erzählt habe. Auch diese Spur wurde zunächst ignoriert und erst ein knappes Jahr später doch noch verfolgt, als Lembkes Waffenversteck in der Lüneburger Heide entdeckt wurde. Die SPD-Bundestagsabgeordnete und Vorsitzende des Rechtsausschusses, Herta Däubler-Gmelin, wollte in einer 1981 gestellten parlamentarischen Anfrage wissen, ob nicht doch eine Verbindung zwischen dem Oktoberfestattentat und dem Fall Lembke bestehen könne. Die Bundesregierung verneinte dies kategorisch.

Ironischerweise lieferten DDR-Dokumente nach der deutschen Wiedervereinigung klare Beweise dafür, dass die ostdeutschen Nachrichtendienste seit mindestens Ende der Siebzigerjahre detailliert über die westdeutsche Stay-Behind Bescheid gewusst hatten und somit deren eigentliche Aufgabe, die Organisation des Widerstandes nach einer kommunistischen Invasion, bereits damals mehr oder weniger hinfällig geworden war.

Ich legte den Artikel hin und schüttelte erneut den Kopf.

Deutschland? Wirklich? Das soeben Gelesene hatte mich erschüttert. Ja, Deutschland hatte eine schwierige Vergangenheit und bekanntlich in den Siebziger- und Achtzigerjahren auch seine Erfahrungen mit linksradikalen Fanatikern gemacht. Aber staatlich gedeckter Rechtsterrorismus, das war nochmals etwas ganz anderes. Wenn solche Dinge in Deutschland passieren konnten, wie war das dann bei uns?

Die nächsten beiden Artikel auf dem Stapel behandelten die Türkei und Griechenland. Ich legte sie beiseite und griff nach demjenigen über die Schweiz.

Schweiz

Die Existenz einer geheimen Widerstandsarmee in der neutralen Schweiz kam ans Tageslicht, als im Nachtrag zur sogenannten Fichenaffäre, in deren Verlauf eine parlamentarische Untersuchungskommission das systematische Anlegen von Akten über mehr als zehn Prozent der Schweizer Bevölkerung durch die im Eidgenössischen Justizdepartement angesiedelte Bundespolizei aufdeckte, zusätzliche Vorwürfe laut wurden, dass auch der militärische Nachrichtendienst UNA Akten über Schweizer Bürger angelegt hatte. In der Folge untersuchte eine zweite parlamentarische Untersuchungskommission, die PUK EMD, im Jahr 1990 das gesamte Eidgenössische Militärdepartement. Die PUK EMD fand nicht nur Beweise für das Vorhandensein solcher Akten, sondern auch für die Existenz einer geheimen Widerstandsorganisation sowie eines geheimen Nachrichtendienstes mit weitreichenden internationalen Verbindungen. Dazu wurden Listen mit den Namen von 442 Männern und 57 Frauen gefunden, die im Kriegsfall sofort interniert werden sollten.

Im Anschluss an die Veröffentlichung des Berichtes der PUK EMD verlangten die Schweizer Sozialdemokraten und die Grüne Partei weitere Nachforschungen darüber, ob und wie stark die Schweizer Geheimarmee mit ausländischen Organisationen zusammengearbeitet hatte. Der Neuenburger Untersuchungsrichter Pierre Cornu wurde mit dieser Aufgabe betraut. Trotz dieser offiziellen Untersuchung wurden nur wenige Details über die Schweizer Stay-Behind bekannt, weil vom einhundertseitigen offiziellen Bericht nur eine siebzehnseitige Zusammenfassung veröffentlicht wurde. Die vollständige Version wurde gleich nach deren Vorlegung als geheim klassifiziert und mit der Begründung, dass eine Veröffentlichung die guten Beziehungen der Schweiz zu anderen Staaten gefährden könnte, bis heute unter Verschluss gehalten.

Im Anschluss an die Affäre wurden die geheime Widerstandsorganisation und der ausserordentliche Nachrichtendienst mitsamt all ihren Materialdepots aufgelöst. UNA-Chef Hans Schlup wurde als Militärattaché ins Ausland abgeschoben und der Informationschef des Verteidigungsdepartementes, der selber zum Führungsstab der Geheimorganisation gehört hatte, wurde entlassen. Die Kriegskasse der Widerstandsarmee, rund sechs Millionen Schweizerfranken in Gold, wurde dem Roten Kreuz gespendet.

Die Anfänge der Schweizer Stay-Behind-Organisation gehen bis in den Zweiten Weltkrieg und die von 1940 bis 1945 aktive, gegen Deutschland gerichtete *Aktion Nationaler Widerstand*, kurz ANW, zurück. Angesehene Forscher äusserten verschiedentlich die Vermutung, dass die damalige britische Geheimarmee *Special Operations Executive*, kurz SOE, während des Krieges mit Wissen des Schweizer Oberbefehlshabers General Guisan unter anderem aus der Schweiz heraus operierte und den Schweizern im Gegenzug beim Aufbau einer Widerstandsorganisation behilflich war.

Nach dem Zweiten Weltkrieg bestand der Bedarf für eine solche Organisation wegen der Angst vor einer sowjetischen Invasion weiterhin. Erste Widerstandsvorbereitungen wurden innerhalb des Territorialdienstes getroffen, eines Teils der regulären Schweizer Armee mit dem Auftrag, im Kriegsfall hinter der Front die Zivilbevölkerung zu kontrollieren.

Nachdem die Sowjets den ungarischen Volksaufstand von 1956 brutal niedergeschlagenen hatten, stellte Nationalrat Erwin Jaeckle den Antrag an die Schweizer Regierung, Vorbereitungen für den totalen Widerstand, wenn nötig auch ausserhalb der Armee, zu prüfen. Trotz der Tatsache, dass Jaeckles Antrag abgelehnt worden war, wurde er von hochrangigen Offizieren als rechtliche Grundlage für den weiteren Aufbau einer geheimen Widerstandsorganisation betrachtet und die entsprechenden Vorbereitungen daher vorangetrieben. Bis 1967 war diese Organisation weiterhin im Territorialdienst der Armee angesiedelt, dann wurde sie zum militärischen Nachrichtendienst *Unterstabsgruppe Nachrichtendienst und Abwehr*, kurz UNA, transferiert und ihr Deckname in *Spezialdienst* umgewandelt.

Im Falle einer Besetzung hätte der *Spezialdienst* den totalen Widerstand organisieren und die Regierung im Exil mit Nachrichten versorgen sollen. Zu diesem Zweck wurden für die Schweizer Regierung insgesamt drei Exilregierungssitze erworben, unter ihnen das irische Landgut Liss Ard bei Skibbereen. Die Organisation selbst war in drei hierarchische Stufen gegliedert. Zuoberst stand eine kleine Gruppe uniformierter Berufsoffiziere, die die Geheimarmee führten und organisierten. Die zweite Stufe bestand aus sogenannten Vertrauenspersonen, welche über die gesamte Schweiz verteilt waren und für die Rekrutierung der eigentlichen Widerstandskämpfer verantwortlich waren. Diese machten die dritte Stufe aus. Schätzungen gehen davon aus, dass die Organisation aus rund eintausend Personen bestand.

Im Jahr 1973 veröffentlichte die Schweizer Regierung erstmals einen sicherheitspolitischen Bericht, in dem die Eckpfeiler der Schweizer Verteidigungspolitik festgehalten wurden. Dazu gehörte auch der Widerstand gegen einen Besatzer. Zu dieser Zeit war Oberstleutnant Herbert Alboth Kommandant des Spezialdienstes. Als die Geheimarmee-Affäre 1990 ins Rollen kam, schrieb der mittlerweile Fünfundsiebzigjährige am 1. März einen Brief an Verteidigungsminister Kaspar Villiger, in dem er ankündigte, dass er bereit sei, die ganze Wahrheit ans Licht zu bringen. Dazu kam es allerdings nicht, da er am 18. April, einen Tag vor seiner Aussage, ermordet in seiner Wohnung in Liebefeld bei Bern aufgefunden wurde. Er war mit seinem eigenen Militärbajonett erstochen worden. Auf seinem Brustkorb fanden die Untersuchungsbehörden eine rätselhafte, mit Filzstift hingekritzelte Buchstabenfolge, auf die sie sich keinen Reim machen konnten. Der Fall wurde offiziell nie gelöst.

Alboth wurde 1976 durch Oberst Albert Bachmann abgelöst, der im Rahmen der *Affäre Schilling-Bachmann* traurige Berühmtheit erlangte und in deren Verlauf die Schweizer Regierung erstmals Kenntnis über die geheimen Dienste der Schweizer Armee erhielt. Dazu gehörte nebst der Stay-Behind-Organisation ein im Jahr 1977 innerhalb der UNA gegründeter ausserordentlicher Nachrichtendienst ‹für das Sammeln von Informationen mit erhöhtem Risiko›, für den ebenfalls der Leiter des Spezialdienstes, Oberst Bachmann, verantwortlich zeichnete. Im November 1979 schickte dieser den aus Zug in der Zentralschweiz stammenden Oberleutnant und Betriebsberater Kurt Schilling nach Österreich, um die österreichische Armee bei ihren Manövern in der Nähe Wiens auszuspionieren. Schilling verhielt sich nach Angaben der Österreicher derart auffällig, dass er enttarnt, verhaftet, verhört, wegen Spionage zu fünf Monaten bedingt verurteilt und schliesslich in die Schweiz abgeschoben wurde. Zurück in der Heimat wurde er wegen der Preisgabe militärischer Geheimnisse gleich nochmals zu fünf Monaten Haft verurteilt.

Die Angelegenheit wurde durch die Schweizer Medien aufgegriffen und schliesslich durch eine parlamentarische Arbeitsgruppe untersucht. Im Anschluss daran legte die Geschäftsprüfungskommission der Grossen Kammer des Schweizer Parlamentes, des Nationalrates, am 19. Januar 1981 einen Bericht vor, in dem zwar die Notwendigkeit der geheimen Widerstandsorganisation und auch des ausserordentlichen Nachrichtendienstes bejaht, deren Kontrolle jedoch als ungenügend bezeichnet wurde. Gleichzeitig wurde auch enthüllt, dass der *Spezialdienst* unter dem Decknamen «Schwarze Hand» einen intensiven Informationsaustausch mit dem deutschen Bundesnachrichtendienst betrieben hatte. Daraufhin wurde der *Spezialdienst* samt ausserordentlichem Nachrichtendienst aufgelöst und Bachmann in den vorzeitigen Ruhestand versetzt. Der Chef der UNA, Divisionär Carl Weidenmann, musste ebenfalls sein Büro räumen.

Damit war die Geschichte der Schweizer Stay-Behind allerdings nicht abgeschlossen. Bei einem bald darauf stattfindenden geheimen Treffen kamen Verteidigungsminister Georges André Chevallaz, Generalstabschef Hans Senn und der neue UNA-Chef Richard Ochsner überein, dass die Notwendigkeit für eine solche Geheimarmee weiter bestand. Sowohl die Stay-Behind-Organisation wie auch der ausserordentliche Nachrichtendienst wurden daraufhin sozusagen wiedergeboren, erstere unter der Bezeichnung *Projekt 26*, kurz P26, letztere als *Projekt 27*, kurz P27. Der Basler Oberst im Generalstab Efrem Cattelan wurde unter dem Codenamen «Rico» zum Kommandanten der neuen Organisation ernannt. Der Auftrag blieb gleich: erstens Aufbau einer Kaderorganisation, ergänzt mit Fachspezialisten;

zweitens Beschaffung sowie Bereitstellung von Ausrüstung und Material; und drittens Sicherstellung der Führung und der notwendigen Verbindungen, eventuell auch aus dem Ausland. Auch das oberste Ziel nach einer Besatzung blieb bestehen, nämlich «die Wiederherstellung der Schweiz in freiheitlicher Ordnung und in ihren bisherigen Grenzen».

Die Organisation wurde zwar ohne Wissen des Gesamtparlamentes aufgebaut, verfügte jedoch über einen aus ausgesuchten Bundesparlamentariern bestehenden konspirativen Beirat, die sogenannte *Gruppe 426*. Aufbau und Betrieb erfolgten ausschliesslich mit Bundesgeldern. Wie ihre Vorgängerorganisation war auch die P26 in drei hierarchische Ebenen gegliedert. Die dritte Ebene bestand allerdings nur auf dem Papier, da die Angehörigen der zweiten Ebene, der sogenannten *Kaderorganisation*, die eigentlichen Widerstandskämpfer erst im Falle einer ausländischen Besatzung rekrutiert hätten. Diese Kaderorganisation war in Urzellen von je vier Mann unterteilt, gegliedert nach deren Wohnort. Die Urzellen waren wiederum in Kleingruppen zusammengefasst. Aus Geheimhaltungsgründen kannte jeder Geheimsoldat nur die Mitglieder seiner Kleingruppe, und nur der Chef einer Kleingruppe kannte seinen nächsthöheren Vorgesetzten. Auf der ersten Ebene wurden zwei identische Führungsstäbe gebildet, von denen im Besatzungsfall einer so lange wie möglich von Standorten in der unbesetzten Schweiz aus führen sollte, während der andere sich bereithielt, die Führung vom befreundeten Ausland aus zu übernehmen, sobald der Feind das komplette Territorium der Schweiz eingenommen hatte. Aus diesen Überlegungen ergab sich ein Soll-Bestand von fast achthundert Mann. Zum Zeitpunkt ihrer Entdeckung bestand die P26 allerdings erst aus rund vierhundert Personen, von denen nur etwa dreihundert tatsächlich ausgebildet worden waren. Davon war rund die Hälfte aus dem alten *Spezialdienst* übernommen worden.

Die Aktivitäten der P26 wurden aus einer Tarnfirma in Basel organisiert, der Consec AG. Wie in allen anderen westeuropäischen Ländern wurden auch in der Schweiz flächendeckend geheime Waffenverstecke angelegt, in denen nebst modernen Waffen wie Maschinenpistolen und Präzisionsgewehren auch massenweise Munition und Sprengstoff, Chiffriergeräte, Trinkwasserfilter, Gold sowie mit Handbüchern für den Widerstand gefüllte Chromstahlbehälter eingelagert wurden.

Die Schweizer Geheimarmee kooperierte eng mit dem englischen Geheimdienst sowie den Spezialeinsatzkräften der britischen Armee, dem *Special Air Service*, kurz SAS. Angehörige der P26 wurden in England in Spezialtechniken wie Sabotage, aber auch in Legendenbildung – also dem Erschaffen falscher Identitäten – und konspirativer Lebensführung unterrichtet. Zur Ausbildung gehörte auch, dass die nichtsahnenden Lehrgangsteilnehmer auf offener Strasse von der ebenfalls ahnungslosen englischen Polizei verhaftet wurden und unter Spionageverdacht eine Nacht im Gefängnis verbringen mussten. Im Nachtrag zur Aufdeckung der P26 gab ein Berufsoffizier der Schweizer Armee zu Protokoll, dass er während seiner Ausbildung in England auch an einem realen Angriff auf ein Waffendepot der nordirischen Terrororganisation IRA teilgenommen habe, bei dem mindestens ein IRA-Mitglied getötet worden sei. Im Jahr 2002 enthüllte ein ungenanntes ehemaliges Mitglied der P26-Vorgängerorganisation *Spezialdienst*, dass ab 1976 jedes Jahr zehn bis zwanzig SAS-Angehörige unverdächtig als Touristen für ein Überlebenstraining ins Berner Oberland gereist seien, sie in Tat und Wahrheit aber die Schweizer Geheimkrieger ausgebildet hätten.

Wie weit die Schweizer Geheimarmee in das europaweite Stay-Behind-Netzwerk der NATO eingebunden war, konnte bisher nicht schlüssig geklärt werden. Bekannt ist, dass die P26 nicht mit der CIA kooperierte, allerdings folgt aus der sehr engen Zusammenarbeit mit den Briten doch eine zumindest indirekte Kooperation und Koordination mit anderen Stay-Behind-Organisationen. Auch verschiedene Hinweise und Zeugenaussagen weisen auf eine solche Vernetzung hin. So erklärte der italienische Untersuchungsrichter Felice Casson, der in den Achtzigerjahren durch seine Überprüfung des Peteano-Massakers die *Gladio*-Affäre in Italien ins Rollen brachte, dass er sicher sei, im Verlauf seiner Untersuchungen auch Dokumente über *Gladio*-Kontakte mit der Schweiz gesehen zu haben. Ausserdem verwendete die Schweizer Geheimarmee wie die Stay-Behind-Organisationen der anderen westeuropäischen Länder High-Tech-Funksysteme des Typs *Harpoon*. Diese wurden Anfang der Achtzigerjahre durch die NATO von der deutschen AEG Telefunken beschafft und erlaubten es den Geheimsoldaten, verschlüsselte Nachrichten bis zu sechstausend Kilometer weit zu versenden. Die P26 beschaffte im Jahr 1987 nachweislich Systeme für rund fünfzehn Millionen Schweizer Franken. Allerdings wurden die Grundlagen für die Kooperation der Schweizer mit der NATO wohl schon in den Fünfzigerjahren gelegt, als der britische Feldmarschall Montgomery, damals stellvertretender Oberkommandierender der NATO-Streitkräfte in Europa, im Jahr 1952 für ein langes Gespräch mit dem Schweizer Generalstabschef Montmollin zusammentraf. Nach diesem Treffen schrieb Montgomery dem britischen Aussenminister, dass es ihm gelungen sei, die Schweiz im Verteidigungsfall zur Kooperation mit der NATO und damit zur Aufgabe ihrer Pläne für eine Rundumverteidigung zu bewegen.

Aufgrund der Enthüllungen in Italien und anderen Ländern stellte sich nach der Entdeckung der Schweizer Stay-Behind auch die Frage, ob diese Organisation ebenfalls in Sabotageaktionen und Anschläge im Inland verwickelt gewesen war. Die Geschichte der Schweiz während des Kalten

Krieges ist jedoch durch eine hohe soziale Stabilität gekennzeichnet, und im Gegensatz zum grenznahen Ausland gab es in der Alpenrepublik auch keinerlei ungeklärte Terroranschläge gegen Menschen. Allerdings erfolgten in den Siebziger- und Achtzigerjahren verschiedentlich Sabotageaktionen in der Gegend um das aargauische Kaiseraugst, damals geplanter Standort eines neuen Kernkraftwerks. Dieses Projekt war höchst umstritten und scheiterte letztlich am erbitterten Widerstand der Bevölkerung sowie den Bemühungen militanter Umweltschützer, welche 1975 in einer spektakulären Aktion das Baugelände elf Wochen lang besetzt hielten. In den zehn Jahren zwischen 1974 und 1984 wurden durch eine unbekannte Täterschaft rund dreissig Anschläge auf Strommasten ausgeführt und prominente Mitglieder der Anti-Atom-Bewegung bedroht. Die Polizei stellte lediglich fest, dass die Täter äusserst professionell vorgegangen waren, konnte diese aber nie finden. Die Ermittlungen wurden schliesslich ergebnislos eingestellt. Am 13. März 1991 stellte die sozialdemokratische Ständerätin Esther Bührer im Parlament die Frage, ob die P26 in diese Sabotageaktionen verwickelt gewesen sei. Verteidigungsminister Kaspar Villiger wies dies vehement zurück. Sogar die linke *Wochenzeitung* fand, dass eine Beteiligung der Geheimkrieger wenig wahrscheinlich sei, da sich angeblich gewalttätige Atomgegner zu einigen der Anschläge bekannt hätten.

Kopfschüttelnd legte ich den Artikel weg. Der Vollständigkeit halber nahm ich noch diejenigen über Griechenland, Portugal und die Türkei zur Hand und überflog sie. Im Westen und Osten nichts Neues. Sowohl die türkische Geheimarmee *Konterguerilla* wie auch die griechische LOK und die portugiesische *Aginter Press* hatten gefoltert und gemordet und einen geheimen Kleinkrieg gegen die Opposition geführt, was das Zeug hielt. Die *Konterguerilla* und die LOK waren auch in allerlei Staatsstreiche verwickelt gewesen. Ungefähr so etwas hatte ich erwartet.

Ich schüttelte nochmals den Kopf und versuchte, das Gelesene mit meinen bisherigen Erkenntnissen im Hasanović-Fall in Einklang zu bringen. Wo waren die Überschneidungen? Was war relevant? Was wusste ich eigentlich?

Also, erstens: Rappolder und seine Spinner betrachteten sich als Widerstandskämpfer gegen die Feinde der weissen Rasse.

Zweitens: In den Stay-Behind-Organisationen mehrerer Länder hatten Rechtsextreme eine prominente Rolle gespielt, insbesondere in der italienischen *Gladio*.

Drittens: Die Sowjetunion existierte nicht mehr, und mit ihr war auch die Bedrohung durch den Kommunismus verschwunden.

Viertens: Nach dem Zusammenbruch der Sowjetunion und den Skandalen der Neunzigerjahre waren die Stay-Behind-Strukturen offiziell überall aufgelöst worden, mit Ausnahme der Türkei vielleicht.

Was also bedeutete das Ganze? Auch wenn Rappolder im Stil der italienischen *Ordine Nuovo* gegen die Linke kämpfen wollte, so gab es im Gegensatz zum Kalten Krieg keine Stay-Behind-Strukturen mehr, die dafür missbraucht werden konnten. Was also erklärte sein Interesse an *Gladio*? War ich überhaupt auf der richtigen Spur? Hatte ich irgendetwas falsch verstanden?

Oder waren es doch die Albaner? Und falls ja, wie kam ich ihnen auf die Schliche? Hatte ich etwas übersehen?

Nachdenklich betrachtete ich meine Zehen. Die runzlige Haut daran erinnerte mich an die Textur getrockneter Feigen. Ich stieg aus der Wanne und legte mich zur Abwechslung für eine Weile vor den Fernseher.

Kurz nach dem Mittagessen holte ich dann endlich Niamh ab. Nachdem sie ihren Schock über meine verbeulte Erscheinung überwunden hatte, verbrachten wir einen wirklich schönen Nachmittag zusammen. Gegen Abend lieferte ich sie schliesslich wieder bei ihrer Mutter ab. Deren Betroffenheit über meine Blessuren war deutlich kleiner.

KAPITEL 20

Im kalten Nieselregen des ersten Novembersonntags sah das Gebäude an der Greifenseestrasse deutlich weniger einladend aus als fünf Tage zuvor bei strahlender Oktobersonne.

Es war halb zehn Uhr morgens. Ich hatte den Zeitpunkt bewusst gewählt. Eigentlich sollte Sarah Rappolder um diese Zeit noch zu Hause sein, sofern sie keine Kirchgängerin war. Und wer war das heutzutage noch?

Die Jalousien ihrer Fenster waren noch geschlossen. Also wartete ich. Eine halbe Stunde lang geschah absolut nichts und ich wollte gerade bei ihr anrufen, um sie nötigenfalls zu wecken, als sich der Rollladen des mittleren Fensters ihrer Wohnung plötzlich bewegte. Mit Hilfe meines Fernglases konnte ich trotz gezogener Vorhänge sehen, wie sie energisch am Drehmechanismus herumkurbelte. Sie war unschwer an der markanten Brille und den verwuschelten roten Haaren zu erkennen. Ausserdem war sie nackt, und ihre festen Brüste bewegten sich im Rhythmus ihrer Bewegungen.

Halb überrascht, halb erschrocken setzte ich das Fernglas ab und trank kopfschüttelnd einen Schluck Kaffee aus der mitgebrachten Thermosflasche.

Zwanzig Minuten später beschloss ich, dass ich ihr genug Zeit eingeräumt hatte. Ich stieg aus dem Wagen und ging zur Haustür, wo ich statt ihrem Klingelknopf denjenigen der Studenten-WG im dritten Stock drückte. Im Gegensatz zu den Gyurcsánys und vielleicht auch zu Sarah Rappolder waren die hoffentlich zu faul, zuerst nachzuschauen, wer da war. Eine halbe Minute lang passierte nichts und ich wollte gerade erneut klingeln, als ich doch noch das unmissverständliche elektrische Summen des Türschlosses hörte. Rasch schlüpfte ich hinein.

Sarah Rappolder wohnte im zweiten Stock. Ich klingelte. Nichts passierte. Ich klopfte. Immer noch nichts, obwohl ich ein Geräusch aus dem Inneren der Wohnung hörte. Schliesslich polterte ich einige Male energisch gegen die Tür, bis sich drinnen jemand an der Sicherheitskette zu schaffen machte. Dann wurde sie einen Spalt breit geöffnet und eine immer noch etwas verschlafen wirkende, jedoch mittlerweile angezogene Sarah Rappolder spähte hinaus.

«Ja?»

«Mein Name ist van Gogh, Frau Rappolder…»

Sie unterbrach mich misstrauisch: «Woher kennen Sie meinen Namen?»

Ich zeigte stumm auf ihre Türklingel. Das besänftigte sie soweit, dass sie mir nicht gleich die Tür vor der Nase zuschlug.

«Ach so. Und was wollen Sie von mir?»

«Es geht um Ihren Bruder.»

«Karl-Johann ist nicht hier.»

«Das habe ich mir schon gedacht. Ich möchte aber auch nicht mit ihm, sondern mit Ihnen reden. Mit Kalle habe ich mich schon unterhalten.»

«Sehen Sie deshalb so aus?» Sie starrte mein blaues Auge an.

Ich lächelte entwaffnend und fragte: «Können wir das nicht drinnen besprechen, Frau Rappolder? Es muss ja nicht gleich das ganze Haus mithören.»

Ihre Miene wurde noch abweisender, wenn das überhaupt möglich war. «Nicht, solange ich nicht weiss, was Sie hier wollen.»

Wenn mein Lächeln keinen Erfolg brachte, so mussten die richtigen Worte den Job übernehmen. «Wie gesagt, es geht um ihren Bruder, Frau Rappolder. Und um Mujo Hasanović.»

Der Name traf sie unvorbereitet, wie ein Schlag in die Magengrube. Sie zog scharf den Atem ein und wurde ganz bleich. Eine ganze Weile lang starrte sie mich wie vom Donner gerührt mit versteinerter Miene und offenem Mund an.

Ich schwieg und wartete.

Irgendwann erwachte sie aus ihrer Erstarrung, aber nur, um mir ohne ein weiteres Wort die Tür vor der Nase zuzuknallen.

Was nun? Ich rührte mich nicht vom Fleck, und tatsächlich dauerte es nicht lange, bis sie die Tür wieder aufriss. Mit einer ungeduldigen Handbewegung bedeutete sie mir, ich solle hereinkommen.

An den Wänden des Flurs hingen Nachdrucke von Dalís ‹Der grosse Masturbator› und ‹Die brennende Giraffe› sowie eines weiteren Werks, das ich nicht erkannte. Sie führte mich direkt in die Küche. Dort hing

‹Die Beständigkeit der Erinnerung›, wohl Dalís bekanntestes Gemälde. Fiona versuchte krampfhaft, einen kultivierten Menschen aus mir zu machen. Bisher zwar mit mässigem Erfolg, aber ein paar Dinge waren wohl doch hängen geblieben.

Diese offensichtliche Vorliebe für Dalís düstere Werke schien mir nicht recht zu dieser als lebensfroh und charmant beschriebenen jungen Frau zu passen, und so fragte ich überrascht: «Sie mögen Dalí?»

Sie blickte mich erstaunt an und meinte dann ein wenig trotzig: «Ich mag alle Surrealisten. Arp, Breton, Ernst, Míro, Dalí, Wunderlich und die ganzen anderen, jeder spricht auf seine Weise zu mir. Auch Buñuels Filme mag ich.»

«Sie wissen aber, dass Salvador Dalí aus der Surrealistengruppe um André Breton ausgeschlossen wurde? So um 1940, glaube ich.»

«1939», korrigierte sie mich, «beziehungsweise das erste Mal schon 1934. Definitiv dann 1939.» Dann fragte sie abrupt: «Sagen Sie, wollen Sie auch eine Tasse Kaffee?»

Wollte ich das jemals nicht? «Ja, Kaffee wäre super, danke.»

Während sie an der teuer wirkenden Kaffeemaschine herumhantierte, fragte ich: «Dieses dritte Bild im Flur, das mit der steinernen Frau unten rechts… ist das auch ein Dalí?»

«Max Ernst», belehrte sie mich über die Schulter, während sie Milch schäumte. «Es heisst ‹Das Auge der Stille›. Entstanden 1943/44 im Exil in den USA. Die Nazis hatten seine Bilder zuvor als entartet eingestuft.»

Sie reichte mir eine Tasse lecker aussehenden Cappuccino und kam dann unvermittelt auf unser vorheriges Thema zurück: «Wieso fragen Sie? Mögen Sie Dalí?»

Ich überlegte kurz. Mochte ich Dalí? «Eigentlich nicht», antwortete ich schliesslich ehrlich, «seine Technik fasziniert mich, aber seine Bilder sind mir irgendwie zu düster und abgehoben.»

Sie schüttelte ihren Wuschelkopf: «Ich liebe Dalí.» Dann wechselte sie erneut jäh das Thema. «Sie Sie Polizist?»

«Ich war's.»

«Aha. Und wieso haben Sie aufgehört?»

«Verschiedene Gründe. Hauptsächlich, weil ich musste.»

«Und jetzt?»

«Bin ich Privatermittler.»

Sie schien abzuwägen, ob das stimmen konnte, und starrte dabei schweigend auf ihre Tasse.

Ich wartete.

Schliesslich blickte sie wieder auf. Ihre Augen hatten nun einen feuchten Glanz, als sie mit gepresster Stimme fragte: «Und wieso fragen Sie nach Mujo?»

«Sie kannten ihn.»

Sie nickte trotzig. «Ja, ich kenne ihn. Das ist nicht verboten, oder?»

Wieder sprach jemand in der Gegenwartsform von Hasanović. Im Gegensatz zur Eisprinzessin konnte ich bei Sarah Rappolder nicht mangelnde Sprachkenntnisse dafür verantwortlich machen, und so wusste ich nicht recht, was ich davon halten sollte. Daher reagierte ich schroffer, als ich es eigentlich wollte, und sagte barsch: «Und Sie hatten eine Affäre mit ihm.»

Sie zuckte zusammen. Dann fragte sie wütend: «Was fällt Ihnen ein?»

Ich hatte sie absichtlich provoziert, und ihr Zorn kam plötzlich, jedoch nicht unerwartet, wenn ich an die Begegnung mit ihrem Bruder dache. Der Jähzorn schien in ihren Genen zu liegen. Sie sprang auf, und die Farbe ihres Gesichts näherte sich rapide der Farbe ihrer Haare an, als sie empört hervorstiess: «Verschwinden Sie sofort aus meiner Wohnung! Oder ich hole die Polizei!»

Ich blieb ruhig. «Schauen Sie, Frau Rappolder, ich weiss, dass Mujo Hasanović öfters bei Ihnen war, und zwar vor allem abends und nachts. Sie müssen zugeben, dass das sehr nach einer Affäre klingt.»

Sie starrte mich zornig an und erwiderte: «Na wenn schon! Ich habe Mujo seit Juli nicht mehr gesehen.» Dann liess sie sich schwerfällig auf ihren Stuhl plumpsen und flüsterte wie zu sich selbst: «Seit Juli!» Ein paar Sekunden sass sie so da, bevor sie unvermittelt leise hinzufügte: «Ich hoffe so sehr, dass er sich bald mal wieder bei mir meldet.»

Nun war es an mir, zu starren. Hatte ich richtig gehört?

Ein paar Sekunden sassen wir so da, dann fragte sie leise: «Wieso starren Sie mich so an?»

«Frau Rappolder», antwortete ich sanft, «Mujo Hasanović ist tot.»

Ungläubig erwiderte sie zögerlich: «Was? Aber nein, wo denken Sie hin, ich…»

«Lesen Sie das», unterbrach ich sie abrupt und wiederum barscher, als ich eigentlich beabsichtigt hatte, und legte die Kopie einer Seite des Polizeiberichts vor sie hin, den mir Zada besorgt hatte. Dass der Tote von seiner Ehefrau identifiziert worden war, hatte ich mit gelbem Leuchtstift angestrichen.

Widerwillig senkte sie den Blick auf das Blatt Papier.

«Lesen Sie den hervorgehobenen Absatz», wies ich sie an.

Nach ein paar Sekunden schaute sie auf und stiess starrköpfig hervor: «Na und? Sie kommen hier rein mit diesem gefälschten Wisch und…»

Ich unterbrach sie und sagte halblaut, aber bestimmt: «Mujo ist tot, Frau Rappolder! Er ist ermordet worden. Ich weiss, dass es schwer für Sie sein muss, aber es ist so. Ich bin auf der Suche nach dem Grund und nach den Tätern. Helfen Sie mir also!»

Ich konnte sehen, wie sie mit ihren Emotionen rang. Zunächst geriet sie erneut in Rage und beschimpfte mich eine Zeit lang heftig. Ich blieb ruhig. Dann fiel sie mehr und mehr in sich zusammen wie ein Aufblaspuppe, der langsam die Luft ausgeht, und schiesslich sass sie wie ein Häuflein Elend auf ihrem Stuhl. Schliesslich begannen ihre Schultern zu zucken und ich hörte sie leise schluchzen.

Offensichtlich hatte sie wirklich nichts von Mujo Hasanovićs Tod gewusst. Entweder das, oder ihre Leistung war mehr als oscarreif. Obwohl sie mir offensichtlich glaubte, fühlte ich keine Erleichterung. Weinende Frauen überforderten mich, und das war jetzt schon die zweite allein in dieser Woche. Ich wusste nicht, was ich tun oder sagen sollte, um sie zu trösten. Also wartete ich. Wenigstens *das* konnte ich gut.

Schliesslich beruhigte sie sich wieder einigermassen. Mit nassen Augen und tränenerstickter Stimme fragte sie tonlos: «Es stimmt also?»

«Ja», erwiderte ich sanft, «es tut mir wirklich sehr leid, aber es stimmt leider.»

«Mujo ist wirklich tot? Nicht nur tot, sondern sogar *ermordet* worden?»

Ich nickte und wiederholte wenig originell: «Es tut mir leid.»

Sie senkte den Blick erneut und sass sicher eine Minute lang einfach so da. Als sie schliesslich wieder aufschaute, war die plötzliche Wandlung erstaunlich, fast erschreckend. Ihre Miene war finster und um ihren Mund spielte ein harter Zug, als sie fragte: «Wie ist das passiert?» Und dann, nach ein paar Sekunden: «Hat mein Bruder etwas damit zu tun?»

«Ich weiss es nicht», antwortete ich wahrheitsgetreu und fragte dann: «Würden Sie ihm denn einen Mord zutrauen? Er ist immerhin Ihr Bruder.»

Sie verwarf etwas ratlos die Hände. «Ich weiss es nicht. Aber wenn ich so zurück denke… Wissen Sie, als Kinder standen wir uns sehr nahe. Ich habe zu ihm aufgeschaut und er hat immer sehr für mich gesorgt. Mein grosser Bruder.»

Sie legte den Kopf ein wenig zur Seite, als sie nachdachte. «Ich erinnere mich noch genau an diese eine Begebenheit. Ich glaube, da war in ich der fünften Klasse. Meine damalige Lehrerin hatte aus unerfindlichen Gründen etwas gegen mich und hackte dauernd auf mir herum.»

«Wissen Sie noch, wie sie hiess?»

«Nein… oder warten Sie… nein, tut mir leid.» Plötzlich schnippte sie mit den Fingern und stiess hervor: «Oder doch! *Roulet!* Genau! Sie hiess Roulet!»

Ich notierte mir den Namen und fragte: «Und wo sind Sie damals zur Schule gegangen?»

«In Frenkendorf.»

«Nicht Liestal?»

«Nein, da sind wir erst ein paar Jahre später hingezogen. Aber sagen Sie mal, woher wissen Sie das?»

«Nur so.» Ich notierte auch diese Information und forderte sie dann sachte auf: «Aber erzählen Sie doch bitte weiter.»

«Also, das war wirklich eine schlimme Zeit für mich. Es kam soweit, dass ich mich weigerte, zur Schule zu gehen. Mein Vater setzte sich nicht für mich ein. Er meinte nur, ich solle nicht so ein Drama machen und einfach damit umgehen lernen. Das werde schliesslich nicht das letzte Mal im Leben sein, dass mich jemand nicht leiden könne. Und meine Mutter machte halt immer, was mein Vater wollte. Von ihr kam also auch keine Hilfe. Ich war richtig verzweifelt. Eines Tages hat sich Kalle dann darum gekümmert. Ich weiss noch genau, wir waren in meinem Zimmer und ich weinte wieder einmal. Er schaute mich mit einem seltsamen Gesichtsausdruck an und sagte ‹so, das hört jetzt auf› oder sowas ähnliches. Gleich vom nächsten Tag an ignorierte mich die alte Schachtel komplett. Das war zwar auch nicht wirklich toll, aber trotzdem viel besser als vorher.»

«Und wie ging das dann weiter?»

«Na ja, als Karl-Johann in die Mittelschule kam, begann er sich zu verändern. Er verbrachte immer weniger Zeit zu Hause und erzählte mir gar nicht mehr, was er so machte. Und ausserdem wurde er rasend eifersüchtig. Auch sein ganzer Freundeskreis änderte sich. Eines Tages rasierte er sich dann den Kopf und begann, diese bescheuerte Skinhead-Kluft zu tragen. Zu der Zeit wusste ich noch nicht, was das bedeutete. Meine beste Freundin damals war eine Türkin namens Aysel, und in den nächsten Jahren hatten mein Bruder und ich oft Streit, weil er begann, sie schlecht zu machen. Er nannte sie nur *die Kanakin.* Und er machte mir Vorwürfe, weil ich mit ihr befreundet war.» Sie starrte an meinem Gesicht vorbei ins Leere und erklärte: «Wissen Sie, so nennen...»

«Ich weiss», unterbrach ich sie.

«Gut», fuhr sie fort und schaute mir in die Augen, «dann können Sie sich sicher auch vorstellen, welches Theater er veranstaltete, als ich mit siebzehn einmal mit Aysels Bruder Kerem ausging. Da flogen wirklich die Fetzen. Er hat es mir kategorisch verboten. Ich habe gesagt, er könne mir gar nichts verbieten und... na ja, den Rest können Sie sich ja sicher ausmalen.»

Ich nickte.

«Eben», fuhr sie fort, «danach ging ich eine Zeit lang aus Trotz fast nur mit Türken und Albanern aus. Mit achtzehn kamen Kerem und ich dann wieder zusammen. Es war mir richtig ernst mit ihm.» Sie rutschte etwas verlegen auf ihrem Stuhl herum. «Wissen Sie, ich war damals noch Jungfrau. Ja, ich weiss, für heutige Verhältnisse war ich eine Spätzünderin. Aber ich wollte, dass mein erstes Mal etwas Besonderes war. Und bei Kerem hatte ich dieses Gefühl. Ich wartete nur darauf, dass er mich fragte. Was er dann nach etwa fünf Monaten auch tat. Er war zwei Jahre älter als ich. Ich wollte nur noch auf den richtigen Moment warten. Dann machte ich leider den Fehler, dies einer Freundin anzuvertrauen. Sie himmelte Karl-Johann an und dachte wohl, sie könne bei ihm landen, wenn sie es ihm weiter erzähle. Mein Bruder war damals gerade aus der Armee ausgeschlossen worden und hatte eine Stinkwut im Bauch. Er und mehrere seiner Schlägerkumpane lauerten dann Kerem und Aysel eines Nachts auf, als sie aus dem Kino zurück kamen. Aysel haben sie die Haare abgeschnitten und Kerem spitalreif geprügelt. Er hatte mehrere Knochenbrüche und innere Blutungen. Danach wollten beide nichts mehr mit mir zu tun haben. Statt mich zu trösten oder sich zu entschuldigen hat Karl-Johann mir vorgehalten, nur sein Eingreifen habe mich davor bewahrt, ‹Blutschande› zu begehen. Was immer das sein soll. Und ich müsse ihm noch dankbar sein dafür!» Die Erinnerung hatte sie wieder in Rage gebracht.

«Okay», fragte ich in besänftigendem Ton, «darf ich Sie dazu etwas fragen?»

Sie nickte.

«War das der Grund, weshalb ihr Bruder mit einundzwanzig wegen Körperverletzung im Knast sass?»

Sie nickte erneut, sagte aber nichts.

Ich blätterte in meinem Notizblock zurück bis zur Seite, in der ich Neumanns Informationen über Kalle Rappolder zusammengefasst hatte, und ergänzte diese.

Sarah Rappolder lächelte zaghaft. «Fragen Sie sich nicht, weshalb Karl-Johann dann trotzdem öfters hier bei mir ist?»

Diesmal war ich es, der nickte.

Sie räusperte sich. «Ich vermisse den Karl-Johann aus meiner Kindheit, wissen Sie. Nach dem Vorfall mit Aysel und Kerem wollte ich ihn jahrelang nicht mehr sehen. Dann zog er für sein Studium nach Zürich, und weitere drei Jahre später kam ich ebenfalls hierher. Eines Tages rief er mich schliesslich aus heiterem Himmel an und fragte, ob er mich besuchen dürfe. Ich meine, er fragte! In den Jahren davor hatte er mir immer nur gesagt, was ich zu tun hatte. Ich dachte, er habe sich vielleicht geändert. Er sei daraus herausgewachsen. Ich meine, als wir uns wiedersahen, trug er einen Anzug statt Springerstiefel und Bomberjacke. Er sah richtig elegant aus! Eine Zeit lang trafen wir uns dann recht oft, und es war ein wenig wieder wie als Kinder. Ich habe dann schon bald gemerkt, dass er sich nicht wirklich geändert hat, aber ich verdränge diesen Teil halt einfach, so gut es geht. Ich meine, ich verabscheue seine politischen Ansichten, aber wir vermeiden das Thema, wenn wir uns sehen. Er ist mein Bruder. Mein einziger.» Ihre Augen blitzten mich herausfordernd und, wie mir schien, auch etwas trotzig an.

Etwas nagte an mir. Ich blätterte nochmals in meinem Notizblock. «Eine Frage noch: Wissen sie, wo er die Rekrutenschule gemacht hat? Bei welcher Truppengattung?»

«Nein, keine Ahnung. Wissen sie, ich bin gegen die Armee.»

«Wohin musste er denn jeweils?»

«Irgendwo im Tessin, glaube ich. Losone oder Isone oder so.»

Das war nun doch ein ziemlicher Unterschied, was die Ausbildung anbelangte. Deshalb hakte ich nach: «*Lo*sone oder *I*sone?»

Sie überlegte kurz. Dann sagte sie bestimmt: «Isone!»

«Sind sie sicher?»

«Ja, ich erinnere mich. Mein Vater war so stolz darauf.»

Das bedeutete, Rappolder war nicht bei der beschaulichen Sanität, sondern bei den Grenadieren ausgebildet worden, einer Elite-Einheit der Schweizer Armee.

«Hat er die RS abgeschlossen?»

«Ja, er wollte auch unbedingt weitermachen.»

«Und hat er?»

«Ja, er war in der… was kommt als nächstes?»

«Im damaligen System die Unteroffiziersschule.»

«Ja, die Unteroffiziersschule. Die hat er gemacht.»

«Macht er immer noch Dienst?»

«Nein. Er wurde zwar befördert, aber dann beim… na, wie nennt man das danach…?»

«Abverdienen?» Damals mussten in der Schweizer Armee die meisten Unteroffiziers- und Offiziersgrade abverdient werden. Das bedeutete, dass die Person nach der Ausbildung zu einer bestimmten Funktion eine Rekrutenschule lang in dieser Funktion Dienst tat. Und zwar auf jeder Stufe. Das heisst, ein Offizier musste immer zuerst auch als Unteroffizier gedient haben. Ich hatte von Steiner gehört, dass dieses bewährte System vor ein paar Jahren geändert worden war, seiner Ansicht nach klar zum Nachteil der Qualität der ausgebildeten Kader.

«Ja, genau, abverdienen!» Sarah Rappolder nickte lebhaft und fuhr dann fort: «Also, als er *abverdiente*, ist irgendwas vorgefallen. Ich weiss nicht genau was, aber auf jeden Fall wurde er nach Hause geschickt. Und seitdem leistet er keinen Militärdienst mehr.»

Auch das notierte ich mir. Dann fragte ich: «Sie beide verstehen sich jetzt also wieder?»

«Mehr oder weniger.»

«Eher mehr oder eher weniger?»

«Es geht mal auf und mal ab. Immer, wenn er anfängt, mir Vorschriften zu machen, geht's bergab. Das kommt aber nicht mehr so oft vor. Und seit Mujo plötzlich verschwand, war Karl-Johann öfters hier und hat mir Gesellschaft geleistet. Das habe ich sehr geschätzt. Im Moment verstehen wir uns also recht gut.»

Sie blickte mich mit einem seltsamen Ausdruck an. «Wissen Sie, ich dachte, Mujos Frau sei dahintergekommen und er hätte deshalb jeden Kontakt zu mir abgebrochen.»

«Hätte Sie das gestört, wenn seine Frau Bescheid gewusst hätte?»

«Natürlich! Ich hätte mir ja nie vorstellen können, einmal *die andere Frau* zu sein. Aber mit Mujo… na ja…» Sie stockte. «Ich meine, ich… ich habe ihn geliebt… das ist alles so falsch. Wir hatten Pläne…» Ihre Stimme brach. Einen Moment lang befürchtete ich, sie würde erneut in Tränen ausbrechen, aber sie fing sich wieder und meinte: «Wissen Sie, natürlich hat es mich gestört, dass er verheiratet war… Aber er wollte sich von seiner Frau trennen, damit wir zusammen sein konnten. Sobald es ihr besser ging.»

Es war nicht meine Aufgabe, sie darauf hinzuweisen, dass wohl jeder ehebrechende Mann seiner Geliebten so etwas auftischte. Wieso sollte sich sonst eine junge, attraktive Frau überhaupt auf sowas einlassen? Aber stattdessen fragte ich: «Wie meinen Sie das? War sie denn krank?»

«Sie hatte wohl psychologische Probleme. Mujo sagte, sie sei vom Krieg traumatisiert. Beide haben den Bosnienkrieg miterlebt, wissen sie.»

Ich nickte und antwortete: «Ja, ich weiss. Mujo war nicht traumatisiert?»

«Er war sehr melancholisch und konnte Tunnel nicht ertragen. Zumindest hat er mir das erzählt. Wir waren ja fast immer nur hier bei mir. Sonst ist mir nichts aufgefallen.»

Es war mir immer noch ein Rätsel, wie die zwei überhaupt zusammengefunden hatten. Also fragte ich: «Wie haben sie ihn denn überhaupt kennengelernt?»

«Ich bin in einer Aktionsgruppe an der Uni, welche die interkulturelle Verständigung fördern will. Vor etwa einem Jahr haben wir eine Veranstaltung zum Thema *Islam und der Westen* organisiert. Dort habe ich ihn getroffen. Ich weiss gar nicht genau, wieso er eigentlich überhaupt da war. Na ja, wir sind dann ins Gespräch gekommen. Seine Geschichte hat mich fasziniert. Dann haben wir uns mal zum Kaffee getroffen, und eins hat dann das andere ergeben. Auf die altmodische

Art eigentlich. Ich hätte zu dem Zeitpunkt sicher nicht gedacht, dass ich mich in ihn verlieben würde.»

«Hatten Sie eine sexuelle Beziehung?» Kaum hatte ich die Frage gestellt, kam mir der Anblick der nackten Sarah Rappolder in den Sinn. Während ich so gut wie möglich versuchte, das Bild ihrer schwingenden Brüste zu verdrängen, ergänzte ich: «Sie müssen nicht antworten, wenn...»

«Ja», unterbrach sie mich, «das hatten wir. Sogar eine sehr intensive.» Sie errötete leicht.

«Und wusste Ihr Bruder davon?»

Wieder hatte sie diesen undefinierbaren Ausdruck in den Augen, als sie zögerlich antwortete: «Ich denke nicht, nein.»

Ich fühlte, dass sie log. Aber weshalb? «Sind Sie sicher?»

«Na ja, wir haben auf jeden Fall nie darüber gesprochen.»

Sie schaute rechts an mir vorbei und rutschte unruhig auf ihrem Stuhl hin und her.

«Und können Sie sich denn vorstellen, dass ihr Bruder Mujo aus irgendeinem Grund umbringen wollte?»

«Ich weiss es nicht. Ich glaube nicht. Aber wer weiss das schon? Karl-Johann ist sicher ein gewalttätiger Mensch, auch wenn er zu mir meistens nett ist.»

«Sagten Sie nicht, Ihr Bruder kenne Mujo gar nicht?»

«Eben darum sagte ich ja, dass ich es nicht glaube.»

«Aber er könnte jemanden umbringen?»

«Das weiss ich nicht.»

«Nehmen wir mal an, er hätte irgendwie Wind von der Sache mit ihnen zwei gekriegt...»

Sie schlug die Hände vor das Gesicht und stöhnte: «Oh mein Gott!»

«...wie hätte er dann reagiert? Vielleicht gleich wie bei ihrem türkischen Freund? Nur, dass er diesmal zu weit ging?»

Sie schüttelte den Kopf, sagte aber: «Ich weiss es nicht. Möglich.»

«Und dass er Sie nicht darauf angesprochen hätte? Blutschande und all dieser Blödsinn?»

Sie schüttelte wieder den Kopf. «Keine Ahnung. Ich meine, in letzter Zeit hat er kaum noch solches Zeugs zu mir gesagt. Weil er wusste, wie ich darauf reagiere, nehme ich an. Ich weiss wirklich nicht, ob...»

Sie stockte. Dann stellte sie plötzlich die Frage, auf die ich schon die ganze Zeit gewartet hatte: «Wie ist er eigentlich ermordet worden?»

Ich wich der Frage aus. «Er wurde im See gefunden»

«Musste er lange leiden?»

Vor meinem geistigen Auge erschien ein Bild von Mujos fürchterlich zugerichteter Leiche mit dem grotesk zugenähten Mund. «Nein», log ich, «ich glaube nicht.»

Sarah Rappolder war den Tränen wieder sehr nahe, als sie fragte: «Und wann ist es passiert?»

«Wir gehen davon aus, dass er irgendwann zwischen dem zehnten und zwölften Juli starb. Ziemlich sicher am elften.»

Sie stutzte. «Warten Sie kurz.»

Sie stand auf und ging aus dem Zimmer. Ich wartete. Einige Minuten vergingen, bevor sie wiederkam und verkündete. «Wir hatten am zwölften Juli eine grosse Familienfeier. Karl-Johann war nicht dabei, weil er zu der Zeit in Untersuchungshaft sass. Daran kann ich mich genau erinnern. Mein Vater war unglaublich wütend! Er nannte ihn die Familienschande. Und dass er von ihm keinen Rappen mehr erhalte. Und dass er ihn aus dem Testament streichen würde. Karl-Johann war mehrere Tage im Gefängnis, glaube ich.»

Ich nickte. «Ja, vom zehnten bis fünfzehnten Juli.»

Sie musterte mich erstaunt. «Sie wissen davon?»

«Ja, ich habe das von der Polizei überprüfen lassen.»

«Und», fragte sie mit wachsender Empörung, «wieso stellen Sie mir dann all diese Fragen über meinen Bruder und wozu er fähig sein könnte?»

«Er könnte es in Auftrag gegeben haben.»

«Nicht Karl-Johann», antwortete sie bestimmt, «er erledigt seine Sachen immer selbst. Ich kenne ihn!»

Wir sprachen noch eine Weile über dies und das, aber es kamen dabei keine wesentlichen neuen Erkenntnisse mehr heraus. Schliesslich stand ich auf, dankte ihr für ihre Zeit und verabschiedete mich. Beim Hinausgehen fragte ich aus alter Gewohnheit: «Gibt es noch irgendetwas, das Sie mir über Mujo oder ihren Bruder sagen können? Etwas, das mir weiterhelfen könnte? Egal was.»

Sie dachte einige Sekunden lang nach. Dann nickte sie wortlos und verschwand in einem der Zimmer. Gleich darauf kam sie mit einem kleinen, zerfledderten Büchlein zurück, das sie mir wortlos überreichte.

Ich schlug es auf und blätterte darin. Die ersten zwei Drittel der vielleicht etwa hundert Seiten enthielten Einträge in einer präzisen, verschnörkelten Handschrift. Mal standen nur ein paar Worte auf einer Seite, dann wieder war eine Seite plötzlich komplett vollgeschrieben, mit vielen Randnotizen und Anmerkungen. Ich verstand kein Wort davon und schaute Sarah fragend an.

Sie meinte: «Das ist Mujos Tagebuch. Denke ich. Ich kann es ja nicht lesen, aber ich glaube, dass es das ist.»

«Wie kommen Sie dazu?»

«Er hat es einmal bei mir liegen lassen.»

«Und wieso haben Sie es ihm nicht zurück gegeben?»

Sie zuckte mit den Achseln und meinte verschämt: «Mujo ist... *war* ein sehr verschlossener Mensch. Er dachte, er hätte es im Tram vergessen, und so sagte ich nichts... weil ich... weil...»

Sie verwarf hilflos die Arme und sprach nicht weiter.

«Weil Sie damit etwas Persönliches von ihm hatten, nicht wahr?», fragte ich sanft. «Etwas, das Sie an ihn erinnerte und das Sie anfassen konnten, wenn er nicht hier war?»

«Ja», sagte sie leise, «genau.»

«Darf ich es trotzdem mitnehmen? Ich muss es untersuchen lassen. Wer weiss, vielleicht finden wir einen Hinweis darin, der uns weiterhilft. Ich verspreche, dass Sie es wiederkriegen.»

«Denken Sie, es hilft ihnen, seinen Mörder zu finden?»

«Ich weiss es nicht. Aber ich habe sonst nichts.»

«Also gut», lenkte sie ein. «Aber bitte sagen Sie seiner Frau nicht, dass Sie es von mir haben. Und lassen Sie es sich nicht wegnehmen. Es ist das einzige, was mir von ihm bleibt.»

«Versprochen. Und danke!»

Sie nickte verloren und schloss wortlos die Tür hinter mir.

Auf dem Weg nach Hause schaltete ich das Radio ein. Auf DRS3 lief eine neue Folge von Roger Grafs *Philip Maloney*. Die Aufklärungsrate des übellaunigen Zürcher Hörspiel-Privatdetektivs lag um ein Vielfaches höher als meine. Auch ihn hätte ich gerne um Rat gefragt, wenn er nur nicht fiktiv gewesen wäre.

Zum wiederholten Mal schüttelte ich den Kopf darüber, wie sich mein Fall entwickelte. Je mehr ich mit den involvierten Personen sprach und je mehr sie mir erzählten, desto weniger schien ich zu wissen. Ein erstaunliches Phänomen.

KAPITEL 21

Ivica und ich sassen auf Klappstühlen im kleinen Hinterzimmerbüro des SZA und tranken montenegrinisches Nikšićko-Bier, während auf dem einzigen guten Stuhl im Raum, einem teuren Büromodell mit weichem Polster und schwarzem Lederüberzug, seine Frau Alenka seit einer guten Viertelstunde eingehend Mujos Tagebuch studierte. Ich hatte sie gleich nach meinem Besuch bei Sarah Rappolder angerufen und gefragt, ob sie Bosnisch lesen könne. Sie hatte bejaht, da es sehr eng mit Serbisch und Kroatisch verwandt sei. Gleichzeitig hatte sie mich informiert, dass Ivica heute Nachmittag zurückerwartet wurde. Und, was das Beste war, sie hatte mich zum Mittagessen eingeladen. Am frühen Nachmittag hatten wir Ivica dann vom Flughafen abgeholt und waren alle zusammen zum SZA gefahren, nachdem ich sein herzhaftes Gelächter über meine zerbeulte Erscheinung über mich ergehen lassen hatte.

Ich schaute Ivica über den Rand meiner Bierflasche hinweg an und fragte mich wieder einmal, wie es eigentlich kam, dass meine zwei besten Freunde ein moralinsaurer Vollblutpolizist und ein kriegserfahrenes kroatisches Schlitzohr waren. Wie lange kannte ich Ivi schon? Fast dreissig Jahre. Sein voller Name war Ivica Branko Sanader und er war zwei Jahre älter als ich. Seine kleine Schwester und ich waren zusammen eingeschult worden, und gemeinsam hatten wir unsere erste Lehrerin fast zur Verzweiflung gebracht. Ivi und ich hatten viel Zeit zusammen auf dem Sportplatz verbracht. Nach der Scheidung meiner Eltern waren meine Geschwister und ich mit unserer Mutter für drei Jahre nach Chicago gezogen. Und wer war wohl ein paar Jahre später die allererste Person, die ich nach meiner Rückkehr angetroffen hatte? Natürlich Ivica, der mittlerweile eingebürgert worden war. Danach hatten wir viel Zeit zusammen verbracht, da er mein Interesse an Mädchen und Alkohol teilte. Erst als er nach Abschluss seiner Lehre die Rekrutenschule absolvieren musste, hatten wir uns aus den Augen verloren, und später hatte ich dann von seiner Schwester gehört, dass er im Anschluss daran nach Kroatien zurückgegangen war und da im jugoslawischen Bürgerkrieg gedient hatte. Nach dem Ende dieses unsäglichen Konflikts war er in die Schweiz zurückgekehrt. Und wer war die erste Person gewesen, die ihm über den Weg gelaufen war und mit der er gleich eine ausgedehnte Sauftour machen konnte? Natürlich meine Wenigkeit. Seither waren wir eng befreundet.

Alenkas Stimme riss mich aus meinem nostalgischen Schwelgen. Sie murmelte etwas auf Kroatisch und schob Hasanovićs Tagebuch zu Ivica herüber. Die beiden sprachen sonst fast immer Deutsch miteinander, wenn ich dabei war. Sein Inhalt schien sie also zu beschäftigen. Ivica stellte sein Bier ab, nahm das Büchlein an sich und begann ebenfalls darin zu blättern. Schliesslich gab er es ihr zurück und drehte sich zu mir um.

«Okay», sagte er, «es ist kein Tagebuch.»

«Ist es nicht?», fragte ich enttäuscht.

«Nein.»

«Und was dann?»

Alenka mischte sich ein und sagte: «Schwer zu sagen. Es ist ein wirres Gemisch von Gedichtfetzen, Namen und Adressinformationen sowie kurzen Notizen. ‹Milch kaufen nicht vergessen›, solches Zeugs.»

«Ich kenne keins der Gedichte», meinte Ivica nachdenklich und schaute seine Frau fragend an. Diese schüttelte den Kopf und ergänzte: «Aber manche Passagen kommen in verschiedenen Variationen vor. Am Anfang noch etwas holprig, dann immer geschliffener. Ich würde sagen: selbst geschrieben.»

«Und worum geht es?»

«Verwüstung, Krieg, Tod. Oh, und irgendein Tunnel kommt immer wieder vor. Das Ganze ist ziemlich düster.» Sie musterte mich und fragte: «Woher hast du dieses Ding?»

«Es hängt mit dem Fall zusammen, an dem ich momentan arbeite. Es ist mir sozusagen in die Hände gefallen.»

«Welcher Fall? Der tote Bosnier?»

«Ja, genau.»

«War es seins?»

«Ja.»

«Und von wem hast du's? Von seiner Frau?»

«Nein.»

Alenka liess nicht locker. «Von wem dann?»

«Kann ich nicht sagen.»

«Kannst du nicht oder willst du nicht?»

«Darf ich nicht. Ich hab's der betreffenden Person versprochen.»

Alenka starrte mich ungläubig an und meinte beleidigt: «Aber wir sind deine Freunde!»

Ivica grinste. Alenka bemerkte es und fauchte ihn irritiert an: «Was?»

Er grinste noch breiter, als er antwortete: «Hast du bemerkt, wie clever er die Antwort formuliert hat?» Er äffte meine Stimme nach und wiederholte: «‹Ich hab's der betreffenden *Person* versprochen›...!» Er zwinkerte seiner Frau zu und ergänzte: «Na, lass es. Du weisst, wie er ist. Versprochen ist versprochen.»

Ungeduldig erinnerte ich die beiden daran, weshalb wir eigentlich hier waren. «Gibt es in den Gedichten irgendwelche Hinweise darauf, weshalb oder von wem er ermordet worden sein könnte?»

Ivica schüttelte den Kopf und schaute seine Frau fragend an. So war das immer mit den beiden. Ivica trug die Muskeln zum Teamwork bei, Alenka war die Denkerin. Sie schüttelte ebenfalls den Kopf und antwortete: «Ich kann es mir nicht vorstellen. Die meisten sind keine ganzen Gedichte, nur so ein paar Zeilen. Und es kommen nur Gefühle und Stimmungen vor, keine Orte oder Menschen.»

«Was ist mit dem Tunnel?»

«Nichts weiter. Es geht einfach um einen Tunnel. Ich glaube, das ist symbolisch gemeint.»

«Wie meinst du das?»

«Was weiss ich. Als Symbol eines Übergangs? Als Ort des Schreckens?»

Ich nickte zum Zeichen, dass ich sie verstanden hatte. «So wie das Mordtal.»

«Was?» Alenka starrte mich verständnislos an.

«Adelbert von Chamisso? *Das Mordtal*?»

Sie schüttelte nur den Kopf und seufzte. «Du bist ein schräger Typ.»

Da war sie nicht die einzige, die das fand.

Ich spürte meine Felle davonschwimmen. Das kleine Büchlein war meine letzte Hoffnung gewesen. Wie sollte es nun weitergehen? Na gut, ich konnte natürlich nochmals mit Blerim sprechen und diesmal etwas gröber auftreten, aber das brachte wahrscheinlich auch nicht viel. Wenn er nichts wusste, dann wusste er nichts. Die albanische Minderheit in der Schweiz war verschwiegen, und der in illegale Aktivitäten verwickelte Teil sowieso.

Alenka sah die Enttäuschung auf meinem Gesicht und meinte besänftigend: «Da sind aber noch ein paar Namen. Drei, genau genommen. Vielleicht helfen dir die weiter?»

Sofort schöpfte ich wieder ein wenig Hoffnung. «Zeig mal her.»

Sie legte das aufgeschlagene Büchlein in die Mitte des Tischs und zeigte mit dem Finger auf eine bestimmte Textstelle. Ich musste beinahe lachen. Der Eintrag bestand aus einem Namen und einer Telefonnummer. Da alles im Büchlein in lateinischer, nicht in kyrillischer Schrift geschrieben war, hätte ich ihn auch ohne fremde Hilfe lesen können.

Mareille Bron stand da blau auf weiss, gefolgt von einer Telefonnummer mit nulldreiundvierziger Vorwahl. Eine Nummer im Grossraum Zürich. Ich kopierte den Eintrag in mein eigenes Notizbüchlein. Dann fragte ich Alenka neugierig: «Ist es normal, dass Bosnisch mit lateinischen Buchstaben geschrieben wird? Ich dachte, die Balkansprachen verwenden das kyrillische Alphabet.»

«Es gab im Lauf der Geschichte mehrere Alphabete, die verwendet wurden», erklärte sie, «sowohl lateinische wie auch andere. Im Mittelalter wurde vor allem *Bosančica* verwendet, eine spezielle kyrillische Schrift. Serbokroatisch wurde auch lange mit kyrillischer Schrift geschrieben, aber heute schreiben die Bosnier, Kroaten und sogar viele Serben alles mit lateinischen Buchstaben. Es ist also nicht ungewöhnlich.»

Ich blickte sie vielsagend an und meinte: «Für eine Bauerntochter weisst du erstaunlich viel über nutzlose Dinge.»

«Nicht wahr?», grinste sie zurück. Ivica zog ebenfalls die Mundwinkel hoch. Ungeduldig fragte ich: «Was ist mit den anderen Namen?»

Alenka blätterte weiter bis etwa zur Mitte des kleinen Büchleins, fand die gesuchte Seite und legte den Finger auf eine Stelle mitten in einem Satz. «Hier, da sind noch zwei. Einer ist gleich da...» Sie blätterte um, zeigte auf eine andere Textstelle und fuhr fort: «...und der andere da.»

Ich blätterte nochmals zurück. Den zweiten Eintrag hätte ich vielleicht noch selbst gefunden, da daneben ebenfalls eine Telefonnummer stand, aber beim dritten hätte ich nicht einmal bemerkt, dass es sich um einen Personennamen handelte. Beide Einträge waren jeweils in einen längeren Satz eingebettet. Zur Sicherheit fragte ich Alenka: «Bist du sicher, dass das Namen sind?»

Sie nickte und antwortete entschieden: «Natürlich!» Dann nahm sie mir das Büchlein wieder aus der Hand, blätterte zurück und zeigte mit dem Finger auf den zweiten Namen.

«Hier, dieser Name... *Zlatan Begić*, das ist wahrscheinlich ein Bosnier, es könnte aber auch ein Kroate, Slowene oder Serbe sein. Kann man nicht wirklich sagen.» Sie warf einen Blick auf die Telefonnummer dahinter. «Dreiundvierzigervorwahl... wieder eine Nummer in Zürich.»

«Nein», widersprach ich ihr, «schau mal hier: Siehst du hier das Pluszeichen? Das ist die Landesvorwahl. Österreich. Dahinter kommt dann die Vorwahl *Eins*. So wie ich Österreich kenne, muss das Wien sein.»

«Bist du sicher?»

«Ziemlich sicher. Wie lautet der dritte Name?»

Alenka blätterte um und zeigte auf die entsprechende Stelle.

Luka Princip, stand da. Die Passage schloss mit einem Frage- und einem Ausrufezeichen. Ich schaute Alenka fragend an. «Was bedeutet der ganze Satz?»

«Hier steht: Was soll ich wegen Luka Princip unternehmen?»

«Könnte das wieder eine Gedichtzeile sein?»

«Ich glaube nicht. Eher eine Randnotiz. Schau dir den Stift an... das ist ein Kugelschreiber. Die Gedichteinträge sehen aus, wie wenn sie mit einem Füller geschrieben worden sind. Ich denke, Luka Princip ist eine reale Person.»

«Aber keine Telefonnummer wie bei den anderen, oder?»

Sie schüttelte den Kopf.

«Okay», sagte ich nachdenklich, «und gibt es sonst noch irgendwas, das für mich relevant sein könnte?»

«Nein, das war alles, was ich finden konnte. Wenn du willst, lese ich es nochmals durch.»

«Wärst du so lieb?»

Alenkas zweiter Durchgang durch das seltsame Büchlein dauerte nochmals etwa eine Viertelstunde, aber leider brachten ihre Mühen keine weiteren Anhaltspunkte zu Tage. Immerhin hatte ich nun wieder etwas, dem ich nachgehen konnte.

Als Erstes kümmerte ich mich um die Nummer in Österreich. Rasch fand ich heraus, dass sie tatsächlich zu einem Wiener Anschluss gehörte, aber es ging niemand ans Telefon, als ich dort anrief. Na ja, es war Sonntag. Die Google-Suche nach dem Namen Luka Princip war ebenfalls erfolglos. Dafür fand ich nach kurzer Suche heraus, dass *Mareille Bron* eine Psychotherapeutin in Urdorf im Westen Zürichs war, etwa zehn Minuten von Hasanovićs Wohnung und vielleicht fünf Minuten vom bosnischen *Džemat* entfernt. Ich probierte auch diese Nummer aus und hatte erwartungsgemäss auch diesmal keinen Erfolg.

Nach einer weiteren Runde Bier und ein wenig Smalltalk über dies und das brachten Ivica und ich Alenka nach Hause und machten uns dann auf den Weg ins *Si u No*, wo wir in unser übliches Muster verfielen. ‹Nur ein Bier› wurde zu ‹vielleicht zwei›, dann zu ‹na gut, drei›, später zu ‹noch ein letztes›, schliesslich zu ‹noch eines für auf den Weg› und so weiter. Später spülten wir mit Schnäpsen nach, und um halb vier Uhr nachts fiel ich schliesslich sturzbesoffen in mein Bett. Positiv daran war immerhin, dass meine Schmerzen wie weggeblasen waren. Mit der eigenartigen Ernsthaftigkeit eines Betrunkenen studierte ich eine Weile daran herum, wie ich überhaupt nach Hause gefunden hatte, dann kicherte ich seelig und schlief benebelt ein.

KAPITEL 22

Am nächsten Morgen stellte ich wieder einmal fest, dass ich zu alt wurde für diesen Scheiss. Das Leben war einfach zu kurz für den Kater, der einem Abend mit Ivica unweigerlich folgte. Wenigstens waren meine Schmerzen gut verteilt: Vorne spürte ich das übliche alkoholbedingte Stechen hinter der Stirn, links pochte die Wunde an meiner Schläfe, und in der Mitte brannte mein blaues Auge. Meine Zähne taten ebenfalls weh, vom Rest meines Körpers ganz zu schweigen.

Ich machte mir ein ausgiebiges Katerfrühstück, ass es im Stehen und duschte dann erst einmal eiskalt. Dann zog ich mich an, drehte in der kalten Morgenluft eine Runde zu Fuss um den Häuserblock und duschte nochmals eiskalt. Drei grosse Tassen Kaffee später fühlte ich mich schon fast wieder wie ein Mensch.

Mein Blick fiel auf die Uhr. Es war schon fast neun. Ich griff nach dem Telefon und rief Mareille Brons Nummer an. Der blasierten Rezeptionistin am anderen Ende erklärte ich, dass ich beruflich mit ihrer Chefin sprechen müsse. Sie liess mich herablassend wissen, dass ‹Frau Doktor› komplett ausgebucht sei und die nächsten zwei Wochen sicher keine Zeit habe. Dann legte sie auf, ohne meine Antwort abzuwarten. Nett.

Ich trank eine weitere Tasse Kaffee mit viel Zucker, wartete eine halbe Stunde und rief nochmals an, diesmal von meinem Handy aus. Statt meines üblichen Ostschweizer Idioms sprach ich Zürcher Dialekt. Alle meine Zürcher Bekannten hätten sich wahrscheinlich darüber kaputt gelacht, aber zumindest schien es die Rezeptionistin davon zu überzeugen, dass ich tatsächlich dringend Hilfe brauchte.

«Und was ist der Grund ihrer Konsultation?», fragte sie mich von oben herab.

«Alkoholprobleme.»

«Ich verstehe. Wir hätten da nächste Woche am Dienstag noch einen Termin frei. Elf Uhr dreissig?»

«Ich denke nicht, dass das reichen wird. Ich brauche wirklich so schnell wie möglich einen Termin. Doktor Bron wurde mir wärmstens empfohlen.» Ich machte eine Pause und ergänzte dann: «Ich bin auch bereit, sofort bar zu bezahlen.»

Sie klang ein klein wenig interessierter, als sie antwortete: «Ich werde sehen, was sich machen lässt. Sie müssen verstehen, Frau Doktor ist eine Koryphäe auf ihrem Gebiet und...»

Ich blendete den Rest aus. Ihr Geplapper war nicht gut für meinen Kater.

«Sind Sie noch da?», fragte sie eine Minute später. Ohne auf meine Antwort zu warten, fuhr sie nahtlos fort: «Also, heute Nachmittag um sechzehn Uhr dreissig ist gerade noch etwas frei geworden.»

«Was Sie nicht sagen. Wirklich?»

Falls sie den sarkastischen Unterton in meiner Stimme bemerkt hatte, liess sie sich nichts anmerken. «Ja. Ginge Ihnen dieser Termin?»

«Ich werde da sein. Wie finde ich Sie am schnellsten?»

Sie erklärte mir den Weg, dann erlag ich der Versuchung und beendete das Gespräch einem fröhlichen *Tüdeldü!* Mina wäre stolz auf mich gewesen.

Anschliessend rief ich auf der Gemeindeverwaltung in Frenkendorf an und liess mir die Telefonnummer der örtlichen Schulleiterin, einer Frau Mathis, geben. Frau Mathis war nicht besonders freundlich und informierte mich kurz und bündig, dass Frau Roulet bereits vor ein paar Jahren plötzlich verstorben sei und sie mir leider auch nicht weiterhelfen könne. Dann legte sie auf.

Nach einer Tasse schlechtem Kaffee versuchte ich mein Glück beim Grenadierkommando 1 in Rivera und wurde prompt an das Kommando Grenadierschulen in Isone weiterverwiesen. Geduldig rief ich auch dort an, und schliesslich gelang es mir mit grosser Beharrlichkeit, einen alten Stabsadjutanten ans Telefon zu kriegen, der sich an Rappolder erinnerte. Nachdem ich ihm die Sachlage erklärt hatte, gab er mir bereitwillig Auskunft. So viel zum Datenschutz. Anscheinend hatte Rappolder alle Tests während der Rekrutenschule bestanden und war auch für die Unteroffiziersschule ausgewählt worden, dann aber plötzlich von einem Tag auf den anderen nach Hause geschickt worden.

«Wissen Sie noch, wieso?», fragte ich den alten Haudegen.

«Na klar, daran erinnere ich mich genau. Ich habe die Sache ein wenig verfolgt, weil ich mit dafür verantwortlich war, dass er überhaupt für die UOS genommen wurde. Also, das war so, er hat dauernd auf einem anderen der Jungs rumgehackt, einem Schwarzen aus Genf. Eines schönen Tages hat der sich gewehrt und – das ist jetzt Hörensagen – ein paar unschöne Dinge über Rappolders Schwester gesagt. Da ist dieser völlig ausgerastet und hat den Jungen krankenhausreif geschlagen. Auch der Feldweibel, der eingreifen wollte, hat was abgekriegt. Danach hat man ihn rausgeschmissen. Er sollte eigentlich zur Infanterie versetzt werden, aber man hat ihn dann etwas genauer unter die Lupe genommen und ist dabei auf seine restlichen Aktivitäten gestossen. Als er schliesslich wegen einer anderen Sache wegen Körperverletzung verurteilt wurde, hat man ihn gleich ganz aus der Armee ausgeschlossen. Für das Nazigesindel hat's keinen Platz.»

Ungefähr so etwas hatte ich erwartet.

Ich bedankte mich und legte auf.

Kurz vor halb fünf Uhr nachmittags betrat ich Mareille Brons Praxis in einem unauffälligen Mehrfamilienhaus am Rande von Urdorf. Die etwa fünfzig Jahre alte Rezeptionistin sah so aus, wie sie am Telefon geklungen hatte: blass, blasiert und verklemmt. Sie erinnerte mich an die Haushälterin in den Narnia-Büchern. Ihre grauen Haare hatte sie zu einem strengen Knoten zurückgebunden, und sie trug eine grosse eckige Brille. Ihre Figur konnte ich nicht sehen, da sie hinter dem Empfangspult verborgen war, aber es war unwahrscheinlich, dass diese noch etwas am Gesamteindruck geändert hätte. Ich fragte mich, zu was für einer Quacksalberin Mujo hier wohl gegangen war.

Ich erklärte der Dame, wer ich war. Gelangweilt verlangte sie Barzahlung im Voraus, wie abgesprochen. Zum Glück hatte ich ein grosszügiges Spesenkonto. Ich legte das Geld auf den Tisch und machte eine mentale Notiz, den Betrag unbedingt abzurechnen. Ich war da leider manchmal etwas schlampig.

Erstaunlicherweise musste ich nicht im Wartezimmer Platz nehmen, sondern wurde direkt in ein Behandlungszimmer geführt.

«Setzen sie sich», befahl der Empfangsdrachen und zeigte auf eine gemütliche, edel wirkende schwarze Ledercouch, «Doktor Bron wird gleich bei ihnen sein.» Dann verliess sie das Zimmer und schloss die Tür hinter sich.

Ich setzte mich.

Knapp fünf Minuten später öffnete sich die Tür wieder und eine sympathische, attraktive Frau in den frühen Vierzigern stöckelte herein. Sie trug einen blauen Hosenanzug, der ihre sportliche Figur betonte. Ihre hochhackigen schwarzen Schuhe verunmöglichten ihr einen normalen Gang, aber es sah gut aus. Ihre langen braunen Haare waren zu einem Pferdeschwanz zusammengebunden und ihr Make-up war dezent. Sie war nicht im konventionellen Sinn hübsch, aber sie strahlte Selbstsicherheit und Anteilnahme aus. Kurz gesagt, sie flösste einem sofort Vertrauen ein. Sicher kein Nachteil in ihrem Beruf. Prüfend schaute sie mich an, dann lächelte sie routiniert und fragte ziemlich überflüssig: «Herr van Gogh?»

«Genau», erwiderte ich und stand auf, um sie zu begrüssen.

«Mareille Bron. Freut mich.» Sie stöckelte zu mir herüber und schüttelte mir zur Begrüssung die Hand. Es war ein männlich anmutender, angenehm fester Händedruck. «Nehmen Sie bitte Platz.»

Ich setzte mich auf die Couch und sie liess sich elegant in einen schwarzen Ledersessel daneben sinken und schlug die Beine übereinander.

Ich musste unwillkürlich schmunzeln.

Sie bemerkte es und fragte: «Was amüsiert Sie, Herr van Gogh?»

«Die Couch! Ist das nicht ein wenig klischeehaft?»

Sie lachte fröhlich und antwortete: «Mir gefällt sie. Und das wird halt von uns Psychologen einfach erwartet. Zwang des Fernsehens.» Dann konsultierte sie die Akte in ihren Händen und fuhr fort: «Ich sehe hier, dass Sie wegen eines Alkoholproblems zu mir kommen. Sollen wir darüber reden?»

«Ich habe kein Problem mit Alkohol», antwortete ich, «nur ohne.»

Sie zog überrascht die Augenbrauen hoch und warf mir einen zögerlichen Blick zu, entschied sich dann aber offensichtlich, dass das ein Scherz gewesen sein musste und schmunzelte. Trotzdem sagte sie: «Wissen Sie, der erste Schritt ist immer, das Problem zuzugeben.»

«Das stimmt», erwiderte ich, «und wahrscheinlich trinke ich tatsächlich zu viel, aber darum bin ich nicht hier.»

Erstaunt fragte sie: «Weshalb dann? Haben Sie nicht deshalb einen Termin gebucht?»

«Doch, und ich habe auch schon bezahlt und gedenke daher, die volle Stunde auszunutzen. Aber ich bin nicht hier, um über mich zu sprechen. Der Vorwand schien mir einfach die schnellste Möglichkeit, an Mrs. Macready vorbeizukommen.»

«Mrs. Macready?»

«Die Dame am Empfang? Narnia? Die Haushälterin des Professors?»

Einen Augenblick lang starrte sie mich entgeistert an. Dann fiel der Groschen plötzlich. Sie warf den Kopf in den Nacken und lachte laut. Es war ein warmes, angenehmes Lachen. Die Frau war mir sympathisch. Aber laut Fiona fand ich sowieso alle Menschen sympathisch, die über meine Witze lachten.

Als sich die gute Frau Doktor wieder beruhigt hatte, blinzelte sie mich an und meinte kichernd: «Sie sind mir einer! Also wirklich! Aber ja, es hat schon was!»

«Nicht wahr?» Ich zwinkerte ihr zu.

Nachdem sie sich wieder gefangen hatte, blickte sie mich nachdenklich an und meinte: «So, nachdem wir nun herausgefunden haben, dass ich mich durchaus unprofessionell verhalten kann, wenden wir uns am besten wieder Ihnen zu. Was genau wollen Sie von mir?»

«Ich muss mit Ihnen über einen Ihrer Patienten sprechen.»

Ihre Miene wurde augenblicklich abweisend. «Tut mir leid. Die Gespräche mit meinen Patienten sind streng vertraulich.»

«Der besagte Patient lebt aber nicht mehr.»

«Das ändert grundsätzlich nichts daran.»

Ich hatte aus meiner Zeit bei der Polizei ein wenig Erfahrung im Umgang mit Psychotherapeuten und fragte: «Was ist das grundsätzliche Prinzip, nach welchem sie entscheiden, wie viel Sie beispielsweise der Polizei erzählen?»

«Das Wohl des Patienten. Ethisch gesehen muss ich mich immer vom Wohl des Patienten leiten lassen.»

«Und wenn der besagte Patient umgebracht worden ist und Sie vielleicht zur Aufklärung des Mordes beitragen können? Ist das dann nicht im Interesse des Patienten?»

«Schon möglich. Aber so generell kann man das nicht sagen. Es kommt auf den Einzelfall an. Sprechen wir hier rein hypothetisch oder ist einer meiner Patienten wirklich ermordet worden?»

«Wirklich.»

«Und wer?»

«Mujo Hasanović.»

«Oh mein Gott!»

«Sie erinnern sich an Mujo?», fragte ich zur Sicherheit.

«Ja, natürlich. So einen Fall vergisst man nicht so schnell.»

«Inwiefern? Oder ist das auch vertraulich?»

Sie dachte einen Moment lang nach und fragte dann: «Wie genau sind *Sie* in den Fall involviert?»

«Seine Ehefrau hat mich beauftragt, den oder die Täter zu finden.»

«Was ist mit der Polizei?»

«Die ermittelt auch, aber bisher erfolglos. Und die Polizei hat auch noch andere Fälle. Ich hingegen kann mich ganz auf diesen hier konzentrieren.»

«Hatten Sie denn bisher mehr Erfolg als die Polizei?»

«Ehrlich gesagt, nein.»

Sie überlegte einen Moment lang und fragte dann: «Können Sie mir sagen, wie er ermordet wurde?»

«Brutal zusammengeschlagen, mit einer Überdosis Betäubungsmittel über den Jordan befördert und dann mit Ketten und Gewichten im See versenkt.» Ich blickte ihr in die Augen und fügte hinzu: «Oh, und sein Mund war mit Angelschnur zugenäht Das ist übrigens auch vertraulich.»

«Oh mein *Gott*!» Sie schlug die Hände vor den Mund und schaute mich entsetzt an.

«Eben. Und ich höre von allen Seiten, was für ein feiner Kerl Mujo Hasanović war. Finden Sie da nicht auch, dass es in seinem Interesse wäre, wenn Sie mir Auskunft geben und damit vielleicht zur Aufklärung beitragen?»

Sie dachte eine ganze Weile darüber nach. Dann schaute sie mich an und antwortete widerwillig: «Also gut, ich werde Ihnen so viel sagen, wie ich vertreten kann. Aber nur damit das klar ist, der Tod eines Patienten bedeutet nicht von vorneherein, dass er kein Anrecht mehr auf den Schutz seiner Privatsphäre hat.»

«Das ist mir bewusst. Das Problem ist nur, dass in meinem Metier nie von vorne herein klar ist, was wichtig sein könnte und was nicht.»

Sie nickte. «Ja, das verstehe ich. Ich werde Ihnen sagen, was ich kann.»

Ich zückte mein Notizbuch und begann: «Also, weshalb war Mujo bei Ihnen in Behandlung?»

«Er kam anfangs primär wegen seiner starken Depressionen zu mir. Wir fanden dann allerdings schnell heraus…»

«Wer ist wir?»

«Der Patient und ich. Es ist immer eine gemeinsame Anstrengung. Psychotherapie ist mehr eine Kunst als eine Wissenschaft.»

«Was Sie nicht sagen», meinte ich sarkastisch.

Sie ignorierte mich und fuhr fort: «Eben, wir fanden dann rasch heraus, dass seine Beschwerden auf ein schweres Psychotrauma zurückzuführen waren.»

«Können Sie mir den Begriff *Psychotrauma* definieren, nur damit ich Sie richtig verstehe?»

Sie dozierte aus dem Gedächtnis. «Nach Fischer und Riedesser ist ein Psychotrauma ein vitales Diskrepanzerlebnis zwischen bedrohlichen Situationsfaktoren und den individuellen Bewältigungsmöglichkeiten, das mit Gefühlen von Hilflosigkeit und schutzloser Preisgabe einhergeht und so eine dauerhafte Erschütterung von Selbst- und Weltverständnis bewirkt.»

Ich schaute sie an, als hätte sie Chinesisch gesprochen. «Und das bedeutet?»

«Das bedeutet, dass jemand ein traumatisches Erlebnis, zum Beispiel einen Unfall, nicht verarbeiten kann und immer wieder durchlebt, weil die Person durch die mit dem Ereignis verbundenen Gefühle der Hilflosigkeit und Unsicherheit überfordert wird.»

«Von der Polizei her kenne ich den Begriff *posttraumatische Störung*. Ist das dasselbe?»

«Nicht ganz, aber die beiden hängen zusammen. Etwa bei zwanzig Prozent der von einem Psychotrauma Betroffenen tritt eine sogenannte posttraumatische Belastungsstörung, kurz PTBS, auf. Diese ist definiert als verzögerte Reaktion auf ein schwer belastendes, also traumatisches, Ereignis. Der Schlüssel ist hier das Wort *verzögert*. Man spricht von PTBS, wenn Symptome einer Reaktion auf ein Psychotrauma länger als einen Monat anhalten. Bei mehr als drei Monaten spricht man von chronischer PTBS. Bei weniger als einem Monat spricht man von einer akuten Belastungsreaktion. Diese dauert allerdings selten mehr als Stunden oder maximal Tage.»

«Weshalb diese Unterscheidung?»

«Je schneller psychotherapeutisch interveniert wird, desto grösser die Heilungschancen.»

«Das heisst, bei einer chronischen PTBS sind die Aussichten am schlechtesten?»

«Genau.»

«Und Mujo Hasanović? Der fiel in diese Kategorie, nicht?»

«Ja, das ist richtig. Ausgelöst durch seine Kriegserlebnisse. Bei ihm waren die Symptome vor allem zu Beginn der Therapie sehr ausgeprägt.»

«Was für Symptome sind das genau?»

«Na ja, eigentlich ist PTBS ein Sammelbegriff für verschiedene psychische und psychosomatische Symptome, die je nach Ereignis, Zeitpunkt und Dauer unterschiedlich stark ausgeprägt sein können.»

«Eben, was für Symptome?»

«Nach dem DSM...»

«Entschuldigen sie», unterbrach ich sie erneut, «*was*? Ich verstehe leider nur Bahnhof, wenn Sie in Abkürzungen sprechen.»

Sie verzog keine Miene, als sie erklärte: «Also, das DSM ist das diagnostische und statistische Manual psychischer Störungen der *American Psychiatric Association.* Ein Standardwerk in unserem Metier. Also, gemäss dem DSM sind die drei diagnostischen Kriterien Intrusion, Vermeidung und Übererregung.»

«Und auf Deutsch?»

«Intrusion bedeutet, dass das Ereignis in den Alltag der Person eindringt.»

Das war mir immer noch zu undeutlich. «Und wie drückt sich das aus?»

«Der Patient oder die Patientin durchlebt Nachhallerinnerungen...»

«Flashbacks?»

«Genau, sogenannte *Flashbacks*. Ausserdem ein anhaltendes Gefühl des Betäubtseins, emotionale Stumpfheit und Gleichgültigkeit gegenüber anderen Menschen, Teilnahmslosigkeit, Freudlosigkeit... alles Mögliche. Im Ersten Weltkrieg sprach man in Deutschland von den sogenannten Kriegszitterern. Das waren Soldaten, die unkontrolliert zitterten. Ausserdem konnten sie nicht stehen bleiben, sie assen nicht und hatten panische Angst vor Alltagsgegenständen wie Schuhen oder Hüten. Alles Symptome einer posttraumatischen Belastungsstörung aufgrund der Kriegserfahrungen.»

«Und was passierte mit ihnen?»

«Nichts. Damals gab es noch keine Traumatherapie. Die Patienten blieben ein Leben lang pflegebedürftig. PTBS wurde erst 1980 überhaupt als Diagnose ins DSM aufgenommen.»

«Und die anderen zwei Kriterien? Vermeidung und Übererregung?»

«Der Patient vermeidet für eine gewisse Zeit oder auch dauerhaft Aktivitäten, die an das Trauma erinnern. Zum Beispiel fahren viele Opfer eines Zugunfalls eine Weile nicht mehr mit der Bahn.»

In meinem Kopf machte es *Klick*. «Ich habe von Mujos Ehefrau gehört, dass er Angst vor Tunnels hatte und diesen auswich, wo immer er konnte. Dass er mit dem Tram statt der S-Bahn fuhr, auch wenn es doppelt so lange dauerte, solche Dinge.» Ich schaute Doktor Bron in ihre geheimnisvollen grün-braunen Augen und fragte: «Gehörte das zu Mujos Symptomen? Hing sein Trauma womöglich mit einem Tunnel zusammen?»

Sie nickte anerkennend und antwortete: «Ja, das ist tatsächlich so, ein Teil der traumatisierenden Ereignisse, von denen es in seinem Fall eine ganze Menge gab, fand tatsächlich in einem Tunnel statt.»

Ich machte mir eine Notiz und meinte: «Okay, darauf möchte ich nachher nochmals zurückkommen. Zuerst aber noch das dritte Kriterium, Hypererregung? Ist das…»

«Übererregung. Nein, das ist nicht sexuell gemeint. Im Gegenteil, PTBS-Patienten sehen sich verständlicherweise oftmals nicht in der Lage, ein normales Sexualleben zu führen. Nein, gemeint ist damit ein Zustand überhöhter Empfindungen wie Beklemmung und Schreckhaftigkeit, Reizbarkeit, extreme Wachsamkeit oder Konzentrationsschwäche.»

«Depressionen? Angstzustände?»

«Beides, und zwar unter Umständen bis zur Suizidgefährdung.»

«Und war Mujo suizidgefährdet?»

Dr. Bron dachte sichtlich darüber nach, bevor sie sich räusperte und antwortete: «Nicht, soweit ich das feststellen konnte. Im Gegenteil, der Krieg scheint seinen Lebenswillen sogar ausgesprochen stark gefestigt zu haben.»

«Und wie wird PTBS behandelt? Mit Medikamenten?»

«Manchmal», antwortete Mareille, «wobei empfohlen wird, die Psychotherapie dem Einsatz von Medikamenten vorzuziehen. Allerdings muss ich sagen, dass es Patienten gibt, die Medikamente bevorzugen. Unter gewissen Umständen mag auch die Therapie nicht ausreichend sein…»

«Und was machen sie dann?»

«Ich kann als Psychotherapeutin nicht selber Medikamente verschreiben. Wenn es nötig ist, ziehe ich einen befreundeten Psychiater hinzu.»

«Kann das Syndrom denn geheilt werden?»

«Darauf kann ich keine absolute Antwort geben. Das hängt immer von der traumatisierten Person, ihrem Umfeld und dessen Zusammenspiel mit der therapierenden Person ab. Die Unterstützung des sozialen Umfeldes und allgemein stabile Beziehungen sind sehr wichtig.»

«Und wie war das nun bei Mujo Hasanović? Wie waren seine Aussichten auf Besserung oder sogar Heilung?»

Sie verzog bedauernd das Gesicht und erwiderte: «Leider nicht besonders gut.»

«Weshalb nicht?»

«Na ja, da wäre erstens die Schwere des Traumas…» Sie hielt inne und blickte mich einen Moment lang nachdenklich an. Dann fragte sie: «Wie viel wissen Sie über seine Kriegserlebnisse?»

«Gar nichts.»

Erstaunt fragte sie: «Wirklich? Ich hatte den Eindruck, Sie seien bereits recht gut informiert.»

«Nein. Es gibt nur zwei Personen, die allenfalls darüber Bescheid wissen…»

Sie nickte. «Seine Ehefrau und seine Liebhaberin.»

Verblüfft fragte ich: «Sie wissen davon?»

Lakonisch antwortete sie: «Ich war seine Therapeutin.»

«Auch wieder wahr.»

«Andererseits sind seine Kriegserlebnisse kaum relevant für das Finden seines Mörders.»

«Plural», sagte ich.

«Wie bitte?»

«Ich gehe von mehreren Tätern aus.»

Sie runzelte etwas irritiert die Stirn und erwiderte: «Also, dann seinen Mördern. Wie auch immer, ich werde diesen Teil nicht behandeln.»

Nun war es an mir, irritiert die Stirn zu runzeln. «Es würde mir vielleicht helfen, ihn besser zu verstehen.»

«Das glaube ich, aber das ist Teil seiner Privatsphäre, von der wir vorhin sprachen. Ich kann ihnen aber sagen, dass es Monate dauerte, bis er sich überhaupt soweit öffnete, dass er von diesen Erlebnissen erzählte. Und auch dann nur sehr generell und oberflächlich.»

«Was war das Problem?», fragte ich.

Sie antwortete fast entschuldigend: «Mujo Hasanović ist… *war* das Produkt einer patriarchalischen Gesellschaft. Es war für ihn ungleich schwerer, mit einer Frau über das Erlebte zu sprechen als mit einem Mann.»

«Wirklich?»

«Ja. Nicht bewusst. Aber er hielt gewisse Dinge sehr lange zurück oder ging überhaupt nicht darauf ein. Ich hatte schon früh die Vermutung, dass mein Geschlecht dabei eines der Probleme war.»

«Wie kam er überhaupt zu Ihnen?»

«Ich wurde ihm von einem Bekannten empfohlen. Sein Hausarzt hat ihn dann offiziell an mich überwiesen.» Als sie meinen fragenden Blick bemerkte, fügte sie hinzu: «Ich habe mich auf die Behandlung kriegsbedingter PTBS spezialisiert, soweit man in der Schweiz überhaupt davon sprechen kann. Ich habe nur wenig Fälle dieser Art, die meisten meiner Patienten haben in dem Sinne normale Gebrechen.» Sie schrieb mit ihren Händen zwei Gänsefüsschen in die Luft um das Wort *normal*.

«Und wie lange war er bei Ihnen in Behandlung?»

«Eine ganze Weile, warten Sie…» Sie konsultierte die Akte vor ihr und antwortete dann: «Fast sechs Jahre. Von Mai 1999 bis Februar 2005.»

Erstaunt hakte ich nach: «Er kam erst 1999 zu ihnen in Behandlung?»

«Ja.»

«In die Schweiz kam er aber schon Jahre zuvor. Wieso so spät?»

«Machokomplex, etwas überspitzt gesagt. Er ist in einer Gesellschaft aufgewachsen, in der Männer nicht über ihre Gefühle sprechen und keine Hilfe brauchen.»

«Und wieso dann der Sinneswandel?»

«Keine Ahnung. Vielleicht dachte er einfach, es sei an der Zeit. Vielleicht hat ihn auch seine Frau überzeugt. Oder Freunde. Vertrauenspersonen. Was weiss ich.»

Ich ergänzte meine Notizen. Dann fragte ich: «Und wieso hat er aufgehört. War er geheilt?»

«Nicht vollständig, aber die meisten Symptome verschwanden im Lauf der Therapie.» Sie schlug ihre wohlgeformten Beine übereinander.

Wir spielten weitere zehn Minuten dieses Frage-und-Antwortspiel, ohne dass ich noch etwas Brauchbares erfahren hätte. Schliesslich spielte ich meine letzten zwei Trümpfe aus. Ich öffnete mein Notizbuch und riss eine leere Seite heraus. Dann schrieb ich die Namen *Zlatan Begić* und *Luka Princip* untereinander darauf, schob den Zettel zu Dr. Bron hinüber und fragte: «Hat Mujo vielleicht je einen dieser Namen erwähnt?»

Sie nahm den Zettel schweigend entgegen und blätterte eine Weile in Mujo Hasanovićs dickem Patientendossier hin und her. Nach einer halben Minute oder so stiess sie plötzlich ein lautes «Hmm!» aus und blätterte ein paar Mal vor und zurück. Dann verkündete sie: «Ich wusste es! Ja, das hat er tatsächlich. Und zwar beide.»

«Was, beide?» Ich hielt unwillkürlich den Atem an.

Sie nickte. «Ja, beide.»

«Und steht da noch mehr drin?»

Sie nickte erneut mit Nachdruck, so dass ihr Pferdeschwanz auf und ab hüpfte.

«Und wäre es vermessen zu sagen», fuhr ich fort, «dass das Weitergeben dieser Information an mich durchaus im besten Interesse des Verstorbenen wäre?»

Sie überlegte länger, als mir lieb war, aber schliesslich nickte sie erneut und sagte: «Also gut.» Dann warf sie einen prüfenden Blick in das Dossier vor ihr und gab mir die gewünschte Auskunft. «Von Princip weiss ich nur, dass Mujo Hasanović ihn aus dem Krieg kannte, mehr nicht. Begić war vor dem Krieg ein Nachbar Hasanovićs in seinem Heimatort in Bosnien.»

Das ergab für mich keinen Sinn und ich fragte: «Aber wieso ist der Name eines einfachen Nachbarn Gegenstand seiner Therapiesitzungen?»

Sie blickte mich mit ihren hypnotischen Augen so lange schweigend an, dass ich schon dachte, sie würde nicht antworten, aber schliesslich sagte sie fast trotzig: «Begić und Hasanović waren die einzigen zwei Überlebenden eines Massakers in ihrem Heimatdorf zu Beginn des Kriegs.»

Nun war es an mir, sie anzustarren. Ich war sprachlos. Sie nickte nur. Dann schwiegen wir beide. Damit hatte ich nun nicht gerechnet.

Schliesslich sprach ich aus, was wir beide dachten: «Scheisse! Kein Wunder, dass er traumatisiert war!»

Mareille Bron schaute mich nachdenklich an und sagte dann: «Und das war bei weitem nicht alles, aber…»

«Aber das ist wieder Teil seiner Privatsphäre, nicht wahr?», entgegnete ich sarkastisch.

«Schauen Sie», entgegnete sie ungerührt, «ich bewege mich so schon an der Grenze des ethisch Vertretbaren.»

Ich holte tief Luft. «Schon gut.» In den nächsten Minuten besprach ich noch ein paar Anschlussfragen mit ihr, aber sie wusste weder, wie Hasanovićs Heimatdorf hiess, noch war irgendwo in ihrem Dossier notiert, wer Princip war. Ein weiterer Nachbar? Ein Kriegskamerad? Ein Freund?

Meine Stunde war noch nicht um, aber ich war nicht mehr in der Stimmung zum Reden. Also stand ich auf und verabschiedete mich von ihr. Dabei warf sie einen prüfenden Blick auf meinen linken Ringfinger und bemerkte wohl das Fehlen eines Eherings. Auf jeden Fall öffnete sie eine Schublade, nahm eine ihrer Visitenkarten heraus, schrieb ihre Handynummer auf die leere Rückseite und steckte sie mir zu.

«Hier», sagte sie, «wenn Sie mal über leichtere Themen reden möchten…» Nach einer Kunstpause ergänzte sie mit einem vielversprechenden Funkeln in den Augen: «Oder sowas.» Die moderne Frau.

Ich steckte die Karte ein. Man konnte ja nie wissen.

KAPITEL 23

Es war bereits dunkel, als ich Mareille Brons Praxis verliess und zur Tramhaltestelle zurückschlenderte. Auf meinem iPod lief passend zu meiner Stimmung *I'll See you Below in the Morning* von den Drovers. In der vergangenen Woche war zwar eine ansehnliche Menge an allerlei Informationen zusammengekommen, aber leider hatte ich nach wie vor keinen blassen Schimmer, wie alles zusammenhing. Oder ob es überhaupt einen Zusammenhang gab.

Es schien mir, als sei ich im Moment mehr mit einer Schnitzeljagd als mit einer sauberen Ermittlung beschäftigt. Ich rannte verzweifelt Hinweisen hinterher, und alle Involvierten rückten nur widerwillig und bruchstückhaft mit der Sprache heraus. Das Ganze war wie ein Verbinde-die-Punkte-Spiel in einem Kindermalbuch. Ein Punkt führte zum nächsten, und erst, wenn man genügend Punkte verbunden hatte, konnte man das Gesamtbild erahnen. Ich hatte wohl einfach noch nicht genug Punkte verbunden.

Der nächste solche Punkt war demzufolge Begić. Von ihm hatte ich zumindest eine Telefonnummer. Was wusste ich bisher über ihn? Nach Mujos Tod war er der einzig verbliebene Überlebende des von Mareille Bron erwähnten Massakers, von dem ich aber nicht wusste, wo oder wann es stattgefunden hatte. Lebte er überhaupt noch? Und falls ja, wohnte er in Wien? War das seine Telefonnummer in Mujos Gedichtbuch?

Wie immer, wenn ich frustriert war, brauchte ich Sex, Alkohol oder ein Gespräch mit Mina, aber Fiona war im Ausland und mein letzter Kater noch zu frisch in Erinnerung. Also Mina.

Trotz ihrer Abendpläne hörte meine Bürokollegin geduldig zu, während ich die letzte Woche für sie zusammenfasste. Als ich fertig war, schaute sie mich nachdenklich an und fragte: «Sag ma', in was für'n *Scheiss* biste denn da reinjeraten?»

«Ist das alles, was du dazu zu sagen hast?»

«Du hast'n Haufen Scherben, aber keine Ahnung, ob die alle ma' zum gleichen Spiegel gehörten.»

«Das weiss ich auch», antwortete ich gereizt.

«Mann», erwiderte sie ebenso genervt, «bis' du en Piesepampel. Brauchst gar net im Dreieck titschen, nur weil ich jetzt auch net weiter weiss.»

«Ja, ich weiss. Sorry, Mina.»

Sie knuffte mich freundschaftlich in den Oberarm und meinte: «Kein Problem, mein Grosser.» Dann stand sie auf, ergriff ihre Jacke und meinte halb entschuldigend: «Du, ich muss leider… du weisst schon.»

«Ja, ich weiss. Viel Spass!»

Das Gespräch mit Mina hatte leider nicht den erwarteten Erfolg gebracht. Also doch Alkohol?

Ich rief Markus Steiner an, der mittlerweile aus den Ferien zurück war. Er hob gleich beim ersten Klingeln ab und begrüsste mich mit den Worten: «Sag mir, dass du den Hasanović-Fall gelöst hast.»

«Klar, wenn du möchtest, aber es ist ein Vergehen, eine Amtsperson zu belügen.»

Er lachte und meinte: «Wie wenn dich das stören würde. Also, was willst du?»

«Reden.»

«Bei einem Bierchen oder zwei?»

«Genau. Bist du dabei?»

«Scheisst ein Bär im Wald?»

«Soweit ich weiss.» Ich schaute auf die Uhr und fuhr fort: «Dann also halb acht?»

«Klar doch. Üblicher Ort?»

«Klar.»

In der Leitung machte es *Klick*. Ich schüttelte den Kopf und steckte mein Handy ein. Wie üblich hatte der Papst ohne ein weiteres Wort aufgelegt, nachdem er offensichtlich entschieden hatte, dass der Austausch relevanter Informationen beendet war.

KAPITEL 24

Mein Kater am nächsten Morgen war nicht so schlimm wie auch schon. Steiner war nicht Sanader. Nach einer kalten Dusche, einem improvisierten irischen Frühstück und mehreren Tassen Kaffee war ich wieder einsatzbereit.

Es hatte gut getan, Markus zu treffen. Der Papst hatte ausgesehen wie immer, aber ich kannte ihn gut genug, um zu wissen, dass ihn die Woche Ferien bei seiner Verwandtschaft ungefähr so mitgenommen hatte wie mich die fehlenden Fortschritte im Hasanović-Fall. Nach meinem kurzen Statusbericht hatte er mir angeboten, die Wiener Telefonnummer in Hasanovićs Büchlein unauffällig durch einen Bekannten bei der Wiener Polizei überprüfen zu lassen. Natürlich hatte ich dankend angenommen.

Was nun? Ich brauchte dringend ein ausgedehntes, schweisstreibendes Training. Um halb zehn machte ich mich deshalb auf den Weg zum SZA und zermarterte mir unterwegs das Hirn darüber, was ich im Hasanović-Fall übersehen haben könnte.

Auf halbem Weg vibrierte mein Handy. Es war Steiner. Ohne Umschweife fragte er: «Kannst du reden?»

«Ich sitze im Tram, aber es ist praktisch leer.»

«Habe ich das gefragt?»

«Ja, ich kann reden.»

«Okay. Also, die Telefonnummer gehört zu einem Zimmer in einem Wiener Pflegeheim. Bewohnt von einem gewissen Zlatan Begić. Alter einundsechzig. Dort seit 1997. Klingt wie dein Mann, oder?»

Wenn nicht, dann war das wirklich ein fast unglaublicher Zufall. «Ja, absolut. Hast Du eine Adresse?»

Er diktierte sie mir.

Dann fragte ich: «Sonst noch was?»

«Nein, das ist alles.»

«Okay. Danke, Markus. Und grüss Angelica und die Kinder von mir. Falls sie noch mit dir reden – nach der Woche Graz mit dir.»

«Fick dich, van Gogh!» Er lachte und legte auf.

Nachdenklich starrte ich auf mein Handy. Das Ganze wurde immer seltsamer. Ein Wiener Pflegeheim also. Was das wohl zu bedeuten hatte? Ich versuchte mein Glück und rief die Nummer an. Es klingelte und klingelte und ich wollte gerade aufgeben, als sich plötzlich eine Frauenstimme mit ausgeprägtem Wiener Akzent meldete. Ich gab mich als Zürcher Anwalt aus und erklärte, ich müsse in einer Erbschaftsangelegenheit dringend mit einem Herrn Zlatan Begić sprechen. Nachdem sie darüber hinweggekommen war, dass ein Anwalt aus Zürich – *Jo, hoit mi net am Schmäh, Zürich in da Schwäääz?* – mit einem ihrer Patienten sprechen wollte, liess sie mich wissen, dass Herr Begić leider absolut nicht gestört werden könne, nicht einmal in einer so wichtigen Angelegenheit. Vorschrift. Ich könne mich aber mit der Heimleitung in Verbindung setzen und mein Anliegen da vorbringen. Sie diktierte mir die Nummer. Ich dankte ihr höflich wie ein richtiger Schweizer und legte auf.

So viel dazu. Dann also nächster Halt Wien. Ich rief Ivica an.

Bereits nach dem zweiten Klingeln hörte ich seine mürrische Stimme knurren: «Was willst du, van Gogh? Ich habe immer noch einen Kater von vorgestern.»

Lachend erwiderte ich: «Früher waren die paar Bierchen kein Problem für dich. Du wirst alt.»

Er schnaubte verächtlich. «Ja, ja, du mich auch. Also, was willst du?»

«Ich bin auf dem Weg zum SZA. Kann ich dich da treffen?»

«Nein, ich muss nach Basel. Mein Onkel hat ein wenig Ärger.»

«Was Ernstes?»

«Nur ein kleines Missverständnis, keine Sorge.» Plötzlich hörte ich ein gedämpftes Quietschen, dann fluchte er wie ein Rohrspatz. Ein kroatischer natürlich. Ein paar Sekunden später war er wieder dran und meinte: «Sorry, hier hat's nur Sonntagsfahrer. Wo waren wir?»

«Ärger?»

«Eben, nichts Ernstes. Was genau willst du?»

«Was machst du die nächsten paar Tage? Lust auf einen kurzen Ausflug nach Wien?»

«Na sicher.»

«Musst du nicht Alenka fragen?»

«Sie wird es verstehen. Ich bin erst seit zwei Tagen wieder zu Hause, aber ich glaub, ich geh ihr schon auf die Nerven.» Er lachte. Dann fragte er etwas argwöhnisch: «Worum geht es denn?»

«Ich gehe einem der Namen aus Hasanovićs Büchlein nach…»

«Begić? Die Wiener Nummer?»

«Genau. Und ich könnte Rückendeckung brauchen.»

«Ein konkretes Problem?»

«Nein, aber es gibt zu viele Unbekannte in diesem Fall. Neonazis, Bosnienkriegsveteranen und NATO-Geheimoperationen… keine Ahnung, wie das alles zusammenhängt, aber es gefällt mir nicht. Ich bin in dieser Sache schon mal unter die Räder geraten, und ich würde gerne in einem Stück aus Wien zurückkehren.»

Er lachte und meinte: «Ist das nicht ein wenig dramatisch? Du bist ein kleiner Privatdetektiv aus Zürich, kein Geheimagent.»

«Ja, und das möchte ich auch bleiben. Also, kommst du mit?»

«Sicher.»

«Ich werde dich aber nicht bezahlen können. Ich muss noch mit meinen Auftraggebern reden…»

«Den Bosniern?»

«…und sehen, ob sie zumindest die Spesen übernehmen.»

«Keine Bange. Nach meinem letzten Auftrag könnte ich locker ein halbes Jahr frei nehmen, wenn ich wollte. Ich habe doch gesagt, ich komme mit.»

«Alles klar. Ab wann kannst du?»

«Heute geht nicht mehr. Morgen früh demnach.»

«Okay. Fliegen oder fahren?»

«Das hängt von deinen Auftraggebern ab. Ich bin für fahren, da können wir unsere Knarren mitnehmen, wenn sie uns nicht am Zoll auseinandernehmen.»

«Ja, aber dafür sind wir mindestens zwei Tage länger weg.»

«Eben, klär das ab. Mir ist beides recht.»

«Okay, ich melde mich.» Nach kurzer Pause fügte ich hinzu: «Und, Ivi? Es wäre wirklich toll, wenn du morgen früh weder im Knast sitzt noch unter der Erde bist.»

Er lachte immer noch schallend, als ich auflegte.

Im SZA angekommen verbrachte ich die nächsten drei Stunden zuerst im Kraftraum und danach im Schiesskeller beim Präzisionsschiessen. Umgekehrt wäre einfacher gewesen, aber auf diese Art war der Trainingseffekt grösser. Beim anschliessenden Duschen fiel das Pflaster an meiner Schläfe ab. Ich beschloss, es nicht mehr zu erneuern. Nach etwas Smalltalk mit Alenka und einem Abstecher zu einem Kebabstand machte ich mich auf den Weg ins Büro, um die Reise zu planen.

Unterwegs rief ich Mahir Kulenović an. Er stimmte meinen Vorschlägen ohne zu zögern zu, nachdem ich ihm die Sachlage erklärt hatte. Das *Džemat* übernahm demnach die Spesen von uns beiden sowie meine Arbeitszeit, jedoch nicht die von Ivica. Ausserdem war der Imam klar der Ansicht, dass wir aus Zeitgründen fliegen sollten.

Zurück im Büro buchte ich uns daher auf den Flug LX 1578 nach Wien-Schwechat. Dann rief ich Ivica an und sprach ihm die Details auf seinen Anrufbeantworter. Fünf Minuten später rief er mich zurück und fragte ohne Begrüssung: «Also fliegen?»

«Genau.»

«Keine Knarren?»

«Genau.»

«Scheisse.»

«Genau.» Ich musste lachen.

Ivica ignorierte mich. «Treffpunkt?»

«Wir fliegen um Viertel vor eins. Halb zwölf, Check-in *Uno*.»

«Okay.» Er legte auf, ohne sich zu verabschieden. Meine Freunde hatten echt keine Manieren.

Als nächstes musste ich Niamh anrufen und ihr beibringen, dass sie dieses Wochenende nicht bei mir verbringen konnte. Meine Tochter war nicht gerade begeistert, aber sie wusste auch, dass es wirklich wichtig sein musste, wenn ich absagte. Die Reaktion ihrer Mutter danach war deutlich weniger verständnisvoll. Anscheinend hatte sie Pläne. Bei Claudia ging es halt vor allem um Claudia. Alle meine Argumente überzeugten sie nicht davon, dass es nicht allein in meiner Verantwortung lag, wie Niamh das Wochenende verbrachte. Ich wusste, dass sie nicht einlenken würde. Niamh war ja eigentlich alt genug, um auch einmal alleine zu Hause zu bleiben, aber damit hätte ich meiner Ex-Frau Munition bis an mein Lebensende geliefert, und ich musste an meine Stellung in einem allfälligen Sorgerechtsstreit denken. Man wusste ja nie.

Ich nahm die Flasche Bushmills aus meiner Schreibtischschublade, betrachtete sie gute zehn Sekunden lang nachdenklich und legte sie dann ungeöffnet zurück. Stattdessen rief ich Fiona an, die sich gleich beim ersten Läuten meldete. Ihre heitere Stimme munterte mich gleich ein wenig auf. «Hallo, mein Bärchen.»

«Hi, mein Schnuckiputzizuckerhäschen.»

Sie kicherte. «Was gibt's?»

«Wie ist Paris?»

«Schön. Und die Leute sind arrogant wie immer. Aber sonst ist es *langweilig*.» Sie dehnte das *a* wie ein Schulmädchen.

«Und wann kommst du wieder?»

Ihre Gegenfrage erinnerte mich wieder einmal daran, wie gut sie mich kannte: «Was ist mit dir? Ist etwas passiert?»

«Nichts Schlimmes. Claudia mal wieder.»

«Ach so. Also, am Donnerstag bin ich wieder da. Das heisst, morgen sehe ich dich schon!»

«Leider nicht.» Die Antwort schmerzte fast so sehr wie meine gebrochene Nase.

«Oh?» Ihre Enttäuschung war sogar durch das Telefon offensichtlich. «Wieso nicht?»

Ich erklärte ihr die Sachlage. Sie schwieg längere Zeit. Dann fragte sie: «Und wann kommst du wieder?» Kein Schimpfen, kein Betteln. Nur eine nüchterne Frage. Meine Art Frau.

«Keine Ahnung. Der Rückflug ist für Samstag gebucht, aber wenn es länger dauert, werden wir umbuchen.»

«Economy-Flüge können nicht umgebucht werden.»

«Ich weiss. Ich habe Economy Flex gebucht. Auf Spesen.»

«Ach so.» Nach einer Weile fügte sie hinzu: «Ich vermisse dich.»

«Ich vermisse dich auch.»

«Ich weiss.»

Wir schwiegen. Schliesslich sagte ich zögerlich: «Da wär noch was.»

«Ja?»

«Ich brauche einen Gefallen. Kann Niamh das Wochenende bei dir verbringen? Sicher den Freitagabend, wahrscheinlich auch den Samstag. Eventuell auch noch einen Teil des Sonntags.»

Sie überlegte keine Sekunde: «Natürlich kann sie das.»

Erleichtert bedankte ich mich und besprach die Details mit ihr. Dann plauderten wir noch ein wenig, bis sie schliesslich in ihr Seminar zurück musste.

Kaum hatte ich aufgelegt, läutete mein Handy schon wieder. Es war Andy, der mir mitteilte, dass beim Soundfile, welches ich ihm geschickt hatte, leider Hopfen und Malz verloren sei.

Als ich fertig geflucht hatte, rief ich schliesslich Claudia zurück und informierte sie über die getroffene Lösung bezüglich Niamhs Wochenende. Erwartungsgemäss war sie damit nicht zufrieden. Ihre Freitagabendpläne waren ihr aber anscheinend wichtiger, so dass sie schliesslich einwilligte. Danach sprach ich mit Niamh. Sie war sofort Feuer und Flamme. Fiona war ihr grosses Vorbild: reich, hübsch, gebildet und bewandert in Mode und Kunst. Nachdem ich aufgelegt hatte, seufzte ich. Meine Tochter wurde mit jedem Tag mehr zum Teenager. Bald würde ich ihre ersten Verehrer verjagen müssen.

KAPITEL 25

Das Boarden dauerte eine Ewigkeit. Als der langsam dahinschleichende Tausendfüssler aus Passagieren endlich bei Sitzreihe 33 ankam, schaute ich mich kurz um, bevor ich mich hinsetzte. Die Airbus A320 war nur etwa zu zwei Dritteln voll. Neben mir liess sich Ivica hörbar in seinen Sitz plumpsen. Wir waren beide gross, und ich hatte unsere Sitze deshalb beide am Mittelgang gebucht.

Eine hübsche blonde Stewardess – an den Ausdruck *Flight Attendant* konnte ich mich einfach nicht gewöhnen – rauschte vorbei und lächelte uns dabei mechanisch zu. Ivica lehnte sich zurück, schloss die Augen und atmete langsam und kontrolliert ein und aus.

«Was ist denn mit dir los?», fragte ich ihn.

«Fliegen macht mich nervös», antwortete er etwas unwirsch.

Ich grinste breit und fragte ungläubig: «Du hast Flugangst?»

«Ich habe keine Angst», gab er noch mürrischer zurück, «es macht mich nur ein wenig nervös.» Dann zeigte er mir wortlos den Mittelfinger und wandte sich wieder seinen Atemübungen zu.

Kopfschüttelnd und in mich hineinlachend öffnete ich meinen kleinen schwarzen Rucksack und nahm die Stay-Behind-Artikel hervor, um sie nochmals durchzulesen.

Kurz darauf heulten die Triebwerke auf. Das Flugzeug begann sich mit immensem Schub vorwärts zu bewegen und hob kurz darauf ab. Das Zürcher Unterland verschwand im Nebelmeer.

Ivica war bereits ins Land der Träume entschwebt, als eine Viertelstunde später die Flugbegleiterinnen mit ihren kleinen Wägelchen den Gang entlang kamen und Getränke verteilten.

Zwanzig Minuten später beendete ich meine Lektüre, legte alle Artikel zurück in meinem Rucksack und verstaute diesen wieder unter dem Sitz. Dann lehnte ich mich zurück und schloss die Augen, um nachzudenken.

Was wusste ich also über die mysteriösen NATO-Geheimarmeen? Die meisten davon waren nicht nur dazu vorgesehen gewesen, im Falle einer Besatzung durch die Sowjets den Widerstand zu führen, sondern waren auch gegen echte und vermutete «fünfte Kolonnen» im Inland eingesetzt worden. Dabei hatten sie vor allem im Kampf gegen die Kommunisten oft mit der extremen Rechten zusammengearbeitet und staatlich sanktionierten und gedeckten Terror betrieben, um die Bevölkerung zu verunsichern und dadurch Verständnis für die Einschränkung verschiedener Bürgerrechte zu schaffen.

Nur, was hatte das alles mit Rappolder und seiner Saubande zu tun? Es gab keine *Gladio* oder P26 mehr, und auch die Waffenverstecke der Geheimarmeen existierten nicht mehr, ebenso wenig wie die kommunistische Bedrohung. Die Schweizer Kommunisten waren schon während des Zweiten Weltkriegs verboten worden, und die daraufhin gegründete und primär in der romanischen Schweiz verankerte *Partei der Arbeit*, kurz PdA, hatte nie nennenswerten Zulauf erhalten. Und die Sozialdemokraten hatten sich mittlerweile mehr oder weniger klar zur Demokratie bekannt und viel von ihrer früheren Stärke eingebüsst.

Und was wusste ich über diese Nazi-Arschlöcher? Sie waren von allem Martialischen fasziniert. Dazu gehörten natürlich ganz besonders Waffen. Vielleicht dachten Rappolders Glatzköpfe, sie könnten vergessen gegangene Waffenverstecke aufspüren und für sich nutzen? Aber auch das war äusserst unwahrscheinlich. Es lag in der Schweizer Natur, alles bis ins Detail zu dokumentieren, und die vollständige Auflösung der P26 samt all ihren Materialdepots war vom Parlament überprüft worden, welches keinerlei Abweichungen von den Etats hatte feststellen können. Das Parlament war damals so wütend gewesen, dass der Versuch, insgeheim einige dieser Verstecke beizubehalten, wohl von vorneherein zum Scheitern verurteilt gewesen wäre.

Und vielleicht war ich auch völlig auf dem Holzpfad und das Neonazi-Projekt hatte überhaupt nichts mit den NATO-Geheimarmeen zu tun. Oder vielleicht…

…Shit!

Ich wurde von der Stimme des Piloten geweckt, der den Beginn des Landeanflugs verkündete. Ich musste wohl eingenickt sein. Benommen schüttelte ich den Kopf und schaute zu Ivica hinüber. Er schlief immer noch.

Bald darauf setzte das Flugzeug mit einem kaum merklichen Rumpeln auf der Fahrbahn auf. Willkommen in Wien.

Das Pflegeheim, in dem Begić lebte, befand sich im Stadtteil Ottakring. Um eine gewisse Distanz dazu zu schaffen und gleichzeitig dem Trubel der Innenstadt aus dem Weg zu gehen, hatte ich mich für ein kleines Hotel im Stadtteil Simmering, Wiens elftem Bezirk, entschieden. Es war zwar schon etwas heruntergekommen, schonte aber das Budget meiner Auftraggeber. Ausserdem akzeptierten die Betreiber Barzahlung. Ich hatte keine falsche Kreditkarte und wollte mit meiner echten keine unnötigen Papierspuren hinterlassen.

Die rund zwanzigminütige Taxifahrt zum Hotel verbrachten wir schweigend. Das heisst, ich schwieg und betrachtete die vorbeiziehenden Strassenzüge. Ivica war beim Zoll gefilzt worden und fluchte den ganzen Weg wie ein Kutscher darüber.

Ich hatte unserem syrischen Taxifahrer eine Adresse zwei Strassen vom Hotel entfernt genannt. Dort angekommen bezahlte ich die Fahrt und gab ihm ein angemessenes Trinkgeld, weder ungewöhnlich grosszügig noch ungewöhnlich knauserig. Ich wollte nicht, dass er sich später an uns erinnerte.

Nach einem kurzen Fussmarsch kamen wir beim Hotel mit dem klingenden Namen ‹Kaiser› an. Es hatte nur fünf Stockwerke und sah nicht eben feudal aus. Der graue Verputz blätterte ab und das gusseiserne Geländer der Eingangstreppe rostete vor sich hin. Der nicht mehr ganz taufrische Herr mit seiner zerknitterten Uniform und der überkämmten Glatze hinter der Rezeption passte perfekt zum Gesamtbild. Als wir das Hotel betraten, schaute er gelangweilt auf und verstaute sein Magazin unter dem Tresen. Ich erhaschte einen Blick auf pralle nackte Brüste.

Trotz der Möglichkeit zur Barzahlung wurde bei der Registrierung ein Ausweis verlangt. Damit hatte ich nicht gerechnet. Gerade wollte ich zähneknirschend meine Schweizer Identitätskarte hervornehmen, als mich Ivica wieder einmal überraschte. Mit freundlichem Lächeln und breitem Schweizer Akzent zückte er einen absolut echt aussehenden, aber anscheinend gefälschten Pass und schrieb sich unter dem Namen *Meierhans* ein. Ich verbarg meine Überraschung. Herr Langeweile schaute mich ungerührt an und fragte: «Und Sie?»

Ich zeigt auf Ivica und antwortete: «Ich bin mit ihm.»

«Einen Ausweis muss ich trotzdem sehen.»

Ivica schob ihm einen Fünfzigeuroschein hin. «Hier ist sein Ausweis. Und ich brauche ein Doppelzimmer.»

Der Kerl nickte, steckte den Schein wortlos ein und legte das Formular zur Seite. Dann schnaubte er, machte ein angewidertes Gesicht und fügte hinzu: «Aber keine Sauereien!»

Ivica verschluckte sich und rang geräuschvoll nach Luft, während er gleichzeitig krampfhaft versuchte, einen Lachanfall zu unterdrücken. Der heuchlerische Moralapostel an der Rezeption schüttelte den Kopf, nahm aber einen Schlüssel vom Brett hinter ihm und legte ihn vor uns auf den Tresen. «Hier, Zimmer 315.» Ich bezahlte für zwei Tage im Voraus.

Der Fahrstuhl sah nicht besonders vertrauenserweckend aus. Wir schulterten unser Gepäck und stiegen die Treppe zu unserer Etage hoch.

Auch unser Zimmer passte sich nahtlos in das bisherige Bild ein. Die hellgrüne Tapete mit roten Streifen und die sichtbaren Kabel in den elektrischen Anschlüssen sowie der goldfarbene Pseudokronleuchter erweckten den Anschein von schon lange verblasster *Grandeur*.

Ich warf mein Gepäck in die Ecke und streckte mich auf dem Bett aus. Ivi starrte ungläubig auf die schmale Pritsche, die hier als Doppelbett durchging. Ich zwinkerte ihm lasziv zu.

«Mach dir nur ja keine falschen Hoffnungen», knurrte er. Dann schob er in einer recht glaubwürdigen Imitation unseres geschätzten Rezeptionisten trocken nach: «Aber keine Sauereien!»

Nach zwei Sekunden Stille prusteten wir beide los wie zwei junge Haflinger. Wir wieherten und grölten so ungezügelt herum, dass ich wirklich Angst bekam, wir würden zu viel Aufsehen erregen. Aber es half alles nichts, wir konnten nicht aufhören, und es dauerte die längste Zeit, bis wir uns wieder erholt hatten. Irgendwann liess sich Ivica vor lauter Lachen ebenfalls auf das Bett fallen. Ich schaute ihn kurz verdutzt an, dann ging es wieder los. Wir lachten Tränen. Jedesmal, wenn sich einer von uns einigermassen in den Griff gekriegt hatte, stiess der andere wieder wie ein Idiot *keine Sauereien!* hervor. Wir lachten so fest, dass mir die Seite weh tat und ich aus dem Bett fiel, was bei Ivi selbstverständlich einen neuen Lachanfall auslöste. Schliesslich schleppte er sich kichernd ins Badezimmer und klatschte sich eiskaltes

Wasser ins Gesicht. Das schien zu helfen. In der Folge beruhigte auch ich mich langsam.

«Scheisse!» Ich konnte nur den Kopf schütteln. «Na, wenigstens haben uns unsere Frauen nicht so gesehen.»

Ivica grinste nur fröhlich.

Ich musterte ihn nachdenklich und fragte: «Übrigens, willst du mir nicht sagen, was es mit dem Pass auf sich hat?»

Das Grinsen verschwand aus seinem Gesicht. Er zuckte mit den Schultern. «Kann manchmal ganz praktisch sein.»

«Das bezweifle ich nicht», erwiderte ich, «aber es ist auch ganz schön illegal. Wo hast du das Ding her?»

Er zuckte erneut mit den Schultern und schwieg.

Schliesslich schüttelte ich den Kopf und meinte: «Na schön, geht mich ja nichts an. Aber gut zu wissen, dass ich jemanden kenne, der jemanden kennt, et cetera. Nur für den Fall.»

Ungerührt erwiderte er: «Ja, eben, das kann manchmal ganz nützlich sein. Apropos: Bevor wir gehen, sollten wir die hier einstecken, wenn wir schon keine Knarren haben.» Er öffnete seine Sporttasche, nahm eine Metallbüchse hervor, klopfte darauf und erklärte: «Verbleit. Röntgensicher.» Dann öffnete er die Schachtel und nahm zwei identische Klappmesser hinaus. Sie hatten einen Horngriff und sahen aus wie die Messer, welche Förster mit sich herumtrugen. Er steckte eines in die linke Hintertasche seiner Jeans und reichte mir das andere mit den Worten: «Hier, für alle Fälle.»

«Was, für den Fall, dass ich ein Reh häuten muss?»

«Steck es einfach ein und spar dir die klugen Sprüche. Ich weiss genau, dass du auch lieber eine Knarre hättest, aber damit können wir immerhin jemandem die Füllungen lösen, wenn es nötig ist.»

«Und wieso sollte es nötig sein?»

Er warf das Messer auf das Bett und wiederholte ungeduldig: «Nimm es einfach!»

Wortlos griff ich nach dem überdimensionierten Zahnstocher und steckte ihn ein.

Ich war nicht das erste Mal in Wien, und wie immer verfiel ich fast augenblicklich dem leicht dekadenten imperialen Charme der ehemaligen Reichshauptstadt Österreich-Ungarns. Die kaiserlich-königliche Vergangenheit war vor allem in der Innenstadt an jeder

Strassenecke, an jedem Haus und in jedem Park präsent. Nebst einer Vielzahl von Gebäuden aus der sogenannten Gründerzeit war das Stadtbild von einem eklektischen Mix verschiedenster architektonischer Stilrichtungen geprägt, von Jugendstilbauten wie der Secession, der Stadtbahnstation Karlsplatz oder der Kirche am Steinhof über die romanische Ruprechtskirche und den gotischen Stephansdom bis hin zur barocken Karlskirche. Am berühmtesten war aber wohl das Hundertwasserhaus, Friedensreich Hundertwassers Gegenmodell zur nüchternen modernen Bauweise.

Kürzlich hatte ich gelesen, dass Wien die zweithöchste Lebensqualität der Welt aufweisen sollte. Gleich nach Zürich, notabene. Die Menschen waren freundlich und sprachen mit einer allgegenwärtigen, feinen, unterschwelligen Ironie, dem berühmten Wiener *Schmäh.*

Unser Hotel befand sich in der Nähe des Enkplatzes. Als wir auf die Strasse traten, sahen wir nicht weit entfernt die zwei markanten Türme der Neusimmeringer Pfarrkirche. Ich war schon einmal hier gewesen, und auch damals hatten mich die drei hohen, oben abgerundeten Fenster und das blütenförmige Fenster darüber an die Umayyad-Moschee erinnert, die ich einmal in einem Dokumentarfilm gesehen hatte. Ich fand das irgendwie ironisch.

Die U-Bahnstation Enkplatz lag unmittelbar neben dem Haupteingang der Kirche, klar gekennzeichnet durch einen auf einer langen Eisenstange sitzenden grossen blauen Würfel mit einem markanten weissen ‹U› darauf. Die Station selbst war unterirdisch angelegt und durch einen modern anmutenden, langgezogenen Glasbau mit halbrundem Dach erreichbar. Wir stiegen die zwei Stockwerke zu den Bahngeleisen hinunter und warteten auf den nächsten Zug.

Die Linie Drei verband Simmering direkt mit unserem Ziel, Ottakring. Während der Fahrt betrachtete ich den Netzplan über der Tür. Das Netz der Wiener U-Bahn bestand aus fünf Linien, jede in einer eigenen Farbe gehalten. Unsere Linie war gelb. Bei der Kendlerstrasse stiegen wir aus.

Zügig legten wir die paar hundert Meter zu Begićs Pflegeheim zu Fuss zurück. Am Ziel angelangt, betrachteten wir beim Vorbeispazieren diskret das unauffällige Äussere des mehrstöckigen roten Ziegelgebäudes. Über der automatischen Eingangstür aus Glas prangte der Schriftzug ‹Frohsinn›.

«Das soll ein Pflegeheim sein?», fragte Ivica. «Sieht eher aus wie eine Bierbrauerei, wenn du mich fragst.»

«Das ist Wien», antwortete ich. «Vielleicht ist es beides.»

Er lachte und meinte: «Falls ja, will ich hier meinen Lebensabend verbringen.»

Wir setzten uns ans Fenster eines Strassencafés, von dem aus wir das Heim im Auge behalten konnten. Der Kellner war gross, dünn, hatte Beine wie ein Storch und war kein Einheimischer, sondern ein Norddeutscher.

Ich bestellte zwei Einspänner. Ivi schaute mich entgeistert an. Der Kellner hatte Mitleid mit ihm und erklärte: «Das is'n Mokka mit Schlagsahne drauf. Was sie hier Schlagobers nennen.»

Mit einer Stimme, mit der manche Leute kleinen Kindern etwas erklären, ergänzte ich: «Schlagrahm, Ivi, Schlagrahm.»

«Ich weiss, was Sahne ist, du Blödmann», knurrte er.

Der Kellner lachte und verschwand in der Küche. Als er wenig später mit den Getränken zurückkam, bezahlte ich sofort. Nachdem ich ihm ein anständiges Trinkgeld gegeben hatte, fragte ich beiläufig: «Eine Frage noch... Mein Freund hier und ich haben uns gerade gefragt, was sich wohl in diesem Gebäude dort drüben befindet. Das rote aus Ziegeln da. Ich tippe auf eine Bierbrauerei, aber mein Freund meint, das gehöre sicher der Stadtverwaltung.»

Statt zu antworten, tippte sich der Kellner mit dem Zeigefinger vielsagend an die Stirn. Wir starrten ihn beide verständnislos an. Er wiederholte die Gebärde.

«Was soll der Scheiss?», knurrte Ivica ihn an.

Ich hielt meine Hand auf, um ihn zum Schweigen zu bringen, und fragte den Kellner: «Wie meinen Sie das?» Dabei imitierte ich seine Handbewegung von vorhin.

«Na, das Gebäude! Der *Frohsinn*. Das is'n Irrenhaus!»

«Ein Irrenhaus? Ist das der politisch korrekte Ausdruck?»

Er grinste «Wahrscheinlich nicht. Und es ist auch nicht *wirklich* ein Irrenhaus. Es ist eine Anstalt für Leute mit psychischen Problemen. Schweren Depressionen und so.»

Neugierig fragte ich: «Wie kommt es, dass Sie so gut informiert sind?»

Er setzte eine wichtige Miene auf. «Na, das Personal trinkt hier öfter mal 'nen Kaffee, da schnappt man halt so einiges auf.» Dann stakste er davon, um zwei Neuankömmlinge zu begrüssen.

Ivica und ich schauten uns an. «Also nicht einfach ein simples Pflegeheim für Senioren», dachte ich laut nach.

«Sieht nicht so aus», pflichtete mir Ivica bei.

Es war kurz nach halb sechs und daher in Anbetracht der Tatsache, dass dies Wien war, wohl zu spät für unsere Zwecke. Wir beschlossen, in die Innenstadt zu fahren und beim ‹Figlmüller› einzukehren. Ivica machte grosse Augen, als die Schnitzel kamen. Sie waren goldbraun, knusprig und vor allem so gross, dass beide Enden über den Rand der nicht eben kleinen Teller hinausragten. Dazu gab es ‹Erdäpfel› und ‹Vogerlsalat›. Für eine kurze Weile existierte nichts anderes mehr für uns.

KAPITEL 26

Kurz vor halb zehn am nächsten Morgen waren wir zurück in Ottakring und sassen erneut bei einem Einspänner.

«Also», fragte Ivica, «was nun?»

«Keine Ahnung», erwiderte ich etwas ratlos. «Wie gesagt empfängt Bégic keinen Besuch. Sie wollten ihn nicht mal ans Telefon lassen.»

«Wie wär's damit?» Er beugte sich vor und erklärte mir seine Idee mit halblauter Stimme. Begeistert war ich nicht, aber andererseits war sie erfolgsversprechender als alles, was mir bisher eingefallen war.

Fünfzehn Minuten später standen wir deshalb mit einem grossen Blumenstrauss am verglasten Empfang des Frohsinns. Eine massive Mittvierzigerin mit streng zurückgebundenem grauem Haar unter einer weissen Kappe starrte uns argwöhnisch an. Vor allem die Naht an meiner Schläfe und mein blaues Auge schienen sie misstrauisch zu machen.

«Wos wuins?»

«Das Zimmer von Herrn Begić, bitte. Zlatan Begić.»

Sie blickte automatisch nach unten und begann auf einer versteckten Tastatur herum zu tippen. Der zugehörige Monitor war ebenfalls unter dem Empfangstresen angebracht und für uns daher unsichtbar. Als sie wieder aufschaute, war ihre Miene noch ein wenig unfreundlicher. «Hea Begić empfängt koane Besucha.»

«Es ist aber sehr wichtig.»

«Do koan i nix moch'n.»

Ivica war mittlerweile ans Ende des Tresens gerutscht. Mit strahlendem Lächeln und aus allen Poren fliessendem Charme winkte er sie zu sich herüber. «Könnten Sie mir freundlicherweise noch eine kurze Frage beantworten?» Er nahm ein gefaltetes Blatt Papier aus seiner Jackeninnentasche, öffnete es, strich es glatt und legte es vor sich auf den Tresen. Sie schaute ihn zuerst skeptisch an, ging dann aber doch die zwei Meter zu ihm hin und starrte zunächst verständnislos auf das Blatt.

Ivi zeigte mit dem Finger auf etwas, beugte sich vor und flüsterte ihr ins Ohr. Ich hörte sie verwirrt «ja, doch» stammeln. Dann nahm er einen Kugelschreiber hervor und begann, etwas auf das Blatt zu kritzeln.

Blitzschnell stemmte ich mich auf den Tresen, beugte mich vor und warf einen Blick auf den Monitor darunter. Wie erwartet hatte die solcherart abgelenkte Empfangsdame die Akte offen gelassen. Ich brauchte eine Sekunde, um Begićs Zimmernummer zu finden, da für mich alles kopfüber stand, aber da war sie. Zimmer 224. Bingo!

Praktisch im gleichen Moment gab die Dame Ivica eine gewaltige Ohrfeige und stiess in höchstem Masse empört hervor: «Jetzt höa mol, du Ungustl! Du Vollkoffa, du deppata, fäuln mi ned an, heast! Moch di vom Ocka oda i hol die Heh!»

Die Szene war so unfreiwillig komisch, dass ich nicht anders konnte als loszuprusten. Nun wandte sich ihr Zorn auch gegen mich, allerdings nur, bis Ivica ebenfalls loswieherte. Fluchtartig verliessen wir das Gebäude mit so viel Würde, wie noch übrig war. So viel zum Thema ‹nicht auffallen›.

Zurück auf der Strasse boxte ich Ivica in die Seite und fragte neugierig: «Was zum Geier hast du sie gefragt? Und was war da auf dem Blatt?»

Der Schalk blitze in seinen Augen. «Na, zuerst habe ich sie gefragt, ob ich ein gutaussehender Mann sei, wozu sie natürlich ja gesagt hat.»

Ich ahnte, was kommen würde. «Und dann?»

«Dann meinte ich, sie sehe etwas verspannt aus, und meiner Erfahrung nach wäre die Zusichnahme einer grossen Portion kroatischen Stierfleischs das beste Mittel dagegen.»

Ich grinste nun ebenfalls breit. «Aha. Und damit sie sich's besser vorstellen konnte, hast du ihr noch eine Skizze angefertigt?»

«Genau!» Er kramte das zerknüllte Blatt aus der Hosentasche, strich es auf seinem Oberschenkel glatt und zeigte es mir. Die Skizze darauf war überraschend detailliert, wenn auch anatomisch zweifelhaft.

«Du Schwein!» Zum zweiten Mal, seit ich in Wien angekommen war, kriegte ich einen Lachanfall.

Ivica grinste noch breiter, wenn das überhaupt möglich war, und hielt mir die flache Hand hin. Ich schlug ein.

Zurück im Café fragte er: «Sag mal, hat die überhaupt Deutsch gesprochen? Ich hab keine Ahnung, was sie mir da an den Kopf geworfen hat.»

«Wienerisch.»

«Du verstehst das?»

«Nicht alles. Aber ein Ungustl ist ein widerlicher Typ, soviel ich weiss. Ein Vollkoffer ist ein Idiot, und die Heh sind die Bullen.»

«Und woher weisst du das alles?»

«Ich hatte mal eine Wiener Freundin.»

«Und die hat dir solche Ausdrücke an den Kopf geworfen?»

Dazu sagte ich lieber nichts.

Fünf Stunden und vier Currywürste später waren wir zurück im *Frohsinn.* Ich hatte ausgerechnet, dass die Amazone von vorhin mittlerweile nicht mehr im Dienst sein sollte, und ich behielt Recht. Niemand sah uns an, niemand stellte uns zur Rede und niemand hielt uns auf, als wir zügig zum Aufzug gingen und in den zweiten Stock hochfuhren. Vor Zimmer 224 angelangt, schaute ich kurz nach links und rechts. Keiner weit und breit. Ich klopfte und wir traten ein, ohne auf Antwort zu warten.

Die Einrichtung des etwa vier auf fünf Meter grossen Zimmers erinnerte mehr an ein Altersheim als an ein Spital. Es war klar, dass hier jemand wohnte und nicht nur für kurze Zeit in Pflege war. Die Wände waren in fröhlichem Ockergelb gestrichen und strahlten ein Gefühl angenehmer Wärme aus. Es gab eine Kochnische, einen kleinen Tisch, der vor dem einzigen, aber grossen Fenster stand, und ein gut gefülltes Bücherregal an der gegenüberliegenden Wand. In der Mitte stand ein gemütliches Bett aus Buchenholz. Die weissen Laken und die ockergelbe Bettdecke darauf waren zerwühlt. Eher unangenehm überrascht stellte ich fest, dass rechts daneben noch ein zweites Bett stand. Es war eines dieser hydraulisch betriebenen Spitalbetten mit Stahlrohrgestell und Lederriemen auf beiden Seiten, die für die Fixierung des Patienten gedacht sind. Diese Pritsche störte die ansonsten so harmonische Stimmung im Raum nachhaltig.

Plötzlich bewegte sich unter der Bettdecke etwas. Unwillkürlich machte ich einen Schritt zurück. Eine wuschelige, schlohweisse Mähne erschien. Sie gehörte zu einem alten Mann, der in Embryostellung dalag und mich mit diesem apathischen Blick, den Beruhigungsmittel auslösen, verständnislos anstarrte.

«Herr Begić?», fragte ich automatisch.

Keine Reaktion.

«Sind Sie Herr Begić?», versuchte ich es noch einmal.

Nichts.

Trotzdem wiederholte ich meine Frage noch zweimal, allerdings mit dem immer gleichen Ergebnis. Dann sagte Ivica etwas auf Kroatisch zu ihm und der alte Mann nickte plötzlich. Ivica drehte den Kopf zu mir und sagte: «Es ist Begić.»

Ich trat ans Bett und streckte Begić die Hand hin, aber er ignorierte mich völlig und starrte wie gebannt auf Ivica. Plötzlich murmelte er etwas.

«Was sagt er?», fragte ich Ivica.

«Gib mir einen Moment. Er spricht einen seltsamen Dialekt.»

Er beugte sich vor und wechselte ein paar Worte mit dem alten Mann. «Okay», sagte er dann. «Er möchte wissen, weshalb wir hier sind.»

«Sag ihm, dass wir aus der Schweiz kommen und ihm gerne ein paar Fragen stellen würden. Über Herrn Hasanović.»

Ich war mir nicht ganz sicher, aber es schien mir, als hätte beim Wort ‹Hasanović› kurz etwas in Begićs apathischen Augen aufgeflackert. Ivica übersetzte. Begić antwortete erneut. Ivica sagte: «Er meint, es gäbe viele Hasanovićs.»

Ich zückte mein Notizbuch und konsultierte die Notizen, die ich mir bei der Sitzung mit Dr. Bron gemacht hatte. «Sag ihm, sie seien aus dem gleichen Dorf. Mujo Hasanović.»

Ivica übersetzte erneut. Begić nickte langsam. Dann murmelte er eine Antwort, drehte sich zur Seite und schwieg. Ivica schaute mich nachdenklich an. «Er sagt, er kenne Hasanović aus einem Leben, an das er sich nicht mehr erinnern will.»

Das Ganze gestaltete sich etwas schwierig. Ich beschloss, mangels Alternativen auf den Schockeffekt zu setzen und wies Ivica daher widerstrebend an: «Sag ihm, Hasanović sei tot.»

Ivica übersetzte. Begić reagierte nicht.

Ich dachte kurz nach. «Na gut, sag ihm folgendes: Sie stammen beide aus dem gleichen Dorf. Hasanović hatte Angst vor Tunnels. Und vor allem: Er wurde ermordet.»

Ivica übersetzte erneut. Diesmal drehte sich Begić langsam um, bis er mir in die Augen schauen konnte. Dann sagte er etwas. Ivica übersetzte: «Er fragt, wie. Soll ich es ihm sagen?»

Ich nickte und Ivica erzählte es ihm.

Danach war Begić sicher eine halbe Minute lang wie erstarrt, bevor urplötzlich Leben in ihn kam. Die Apathie verschwand aus seinem Blick und er wirkte wach und aufmerksam, als er einen langen Wortschwall hervorstiess.

«Ja, er kennt Mujo Hasanović», übersetzte Ivica, «sie stammen beide aus einem kleinen Dorf bei Sarajevo. In den frühen Achtzigerjahren war Begić einmal Hasanovićs Lehrer gewesen. Er sagt auch, sie seien beide im Tunnel gewesen und später zusammen in Tuzla, und...»

Er wurde durch einen erneuten Strom seltsam hart klingender Laute unterbrochen, die der alte Mann hervorstiess. Ivica hörte aufmerksam zu und erklärte dann: «Er kann nicht glauben, dass Hasanović ermordet wurde. In vier Jahren Krieg hätten das weder die Serben noch die Kroaten geschafft. Sein Übername im Krieg war *Sablast*.»

«Und was bedeutet das?»

«Gespenst.»

Erstaunt fragte ich: «Und weshalb wurde er so genannt?»

Ivica fragte nach und sagte dann: «Weil er immer sagte, er sei schon tot. Und er konnte gemäss Begić aus dem Nichts erscheinen und spurlos wieder verschwinden.»

Ich griff in meine Jacke, nahm Hasanovićs Foto heraus und reichte es an Ivica weiter, der es Begić zeigte.

Der alte Mann nickte energisch und sagte: «Mujo Hasanović!»

In diesem Moment krächzte eine heisere Stimme hinter uns: «Was zum Teufel machen Sie hier?» Ich wirbelte herum. In der Tür stand ein Kleiderschrank von Krankenschwester. Sie stemmte ihre Arme in die Seiten und war ganz offensichtlich stinksauer. Nachdem sie uns ein paar Sekunden lang mit eisigem Blick fixiert hatte, meinte sie mit der forschen Stimme einer Person, die keinen Widerspruch duldet: «Raus hier. Herr Begić empfängt keine Besucher.» Sie sprach mit einem leichten slawischen Akzent, aber ihr Gesicht erinnerte mich frappant an Fotos von Anna Bahr-Mildenburg. Überhaupt schien ihre ganze Erscheinung direkt aus einer Wagner-Oper zu stammen. Es fehlte nur der geflügelte Walkürenhelm.

Ivica und ich waren beide sprachlos. Begić hingegen wedelte aufgeregt mit den Armen, winkte sie zu sich heran und redete dann eindringlich auf sie ein. Sie schüttelte ein paar Mal den Kopf, aber schliesslich nickte sie widerwillig. Erneut fixierte sie uns mit ihrem Todesblick und sagte: «Also gut. Eine Stunde. Keine Minute länger.» Dann rauschte sie wütend davon.

Ich schloss kopfschüttelnd die Tür hinter ihr. Dann ging ich zum Tisch, packte zwei Stühle, trug sie zu Begić herüber und setzte mich an den Fuss seines Betts. Ivica nahm auf der anderen Seite Platz und wechselte ein paar Worte mit dem alten Mann, bevor er mich unvermittelt fragte: «Sag mal, was weisst du über die Jugoslawienkriege?»

Ich fühlte mich ein bisschen überrumpelt, als ich zugab: «Ehrlich gesagt, nicht viel. Ich erinnere mich vage an die Nachrichten damals, aber sonst habe ich mich nie gross damit beschäftigt.»

«So wie der Rest der Welt», meinte er sarkastisch. «Soll ich dir zuerst eine Kurzzusammenfassung geben, bevor wir uns mit Begićs Geschichte befassen?»

«Sicher, wenn du glaubst, dass das nötig ist.»

«Das denke ich, ja. Moment…» Er sagte noch einmal etwas zu Begić. Dieser nickte erneut und liess sich dann erschöpft auf sein Kissen zurückfallen.

Ich nahm meinen Digitalrekorder aus der Tasche, schaltete ihn ein und lege ihn zwischen uns auf das Bett. Dann begann Ivica mit einer überraschend detailreichen Zusammenfassung der Jugoslawienkriege. Offenbar hatte er sich sehr intensiv mit dem Thema auseinandergesetzt.

Die Weichen für den späteren Bosnienkrieg wurden bereits vor dem endgültigen Zerfall Jugoslawiens gestellt, welcher im Juni 1991 mit den Unabhängigkeitserklärungen Sloweniens und Kroatiens begann. Schon Anfang 1991 erklärte der damalige serbische Präsident Slobodan Milošević als Antwort auf zunehmende Unabhängigkeitsbestrebungen in den Teilrepubliken, dass er alle Territorien Kroatiens und Bosniens mit nennenswerter serbischer Bevölkerung annektieren würde, falls jemand den Versuch unternehmen sollte, an der jugoslawischen Bundesstruktur zu rütteln. Noch im März des gleichen Jahres traf er sich im verschlafenen Dörfchen Karađorđevo in der serbischen Vojvodina insgeheim mit dem kroatischen Präsidenten Franjo Tuđman, um die Aufteilung Bosniens zu besprechen. Im Mai desselben Jahres erklärte dann die serbisch-demokratische Partei, die *Srpska Demokratska Stranka* oder kurz SDS, drei Gebiete Bosniens mit vorwiegend serbischer Bevölkerung zu serbisch-autonomen Regionen.

Die folgenden Monate waren durch wachsenden Hass zwischen den verschiedenen Bevölkerungsgruppen gekennzeichnet, und im Sommer brach offener Krieg zwischen Slowenien und der jugoslawischen Republik aus, die von Serbien dominiert wurde. Dieser dauerte nur zehn Tage und endete mit der weitgehenden Unabhängigkeit Sloweniens. Eine Folge des Konflikts war, dass eine grosse Zahl kroatischer und slowenischer Soldaten von der jugoslawischen Volksarmee, der *Jugoslovenska Narodna Armija* oder kurz JNA, desertierten.

Kurz darauf brach auch in Kroatien Krieg aus. Dieser wurde zunächst zwischen der neu aufgebauten kroatischen Armee und den Streitkräften der *Republik Serbische Krajina* geführt, welche rund einen Drittel des kroatischen Staatsgebiets kontrollierte. Es dauerte allerdings nicht lange, bis die nun fast ausschliesslich serbische JNA in den Konflikt eingriff. Dazu kam eine grosse Anzahl serbischer Freischärler, welche bald für eine Reihe von Kriegsverbrechen verantwortlich zeichneten.

Im August 1991 begann die JNA ihren Angriff auf das barocke ostkroatische Städtchen Vukovar, welches in den folgenden drei Monaten durch geschätzte sechs Millionen Artilleriegranaten in Schutt und Asche gelegt wurde. Nach der Eroberung der Stadt im November 1991 verübten Verbände der JNA und serbische Freischärler im örtlichen Spital ein Massaker an über zweihundert verwundeten kroatischen Soldaten und Zivilisten, die auf dem Gelände einer nahegelegenen Schweinefarm erschossen und in einem Massengrab verscharrt wurden.

«Vukovar war der Grund, weshalb ich damals nach Kroatien zurückgegangen bin. Meine Familie stammt aus der Stadt.» Ivica sagte es nüchtern und vordergründig emotionslos, aber ich kannte ihn und sah ihm an, dass ihn die Erinnerung aufwühlte.

«Und was ist mit Bosnien?», fragte ich, um ihn abzulenken.

In Bosnien-Herzegowina war die Situation 1991 ebenfalls instabil. Die Bosniaken spielten mit dem Gedanken eines eigenen Staates, während die Kroaten der westlichen Herzegowina sich dem neuen kroatischen Staat anschliessen wollten. Die Serben liessen die Situation schliesslich aus dem Ruder laufen, als ihre Abgeordneten im Oktober 1991 das bosnische Parlament in Sarajevo verliessen und eine eigene Volksversammlung bildeten. Als Reaktion darauf riefen die bosnischen Kroaten im November 1991 die *Hrvatska Republika Herceg-Bosna* aus. Im Januar 1992 folgten die Serben und proklamierten eine eigene bosnisch-serbische Republik, aus welcher wenig später die *Republika Srpska* entstand. Schliesslich rief das bosnische Parlament im Anschluss an ein durch die Serben boykottiertes Referendum Anfang März 1992 die Unabhängigkeit der Republik Bosnien und Herzegowina aus. Kurz darauf eskalierten die Spannungen und der Bosnienkrieg begann.

Einen knappen Monat später starteten die Serben eine Grossoffensive gegen die bosnische Hauptstadt Sarajevo. Als Erstes wurde Anfang April der internationale Flughafen im Vorort Ilidža eingenommen. In den Monaten zuvor hatte die JNA starke Kräfte in den Hügeln um die Stadt zusammengezogen, von denen ein Grossteil der neuen Armee der bosnischen Serben, der *Vojska Republike Srpske* oder kurz VRS, übertragen wurden. Anfang Mai begann die VRS dann mit einer vollständigen Blockade der Stadt. Alle Hauptstrassen, die in die Stadt hinein führten, wurden geschlossen, Hilfslieferungen mit Essen und Medikamenten zurückgehalten und die Wasser- und Elektrizitätsversorgung gekappt. Die Situation der Menschen in der Stadt wurde zunehmend verzweifelter. Als Reaktion darauf gruben die Verteidiger zwischen Januar und Mai 1993 einen Tunnel unter den serbischen Stellungen hindurch, der nach seiner Fertigstellung jede Nacht von durchschnittlich viertausend Menschen benutzt wurde, die so täglich rund zwanzig Tonnen Hilfsgüter in die Stadt brachten. Tagsüber war die Benutzung zu gefährlich.

Im Verlauf der anfänglichen Offensive wurden mehrere Stadtteile mit vorwiegend serbischer Bevölkerung eingenommen. Nachdem jedoch Versuche gescheitert waren, die restliche Stadt im Handstreich zu nehmen, beschränkten sich die besser ausgerüsteten, aber zahlenmässig unterlegenen Angreifer darauf, die Verteidiger durch permanenten Artilleriebeschuss aus über zweihundert vorbereiteten Stellungen und mittels der systematischen Tötung von Zivilisten durch Heckenschützen zu demoralisieren. Während der fast vierjährigen Belagerung schlugen pro Tag im Schnitt über dreihundert Granaten in Sarajevo ein. Die Allee *Zmaja od Bosne*, die Hauptverkehrsachse durch Sarajevo, auf der sich die einzige Quelle sauberen Wassers in der Stadt befand, wurde so gefährlich, dass sie von ausländischen Journalisten den Übernamen *Sniper Alley*, also Heckenschützenallee, erhielt. Ende des Krieges wurde geschätzt, dass über tausend Menschen durch Heckenschützen verwundet und 225 getötet worden waren, davon sechzig Kinder. Insgesamt kostete die Belagerung mehr als elftausend Menschen das Leben und über fünfzigtausend wurden verwundet.

«Unglaublich», sagte ich erschüttert.

«Ja, und das war nur die Hauptstadt», erwiderte Ivica.

«Die Serben kämpften also gegen die Muslime und die Kroaten?»

«Nein, so einfach ist das nicht», entgegnete er. «Die bosnischen Kroaten waren zwar anfänglich mit den Bosniaken gegen die Serben verbündet, aber das ging 1992 in die Brüche, weil die Kroaten versuchten, ihr Gebiet gewaltsam zu erweitern.»

«Die Moslems führten also einen Zweifrontenkrieg?»

«Manchmal, manchmal nicht. Und das ist nicht alles. Zeitweise kämpften in Bihać – das ist eine Enklave in Westbosnien – sogar bosniakische Regierungseinheiten gegen bosniakische Separatisten.»

«Was? Weshalb?»

«Die Enklave wurde lange belagert und der Anführer der Verteidiger, ein Typ namens Fikret Abdić – genannt Babo – wollte mit den Serben einen Separatfrieden abschliessen.»

«Klingt irgendwie logisch und nachvollziehbar.»

Ivica hustete. «Nichts im Balkan ist logisch und nachvollziehbar.»

«Die VRS war also die grösste der drei Streitkräfte?»

«Insgesamt schon, mit rund hundertdreissigtausend Soldaten gegenüber je etwa fünfzigtausend Mann bei den Kroaten und Bosniaken. Das ist aber einschliesslich der Kriegsfreiwilligen aus Russland und anderen slawischen Staaten. Ihr grosser Vorteil war aber, dass sie am besten und modernsten ausgerüstet war, schliesslich konnte sie auf das Material der JNA zurückgreifen. Ausserdem wurde sie aktiv von Serbien unterstützt. Daher konnte die VRS im ersten Kriegsmonat auch fast siebzig Prozent des bosnischen Territoriums besetzen.»

«Und was war mit den Anderen?»

«Der Kroatische Verteidigungsrat, die HVO – das steht für *Hrvatsko Vijeće Obrane* – erhielt auch Unterstützung von Kroatien, vor allem bei Ausbildung und Logistik. Ich weiss noch, dass Tuđman offiziell jede Beteiligung abgestritten hat, aber es war ein offenes Geheimnis, dass tausende von uns in Bosnien an der Seite der HVO gekämpft haben.» Er bemerkte meinen fragenden Blick und meinte: «Mit uns meine ich die kroatische Armee. Wahrlich kein Ruhmesblatt für Kroatien.»

«Und die Moslems?»

«Die brauchten am längsten, um eine eigene Armee aufzustellen. Erst einen Monat nach Kriegsausbruch wurde die *Armija Republike Bosne i Hercegovine*, kurz ABiH, offiziell gegründet. Am Anfang hatte sie nicht mal genug Ausrüstung für alle.»

«Was war mit den Mudschaheddin?» Ich hatte einmal gelesen, dass ehemalige Afghanistankämpfer und sonstige Freiwillige aus muslimischen Ländern in Bosnien gekämpft haben sollten.

«Einige tausend. Allerdings sollen die nicht viel gebracht haben. Vor allem hat ihre Anwesenheit zu Reibereien mit den Einheimischen geführt.»

«Ach ja? Wieso das denn?»

«Religiöser Fanatismus und absolute Unkenntnis der lokalen Sitten. Keine gute Mischung in einem traditionell toleranten Land.»

«Und was ist mit den ganzen Freischärlern, die jetzt in Den Haag einsitzen?» Ich wusste aus Fernseh- und Zeitungsberichten, dass eine ganze Reihe von Mitgliedern irregulärer Verbände, die damals in Bosnien operiert hatten, wegen Kriegsverbrechen vom Internationalen Strafgerichtshof für das ehemalige Jugoslawien verurteilt worden waren und nun zum Teil langjährige Haftstrafen absassen.

«Das Gesindel gab's auf allen Seiten, am meisten allerdings tatsächlich bei den Serben. Die hatten alle hochtrabende Namen wie die ‹Weissen Adler›, die ‹Gelben Wespen›, ‹Arkans Tiger›, die ‹Skorpione› und so weiter, aber eigentlich waren es gewöhnliche Verbrecher. Auf kroatischer Seite gab es die ‹Kroatischen Verteidigungskräfte›, besser bekannt als HOS, und auf muslimischer Seite die ‹Patriotische Liga› und die ‹Grünen Barette›. Die meisten stammten aus dem rechtsradikalen Milieu.»

«Und die ethnischen Säuberungen?» Auch darüber hatte ich gelesen: Durch Terror an der Zivilbevölkerung hätten Angehörige anderer Volksgruppen während der Jugoslawienkriege dazu gebracht werden sollen, ‹freiwillig› ein bestimmtes Gebiet zu verlassen. Zu den dafür verwendeten Einschüchterungsmethoden hatten Mord, Folterungen, systematische Massenvergewaltigungen und das Betreiben von Konzentrationslagern gehört, wie sie Europa seit dem Zweiten Weltkrieg nicht mehr gesehen hatte. Die Vereinten Nationen hatten hilflos reagiert und lediglich eine Flugverbotszone über ganz Bosnien eingerichtet sowie Orte mit besonders vielen Flüchtlingen zu sogenannten UNO-Schutzzonen erklärt. Diese Massnahmen waren allerdings weitgehend wirkungslos geblieben, und erst die Durchsetzung der Flugverbotszone sowie die Bombardierung serbischer Stellungen durch die NATO hatte die Serben schliesslich an den Verhandlungstisch gebracht und den Dayton-Vertrag ermöglicht, mit dem der Bosnienkrieg Ende 1995 beendet worden war.

«Und was ist mit den ethnischen Säuberungen?», wollte ich von Ivica wissen.

«Was meinst du?»

«Wie hat das genau funktioniert?»

«Immer gleich. Die Armee, Freischärler, aber auch die Polizei und sogar Nachbarn griffen die Zivilbevölkerung der jeweils anderen Bevölkerungsgruppen an und nahmen Städte und Dörfer in Besitz. Sobald dies geschehen war und sie die Kontrolle über diese Gebiete ausübten, wurden Häuser und Wohnungen geplündert und angezündet. Die Bevölkerung wurde zusammengetrieben, Frauen und Männer voneinander getrennt und in Konzentrationslager gesperrt.»

«Eingesperrt oder umgebracht?» Ich wusste, dass in Bosnien nach dem Krieg viele Massengräber ausgehoben worden waren. Und natürlich wusste ich über Srebrenica Bescheid, wo serbische Einheiten unter dem Kommando von General Ratko Mladić im Juli 1995 trotz der Anwesenheit von rund vierhundert bewaffneten niederländischen Blauhelmen über achttausend Männer und Jungen zwischen zwölf und siebenundsiebzig Jahren in einer UNO-Schutzzone ermordet hatten.

«Eingesperrt. Aber du hast Recht, es kam auch immer wieder zu Kriegsverbrechen. Auf allen Seiten.»

«Zum Beispiel?»

Er blickte mich ausdruckslos an. «Willst du das wirklich wissen?»

«Ja.»

«Okay.» Er kam zu mir herüber, zog mich etwas zur Seite und raunte erklärend: «Ich weiss nicht, wie viel Deutsch der alte Begić versteht und ich will ihn nicht unnötig aufregen.»

Dann gab er mir einen kleinen Einblick in das, was den Menschen in Bosnien zwischen 1992 und 1995 angetan worden war. Und was sie sich gegenseitig angetan hatten.

In der Foča-Gegend im Südosten Bosniens vertrieben die Serben zwischen April 1992 und Januar 1994 alle muslimischen Einwohner durch Exekutionen, Massenvergewaltigungen und weitreichende Zerstörung von Eigentum und Kulturgütern. Mehr als 2'700 Einwohner der Region wurden getötet oder verschwanden, und die serbischen Behörden richteten spezielle Frauencamps ein, in denen als Zeichen der serbischen Überlegenheit hunderte von Frauen systematisch immer wieder vergewaltigt wurden.

Das Gleiche wiederholte sich dutzendfach, so zum Beispiel im nordwestbosnischen Prijedor, wo im Verlaufe des Jahres 1992 etwa 14‘000 Menschen verschwanden oder ermordet wurden. In Višegrad wurden im Frühjahr 1992 rund 3‘000 Bosniaken – darunter gut 600 Frauen und 120 Kinder – ermordet. Im August 1992 wurden um die 200 muslimische Gefangene eines serbischen Konzentrationslagers von einer bosnisch-serbischen Reservepolizeieinheit in Bussen zu den über hundert Meter hohen Klippen bei Korićani gebracht, einzeln erschossen und über die Klippen hinuntergeworfen. Und im Juli 1995 geschah das Srebrenica-Massaker, welches zum Mahnmal für die Sinnlosigkeit des Konflikts und die Ohnmacht der internationalen Staatengemeinschaft wurde. Überhaupt kam es in fast allen serbisch kontrollierten Gebieten mit unsicherer Bevölkerungsmehrheit zu ethnischen Säuberungen mit all ihren Begleiterscheinungen. Oft wussten serbische Zivilistinnen von den Massenvergewaltigungen und halfen teilweise auch aktiv mit, diese zu organisieren. Serbische Offiziere und lokale serbische Geschäftsleute machten ein profitables Geschäft aus dem Verkauf und der Vermietung bosniakischer Frauen und Mädchen – besonders oft nach Montenegro – wo sie als Sklaven in Cafés und Restaurants arbeiten mussten, während die sexuellen Misshandlungen weitergingen. Manche dieser Mädchen waren nicht älter als zwölf.

Ich räusperte mich und schaute Ivica in die Augend. «Meine Tochter wird erst gerade zwölf!»

«Ich weiss», sagte er, «man kann sich kaum vorstellen, was da abging.»

«Aber ist das wirklich alles wahr? Die Serben haben doch immer behauptet, das sei alles reine Propaganda. Ich kann mich noch an die Berichterstattung damals bei der Bombardierung dieses Platzes in Sarajevo erinnern.»

Ivi nickte. «Der Markale-Platz.»

«Genau. Die Serben behaupteten, die Moslems hätten die eigenen Leute getötet, um die Welt gegen die Serben aufzubringen.»

Ivica schnaubte verächtlich und erwiderte: «Natürlich wurde viel Propaganda betrieben, aber für alles, was ich erzählt habe, wurde jemand in Den Haag verurteilt.»

«Unfassbar!»

«Weisst du, die bosnischen Kroaten waren leider auch nicht unschuldig. Genauso wenig wie die Bosniaken. Und das Vorgehen war meist identisch mit dem der Serben. Im Januar 1993 hat die HVO zum Beispiel Gornji Vakuf in Zentralbosnien angegriffen, weil es für die Kroaten eine wichtige Verbindung zwischen der Herzegowina und dem Lašva-Tal darstellte, welches ebenfalls zu ihrem Territorium gehörte. In den darauffolgenden Monaten haben sie die Stadt durch permanentes Artilleriefeuer dem Erdboden gleichgemacht, mit hunderten von zivilen Opfern.»

«Die Kroaten haben sowas getan?»

«Ja. In Mostar war's das gleiche. Das ist eine Stadt in der Herzegowina. Sie wurde am Anfang des Kriegs achtzehn Monate lang von der JNA belagert. Kaum hatten die Bosniaken und Kroaten gemeinsam die Serben vertrieben, begannen die Kroaten im westlichen Teil der Stadt im Mai 1993 mit der Vertreibung der Muslime, und zwar ebenfalls mit Massenexekutionen und Vergewaltigungen. Im Laufe der folgenden Monate wurde der muslimische Ostteil Mostars durch Artilleriefeuer fast komplett zerstört. Tausende Zivilisten wurden dabei verletzt oder getötet.» Ivica redete sich in Rage. «Oder dieses Beispiel: Zwischen May 1992 und April 1993 wurde die muslimische Bevölkerung des Lašva-Tals systematisch vertrieben, zahlreiche Kriegsverbrechen inklusive. Oder das: Im Januar 1993 wurden etwa fünfzig Zivilisten beim Angriff der HVO auf Kadića Strana getötet, den bosniakischen Teil des Dörfchens Busovača. Oder das: Im April 1993 massakrierte die HVO über hundertzwanzig Bosniaken beim Angriff auf das Dorf Ahmići. Das jüngste Opfer war ein dreimonatiges Kleinkind, das älteste eine sechsundneunzigjährige Frau. Ebenfalls im April 1993 wurden rund fünftausend Menschen aus Vitez vertrieben. Gut tausendzweihundert wurden verhaftet und hundertzweiundsiebzig ermordet, viele von ihnen in ihren eigenen Wohnungen. Oder wie wär's damit: Im Oktober 1993 griffen kroatische Kräfte das Dorf Stupni Do in Zentralbosnien an und massakrierten die gesamte muslimische Bevölkerung. Die Frauen wurden vor ihrer Ermordung allesamt vergewaltigt.»

Ich legte ihm die Hand auf den Arm und sagte beschwichtigend: «Ivi.»

Er ignorierte mich. «Und weisst du, auch die Bosniaken waren davor nicht gefeit. Sie haben zwar behauptet, dass die ausländischen Mudschaheddin für Kriegsverbrechen verantwortlich waren, aber von denen gab's nur ganz wenige. Also müssen auch reguläre Verbände an solchen Schweinereien beteiligt gewesen sein. Zum Beispiel überfielen zwischen 1992 und 1995 bosniakische Streitkräfte mindestens fünfzig serbische Dörfer in Ostbosnien. Dabei richteten sie massive Zerstörungen an und vertrieben die serbische Bevölkerung. Gefangene wurden oft gefoltert und ermordet, unter anderem in der Polizeistation von Srebrenica.»

«Das gleiche Srebrenica, wo später..»

Er nickte müde. «Ja, das gleiche.»

«Also sind alle Seiten gleich schuldig?»

Er schüttelte den Kopf. «Moralisch gesehen vielleicht schon. Aber die Zahl der bekannt gewordenen Verbrechen ist schon eher einseitig verteilt. Es gab nach dem Krieg mehrere Untersuchungen, und sie kamen alle zum Schluss, dass zwischen achtzig und neunzig Prozent davon durch die Serben verübt worden waren. Von den rund hundertzweitausend identifizierten Opfern des Krieges waren fast sechzig Prozent Moslems, davon mehr als die Hälfte Zivilisten. Aber auch bei den Kroaten, die etwa fünfeinhalbtausend Soldaten verloren, und bei den Serben mit rund vierzehntausend getöteten Soldaten lagen die zivilen Opfer höher als die militärischen.»

Er verstummte, und auch ich schwieg erschüttert. Zum ersten Mal verstand ich Ivica in mancherlei Hinsicht vollständig.

In diesem Moment begann der alte Mann hinter uns zu sprechen.

KAPITEL 27

Zentralbosnien
1992

Der laue Frühsommermorgen versprach einen schönen Tag. Zlatan Begić war früh aufgestanden, um seinen Unterricht vorzubereiten und seine Hühner zu füttern. Trotz der widrigen Umstände versuchte er, seinen gewohnten Tagesrhythmus so gut wie möglich beizubehalten.

Mit Ausnahme seiner in Sarajevo absolvierten Ausbildung hatte der fünfundvierzigjährige Primarlehrer sein ganzes Leben in Ahatovići verbracht. Das kleine zentralbosnische Dorf nördlich des roten Flusses, der *Miljacka,* war seine Heimat, und er hatte keine Absicht, diese wegen der Differenzen einiger Politiker zu verlassen. Sporadische Bewaldung unterteilte das Dorf in vier Abschnitte, drei davon mehrheitlich von Muslimen wie ihm bewohnt. Obwohl die Siedlung nur wenige hundert Einwohner hatte, erstreckten sich die typisch bosnischen Häuser über mehrere Hügel. Sie waren in lockerer Formation angeordnet und es gab keine eigentlichen Strassenzüge mit eng zusammengebauten Gebäuden wie in einer Stadt.

Begićs Haus befand sich etwas abseits des Dorfkerns an einem kleinen Waldstück. Sein Arbeitsplatz, die örtliche Schule, war nur einige hundert Meter entfernt. Er betrachtete das am Horizont liegende Sarajevo nachdenklich. Sein Verhältnis zur Stadt war kompliziert. Er mochte sie, aber nur aus Distanz. Das Grossstadtleben war nichts für ihn. Hier in Ahatovići kannte jeder jeden, und das war gut so. Keine Geheimnisse, keine Probleme.

Ahatovići mit seinen über neunzig Prozent muslimischen Einwohnern war die Ausnahme in der Region, auch wenn es seit einer administrativen Neuorganisation nun plötzlich in der erst im Februar neu geschaffenen serbischen Gemeinde Rajlovać lag. Einige der Nachbardörfer wie Bojnik, Dobrosevići oder Mihajlevići hatten zumindest eine gemischte, wenn auch serbisch dominierte Bevölkerung, aber der grosse Rest wurde fast ausschliesslich von Serben bewohnt.

Begić seufzte. Irgendwie schienen alle Dörfer in der Region in letzter Zeit schleichend von einer Art Kriegspsychose erfasst worden zu sein. So hatten manche seiner serbischen Nachbarn vor einiger Zeit damit begonnen, bei Festen und Feiern vor allem nationalistische Weisen zu singen, von denen viele ganz direkte Drohungen gegen ihre muslimischen Nachbarn enthielten. Erst kürzlich hatte Begić mit eigenen Ohren gehört, wie eine Gruppe Halbstarker Lieder gesungen hatte, in welchen die ‹serbische Nation› dazu aufgefordert wurde, sich zu erheben und ihr Geburtsrecht in Anspruch zu nehmen. Ein anderes Lied hatte von einem türkischen Mädchen gehandelt, das vor einer Moschee schwor, nur Serben zu lieben. Auch waren in den letzten Monaten eine ganze Reihe der serbischen Familien im Dorf, mit denen er jahrzehntelang friedlich Seite an Seite gelebt hatte, nach Vogosca, Kotorac oder in eines der anderen von den Serben gehaltenen Dörfer geflohen.

Begić konnte sich nicht vorstellen, weshalb. Niemand hier wollte etwas anderes als in Frieden leben und in Ruhe gelassen werden. Er schaute sich um und atmete die herrliche Morgenluft tief ein und aus. Hier war sein Leben. Er liebte die grünen, von Mischwald gesäumten Hügelzüge. Er liebte die von Birken gesäumten Feldwege. Er liebte die hohen rechteckigen Häuser mit ihren weissen Fassaden und ihren symmetrischen, roten Terrakottadächern. Er liebte das gemässigte Klima und die Abwechslung, welche die wechselnden Jahreszeiten alle drei Monate brachten. Und vor allem liebte er die Leute hier. Fast alle der jüngeren Dorfbewohner waren einmal seine Schüler gewesen.

Im Süden erhob sich der fünfzehnhundert Meter hohe Berg Igman, an dessen Fuss die Bosna entspringt, einer von Bosniens drei grossen Binnenflüssen. Nur acht Jahre zuvor waren dort die Skisprungwettbewerbe der Winterolympiade ausgetragen worden. Im Osten dehnte sich Sarajevo wie eine Schlange entlang der Miljacka von West nach Ost im Talkessel des Dinarischen Gebirges aus. Dahinter erhob sich der Trebević, Sarajevos fast tausendsiebenhundert Meter hoher Hausberg, in unmittelbarer Nachbarschaft des Jahorina-Gebirgszugs, der sich gute dreissig Kilometer weit bis nach Goražde erstreckte. Es war ein so gewohnter Anblick, dass Begić nur schwer glauben konnte, dass diese Berge nun voller serbischer Artilleriestellungen sein sollten. Aber das dumpfe Grollen der sporadisch in das Stadtzentrum einschlagenden Granaten und die dunklen Rauchsäulen konnte er nicht ignorieren.

Auch in seinem Dorf waren die Spannungen in den letzten Monaten immer weiter gestiegen. Bereits im März hatten die Serben bei Gesprächen zwischen den lokalen Politikern gedroht, die Muslime anzugreifen, sollten sie das Dorf nicht freiwillig verlassen. Statt zu gehorchen, hatten diese einen lokalen Krisenstab und eine Miliz aufgestellt, welche rund um den muslimischen Teil des Dorfes Barrikaden errichtet hatte. Daraufhin hatten die Serben an anderen Orten in der Umgebung Strassensperren erstellt. Auch ihm selbst war schon mehrfach die Durchfahrt verweigert worden. Er konnte es immer noch kaum fassen.

Dann, im frühen Mai, waren die ersten Freischärler eingetroffen und hatten sich im serbischen Teil des Dorfes breitgemacht. Ein paar Tage später hatten einige Veteranen der bosnischen Armee sowie ein gutes Dutzend Flüchtlinge aus Bratunac und Bioca die Territorialverteidigung in Ahatovići verstärkt. Sie waren Ende April festgenommen und gerade erst ausgetauscht worden. Ihre Verfassung war schlimm, sowohl physisch wie psychisch: verzweifelt, unterernährt, grün und blau geschlagen, mit schwärenden Wunden am ganzen Körper. Einige hatten gebrochene Rippen, und mehreren waren nationalistische serbische Symbole in die Haut geritzt worden. Begić hatte es mit eigenen Augen gesehen, sonst hätte er es nicht geglaubt.

Mit den Neuankömmlingen hatte sich die Zahl der muslimischen Verteidiger zwar von fünfundneunzig auf etwa hundertzwanzig erhöht, aber auch so war die gegnerische Übermacht immer noch erdrückend, und daher hatte der Krisenstab vor einer Woche beschlossen, Frauen, Kinder und Alte zur Sicherheit in die Nachbargemeinde Visoko zu schicken. Der von einer kleinen Eskorte begleitete Konvoi hatte sich eines frühen Morgens über einen wenig benutzten Waldpfad auf den Weg gemacht und war noch gleichentags wieder zurückgekehrt, nachdem die Flüchtlinge mit Maschinengewehren beschossen und zum Umkehren gezwungen worden waren.

Begić war ein Pazifist und hatte nie Militärdienst geleistet. Obwohl er die Notwendigkeit dafür einsah, stimmte es ihn doch traurig, dass nun plötzlich alle im Dorf Waffen mit sich herum schleppten. Viele der Milizionäre waren Begićs Schüler gewesen und kamen ihm immer noch wie Kinder vor, die Soldat spielten: breitbeinig, forsch und trotzdem unsicher.

Er seufzte erneut. Warum nur wollten die Serben sein kleines Dorf? Aber dass sie es wollten, war klar. Erst vor einigen Tagen hatte Belgrad TV Ahatovići als Hochburg der *Zelene Beretke*, der ‹Grünen Barette›, bezeichnet, obwohl alle im Dorf wussten, dass dies frei erfunden war. Musa Marić, der Anführer der Miliz, war der Ansicht, dass die Serben eine Rechtfertigung für einen bevorstehenden Angriff suchten. Dann waren vorgestern plötzlich rund um das Dorf Panzer und Schützenpanzer aufgefahren und hatten zusammen mit allerlei Artilleriegeschützen in den Hügeln um Ahatovići Stellung bezogen. Nachdem das letzte Ultimatum verstrichen war, hatten die Serben einen ersten Angriff unternommen, waren aber von der verzweifelt für ihre Familien kämpfenden Miliz zurückgeschlagen worden.

Seither war es ruhig gewesen. Begić hoffte immer noch, dass die Serben sie nun in Ruhe lassen würden. Wieso sollten sie weitere Verluste in Kauf nehmen für so ein unbedeutendes Fleckchen Erde wie Ahatovići?

Die Seifenblase aus Begićs letzten Illusionen platzte mit einem einzigen gewaltigen Knall. Es war zwanzig vor acht, als die erste Granate etwa zweihundert Meter von seinem Haus entfernt explodierte, unweit der Schule. Er sah einen gelbroten Blitz, gefolgt von einer schwarzen Rauchsäule und einer meterhohen Fontäne aus Dreck und Steinen, und eine halbe Sekunde später hörte er einen ohrenbetäubenden Knall. Die Erde bebte. Zuerst dachte er, ein Gastank oder so sei explodiert, aber als keine zwei Minuten später ein zweites Geschoss noch näher an seiner Schule einschlug, da wusste er, dass das dumpfe Grollen aus Sarajevo nach Ahatovići gekommen war.

Statt in Deckung zu gehen, schaute er zunächst in morbider Faszination zu, wie zwei weitere Granate näher und näher am Schulhaus niedergingen, bis die fünfte und sechste das kleine Gebäude schliesslich in eine von schwarzem Staub und beissendem Rauch erfüllte Ruine verwandelten.

Die Zeit schien stillzustehen. Wie durch ein Wunder überlebte Nedim, der Hausmeister, der wohl wie immer um diese Zeit gerade seinen Kaffee getrunken hatte. Begić sah ihn ganz deutlich, wie er aus dem Gebäude wankte. Sogar aus dieser Distanz war sofort klar, dass er unter Schock stehen musste und wahrscheinlich schwer verletzt war und Hilfe benötigte. Nach einigen Schrecksekunden begann Begić trotz seiner panischen Angst auf ihn zuzurennen. Dabei fuchtelte er wild mit den Armen herum und schrie lauthals um Hilfe. Er war noch nicht bei der Hälfte der Strecke, als eine weitere Granate direkt neben dem alten Hausmeister einschlug und diesen in nichts als eine dünne Wolke feinen roten Nebels verwandelte.

Die Druckwelle warf Begić um. Stossweise atmend blieb er liegen, als fussballgrosse Dreckklumpen und faustgrosse Steine auf ihn hernieder prasselten. Wie durch ein Wunder blieb er unverletzt. Er schloss die Augen und krümmte sich in Embryostellung zusammen. Kurz darauf begannen im ganzen Dorf Granaten einzuschlagen. Eine besonders nahe Explosion liess seinen ganzen Körper für einen Moment lang vom Boden abheben. Er konnte nicht mehr klar denken und seine Gliedmassen schienen ihm nicht mehr zu gehorchen. Er wollte weglaufen, aber er war wie erstarrt, und so kniff er stattdessen die Augen noch fester zusammen, hielt sich die Ohren zu und schrie wie am Spiess, während überall um ihn herum seine Welt unterging.

Irgendwann packte ihn jemand unter den Schultern und riss ihn grob auf die Beine. Er schrie immer noch ohrenbetäubend und hörte erst auf, als der junge Mann ihm eine kräftige Ohrfeige verpasste. Benommen schaute er auf. Das Gesicht kam ihm bekannt vor. Dessen Besitzer packte ihn am Kragen und rannte los Richtung Dorfzentrum. Begić liess sich zunächst apathisch mitziehen, aber plötzlich begann er sich nach Kräften zu wehren und erneut wie wild zu schreien. Seine Frau! Er musste seine Frau finden! Ungerührt versetzte ihm sein Retter eine zweite Ohrfeige und zerrte ihn die Treppen hinunter zum Keller des Ratshauses, der in einen improvisierten Schutzraum umfunktioniert worden war. Dort zwang er Begić in einer Ecke grob zu Boden, kniete sich vor ihn hin und erklärte ihm mit unerwartet sanfter Stimme, dass sein Frau schon hier im Keller sei.

Plötzlich erkannte ihn Begić: Mujo Hasanović, einer seiner ehemaligen Schüler! Er wirkte ganz anders als damals, mit Kinnbart und tiefer Stimme, aber er war es eindeutig.

Begić hatte Mujo als aufgeweckten, intelligenten Jungen in Erinnerung, der mit seinen Brüdern oft an alten Autos herumgebastelt hatte. Dem Hörensagen nach hatte er nach seinem obligatorischen Militärdienst ein Ingenieursstudium in Sarajevo begonnen, dieses aber wegen des Kriegsausbruchs nicht beenden können. Er war erst seit ein paar Tagen wieder zurück.

Im Dorf hatte gerade die Geschichte eines Streits zwischen Mujo und Musa Marić, dem Chef der Bosniakenmiliz, die Runde gemacht. Marić, noch nie ein Freund der Hasanovićs, hatte anscheinend argumentiert, dass Mujos drei Brüder ja bereits in der Miliz seien und auch noch andere Familien zum Zug kommen sollten und die Miliz sowieso viel zu wenig Waffen hätte und somit für Mujo kein Platz sei, und so war Mujo gegen seinen Willen und trotz seiner militärischen Ausbildung als Schutzraumchef eingeteilt worden.

Begić schaute sich im Halbdunkel um. Obwohl viele der Dorfbewohner in die umliegenden Wälder geflohen waren, war der grosse Raum bereits zum Bersten voll. Babies schrien, Frauen schluchzten und Männer lamentierten. Wegen der fehlenden Elektrizität gab es nur Kerzenlicht, und da die Lüftung ebenfalls nicht funktionierte, musste die Tür offen gelassen werden. Es war das reinste Chaos. Er liess sich von Mujo aufhelfen und schritt dann langsam die Reihen der verzweifelten Menschen ab, bis er schliesslich seine Frau fand, die weinend in einer Ecke sass. Als sie ihn kommen sah, schrie sie auf und stürzte sich auf ihn, gleichzeitig weinend und lachend vor Glück. Er setzte sich zu ihr und begann wie die Anderen zu warten. Worauf sie warteten, wusste niemand so genau.

Die nächsten Tage harrten sie in ihrem Versteck aus, während die Miliz in improvisierten Stellungen und Schützengräben auf den Angriff wartete und die serbische Artillerie ihr Dorf in Schutt und Asche legte. Rund um die Uhr schlugen die Granaten ein. Lebensmittel und Wasser wurden schnell knapp. An Schlaf war nicht zu denken. Am zweiten Tag hörten die Kinder vor Erschöpfung auf zu weinen. Am dritten Tag holten Mujo und zwei Männer trotz des Beschusses so viel Ess- und Trinkwaren wie möglich aus den umliegenden Häusern und brachten sie in den Keller. Wie durch ein Wunder blieben sie unverletzt. Schliesslich, am fünften Tag, hörte das Bombardement auf. Später erfuhr Begić, dass in der kurzen Zeit über sechstausend Granaten auf Ahatovići niedergegangen waren.

Die Kellerinsassen trauten der verdächtigen Ruhe nicht, aber Mujo wollte trotzdem einen Augenschein nehmen. Begić versuchte ihn davon abzubringen, aber es nützte nichts. Schliesslich entschloss sich der

Lehrer daher trotz des lautstarken Protestes seiner Frau, seinen ehemaligen Schützling zu begleiten.

Zurück auf der Strasse erkannten sie ihr Heimatdorf kaum wieder. Nur drei Häuser im Dorfkern waren wie durch ein Wunder unbeschädigt geblieben, der Rest war vollständig zerstört. Dächer waren eingestürzt, Wände kollabiert und Leitungen geborsten. Von vielen Gebäuden war nur noch ein verkohltes Gerippe übrig, und mehr als eines hatte sich gänzlich in einen riesigen rauchenden Geröllhaufen verwandelt. Überall züngelten Flammen aus den Ruinen und tauchten die Szenerie in ein unnatürliches Wechselspiel von fahlem Licht und grauen Schatten unter dem düsteren, wolkenverhangenen Himmel. Zum Löschen war niemand mehr da, aber die Elektrizitäts- und Wasserversorgung war sowieso schon vor Wochen unterbrochen worden.

Ganz in der Nähe konnten sie Gefechtslärm hören. Das dumpfe Grollen der Artillerie war nun durch das scharfe, peitschenartige Knallen von Gewehrpatronen abgelöst worden. Immer wieder erklang Seriefeuer, sporadisch begleitet vom Donnergrollen schwerer Maschinengewehre. Nur ab und zu ertönten einzelne Schüsse aus anderen, leichteren Waffen, die wie Jagdgewehre klangen. Das musste die lokale Miliz sein. Erschüttert und mit einem Gefühl der Ohnmacht kehrten sie in den Keller zurück.

Während der nächsten Stunden konnten sie durch die leicht geöffnete Kellertür hören, wie das serbische Gewehrfeuer immer näher kam, ab und zu von kleineren Explosionen begleitet, die wohl von Handgranaten stammten. Die Antwortschüsse der Verteidiger wurden weniger und weniger und hörten schliesslich ganz auf. Dann schloss jemand die Tür und verbarrikadierte sie von innen. Im Keller wurde es dunkel. Die plötzliche Ruhe war gespenstisch. In ihrer Angst schwiegen die wie Vieh zusammengepferchten Menschen automatisch, und nur das unterdrückte Wimmern der Alten und das leise Weinen einiger Kinder durchdrang gelegentlich die bleierne Stille.

Irgendwann wurde dann von aussen laut an die massive Tür gepoltert und eine wütende Stimme verlangte, sie sollten gefälligst aufmachen. Niemand regte sich. Begić hielt unwillkürlich den Atem an. Nach ein paar Minuten verkündete eine andere Stimme, die Tür werde aufgesprengt, wenn die Verteidiger sie nicht augenblicklich öffneten. Nach kurzer Beratung kamen die Männer im Keller überein, dass es sinnlos war, noch weiter auszuharren. Die Verteidigung hatte offensichtlich versagt und es gab keinen Zweifel daran, dass die Drohung ohne Rücksicht auf die Kellerinsassen wahr gemacht werden würde.

Resigniert schloss Mujo auf. Sobald die Tür offen war, forderte sie die gleiche Stimme auf, einzeln und mit erhobenen Händen herauf zu kommen. Auch die Kinder. Begić stieg als einer der ersten die Treppe zur Strasse hinauf. In der Ferne hörte man immer noch sporadisches Gewehrfeuer. Oben angekommen, bemerkte er unter der wartenden Gruppe von etwa zehn Personen in den olivgrünen Uniformen der JNA-Reserve einen alten Bekannten: Marko, den neunzehnjährigen Sohn seiner ehemaligen Nachbarn. Da Begićs Haus etwa auf Höhe der Trennlinie zwischen dem muslimischen und dem ehemaligen serbischen Teil des Dorfes stand, hatten sie fast zwanzig Jahre lang Seite an Seite gelebt, bevor Markos Familie vor gut drei Monaten weggezogen war. Begić hatte den Jungen sogar ein paar Jahre lang unterrichtet. Sofort schöpfte er neue Hoffnung. Er rief Markos Namen, eilte zu ihm hin und packte ihn aufgeregt am Arm. Dieser betrachtete ihn zuerst erstaunt, dann angewidert und versuchte ihn abzuschütteln, aber Begić war so aufgewühlt, dass er den Jungen eisern festhielt, während er auf ihn einredete. Nach ein paar Sekunden machte ein anderer Soldat dem Spuk ein Ende, indem er Begić von hinten mit dem Gewehrkolben niederstreckte. Als dieser benommen am Boden lag und sich aufzusetzen versuchte, spuckte ihn Marko an und ging wortlos weg. Da dämmerte es Begić endlich, dass er von seinen ehemaligen Nachbarn keinerlei Hilfe erwarten konnte.

Ein grosser, bärtiger Kerl mit tarnfarbener Splitterschutzweste über seiner olivgrünen Uniform und einer *Šajkača* auf dem Schädel, der traditionellen serbischen Kopfbedeckung, wies ihn an, sich zu den Anderen zu stellen. Begić rappelte sich hoch und humpelte zur trostlosen Gruppe Gefangener hinüber, die sich unter dem wachsamen Blick der bis an die Zähne bewaffneten Serben vor dem Rathaus versammelt hatten. Er stellte sich zu seiner Frau hin und zischte ihr zu, allen Aufforderungen sofort und ohne Widerrede nachzukommen.

Die Hände hinter dem Kopf verschränkt, konnte er nun sehen, dass die Angreifer den Dorfkern komplett eingenommen hatten. An mehreren Kreuzungen standen Schützenpanzer, die mit ihrer eckigen grauen Form, ihren vier massiven Rädern, den zwei wie die zusammengekniffenen Augen eines Urzeitmonsters aussehenden vorderen Ausguckfenstern und den schweren Maschinengewehren ein beklemmendes Symbol für die überlegene serbische Ausrüstung darstellten. Etwas weiter vorn führten drei Serben eine Gruppe gefesselter Milizangehöriger mit vorgehaltener Waffe ab. Sonst war von den Verteidigern nichts zu sehen. Plötzlich schrie jemand in der Ferne durch ein Megaphon: «Gebt auf, *Balije,* oder wir töten eure Frauen und Kinder!»

An die abwertende Bezeichnung für Muslime hatte sich Begić gewöhnt, aber der Rest schockierte ihn. Die Drohung schien ihm unfassbar, fast surreal, aber gleichzeitig hatte er doch Angst, dass sie ernst gemeint war. Anscheinend war er nicht der Einzige, denn bald darauf hörte der Gefechtslärm gänzlich auf.

Etwas später gab einer der Bewacher das Kommando, sich in Zweierreihen aufzustellen. Als die achtundsechzigjährige Vesima Delić sich nicht schnell genug bewegte, schlug er sie mit dem Gewehrkolben rücksichtslos nieder. Ihr Sohn Bakir stellte sich sofort schützend vor sie und protestierte lauthals. Auch er wurde brutal niedergeschlagen. Ein anderer Serbe tötete beide durch Kopfschüsse aus seiner Pistole. Danach protestierte niemand mehr.

Anschliessend wurden die Gefangenen wie Vieh durch das Dorf getrieben. Auf dem Weg beobachtete Begić resigniert, wie die Eroberer in Vierergruppen von Haus zu Haus gingen und die letzten Leute aufspürten, die sich noch versteckt hielten. Auch sie wurden abgeführt. Gleichzeitig hatten andere Soldaten bereits damit begonnen, alle noch brauchbaren Wertsachen aus den Ruinen zu plündern. Die wenigen noch intakten Häuser wurden angezündet.

Als sie an der grossen Schweinefarm am Dorfrand vorbeikamen, konnte Begić sehen, wie eine Leiche nach der anderen in die riesige leere Jauchegrube neben dem Haupthaus geworfen wurde. Ein Benzintankwagen stand daneben. Die armselige Gefangenenkolonne marschierte so nahe daran vorbei, dass er die Gesichter der Toten sehen konnte. Darunter waren Mitglieder der örtlichen Miliz, unter ihnen Mujo Hasanovićs älterer Bruder Amir, aber auch Frauen und sogar einige Kinder. Fast alle waren einmal seine Schüler gewesen. Die meisten wiesen so schlimme Verletzungen auf, dass wohl der Artilleriebeschuss dafür verantwortlich sein musste. Erschüttert schaute er weg.

Ihr Ziel war der eingezäunte Fussballplatz neben der zerstörten Schule. Die trockene Sommerwiese war voller flacher Krater und der Maschendrahtzaun wies eine Vielzahl von unregelmässigen Löchern auf. Vor allen grösseren Lücken und auch vor dem Haupteingang standen Bewaffnete. Begić musste wie die Anderen alle Wertsachen abgeben und wurde durchsucht, bevor man ihn mit einem Fusstritt auf den Fussballplatz schickte.

Als er das Tor aus Maschendrahtzaun und Stahlgitter durchschritt, sah Begić, dass nur ein kleiner Teil der Territorialverteidigung, vielleicht etwa zwanzig bis dreissig Mann, resigniert mitten auf dem Platz um einen besonders grossen Krater herum sassen. Ihre Hände waren mit Stacheldraht auf den Rücken gefesselt. Wo war nur der Rest? Auch seine zwei achtzehn und neunzehn Jahre alten Söhne waren nicht dabei. Seine Augen füllten sich mit Tränen.

Seine Frau versuchte, durch den Zaun hindurch mit ihrem ehemaligen Nachbarn Marko zu sprechen, der bei einer Gruppe Bewaffneter stand. «Warum tut ihr das nur?», fragte sie ihn vorwurfsvoll.

Marko ignorierte sie zunächst, aber nach dem dritten Mal spuckte er schliesslich auf den Boden und sagte trotzig: «Vor fünfzig Jahren habt ihr das Gleiche mit uns gemacht.»

In den folgenden Stunden kamen immer mehr Gefangene hinzu. Darunter waren nicht nur Moslems, sondern auch einige Kroaten und sogar ein paar Serben, die mit Musliminnen verheiratet waren. Von einem von ihnen erfuhr Begić dann, dass eine Gruppe von etwa fünfzehn Verteidigern – die meisten davon verwundet – nach ihrer Gefangennahme summarisch exekutiert worden waren. Die Angst, dass darunter auch seine Söhne gewesen sein könnten, machte ihn fast verrückt.

Irgendwann am frühen Nachmittag wurde dann der Imam des Dorfes, Emir Harambašić, wie ein Schaf von zwei breitschultrigen Kerlen mit Fusstritten und Kolbenstössen zum Fussballplatz getrieben. Die beiden gehörten zu einer Gruppe von etwa fünfzehn bis zwanzig lauten, betrunkenen Burschen, die nicht Teil der VRS zu sein schienen. Sie waren auffallend schlampig gekleidet und trugen keine einheitlichen Uniformen. Etwa die Hälfte von ihnen war in Jeans und Lederjacke, der Rest hatte eine Mischung aus ziviler und militärischer Kleidung an. Auch ihre Bewaffnung war sehr uneinheitlich. Eines jedoch verband sie: Alle trugen den gleichen runden Aufnäher am Oberarm und auf ihren Mützen. Als die zwei Kerle den verängstigten Imam vor dem Eingang des Fussballplatzes auf die Knie zwangen, konnte Begić das

Emblem darauf deutlich sehen: ein doppelköpfiger gekrönter Adler, in weisser Farbe aufgestickt. Das Wappentier Serbiens. Er stand auf einem langgezogenen rot-blau-weiss Banner. In seiner Körpermitte befand sich ein goldgerahmtes Wappenschild mit rotem Kreuz. Das Ganze war von zwei konzentrischen goldenen Kreisen umgeben, zwischen denen in kyrillischer Schrift *Beli Orlovi 1 Fallschirmjäger-Bataillon* geschrieben stand. Die Kerle gehörten zu den ‹Weissen Adlern›. Schon vor einigen Wochen waren sie zusammen mit mehreren von Arkans ‹Tigern› im serbischen Teil des Dorfs aufgekreuzt und hatten die Muslime in Angst und Schrecken versetzt.

Begić spuckte auf den Boden. Verfluchte Paramilitärs! Ihm schwante Schlimmes, und leider sollte er Recht behalten.

Die Weissen Adler stellten sich im Halbkreis um den Imam auf, so dass dieser zwischen ihnen und den eingeschüchterten Gefangenen auf dem Fussballplatz kniete. Einer der Paramilitärs trat ihn in die Seite und befahl ihm, das Dreifingerzeichen der serbischen Nationalisten und der serbisch-orthodoxen Kirche zu machen. Vater, Sohn und Heiliger Geist. Harambašić weigerte sich. Ein anderer Freischärler versetzte ihm einen Fusstritt ins Gesicht, der ihn auf den Rücken schmetterte. Mit vorgehaltener Waffe befahl ihm ein Dritter, sich wieder hinzuknien. Als der Imam sich mühsam hochrappelte, blutete er aus Mund und Nase. Der Befehl, das Dreifingerzeichen zu machen, wurde wiederholt. Wieder weigerte er sich. Diesmal traktierten ihn mehrere Paramilitärs mit ihren Gewehrkolben, bis er blutüberströmt bewusstlos liegen blieb. Dann wurde ihm ein Eimer Wasser über den Kopf geschüttet. Als er wieder zu sich kam, musste er sich erneut hinknien und wurde zum dritten Mal aufgefordert, gefälligst das Zeichen zu machen. Zum dritten Mal weigerte er sich.

Nun verloren die Weissen Adler die Geduld. Nach einem kurzen Wortwechsel trat einer vor, zog ein langes Jagdmesser und versetzte dem Imam einen tiefen Stich in den Hals. Dann wischte er das Blut an der Kleidung seines Opfers ab und drehte sich um, bevor er plötzlich kehrt machte und noch zwei Mal zustach. Dabei durchtrennte er offensichtlich die Halsschlagader, denn nach dem Herausziehen der Klinge begann ein Strom grellroten Blutes im Rhythmus des versiegenden Herzschlags aus dem auf die Seite gefallenen Imam herauszupumpen. Erschüttert mussten die Gefangenen zuschauen, wie ihr Vorbeter langsam im Dreck verblutete, während die Paramilitärs lachten und sich gegenseitig auf die Schultern klopften. Die Leiche wurde einfach an Ort und Stelle liegen gelassen. Einer der Mörder trat absichtlich nahe an den Maschendrahtzaun des improvisierten Gefängnisses heran, spuckte auf den Boden und sagte: «Das soll euch eine Lehre sein, *Balije*.»

Begić schloss die Augen und schüttelte minutenlang ungläubig den Kopf, während seine Frau neben ihm hemmungslos weinte.

Etwas später betraten drei Soldaten den Fussballplatz. Gezielt wählten sie mit Hilfe einer mitgeführten Liste mehrere der Gefangenen aus und führten sie in Richtung Schweinefarm ab. Darunter waren Musa Marić, der Anführer der Miliz, der Dorfpolizisten Nedzad und eine im Dorf lebende Professorin der Sarajevoer Universität. Kurz darauf hörten die übrigen Gefangenen Schüsse.

Irgendwann am Nachmittag kam ein Offizier zusammen mit einer grösseren Gruppe Soldaten vorbei und teilte die Gefangenen auf. Alle Männer mussten sich auf die eine Seite stellen, die Frauen und Kinder auf die andere. Wer den Anweisungen nicht sofort Folge leistete, wurde gnadenlos zusammengeschlagen. Zwei Väter, die sich trotzdem standhaft weigerten, ihre Familien allein zu lassen, wurden vor deren Augen erschossen. Danach wurden allen noch nicht gefesselten Männern, darunter auch Begić, die Hände mit Stacheldraht auf den Rücken geschnürt. Die Eisendornen gruben sich in seine Handgelenke, und bei jeder Bewegung schmerzte es höllisch.

Schliesslich wurden die Männer auf einen wartenden Lastwagen verladen. Begleitet von zwei Schützenpanzern nahm dieser mit seiner lebenden Fracht Kurs auf das südwestlich gelegene Nachbardorf Bojnik. Nach kurzer Fahrt kamen sie dort an. Sobald sie angehalten hatten, öffnete sich die Ladeluke und eine Stimme befahl den Gefangenen, sofort auszusteigen. Wer nicht schnell genug war, wurde grob herunter gerissen. Anschliessend wurden ihnen die Handfesseln abgenommen. Begić rappelte sich hoch und schaute sich um. Sie standen auf dem asphaltierten Parkplatz eines Supermarktes, in Schach gehalten vom Maschinengewehr eines Schützenpanzers. Er liess seinen Blick herumschweifen und traute plötzlich seinen Augen nicht: Etwas weiter vorne auf dem Platz knieten sicher etwa vierzig der vermissten Ahatovići-Verteidiger, die Hände hinter dem Kopf verschränkt. Einige waren verwundet, und die meisten schienen bereits misshandelt worden zu sein. Aber sie lebten!

Dann betrachtete er ihre Bewacher etwas genauer. Ungefähr die Hälfte der sicher etwa hundert Soldaten trug die olivgrüne Uniform der VRS, die meisten der anderen die blauen Hosen und hellblauen Hemden der ehemaligen jugoslawischen Luftwaffe. Sie waren wohl vom Stützpunkt in Rajlovać.

Als Begić sie genauer betrachtete, traute er seinen Augen zum zweiten Mal nicht: Unter ihnen befanden sich viele Serben, die früher in Ahatovići gelebt hatten. Er konnte sich nicht namentlich an alle erinnern, aber drei Brüder erkannte er sofort: Goran, Zoran und Vedran Jovanović. Begić wusste, dass sie noch zwei weitere Brüder hatten, Momir und Sreten, aber er konnte diese nirgends sehen. Alle fünf waren seine Schüler gewesen, und unter den jüngeren Gefangenen befanden sich mehrere ihrer ehemaligen Schulkameraden. Begić konnte sich erinnern, dass Zoran mit Mujo Hasanović befreundet gewesen war.

Kaum waren alle Gefangenen ausgeladen und zu der anderen Gruppe gebracht worden, kamen die drei Jovanović-Brüder zu ihnen herüber und befahlen ihnen barsch, sich sofort bis auf die Unterhosen auszuziehen. Die meisten kamen dieser Aufforderung widerspruchslos nach, aber Omer Bakrač, ein pensionierter Ingenieur, der den Kindern im Dorf immer gern Geschichten erzählt hatte, weigerte sich. Ungerührt und ohne zu diskutieren schlug ihm Goran Jovanović mit seinem Gewehrkolben die Zähne aus. Dann steckte er ihm den Lauf in den Mund und drückte ab. Das Ganze geschah so schnell, dass keiner der Umstehenden reagieren konnte. Wie durch ein Wunder traf die Kugel sonst niemanden, aber einige der hinter Omer Stehenden wurden von einer Mischung aus Haar, Knochensplittern, Blut und grauer Gehirnmasse vollgespritzt. Darm- und Blaseninhalt der zusammengesackten Leiche ergossen sich auf den Boden. Mehrere der umstehenden Gefangenen übergaben sich, und bald war der Boden um die Leiche herum ein einziges Schlammbad aus Blut, Urin, Kot und Erbrochenem.

Dann mussten sich die wehrlosen Gefangenen hinlegen. Ihre Bewacher verteilten sich und begannen auf Pfiff systematisch auf sie einzuprügeln. Sie traktierten sie mit Gewehrkolben, Schlagstöcken, Baseballschlägern, Eisenstangen und sogar Holzlatten. Sie traten sie und schlugen sie mit Fäusten, sie bespuckten sie und urinierten auf sie. Einige machten sich einen Spass daraus, Bierflaschen auf den Köpfen der am Boden Liegenden zu zerschlagen.

Begić verlor rasch das Bewusstsein und wachte erst wieder auf, als die Peiniger ihre Opfer mit Gartenschläuchen und Eimern voll Wasser abspritzten. Sein ganzer Körper war völlig zerschunden. Es schmerzte einfach alles. Vorsichtig untersuchte er sich selbst. Er hatte mehrere Risswunden am Kopf, zwei Finger waren gebrochen, sein linkes Schlüsselbein war wohl zertrümmert und er hatte zwei Schneidezähne verloren. Dazu kamen Prellungen am ganzen Körper und eine starke Zerrung oder vielleicht sogar ein Muskelriss in der linken Wade. Immer noch auf dem Boden liegend schaute er sich um, so gut es ging. Seine Freunde, Verwandten und Bekannten, mit denen er fast sein ganzes Leben verbracht hatte, boten einen schrecklichen Anblick. Überall war Blut. Viele weinten.

Vedran Jovanović befahl ihnen, liegen zu bleiben. Dann stolzierte er wie ein antiker Feldherr zwischen ihnen herum und schrie sie pausenlos an. Manche der anderen Schläger grinsten hämisch und skandierten nationalistische Parolen dazu.

Irgendwann später fuhren mehrere olivgrüne Truppentransporter vor. In Unterhosen wurden Begić und die Anderen erneut mit Stacheldraht gefesselt, bevor sie sich in Gruppen von etwa fünfzehn Mann aufstellen mussten, um auf ihren Transport zu warten. Erst jetzt erblickte Begić in einer anderen Gruppe plötzlich seine beiden Söhne. Er stiess einen gellenden Schrei aus und begann, auf sie zuzurennen. Bevor er aber mehr als ein paar Schritte gemacht hatte, wurde er auch schon von einem der Bewacher zu Boden geschlagen und anschliessend unter einem Hagel von Flüchen, Fusstritten und Kolbenstössen zurück zu seiner eigenen Gruppe geschickt.

Diesmal dauerte die Fahrt deutlich länger. Unterwegs wurden die Gefangenen gezwungen, serbische Partisanenlieder zu singen, während die Wachen im Transporter auf- und abgingen und fehlendem Enthusiasmus mit ihren Polizeischlagstöcken auf die Sprünge halfen. Zwischendrin verfluchten sie lautstark alle muslimischen Mütter sowie den bosniakischen Präsidenten Alija Izetbegović.

In Reljevo musste der Transporter anhalten, weil eine wütende Menschenmenge die Brücke versperrte und lautstark die Herausgabe der Muslime verlangte, um sie an Ort und Stelle zu lynchen. Begić befürchtete schon, sie würden dem Mob übergeben, aber nach längeren Verhandlungen der Wachen mit den Rädelsführern ging die Fahrt schliesslich weiter. Kurze Zeit später passierten sie die Tore des ehemaligen JNA-Feldlagers Rajlovać, und das zweite Kapitel ihres Albtraums begann.

Die nächsten zwei Wochen verbrachten die Männer aus Ahatovići unter unmenschlichen Bedingungen in einer leeren Brennstoffzisterne auf dem Luftwaffenstützpunkt. Nach ihrer Ankunft wurden sie erneut geschlagen, bevor man Hunde auf sie hetzte. Aus irgendeinem Grund blieb Begić im Gedächtnis, dass es deutsche Schäferhunde gewesen waren, keine serbischen *Šarplaninac*. Danach mussten sie einzeln einen Spiessrutenlauf absolvieren, um zu ihrem improvisierten Gefängnis zu gelangen. Niemand wurde registriert oder erhielt medizinische Versorgung.

Die Zisterne bestand ganz aus Stahl und Eisen. Auf der dem Kasernenplatz zugewandten Seite war eine improvisierte Türöffnung von etwa zwei auf zwei Metern heraus gefräst worden, die mit einem Stahlrahmen-und-Maschendraht-Tor verschlossen werden konnte. Das Innere hatte einen Durchmesser von nur etwa zehn Meter und bot damit kaum genügend Platz für die fast achtzig Häftlinge. Es gab keine sanitären Einrichtungen und keine Fenster. Nur durch das Maschendrahttor kam tagsüber ein wenig Licht herein.

Der Gestank war schon bald kaum noch auszuhalten, und täglich wurde es schlimmer. Der ganze Raum war voller Fliegen, und fast alle Gefangenen entwickelten Entzündungen und eitrige Geschwüre. Ihr einziges Desinfektionsmittel war ihr eigener Urin, und verbinden konnten sie sich gegenseitig nur, indem sie ihre Kleidung, die sowieso in Fetzen hing, nach und nach in Streifen schnitten.

Die ersten paar Tage erhielten sie überhaupt kein Essen und nur wenig Wasser. Irgendwann warfen ihre Wachen dann drei steinharte und völlig verschimmelte Brotleibe herein. Die Absicht war klar: Die Eingesperrten sollten sich wie Hunde um den Frass streiten. Das grausame Schauspiel wiederholte sich danach regelmässig im Abstand von jeweils einigen Tagen.

Begićs gebrochenes Schlüsselbein schmerzte ohne Unterlass, und er konnte kaum schlafen. Jede Nacht wurden einige der Gefangenen ohne Vorwarnung abgeholt und kamen erst Stunden später völlig gebrochen wieder zurück. Einige stammelten etwas von einem Tunnel, aber die meisten schwiegen teilnahmslos.

In der vierten Nacht war auch Begićs Schonfrist um. Goran Jovanović erschien in Begleitung dreier breitschultriger Freischärler und zeigte auf vier Männer: Die Brüder Karabasić, den pensionierten Förster Forić und Begić selbst. Jovanovićs Helfershelfer trugen schwarze Wollmützen über den kurzgeschnittenen Haaren, schwarze Handschuhe mit abgeschnittenen Fingerkuppen und olivgrüne Overalls, auf deren linken Ärmeln ein Emblem mit vier kyrillischen ‹S› und der Aufschrift *Srpska Dobrovoljacka Garda* prangte. Die Serbische Freiwillligengarde. Arkans Leute. Die diszipliniertesten und zugleich schlimmsten der Paramilitärs.

Sie wurden zu einem Hangar geführt und dort in einen darunter liegenden, tunnelartigen Munitionsstollen getrieben, dessen Wände und Boden mit getrockneten Blutflecken übersät waren. Von der Decke hingen einige eiserne Ketten, an denen mit Draht Polizeihandschellen befestigt waren, und in der Mitte befanden sich vier mit dem Rücken zueinander am Boden festgeschraubte Stahlstühle. An der linken Wand stand ein kleiner Holztisch, auf dem verschiedene Messer und Zangen sowie ein Gaskocher lagen. Ausserdem stand daneben eine Schale voll mit gebratenem Fleisch, von der sich die drei wartenden *Arkanovci* schmatzend bedienten. Der Geruch liess den hungernden Gefangenen das Wasser im Mund zusammenlaufen.

«Tut uns leid, dass ihr nichts davon essen könnt», entschuldigte sich der Anführer heuchlerisch, «aber es ist Schweinefleisch. Hätten wir natürlich gewusst, dass ihr kommt...» Er lachte hämisch. Seinem Akzent nach war er aus Serbien.

Die vier Gefangenen mussten ihre einzige Bekleidung, ihre Unterhosen, ausziehen und sich auf die eiskalten Stühle setzen. Ihre Hände wurden mit Handschellen an den Rücklehnen und ihre Schienbeine mit Draht an den vorderen Stuhlbeinen befestigt. Der Anführer stellte sich vor sie hin, in der einen Hand ein grosses Stück Fleisch, in der anderen ein schmales Messer, und musterte sie wie Insekten. Nach einer Weile rümpfte er angewidert die Nase und sagte: «Ihr stinkt, *Balije*!»

Mit der Messerklinge hob er den Penis von Begićs Nebenmann Salih Karabasić an und meinte höhnisch: «Kein Wunder, könnt ihr keine anständigen Kinder auf die Welt setzen!» Die anderen *Arkanovci* lachten pflichtbewusst.

Dann ging er langsam im Kreis um die Angeketteten. Vor dem alten Forić blieb er stehen, spuckte ihn an und fragte drohend: «Weisst du, wer ich bin, alter Mann?»

Der Alte hielt seine Augen auf den Boden fixiert, aber er murmelte ein halblautes *Ne*.

Der Freischärler grinste höhnisch. «Mein Name ist Luka Princip.» Nach ein paar Sekunden fragte er hämisch: «Wisst ihr auch, wieso ich euch meinen Namen verrate?»

Keiner der Gefangenen wagte es, zu antworten.

Princip lachte erneut und sagte aufreizend ruhig: «Weil keiner von euch dieses Lager lebend verlassen wird, darum!» Wieder lachten seine Helfershelfer pflichtbewusst. Dann machten sie sich an die Arbeit.

Die nächsten Stunden waren kaum zu beschreiben. An ihre Stühle gefesselt wurden Begić und seine Leidensgenossen wiederholt erbarmungslos verprügelt. Zwischendurch wurden sie immer wieder allein im Dunklen zurückgelassen, wenn die Folterknechte sich eine Pause von ihrer schweisstreibenden Arbeit gönnten. Anfangs fürchtete sich Begić trotz seines Zustandes vor der Dunkelheit, aber bald begrüsste er sie wie einen alten Freund. Denn wenn das Licht wieder anging, begann alles von vorne.

Salih und Sejad Karabasić wurden am härtesten gefoltert. Die *Arkanovci* wussten, dass sie beide wohlhabend waren und wollten von ihnen Kontonummern, Passwörter und Verstecke von Geld und Familienschmuck wissen. An das meiste konnten sie sich nicht erinnern, und sie wurden deshalb furchtbar zugerichtet. Sejads Genitalien und Achselhöhlen wurden mit dem Gaskocher regelrecht geröstet. Der penetrante Geruch von versengtem Haar und verbranntem Fleisch erfüllte den Raum. Als er vor Schmerzen das Bewusstsein verlor, liessen ihn seine Peiniger einfach hängen und nahmen den nächsten dran.

Salih wurde das linke Ohr abgeschnitten und seine Nase mit einem Skalpell der Länge nach aufgeschlitzt, so dass zwei groteske Fleischlappen auf beiden Seiten des blutig-weissen Nasenbeins hinunterhingen. Seine Schmerzensschreie schienen die Folterknechte zu amüsieren, und sie begannen, diese mit hohen Fistelstimmen nachzuahmen.

Der alte Forić hatte den Mut, die *Arkanovci* als Feiglinge zu beschimpfen. Zur Strafe wurden ihm, begleitet von seinen furchbaren

Schreien, mit einem Brecheisen nacheinander alle Zehen, beide Schienbeine, alle Finger der linken Hand und der linke Ober- und Unterarm gebrochen. Den rechten Arm liessen sie unversehrt für den Fall, dass er noch etwas unterschreiben musste. Aber der alte Mann unterschrieb nichts mehr. In der folgenden Nacht starb er.

Schliesslich war Begić an der Reihe. Als Erstes wurde ihm ein Plastiksack über den Kopf gezogen und luftdicht zugeschnürt, bis er das Gefühl hatte, zu ersticken. Dabei zischte ihm Princip zu: «Jetzt wirst du sterben!»

Begić glaubte ihm und warf seinen Kopf in Todesangst mit aller Kraft vor und zurück, nach links und nach rechts, bis er aus Mangel an Sauerstoff schliesslich das Bewusstsein verlor. Als er wieder zu sich kam, war sein Hals mit einem Ledergurt an der Rücklehne seines Stuhls fixiert. Erneut zogen ihm die *Arkanovci* die Plastiktüte über den Kopf, und bald darauf verlor er erneut das Bewusstsein. Diese Prozedur wiederholte sich dreimal, und jedesmal dachte er, dass es diesmal aus war. Aber jedesmal kam er wieder zu sich und musste in das höhnisch grinsende Gesicht von Luka Princip starren, der seine Arbeit sichtlich genoss.

Als die Kerle schliesslich genug von diesem Spiel hatten, wurde er wie die Anderen systematisch verprügelt. Einer verstauchte sich dabei die Hand, und so wechselten sie zu dicken Gummischläuchen. Später rissen sie ihm mit einer Beisszange büschelweise Schamhaare und jeden einzelnen Fingernagel aus. Sie brannten ihm mit dem Gaskocher die Haare ab und kniffen ihm den kleinen Zeh des linken Fusses mit einer riesigen Monierzange ab. Und sie quälten ihn mit detaillierten und grafisch ausgeschmückten Beschreibungen dessen, was im gleichen Moment angeblich gerade mit seiner Frau geschah. Später erfuhr er, dass nichts davon wahr war. Dazu fragten sie ihn Dinge, von denen ihnen klar sein musste, dass er sie auf keinen Fall wissen konnte: Wo waren die Stellungen der bosnischen Armee? Wo würde diese als nächstes angreifen? Wo waren die Mudschaheddin?

Insgesamt wurde Begić dreimal zum Tunnel gebracht. Noch schlimmer aber war es für ihn, wenn er zusehen musste, wie seine Söhne abgeholt und Stunden später völlig zerschunden wieder zurückgebracht wurden. Ausserdem machte ihn die quälende Ungewissheit darüber, was mit seiner geliebten Frau geschehen war, fast verrückt. Seine

Nerven waren zum Zerreissen gespannt, und der einst so friedfertige Lehrer explodierte nun beim geringsten Anlass.

Allen Häftlingen ging es ähnlich. Mujo Hasanović, dessen überlebender Bruder ebenfalls unter den Gefangenen war, sorgte dafür, dass sie nicht wahnsinnig wurden während dieser Zeit. Trotz seiner Jugend und obwohl ihm die Peiniger die Hand zerschmettert hatten und ihm diese Tag und Nacht unerträgliche Schmerzen bereiten musste, stand er wie ein Fels in der Brandung dieses Meeres aus Leid und Verzweiflung. Jeder, der endgültig verzagen wollte, fand Mujo neben sich, der ihm gut zuredete. Mujo trieb sie an. Mujo hielt sie zusammen. Mujo gab ihnen Hoffnung, wo es eigentlich gar keine mehr gab.

Manchmal sprachen die Häftlinge halblaut miteinander. Sie erzählten nur selten davon, was ihnen im Tunnel widerfahren war, aber sie diskutierten Eindrücke und Informationen, die sie aufgeschnappt hatten. Begić der Lehrer hörte schweigend zu und stellte in seinem Kopf nach und nach eine Chronik über ihre Zeit im Lager zusammen.

Es stellte sich heraus, dass Luka Princip gerne über sich sprach, während er Leute quälte. Aus den kollektiven Erzählungen der Anderen setzte Begić zusammen, dass Princip ungefähr fünfundzwanzig Jahre alt sein musste, weder Brüder noch Schwestern hatte und aus Belgrad stammte. Er war unglaublich stolz darauf, zu den allerersten Mitgliedern der Serbischen Freiwilligengarde gehört zu haben, nachdem Arkan diese im Oktober 1990 aus den Hooligans des Fussballklubs Roter Stern Belgrad geformt hatte. Ausserdem gab er damit an, dass die im Vergleich zu anderen paramilitärischen Einheiten auffallend moderne Ausrüstung der *Arkanovci* direkt durch die serbische Polizei geliefert wurde.

Irgendwann erhielten sie endlich ihre Kleider zurück. Geld, Schmuck, Uhren und alles andere, was irgendeinen Wert hatte, blieb verschwunden.

Am zehnten Tag warf einer der Weissen Adler eine Tränengasgranate durch die Drahtmaschen ihrer Gefängnistüre und schrie dazu: «Atmet tief ein, ihr *Balija*-Schweine!» Kurz darauf liess eine der regulären Wachen die hustenden, keuchenden und würgenden Gefangenen ins Freie.

Am elften Tag wurden die acht wohlhabendsten der Ahatovići-Männer kurz nach Mittag abgeholt. Sie kamen nicht mehr zurück. Begić erfuhr nie, was mit ihnen geschehen war.

Schliesslich, am Morgen des 14. Juni 1992 öffnete sich die Tür und Vedran Jovanović, flankiert von zwei stämmigen VRS-Soldaten, kam herein. Er lächelte freundlich und teilte den verblüfften Insassen mit, dass sie noch am gleichen Tag gegen einige von den Bosniaken verhaftete Serben ausgetauscht werden sollten.

Die Laune der Häftlinge änderte sich schlagartig. Ihre geistige und körperliche Erschöpfung liessen sie nun komplett überreagieren, und so jubilierten sie und schrien sie und redeten sie wild durcheinander. Als sich die Stimmung schliesslich einigermassen beruhigt hatte, diskutierten sie in kleinen Gruppen leise darüber, wie es wohl nach ihrer Freilassung weitergehen würde und ob sie sich vor dem Austausch noch waschen könnten. Begić war skeptisch und sollte Recht behalten.

Etwa zwei Stunden später wurde die Tür erneut aufgerissen. Luka Princip stand im Türrahmen. Das aufgeregte Schnattern der Gefangenen verstummte abrupt. «Raus, *Balije*», befahl er barsch, «aber zackig!»

Draussen vor der Zisterne stand einer der langgezogenen zivilen Ortsbusse des städtischen Nahverkehrsunternehmen *Gradski Saobraćaj Sarajevo*, kurz GRAS, mit mehr Steh- als Sitzplätzen und sieben Fenstern auf jeder Seite. Er war zweifarbig gestrichen: Oben weiss, unten rot. Unter dem langen ovalen Fenster neben der Fahrertüre prangte weiss auf rot die Zahl ‹75›. Inmitten all der Schützenpanzer und Militärbauten sah er so fehl am Platz aus, dass Begić zweimal hinsehen musste.

Um den Bus zu besteigen, mussten die grässlich anzuschauenden und fürchterlich stinkenden Gefangenen erneut einen Spiessrutenlauf durch die Phalanx der Wachen hindurch absolvieren, bei dem sie geschlagen und getreten wurden. Nach und nach füllte sich so das Fahrzeug, bis schliesslich alle sechsundfünfzig verbleibenden Männer aus Ahatovići zusammengepfercht im hinteren Teil standen. Im vorderen Teil liessen sich die Wachen auf die gepolsterten Sitze fallen und beschimpften die Gefangenen sporadisch, wohl aus reiner Gewohnheit.

Begić war das alles gleichgültig. Er sass bei seinen Söhnen und starrte aus dem Fenster, ohne wirklich etwas zu sehen. Da stupste ihn plötzlich jemand an. Er drehte sich um und sah Mujo Hasanović, der ihm aufmunternd zuflüsterte: «Nur noch ein paar Stunden!»

Begić nickte nachdenklich. In Gedanken war er bereits auf der Suche nach seiner Frau. Wenn er sie nur finden konnte, dann hatte zumindest seine Familie Glück im Unglück gehabt. Aus dem Fenster beobachtete er, wie Luka Princip mit einem seiner Untergebenen sprach. Dieser grinste breit und zeigte Princip den nach oben gestreckten Daumen. Dann gestikulierte und schrie er wild herum, worauf die Soldaten und Freischärler, welche den Bus umringt hatten, zu den wartenden Begleitfahrzeugen rannten und an Bord kletterten.

Der Busfahrer setzte sich hinter das Lenkrad und startete den Motor, dann setzte sich der kleine Konvoi in Bewegung. Abgesehen von den rituellen Beschimpfungen waren die Aufseher erstaunlich guter Laune und gaben bereitwillig Auskunft auf die Fragen der Häftlinge.

Ja, sie waren auf dem Weg zu einem Austausch. Ja, die Fahrt würde nicht allzu lange dauern. Ja, sie würden schon bald ihre Familien wiedersehen.

Nur ihr Ziel wurde ihnen nicht mitgeteilt. Begić gingen davon aus, dass es Pale sein musste, die Hochburg der bosnischen Serben. Dort fanden die meisten Gefangenenaustausche statt, was er so gehört hatte. Und tatsächlich kamen sie bald darauf zum Vogosca-Verkehrsknoten.

Plötzlich hielten sie ohne Begründung an. Vielleicht eine Minuten später hörte Begić ein statisches Knacken und Rauschen und sah, wie einer der Aufseher vorne beim Fahrer einen kurzen Funkspruch führte. Danach stand er abrupt auf und befahl allen Gefangenen barsch, sich sofort auf den Boden des Busses zu legen. Dort hatte es aber nicht genug Platz für alle, und so lagen sie wie Ölsardinen über- und untereinander. Es war so eng, dass Begić nicht einmal seinen Kopf drehen konnte.

Kurz darauf fuhren sie weiter. In ihrem Zustand erlitten die geschundenen Männer bei jedem Holpern des Busses, bei jeder Tempoänderung und bei jedem Richtungswechsel höllische Qualen. Jeder, der sich zu bewegen versuchte, wurde sofort von einem Gewehrkolben oder dem Ende eines Schlagstocks getroffen.

Die Fahrt dauerte viel länger, als Begić gedacht hätte, und in ihrer Lage verloren die Gefangenen schon bald jegliches Zeitgefühl. Ab und zu stoppte der Bus irgendwo, während der Fahrer oder eine der Wachen per Funk weitere Instruktionen anforderte.

Schliesslich hielten sie ganz an. Der Motor wurde ausgeschaltet. Einer der Aufseher befahl den Gefangenen, sich nicht zu rühren und weiterhin auf dem Boden liegen zu bleiben. Ein anderer fügte hinzu, dass das Getriebe überhitzt sei und es nicht lange dauern würde. Dann verliessen alle Wachen den Bus.

Eine Weile passierte gar nichts. Die auf dem Boden liegenden Männer drehten vorsichtig ihre Köpfe nach links und rechts und schauten sich gegenseitig fragend an, aber keiner wagte aufzustehen. Irgendwann hörte Begić zwei Fahrzeuge vorbei rollen. Dann herrschte wieder Totenstille. Er konnte deutlich das Pfeifen der Vögel, das leichte Rauschen des Windes in den Blättern der Bäume und die stossweise Atmung seiner Leidensgenossen hören. Absurderweise blieb ihm dieser Moment später am besten in Erinnerung.

Ein, zwei Minuten lang passierte nichts.

Dann brach auf einmal die Hölle los. Aus Richtung der Begleitfahrzeuge wurde urplötzlich aus allen Rohren das Feuer auf den Bus eröffnet. Die dicken Fensterscheiben zersplitterten in tausend Stücke, und die Gewehrkugeln sowie mehrere Geschosse aus Granatwerfen machten ein Sieb aus den dünnen Seitenwänden des Busses. Kurz darauf wurden auch noch mehrere Handgranaten durch die kaputten Fenster ins Businnere geworfen. Der Lärm der Schüsse und Explosionen vermischte sich mit den Schreien der Opfer und dem Lachen, Grölen und Johlen der Mörder zu einem infernalischen Getöse.

Begić schrie wie am Spiess. Überall flogen Granatsplitter, Kugeln und Körperteile herum. Irgendwann gelang es ihm, den Kopf ein wenig zu heben. Er sah seine Jugendfreunde und lebenslangen Nachbarn in ihrem Blut liegen, mit klaffenden Wunden, abgerissenen Körperteilen oder zerschmetterten Schädeln. Er selbst war zwar voller Blut, Haare und Knochensplitter von anderen, aber wie durch ein Wunder unverletzt geblieben, bis auf einen stechenden Schmerz im Oberschenkel. Der grosse Radstand vor ihm hatte ihn vor den Kugeln beschützt, und unerklärlicherweise schien ihn auch kein Granatsplitter getroffen zu haben. In der gleichen Sekunde, in der ihm diese Gedanken durch den Kopf schossen, sah er zu seinem immensen Schrecken weitere Handgranaten durch ein nahes Fenster hereinfliegen, nicht weiter als einen Meter entfernt. Instinktiv presste er sich noch mehr auf den Boden und versuchte, sich hinter den Körpern der Männer um ihn herum zu verkriechen. Die Granaten explodierten eine nach der anderen. Die meisten waren unter die gleichen zwei, drei regungslosen Körper gerollt und zerfetzten diese nun völlig. Zwei landeten unmittelbar neben Begićs Nebenmann Samir Trebović. In letzter Sekunde versuchte dieser in Panik über Begić hinwegzurollen und schirmte ihn genau in dem Moment ab, als die Granate mit einem lauten *Umpf!* explodierte. Samir rollte zur Seite und blieb regungslos und blutüberströmt liegen. Der Anblick war schrecklich, aber im ersten Moment dankte Begić Allah, dass er ihn verschont hatte. Später würde er deswegen viele Jahre lang von immensen Schuldgefühlen geplagt werden.

Irgendwann später hörte er dann, wie einer der Schlächter draussen Anweisungen gab. Gleich darauf gingen mehrere Autotüren auf und wieder zu. Dann heulten Motoren auf.

Begić blieb regungslos liegen, bis er die sich entfernenden Geräusche nicht mehr vernahm. Dann stemmte er sich auf die Ellbogen, drückte seinen Rücken durch und versuchte erfolglos, seine Beine anzuziehen. Es ging nicht. Langsam drehte er den Kopf. Samir Trebovićs zerfetzter und aus vielen Wunden blutender Oberkörper lag auf seinen Waden. Samirs leblose Augen starrten ihn anklagend an. Begić zog mit aller Kraft, und schliesslich gelang es ihm, sich zu befreien. Samirs sterbliche Hülle rollte auf die Seite und blieb dort in grotesker Pose halb auf einer andern Leiche liegen. Begić konnte nicht erkennen, um wen es sich handelte. Gesicht und Schädel waren völlig zertrümmert, und graue Gehirnmasse war auf den Boden ausgeflossen. Erschüttert schloss er die Augen und wandte sich ab.

Plötzlich erstarrte er, wie vom Donner gerührt. Gerade hatte jemand ganz in der Nähe seinen Namen geflüstert. Er schüttelte den Kopf. Sein überlastetes Gehör musste ihm einen Streich gespielt haben. Aber nein, da war es wieder. Wie in Zeitlupe öffnete er seine Augen und hielt nach der Stimme Ausschau.

Es war Mujo. «Bist du verletzt?», fragte er.

«Mein Bein…»

«Lass mal sehen. Beug dich vor.»

Mujo rollte zu Begić herüber, welcher der Aufforderung folgsam nachkam und sich auf die Hände gestützt nach vorne beugte. Mujo riss Begićs zerfledderte Hose mit einem Ruck auf und schaute sich die Wunde an. «Du hast ein paar Splitter abgekriegt», erklärte er, «aber es scheint nichts Lebenswichtiges verletzt zu sein. Du blutest auch kaum.»

Im ersten Moment konnte Begić sein Glück kaum fassen. All dies und nur ein paar Kratzer! Aber dann erwachte er plötzlich wie aus einem Traum und realisierte erst die ganze Tragweite dessen, was passiert war. Er begann, frenetisch die Namen seiner Söhne zu schreien und die Toten neben sich umzudrehen, um ihre Gesichter sehen zu können.

Mujo packte ihn von hinten, riss ihn zu sich runter und zischte: «Halt die Schnauze! Sonst gehen wir auch noch drauf!» Dann fügte er eindringlich hinzu: «Wenn sie tot sind, dann kannst du nichts mehr für sie tun. Aber du hast noch eine Frau. Du musst für sie überleben. Für sie und für die Anderen, denen du unsere Geschichte erzählen musst.»

Begić verstummte erschrocken. Es wurde ihm bewusst, dass Mujos jüngerer Bruder Hasan ebenfalls im Bus gewesen war, aber er wusste nicht, was er sagen sollte. Er konnte keinen klaren Gedanken fassen. Schliesslich fragte er leise: «Und was ist mit dir? Bist du verwundet?»

«Nur ein paar Kratzer am Rücken, denke ich. Aber mit meinem Bein stimmt etwas nicht.»

«Lass mal sehen.» Begić untersuchte nun seinerseits Mujos Verletzungen. Zwei Granatsplitter waren unterhalb des Schulterblattes eingedrungen, aber da er noch atmete und redete und auch nicht aus dem Mund blutete, hatten sie wohl glücklicherweise weder Lunge noch Herz erwischt. Das rechte Bein war eine andere Sache. «Zwei Kugeln. Nein, warte, sogar drei. Hier, auf der äusseren Seite des Oberschenkels. Es blutet nicht stark. Ich glaub, sie sind noch drin, aber ich kann nicht viel sehen. Wir müssen deine Hose irgendwie aufreissen. Oder aufschneiden.»

«Keine Zeit! Hilf mir, das Bein hier oben abzubinden.»

Begić riss einen blutgetränkten Streifen vom Hemd einer der Leichen und band das Bein oberhalb der Schussverletzungen ab.

Mujo stöhnte leise. Dann versuchte er sich aufzurichten. Das Bein trug sein Gewicht, der Knochen schien also nicht verletzt worden zu sein. «Wir müssen hier verschwinden», stiess er leise hervor, «vielleicht kommen sie zurück.»

In den folgenden Minuten versuchten sie verzweifelt, weitere Überlebende zu finden. In der Mitte des Busses fanden sie Salih Karabasić, dessen fehlendes linkes Ohr und langer blutiger Schorf auf der Nase seinem Gesicht einen absurd asymmetrischen Ausdruck verliehen. «Sind sie weg?», flüsterte er leise.

«Ja», antwortete Mujo, «aber wer weiss für wie lange. Beeil dich!»

Auf dem Weg nach draussen machten sich noch vier weitere blutverkrustete Gestalten bemerkbar. Weder Begićs Söhne noch Mujos Bruder waren darunter. Begić war fassungslos. Nur sieben Überlebende von sechsundfünfzig!

Während Mujo den anderen half, aus dem Bus zu klettern, schaute sich Begić mechanisch um. Der Bus stand am Rande einer kleinen Lichtung, auf einer Art rundem Kehrplatz, dessen Seiten mit Kopfstein gepflastert waren. In der Mitte wuchs Gras. Zu Begićs Linken war eine kleine Steinmauer in den Hang gebaut, hinter der sich der Gipfel des Hügels steil erhob. Der Platz war auf drei Seiten von Nadelwald umgeben.

Unterdessen standen die übrigen Überlebenden im Kreis um Mujo Hasanović herum und schauten ihn erwartungsvoll an. Dieser überlegte nur kurz. Dann flüsterte er «mir nach!» und hinkte so schnell es ging zum nahen Waldrand, gefolgt von den Anderen. Begić humpelte ihnen nach.

Das traurige Grüppchen folgte einem kleinen Trampelpfad etwa fünfzig Meter in den Wald hinein, dann versteckten sie sich im dichten Unterholz und bildeten einen kleinen Kreis. Salih, der am leichtesten verletzt war, wurde als Ausguck postiert. Die anderen schauten Mujo Hasanović erwartungsvoll an. Dieser holte tief Luft und sagte leise: «Also, hier ist, was ich denke: Bihać ist zu weit weg und Sarajevo ist umzingelt. Ich sehe nur eine Möglichkeit. Tuzla.»

Sie alle hatten in den letzten Wochen im staatlichen Radio von der erfolgreichen Verteidigung der multiethnischen Stadt in Nordostbosnien gehört. Bosniakische Erfolgsgeschichten waren rar zu dieser Zeit, und innert kürzester Zeit war die etwa einhundertdreissig Kilometer von Sarajevo entfernte Industriemetropole zum Magneten für Flüchtlinge aus der ganzen Region geworden. Trotzdem waren nicht alle der Flüchtlinge einverstanden. Begić, Salih und der Schwiegersohn des im Lager ermordeten alten Forić, Hasan Gradaščević, stimmten Mujo zu. Die anderen drei Überlebenden wollten unbedingt nach Ahatovići zurückkehren. Als sie sich auch nach einigen Minuten nicht einigen konnten, beschlossen sie schliesslich, getrennte Wege zu gehen.

Gerade als sie aufbrechen wollten, hörten sie plötzlich Motorengeräusche. Sie erstarrten für einen Moment, dann warfen sich alle instinktiv zu Boden. Kurz darauf ertönte eine lange Serie Gewehrfeuer, dann gleich darauf noch eine zweite, gefolgt von erneuten Motorengeräuschen. Obwohl sich diese zu entfernen schienen, blieb das kleine Grüppchen zur Sicherheit regungslos liegen.

Einige Minuten später hörten sie leise Schritte. Zu ihrer Erleichterung war es jedoch nur Salih, der durch das Unterholz brach und berichtete, dass eines der Begleitfahrzeuge des Konvois, ein VW Golf, zurückgekehrt sei. Einer von Princips Männern sei ausgestiegen, habe den Bus betreten und kurz darauf zwei ganze Magazine auf die Toten abgefeuert – wohl um sicherzugehen, dass auch wirklich keiner mehr aussagen konnte.

«Wir müssen hier weg», sagte Mujo. Die anderen nickten.

Die beiden Gruppen verabschiedeten sich schweren Herzens voneinander und machten sich in verschiedene Richtungen auf den Weg.

In den nächsten zwei Tagen gelang es Mujo Hasanović und den anderen drei tatsächlich, sich mühevoll nach Tuzla durchzuschlagen. Zuerst versuchten sie es zu Fuss, aber bald wurde klar, dass dies in ihrem Zustand keine Option war, und so stahlen sie ein Fahrzeug von einem einsamen Hof. Mehrmals liefen sie auf ihrem Weg beinahe serbischen Kräften in die Arme, und zuletzt wurden sie kurz vor der Stadt um ein Haar von einer muslimischen Patrouille erschossen, aber sie schafften es.

Noch am Tag ihrer Ankunft, zwei Tage nach dem Massaker, brachte das bosnische Staatsfernsehen aufgrund ihrer Zeugenaussagen einen Beitrag, in dem die Gräueltat angeprangert wurde. Die serbische Führung tat dies umgehend als Propaganda ab und blieb auch steif und fest bei dieser Behauptung, bis UN-Ermittler fast auf den Tag genau vier Jahre nach dem Verbrechen die sterblichen Überreste von achtundvierzig der Männer von Ahatovići in einem Massengrab in Sokolina fanden. Das jüngste Opfer war siebzehn, das älteste vierundsechzig. Dreizehn Opfer stammten aus der gleichen Familie. Danach versteiften sich die bosnischen Serben auf die Version, die Muslime selber hätten das Massaker verübt.

Mujo und seine drei Begleiter waren in schlechter Verfassung. Das medizinische Zentrum in Tuzla lag in Reichweite der serbischen Artillerie und wurde öfters beschossen, und so wurden die Flüchtlinge stattdessen in einer zum Spital umfunktionierten Grundschule gepflegt. Es fehlte in der Stadt an fast allem, an Nahrungsmitteln, an Waffen und an Medikamenten, und der Heilungsprozess dauerte deutlich länger als sonst.

In Tuzla erfuhren die vier schliesslich auch, dass es noch einen achten Überlebenden gegeben hatte. Er war stundenlang bewusstlos gewesen und danach herumgeirrt, bis ihn zu seinem Glück eine bosniakische Patrouille aufgegriffen hatte.

Nach und nach erholten sie sich. Drei der vier, darunter auch Begić, hatten einen immensen Hass auf alle Serben entwickelt. Für sie war es schwierig im toleranten Tuzla, in dem Moslems, Kroaten und Serben gemeinsam die Verteidigung organisierten und in dem als einzige bosnische Stadt die nationalistischen Kräfte nie die Oberhand erlangten. Nur Mujo, der beide Brüder und die meisten seiner Jugendfreunde verloren hatte, schien trotzdem noch einigermassen differenziert zu denken und versuchte, beschwichtigend auf die anderen einzuwirken. Aber auch er brannte darauf, zurückzuschlagen.

Daraus wurde jedoch zunächst nichts. In Mujos verletztem Bein bildete sich Wundbrand, und ohne antiseptische Medikamente verlor er es beinahe. Wie durch ein Wunder erholte er sich aber schliesslich wieder, und Ende 1992 war er gerade rechtzeitig für die serbische Winteroffensive wieder fit. Nachdem er bei der Verteidigung der Stadt durch seine an Todessehnsucht grenzende Tapferkeit aufgefallen war, wurde er aufgefordert, sich ‹freiwillig› für eine neue Spezialtruppe zu melden, deren Aufgabe es war, in kleinen Gruppen gegnerische Heckenschützen zu jagen. Dabei zeichnete sich der von ihm geführte Trupp durch einen solchen Erfolg aus, dass er in eingeweihten Kreisen rasch zu einer Legende wurde und bis Kriegsende in verschiedenen von der bosnischen Regierung gehaltenen Städten, darunter Sarajevo, zum Einsatz kam. Aus dieser Zeit stammte auch sein Spitzname *Sablast*.

Begić selbst hatte sich nach ein paar Monaten zwar körperlich wieder erholt, aber er war ein psychisches Wrack. Die anderen Überlebenden aus Ahatovići versuchten sich um ihn zu kümmern, aber sein Zustand verschlechterte sich laufend. Erst nach dem Krieg traf er seine Frau wieder und musste ihr dabei die Nachricht vom Tod ihrer Söhne und ihres Bruders überbringen. Kurz darauf schnitt sie sich in der Badewanne die Pulsadern auf. Mit dem Selbstmord seiner Frau verlor Begić den letzten Halt, aber im Bosnien der Nachkriegsjahre war weder psychologische noch psychiatrische Hilfe verfügbar, und so verbrachte er die ersten Jahre trotz seines Zustandes ohne weitere Betreuung in einer Anstalt. Schliesslich arrangierte ein österreichisches Hilfswerk die Behandlung einer kleinen Zahl bosnischer Traumaopfer in Österreich. Mujo Hasanović, der davon gehört hatte und dessen Wort durch seinen Status als Kriegsheld etwas galt in Tuzla, brachte den Bürgermeister dazu, Begić auf die Liste zu setzen. So kam dieser schliesslich 1997 nach Wien.

Seither hatte er fast ständig in diesem Pflegeheim gelebt. Ein paar Mal hatte er versucht, wieder ein geregeltes Leben ausserhalb aufzunehmen, aber immer war er wieder hier gelandet. Er hatte keinen Halt mehr im Leben und keine Lebensfreude, aber als gläubiger Muslim war Suizid keine Option für ihn. Also vegetierte er hier vor sich hin. Sein einziger verbleibender Kontakt zur Aussenwelt war Mujo gewesen.

Dieser war kurz nach Kriegsende in die Schweiz geflohen, weil die Serben ein hohes Kopfgeld auf ihn ausgesetzt hatten. Die Schweizer hatten ihn zunächst ‹vorläufig aufgenommen›, wie sie das nannten, einige Jahre später hatte er dann aber doch noch eine definitive Aufenthaltsbewilligung erhalten. In der Schweiz hatte er auch andere Flüchtlinge kennen gelernt, und irgendwann hatte er sogar geheiratet. Es war das einzige Mal in den letzten fünfzehn Jahren gewesen, dass Begić sich gefreut hatte. Seitdem hatte ihn Mujo mindestens einmal pro Jahr besucht und fast jeden Monat mit ihm telefoniert. Mit seinem Tod war nun auch Begićs letzter Halt weggefallen.

KAPITEL 28

«Und was nun?» Ivica schaute mich über sein Bierglas hinweg erwartungsvoll an.

Wir sassen in einer abgeschirmten Ecke im Flanagans, einem Irish Pub an der Ecke Schwarzenbergstrasse/Schellingstrasse, nicht weit von der Wiener Staatsoper entfernt und gleich um die Ecke vom Hofburgtheater. Angeblich stammte die komplette Inneneinrichtung samt der glänzenden Holzbar aus einem irischen Dorfpub. Die Wände waren orange und grün gestrichen und mit Zeitungsartikeln, Bierspiegeln und anderem Firlefanz behängt. Hinter dem Tresen hing ein hölzernes Wagenrad. Vor uns standen zwei Pintgläser voll mit *Caffrey's Irish Ale*. Aus den Lautsprechern dröhnte *Young Ned of the Hill* von den Pogues.

«Na ja», antwortete ich, «wir wissen jetzt, was Hasanović damals am Paradeplatz mit dem ‹Prinzip› gemeint hat. Luka Princip.»

Ivi nickte.

«Und», fuhr ich fort, «wir wissen auch, woher er Princip kannte. Und weshalb er Tunnels nicht ertrug.»

Wieder nickte Ivica.

Ich trank nachdenklich einen Schluck Bier. «Ausserdem wissen wir, dass Mujo kein typisches Opfer war. Er war bestimmt nicht einfach zu erledigen.»

Ivica nahm ebenfalls einen Schluck Bier. Dann sagte er lakonisch: «Jeder kann jeden töten. Es ist eine Frage der Vorbereitung und Motivation, das ist alles.»

«Gut, das mag sein. Deshalb ist er ja dann auch in die Schweiz gekommen, nicht wahr? Wegen des Kopfgeldes. Aber trotzdem, er war auf jeden Fall kein Durchschnittstyp.»

«Allerdings nicht. Und wenn nur die Hälfte von dem stimmt, was uns Begić erzählt hat, dann ist es tatsächlich unwahrscheinlich, dass ihn so ein paar glatzköpfige Schläger einfach so mal spontan erledigt haben, weil ihnen seine Visage nicht gepasst hat. Die Albaner hätten da wohl mehr Erfahrung. Aber weisst du was? Dir fehlt immer noch ein Motiv, mein Freund.»

Er klang wie Steiner und ich antwortete gereizt: «Das weiss ich auch!» Dann legte ich nachdenklich den Kopf zur Seite und fragte: «Glaubst du Begić?»

Er nickte erneut und bekräftigte: «Ja, absolut.»

«Trotz der Art, wie er zum Schluss war?»

Gegen Ende waren dem alten Mann die Tränen ungehindert über das Gesicht geflossen. Er hatte sie nicht abgewischt und auch sonst nicht reagiert. Es schien, als wäre er in eine eigene Welt eingetaucht, zu der nur er Zugang hatte. In den Minuten, bevor uns die furchteinflössende Walküre von einer Schwester endgültig rausgeschmissen hatte, war er immer unzusammenhängender geworden und Ivica hatte zusehends Mühe mit der Übersetzung bekundet. Ganz am Ende hatte Begić schliesslich begonnen, permanent vor sich hinzubrabbeln, auch wenn Ivica gerade übersetzte. Die wütende Pflegerin hatte uns alle Schande gesagt und ich konnte nachvollziehen, weshalb. Ich fühlte mich echt beschissen deswegen.

Ivica war da weniger empfindlich. Wir waren hergekommen, um brauchbare Informationen aufzutreiben, und soweit es ihn betraf, hatten wir das auch geschafft. Energisch antwortete er: «Ja, natürlich. Es war ja schon vorhin klar, dass er psychisch brutal angeschlagen ist. Drum ist er ja auch dort drin. Das heisst aber nicht, dass er sich nicht erinnert. Im Gegenteil, ich mache jede Wette, dass er seither jedes Detail eine Million Mal im Kopf durchlebt hat.»

«Na gut. Aber weisst du, dann glaube ich irgendwie immer weniger an die Skinheadtheorie. Das war keine Affekthandlung. Sowas braucht Vorbereitung und eine grosse kriminelle Energie.»

«Aber wer dann? Jemand, der sich nach über zwölf Jahren das Kopfgeld doch noch verdienen wollte? Oder doch die Albaner?»

«Tja, alles ist möglich, das ist ja das Elende an dieser Sache. Nur nützt uns das nichts. Die Albanerspur hat die Polizei bereits verfolgt. Ohne Erfolg. Und Blerim hat beim Leben seiner Mutter geschworen, dass er von nichts weiss, also…»

«Lebt sie noch?», unterbrach mich Ivica.

«Ja, sie lebt noch. Was die Sache mit dem Kopfgeld anbelangt, so erscheint mir das zwar unwahrscheinlich…»

«Aber nicht unmöglich», unterbrach mich Ivica.

«Nein, nicht unmöglich», pflichtete ich ihm bei. «Wozu dann aber das ganze Theater mit dem Geld im zugenähten Mund und dem Versenken im See? Sogar, wenn noch jemand bereit gewesen wäre, das Kopfgeld nach so langer Zeit zu bezahlen *und* falls – und das ist ein grosses ‹falls› – jemand mit der entsprechenden Motivation Hasanović aufgespürt und umgelegt hätte, wozu dann das alles? Ich meine, würden die Auftraggeber nicht vielmehr Beweise für den Mord benötigen? Oder denkst du, das Geld war eine Botschaft an die Auftraggeber? Sozusagen ‹Kopfgeld›, im wahrsten Sinne des Wortes?»

Ivica kratzte sich am Kopf. «Gefehlt hat der Leiche nichts? Ein Finger oder sowas? Etwas, das für eine eindeutige Identifikation taugt?»

«Nein.»

«Bist du sicher?»

«Ja, bin ich. Die Fische haben dran genagt, sonst nichts.»

«Na schön. Wir haben also drei Möglichkeiten: Entweder waren's die Skins, die Albaner oder die bosnischen Serben.»

«Und was machen wir? Weiter wie bisher?»

Ich begann, das Glas vor mir mit den Fingern hin und her zu drehen. *Links, rechts. Links, rechts.* Das half mir beim Nachdenken. Ivica schwieg und schaute mich ausdruckslos an.

«Also», sagte ich langsam, «offene Fragen… Frage eins, wie kommt es, dass ein kriegserfahrener Sniperjäger und Strassenkämpfer wie Mujo Hasanović jemanden so nahe an sich heranlässt? Wieso ist er nicht rechtzeitig abgehauen? Wieso hat er sich nicht gewehrt?»

«Vielleicht hat er sich ja gewehrt», wandte Ivica ein.

«Aber nicht genug.»

«Und was sagt dir das?»

«Dass er überrascht wurde. Dass es wahrscheinlich mehrere Täter sind. Und dass sie irgendwie an Betäubungsmittel kamen. Solche, die normalerweise Tieren verabreicht werden.»

«Klingt plausibel.»

Ich nickte und ging die Liste mental weiter durch. «Aber wie ist er überrascht worden? Mit seiner Erfahrung hätte er sicher gemerkt, wenn ihn jemand verfolgt hätte.»

Ivica dachte laut mit: «Ausser, die Täter hätten gewusst, wo er wann sein würde.»

«Stimmt. Wie auch immer, irgendwie sind sie nahe genug an ihn ran gekommen, um ihn zu betäuben und ihn dann gemütlich zusammenzuschlagen, während er langsam erstickt ist.»

«Und wenn es umgekehrt war?»

«Wie meinst du das?»

«Wenn sie ihn zuerst verprügelten und ihm das Zeugs erst danach verabreichten?»

«Das glaube ich kaum, das wäre ja einfach nur saublöd.»

«Niemand sagt, dass wir es mit Raketenwissenschaftlern zu tun haben müssen.»

«Das stimmt schon. Aber wer auch immer es war: Die Frage ist, woher hatten sie das Zeugs?»

«Von einer Tierklinik?»

Ich schüttelte den Kopf. «Möglich, aber nicht in der Region. Alle abgeklappert. Und Steiner hat auch in anderen Kantonen nachgefragt. Wobei das natürlich nicht heisst, dass das Zeugs nicht doch irgendwo geklaut worden sein kann. Wie gut die da Buchhaltung führen, kann ich ja nicht beurteilen.»

«Na schön. Und was sonst noch?»

«Thema *Motiv*. Bisher konnten wir kein's finden, aber wir können trotzdem ein paar Vermutungen anstellen. Gemäss Blerim würde die albanische Mafia nur bei einer wirklich grossen Sache so ein Exempel statuieren. Andererseits hatte aber Rappolders Schwester eine Affäre mit Mujo. Sie liebte ihn. Ihr Bruder ist krankhaft eifersüchtig – das ist eigentlich nicht das richtige Wort, aber mir kommt nichts besseres in den Sinn – und rein zufällig ein bekannter Schläger *und* Anführer einer ausländerhassenden Naziskintruppe, die vielleicht einer rechtsextremen englischen Terroristengruppe nacheifert. Und er wusste von der Affäre. Aber…» Ich hielt den Zeigefinger in die Luft und kippte ihn dann theatralisch nach vorne, so dass er auf Ivica zeigte, bevor ich fortfuhr: «*Aber* er hat ein wasserdichtes Alibi.»

«Was, einen Pokerabend mit seinen Glatzköpfen?»

«Nein, Knast.»

«Scheisse. Ja, das ist wirklich ziemlich wasserdicht. Aber er kann's ja in Auftrag gegeben haben.»

«Möglich, aber das passt irgendwie nicht zu ihm. Das behaupten zumindest Leute, die ihn kennen.»

«Und was denkst du?»

«Ich hatte den gleichen Eindruck. Er ist ein Kontrollfreak.»

«Okay. Was machen wir dann also jetzt, den Albanern aufs Dach steigen?»

«Was meinst du mit ‹wir›?»

Er grinste. «Na, mit wem soll ich denn Bier saufen, wenn dir ein albanisches Stellmesser zwischen den Rippen steckt?»

«Nett von dir. Was ist mit deinen Rippen?»

«Aus Eisen.»

«Ach so», erwiderte ich sarkastisch, «dann gib gut acht, dass sie keinen Rost ansetzen. Aber was die Albaner angeht, da gibt's auch ein paar Ungereimtheiten.»

«Welche?»

«Also, abgesehen, davon, dass kein Motiv erkennbar ist und Blerim schwört, dass er noch nie von Hasanović gehört hat: Weder ich noch die Bullen haben den geringsten Hinweis dafür gefunden, dass Mujo irgendwas mit der Drogenmafia zu tun hatte.»

«Vielleicht habt ihr einfach unter den falschen Steinen nachgesehen?»

«Möglich, aber ich denke nicht. Es passt überhaupt nicht dazu, wie ihn alle beschrieben haben. Ausserdem: Es war zwar Geld in seinem Mund...»

«Eben, doch die Albaner!»

«...aber viel zu wenig. Wenn die Albaner ein Exempel statuieren, dann stopfen sie dem Opfer doch nicht nur so ein paar lausige Kröten in den Mund.»

«Wie viel war denn drin?»

«Ganze fünfzig Franken. Fünf Zehnernoten.»

Ivica war sichtlich überrascht. «Das macht wirklich keinen Sinn.»

«Eben.»

«Na schön. Und was wissen wir noch?»

«Rappolder und seine Jungs haben was Grosses vor. In dem Zusammenhang hat einer von Rappolders Chorknaben den Ausdruck *Gladio* benutzt. Rappolder hat ihm dafür gleich ein zweites Arschloch gerissen. Ich bin der Sache nachgegangen. Das einzige, was ich gefunden habe, hat mit dem Kalten Krieg zu tun. Aber der ist lange vorbei und ich sehe da keinerlei Verbindung zu Mujo oder dem Bosnienkrieg oder was auch immer.»

«Falsch verstanden?»

«Ich denke nicht. Es war ganz deutlich.»

«Okay, das bleibt auch offen.» Er grinste und fragte ironisch: «Wissen wir überhaupt irgendwas?»

«Ja, dass Mujo tot ist. Und dass mir das gewaltig stinkt.»

Ivica nickte ernst. «Mir auch. Und was nun?»

«Ermitteln ist oft wie an einem kleinen losen Faden ziehen, der irgendwo heraushängt. Ziehst du daran, fällt nach und nach dann der ganze Pullover auseinander. Erst dann kannst du sehen, was darunter steckt.»

Ivica grinste. «Titten?»

«Von mir aus, wenn du's dir nur so vorstellen kannst.» Ich schüttelte den Kopf. «Im Moment ziehen wir also an einem losen Faden und wissen nicht, wohin das führt. Aber wenn wir nicht weiter daran ziehen, sehen wir die Titten darunter nie.»

Grinsend prostete mir Ivica zu. Die Geschichte mit Begić schien ihn weniger zu beschäftigen als mich. Dann fragte er: «Also, an welchem Faden ziehen wir nun?»

«Luka Princip. Wir wissen, was aus Hasanović und Begić geworden ist. Bei den Neonazis sind wir in eine Sackgasse geraten und bei den Albanern haben wir keinerlei Anhaltspunkte. Die Kopfgeldgeschichte scheint mir ziemlich weit hergeholt. Aber Fakt ist, in Mujos Tagebuch – oder was immer das war – steht der Satz ‹Was soll ich wegen Luka Princip unternehmen?!›, mit Frage- und Ausrufezeichen. Das weisst doch darauf hin, dass Mujo tatsächlich etwas unternehmen wollte, oder nicht?»

«Ich finde, du klammerst dich da an einen ziemlich dünnen Strohhalm. Vielleicht meinte er mit ‹unternehmen› nur seine Therapie?»

«Möglich.»

«Oder», erwärmte sich Ivica für seine Rolle als *Advocatus Diaboli*, «er hat das noch im Krieg oder gleich danach geschrieben. Wie alt ist der Eintrag?»

«Keine Ahnung. Möglich wär's.»

«Eben.»

«Hast du eine bessere Idee?»

«Nein.»

«Also dann. Sonst haben wir nun mal nichts.»

«Und was genau willst du tun?»

Ich kratzte mich nachdenklich am Kopf. «Überlegen wir mal. Was wissen wir von Princip?»

«Ausser, dass er ein Sadist war? Ist? War oder ist.»

«Genau, ausser das.»

«Er gehörte zu Arkans Schlächtern.»

«Da bist du der Experte. Wo sind diese Kerle heute?»

«Viele sind beim organisierten Verbrechen gelandet. Aber so gesehen war das kein grosser Schritt für sie. Die ganzen Paramilitärs waren eigentlich sowieso kriminelle Banden. Der Krieg war halt einfach eine Gelegenheit für sie, sich auszutoben und Zaster zu machen, ohne vom serbischen Staat verfolgt zu werden.»

«Und nach dem Krieg?»

«Ehrlich gesagt, da bin ich auch leicht überfragt. Die meisten existierten im Nachkriegsserbien weiter. Aber irgendwann wurden sie sogar der serbischen Regierung peinlich. Arkan wurde ja dann auf mysteriöse Weise ermordet, so wie auch mehrere der anderen grossen Gangsterbosse.»

Ich nickte. «An die Geschichte mit Arkan erinnere ich mich.»

Kürzlich hatte ich in *Newsweek* einen Artikel darüber gelesen. Nach dem Krieg war Arkan zu einem von Serbiens grössten Gangsterbossen aufgestiegen. Dann hatte ihn das Jugoslawien-Tribunal in Den Haag wegen Kriegsverbrechen in Bosnien und im Kosovo angeklagt, und Gerüchten nach war er im Tausch gegen Strafminderung zu einer Aussage über die Hintermänner bereit gewesen. Bevor es aber dazu kommen konnte, war er im Januar 2000 zusammen mit zwei Leibwächtern in der Lobby eines Belgrader Hotels erschossen worden. Die mutmaßlichen Täter waren danach zwar wegen Mordes angeklagt und in insgesamt drei Prozessen verurteilt worden, aber eine höhere Instanz hatte die Urteile jedesmal aufgehoben und die Täter wegen Mangels an Beweisen freigelassen. Im Artikel war die Vermutung geäussert worden, dass das Regime um Milošević ihn hatte beseitigen lassen, weil er zu viel über dessen Verstrickungen in die ethnischen Säuberungen in Kroatien, Bosnien und im Kosovo wusste.

«Weisst du», fuhr Ivica fort, «der Zusammenbruch des alten Jugoslawiens hat überall die schlimmsten Elemente an die Spitzen der Nachfolgestaaten gespült.»

«Und was passierte mit den ganzen Mörderbanden nach dem Krieg?»

«Einige lösten sich auf, nachdem ihre Führer wegen Kriegsverbrechen angeklagt worden waren. Andere gingen in den offiziellen Staatsdienst über, wie zum Beispiel die Roten Barette, die zu einer gefürchteten Sondereinheit der serbischen Geheimpolizei wurden. Man geht davon aus, dass der Sturz Miloševićs und der anschliessende Regimewechsel in Belgrad erst durch den Seitenwechsel ihrer Anführer überhaupt möglich wurden. Aber es ist alles ziemlich verworren wegen der damaligen Geheimniskrämerei.»

«Und Arkans Leute?»

«Die ‹Serbische Freiwilligengarde› wurde Anfang 1996 offiziell aufgelöst, wenn ich mich recht erinnere. Allerdings war sie im Kosovo-Krieg wieder aktiv. Arkan selbst hat sich im gleichen Jahr einen Zweitligaklub gekauft und damit nur zwei Jahre später die jugoslawische Meisterschaft gewonnen.»

«Beeindruckend», meinte ich ironisch.

Ivica nickte und meinte: «Ich habe mal gelesen, dass die Spieler anderer Klubs bedroht wurden, wenn sie gegen Arkans Mannschaft Tore schossen. Der Topscorer eines anderen Teams wurde sogar mal in einer Garage eingesperrt, als sein Klub gegen den von Arkan spielte. Während der Heimspiele und sogar während der Auswärtsspiele haben jeweils tausende von seinen Veteranen die Stadionränge besetzt und drohende Sprechchöre gesungen. Oft sollen sie mit Pistolen auf die gegnerischen Fans und manchmal sogar Spieler gezielt haben.»

«Das passt irgendwie, nicht?»

«Ja, allerdings. Eigentlich wussten schon damals alle, dass Arkan in Schutzgelderpressungen und Schmuggel verwickelt war. Sogar in Zagreb habe ich Geschichten darüber gehört. Mit dem damit zusammengerafften Geld versuchte er sich eine bürgerliche Fassade aufzubauen und besass bald alles Mögliche, von Kasinos und Discos über Bäckereien und Restaurants bis hin zu Fitnessstudios und sogar einer privaten Sicherheitsfirma. Aber eben, er war unantastbar. Er hatte Verbindungen in die höchsten Kreise des serbischen Staates. Und natürlich war er für viele Serben ein Kriegsheld…»

«Wie bitte?» Ich war schockiert.

«Ja, im Ernst. Der grosse Verteidiger der serbischen Nation. Dass sie vor allem gegen Zivilisten ‹kämpften› und bei den ersten richtigen Gefechten gegen die bosnische Armee im Herbst 1995 furchtbar auf die Fresse kriegten, interessierte die Öffentlichkeit nicht gross. Ausserdem liess er sich 1994 von seiner ersten Frau scheiden und heiratete im Frühling 1995 eine der bekanntesten Sängerinnen Serbiens.» Er grunzte verächtlich. «Sie war nur einundzwanzig Jahre jünger als er.»

«Wie überraschend.»

«Ja, nicht wahr? Die zwei gehörten die nächsten Jahre zur A-Prominenz des Landes. Nach Arkans Tod wurde seine Witwe auch weiterhin mit dem organisierten Verbrechen in Verbindung gebracht und nach dem Attentat auf Zoran Đinđić wegen illegalen Waffenbesitzes verhaftet. Danach verbrachte sie vier Monate in Untersuchungshaft, weil sie ein Verhältnis mit einem von Đinđićs Mördern gehabt haben soll. Erst gerade letztes Jahr wurde sie in einem Prozess beschuldigt, Mitgliedern des berüchtigten Zemun-Clans Informationen über lohnende Entführungsopfer geliefert zu haben.»

Ich lachte. «Was für ein Früchtchen. Kein Wunder, dass die zwei sich gefunden haben.»

«Allerdings.»

Ich überlegte kurz. «Okay, Arkan war also ein Gangster. Woher hatte er seine Leute? Wahrscheinlich waren das ehemalige ‹Tiger›, oder?»

Ivica nickte. «Scheint mir logisch.»

«Aber eine Gangsterbande ist keine paramilitärische Gruppe. Er hat also die meisten der ehemaligen ‹Tiger› nicht mehr gebraucht.»

«Ja, auch das klingt logisch.»

«Die Frage ist dann: Wie wahrscheinlich ist es, dass Princip nach dem Krieg Teil des Arkan-Clans blieb?»

«Na ja, laut Begić hat Princip ja permanent damit angegeben, einer der ersten ‹Tiger› überhaupt gewesen zu sein. Ausserdem war oder ist er ein sadistischer Schlächter. Das scheinen mir gute doch Voraussetzungen zu sein für die Art Geschäfte, die Arkan nach dem Krieg betrieben haben soll, findest du nicht? Und falls ja, stehen die Chancen gut, dass er immer noch Teil einer solchen Bande ist. Sogar, falls er im Knast sitzt. Wenn die Serben gleich wie die Russen operieren, dann kann man aus dem Verein nur mit den Füssen voran aussteigen. Wenn das nicht schon passiert ist.» Er hielt kurz inne und fügte dann hinzu: «Ist ja nicht gerade ein ungefährlicher Beruf.» Mit Zeig- und Mittelfinger beider Hände schrieb er Gänsefüsschen in die Luft um das Wort ‹Beruf›. «Die Frage ist: Wie kommen wir an ihn ran? Wo setzten wir an?»

Ich musterte ihn und meinte mit todernster Miene: «Weisst du, für einen Jugo bist du gar nicht so dumm.»

Er grinste breit. «Und ich dachte, wir seien alle gleich. Faul, dumm und diebisch.»

«Ja, aber einige sind gleicher. Aber im Ernst: Denkst du, Princip ist irgendwo aktenkundig?»

«In Bosnien und Serbien sicher.»

«Schön, aber wir können ja nicht einfach in Belgrad auf der Wache anrufen und fragen, ob sie ihn kennen, oder?»

«Das nicht gerade, aber heutzutage ist ja alles vernetzt.»

«Worauf willst du hinaus?»

«Datenbanken. Solche, auf die deine ehemaligen Kollegen Zugriff haben.»

«Serbien ist nicht Teil der EU.»

«Aber von Interpol.»

«Bist du sicher?»

«Nein. Aber welches Land gehört schon nicht dazu?»

«Auch wieder wahr.» Ich kratzte mich am Kopf. Zumindest versuchen konnte ich es ja. Also leerte ich mein Bier in einem Zug, rülpste herzhaft und stand auf. «Okay, ich muss kurz telefonieren.»

Ivica zeigte auf mein leeres Bierglas und machte ein fragendes Gesicht.

Ich schüttelte den Kopf. «Ich glaube, es ist besser, wenn wir einen klaren Kopf behalten.»

Er schaute mich mitleidig an und meinte: «*Meiner* ist immer klar.»

Als ich durch die breiten Schwingtüren aus dunklem Holz und farbigem Glas ging, sah ich aus den Augenwinkeln, wie er bereits mit der Kellnerin flirtete.

Steiner nahm den Anruf gleich beim zweiten Klingelton entgegen und bellte ins Telefon: «Was willst du nun schon wieder, verdammt nochmal?»

Honigsüss zwitscherte ich in den Hörer: «Nur das Vergnügen, deiner engelsgleichen Stimme zu lauschen.»

Er stutzte. «Ach so, du bist es. Sorry, ich habe jemand anderen erwartet. Wo bist du? Deine Nummer wird unterdrückt.»

«Wien.»

«Immer noch am Fall dran?»

«Scheisst ein Bär im Wald?»

«Es gibt keine Bären bei uns.»

«Die korrekte Antwort lautet ‹ja›.»

«Schön. Also, was gibt's?»

Ich fasste in wenigen Worten zusammen, was ich in Erfahrung gebracht hatte. Als ich fertig war, schwieg er einen Moment lang. Dann meinte er nachdenklich: «Ziemlich heftig.»

«Ja, finde ich auch. Wer hätte das gedacht?»

«Und nun? Ist dieser Kerl Prinzip…»

«*Princip*. Mit ‹c›. Betonung anscheinend auf der ersten Silbe.»

«Ist mir scheissegal. Also, bist du sicher, dass der Kerl in den Fall verwickelt ist?»

«Überhaupt nicht. Die Chance ist sogar gross, dass er mit dem Mord an Hasanović absolut nichts zu tun hat. Aber sonst habe ich alle Spuren verfolgt.»

«Und wenn du in eine Sackgasse rennst? Vielleicht ist das alles Zufall und es waren doch die Albaner.»

Etwas in seiner Stimme liess mich innehalten. «Weisst du was, was ich nicht weiss?»

«Sicher, sogar eine ganze Menge.»

«Auch etwas, das für diesen Fall relevant ist?»

Er räusperte sich. «Na ja, am Wochenende wurde in Paris die Leiche eines Buchhalters aus der Seine gezogen. Der *Modus Operandi* der Täter erinnert stark an den Hasanović-Fall. Verprügelt, gefesselt, Geld im zugenähten Mund, im Wasser versenkt. Ich hab's in der Zeitung gelesen und dann einen französischen Kollegen angerufen.»

Ich konnte förmlich fühlen, wie mein Adrenalinspiegel stieg und sich mein Herzschlag beschleunigte. Hatte ich die ganze Zeit und Arbeit – ganz zu schweigen vom Geld meiner Auftraggeber – für eine falsche Spur verschwendet? Über meine Lippen kam unwillkürlich ein einziges kurzes Wort, dass meine Befindlichkeit vorzüglich zusammenfasste: «Scheisse!»

Mitfühlend meinte Steiner: «Nimm's nicht zu schwer. Das kann passieren. Wir verrennen uns alle einmal.»

«Du denkst, es waren doch die Albaner?»

«Ich denke, die Chancen dafür stehen gut, ja.»

Ich schwieg und überlegte. Nach einer ganzen Weile fragte er schliesslich etwas ungeduldig: «Bist du noch da?»

«Ja, sorry. War grad am Überlegen. Zwei Fragen: Erstens, ist der Buchhalter auch betäubt worden, und zweitens, wie viel Geld war in seinem Mund?»

«Gute Fragen. Antwort: Keine Ahnung. Aber ich kann das abklären. Sonst noch was?»

«Ja, der eigentliche Grund meines Anrufs. Kannst du dich noch an Thomas Schneider erinnern?»

«Ranzo?»

«Genau.»

Thomas Schneider war ein ehemaliger Kollege. Seinen Spitznamen hatte er erhalten, weil auch das ausgedehnteste Fitnessprogramm seinen Bierbauch nie ganz zum Verschwinden brachte.

«Klar erinnere ich mich. Weshalb fragst du?»

«Der ist jetzt bei der Bupo, oder?» Die frühere Bundespolizei hiess nun eigentlich *Bundesamt für Polizei* und war in der Schweiz für die Koordination zwischen den Kantonspolizeikorps, den Kontakt zu ausländischen Polizeistellen und den Staatsschutz zuständig. Die neue offizielle Abkürzung *Fedpol* hatte sich aber bisher weder bei meinen ehemaligen Kollegen noch bei mir eingebürgert.

«Stimmt. Gerade letzthin hatte ich ihn am Horn.» Dann stutzte er, hielt kurz inne und meinte dann anerkennend: «Wenn jemand etwas über diesen Kerl Princip herausfinden kann, dann der alte Ranzo. Gut gedacht, van Gogh.»

«Weiss ich doch, aber ich habe leider seine Nummer nicht mehr. Und da bist du mir in den Sinn gekommen.»

«Ja, kein Problem, die kann ich dir in fünf Minuten raussuchen und per SMS schicken. Aber bist du sicher, dass du weitermachen willst? Da nun doch alles auf die Albaner hinweist?»

«Ich habe hier sonst nichts zu tun. Und ich hasse lose Enden, das weisst du.»

«Ja, das weiss ich. Okay, ich melde mich.»

Im Hörer knackste es. Erst nach zwei Sekunden realisierte ich, dass der gute Steiner wieder einmal ohne ein weiteres Wort aufgelegt hatte.

Wenn Steiner fünf Minuten sagte, dann waren es fünf Minuten. Ich beschloss, draussen zu warten. Und tatsächlich vibrierte mein Handy fünf Minuten später, fast auf die Sekunde genau. Ich rief die SMS auf und kontrolliere die Nummer, welche mir Steiner geschickt hatte. Es war eine Festnetznummer.

Weitere zwei Minuten später hatte ich Schneider bereits am Apparat. Er war verständlicherweise ziemlich überrascht, nach so langer Zeit von mir zu hören, fing sich aber rasch wieder. Ich erklärte ihm kurz, was ich von ihm wollte. Er schwieg ein paar Sekunden, dann verlangte er meine Nummer, bellte «wart kurz!» in den Hörer und legte auf. Verdutzt starrte ich mein Handy an.

Nach kaum einer Minute rief er zurück. «So, jetzt können wir reden. Also, wie heisst der Kerl und wo soll er sein?»

Ich erzählte ihm alles, was ich über Princip wusste. Also nicht viel. Als ich fertig war, fragte er: «Und weshalb rufst du ausgerechnet *mich* an? Weil ich im Kosovo war?»

«Äh… nein», antwortete ich verdutzt, «davon wusste ich gar nichts. Aber ich dachte, bei der Bupo hättest du am ehesten Zugriff auf die entsprechenden Datenbanken. Du warst im Kosovo? Wann denn? Und wieso? Mit der Swisscoy?»

Die Swisscoy war ein unter österreichischem Kommando stehender, aus einer Infanterie- und einer Logistikkompanie bestehender Verband der Schweizer Armee, der seit dem Ende des Kosovokrieges 1999 als Teil der multinationalen NATO-Friedenstruppe KFOR zur Friedensförderung im Kosovo beitrug.

«Nein, ich war da als Polizist. Wir gehörten zur CIVPOL der UNMIK.»

«Wie bitte?»

«Zivilpolizei bei der UNO-Mission im Kosovo, Mann. Kann ich jetzt weitermachen?»

«Sorry.»

«Also, die Schweiz hat der UNO damals im Sommer 1999 zunächst zwei Bullen und acht Grenzer zur Verfügung gestellt. Gute Grenzer, übrigens.»

Obwohl das Schweizer Grenzwachtkorps polizeiähnliche Aufgaben an der Grenze und auch im Inland verrichtete, war es dem Eidgenössischen Finanzdepartement unterstellt. Viele Polizisten sahen die Grenzwachtangehörigen daher als unliebsame Konkurrenz – vor allem, weil sie nicht an Kantonsgrenzen gebunden waren.

«Ah ja? Und wie lange warst du dort?»

«Fast drei Jahre. Ich war damals gerade frisch geschieden. Wir hatten keine Kinder und die Arbeit gefiel mir. Also habe ich mich mehrmals nacheinander freiwillig gemeldet.»

«Okay. Und kannst du nun was über Princip rausfinden?»

«Wahrscheinlich schon. Die meisten dieser Kerle sind irgendwo aktenkundig. Viele werden international gesucht. Weisst du, ob er vom Kriegsverbrechertribunal angeklagt wurde?»

«Keine Ahnung. Scheint mir aber naheliegend.»

«Okay, ich werde das ebenfalls checken. Falls alles nichts nützt, habe ich im Kosovo noch ein paar nützliche Kontakte geknüpft. Mal sehen. Ich melde mich bei dir.»

«Wann?»

«Ein wenig dauern kann's schon. Ich hab auch noch einen anderen Job, weisst du.»

Ich ignorierte seinen Sarkasmus und wiederholte: «Also wann?»

«Frühestens heute Nachmittag. Kann aber auch morgen werden.»

«Okay.»

«Also, bis dann. Ciao.» Er legte auf und ich ging zurück ins Pub. Am Tisch gleich neben dem Eingang veranstaltete eine Gruppe amerikanischer Teenager ein Wettsaufen. Gutes altes Europa ohne strikt durchgesetzte Altersbeschränkung. Ich klärte Ivica über die neusten Entwicklungen auf. Dann fiel mir plötzlich auf, dass ich einen Riesenkohldampf hatte, und so bestellten wir zwei grosse Cheeseburger und eine weitere Runde *Caffrey's*.

Kurz vor halb vier Uhr nachmittags meldete sich Schneider wieder bei mir. Mangels sinnvoller Beschäftigung hatten Ivica und ich einen Abstecher ins Heeresgeschichtliche Museum gemacht. Es befand sich im Arsenal, einer mächtigen, rechteckigen Anlage aus mehreren roten Backsteinbauten auf der Anhöhe südlich des Landstrasser Gürtels. Der Besuch bestätigte, was ich schon vorher gewusst hatte: Die Habsburger hatten ihr Reich so gerne durch Heirat vergrössert, weil sie militärisch meist wenig zustande gebracht hatten.

Schneiders Anruf erreichte mich gerade, also wir vor dem Oldtimer standen, in dem gemäss Plakette der österreich-ungarische Erzherzog und Thronfolger Franz Ferdinand mitsamt seiner Gemahlin Sophie Chotek, Herzogin von Hohenberg, 1914 in Sarajevo ermordet worden war. Irgendwie passend.

Andere Museumsbesucher warfen mir missbilligende Blicke zu, als ich die Frechheit hatte, den Anruf entgegenzunehmen. «Hallo Ranzo, was hast du rausgefunden?», begrüsste ich Schneider fröhlich, während ich auf eine ruhige, etwas verdeckte Ecke zusteuerte.

Ivica folgte mir und schirmte mich ab.

Gutgelaunt antwortete Schneider: «Fick Dich, Du Arsch. Sei besser nett zu mir, ich hab was für dich.»

«Ach ja? Und was?»

«Dein Freund Princip ist nicht gerade ein unbeschriebenes Blatt. Er taucht unter verschiedenen Namen bei Interpol und Europol auf. In den Niederlanden wird er wegen Schutzgelderpressung und Mord gesucht, ebenso in Norwegen und Dänemark. Schweden, Spanien und Italien suchen ihn wegen Waffenschmuggel und die Deutschen wegen Menschenhandel. Das alles unter mindestens fünf verschiedenen Identitäten, aber es ist anscheinend der gleiche Kerl.»

«Ein wahrer Menschenfreund.»

«Ja, nicht wahr?»

«Was ist mit Den Haag?»

«Nur eine Anklage wegen Missachtung des Gerichts.»

«Komisch. Wenn nur ein Bruchteil dessen stimmt, was ich über ihn gehört habe, dann ist er ein Kriegsverbrecher, wie er im Buche steht.»

«Das mag sein. Aber wie du vielleicht weisst, war das Tribunal massiv überlastet und hat sich darum zuerst auf die grossen Fische konzentriert. Und Arkan, zu dem er ja anscheinend gehörte, wurde zunächst auch nicht angeklagt. Erst, als dieser dann doch noch nach Den Haag sollte, wurde Princip als Zeuge aufgeboten, erschien aber nicht. Darauf wurde Haftbefehl gegen ihn erlassen, und zwar wie gesagt nur wegen Missachtung des Gerichts. Die Serben haben ihn aber nie ausgeliefert, und nach Arkans Ermordung scheinen beide Seiten das Interesse an ihm verloren zu haben.»

«Aber wenn er in all diesen Ländern gesucht wird, dann muss er Serbien ja ab und zu verlassen haben, oder?»

«Klar, aber er reist immer wieder mit neuen Identitäten. Offiziell ausgestellte serbische Pässe. Alles ganz legitim. Diese Banden haben sehr gute Verbindungen.»

«Serben brauchen aber bisher noch ein Visum für die EU, nicht?»

«Ja, aber solange der Gesuchsteller auf keiner Liste erscheint und alles einigermassen okay aussieht, werden die mittlerweile mehr oder weniger automatisch erteilt. Ausserdem ist es ja möglich – oder sogar wahrscheinlich – dass jeder Antrag jeweils bei der Botschaft eines anderen EU-Land gestellt wird. Schliesslich sind im Schengenraum die Personenkontrollen an der Grenze abgeschafft worden. In Deutschland hat man zum Beispiel festgestellt, dass er vorgängig mit einem Studentenvisum nach Dänemark eingereist ist.»

«Ein was? Der Kerl ist über vierzig!»

«Ich weiss. Da hat wohl jemand geschlampt. Oder die Hosen voll gehabt. Die Botschaftsangehörigen wohnen schliesslich auch in Belgrad. Aber was kann man machen? Ausserdem studieren die Leute heutzutage wirklich immer später.»

«Wann sind die Haftbefehle in Deutschland und den anderen Ländern ausgestellt worden?»

«Der älteste ist der aus Holland wegen Schutzgelderpressung und Mord. Ausgestellt 1997. Dann Norwegen 1999 und Dänemark 2000. Die Menschenhandelsanklage in Deutschland stammt von 2002. Danach war es ein paar Jahre lang ruhig um ihn, bis….»

Ich kam mit Schreiben kaum nach und unterbrach ihn. «Warte kurz, ich muss mitschreiben.»

Er wartete ein paar Sekunden und fuhr dann fort: «Anscheinend wurde er 2003 nach dem Attentat auf Zoran Đinđić im Rahmen des allgemeinen Durchgreifens gegen die Mafia verhaftet und verbrachte achtzehn Monate im Knast. Wieso, weiss ich nicht, und auch nicht, weshalb er so schnell wieder rausgelassen wurde. Die Anklagen wegen Waffenschmuggels stammen aus der Zeit danach. Schweden 2006, Spanien und Italien 2007.»

«Ich wusste gar nicht, dass die serbische Mafia im Waffengeschäft ist.»

«Machst du Witze?» Er lachte abschätzig. «Mit dem Zeugs, was da nach den Balkankriegen so alles rumliegt? Aber die machen fast alles. Bekannt sind sie vor allem für Waffen- und Drogenschmuggel, Schutzgelderpressung, Glücksspiel und Auftragsmorde. Wie die Russen gelten sie als besonders rücksichtslos.»

«Scheisse.»

«Das kannst du laut sagen. In was bist du da rein geraten?»

«Keine Ahnung. Dieser Kerl, Princip, ist die einzige Spur in einem Mordfall, an dem ich dran bin.»

«Dann bist du besser vorsichtig. Die Kerle schneiden dir das Herz raus, ohne mit der Wimper zu zucken.»

«Na, aber zumindest dieser Princip scheint ja nicht besonders kompetent zu sein, wenn er dauernd erwischt wird.»

«Erwischt wurde er ja nie. Und das ist auch nicht ungewöhnlich. Wie du weisst, haben Interpol und Europol keine eigenen Agenten. Nicht wie in den Filmen. Beide Organisationen sind vor allem dafür da, Informationen zu sammeln, aufzubereiten und den Mitgliedsländern zur Verfügung zu stellen. Das läuft mittlerweile auch recht effizient. Die diversen Namen deines Kerls tauchten bei verschiedenen lokalen Ermittlungen auf, und clevere Fahnder haben dann jeweils die Punkte verbunden. So schwer scheint das allerdings nicht zu sein. Er soll einen grossen Tigerkopf auf Bauch und Brustkorb tätowiert haben, sich oft in Bordellen rumtreiben und gerne angeben.»

«Und woher weisst du, dass er nicht gerade jetzt im Augenblick in Serbien im Knast sitzt? Soviel ich weiss, füttern die Serben Interpol nur sehr zurückhaltend. Und Teil von Europol können sie ja nicht sein.»

«Guter Punkt. Ich habe einen Freund bei der Belgrader Polizei. Den habe ich angerufen.»

Ich war nicht sicher, ob ich richtig gehört hatte. «Du hast was? *Wen* hast du angerufen?»

«Einen Freund in Belgrad. Einen guten Freund.»

«Und woher kennst du so jemanden?»

«Aus meiner Zeit im Kosovo.»

«Okay», fuhr ich fort, «und vertraust du ihm?»

«Ja, bedingungslos.» Der Ton in seiner Stimme wies darauf hin, dass mehr dahinter steckte. Für mich war aber nur wichtig, dass Schneider seinem Kontakt vertraute. Auf sein Urteil konnte man sich gemeinhin verlassen.

«Okay. Kann ich mit ihm sprechen?»

«Das halte ich für keine gute Idee.»

«Thomas», sagte ich eindringlich und verwendete dabei absichtlich seinen richtigen Vornamen, «ein Mann ist bestialisch ermordet worden. Vielleicht kann mir dein Freund weiterhelfen. Seine Witwe verdient ein paar Antworten, findest du nicht?»

Er schwieg. Ich hörte ihn seufzen. Dann sagte er resigniert: «Also gut, meinetwegen. Weil du's bist und weil ich weiss, dass du mir nicht so kommen würdest, wenn es nicht verdammt wichtig wäre. Aber ich muss ihn zuerst fragen. Wenn er zustimmt, gebe ich ihm deine Nummer, okay?»

Ich nickte. Dann fiel mir ein, dass er das ja nicht sehen konnte, und fügte hastig hinzu: «Ja, klar.»

«Okay. Falls er ablehnt, rufe ich dich nochmals an. Du schuldest mir was.»

«Ich weiss.» Wir verabschiedeten uns und ich legte auf. Ivica, der nur meine Seite der Unterhaltung gehört hatte, schaute mich fragend an. Auf dem Weg zum Hotel klärte ich ihn über den Rest auf.

Irgendwann weckte mich das aufdringliche Klingen meines Handys, aber in meinem schlaftrunkenen Zustand war ich zu langsam, um es rechtzeitig zu finden. Ächzend setzte ich mich auf und schaute mich um. Wir waren im Hotelzimmer. Ich lag bäuchlings auf meiner Seite des Betts, vollständig angezogen wie öfters in letzter Zeit. Sogar die Schuhe hatte ich noch an. Auf dem kleinen Sofa neben dem winzigen Fenster sass Ivica und grinste mich an. «Na, ausgeschlafen?»

«Scheisse, Mann.» Ich stützte mich auf einen Ellbogen und fuhr mit der anderen Hand fahrig durch mein kurzes Haar. Dann setzte ich mich ruckartig auf, schüttelte den Kopf und fragte: «Wie spät ist es?»

«Fast halb acht.»

Draussen war es dunkel, also musste es Abend sein. Ich hatte über drei Stunden geschlafen. Eloquent wie üblich wiederholte ich: «Scheisse.» ‹Van Gogh, Sprachkünstler›. Vielleicht sollte ich das auf meine Visitenkarten drucken.

Nach kurzem Suchen fand ich das Handy unter einer Falte der Bettdecke, kramte es hervor und kontrollierte den letzten Anruf. Die Nummer war unterdrückt, ich konnte also nicht zurückrufen. «*Scheisse!*»

Ivica grinste immer noch und meinte lakonisch: «Du hattest schon immer ein feines Gespür für sprachliche Finessen.»

Ich ignorierte ihn, stiess mich vom Bett ab und ging ins Badezimmer, um mir eiskaltes Wasser auf Gesicht und Nacken zu spritzen. Das wirkte.

Bevor ich meine Hände abtrocknen konnte, klingelte mein Handy erneut. Ich rieb sie notdürftig an den Jeans ab, griff nach dem Telefon und drückte die Sprechtaste. «Hallo?»

«Herr van Gogh?»

«Am Apparat. Wer ist da?»

«Wir haben einen gemeinsamen Freund in Bern. Er hat mich gebeten, Sie anzurufen.» Die Stimme sprach fliessend Deutsch, mit einer Mischung aus österreichischem und osteuropäischem Akzent. Bevor ich antworten konnte, fuhr der Anrufer fort: «Können Sie reden?»

Ich nickte. Dann gab ich mir einen mentalen Tritt in den Hintern und sagte hörbar: «Ja.» Ich musste wirklich mit dieser Gebärdensprache am Telefon aufhören.

«Okay. Unser gemeinsamer Freund hat mir gesagt, Sie suchen Informationen über einen gewissen Herrn.»

«Das ist richtig.»

«Was genau wollen Sie über diesen Herrn wissen?»

Ich organisierte meine Gedanken und antwortete dann: «Einiges. Ob er noch lebt. Ob er immer noch im gleichen Business ist. Ob er sitzt oder nicht. Was für Namen er benutzt. Ob er kürzlich in der Schweiz war. Ob er überhaupt schon mal in der Schweiz war. Ob er...»

«Langsam, langsam», unterbrach mich die Stimme, «das ist zu viel für mich. Die Antwort zu den ersten zwei Fragen ist ja. Die dritte habe ich nicht verstanden...?»

«Ob er sitzt. Das heisst, ob er momentan im Gefängnis ist.»

«Nein, er ist draussen.»

«Schon lange?»

«Mindestens drei Jahre.»

«Also war er vor viereinhalb Monaten auf freiem Fuss.»

«Soweit ich weiss, ja.»

«Okay.»

«Und was wollen Sie sonst noch wissen?»

«Ob er schon mal in der Schweiz war, vor allem im letzten Jahr oder so. Wofür er in seiner Organisation genau zuständig ist. Was für Verbindungen er in die Schweiz haben könnte. Im Prinzip alles.»

Der Anrufer schwieg eine ganze Weile. Ich fragte mich schon, ob ich etwas Falsches gesagt hatte, als er schliesslich zögerlich meinte: «Hören Sie, das Telefon ist nicht gerade ideal für solche Gespräche. Und diese Dinge weiss ich ehrlich gesagt auch nicht, zumindest nicht alle. Soweit ich informiert bin, war er in den Beneluxländern, in Deutschland und Skandinavien, aber nicht in der Schweiz. Es ist aber genauso gut möglich, dass wir einfach nichts davon wissen.» Er schwieg erneut. Ich nahm an, dass er überlegte, und schwieg daher ebenfalls. Schliesslich fuhr er vorsichtig fort: «Ich kenne jemanden, der mehr wissen könnte. Mit dem sollten Sie reden.»

«Wo ist dieser jemand?»

«In Belgrad. Können Sie herkommen?»

«Ich weiss, dass das wohl ein wenig viel verlangt ist, schliesslich kennen wir uns nicht einmal… aber kann ich nicht *Ihnen* sagen, was ich wissen will, und *Sie* fragen dann ihren Informanten?»

«Nein, tut mir leid. Sie wissen so gut wie ich, dass es besser ist, selbst mit den Leuten zu reden. Nur so kann man sicher sein, dass alles genau so gefragt wird, wie man das will.» Nach kurzem Zögern fügte er hinzu: «Ausserdem sind diese Leute gefährlich. Die Uniform schützt mich nur bedingt, und ich will danach nicht permanent über meine Schulter schauen müssen. Ich bin bereit, den Kontakt herzustellen. Der Rest ist Ihre Sache.»

Ich hatte nichts anderes erwartet. «Na gut, aber bevor ich zusagen kann, muss ich mit meinen Auftraggebern sprechen.»

«Tun Sie das. Ich rufe sie morgen früh vor neun zurück. Sagen Sie mir dann, ob sie kommen. Und falls ja, wann.»

«Wie viel Vorlauf brauchen Sie denn, um die Sache zu organisieren?»

«Ein paar Stunden. Maximal einen Tag.»

«Na schön.»

«Gut», antwortete er, «dann noch ein letzter Punkt: Brauchen Sie Werkzeug, wenn Sie herkommen? Oder bringen Sie welches mit?»

«Werkzeug?»

«Na, Sie wissen schon. *Werkzeug*. Im Umgang mit gefährlichen Leuten braucht man manchmal das richtige *Werkzeug*.»

«Ach so, *Werkzeug*. Nein, wir haben kein Werkzeug dabei, wir sind hergeflogen. Und ja, Werkzeug wäre nicht schlecht.»

«Gut, dafür kann ich sorgen. Also, denken Sie daran, morgen früh zwischen acht und neun. Nicht verschlafen und auf jeden Fall erreichbar sein.»

«Alles klar. Dann also bis…»

Ich realisierte, dass er bereits aufgelegt hatte, und verstummte.

Heilige Scheisse, dieser Fall entwickelte sich zu einer veritablen *Tour d'Europe*. Ivicas Reaktion war vorhersehbar. Er war dafür, dass wir nach Belgrad gingen. «Ich kenne dich», meinte er nur, «wenn wir das nicht zu Ende führen, wird es dir jahrelang keine Ruhe lassen.»

Da hatte er Recht. Andererseits hatte ich aber auch absolut keine Lust, mich wie Begić und Hasanović irgendwann in einem Munitionstunnel wiederzufinden, und sagte das auch zu Ivica. Er lachte und antwortet trocken: «Tja, dann müssen wir halt einfach vorsichtig sein, meinst du nicht?»

Als nächstes holte ich die Meinung meiner Auftraggeber ein. Ich erreichte Imam Kulenović erst beim dritten Versuch, kurz nach neun Uhr. Er teilte mir mit, dass er diesen zusätzlichen Geldposten nicht autorisieren könne, ohne die Sponsoren zu fragen. Dann versprach er, mich noch am gleichen Abend zurückzurufen, und legte auf.

Die nächste Stunde verbrachten wir im Hotelzimmer. Ivica schaute fern. Ich las. Kurz vor halb elf meldete sich Kulenović wieder. Er teilte mir mit, seine Sponsoren seien der Ansicht, dass eine Reise nach Belgrad aufgrund der dünnen Faktenlage nicht gerechtfertigt sei.

Nach kurzem Zögern fügte er hinzu, dass er aber trotzdem wirklich *alle* Möglichkeiten ausschöpfen wolle und daher die Reise nach Belgrad selbst finanzieren werde.

Was sagte man dazu? Kopfschüttelnd legte ich auf.

KAPITEL 29

Austrian Airlines Flug OS773 nach Belgrad, Abflug Wien-Schwechat um dreizehn Uhr fünfundzwanzig, Ankunft Belgrad um vierzehn Uhr fünfunddreissig. Angesichts des fürchterlichen Gedränges in den engen Gängen des Wiener Flughafens, den langen Schlangen vor der Sicherheitskontrolle und der endlosen Warterei auf die verspätete Maschine war der Flug nach Belgrad schon fast enttäuschend kurz und ereignislos. Kaum hatte der Pilot uns im Flugzeug begrüsst und uns eine angenehme Reise gewünscht, sagte er auch schon die baldige Landung an. Zumindest kam es mir so vor.

Auf dem Flughafen hatte ich mich in einem Internet-Café mit der serbischen Mafia beschäftigt und erfahren, dass dreissig bis vierzig ernstzunehmende kriminelle Gruppen in Serbien existierten, die alle von drei grossen Clans dominiert wurden: *Voždovac*, *Surčin* und *Zemun*, benannt nach den Belgrader Vororten, aus denen sie operierten.

Fast unmerklich legte sich das Flugzeug in eine lange Linkskurve. Ich warf einen Blick aus dem Fenster. Weit unter uns konnte ich eine weitläufige mittelalterliche Schloss- oder Burganlage sehen, die von zwei tiefblauen Flussläufen eingerahmt wurde. So von oben sah das ziemlich beeindruckend aus. Meine Sitznachbarin erklärte mir, das sei die alte Festung Belgrads, die da über dem Zusammenfluss der Save und Donau throne.

Bald darauf fanden wir uns nach einer sauberen Landung in der hypermodernen Ankunftshalle des Terminals 2 am Belgrader Nikola-Tesla-Flughafen wieder. Eigentlich hatte ich einen grauen Plattenbau aus kommunistischer Zeit erwartet. Stattdessen waren die einzigen Platten weit und breit diejenigen aus Marmor am Boden, die zusammen mit der angenehmen Spotbeleuchtung an der Decke und dem Aluminium-Chic der grauen Wandverkleidung an den Flughafen Zürich erinnerten.

Unsere Schweizer Pässe sorgten dafür, dass wir bei der Passkontrolle ohne grosse Warterei durchgewinkt wurden. Nur Ivicas akzentfreies, fliessendes Kroatisch sorgte in Kombination mit seinem Schweizer Pass kurz für ein wenig Stirnrunzeln. Beim Weitergehen murmelte er, von jetzt an werde er nur noch Schweizerdeutsch sprechen.

Am Zoll gab es ebenfalls keine Probleme.

Danach besorgten wir uns als Erstes einen Mietwagen. Da ich den Beleg für die Spesenabrechnung benötigte, mieteten wir den silbergrauen Renault Laguna auf meinen richtigen Namen statt auf Ivicas falschen. Er bot fast gleich viel Platz wie die andere Option, ein japanischer Nissan X-Trail, war aber wesentlich unauffälliger.

Schneiders geheimnisvoller Kontakt hatte uns die Koordinaten eines alten, nicht mehr genutzten Industriegeländes ausserhalb Belgrads angegeben, wo er uns in zwei Stunden treffen wollte. Es befand sich westlich von uns, am Rande der Kleinstadt Dobanovci. Obwohl diese wie der Flughafen zur Belgrader Vorstadtgemeinde Surčin gehörte und nur etwa vier Kilometer Luftlinie entfernt lag, gab es keine direkte Verbindungsstrasse, und so mussten wir einen längeren Umweg in Kauf nehmen.

Ivica war am Steuer, als wir den Flughafen verliessen. Beim Hinausfahren passierten wir das futuristisch anmutende, an eine fliegende Untertasse erinnernde reifenförmige Glasgebäude des Belgrader Luftfahrtmuseums, bevor uns wenig später eine viersprachig Belgrader Ortstafel am rechten Strassenrand weiss-auf-blau willkommen hiess. Kurz darauf nahmen wir die Auffahrt Richtung Westen zur vierspurigen Europastrasse 70, welche auf diesem Abschnitt mit der Autobahn 1 identisch war, und folgten ihr Richtung Zagreb. Ich war erstaunt über die grosse Anzahl Strassenlampen so weit ausserhalb der Stadt, die wie eine stählerne Halballee auf dem grasbewachsenen Mittelstreifen zu wachsen schienen.

Fünf Minuten später zeigte Ivica stumm auf das gelbe Strassenschild, welches die Ausfahrt nach Batajnica und Dobanovci ankündigte. Wir verliessen die Schnellstrasse und fuhren in einer weiten Rechtskurve die Rampe hinunter und unter der Autobahn durch bis zum nördlichen Ortsrand von Dobanovci. Dort folgten wir der Hauptstrasse zu einer grossen Kreuzung im Stadtzentrum. Dann verbrachten wir fünfzehn Minuten damit, kreuz und quer die kleinen und grossen Nebenstrassen auf und ab zu fahren. Niemand folgte uns.

Etwa neunzig Minuten vor der vereinbarten Zeit kamen wir beim Treffpunkt an, einem heruntergekommenen Betonkomplex, der noch aus Titos Zeiten stammen musste. Auf einem Kiesweg fuhren wir einmal rund um das Gelände herum, welches mit Ausnahme des sicher fünf Meter breiten, offenen Haupttors komplett von einem etwa drei Meter hohen Betonzaun umgeben war. Die Tatsache, dass es scheinbar keinen Hinterausgang gab, machte mich etwas nervös, aber nach kurzer Diskussion fuhren wir trotzdem hinein.

Die Szenerie drinnen war surreal. Überall standen gigantische weisse Betonelemente und riesige Backsteine kreuz und quer zwischen den Fabrikgebäuden herum, wie wenn irgendwo ein Gigant einen Wutanfall gehabt und damit um sich geschmissen hätte. Auf vielen davon wuchs Moos. Wir drehten eine Runde um das Hauptgebäude. Dahinter befanden sich ein quaderförmiger Betonschuppen, auf dessen Zweck und Funktion ich mir keinen Reim machen konnte. Er war rund vier Meter hoch, etwa gleich breit und vielleicht zehn Meter lang. Die offene Vorderseite konnte durch ein elektrisch betriebenes, vertikales Rolltor verschlossen werden, und in etwa drei Meter Höhe befand sich eine aus Stahlseil, Eisenhaken und Winde bestehende primitive Hebevorrichtung.

Wir versteckten den Wagen hinter einem besonders grossen Steinhaufen. Wie immer achtete ich darauf, in Abfahrtsrichtung zu parkieren, damit wir bei Bedarf rasch verschwinden konnten. Dann setzte ich mich so auf einen Stapel Backsteine, dass ich durch die Ritzen in einem noch grösseren Stapel die Zufahrt zum Gelände gut überblicken konnte, und begann zu warten. Ivica durchsuchte in der Zwischenzeit das Gelände. Nach etwa fünfzehn Minuten kehrte er zurück, schwitzend wie nach zwei Stunden finnischer Sauna.

«Niemand hier», raunte er. «Alle drei Türen des Hauptgebäudes sind abgeschlossen. Das Schiebetor auf der Hinterseite auch.»

«Und wieso schwitzt du so?», fragte ich flüsternd zurück.

Er grinste. «Na, ich habe zur Sicherheit noch ein paar grosse Steine vor jede Tür geschichtet. Alle drei öffnen nach draussen. Wenn also doch jemand drin ist, können sie nicht raus. Wenigstens nicht, ohne dass wir es hören. Und das Schiebetor ist so rostig, das macht sicher auch einen ziemlichen Lärm.»

Ich nickte anerkennend. Ivica setzte sich auf einen Backsteinstapel neben mir, so dass wir beide nun vor neugierigen Augen verborgen waren. *Gedeckt, getarnt*, wie das bei der Armee hiess. Ich beobachtete weiter die Zufahrt, während Ivica das Zwischengelände im Auge behielt.

Die ganze nächste Stunde passierte rein gar nichts. Erst unmittelbar vor dem vereinbarten Zeitpunkt fuhr schliesslich ein blauer Kleinwagen langsam am Haupteingang vorbei. Ich erkannte die Marke nicht, aber sie erinnerte mich irgendwie an einen Fiat. Vielleicht ein einheimisches Fabrikat. Die Karre verschwand rasch wieder aus meinem Blickfeld, aber ich konnte noch eine ganze Weile lang das schwächer werdende Brummen des Motors hören, und kaum hatte es ganz aufgehört, erklang es auch schon von der anderen Seite des Geländes her wieder und wurde zunehmend stärker. Kurz darauf passierte der kleine Pseudofiat das Haupttor und hielt etwas abseits des Eingangs an, und zwar so nahe am Betonzaun, dass der Wagen von der Strasse aus nicht gesehen werden konnte. Das Nummernschild war abmontiert.

Ich war mir nicht sicher, ob uns der Fahrer gesehen hatte oder nicht. Er stieg aus und schloss mit offensichtlicher Kraftanstrengung mühsam das grosse Schiebetor der Einfahrt. Dann holte er etwas aus seiner Jackentasche und hantierte damit am Tor herum. Nach einem Moment realisierte ich, dass es ein Vorhängeschloss war, mit dem er da die beiden Torhälften zusammenschloss. Improvisiert, aber effektiv. Dann ging er zu seinem Wagen zurück, lehnte sich mit dem Rücken dagegen und zündete sich gemächlich eine Zigarette an, bevor er schliesslich in seine Tasche griff und sein Handy hervor holte. Wenige Sekunden später spürte ich ein Vibrieren in meiner Brustasche.

Die SMS lautete: «Bin da. Wo sind Sie? Freund von Bern.» Die dazugehörige Landesvorwahl war +381.

Ich musste grinsen. Dann erhob ich mich langsam und ging zügig mit leicht vom Körper abgespreizten Armen zu ihm herüber, die offenen Handflächen nach vorne. Ich wollte von Anfang an klar machen, dass ich ungefährlich war. Ivica beobachtete die Szene aus seinem Versteck.

Unser Kontakt machte ein paar Schritte zur Seite und bedeutete mir mit einem Kopfnicken, ich solle ihm folgen. Im Schatten des Hauptgebäudes blieb er stehen und zeigte mit der linken Hand die Stelle an der Betonwand an, wo ich mich hinstellen sollte. Seine andere Hand blieb am Griff seiner Halbautomatik am Gürtel. Er sprach mich auf Serbisch an.

«Ich kann kein Serbisch», antwortete ich, auch wenn er das eigentlich schon wusste, sofern er derjenige war, für den ich ihn hielt.

«Nobody's perfect», erwiderte er, «dafür kann ich ja Deutsch. Und wer sind Sie?» Den eindeutig österreichischen Akzent mit der leichten Ostfärbung erkannte ich auf Anhieb.

Ruhig antwortete ich: «Ein Freund Schneiders.»

Er nickte. «Ich erkenne Ihre Stimme. Zeigen Sie mir trotzdem einen Ausweis.»

Ich gab ihm meinen Pass. Er nahm ihn mit der linken Hand entgegen und studierte ihn fachmännisch, die Rechte immer noch am Pistolengriff. Nach eingehender Prüfung gab er ihn mir zurück und sagte: «Okay.» Dann nahm er schliesslich die Hand von der Waffe und streckte sie mir hin. «Angenehm. Freunde von Freunden, et cetera, et cetera.»

Ich schüttelte ihm die Hand und sagte: «Alles klar.»

«Und wo ist dein Partner?», fragte er.

Ich bemerkte den Wechsel vom höflichen *Sie* zum vertraulichen *Du* sofort und fragte mich, ob darin eine tiefere Bedeutung lag. Nicht, dass ich etwas dagegen hatte. Meine amerikanische Hälfte bevorzugte einen informellen Umgang. Trotzdem entgegnete ich in neutralem Ton: «Woher willst du wissen, dass ich einen Partner habe?»

«Weil mit deiner Kreditkarte zwei Tickets gebucht wurden, deshalb.»

Ich nickte, pfiff halblaut durch die Zähne und signalisierte Ivica, er solle herkommen. Unser Kontakt begrüsste ihn per Handschlag und sagte beinahe entschuldigend: «Ich weiss, dass du Kroatisch sprichst, aber bleiben wir bei Deutsch.» Dann drehte er sich zu mir um und fragte: «Also, womit kann ich euch helfen?»

«Zunächst mal: Wie heisst du eigentlich?»

«Ihr könnt mich *Riba* nennen.»

Ivica lachte. Ich schaute ihn fragend an. «*Riba* heisst *Fisch*», erklärte er mir.

Ich hoffte, der Spitzname sei kein Omen für das, was wir von ihm zu erwarten hatten, und beschloss, gleich zur Sache zu kommen. «Also, *Riba*, du weisst ja bereits, worum es geht.»

«Stimmt. Aber eins nach dem anderen.» Er warf seine Zigarette auf den Boden und trat sie aus. Dann bückte er sich und steckte den

Stummel ein. Ivica warf mir einen vielsagenden Blick zu: *Ein gründlicher Kerl, der keine Spuren hinterlässt.*

Der gründliche Kerl bedeutete uns mit einer Handbewegung, ihm zu folgen. Dann ging er zu seinem Wagen hin und öffnete den Kofferraum. Darin befand sich ein Waffenarsenal, mit dem man locker hätte Lichtenstein erobern können.

«Hobbysammler?», fragte ich sarkastisch.

«Beschlagnahmt», antwortete er ungerührt. «Bedient euch.»

Ich kramte im Kofferraum herum. Darin waren verschiedene Halbautomatikpistolen, ein Revolver, der sogar Dirty Harry zu gross gewesen wäre, zwei Mini-Uzis, zwei abgesägte doppelläufige Schrotflinten, mehrere Sturmgewehre, die wie eine modernisierte Version der Kalaschnikow AK47 aussahen, und zwei SIG SG552 Commando, die Kurzversion des Schweizer Armeesturmgewehrs. Sogar eine PSS lag da, eine integral schallgedämpfte russische Pistole, die für den sowjetischen Geheimdienst KGB entwickelt worden war. In einer Kiste lagen allerhand Holster und mehrere Meter Nylonschnur. Ich schluckte zweimal leer. Ivica pfiff leise durch die Zähne.

«Was können wir haben?», fragte ich Riba.

«Was ihr wollt. Gebt's mir einfach zurück, wenn's irgendwie geht. Eine Leihgabe an die Freunde eines Freundes, dem ich mein Leben verdanke.»

Ach ja? Davon hatte Schneider nichts gesagt. Ich unterdrückte aber meine plötzliche Neugier und wollte stattdessen wissen: «Und was ist mit der Rückverfolgbarkeit?»

«Keine Sorge. Wie gesagt, es ist sowieso keine davon legal. Bei den meisten waren die Seriennummern schon vorher weggefeilt, und beim Rest habe ich noch ein wenig nachgeholfen. Keine davon wurde je ballistisch überprüft.» Ich sah ihm an, was er auch noch dachte, aber nicht laut aussprach: Bei der Masse an Waffen in dieser Gegend war eine effektive Kontrolle sowieso nicht möglich.

Ivica war schon ganz ungeduldig. «Also dann, was wollen wir?», murmelte er vor sich hin, während er bereits fleissig am Herumkramen war. Er wählte eine Glock 17, eine abgesägte Schrotflinte und eine kleinkalibrige, kurze Halbautomatik mit Holzschalengriff, die ich nicht erkannte. Dazu nahm er sich ein Innenbundholster und ein Fussknöchelholster.

«Was ist das?», fragte ich und zeigte auf die kurze Pistole.

«Eine Zastava P25 Dark Lady. Serbisches Fabrikat.»

«Was für ein Kaliber? Punkt-zwei-zwei?»

«Punkt zwei-fünf ACP. Es gibt aber auch eine Zweiundzwanziger-Version. Praktisch als Zweitwaffe.»

Ich warf einen Blick auf die Munition. Patronen des Typs 9mm Parabellum und 6.35mm Browning – das besagte Kaliber .25 ACP – waren kistenweise vorhanden, ebenso 5.56x45mm NATO, welche auch mit der SG552 verschossen werden konnten. Ich wählte ebenfalls eine P25 samt Fussknöchelholster und, ganz der Traditionalist, zusätzlich eine SIG Sauer P226. Ich zog die SIG der Glock einfach vor, auch wenn sie etwas schwerer war. Allerdings fand ich kein dazu passendes Schulterholster, und so entschied ich mich stattdessen für ein Innenbundholster. Nach kurzem Zögern ergriff ich auch noch eine SIG SG552. Nur für den Fall, dass der dritte Weltkrieg ausbrach, während wir in Belgrad waren. Auf die PSS verzichteten wir beide, weil dafür spezielle 7.62mm-Munition nötig war, von der Riba nur gerade fünf Schuss da hatte. Ausserdem waren wir beide skeptisch, was die Zuverlässigkeit von sowjetischen Fabrikaten anbelangte. Dafür steckten wir mehrere Schachteln Munition für die anderen Waffen ein.

Dann nahm ich die SG552 Commando zur Hand und kontrollierte, dass das Nachtkorn heruntergeklappt und das Visier für Distanzen bis hundert Meter, das sogenannte Kampfvisier, eingestellt und sauber eingerastet war. Anschliessend schnitt ich ein tüchtiges Stück von der grünen Nylonschnur ab und bastelte damit eine improvisierte Schultertragschlaufe, in die ich mit dem rechten Arm hineinschlüpfte. Nach einigem Probieren und Anpassen verschwand die kurze Waffe auf diese Weise komplett unter meiner hüftlangen schwarzen Winterjacke, solange sie von meiner Schulter hing. Zur Probe schob ich meine Jacke mit der rechten Hand zur Seite, packte den Pistolengriff, zog den Kolben an die Schulter, hob den Lauf an und zielte damit auf die entfernte Ecke des Betonzauns, alles in einer einzigen, flüssigen Bewegung. Es war ein wenig eng, aber es ging.

Als nächstes montierte ich das Fussknöchelholster, steckte die kleine Zastava hinein und drapierte meine Jeans darüber. Auch das war ein wenig eng. Wenn ich die so tragen wollte, musste ich mir Hosen mit weiterem Schnitt kaufen.

Zum Schluss steckte ich die P226 in das Innenbundholster, lockerte meinen Gürtel ein wenig und schob beides wie gewohnt auf der linken

Hüfte in die Jeans. Zu unbequem. Trotz meiner Vorbehalte wegen der Verletzungsgefahr beschloss ich daher, die Pistole doch im Kreuz zu tragen.

Solcherart bis auf die Zähne bewaffnet machte ich ein paar Probeschritte. Das kurze Sturmgewehr unter meinem Arm schränkte mich doch ziemlich in meiner Bewegungsfreiheit ein. Sie würde wohl im Kofferraum bleiben müssen, solange uns nicht gerade die Hunnen überfielen. Dann zog ich probehalber die P226 und machte automatisch die PSK, die persönliche Sicherheitskontrolle. Dabei wird zunächst der Schlaghammer mit dem schwachen Daumen gespannt, dann der Verschluss vor der Auswurföffnung mit Daumen und Zeigefinger der schwachen Hand von unten her ergriffen und leicht nach hinten geschoben, um das Patronenlager einzusehen und zu kontrollieren, ob geladen ist oder nicht. Anschliessend lässt man den Verschluss wieder nach vorne gleiten und entspannt den Schlaghammer mit dem Entspannhebel. Schliesslich wird das Magazin herausgezogen, die Munition kontrolliert und dann das Magazin wieder eingesetzt oder allenfalls ausgewechselt. Das Ganze klingt zwar kompliziert, geht aber bei entsprechender Übung blitzschnell.

Ich steckte die Pistole wieder ins Holster und fragte Riba: «Wie wahrscheinlich ist es, dass wir die einsetzen müssen?»

Er zuckte mit den Achseln und antwortet vielsagend: «Wenn man auf dem Misthaufen gräbt, sollte man Gummistiefel tragen.»

Ivica grinste und ergänzte: «Weil man mit ziemlicher Sicherheit auf Scheisse stösst!»

Riba lachte trocken und meinte: «Genau. Und das ist ein Riesenscheisshaufen hier, glaub mir.»

Wir deponierten die Waffen im Kofferraum unseres Wagens. Als wir unser Arsenal so vor uns sahen, raunte ich Ivica leise zu: «Damit kommen wir besser nicht in eine Kontrolle.» Seine Antwort war ein kurzes Achselzucken. Dann schloss ich den Kofferraum und wir gingen zurück zu Riba. Dort angekommen, lehnte ich mich mit dem Rücken gegen den Betonzaun und begann damit, Munition in die Magazine abzuspitzen. Ivica tat das Gleiche. Riba schaute uns zu und rauchte dabei ohne Unterlass.

Das Abspitzen der Munition war ein automatischer, mechanischer Vorgang. Ohne aufzusehen frage ich Riba: «Wie kommt es eigentlich, dass du einen österreichischen Akzent hast?»

«Ich habe einen Teil meiner Jugend in Graz verbracht.»

«Ach so. Sowas habe ich mir schon gedacht.» Ich legte das Magazin beiseite, sah ihm in die Augen und fragte: «Und was kannst du uns nun also über Luka Princip berichten?»

Statt zu antworten stellte er eine Gegenfrage. «Was hat euch Thomas bereits gesagt?»

Ich fasste kurz zusammen, was mir Schneider erzählt hatte.

Riba nickte. «Das stimmt in etwa. Soweit ich weiss, wenigstens.»

«Kennst du Princip persönlich?»

«Nein. Aber ich habe von ihm gehört.»

«Und wurde er ausserhalb Serbiens wirklich nie erwischt?»

«Soviel ich weiss nicht, nein.»

«Und was denkst du, wie kommt das?»

«Na ja, seine Basis ist Belgrad. Weisst du, nach dem Krieg…»

«Bosnien oder Kosovo?», unterbrach ich ihn.

«Beide», meinte er etwas unwirsch, wohl wegen der Unterbrechung. «Arkans Bande hat in beiden ihr Unwesen getrieben.»

«Okay. Und weiter?»

«Also, nach dem Krieg arbeitete er längere Zeit als Vollstrecker. Das heisst, er wurde für spezifische Aufgaben eingeflogen, zog sein Ding durch und verschwand dann gleich wieder. Üblicherweise nach einem Besuch im Puff. Polizeiarbeit braucht halt immer Zeit, wie du ja weisst. Und da die meisten solchen Verbrechen irgendwo im Immigranten-milieu geschehen, dauert es normalerweise, bis die Ermittler irgend-wann auf seine Person stossen. Wenn überhaupt. Die Diaspora-Serben sind verschwiegen. Ausserdem wechselt er laufend die Identität.»

«Thomas hat das auch erwähnt», dachte ich laut nach, «aber mir ist nicht ganz klar, wie das funktionieren soll. Ich meine, seit dem Sturz von Milošević geniessen die Kerle ja keine staatliche Unterstützung mehr, oder doch?»

«Nein, aber Serbien ist immer noch ein armes Land, und die Kombi-nation von Drohung und Bestechung funktioniert meist ziemlich gut. Ich meine, die Kerle kennen wirklich absolut keine Grenzen, wenn ihnen jemand im Weg steht, und die meisten Leute haben daher verständlicherweise Angst vor ihnen.»

Ich nickte nachdenklich. Dann hakte ich nach: «Du hast gesagt ‹arbeitete er längere Zeit als Vollstrecker›. Vergangenheit. Was macht er denn jetzt?»

«Warte.» Statt zu antworten ging Riba zu seinem Auto herüber, nahm eine Papiertüte vom Beifahrersitz und kam damit zurück. Dann zog er drei Plastikbecher und eine kleine PET-Flasche mit einer klaren Flüssigkeit darin aus der Tüte und goss allen einen grosszügigen Schluck ein. «*Šljivovica*», erklärte er grinsend. «Das gibt Haare auf der Brust!»

Gegen einen guten Schluck hatten wir nichts einzuwenden, aber das Zeugs war verdammt stark. Ein ganzer Becher davon machte wahrscheinlich blind.

«Weisst du», fuhr Riba fort, «nach der ganzen Đinđić-Geschichte gab es starke Umwälzungen in den drei grossen Belgrader Clans. Princip wechselte dabei die Seiten und stieg bei seinen ehemaligen Erzfeinden ins Kader auf. Soweit ich weiss, ist er dort unter anderem für den Waffenschmuggel zuständig.»

«Daher die Haftbefehle in Schweden, Spanien und Italien.»

«Genau.»

«Aber wenn er sozusagen im Management ist, wieso taucht er dann immer noch persönlich vor Ort auf?»

«Zwei Gründe. Einerseits ist er ein Kontrollfreak und denkt, niemand sonst könne diese Aufgaben gleich gut ausführen. Andererseits ist er eben doch noch nicht so hoch in der Organisation. Solche Banden sind sehr hierarchisch und straff geführt.»

«Was ist mit den Behörden?»

«Was soll mit diesen sein?»

«Wieso ziehen die ihn nicht aus dem Verkehr?»

Riba lachte humorlos. «Träum weiter. Serbien sieht sich heute als Land auf dem Weg in die EU, und soviel ich weiss, legt die grossen Wert auf ihre sogenannte Rechtsstaatlichkeit. Das heisst für uns, wir können nicht mehr einfach Leute aus dem Verkehr ziehen, wie's uns passt. Das ist zwar eine gute Entwicklung für das Land im Vergleich zu früher, aber es macht den Kampf gegen die Mafia nicht eben einfacher. Ausserdem: Princip selbst soll zwar nicht gerade ein Gehirnchirurg sein, aber seine Anführer sind verdammt schlau, glaub mir. Und er ist halt doch nicht so ein hohes Tier, dass sich der ganze Aufwand lohnt, um ihn dran zu kriegen. Nicht, solange das Ausland keinen Druck macht.»

«Na schön. Hast du rausgefunden, ob er mal in der Schweiz war?»

«Nein, aber…» Er hob warnend einen Zeigefinger, zögerte kurz und raunte dann: «Ich mache jetzt keine Witze: Wenn das in die falschen Hände gelangt, egal ob Mafia oder Polizei, dann können mindestens zwei Leute draufgehen, einer davon möglicherweise ich. Und ich hänge am Leben.» Er grinste ironisch und fuhr dann eindringlich fort: «Ernsthaft: Ihr haut nachher wieder ab, aber ich muss hier bleiben. Ihr dürft *unter keinen Umständen*, wirklich unter keinen, irgendjemandem sagen, woher ihr das wisst, okay? Und auch nicht, woher ihr die Waffen habt.»

Ich nickte. «Mein Wort drauf.»

Ivica nickte ebenfalls.

«Okay.» Riba räusperte sich. «Ich habe einen Informanten in Princips Organisation. Einer von seinen direkten Untergebenen. Er sollte den Job eigentlich selber kriegen, bevor Princip sozusagen quereingestiegen ist und ihn ausgebootet hat. Das hat ihm natürlich nicht gepasst.»

«Ach ja? Wie überraschend.»

Er grinste. «Nicht wahr?»

«Mann oder Frau?»

«Ein Mann. Frauen sind für die meisten dieser Kerle nur zum Ficken, Kochen und Putzen da. Ich kann ihn mit euch zusammenbringen. Beziehungsweise euch auf ihn ansetzen. Wie gesagt darf er aber keinesfalls merken, dass ich euch den Tipp gegeben habe.»

«Klar», meinte Ivica, «wir sind ja keine Anfänger.»

«Und wie lange brauchst du, um das einzufädeln?», fragte ich.

«Zwei Sekunden», antwortete er. «Ich muss nur zum Auto rübergehen und den Umschlag rausholen, der im Handschuhfach liegt. Aber ihr werdet schon ein Weilchen brauchen, um die Sache aufzugleisen.»

«Wie weit können wir gehen?», fragte Ivica wie immer pragmatisch.

«Der Kerl ist wahrlich kein netter Mensch», erwiderte Riba, «ihr müsst also nicht allzu viele Skrupel haben. Wir sind sicher, dass er mehrere Morde hier in Belgrad begangen hat, wenn auch die meisten an anderen Gangstern. Ausserdem war er mit den Weissen Adlern in Bosnien und im Kosovo, und wer weiss, was er da alles angestellt hat.»

«Aber wieso ist er nicht im Knast, wenn das so ein schlimmer Finger ist und ihr das alles über ihn wisst?», wollte ich erstaunt wissen.

Riba zuckte mit den Achseln. «Bisher konnten wir ihm nichts nachweisen, und da unsere Ressourcen begrenzt sind, setzen wir sie lieber gegen die grossen Fische ein. Da, wo er jetzt ist, nützt er mir mehr als im Knast.»

Ivica grinste breit, als er anerkennend sagte: «Du musst was verdammt Wichtiges gegen ihn in der Hand haben, wenn du ihn so manipulieren kannst, ohne dass er zu seinen Bossen rennt. Oder noch besser, dich umlegen lässt. Dann wäre er dich ja endgültig los! Kein Mann, kein Problem!»

Ich warf Ivica einen überraschten Seitenblick zu und fragte mich, ob ihm bewusst war, dass er gerade Stalin zitiert hatte.

Riba nickte, verzog aber keine Miene. «So ist es. Sagen wir's mal so, es ist auch in seinem Interesse, wenn ich am Leben bleibe.»

Ich war nun richtig neugierig, was genau dahintersteckte, aber Ivica schien das egal zu sein. Stattdessen fragte er sachlich: «Sag mal, wie erreichen wir dich im Notfall?»

Riba schien kurz mit sich selber zu ringen, bevor er antwortete: «Unter der Nummer, von der aus ich euch die SMS vorhin geschickt habe. Sie ist nicht auf mich registriert. Aber wirklich nur im Notfall, okay?»

Ich nickte und stellte eine Anschlussfrage, die mir gerade eingefallen war: «Und was ist, wenn wir selber telefonieren müssen? Oder SMS verschicken? Ich will nicht, dass man die Nummer in die Schweiz zurückverfolgen kann. Eine lokale Nummer wäre viel besser. Ist das möglich?»

«Schon dran gedacht. Ihr findet eine im Umschlag drin. Eine Prepaid-Karte von *Telenor*. Kann ebenfalls nicht zurückverfolgt werden. Bis letzte Woche gehörte sie einem kleinen Dealer.»

«Wird der nicht sauer, wenn wir mit seiner Karte telefonieren?», frage ich ironisch.

«Nein», war sein knappe Antwort.

«Na schön. Und wie viel ist noch drauf?», fragte ich.

«Es ist eine Fünfhunderterkarte. Der ursprüngliche Besitzer hatte nicht viel Zeit, sie zu benutzen. Es sind also sicher noch etwa drei- bis vierhundert Dinar drauf.»

Ich schaute Ivica fragend an.

«Etwa drei bis vier Euro», erklärte dieser.

Also etwa sechs Schweizer Franken, rechnete ich. «Das ist nicht viel.»

«Wir sind hier nicht in Deutschland», entgegnete Riba. «Der Minutenpreis für Gespräche liegt bei etwa sechs Dinar. Ein SMS kostet höchstens zwei bis drei Dinar. Es ist also genug drauf für mehrere längere Gespräche oder eine ganze Menge SMS.»

«Alles klar. Und vielen Dank.»

Ivica mischte sich ein. «Also, und wie geht's jetzt weiter?»

«Einen Moment.» Riba ging erneut zu seinem Wagen und kam kurz darauf mit einem Umschlag zurück. Er war klein, mehrfach gefaltet und ziemlich speckig, aber man konnte noch sehen, dass er einmal weiss gewesen war. Ivica nahm ihn an sich, dann gab er Riba die Hand und schüttelte sie mehrere Sekunden lang schweigend. Selten hatte ich Ivica so respektvoll gesehen. Auch ich bedankte mich erneut bei Riba und schüttelte ihm ebenfalls die Hand.

Zum Abschied goss uns der Fisch eine zweite Runde Schnaps ein und sagte schlicht: «Viel Erfolg!» Wir stiessen an, dann sagte Ivica: «Ex hopp!» Nachdem wir alle unsere Becher in einem Zug geleert hatten, sammelte Riba diese wieder ein und steckte sie zurück in die Abfalltüte, die er anschliessend durch das offene Seitenfenster auf den Rücksitz seines Wagens warf. Dann ging er schnellen Schrittes zur Einfahrt hinüber, entfernte das Vorhängeschloss und öffnete zackig beide Torhälften, bevor er sich in seinen Wagen setzte und ohne ein weiteres Wort davonbrauste.

Das Meeting war beendet.

Wir warteten ein paar Minuten, dann folgten wir Ribas Beispiel.

KAPITEL 30

Am nächsten Morgen erwachte ich früh und voller Tatendrang. Ivica schnarchte immer noch friedlich vor sich hin.

Unser Zimmer war klein, aber gemütlich und hatte endlich zwei separate Betten. Das dunkle Holz der Kopfteile hob sich markant von der violett gestrichenen Wand ab, an der zwei so moderne Gemälde hingen, dass ich keine Ahnung hatte, was sie darstellen sollten. Die anderen Wände waren weiss. In der Ecke stand ein kleiner weisser Polstersessel, und in der Mitte der gegenüberliegenden Wand hing ein grosser Spiegel. Darunter stand ein Schreibtisch aus dem gleichen dunklen Holz wie die Betten, samt Computeraufsatz und Fernseher. Durch einen Spalt zwischen den langen gelben Vorhängen, welche das einzige Fenster des Raums verdunkelten, konnte man die Lichter der Grossstadt erahnen. Der kleine Eingangsbereich mit der schrecklichen, grasgrünen Tapete war auf der einen Seite durch das Badezimmer und auf der anderen durch einen bis an die Decke reichenden Wandschrank begrenzt, in den ich ohne weiteres zweimal hineingepasst hätte. Das für mich Auffälligste war aber das Guckloch an der Zimmertür: Statt einem der üblichen Türspione mit Vergrösserungslinse befand sich ein kleines viereckiges Guckloch mit Schiebefenster auf Augenhöhe in der Tür. Es gab ihr den Anschein eines etwas eigenartigen Beichtstuhls.

In diesem Moment bewegte sich mein Zimmergenosse. Es verblüffte mich immer wieder, wie Ivica aufwachte: Im einen Moment schnarchte er noch wie ein Rübenschwein, im nächsten öffnete er ohne Vorwarnung die Augen, blinzelte einmal, war sofort hellwach und stand ruck, zuck auf. Ohne im Geringsten verschlafen zu wirken, schaute er mich fragend an und sagte: «Morgen. Was gibt's zu essen?»

Wir bestellten uns ein grosses Frühstück auf das Zimmer. Sobald es wenig später geliefert worden war, setzte ich mich an den Schreibtisch und liess im Kopf die Ereignisse des gestrigen Tages Revue passieren, während ich auf meinem Toast herumkaute.

Nachdem Riba uns gestern am Treffpunkt zurückgelassen hatte, waren wir ins Stadtzentrum von Belgrad gefahren und hatten mit Hilfe des im Flughafen eingesteckten Infomaterials ein Hotel gesucht. Schliesslich waren wir im Belgrader Geschäftsviertel fündig geworden. Das Hotel bot, was wir suchten: Es war gross genug, um Anonymität zu gewährleisten, hatte ein Business Center mit Internetverbindung und einen Fitnessraum sowie eine Tiefgarage. Ausserdem passte die Wahl zu unserer beim Zoll gemachten Behauptung, wir seien auf Geschäftsreise. Nur für den Fall, dass jemand das tatsächlich nachprüfte. Ivica hatte uns eingecheckt und dabei seinen kroatischen Pass benutzt. Seine Behauptung, er habe keine Kreditkarte, war zunächst ziemlich skeptisch aufgenommen worden, aber nachdem er ein angemessenes Depot in bar hinterlegt und dem Rezeptionisten ein grosszügiges Trinkgeld gegeben hatte, war das plötzlich kein Problem mehr gewesen, genauso wenig wie meine Behauptung, meinen Pass verloren zu haben und auf Ersatz zu warten.

Auf dem Zimmer hatten wir Ribas Umschlag inspiziert und festgestellt, dass er lediglich die angekündigte SIM-Karte und ein Foto enthielt, auf welchem ein glatzköpfiger Kerl mit dichtem schwarzem Schnurbart und stechenden Augen abgebildet war. Auf der Rückseite stand ein Name, *Goran Lucović*, und daneben die Adresse eines Nachtklubs im Belgrader Stadtteil *Voždovac*.

«Also», dachte ich laut nach und kratze mich dabei am Kopf, «wie genau wollen wir das denn nun anstellen?»

Für Ivica war die Sache klar. «Nun, wir finden den Kerl, schauen ihm eine Weile auf die Finger und schnappen ihn, wenn die Gelegenheit günstig ist. So wie gestern schon besprochen.»

«Super Plan», antwortete ich sarkastisch, «aber ein paar Details sollten wir vielleicht noch klären.»

Wie immer war Ivica gegen Sarkasmus immun. «Klar», sagte er ungerührt, «aber du musst ja auch noch was zu tun haben.» Er schenkte sich Kaffee nach, biss ein grosses Stück Toast ab und fragte dann schmatzend: «Von welchen Details sprichst du?»

«Na zum Beispiel: Wann genau ist die Gelegenheit denn günstig?»

«Wenn er allein ist, natürlich.»

«Schon, aber kommt das bei diesen Gangstern nicht eher selten vor?»

Er lachte trocken. «Schon möglich. Aber auch er wird mal ficken oder pissen oder eine Linie ziehen wollen, nicht?»

«Ja, aber bei keinem davon *muss* er allein sein. Und beim Vögeln ist er es ganz sicher nicht.»

«Na schön», entgegnete Ivica jetzt doch ein wenig gereizt, «und was schlägst du dann vor, Einstein?»

Ich organisierte meine Gedanken und meinte: «Wir müssen die Sache systematisch angehen. *Observieren, täuschen, isolieren, befragen, desorientieren.* Das sind die fünf Punkte, zu denen wir uns Gedanken machen müssen.»

Ivica grinste breit. «Klingt supergeschwollen. Wo hast du das denn her?»

Ich zuckte mit den Achseln. «Ist doch egal. Willst du eine xenologische Diskussion führen oder sollen wir einen Plan entwickeln?»

Ivica grinste noch breiter und wiederholte kopfschüttelnd: «Xenologisch.» Dann zog er mit dem Zeigfinger sein rechtes Augenlied in einer ironischen Geste nach unten und sagte: «Ich bin dafür, einen Plan zu entwickeln.»

«Na also.»

«Schön.» Er setzte einen affektieren Lehrerton auf. «Und was machen wir dann also hinsichtlich... na...» Hilfesuchend schaute er mich an. «Was war der erste Schritt schon wieder?»

«Observieren.»

«Das bedeutet beobachten, oder?»

«Genau.»

«Also dann, was schwebt dir bezüglich der *Observation...*» Er grinste mich erneut an, machte eine Kunstpause und fuhr dann fort: «...vor?»

«Na ja, wir haben ja eine Idee, wo wir ihn finden können.»

Ivi nickte. «In seinem Nachtklub.»

«Aber», dachte ich laut weiter, «nur weil uns Riba ein Foto mit einer Adresse auf der Rückseite gibt, heisst das noch lange nicht, dass Lucović auch da sein wird. Er könnte in den Ferien sein. Im Ausland. Oder im Knast. Wo auch immer.»

«Riba wüsste das aber und hätte uns darauf hingewiesen.»

«Ja, wenn wir davon ausgehen, dass wir ihm vertrauen können. Aber damit gehen wir ein gewisses Risiko ein.»

«Schneider vertraut ihm. Du kennst Schneider. Das musst du beurteilen.»

«Schneider ist erste Sahne. Aber wie gut er Riba kennt, weiss ich nicht. Aber du hast Recht, er vertraut ihm. Daher bin ich bereit, das

Risiko einzugehen. Das heisst aber nicht, dass wir nicht ein paar Vorsichtsmassnahmen treffen können.»

«Klar.»

«Auch wenn Riba sauber spielt, wovon ich ausgehe, gibt es keinerlei Garantie, dass dieser… wie heisst er?»

«Lucović. Goran Lucović.»

«…dass dieser Lucović wirklich da ist. Vielleicht hat er gestern Abend einen Autounfall gehabt oder sich besoffen das Bein gebrochen.»

«Ja, schön, das könnte sein, aber es nützt uns nichts…»

«…das anzunehmen», vervollständige ich automatisch seinen Satz, was mir einen verärgerten Seitenblick einbrachte. «Ich weiss, ich weiss. Aber egal, der erste Schritt ist auf jeden Fall, den Kerl überhaupt erst mal aufzuspüren. Dann bleiben wir an ihm dran und stellen fest, wie sein Tagesrhythmus so aussieht, wann er was macht, und so weiter. Vielleicht hat er ja eine kleine Freundin irgendwo.»

Ivica überlegte. Dann meinte er entschieden: «Vielleicht funktioniert das für die Bullen, wenn sie einen Drogendealer überführen wollen. Aber wir haben keine Zeit für sowas.»

«Wie meinst du das?»

«Na, deinen Auftraggebern scheint das Geld auszugehen, nicht? Ausserdem: Je länger wir hier sind, desto grösser ist die Chance, dass sich jemand für uns interessiert.»

«Okay», gab ich ihm Recht, «allerdings nützt es meinen Auftraggebern auch nichts, wenn wir mit Gewichten an den Füssen in der Save oder Donau landen, weil wir zu hastig waren.»

«Stimmt, aber trotzdem schlage ich vor, wir kürzen die Sache ab, statt ihm tagelang am Arsch zu hängen.»

«Und wie?»

«Wir gehen direkt vor.»

«Direkt?»

«Direkt.»

«Du bist wohl kein Anhänger von Sir Liddel Hart, was?»

«Wovon schwafelst du?», fragte Ivica entgeistert.

Ich grinste und meinte: «Egal. Aber wovon schwafelst *du*?»

«Wir locken ihn irgendwo hin und schnappen ihn da.»

«Klingt wirklich einfach», meinte ich triefend vor Sarkasmus. «Und wie sollen wir das anstellen?»

Ivica überlegte. «Eine SMS von einem seiner Betthäschen?»

«Super, das funktioniert sicher einwandfrei.» Ich schaute ihn mitleidig an. «Nur zwei kleine Fragen: Woher zum Teufel kriegen wir seine Nummer und wie kommen wir an das Handy von einer seiner Tittenfeen?»

Ivica liess sich nicht beirren. «Na, vielleicht ergibt sich ja aus deiner *Ob-ser-va-tion* was? Und was das zweite angeht: Diese Gangster sind fast alle verheiratet, ficken aber rum wie die Karnickel. Und welcher Rammler hat nicht Angst, dass seine Zibbe zu Hause was mitkriegt? Aber du hast Recht, das dauert dann wieder zu lange.»

Ich war nicht überzeugt. «Und», sinnierte ich, «wie wäre es, wenn wir ihm eine SMS schicken…»

Ivica grinste breit.

«…in der wir schreiben, dass wir über seine Spitzeltätigkeit Bescheid wissen? Wir wollen Geld, er soll an diesen und diesen Ort kommen, allein natürlich, et cetera, et cetera.»

«Abgesehen von der kleinen Schwierigkeit mit der Handynummer», erwiderte Ivica, «hat dein Vorschlag noch einen zweiten winzigen Nachteil.»

«Und welchen?»

«Wenn irgendjemand – Bardame, Nutte, Leibwächter, von mir aus sogar der verdammte Koch – etwas mitkriegt, ist er tot. Und wir können wieder von vorne anfangen. Und Riba auch.»

«Na schön», musste ich zugeben, «das ist tatsächlich ein winziger Nachteil.»

«Eben.» Ivica gefiel sich sichtlich in der Rolle des Teufelsadvokaten. «Und ausserdem: Sogar, wenn niemand sonst das SMS zu Gesicht kriegt… Es gibt keine Garantie, dass er es überhaupt liest.»

Ich überlegte. «Und wenn wir ihn stattdessen anrufen?»

«Gleiches Thema. Wenn jemand das Gespräch mithört…» Er zog seinen ausgestreckten Zeigefinger in einer langsamen Geste quer über seinen Hals und machte dazu ein röchelndes Geräusch.

Ich schwieg und dachte angestrengt nach. Ivicas Schmatzen machte das nicht leichter. Schliesslich meinte ich zögerlich: «Und… wenn wir die Grundidee beibehalten, aber das Vorgehen und die Covergeschichte ändern?»

«Wie meinst du das?»

«Okay. Folgendes: Statt per Handy kontaktieren wir ihn direkt. Persönlich. Das heisst, einer von uns muss ihn irgendwo ansprechen.

Und bezüglich Covergeschichte: Wie wäre es, wenn wir uns als Mitglieder einer rivalisierenden Gangstergruppe ausgeben und ihm klarmachen, dass wir von seiner Spitzeltätigkeit wissen? Wenn er nicht will, dass die Sache auffliegt, dann kommt er an diesen und diesen Ort, um diese und diese Zeit, und so weiter.»

«Aber», wandte Ivica nachdenklich ein, «würde das nicht auf Riba zurückfallen?»

Ich schüttelte den Kopf und sagte: «Ich glaube nicht. Wieso sollte Riba seinen Spitzel verpfeifen? Auf diese Weise würde er ihn nur verlieren. Wir müssen nicht ins Detail gehen. Wenn er nicht weiss, woher wir es haben, wird er umso nervöser. Angst ist ein guter Motivator.»

«Okay», stimmte er mir zu, «das stimmt. Aber vielleicht reicht es nicht. Wie wäre es, wenn wir ihm zusätzlich einen Haufen Geld in Aussicht stellen?»

«Gute Idee. Damit appellieren wir an seine Angst *und* seine Gier.»

«Genau. Wir wollen also ein Geschäft mit ihm abschliessen, dafür muss er aber zu einer bestimmten Zeit an einen bestimmten Ort kommen, und falls er sich weigert, fliegt er auf.»

«Genau.»

«Und was ist, wenn er findet, es sei einfacher, uns umzulegen statt sich auf ein Geschäft mit uns einzulassen?»

«Das Übliche. Wir haben Beweise bei Drittpersonen hinterlegt, die im Falle unseres Todes an seine Chefs geschickt würden, und so weiter.»

«Klingt reichlich lahm und klischeehaft.»

«Ja, aber er kann nicht sicher sein, dass es nicht so ist. Wir dürfen ihm einfach keine Zeit lassen.»

«Okay. Bleibt nur noch das kleine Problem, wo.»

«Ich denke, das entscheiden wir später. Finden wir ihn zuerst überhaupt mal.»

«Okay, und wo fangen wir an?»

«Na, ihn seinem Nachtklub natürlich.»

Wir zogen uns an und machten uns auf den Weg.

Drei Stunden später hatten wir zweifelsfrei festgestellt, dass wir keine Ahnung hatten, ob Lucović nun in seinem Klub war oder nicht. Dieser befand sich in einer Seitenstrasse der Vojvode-Stepe-Strasse, zwischen dem Campus der Fakultäten für Politik-und Organisationswissenschaften der Universität Belgrad und der Hochschule für Elektrotechnik. Die Belgrader Militärakademie war ebenfalls nicht weit.

Die Stadt erinnerte mich hier an Budapest. Plattenbauten aus kommunistischer Zeit existierten friedlich Seite an Seite mit moderner Architektur und verliehen dem Stadtbild einen ganz eigentümlichen Charakter.

Beim Vorbeifahren hatten wir festgestellt, dass sich Lucovićs Klub im Untergeschoss eines etwas heruntergekommenen Backsteingebäudes mit offensichtlicher industrieller Vergangenheit befand. Eine Treppe aus Steinquadern führte direkt von der Strasse zum Eingang hinunter. Obwohl der Klub noch nicht geöffnet war, standen zwei finstere, vierschrötige Kerle davor, die trotz des trüben Wetters Sonnenbrillen auf hatten. Ihre Sakkos waren nicht gerade massgeschneidert, und es war unschwer zu erkennen, dass beide darunter Schulterholster mit Pistolen trugen.

Wir parkierten ein Stück die Strasse hinunter und schauten den beiden zu, wie sie da gelangweilt am Eingang lehnten. Während wir warteten, diskutierten wir die Feinheiten unseres improvisierten Plans.

«Okay», sagte ich, «die Punkte *observieren*, *täuschen* und *isolieren* haben wir abgehandelt. Was ist mit der Befragung?»

«Was soll damit sein?»

«Wo machen wir die? Und wieso soll er uns was sagen?»

«Ich hab so eine Vorstellung, wie ein geeigneter Ort aussehen könnte. Wir müssen nur sowas finden. Das machen wir später. Was die Befragung anbelangt, da mache ich mir keine Sorgen. Er wir uns sagen, was wir wissen wollen.»

«Wie kannst du so sicher sein?»

Ivica schaute mich ausdruckslos an und meinte: «Ich habe eine gewisse Erfahrung in dieser Hinsicht.»

«Du meinst...» Ich starrte ihn ungläubig an. «Du meinst, du hast schon Leute gefoltert?»

«*Befragt*. Nicht gefoltert.» Er war offensichtlich gekränkt. «Folter ist unzuverlässig. Die Leute sagen dir nicht, was du wissen willst, sondern nur das, von dem sie denken, das du es hören willst. Das funktioniert nur, wenn du schon genug weisst, um sie beim Lügen zu erwischen. Aber es gibt andere Methoden.»

Ich wusste nicht, was ich sagen sollte. Ivica schwieg ebenfalls. Als die Stille bereits ungemütlich lange dauerte, lenkte ich ein. «Okay», sagte ich beschwichtigend, «okay. Ich musste fragen, Ivi. Nach Begićs Geschichte musste ich fragen.»

«Nein», entgegnete er, «das musstest du nicht. Du solltest es wissen.»

Ja, das sollte ich. Aber obwohl ich Ivica seit meiner Kindheit kannte, entdeckte ich immer noch neue Facetten an ihm.

Ivica atmete tief ein und liess die Luft langsam wieder heraus. Dann meinte er, wie wenn nichts geschehen wäre: «Okay. Befragung erledigt. Also weiter.»

«Gut. Letzter Punkt: *Desorientierung.*»

«Was genau meinst du damit?»

«Wie locken wir ihn auf eine falsche Spur, nachdem wir mit ihm fertig sind? Wir wissen ja nicht, ob er uns alles sagen kann, was wir wissen müssen. Und wir können auch nicht gerade nach dem Verhör zum Flughafen düsen und fortfliegen. Ausserdem sind die Typen sicher nachtragend. Und du willst wohl auch nicht, dass er danach ein paar Leute bei Alenka vorbeischickt.»

«Nein, sicher nicht. Aber ich schlage vor, dass wir das noch offen lassen. Vielleicht ergibt sich was aus dem Verhör.»

Das war zwar nicht sehr schweizerisch, aber es machte Sinn.

Fünfzehn Minuten später beschlossen wir, nun zunächst mögliche Treffpunkte für die Phase *Isolieren* zu erkunden und dann später zurückzukommen, wenn der Klub geöffnet war.

Wir machten bei einem Internetcafé in Rakovica Halt und identifizierten mit Hilfe von GoogleMaps geeignete Gebäude oder Gelände in allen umliegenden Stadtteilen. Danach verbrachten wir den gesamten Nachmittag damit, diese Liste abzuarbeiten und alle Standorte in Augenschein zu nehmen, bevor unsere Wahl schliesslich auf eine alte, stillgelegte Stahlgiesserei fiel. Ironischerweise lag sie ebenfalls in Rakovica, dem Ausgangspunkt unserer nachmittäglichen Herumfahrerei. Dieser Stadtteil war hochindustrialisiert und während des NATO-Bombardements 1999 schwer beschädigt worden. Auch jetzt, fast zehn Jahre später, machten viele Gelände immer noch einen halbverfallenen und ungenutzten Eindruck.

Die Giesserei lag am Rande eines bewaldeten Hügels, nicht weit vom Südufer der Donau entfernt. Der Haupteingang war offen und gut einsehbar. Das Gelände war durch einen mit Stacheldraht gesäumten

Maschendrahtzaun geschützt, der hinten an das Hauptgebäude aus rotem Backstein anschloss. Die massive Stahltür des Hintereingangs führte direkt in die eigentliche Giesserei, welche wiederum durch eine identische Tür von den vorderen Räumlichkeiten getrennt wurde. Beide Türen öffneten gegen aussen.

Zufrieden präparierten wir alles in unserem Sinne und machten uns dann auf den Weg zurück zum Nachtklub. Unterwegs hielten wir kurz an und verschlangen an einem Imbissstand eine Portion *Ražnjići*, eine aus zwei Fleisch- und Gemüsespiesschen bestehende und mit Bratkartoffeln servierte lokale Spezialität.

Es war kurz vor neun, als wir erneut bei Lucovićs Wasserloch ankamen. Beim Vorbeifahren hörten wir aus dem Untergeschoss gedämpfte Eurodance-Musik. Die zwei Stiernacken vor der Tür waren durch zwei ebenso hässliche Klone ersetzt worden.

Wir hatten am Nachmittag das Vorgehen detailliert besprochen, und so fuhr ich einmal um den Block und liess Ivica dann etwa einen halben Kilometer vom Klub entfernt in der Nähe des quaderförmigen Plattenbaus der Hochschule für Elektrotechnik aussteigen. Es war ein guter Orientierungspunkt, da seine graue Front in markantem Kontrast zu den weissen Seitenwänden stand.

Dieser Teil unseres Plans war so simpel wie der Rest: Da ich kein Wort Serbisch sprach und wir von Lucović und seinen Helfershelfern nicht zusammen gesehen werden wollten, würde Ivica allein in den Klub gehen und den Kontakt herstellen. Wie genau er das anstellen wollte, war mir schleierhaft, aber auf die entsprechende Frage hatte er nur breit gegrinst und gesagt: «Vertrau mir!» Wie wenn ich eine andere Wahl hatte. Mein Job war es, mit dem Auto in der Nähe zu bleiben und Riba beziehungsweise die Polizei zu alarmieren, wenn Ivica nicht zu einer vorgegeben Zeit zurück war.

«Uhrenvergleich!» Ivica grinste breit, als wir unsere Uhren nebeneinander hielten wie Parker Lewis und seine Freunde. Dann stieg er aus und machte sich auf den Weg. Wie er da die Strasse hinunterging, sah er für alle Welt wie ein Einheimischer aus. Kleidung, Gang, Haltung, alles stimmte. Hätte ich ihn nicht gekannt, er wäre mir keinesfalls aufgefallen. Ivica hatte offensichtlich ein Talent für diese Dinge.

Ich machte eine illegale Kehrtwende über die Strassenbahngeleise in der Mitte der Vojvode-Stepe-Strasse und fuhr über Seitenstrassen zurück in die Nähe des Nachtklubs. Dort parkierte ich zwei Blocks vom Vordereingang entfernt, aber mit direkter Sicht auf diesen, schaltete den Motor aus und öffnete das Beifahrerfenster leicht, damit die Scheiben nicht beschlugen. Obwohl es Samstagabend war, schien in dieser Gegend nicht besonders viel los zu sein. Ich kramte mein Nachtsichtgerät hervor und richtete mich auf eine längere Wartezeit ein. Dabei fiel mir ein, dass ich keine Ahnung hatte, ob der Besitz des Geräts hier legal war oder nicht. Zum Glück waren wir am Zoll nicht gefilzt worden.

Zwei ereignislose Stunden später, genau zur verabredeten Zeit, sah ich Ivica die Eingangstreppen hoch kommen. Er wechselte ein paar Worte mit den neuen Klonen, die die vorherigen erst vor ein paar Minuten abgelöst hatten und deutlich schwankten, gab beiden die Hand und spazierte dann gemütlich zurück zur Hauptstrasse. Ich wartete, bis er um die Ecke verschwand, dann startete ich den Motor, bog bei der nächsten Kreuzung rechts ab und fuhr zurück zum vereinbarten Treffpunkt. Ivica war nirgends in Sicht, als ich dort ankam, aber sobald ich am Strassenrand vor der Hochschule anhielt, erschien er wie ein Geist aus dem dunklen Nachtschatten des Gebäudes und stieg ein. Ich fuhr los, bevor er die Beifahrertür richtig geschlossen hatte.

«Und», fragte ich, «wie ist's gelaufen?»

«Ziemlich gut, würde ich sagen.» Er strahlte wie ein Schuljunge nach einem gelungenen Streich. «Eigentlich genau so, wie wir's geplant hatten.»

«Echt?»

Grinsend hob er seine rechte Hand zum Pfadfinderschwur, den Daumen auf dem kleinen Finger, die anderen Finger gestreckt. «Pfadfinderehrenwort.»

«Du warst nie bei den Pfadfindern!»

Er grinste noch breiter und liess mich noch ein wenig schmoren, aber schliesslich hatte er Erbarmen mit mir und erklärte: «Na, ich habe gemacht, was wir besprochen hatten. Zuerst habe ich einfach ein bisschen an der Bar gesoffen.»

«Fand das niemand komisch, so ganz allein?»

«Hey, das ist ein Nachtklub. Überall Animierdamen. Viele Typen sind alleine da. Allein bleibt man allerdings nicht lange. Ich habe also mit zweien der Ladies ein bisschen Schampus gebechert, und schon wollte mich eine mit aufs Zimmer nehmen.»

«Natürlich hast du abgelehnt.»

Er grinste breit. «Spinnst du?»

Resigniert meinte ich: «Ich will's eigentlich gar nicht wissen.» Es war nicht der richtige Zeitpunkt, um Frauenrechte und Menschenhandel zu diskutieren. «Und? Wie bist du an Lucović rangekommen?»

Statt meine Frage zu beantworten, starrte er zum wiederholten Mal in den Aussenspiegel auf seiner Seite. Dann grunzte er und sagte: «Wir haben einen Schatten aufgelesen.»

Ich schaute in den Rückspiegel und suchte die Wagenkolonne hinter uns ab. «Wo?»

«Drei Wagen zurück. Blauer Audi.»

«Bist du sicher?»

«Ja.»

Ich bog ein paar Mal willkürlich ab, hielt zwischendurch plötzlich am Strassenrand an und fuhr dann unvermittelt weiter. Der Audi blieb an uns dran, und das nicht besonders unauffällig und mit viel zu wenig Abstand. Bei der nächsten Kreuzung hielt ich and und schaltete die Warnblinker ein, bevor die Ampel auf Grün wechselte. Natürlich löste sowas ein wütendes Hupkonzert hinter uns aus, genauso wie in Zürich. Als die Ampel auf Gelb wechselte, schaltete ich den Warnblinker wieder aus, trat das Pedal durch und drehte gleichzeitig das Steuerrad nach rechts. Aus den Augenwinkeln sah ich gerade noch, wie die Ampel rot wurde, als wir mit quietschenden Reifen in die Seitenstrasse rasten. Hinter uns hörten wir einen lauten Knall, begleitet vom untrüglichen Kreischen von Metall auf Metall.

Ivica drehte sich um und begann zu lachen. «Ein Zastava hat den Audi gerade abgeschossen.»

Das war mir nun mehr als recht, und ich antwortete: «Selber schuld. Was für ein Auto, um jemanden zu beschatten!»

«Nicht wahr? Aber niemand hat behauptet, dass wir es mit Raketenwissenschaftlern zu tun haben.»

«Vielleicht schicken sie uns eine Botschaft?»

«Und welche?»

«Keine Ahnung.»

«Na eben. Also gehen wir jetzt einfach mal davon aus, dass sie nicht allzu clever sind.»

«Von mir aus. Aber eben, wie bist du an Lucović rangekommen?»

«Alk, Geld, und die richtigen Quellen, mein Freund.»

«Erklär das mal.»

«Die zwei Kerle, die da am Schluss vor der Tür standen...?» Er schaute mich fragend an.

Ich nickte zum Zeichen, dass ich sie gesehen hatte.

«Das sind zwei seiner Bodyguards. Oder die Türsteher fungieren auch als Bodyguards, wie auch immer. Weshalb ein kleiner Mafioso sonst mehrere Bodyguards haben sollte, ist mir schleierhaft. Aber das ist ja auch egal. Auf jeden Fall habe ich beim Schäkern mit den Nutten...»

«Animierdamen.»

«...*Animierdamen* beobachtet, wie der gute Goran mit den beiden Gorillas gesprochen hat. *Klick!*» Er drückte mit dem Zeigefinger der rechten Hand auf den Auslöser eines imaginären Fotoapparats und tippte sich dann an die Schläfe. «Lucović sieht übrigens in der Realität genauso Scheisse aus wie auf dem Foto. Na ja, und als ich dann von oben wieder runter gekommen bin...»

Ich drehte den Kopf und schaute ihn mit hochgezogenen Augenbrauen an. Dabei überfuhr ich um ein Haar einen alten Mann, der gerade mitten im Nachtverkehr die Strasse überqueren wollte. Ich wich in letzter Sekunde aus, fluchte laut, hielt bei nächster Gelegenheit am Strassenrand an, atmete einmal tief durch und schaute Ivica dann erneut fragend von der Seite an. «Du warst oben?»

Wieder grinste er breit.

Ich schüttelte resigniert den Kopf. Unglaublich!

Obwohl es anatomisch fast nicht möglich schien, wurde sein Grinsen noch etwas breiter. Ich wartete auf den Augenblick, an dem der obere Teil seines Kopfs nach hinten wegklappte.

Ironisch meinte ich: «Ich hoffe, es hat was gebracht.»

«Oh ja!» Er schüttelte enthusiastisch den Kopf. «Der Druck ist weg.»

«Nicht das, du Blödmann! Wie ging's dann weiter?»

«Ach so, ja. Also, von den Nutten...»

«Plural?», fragte ich fassungslos.

Ich musste nicht einmal hinsehen, um zu wissen, dass es Ivica sichtlich genoss, als er antwortete: «Vier Augen sehen mehr als zwei, oder? Und glaub mir, Huren sind immer bestens informiert. Also, von den Nutten erfahre ich, dass die zwei Kerle Lucovićs Handlanger sind. Als ich dann wieder unten in der Bar bin, setze ich mich bewusst in die

Nähe von den beiden. Dann kaufe ich eine Flasche russischen *Pyatizvyozdnaya*-Wodka...»

«Eine *ganze* Flasche?»

«Ja, genau, eine ganze Flasche. Und nicht irgendeinen x-beliebigen Wodka, sondern den teuersten. *Pyatizvyozdnaya* hat Honig drin. Wirklich edel. Irgendwie musste ich ja auf mich aufmerksam machen. Und hör auf, mich dauernd zu unterbrechen.»

«Sorry.»

«Wie erwartet fragt der eine also ‹Willst du die ganze Flasche da selber trinken?›, worauf ich ihnen einen ausgebe. Die zwei rücken näher zu mir und ich schenke einen nach dem anderen nach. Schon bald sind wir dicke Saufkumpane. Das heisst, gesoffen haben vor allem sie.» Er lachte. «Als die Flasche dann leer ist, sage ich verschwörerisch, dass ich mit Lucović sprechen muss, weil ich ihm ein lukratives Geschäft vorschlagen will. Die zwei überlegen sich das einen Moment lang und beschliessen dann, dass fragen ja nichts schaden kann. Also geht einer nach hinten und kommt nach ein, zwei Minuten wieder zurück. Dann nehmen mich die beiden in einen Nebenraum, filzen mich amateurhaft, nehmen mir die Glock ab...» Er schnaubte verächtlich. «Die kleine Zastava am Knöchel haben sie nicht mal bemerkt, die Pfeifen! Ich hätte ihren Boss an Ort und Stelle umlegen können!»

«Schön für dich.»

«Eben, sie nehmen mir also die Glock ab und führen mich dann in einen Nebenraum, in dem Lucović sitzt und von einer halbnackten Tussi mit Riesenmöpsen an den Schultern massiert wird. Ich sage, ich will allein mit ihm sprechen. Er ziert sich zuerst, ich sage, es gehe um viel Geld, er schmeisst die Gorillas und die Tussi raus, und wir quatschen. Ich sage wie besprochen mein Sprüchlein auf und er fällt tatsächlich drauf rein. Wurde bleich wie der Tod und hat geschwitzt wie in der finnischen Sauna.»

«Was ist mit dem Treffpunkt?»

«Er wollte sich in einer anderen Bar treffen, aber ich hab ihn ausgelacht. Er musste mir seine Handynummer geben, dann sagte ich ihm, wir würden ihn morgen anrufen und den Treffpunkt durchgeben. Er solle sich bereit halten, innert einer Stunde dort zu sein, oder...»

«Und er hat das geschluckt?»

«Wie ein tschechisches Pornosternchen.»

Ich schüttelte erneut den Kopf. «Und du denkst wirklich, das klappt?»

«Na sicher. Wieso sollte es nicht?»

«Weil das der haarsträubendste Plan meines ganzen Lebens ist!»

Er lachte fröhlich. «Deshalb wird es ja klappen!»

KAPITEL 31

Als Ivica am nächsten Morgen aufwachte, sass ich bereits am Schreibtisch und brütete über meinen Notizen.

Er schien einen Kater zu haben. «Guten Morgen», murmelte er kaum hörbar, «wie spät ist es?»

«Viertel nach sieben.»

«Na schön. Und was machst du da?»

«Notizen für meinen Bericht zusammentragen, den ich irgendwann schreiben muss.» Ich schaute ihn pointiert an. «Eine Frage: Wie soll ich deinen Puffbesuch und den Wodka mit dem unaussprechlichen Namen auf die Spesenrechnung setzen?»

Er lachte und verzerrte gleich darauf das Gesicht vor Schmerzen. Mit einer Hand an der Stirn antwortete er: «Keine Angst, das war's mir wert. Ich denke nicht, dass wir das dem Imam auf die Nase binden sollten.»

«Genau. Und Alenka wohl auch nicht.»

«Besser nicht.» Er schwang sich aus dem Bett, streckte sich und fragte: «Frühstück?»

«Frühstück.»

Nach dem erneut ausgezeichneten und reichlichen Morgenessen, das wir auch heute im Zimmer genossen, besprachen wir nochmals alle Details der nächsten Phase unseres Plans. Dann machten wir uns auf den Weg.

Beim Herausfahren schaute ich auf die Uhr. Erst kurz nach halb neun. Wir hatten also genügend Zeit.

Unterwegs wollte Ivica unbedingt bei einem Baumarkt anhalten. Er verschwand darin und kam bald darauf mit einem weissen Plastiksack in der Hand wieder zurück. Auf meine Nachfrage hin zeigte er mir den Inhalt: je eine rote, blaue und weisse Spraydose, einen gasbetriebenen Campingkocher, eine Beisszange, eine Grillzange, eine Rolle Klebeband, ein stabil aussehendes schwarzes Vorhängeschloss sowie ein Fahrradschloss mit etwa fünfzig Zentimeter langem, massivem Stahlkabel. Ich konnte mir keinen Reim auf den Verwendungszweck des Zeugs machen.

«Das Fahrradschloss ist für die Giesserei», klärte mich Ivica auf.

«Und der Rest?»

«Wart's ab.»

Na schön. Ich kannte Ivica ja, und so liess ich die Sache für den Moment auf sich beruhen.

Etwas später machten wir einen weiteren Stopp, diesmal bei einem Elektrofachmarkt, und kauften zwei billige Walkie-Talkies samt Ersatzbatterien. Unser letzter Halt war schliesslich bei einem Supermarkt, wo Ivica zwei rohe Steaks und eine Schachtel Wassereis am Stil kaufte. Beides wanderte in eine ebenfalls neu erworbene kleine Kühltruhe.

Die nächsten zwei Stunden verbrachten wir damit, unsere auf der Karte herausgesuchten Fluchtrouten abzufahren, inklusive Umfahrungswege und Alternativrouten. Aus einschlägiger Erfahrung wusste ich, dass Karte und Realität nicht immer übereinstimmten.

Als wir uns schliesslich auf den Weg zur Giesserei machten, war es Mittag. In der Ferne konnten wir das Läuten von Kirchenglocken hören.

Bei unserem Ziel angekommen, überprüften wir zunächst, dass alles noch so war, wie wir es am Vortag vorbereitet hatten. Es war. Dann rief Ivica Lucović an. Das Gespräch war kurz, aber heftig.

«Er wollte sich herausreden», erklärte Ivica. «Er könne jetzt nicht weg und brauche mehr Zeit, und überhaupt hätte ich gestern eine Stunde gesagt, und bla bla bla.»

«Wo ist er?»

«In der Kirche. Behauptet er.»

«Und wird er kommen?»

«Na klar, er hat ja keine Wahl. Er muss davon ausgehen, dass wir sind, wer wir sagen. Ein Anruf von uns kann seinen Tod bedeuten. Das Risiko wird er nicht eingehen.»

«Wie viel Zeit hast du ihm gegeben?»

«Dreissig Minuten, wie besprochen. Genug, um im Sonntagsverkehr rechtzeitig hierher zu kommen, aber zuwenig, um eine grossangelegte Aktion gegen uns zu organisieren.»

«Denkst du, er kommt allein?»

«Natürlich nicht.» Ivica schob sich einen Kaugummi in den Mund und reichte mir ebenfalls einen. Dann sagte er: «Am besten, wir machen uns bereit. Vielleicht sind sie schneller als gedacht.»

Ich nickte. Ivica öffnete den Kofferraum des Mietwagens, den wir gut sichtbar vor dem Hauptgebäude abgestellt hatten, und nahm die abgesägte Schrotflinte heraus. Er öffnete den Verschluss und schob zwei Patronen in den Doppellauf. Dann schnappte er ihn wieder zu und hängte sich die kleine Waffe mit der grossen Wirkung unter den rechten Arm. Er zog seinen dunklen Anorak darüber an, setzte trotz des trüben Wetters seine Sonnenbrille auf und lehnte sich dann entspannt gegen die Fahrertüre.

Ich ergriff meine SG552 Commando, kontrollierte das volle Magazin, lud durch und vergewisserte mich, dass der Sicherungshebel auf ‹S› gestellt und die Seriefeuersperre ausgeschaltet war. Wie Ivica hängte ich mir die Waffe unter den Arm und zog meine Windjacke darüber an. Dann schloss ich den Kofferraum, nahm das Fahrradschloss aus dem Plastiksack auf dem Rücksitz und stopfte es mir in die rechte Jackentasche. Schliesslich steckte ich mir eines der Walkie-Talkies in die Brusttasche auf der Innenseite meiner Jacke.

Nach Abschluss unserer persönlichen Vorbereitungen winkte ich Ivica zu und machte mich zu Fuss auf den Weg zur Rückseite des Hauptgebäudes. Unterwegs nahm ich meine P226 aus dem Holster und kontrollierte gewohnheitsmässig, dass eine Patrone im Lauf sass und das Magazin voll war. Dann nahm ich das Magazin ganz heraus, fasste es mit Daumen und Zeigefinger an unteren Ende, Hülsen nach hinten, und klopfte mit dem Magazinrücken zweimal gegen den Verschluss der Pistole, bevor ich es wieder einsetzte. Schliesslich wiederholte ich das Ganze mit den Ersatzmagazinen in meinen Jackentaschen. Die kleine Prozedur beugte Zufuhrstörungen vor, indem sie dafür sorgte, dass alle Patronen sauber ausgerichtet hinten im Magazin sassen.

Nach einer guten Minute passierte ich die zweite Zufahrtsstrasse zum Gelände, die sich wie eine Anakonda durch den umliegenden, urtümlich anmutenden Wald hierher schlängelte, und gleich darauf kam ich auf dem etwa hundert Meter langen und zehn Meter breiten asphaltierten Anlieferplatz hinter der Giesserei an. Der Hintereingang des Giessraums befand sich ein paar Meter vom Zaun entfernt am rechten Ende des Gebäudes. Ich kontrollierte ein letztes Mal, dass die aus zwei Flügeln bestehende olivgrüne Sicherheitstür unverschlossen war. Sie war es. Beide Türhälften waren je etwa drei Meter hoch und zwei Meter breit und konnten durch zwei Eisengriffe, welche auf halber Höhe im Abstand von etwa zwanzig Zentimetern angeordnet waren, geöffnet werden. Links daneben lagen mehrere Eisenrohre und dicke Holzlatten.

Wieder einmal schaute ich auf die Uhr. Noch maximal zwanzig Minuten. Ich spürte, wie mein Puls sich beschleunigte. Mein Mund war trocken, aber das war normal. Schon während meiner Zeit bei der Interventionseinheit war ich vor jedem Einsatz nervös gewesen. Unvermittelt fragte ich mich, ob Ivica wohl je nervös wurde.

Ich atmete einmal tief durch, dann ging ich raschen Schrittes quer über den Platz zum leicht erhöhten Waldrand. Nach kurzer Suche fand ich den gestern vorbereiteten Beobachtungsposten wieder. Er befand sich in einer kleinen Senke zwischen zwei Bäumen. Mit Hilfe einer Plastikplane, die ich in der Anlage gefunden hatte, sowie Ästen und Zweigen, Erde, Steinen und viel Laub hatte ich daraus ein gut getarntes, einigermassen wetterfestes Versteck gebaut, von dem aus ich die gesamte Rückseite der Giesserei samt Zufahrtsstrasse im Auge behalten konnte, ohne selbst gesehen zu werden. Ich kroch hinein, drückte die Sprechtaste meines Walkie-Talkies und machte eine kurze Verbindungskontrolle mit Ivica. Seine Antwort kam klar, wenn auch ein wenig laut, aus dem Lautsprecher des kleinen Geräts. Ich drehte die Lautstärke weiter herunter und begann zu warten.

Noch fünfzehn Minuten.

Noch zehn Minuten.

Noch fünf Minuten.

Ich schaute zum etwa einhundertsten Mal auf die Uhr. Die Zeit war abgelaufen. Wo zum Teufel blieben die Kerle?

Einige fast endlose Minuten später hörte ich in der Ferne endlich das erlösende, rasch lauter werdende Brummen eines Motorfahrzeugs. Der Wagen hielt ganz in der Nähe an, und einige Sekunden später ertönte das typische Geräusch von zuschlagenden Autotüren.

Kurz darauf kamen die Kerle in Sicht. Sie waren zu dritt. Wie vorausgesehen waren sie über die Waldstrasse gekommen. So weit, so gut. Alle drei waren gross und breitschultrig und trugen Jeans und Lederjacken. Und alle drei hatten eine grosskalibrige Pistole in der Hand und bewegten sich zielstrebig, aber vorsichtig auf die Giesserei zu.

Ich drückte dreimal kurz nacheinander die Sprechtaste meines Walkie-Talkies, was bei Ivicas Gerät ein dreimaliges kurzes Rauschen auslöste. Tschk tschk tschk. *Sie sind hier*. Ivica quittierte mit einem doppelten Knacken. Tschk tschk. *Okay, verstanden.*

Mittlerweile hatten die drei Kerle den Hintereingang der Giesserei erreicht. Der Vorderste öffnete langsam und vorsichtig die rechte Hälfte der Sicherheitstür einen Spalt breit und spähte hinein. Dann nickte er seinen Kumpanen zu, öffnete den Türflügel ganz und schlüpfte vorsichtig hindurch. Der Zweite folgte ihm. Der Dritte steckte seine Waffe in die Seitentasche seiner Lederjacke, schloss die Tür wieder und blieb mit verschränkten Armen davor stehen. Einmal ein Türsteher, immer ein Türsteher.

Ich wurde noch ein wenig nervöser. Gestern hatte ich den Weg von der Hintertür zur Eingangstür des langgezogenen Giessraumes abgeschritten. In normalem Tempo dauerte der Weg eine gute Minute. Die Kerle würden vorsichtig sein und daher etwas länger benötigen, aber die Uhr tickte. Gleich würden sie merken, dass die Vordertür der Giesshalle verschlossen und von aussen verbarrikadiert war.

Wo blieb das Signal?

In diesem Moment knackte mein Walkie-Talkie endlich dreimal leise. Tschk tschk tschk. *Meiner ist auch hier*. Ich bestätigte mit einem doppelten Knacken. Tschk tschk.

Glück gehabt. Lucović hatte die halbe Stunde so wörtlich genommen, dass er nicht auf eine Bestätigung seiner Helfershelfer hinter der Giesserei gewartet hatte, um sich mit Ivica zu treffen. Er musste wirklich in Panik sein.

Nun war es also soweit. Alle Schachfiguren waren auf dem Brett aufgestellt. Ich atmete zweimal tief durch. Auf einmal fiel mir auf, dass der Blick des Wachtpostens vor der Tür ziellos umherschweifte und er ganz unruhig wurde. Was war nur los mit ihm? Plötzlich machte er zwei Schritte zur Seite, drehte sich zur Wand und hielt die Hände vor sich hin. Um ein Haar wäre ich in lautes Gelächter ausgebrochen. Der Anfänger musste ausgerechnet jetzt pissen! Verdammter Amateur!

Der Moment war gekommen. Ich stand leise auf, nahm das Sturmgewehr in Anschlag und ging rasch, aber kontrolliert auf ihn zu. Bis er mich endlich bemerkte und über die Schulter nach hinten schaute, hatte ich den Platz schon halb überquert. Er zuckte merklich zusammen, stiess unwillkürlich einen gedämpften Grunzlaut aus und hob vor

Schreck die Hände. Urin spritze in alle Richtungen und verschonte auch seine teuren Lederschuhe nicht, bevor der Strahl schliesslich versiegte. Erneut musste ich mich gewaltig zusammenreissen, um meinen finsteren Gesichtsausdruck beizubehalten.

Etwa sieben Meter vor ihm blieb ich stehen, das Sturmgewehr weiterhin drohend im Anschlag. Mit dem Zeigefinger der linken Hand deutete ich an, er solle still sein und sich umdrehen. Automatisch folgte er der Aufforderung und bot mir dabei einen Anblick, um den ich nicht gebeten hatte. Wiederum mit Handzeichen forderte ich ihn auf, sein bestes Stück wegzustecken und den Hosenstall zu schliessen. Auch das machte er automatisch und starrte mich dabei mit grossen Augen an. Dann wies ich ihn an, sich auf den Boden zu legen. Zur Verstärkung zielte ich dabei direkt auf seine Stirn. Wie der Blitz legte er sich mitten in die grosse Pfütze, die er gerade selbst um seine Füsse herum gemacht hatte, und nahm die Hände hinter den Kopf. Er schien Übung darin zu haben.

Ich liess das Sturmgewehr los und zog meine Pistole. Damit ging ich rasch im toten Winkel auf ihn zu und kniete mich auf ihn, das Knie zwischen seinen Schulterblättern, die Commando auf der Seite. Normalerweise empfiehlt es sich, die Waffe wegzustecken, wenn man auf Tuchfühlung geht. Die Gefahr, dass es zu einem Handgemenge kommt und sie einem entrissen wird, ist zu gross. Aber da ich nicht wusste, ob seine Kumpane gleich wie die Clanton-Brüder schiessend zur Tür herauskommen würden, behielt ich sie in der Schusshand. Mit der anderen Hand zog ich ihm seine eigene Waffe aus der Jackentasche. Es war eine Desert Eagle. Der Kerl hatte eindeutig zu viele Gangsterfilme geschaut. Rasch entfernte ich das Magazin und entlud sie, bevor ich sie in hohem Bogen in die Büsche warf. Dabei verlagerte sich mein Gewicht zwischen seinen Schulterblättern und er grunzte schmerzerfüllt. Das Magazin steckte ich ein. Dann packte ich ihn an den Haaren und zog ihn auf die Knie. Das Ganze hatte vielleicht eine halbe Minute gedauert.

Ich machte drei Schritte weg von ihm und zielte erneut auf seinen Kopf, diesmal mit der Pistole. Dann deutete ich an, er solle aufstehend. Er stand auf. Ich nickte in Richtung Tür. Er schaute mich fragend an. Ich zeigte nochmals zuerst auf ihn, dann auf die Tür und deutete mit einer Bewegung des Unterarms an, er solle hineingehen. Immer noch mit ungläubigem Gesichtsausdruck zeigte er ebenfalls auf die Tür. Ich nickte und spannte den Hammer meiner Pistole. Auf einmal verstand er mich. Er machte zwei rasche Schritte auf die Tür zu, öffnete den linken Flügel etwas und schlüpfte hinein. Kaum war er drin, begann er laut zu rufen. Gedämpft konnte ich die Antwort seiner Kumpane auf der anderen Seite der Fabrikhalle hören. Beides war mir egal.

Ich knallte die Tür zu, nahm eines der daneben liegenden Vierkanthölzer zur Hand und schob es durch die zwei Eisengriffe der beiden Türflügel. Damit war der Ausgang blockiert. Ich griff nach einem zweiten Holzstück, schob es über das erste und wiederholte das Ganze nochmals mit einem der herum liegenden Eisenrohre. Dann nahm ich das Fahrradschloss aus meiner Jackentasche, wickelte es ein paar Mal um beide Eisengriffe, so dass es schön eng und gespannt war, und schloss es ab. Ich rüttelte zur Probe daran. Fest verschlossen. Trotzdem ergriff ich zwei weitere Vierkanthölzer und stemmte sie in schrägem Winkel gegen die Tür. Das musste reichen.

Plötzlich verstummte das Geschrei in der Giesserei. Stattdessen wurde von innen heftig an der Tür gerüttelt. Als das nichts fruchtete, erklangen mehrere Schüsse. Die Trottel versuchten tatsächlich, sich den Weg frei zu schiessen. Keine gute Idee bei einer Sicherheitstür aus massivem Stahl. Ein Schmerzensschrei deutete an, dass sie das auch gemerkt hatten. Idioten!

Ich steckte meine Waffe ein, nahm mein Walkie-Talkie aus der Jackentasche und drückte die Sprechtaste viermal. Tschk tschk tschk tschk. *Alles wie geplant gelaufen.* Ivicas Antwort kam prompt. Tschk tschk… tschk tschk tschk tschk. *Verstanden, bei mir auch.*

So schnell ich konnte, sprintete ich auf der kleinen Zufahrtsstrasse zurück zur Gebäudevorderseite. Ivica wartete bereits mit laufendem Motor in unserem Mietwagen. Ich öffnete die Beifahrertür und sprang hinein, dann brausten wir auch schon mit quietschenden Reifen davon.

«Lucović?», fragte ich.

Er zeigte mit dem Daumen über die Schulter und sagte nur: «Kofferraum.»

Ich schaute nach hinten. Auf dem Rücksitz lag eine weitere Desert Eagle. Ich schüttelte den Kopf. Dann ergriff ich sie, entlud sie und warf sie aus dem Fenster.

Wir rasten zum Tor hinaus, dann auf der kleinen Seitenstrasse, die ich gerade entlang gesprintet war, zur Rückseite der Giesserei und dort via Wald zurück Richtung Innenstadt. Falls Lucović noch mehr Leute mitgebracht hatte, sperrten diese wohl eher die Hauptstrasse ab als den Weg, auf dem ihre Kollegen gerade gekommen waren. Wir sollten Recht behalten.

Als sich nach einem guten Kilometer der Wald lichtete, verlangsamte Ivica das Tempo und fügte sich bald darauf in den normalen Sonntagsnachmittagsverkehr ein. Soweit war alles perfekt gelaufen.

Es konnte eigentlich nur noch schlechter werden.

KAPITEL 32

Lucović hing nackt und gefesselt vom Eisenhaken der hydraulischen Hebevorrichtung im kleinen Betonschuppen hinter der alten Ziegelfabrik, wo wir Riba getroffen hatten. Seine Füsse baumelten in der Luft und seine Schultern waren durchgestreckt. Es sah nicht gerade bequem aus. Damit er nicht mit den Beinen um sich schlagen konnte, waren beide Fussgelenke mit Nylonschnur an zwei schweren Ziegeln befestigt, neben denen unsere kleine Kühltruhe stand. Der Plastiksack aus dem Baumarkt lag daneben, sein Inhalt auf dem Boden verstreut. Gerade hatte Ivica dem Gangster mit dessen Ledergürtel einen schmerzhaften Klaps auf die exponierten Weichteile versetzt, der ihm Tränen des Schmerzes und der Wut in die Augen getrieben hatte. Es war kalt und man sah es. Lucovićs schwarze Achselhaare und sein stark behaarter Schambereich boten einen auffälligen Kontrast zu seiner Glatze und seinem bleichen, aber muskulösen und überall tätowierten Körper. Er war offensichtlich ein Bodybuilder.

Lucović grunzte und stiess ein paar hasserfüllte Worte aus. Ivica lachte und übersetzte für mich. «Er sagt, dass er uns die Herzen rausreissen und an seine Hunde verfüttern wird. Dann schneidet er uns die Köpfe ab und fickt unsere Augenhöhlen. Und dann macht er das gleiche mit unseren Frauen, bevor er unsere Kinder ersäuft.»

Aus dem Affekt versetzte ich dem Kerl einen harten Tritt in die Hoden. Zwar hatte ich immer noch grosse Vorbehalte gegen das, was wir hier taten, aber niemand sprach so über meine Tochter und meine Freundin. Der Gangster grunzte erneut, zog scharf die Luft ein und sagte eine Weile nichts. Aber schon ein, zwei Minuten später waren die Wellen des Schmerzes, die ihn durchzuckten, soweit abgeebbt, dass die Wut wieder die Oberhand gewann und er einen neuerlichen Schwall von Beschimpfungen ausstiess.

«Und was hat er jetzt gesagt?», wollte ich wissen.

Ivica lachte erneut. «Mehr oder weniger das Gleiche. Seine Fantasie scheint beschränkt zu sein. Wahrscheinlich braucht er solche Drohungen normalerweise nur einmal auszustossen.»

Da Ivica kaum Englisch konnte und ich überhaupt kein Serbisch oder Kroatisch verstand, sprachen wir Hochdeutsch, und zwar mit unserem besten Filmakzent. Wir wollten den Eindruck erwecken, ich sei ein schwerer Junge aus Deutschland. Wenigstens den Klang der Sprache würde er wohl erkennen. So, wie ich Spanisch sofort erkannte, obwohl ich kaum ein Wort verstand.

Ivica pfiff leise eine kroatische Weise vor sich hin. Dann zog er langsam sein Messer mit dem Horngriff aus der Hosentasche, klappte die Klinge auf und schwenkte es zwei, dreimal theatralisch vor Lucovićs Gesicht hin und her. Plötzlich packte er ihn mit einer Hand am Hals und schob ihm mit der anderen die Messerklinge unter den Hodensack. Dabei zischte er ihm ein paar Worte ins Gesicht.

Lucović antwortete nicht, aber seine Augen sahen aus, als wollten sie gleich aus ihren Höhlen treten und er begann sich zu winden, so gut es mit den Ziegelsteinen an den Füssen eben ging.

Ohne von ihm abzulassen, erklärte Ivica mir über die Schulter: «Ich habe ihm gesagt, dass ich das durchaus ernst nehme und ihm darum gleich an Ort und Stelle den Schwanz abschneiden werde. Dann hat sich's ausgefickt.»

Ich spielte mit und setzte ein bösartiges Grinsen auf. «Gute Idee. Das will ich sehen.»

Etwas auf Lucovićs Gesicht zuckte. Vielleicht verstand er ja doch etwas Deutsch.

Ivica machte eine nachdenkliche Miene. «Aber andererseits: Vielleicht verblutet er uns dann, bevor wir fertig sind. Wollen wir ihm die Chance geben, uns zu erzählen, was wir wissen wollen?»

Auf Lucovićs Gesicht zeigte sich ein Schimmer Hoffnung. Ich war nun überzeugt davon, dass er Deutsch sprach. Gleichzeitig hoffte ich, dass er trotzdem auf unser Filmdeutsch hereinfiel.

«Kommt nicht in Frage», entgegnete ich, «nicht nach dem Scheiss, den er vorhin rausgelassen hat. Niemand spricht so über meine Familie. Der Kerl braucht eine Lektion.»

«Du hast Recht», sagte Ivica entschlossen, «legen wir die Sau um und suchen uns jemanden, der ein wenig kooperativer ist.» Mit diesen Worten steckte er das Messer weg, packte den Plastiksack und stülpte ihn dem Gangster ohne Federlesens über den Kopf. Dieser versuchte, das Ding durch wilde Kopfbewegungen wieder abzuschütteln, aber Ivica nahm das Klebeband vom Boden, riss ein langes Stück ab und wickelte es oberhalb des Sackendes mehrfach um Lucovićs Hals, so dass dessen glänzender Schädel nun luftdicht verschnürt war. Es dauerte nicht lange, bis dieser wie ein Fisch auf dem Trockenen nach Luft zu schnappen begann. Während er krampfhaft einzuatmen versuchte, konnten wir die Umrisse seiner Lippen und Zähne unter dem Plastik erkennen.

Ivica beobachtete die Szene ungerührt. Ich warf ihm einen fragenden Blick zu. Er hob abwehrend die Hand, aber nach etwa dreissig Sekunden riss er dann doch ein kleines Loch in den Plastik vor Lucovićs Mund. Mit wilden, pfeifenden Atemzügen füllte dieser seine leeren Lungen wieder.

Ivica wartete scheinbar gelangweilt, bis sich die Atmung des Gangsters einigermassen normalisiert hatte. Dann nahm er in einer einzigen fliessenden Bewegung die Beisszange vom Boden auf, packte den Kerl erneut am Hals und riss ihm brutal ein grosses Büschel Schamhaare aus. Lucović, der wegen dem Plastiksack über seinem Kopf nichts sehen konnte, war so überrascht, dass er erst nach einer Sekunde reagierte, dafür dann umso heftiger. Er schrie wie am Spiess und begann am ganzen Körper zu zittern, bevor seine Schreie nach einer Weile in ein endloses Husten und Keuchen übergingen. Durch den Plastiksack klang alles seltsam dumpf.

Lucović durfte sich ruhig verausgaben. Niemand konnte ihn hören. Das Hauptzugangstor zum Fabrikgelände hatte ich mit Hilfe des Vorhängeschlosses sauber zugesperrt. Das Stahlschiebetor unseres improvisierten Verhörraumes hatten wir heruntergelassen. Niemand war uns gefolgt, und für den unwahrscheinlichen Fall, dass uns seine Gehilfen doch identifizierten und uns über das im Mietwagen eingebaute Ortungssystem zu lokalisieren versuchten, hatten wir den Wagen etwas weiter hinten im gleichen Schuppen parkiert. Der dicke Beton sollte ausreichen, um die Ortung zu unterbinden.

Als sich Lucović endlich wieder einigermassen beruhigt hatte, wiederholte Ivica das Ganze. Mit dem gleichen Resultat.

Beim dritten Mal packte er zwar ein grosses Büschel von Lucovićs Schamhaaren, riss sie aber nicht aus. Stattdessen zischte er ihm etwas ins Ohr. Dieser begann zunächst wieder zu schreien, aber dann änderte sich der Ton seiner Stimme und es klang eher wie Betteln.

«Was sagt die Sau?», fragte ich absichtlich laut und aggressiv.

«Er fragt, was wir wissen wollen. Wir sollen ihn endlich was fragen.»

Ich zog die Augenbrauen hoch.

Ivica schüttelte den Kopf. Dann kam er zu mir herüber, zeigte auf die Kühltruhe und flüsterte kaum hörbar: «Nimm das Steak und ein Eis raus. Gib mir das Eis und stell dich nahe neben ihm auf. Wenn ich dir ein Zeichen gebe, hältst du die Flamme an das Steak.»

Mir dämmerte, was er im Sinne hatte, und ich führte seine Anweisungen buchstabengetreu aus. Ivica nahm das Eis, trat damit ein paar Schritte zur Seite – wohl damit Lucović das Rascheln des Papiers beim Öffnen nicht hören konnte – und packte es aus. Währenddessen nahm ich die Grillzange vom Boden auf und ergriff das Steak damit.

Ivica holte den Gaskocher und stellte sich ganz nahe vor Lucović hin. Dann riss er ein langes, gezacktes Loch in die Vorderseite des Plastiks, so dass der Gangster hindurchsehen konnte, zeigte ihm den Kocher und zischte ihm wiederum drohend etwas zu. Lucović begann erneut am ganzen Körper zu zittern. Kaltschnäuzig klebte Ivica den Plastiksack wieder mit Klebeband zu, machte einen halben Schritt zurück, hielt den Brenner vor Lucovićs Kopf und entzündete die Gasflamme. Als dieser das leise Rauschen und Zischen hörte, wurde aus seinem Zittern ein heftiges Zucken und er begann halblaut zu stöhnen und zu jammern.

Ivica reichte mir wortlos den brennenden Gaskocher. Ich stellte mich neben Lucović auf wartete auf Ivicas Zeichen. Dieser sagte ein paar barsche Worte und hielt dann die Hand auf, Daumen nach oben. Sofort hielt ich das Steak mit der Grillzange in die Flamme, und fast augenblicklich erfüllte der beissende Geruch von verbranntem Fleisch die Luft. Gleichzeitig hielt Ivica dem Gangster das gefrorene Speiseeis an die Brust und bewegte es langsam hin und her. Dieser wand sich wie verrückt und versuchte verzweifelt, der vermeintlichen Flamme zu entkommen, aber es nützte nichts.

Ein paar Sekunden später schaute Ivica zu mir herüber und nickte. Ich schaltete den Gasbrenner aus und machte einen Schritt zurück.

«Also», sagte Ivica laut und deutlich auf Deutsch, «ich werde ihm jetzt die Fragen stellen und er wird sie sofort und vollständig beantworten.» Er packte den Gangster am Hals und fragte leise, aber ungeheuer bedrohlich: «Nicht wahr?»

Es war nun offensichtlich, dass Lucović Deutsch verstand. Er begann wie wild zu nicken und wiederholte ständig den gleichen Satz auf Serbisch.

«Er wird alles sagen, was wir wissen wollen», übersetzte Ivica. Dann versetzte er ihm eine Ohrfeige und herrschte ihn an: «Sprich Deutsch, du nutzloses Stück Scheisse.»

Und tatsächlich begann Lucović nun zu meiner Verblüffung Deutsch zu sprechen, praktisch akzentfrei und sogar mit leichtem fränkischem Einschlag. Meine von einer ordentlichen Ohrfeige begleitete Nachfrage ergab, dass er in Deutschland geboren worden war und den deutschen Pass besass. Ich konnte es kaum fassen. Aber irgendwie klang es trotzdem plausibel. Ich wusste ja, dass in den späten Sechzigerjahren massenhaft jugoslawische Gastarbeiter nach Deutschland eingewandert waren.

Ivica begann das Verhör. Fast beiläufig erwähnte er, dass wir nur an Princip interessiert seien und Lucović darum durchaus gehen lassen könnten, falls er uns zufrieden stelle. Und dass ihm Princip vielleicht schon bald nicht mehr vor der Sonne stehe, wenn er uns helfe. Zuckerbrot und Peitsche. Ivica schien zu wissen, was er tat.

Lucovićs Widerstand war gebrochen. Plötzlich sprudelten die Informationen nur so aus ihm heraus, ohne dass wir die Prozedur, mit der wir ihn zum Reden gebracht hatten, nochmals wiederholen mussten.

Im Verlauf der Befragung verifizierten wir zunächst, was wir schon wussten. Ja, Lucović kannte Luka Princip. Ja, Princip war früher bei Arkans ‹Tigern› gewesen. Ja, Princip stand in der Organisation eine Stufe über ihm. Ja, er war ihm vor die Nase gesetzt worden, und ja, das passte ihm überhaupt nicht.

Bald stellten wir fest, dass Lucović trotz seinem Machogehabe ganz offensichtlich eine Heidenangst vor Princip hatte. Wie jeder in der Organisation, wenn man unserem unfreiwilligen Gast glauben konnte. Desweiteren stellte sich heraus, dass Princip ein Alkoholproblem hatte. Er trank anscheinend öfters mal ordentlich einen über den Durst und redete dabei auch gern und viel über sich. Und da er sich dabei oft mit Lucovićs Huren vergnügte, wusste dieser ziemlich gut über die Geschäfte seines Widersachers Bescheid. Lucovićs Hauptproblem dabei war aber anscheinend nicht, dass Princip ein soziopathischer Killer war, sondern dass er für die Dienste seiner Nutten nie bezahlte. Ich schüttelte den Kopf. Was für ein Scheisshaufen! Riba hatte Recht.

Auf unsere Nachfrage hin, weshalb er das Schwein denn nicht einfach bei seinen Bossen verpfeife, antwortete Lucović ausweichend, das sei nicht so einfach. Offenbar waren seit Princips Einstieg in der Organisation bereits mehrere seiner anderen Rivalen spurlos verschwunden. Deshalb kroch ihm Lucović nun für den Moment in den Hintern, wo er nur konnte, bis sich der richtige Augenblick ergab.

Princip war für den Waffenschmuggel nach Westeuropa zuständig. Soweit Lucović wusste, hatte er dabei in den letzten zwei Jahren bei fast allen grossen Deals für die Organisation kleinere Mengen für Privatgeschäfte abgezweigt. Lucovićs hoffte anscheinend, früher oder später Beweise dafür zu finden und Princip so loszuwerden. Denn wenn die Bosse davon Wind kriegten, war er tot, das war so sicher wie das Amen in der Kirche. Das Wort von ein paar Huren reichte dafür aber nicht aus. Also wartete Lucović geduldig auf seine Chance.

Mittlerweile hatte sich der nackte Gangster soweit gefangen, dass seine Antworten immer langsamer und widerstrebender kamen. Ivicas Beisszange überredete ihn aber ohne grosse Mühe zu erneuter Kooperation.

Soweit Lucović wusste, war Princip im vergangenen Halbjahr nur einmal im Ausland gewesen. Zumindest hatte er vor ein paar Monaten im Bett mit Lucovićs damaliger Lieblingshure geprahlt, er stünde kurz davor, einen grossen Privatdeal mit einer Bande glatzköpfiger Spinner abzuschliessen.

«Wo war das?» Vor Aufregung hielt ich unbewusst den Atem an.

«In meinem Klub», antwortete Lucović perplex.

«Nicht das, du Idiot.» Ich schüttelte den Kopf. Dann trat ich einen Schritt näher, nahm Ivica die Beisszange aus der Hand und packte damit drohend ein grosses Büschel Schamhaare. «Wo sind diese Glatzköpfe?»

Hastig stiess Lucović hervor: «In der Schweiz!»

Ivica und ich warfen uns einen vielsagenden Blick zu. Bingo! Aber konnte das stimmen?

Es konnte. Lucović war sich deshalb so sicher, weil Princip anscheinend extra nach Zürich geflogen war, um dafür ein Bankkonto zu eröffnen. Zumindest hatte er das gegenüber Lucovićs Hure behauptet. Ich hätte wetten können, dass dies einer der tatsächlichen Gründe war, weshalb Lucović noch nichts gegen Princip unternommen hatte. Wahrscheinlich suche er krampfhaft nach einem Weg, wie er sich das Geld unter den Nagel reissen konnte. Ich schüttelte den Kopf und starrte den jämmerlichen Fleischkloss vor mir angewidert an.

Auf einmal überkam mich eine tiefe innere Ruhe. Das war es! Endlich hatte ich eine plausible Theorie. Sie war zwar immer noch voller Löcher, aber zum ersten Mal in dieser ganzen verworrenen Geschichte hatte ich eine vage Vorstellung davon, wie alles zusammenhing.

Eines meiner Hauptprobleme war noch das genaue Datum. Wenn Princips Reise nach Zürich nicht ungefähr mit dem Zeitpunkt von Mujo Hasanovićs Tod zusammenfiel, war alles vielleicht doch nur ein unglaublicher Zufall.

«Wann genau war Princip in Zürich?», fragte ich Lucović deshalb.

Dieser antwortete nicht gleich. Ich war mir nicht sicher, ob er wieder störrisch wurde oder einfach nur überlegte, aber gerade, als ich ihn erneut mit der Beisszange motivieren wollte, sagte er zögerlich: «Anfang Juli.»

«Genauer!» Ich packte mit der Beisszange einen seiner Hoden und drückte leicht zu.

Hastig stiess er hervor: «Am ersten Julisonntag!» Sein Atem ging stossweise. «Oder vielleicht Montag. Jedenfalls ist er am Freitag der gleichen Woche zurückgekommen!»

Ich war noch nicht überzeugt und erhöhte den Druck auf seine Samenstränge daher noch ein wenig. «Wie kannst du so sicher sein? Könnte es nicht auch eine Woche davor oder danach gewesen sein?»

«Nein», erwiderte er trotz seiner ungemütlichen Lage ziemlich trotzig, «ich erinnere mich genau an diesen Freitag. An dem Abend hat er drei von meinen Mädchen verlangt, nicht nur eine wie üblich. Er sagte, er hätte Grund zum Feiern. Mit allen drei habe ich an dem Abend keinen Umsatz mehr gemacht. Ausserdem hat der Scheisskerl eine davon im Suff so stark verprügelt, dass sie wochenlang nicht mehr anschaffen konnte.»

Mir fiel ein, dass wir ja angeblich aus Deutschland stammten und daher vor allem an Princips Deals in diesem Land interessiert sein müssten, und so fragte ich den Gangster zum Schein auch darüber aus. Als dabei nichts Brauchbares mehr herauskam, gingen Ivica und ich nach draussen, um das weitere Vorgehen zu beraten. Lucović liessen wir hängen.

«Und was jetzt?», frage ich Ivica leise.

«Wir sollten ihn umlegen», erwiderte er ebenso leise.

Ich starrte ihn entgeistert an und schüttelte dann mit Nachdruck den Kopf «Kommt nicht in Frage.» Konnte er das wirklich ernst gemeint haben? Wollte er Lucović tatsächlich eiskalt umbringen? Wieder einmal stellte ich fest, wie verschieden wir in mancher Hinsicht waren. Für ihn was eine Frage der Pragmatik, nicht des Prinzips. «Wir legen ihn nicht um!», bekräftige ich daher noch einmal.

«Na schön», lenkte Ivica widerstrebend ein, «aber was machen wir dann mit ihm?»

«Gute Frage.» Ich fuhr mir mit der Hand geistesabwesend über die Bartstoppeln und das Pflaster auf meiner Nase.

Für Ivica war der Fall klar: «Dann lassen wir ihn wenigstens hängen.»

Auch damit war ich nicht einverstanden. «Er kann hier drin verhungern oder verdursten. Keine Sau hört ihn. Oder er erstickt, weil sein ganzes Gewicht an den Armen hängt und den Brustkorb lähmt.»

«Ist das unser Problem?»

«Irgendwie schon. Im Endeffekt ist das dasselbe, wie wenn wir ihn erschiessen oder ihm die Kehle durchschneiden.»

«Ist es nicht!»

«Du weisst, was ich meine.»

Ivica seufzte. «Also gut, Mutter Teresa. Was sollen wir also deiner Meinung nach tun?»

«Nimm sein Handy und lass dir einen Namen angeben, an den du seinen Aufenthaltsort durchgeben sollst. Dann ist es deren Schuld, wenn sie ihn nicht rechtzeitig runter holen.»

«Na schön.»

Wir kehrten zurück in den Betonschuppen. Ivica fand nach kurzer Suche Lucovićs Handy in dessen Jackentasche und liess sich von ihm den besagten Namen geben. Dann steckte er das Telefon ein und warf mir einen Blick zu, den ich nicht deuten konnte. Er nahm die drei Farbsprühdosen, deren Zweck ich immer noch nicht kannte, vom Boden auf, schüttelte jede ordentlich durch und stellte sich vor Lucović auf.

«Was soll das werden?», fragte ich genervt. «Wir müssen los!»

«Lass mich einfach machen.»

Vor meinen staunenden Augen sprühte Ivica seinem hilflos da hängenden Opfer ein grosses, buntes Muster aus drei untereinander liegenden waagrechten Streifen auf Bauch, Hüfte und Oberschenkel. Rot, weiss, blau. Als er auch Lucovićs Geschlechtsteile mit roter Farbe einsprühte und anschliessend mit weisser Farbe sogar noch eine Art Schachbrettmuster darauf zauberte, fiel der Groschen bei mir. Die kroatische Flagge.

Ich musste meine ganze Kraft aufwenden, um nicht laut loszulachen. Stattdessen sammelte ich hastig unsere Ausrüstung vom Boden auf und verstaute alles im Kofferraum unseres Wagens, während Ivica sein Kunstwerk mit einem breiten Grinsen beendete. Am Schluss zischte er dem Gangster etwas zu und gab ihm einen ordentlichen Klaps auf den Hintern. Dann drückte er auf einen Knopf. Das rostige Rolltor begann sich quietschend zu heben. Mit einer Handbewegung bedeutete mir Ivica, ich solle den Wagen rausfahren. Kaum war ich draussen, begann sich das Tor wieder zu schliessen. Ivica kam gemächlich heraus geschlendert, als hätte er keinerlei Sorgen auf dieser Welt, und stieg ein.

Vor dem Haupttor des Fabrikgeländes hielten wir nochmals kurz an, entfernten das Vorhängeschloss und rollten das Tor zur Seite, bevor wir davon brausten.

Knappe zwei Kilometern später übermannte mich plötzlich ein solcher Lachanfall, dass ich rechts ranfahren musste. Die ganze Spannung entlud sich in einem beinahe hysterischen Ausbruch. Ich schnappte nach Luft und klopfte mir auf die Schenkel und lachte Tränen, während mich Ivica spöttisch betrachtete. Es dauerte eine ganze Weile, aber schliesslich erholte ich mich soweit, dass wir weiterfahren konnten.

Auf dem Weg zurück in die Stadt machten wir einen Zwischenstopp am Flughafen, um unsere Rückreise zu organisieren. Ivica wollte eigentlich einen Direktflug nach Zürich, aber um weiterhin jegliche Verbindungen zur Schweiz zu verbergen, setzte ich durch, dass wir doch zunächst nach Wien flogen und von dort dann mit dem Zug in die Schweiz zurückfuhren. Er maulte zwar, musste aber zugeben, dass ich Recht hatte, und so buchte ich unseren eigentlich bereits verpassten Rückflug in die österreichische Hauptstadt auf den nächsten Morgen um. Die Dame am Schalter war sehr kulant, obwohl wir beide wie Landstreicher aussahen. Mein Tausendwattlächeln schien doch noch zu wirken.

Anschliessend tauschten wir unseren silbernen Renault Laguna gegen einen weissen Nissan X-Trail. Nur so zur Sicherheit. Mein

Lächeln funktionierte hier leider nicht, aber ein Fünfzigeuroschein aus Ivicas Brieftasche löste das Problem rasch und effektiv. Wir luden unsere Ausrüstung so schnell und unauffällig wie möglich um und stiegen ein. Schliesslich teilte Ivica Lucovićs Leuten per SMS mit, wo sie ihren Boss finden konnten.

Dann machten wir uns auf den Weg zurück in die Stadt.

KAPITEL 33

Es war schon dunkel, als wir beim Hotel ankamen. Beim Hereinfahren in die Tiefgarage kam uns ein schwarzer BMW entgegen. Im Licht der Scheinwerfer konnte ich kurz das Gesicht des Fahrers und seine auffallend platte Nase sehen, dann war er auch schon vorbei. Wir parkierten in der Nähe des Ausgangs und fuhren mit dem Aufzug in die zweite Etage hoch. Den Rest des Wegs zu unserem Zimmer gingen wir zu Fuss.

Die Sache mit Lucović war mir nicht geheuer. In der Zwischenzeit hatten ihn seine Leute sicher gefunden, und ich hatte keine Zweifel daran, dass er Himmel und Hölle in Bewegung setzen würde, um uns zu finden und es uns heimzuzahlen. Er schien mir weder schlau noch dumm genug, unsere Warnung erst zu nehmen.

Im Zimmer angekommen zogen wir unsere verdreckten, verschwitzten Kleider aus und packten unverzüglich unsere Taschen, obwohl unser Flug erst am nächsten Morgen ging. Ich plädierte darauf, bis zur Abreise im Zimmer zu bleiben, aber damit stiess ich bei Ivica auf taube Ohren. Er wollte unbedingt trainieren gehen und jammerte so lange über seinen Bewegungsmangel, bis ich schliesslich trotz meiner Bedenken einlenkte und ebenfalls in Trainingskluft wechselte. Dann steckte ich mein Handy in die eine Jackentasche und die P226 in die andere und betrachtete meine ausgebeulte Erscheinung im Spiegel. Zu auffällig. Ich band den Bändel der Trainerhosen eng zu und steckte mir die schwere Pistole stattdessen samt Holster ins Kreuz. Die kleine Zastava im Knöchelholster liess ich im Zimmer zurück, auch wenn sie weniger auffällig gewesen wäre. Die grössere, schwerere Waffe gab mir ein sichereres Gefühl. Ivica steckte seine Glock ein. Dann öffnete ich vorsichtig die Zimmertür und spähte hinaus. Der Flur war leer.

Wir stiegen die zwei Treppen hinunter zum Fitnessraum. Er enthielt eine Gewichtsbank, mehrere Hometrainer, einen Crosstrainer, eine

Rudermaschine und ein Laufband. Die Wände waren verspiegelt. Mit Ausnahme von uns war niemand da.

Ivica stieg als Erster auf das Laufband, während ich von der verglasten Tür her ausser Sicht an einem der Hometrainer in der Ecke lehnte und Wache hielt. Ivi absolvierte die halbe Stunde wie eine Maschine, im immer gleichen Tempo und fast ohne zu schwitzen. Danach wechselten wir. Ich schwitzte.

Irgendwann gegen Ende meiner Trainingseinheit, als ich mich gerade wieder einmal über das unsägliche Programm auf MTV aufregte, nahm ich aus den Augenwinkeln eine Bewegung beim Eingang wahr. Ich drehte unmerklich den Kopf und sah einen Sekundenbruchteil lang das Gesicht eines Mannes, der durch die Glastür in den Raum spähte. Etwas an ihm kam mir bekannt vor. Während meiner letzten fünf Minuten auf dem Laufband zermarterte ich mir den Kopf darüber, wo ich ihn schon einmal gesehen haben mochte. Am Flughafen? Vor Lucovićs Nachtklub? Oder war es lediglich ein Hotelangestellter?

Ich sprach Ivica darauf an.

«Irgendwas Auffälliges an ihm?», fragte er.

Bingo! Seine Nase! Es war der flundernasige BMW-Fahrer, der uns in der Tiefgarage entgegengekommen war. Was wollte der Kerl hier? Vielleicht war er einfach ein Hotelgast, der auch trainieren wollte? Aber ich glaubte nicht an solche Zufälle, und Ivica ging es gleich. «Okay, holen wir unser Zeugs und verschwinden wir», schlug er vor.

«Und wenn sie dort auf uns warten?»

«Unwahrscheinlich. Aber das Risiko müssen wir eingehen. So können wir nicht reisen. Unsere Pässe sind oben, genauso wie Ribas Waffen und alle deine Notizen.»

Er hatte Recht. Scheisse! Nachdenklich fragte ich: «Denkst du, es sind Lucovićs Leute?»

Er schüttelte energisch den Kopf. «Kaum. Ich kann mir nicht vorstellen, wie sie uns so schnell gefunden haben sollen. Vielleicht sind's die Bullen. Oder ein Hoteldetektiv. Oder der verdammte Hotelfahrer.»

«Möglich.»

«Wann geht unser Flug morgen früh?»

«Zwanzig nach acht.»

«Okay. Also, gehen wir kurz duschen, nehmen wir unser Zeugs und verduften wir. Wir können im Auto pennen.»

Ivica öffnete die Tür, die Hand an der noch in der Trainerjackentasche steckenden Glock. Ich stellte mich hinter ihm auf. Er schaute mich an. Ich nickte, die Schusshand ebenfalls am Griff der Pistole in meinem Kreuz. Dann gingen wir in kurzem Abstand durch die Tür, Ivica voraus, an der rechten Wand den verwinkelten Flur entlang, ich gleich dahinter an der anderen Wand, den Blick rückwärts gerichtet. Auf diese Weise kamen wir ohne Probleme bis zum Aufzug, auch wenn uns das ältere Ehepaar, dem wir auf dem Weg begegneten, ausgesprochen misstrauisch musterte.

Ivica zeigte auf die Tür zum Treppenhaus und raunte: «Okay, geh die Treppen rauf. Wenn du oben bist, komme ich mit dem Aufzug nach. Wenn tatsächlich jemand auf uns wartet, konzentriert er sich wahrscheinlich nur auf eines von beiden.»

«Okay.»

Unsere Walkie-Talkies waren im Zimmer geblieben, und so benutzen wir stattdessen unsere Handys. Ich rief Ivica an und stieg dann mit dem Handy am Ohr rasch, aber vorsichtig die Treppe in den dritten Stock hoch. An die exorbitanten Roaming-Kosten dachte ich lieber nicht. Oben angekommen öffnete ich die Feuertür und spähte hindurch. Der Flur war leer.

«Ivi, die Luft ist rein», sagte ich leise in mein Handy, «du kannst raufkommen.»

«Okay», antwortete er. «Ich lege nun auf, damit wir die Hände frei haben.»

«Gut, bis gleich.»

Ich steckte mein Handy in die linke Tasche meiner Trainerhose und hielt einen Moment lang inne, um nach Schritten oder anderen Geräusche im Treppenhaus zu horchen.

Nichts.

Trotzdem zog ich automatisch die Pistole und hielt sie in der rechten Hand, Zeigefinger gestreckt und ausserhalb des Abzugsbügels, während ich mit der Linken die Feuertür einen Spalt breit offen hielt und den Flur im Auge behielt. Gleichzeitig hoffte ich, dass niemand die Treppen hochkam. Kameras waren keine installiert, auch auf dem Flur nicht.

Etwa zwei Minuten später hörte ich zuerst das *Bling* des ankommenden Aufzugs und kurz danach das *Wusch* der Lifttüren. Ich konnte gedämpfte Stimmen vernehmen, darunter die von Ivica. Dann kam er allein den Flur entlang. Unser Zimmer war das Letzte von acht auf jeder

Seite, von mir aus gesehen ganz am anderen Ende des Korridors, links neben der Feuerleiter.

Scheinbar völlig sorglos marschierte Ivica den Flur entlang. Erstes Zimmer. Ich hielt den Atem an. Zweites Zimmer. Drittes. Mein Herz klopfte, aber es ging alles glatt. Schon war er etwa in der Mitte des Flurs. Immer noch nichts. Nur noch ein paar Schritte.

Ich entspannte mich innerlich, liess die Luft wieder aus den Lungen und atmete ein paarmal tief ein und aus. Es schien alles in Ordnung zu sein.

Fuck! Fuck! Fuck! Urplötzlich verspürte ich einen gewaltigen Adrenalinstoss. Völlig überraschend öffnete sich die drittletzte Tür auf der rechten Seite und der flundernasige Kerl von vorhin kam herausgeschlichen. Er war relativ klein, aber gebaut wie King Kong, hatte fast keine Haare mehr auf dem Kopf und trug Jeans, schwarze Turnschuhe und eine schwarze Lederjacke. Vor allem aber hielt er in der linken Hand eine kurze Pistole mit einem ungewöhnlich dicken Lauf. Er hob die Schusshand auf Brusthöhe und zielte einhändig auf Ivica.

Das alles nahm ich wie in Zeitlupe war. Ich erschrak fürchterlich und erstarrte für eine Zehntelsekunde, bevor ich reagierte. Dann übernahm das jahrelange Training das Kommando. Mit der Schulter rammte ich kräftig die Tür auf und stiess gleichzeitig einen lauten Warnruf aus, dann machte ich einen schnellen Schritt vorwärts und ging sofort in Schiesstellung.

Ivicas Reflexe waren gut. Ohne zu zögern warf er sich zu Boden und zog noch im Fallen seine Glock. Dabei knallte sein Schädel allerdings unglücklich an den Rahmen unserer Zimmertür, und so blieb er einen Moment lang benommen liegen.

Mein Warnruf rette ihn. Kaum hatte der Gorilla mich gehört, machte er blitzschnell und ohne einen Schuss auf Ivica abzugeben einen Schritt zur Seite, drehte sich um, so rasch es seine Körpermasse zuliess, und schwang die Pistolenhand in meine Richtung.

Ich stand an der rechten Wand bei der Feuertür. Der Angreifer war etwa zehn Meter von mir entfernt, in der Flurmitte. Ivica lag nochmals fünf Meter weiter vorne links an der Wand. Wenn ich jetzt daneben schoss oder die Kugeln durch den kleinen Kerl hindurch gingen, dann war die Chance gross, dass ich auch Ivica traf. Ich musste den Winkel verändern, entweder horizontal oder vertikal. Seitwärts war jetzt zu langsam, und ausserdem waren die Zwischenwände in diesen Hotels meist recht dünn, im Gegensatz zu den Böden, und ich wollte nicht aus Versehen einen Unbeteiligten erschiessen. Also runter!

Ich hatte solche Situationen tausendfach geübt in den letzten zehn Jahren, und das zahlte sich jetzt aus. Instinktiv ging ich in die Knie, spannte dabei den Schlaghammer, nahm automatisch eine stabile Schussposition ein, legte den Zeigefinger meiner Schusshand an den Abzug, zentrierte das Korn auf dem Umriss des Körpers vor mir und feuerte, alles in einer einzigen, fliessenden Bewegung.

Mein erster Schuss traf ihn links unterhalb des Brustbeins, der zweite in die rechte Schulter. Die dritte Kugel verpasste ihr Ziel, weil sich der Kerl nach den beiden Treffern halb um seine eigene Achse gedreht hatte. Trotzdem zeigte seine Waffe immer noch in meine Richtung. Ich atmete halb aus, hielt die Luft an, zielte sorgfältig über Kimme und Korn und verspritzte sein Gehirn auf der gegenüberliegenden Wand. Er war auf der Stelle tot. Sein massiger Körper knallte seitwärts gegen die Wand, dann sackte er in sich zusammen und schlug hart auf dem Boden auf.

Ich senkte die Schusshand etwas und scannte den Korridor, die Waffe immer in Blickrichtung. Von links nach rechts, zurück nach links und wieder nach rechts. Ich war überzeugt, dass es noch mindestens einen zweiten Angreifer geben musste. Solche Kerle operierten nie allein.

Rasch stand ich auf, richtete die Waffe auf die offene Zimmertür, aus welcher der Gorilla Sekunden zuvor gekommen war, und ging kontrolliert an ihr vorbei. Niemand! Sobald ich sie passierte hatte, drehte ich mich um und nahm erneut die Kontaktstellung ein: Waffe entsichert und leicht gesenkt, Schlaghammer gespannt. Automatisch scannte ich wiederum den Bereich vor mir. Erst dann warf ich einen Blick zurück über die Schulter.

Ivica schien sich mittlerweile gefangen zu haben, lag aber immer noch am Boden. Als er meinen Blick bemerkte, hielt er sich den Zeigefinger an die Lippen. Dann kroch er ein, zwei Meter in meine Richtung, rappelte sich auf und nahm seine Waffe in Anschlag, Front Richtung Feuerleiter.

Mit dieser Deckung im Rücken konzentrierte ich mich wieder auf den Bereich vor mir. Plötzlich vernahm ich hinter mir ein dreifaches kurzes Klopfen, gefolgt von Ivicas Stimme, die halblaut etwas zischte.

Dann hörte ich ein seltsames hölzernes Kratzen. Da ich mit dem Rücken zu Ivica stand, konnte ich nicht sehen, was da vor sich ging, aber ich erkannte das Geräusch und seine Quelle: Das beichtstuhlartige Schiebefenster an der Tür unseres Zimmers wurde zur Seite geschoben. Gleich darauf fielen zwei Schüsse, dann noch zwei, gefolgt vom dumpfen Geräusch eines auf den Boden aufschlagenden Körpers. Reflexartig drehte ich den Kopf kurz nach hinten und sah, dass Ivica zuerst zweimal durch die Tür gefeuert und dann die Pistole durch das Schiebefenster gesteckt und nochmals zweimal geschossen hatte. Der Lärm im engen, tunnelartigen Flur war absolut ohrenbetäubend gewesen, und es bestand keinerlei Chance, dass die Schüsse überhört worden waren. Trotzdem gingen nirgendwo Türen auf und niemand schrie nach der Polizei. In dieser Stadt wussten es alle besser, sogar die Touristen.

Ich warf einen Blick auf die Leiche des ersten Attentäters, die in einer grotesken Verrenkung in der Mitte des Flurs am Boden lag. Der Inhalt von Darm und Blase hatte sich auf den Boden ergossen und mit seinem Blut zu einem unappetitlichen, stinkenden Mix vermischt. Seine Waffe lag neben der Leiche. Es war eine schallgedämpfte russische PSS mit sechs Schuss. Der gleiche Typ, wie ihn Riba im Kofferraum hatte. Ich warf Ivica einen fragenden Blick zu. Zufall?

Wir sprachen kein Wort. Es war uns beiden klar, dass die Zeit gegen uns arbeitete. Das ganze Hotel war viel zu ruhig dafür, dass gerade geschossen worden war.

Ivica zeigte auf eine offene Zimmertür etwas weiter vorne. Ich nickte und ging rasch, aber kontrolliert darauf zu, die Waffe im Anschlag. Während Ivica den Korridor sicherte, überprüfte ich hastig den Raum. Er war leer. Sofort machte ich auf dem Absatz kehrt und ging zur Tür zurück. Bevor ich auf den Flur hinaustrat, zischte ich halblaut: «Ivi, ich komme jetzt raus!»

«Okay!», kam die ebenso gedämpfte Antwort. Mittlerweile war vielleicht eine halbe Minute seit den Schüssen vergangen.

Wir stellten uns vor unserem eigenen Zimmer auf. Ich warf Ivica einen fragenden Blick zu. Er nickte. Ich schloss auf, drückte gleichzeitig die Klinke hinunter und gab der Tür einen kräftigen Stoss. Sie schwang vielleicht einen halben Meter auf, bevor sie auf irgendein Hindernis stiess. Ich liess mich auf die Knie fallen und riskierte auf Bodenhöhe einen Blick ins Zimmer. Gleich hinter der Tür lag eine

Leiche, von der ich aber nur den Kopf sehen konnte. Trotzdem hatte ich keinerlei Zweifel, dass der Kerl tot war. Sein halber Unterkiefer fehlte.

Ich sprang auf. Wie immer nach Phasen intensiven Stresses zitterten meine Beine.

«Und was jetzt?», raunte Ivica.

Das war für mich sonnenklar. «Wir warten auf die Polizei!»

Er schaute mich entgeistert an. «Was? Nein! Auf keinen Fall!»

«Ivi», begann ich, «das können wir nicht vertuschen...» Dann fiel mir ein, dass jetzt wohl nicht der beste Zeitpunkt für Diskussionen war und ich verstummte.

Ivica interpretierte meinen Gesichtsausdruck korrekt und erwiderte: «Van Gogh, das hier ist nicht Zürich. Wir wissen nicht, ob die anrückenden Bullen vom *Voždovac*-Clan bezahlt werden. Und sogar wenn nicht: Die Chance ist gross, dass wir die Untersuchungshaft nicht überleben.»

Ich atmete tief durch. «Okay, und was machen wir dann?»

«Wir tarnen die Sauerei notdürftig und hauen ab.»

«Okay! Aber wenn sie unsere Beschreibung rausgeben, können wir morgen nicht abfliegen.»

«Scheisse, du hast Recht. Was machen wir? Riba anrufen?»

«Hast Du bemerkt, dass er Kerl da draussen eine PSS mit Schalldämpfer dabei hatte? Denkst Du, Riba...» Ich liess den Rest unausgesprochen.

Ivica schüttelte energisch den Kopf. «Nein, auf keinen Fall. Die Dinger schwirren hier massenhaft rum. Das hat überhaupt nichts zu bedeuten.»

«Aber wenn Riba...»

«Schau», unterbrach er mich, «wir haben keine andere Chance. Entweder wir gehen das Risiko ein oder wir können gleich einpacken.»

Das war ein Argument. «Na schön», sagte ich daher, «dann stopfe ich den Kerl hier in den Schrank und rufe Riba an. Du kümmerst dich um die Sauerei im Flur.»

«Und wie?»

«Lass dir was einfallen. Los jetzt!»

Ich bückte mich und packte die massige Leiche unter den Armen. Der Kerl war verdammt schwer. Als ich seinen Oberkörper hochhievte, floss plötzlich eine grosse Menge Blut auf den Boden, das sich in seiner

Lederjacke angesammelt haben musste. Auch meine Schuhe kriegten ihren Teil ab. Verdammter Mist!

Aus den Augenwinkeln sah ich, wie Ivica zur Minibar ging, und wunderte mich ziemlich darüber. Aber wir hatten keine Zeit für Fragen. Ich schleifte die Leiche mühsam zum Wandschrank und stopfte sie hinein. Danach holte ich alle Handtücher aus dem Badezimmer, die ich finden konnte, und breitete sie auf dem Boden aus, um die Blutlache aufzusaugen und zu überdecken. Es waren drei Lagen nötig.

Draussen auf dem Flur erklang das Klirren von zerbrechendem Glas, gefolgt vom unmissverständlichen Würgen einer kotzenden Person. Ich warf einen neugierigen Blick aus dem Zimmer und stellte fest, dass die Leiche des kleinen Gorillas verschwunden war. Der Fleck am Boden sah nun aus wie das besonders widerliche Erbrochene eines Betrunkenen, worauf auch der Weingeruch und die leeren Weinfläschchen am Boden hinwiesen. Hirnmasse und Blut an der Wand waren notdürftig abgewischt und mit Tomatensaft übergossen worden. Am Boden lagen Glassplitter. Die ganze Szene sah scheusslich aus, aber nicht mehr auf den ersten Blick wie das Ergebnis einer Schiesserei. Jetzt blieb nur noch das winzige Problemchen, dass wahrscheinlich das ganze Hotel die Schüsse gehört hatte. Mir fiel auf, dass immer noch keine Sirenen zu vernehmen waren.

In diesem Moment kam Ivica aus dem Zimmer des Gorillas. Er schloss die Tür hinter sich und rannte zu mir herüber. «Okay», keuchte er, «verduften wir.»

Zum Glück hatten wir gleich nach unserer Rückkehr alles gepackt. Mit unseren Taschen über den Schultern und den Händen an den Pistolen unter unseren Jacken verliessen wir vorsichtig das Zimmer. Ivica verschloss die Tür und brach den Schlüssel mit einem kräftigen Ruck im Schloss ab. Dann gingen wir rasch, aber ohne zu rennen den Flur entlang zur Feuertreppe. Wir eilten die fünf Stockwerke bis zur Tiefgarage hinunter, sprangen in unseren Wagen und fuhren zügig aus der Tiefgarage hinaus in den dichten Nachtverkehr. Eine halbe Minute später rasten drei Streifenwagen mit heulenden Sirenen in entgegengesetzter Richtung an uns vorbei.

«Riba», ermahnte mich Ivica, der am Steuer sass. Er schien die Ruhe selbst zu sein. Genau, Riba! Vor meinem geistigen Auge erschien ein Bild von Ribas Kofferraum voller Waffen. Dann wurde es durch eines der PSS neben der Leiche des Attentäters ersetzt. Ich war immer noch skeptisch. Aber Ivica hatte Recht, wir hatten keine Wahl. Ich fischte mein Handy heraus, dann suchte ich hastig Ribas SMS hervor und rief die dazugehörige Nummer an. Nach dem siebten Klingeln knackte es in der Leitung und ich hörte seine Stimme: «*Da?*»

«Riba?»

Nach einem kurzen Moment knurrte er auf Deutsch: «Wart ihr das in Banovo Brdo?»

Ich erklärte ihm in wenigen Worten, was geschehen war.

«Okay», fragte er, «wo seid ihr jetzt?»

Obwohl wir seine Hilfe brauchten, zögerte ich. «Ich…»

«Vergiss es», unterbrach er mich, «das ist im Moment unwichtig. Aber wir müssen die Situation in den Griff kriegen, sonst könnt ihr nicht ausreisen.» Im Hintergrund läutete ein Telefon. Riba sagte: «Bleib dran!» Dann raschelte es im Hörer und ich vernahm nur gedämpfte Stimmen. Nach einer knappen Minute war er zurück und sagte bestimmt: «Okay, ich kümmere mich darum. Stell sicher, dass ich euch jederzeit anrufen kann. Ich melde mich.»

Im Hörer machte es *Klick*. Ich starrte das Telefon an.

«Schlechte Neuigkeiten?», fragte Ivica.

«Nein», antwortete ich zögerlich, «ich glaube nicht. Er hat gesagt, er kümmere sich darum.»

Ivica nickte, ohne die Augen von der Strasse zu nehmen. «Wollen wir's hoffen.»

Zum Glück hatte ich den Stadtplan gut studiert, so dass ich wusste, wo wir waren und wohin wir mussten. Mittlerweile hatten wir den betonstrotzenden Verkehrsknotenpunkt *Mostarska petlja* mit seinen vielen geschwungenen Zufahrtsrampen erreicht und fuhren in einer langen Linkskurve auf die E75 hinauf. Kurz darauf sahen wir vor uns die *Gazela*-Brücke, die während der NATO-Bombenkampagne 1999 wegen der darauf abgehaltenen Grossdemonstrationen internationale Berühmtheit erlangt hatte. Die Strassenbeleuchtung warf ein fahles Licht auf die sechs Spuren darauf.

Ich schaute zum Fenster hinaus. Vor uns schimmerten die Lichter von Novi Beograd. Etwas weiter links konnte ich die kreuzgitterförmige Stahlkonstruktion der alten Eisenbahnbrücke über die Save ausmachen, deren dunkle Fluten verheissungsvoll unter uns schimmerten. Der Nachtverkehr war zähflüssig, und kurz vor dem markanten *Genex*-Turm, dem sogenannten Westtor Neu-Belgrads mit seinen beiden unterschiedlich hohen Betontürmen und dem drehbaren Restaurant zuoberst, kamen wir ganz zum Stehen.

«Was machen wir, bis Riba zurückruft?», fragte Ivica, sichtlich genervt wegen des Staus.

«Ich weiss nicht... irgendwo untertauchen, würde ich vorschlagen.»

«Wie wär's, wenn wir den Wagen zurückbringen und auf dem Flughafen übernachten?»

Ich überlegte kurz, bevor ich antwortete. «Nein, damit schränken wir unsere Handlungsfreiheit zu stark ein. Warten wir, bis wir von Riba hören.»

«Und wo?»

«Die alte Fabrik kommt auf jeden Fall nicht in Frage.»

Ivi nickte zustimmend. Zu viele Leute wussten mittlerweile Bescheid, und einer davon hatte wohl gerade versucht, uns umzubringen.

«Na schön», fuhr ich fort, «dann machen wir's so: Wir fahren zum Flughafen raus und suchen uns dann in der Nähe was, wo wir uns bis morgen früh verstecken können. Okay?»

«Okay.»

Im Schritttempo quälten wir uns die nächste halbe Stunde Meter für Meter Richtung Stadtgrenze, bis sich der Stau irgendwann auflöste. Während der Fahrt starrte ich schweigend vor mich hin und brütete über den Ereignissen der letzten Tage. Begićs Geschichte, die Sache mit Lucović, die Schiesserei im Hotel, unsere Flucht durch die dunkle, fremde Stadt, die Ungewissheit, ob uns ein Kerl, von dem wir nicht das Geringste wussten, aus der Patsche helfen konnte: Alles kam mir plötzlich irgendwie unwirklich vor.

Irgendwann unterbrach Ivica meine Grüblereien. «Schau mal, was hältst du davon?»

Ich blickte auf. Vor uns kam eine Ausfahrt. Links und rechts entlang der Strasse erstreckte sich ein kleines Waldstück. Im Rückspiegel sah ich eine ganz in Rot und Weiss gehaltene Tankstelle, an der wir gerade vorbeigefahren waren. Über uns konnte ich Fluglärm hören. Wir mussten in der Nähe des Flughafens sein.

«Sicher», antwortete ich müde, «wieso nicht?»

Wir nahmen die Ausfahrt Richtung Süden und kamen nach ein paar hundert Metern zu einem Einkaufscenter. Dort bogen wir rechts ab und folgten der kleinen Seitenstrasse und danach dem Feldweg, in den sie sich abrupt verwandelte, bis zu einem dichten Waldstück, wo wir schliesslich wendeten und im Schutz der Bäume parkierten.

Ivica schaltete den Motor aus und fragte: «Und was nun?»

«Nun warten wir.»

«Und worauf?»

«Darauf, dass uns Riba anruft. Oder dass es Zeit zum Einchecken wird, was immer zuerst kommt.»

«Hast Du überhaupt Empfang hier?»

Ich warf einen prüfenden Blick auf mein Handy. «Ja.»

«Okay. Willst du die erste oder zweite Wache?»

Ich war unterdessen wieder hellwach und antwortete: «Die erste Wache ist okay.»

«Wie du meinst.» Er legte den Sitz nach hinten, lehnte sich zurück und schloss die Augen. Gleich darauf begann er zu schnarchen.

Für mich dagegen verstrichen die Minuten quälend langsam. Geduld war noch nie meine Stärke gewesen, und gepaart mit der Ungewissheit nagte die Warterei an meinen Nerven wie ein Marder an einem Bremsschlauch. Gegen zwei Uhr morgens weckte ich Ivica und liess mich ablösen. Der Schlaf leistete hartnäckigen Widerstand, aber schliesslich döste ich doch noch ein. Natürlich weckte mich kurz darauf das Klingeln meines Handys, getreu nach Murphys Gesetz. Es war Riba.

Ich drückte auf den Knopf und wartete.

«Ich bin's», hörte ich Ribas sonore Stimme ziemlich unnötig sagen. «Ich habe ein paar Neuigkeiten.»

Energisch schüttelte ich zwei, drei Mal den Kopf, um wach zu werden, bevor ich fragte: «Okay, und was?»

«Die zwei Kerle im Hotel gehörten tatsächlich zum *Voždovac*-Clan.»

«Aber wie zum Teufel haben die uns so schnell gefunden?»

«Das war nicht so schwer. Dein Freund ist anscheinend beim Besuch in Lucovićs Klub gefilmt worden. Danach hat er ein Standbild davon rumzeigen lassen. Wahrscheinlich schon vor eurem kleinen *Tête-à-tête* in der Giesserei draussen.»

Erstaunt fragte ich: «Woher weisst du davon?»

Er lachte humorlos. «Die Kerle, die ihr eingesperrt habt, wollten sich den Weg freischiessen. Dabei wurden zwei von Querschlägern verwundet, worauf sie die Ambulanz gerufen haben. Die Klinik hat uns dann informiert. Für mich war sofort klar, dass ihr das gewesen sein müsst.»

«Und was ist nun mit der Sache im Hotel?»

«Rate mal, welcher Bulle sich damit rumschlagen darf?»

«Du?»

«Genau, ich.»

«Und wie das?»

«Ich hab meine Beziehungen spielen lassen. Zum Glück habt ihr mich sofort angerufen.»

«Okay, das ist schon mal gut. Und was jetzt?»

«Na ja, für uns hier scheint der Fall ziemlich klar zu sein: Die Toten gehören zu einer notorischen Gangsterbande aus *Voždovac*. Da liegt die Vermutung nahe, dass die Schiesserei mit dem organisierten Verbrechen zu tun hat. Das Zimmer, in dem wir eine der beiden Leichen gefunden haben, gehörte einem Kroaten. Wo der ist, wissen wir auch noch nicht, aber wir haben einen glaubhaften Tipp erhalten, dass der Name Sanader, unter dem er sich eingeschrieben hat, falsch ist. Eigentlich heisst er Nemec. Unter diesem Namen werden wir ihn zur Fahndung ausschreiben. Eventuell gehört er zu einem rivalisierenden Clan, aber auch das können wir noch nicht mit Sicherheit sagen. Eine genaue Beschreibung existiert nicht, da verschiedene Zeugen ihn sehr unterschiedlich beschreiben. Er ist kaum im Hotel gesehen worden. Ob er Komplizen hatte, wissen wir zu diesem Zeitpunkt nicht. Fingerabdrücke haben wir massenhaft gefunden, aber welche zu Nemec gehören, wissen wir nicht. Falls überhaupt welche.»

«Saubere Polizeiarbeit», meinte ich ironisch.

«Nicht wahr?» Er lachte erneut sein trockenes Lachen. «Um welche Zeit geht euer Flieger?»

«Kurz vor neun.»

«Okay. Ich kann aus deinem Freund keine Frau machen, aber ich werde schauen, dass unsere Personenbeschreibung ihm so wenig ähnlich sieht wie möglich. Wahrscheinlich wird die Fahndung sowieso erst irgendwann morgen Nachmittag rausgehen. Die Mühlen der Gerechtigkeit mahlen nun mal langsam.»

«Für einmal stört mich das wirklich nicht. Apropos: Was ist eigentlich mit dem ‹Werkzeug›, dass du uns geliehen hast?»

«Im Wagen könnt ihr's nicht lassen. Deponiert's irgendwo und schickt mir eine genaue Beschreibung des Standorts.»

«Ist gut. Schwebt dir gerade was vor?»

«Wo seid ihr jetzt?»

Ich schwieg. Er wartete. Ich schwieg weiter. Schliesslich meinte er gereizt: «Vertraut ihr mir immer noch nicht? Wenn ich euch reinlegen wollte, könnte ich mir das ganze Theater sparen und euch einfach am Flughafen hops nehmen lassen.»

Das stimmte natürlich. Beschwichtigend antwortete ich: «Hey, das ist nicht persönlich gemeint. Aber wir wissen es selbst nicht so genau.»

«Na schön.» Ich konnte ihn richtiggehend denken hören. «Also, spätestens morgen früh müsst ihr ja zum Flughafen. Ganz in der Nähe ist der Bezanija-Friedhof. Auf der Karte besteht er aus lauter konzentrischen Kreisen. Ein wenig wie Kornkreise. Ihr werdet ihn sofort erkennen. Auf der E70 bei der Verzweigung Richtung Ostružnica raus Richtung Süden.»

«Okay. Und dann?»

«Wenn ihr dort seid, sucht ihr ein geeignetes Versteck, verpackt die Waffen in irgendwas und lasst mich dann wissen, wo genau sie sind.»

«Und die Munition?»

«Entsorgen. Auf keinen Fall mit den Waffen verstecken. Für den Fall, dass ein paar Kinder schneller sind als ich.»

«Gut. Alles klar, aber...» Ich war immer noch skeptisch. «Hör mal, kannst du uns deine Kollegen wirklich vom Hals halten?»

«Ich denke schon. Ich werde mein Bestes tun. Die Zeitverhältnisse sind auf eurer Seite.»

«Und wenn sie rausfinden, wer wir wirklich sind und uns international zur Fahndung ausschreiben?»

«Das wird nicht passieren. Ich habe dir ja meine Theorie über den Tathergang bereits erzählt. So wird es in meinen Bericht kommen. Es ist eine rein interne Belgrader Angelegenheit. Ich würde mich nicht wundern, wenn auch der noch unbekannte Kroate sich als Belgrader Gangster herausstellen würde.»

«Okay.» Ich atmete tief ein und sagte ernst: «Ich weiss nicht, wie wir dir danken sollen.»

«Das müsst ihr nicht. Wie gesagt, ich mache das nicht für euch, sondern für unseren gemeinsamen Freund in Bern.»

«Ja, das hast du schon gesagt. Trotzdem danke. Wenn wir je etwas für dich tun können... Egal was...»

«Ich weiss. Guten Flug. Ich halte euch auf dem Laufenden.»

«Alles Gute, *Fisch*.»

Ich hörte ihn lachen, bevor er auflegte.

Mittlerweile war es kurz vor drei Uhr morgens. Neben mir schnarchte Ivica bereits wieder. Ich boxte ihn in die Rippen, so dass er aufschreckte, und klärte ihn über den Stand der Dinge auf. Wir beschlossen, die Sache gleich hinter uns zu bringen.

Eine halbe Stunde später waren wir zurück in unserem belaubten Versteck. Die Waffen hatten wir in einem kleinen Mausoleum auf dem Friedhof deponiert. Ich informierte Riba per SMS darüber und gönnte mir dann endlich noch ein wenig Schlaf, während Ivica Wache hielt. Drei Stunden später weckte er mich. «Guten Morgen, Schlafmütze!», grinste er. «Zeit, nach Hause zu gehen!»

KAPITEL 34

Unsere Rückreise verlief völlig ereignislos. Kurz vor sieben Uhr morgens brachten wir unseren Mietwagen zurück, checkten ein und passierten ohne Probleme die Sicherheitskontrollen. Riba hatte Wort gehalten. Das Boarding begann pünktlich, und mit lediglich zehn Minuten Verspätung hoben wir um halb neun Richtung Wien ab. Auch in der österreichischen Hauptstadt ging alles glatt. Ein Bus brachte uns vom Flughafen zum Westbahnhof, wo wir sicherheitshalber zwei Tickets nach Bern statt nach Zürich kauften und dann bei Einspänner und Kaiserschmarrn auf unseren Zug warteten. Um Punkt elf Uhr zweiundvierzig verliessen wir Wien schliesslich Richtung Schweiz.

Die Fahrt war so langweilig wie lange. Wir sprachen nicht viel und schliefen abwechslungsweise. Meine Wachzeiten nutzte ich, um meine Notizen über den Fall zu organisieren und auf Vordermann zu bringen. Abends um zwanzig nach acht, knappe achteinhalb Stunden nach unserer Abfahrt in Wien und eineinhalb Stunden nach dem Umsteigen in Feldkirch, fuhren wir in den Zürcher Hauptbahnhof ein. Home, sweet home!

Ivica machte den Vorschlag, mit ein paar Bier den Staub der Reise aus der Kehle zu spülen, bevor wir nach Hause gingen. Und tatsächlich hätte ich nach den Ereignissen der letzten Tage ein gutes Besäufnis vertragen können. Aber der Gedanke an Fiona hielt mich davon ab. Ich vermisste sie.

Am nächsten Morgen erwachte ich bereits um fünf Uhr. Ich hatte von den Ereignissen in der Ziegelfabrik geträumt. Nur, dass diesmal ich hilflos am Haken hing und von dem plattnasigen Gorilla aus dem Hotel und einem grinsenden Lucović gefoltert wurde. Mitten im Traum war aus der alten Fabrik plötzlich ein Munitionsstollen geworden. Als ich bereits den beissenden Geruch von versengten Schamhaaren in der Nase spürte, wachte ich schweissgebadet auf.

Fiona küsste mich wortlos und kuschelte sich an mich, aber ich konnte nicht wieder einschlafen und stand bald darauf auf. Als sie eine Stunde später in die Küche kam, sass ich bei einer Tasse kalten Kaffee am kleinen Küchentisch und grübelte.

«Guten Morgen, mein Bär», sagte sie verschlafen.

«Morgen», brummte ich kurz angebunden.

Sie liess sich davon nicht beirren und stellte die zeitlose Frage der Frauen: «Woran denkst du?»

«Was ich als Nächstes machen soll.»

«Wie meinst du das?»

«Ich weiss jetzt… nein, ich *denke*, ich weiss jetzt, was passiert ist. Das Motiv ist immer noch etwas neblig, aber ich habe da eine Vermutung. Die Frage ist jetzt, wie ich es beweisen kann.»

«Irgendwas wird dir sicher einfallen», sagte sie loyal.

«Wollen wir's hoffen.»

Nach einer Dusche zu zweit, die zu einer erheblichen Verzögerung in meinem geplanten Tagesablauf führte, zog ich mich an und machte mich auf den Weg zum Büro. Dort kam ich nach einem kurzen Boxenstopp beim Bäcker mit einer Papiertüte voller Croissants kurz vor halb acht an. Mina war noch nicht da.

Als Erstes rief ich meinen Zahnarzt an. Die Praxisgehilfin freute sich fast noch mehr als ich, dass sie die Dreiviertelstunde «morgen um neun Uhr dreissig», die gerade wegen der Absage eines Patienten frei geworden war, wieder füllen konnte.

Als nächstes rief ich Steiner an, nur um zu erfahren, dass er vor Donnerstag keine Zeit für ein Meeting hatte, auch nicht für ein kurzes. Offensichtlich war viel los im Kanton Zürich.

Den Rest des Tages verbrachte ich damit, den Papierkrieg nicht komplett zu verlieren. Ich zahlte die wichtigsten Rechnungen und beantwortete ein paar Emails und zwei Briefe, bevor ich damit begann, mich durch mein Notizbuch und mein Gedächtnis zu kämpfen. Mein Ziel war eine saubere schriftliche Zusammenfassung meines aktuellen Wissensstandes über den Hasanović-Fall, aber ich kam nur schleppend voran.

Gegen Mittag liess sich Mina endlich blicken und erlöste mich temporär, aber nach einer Pizza in unserem Stammlokal bei der Schmiede Wiedikon zwang ich mich unter Aufbietung meiner ganzen Willenskraft, weiter zu arbeiten.

Um Viertel nach vier rief mich Ivica an und liess mich wissen, dass er einen Klienten in den Maghreb begleiten müsse und ein paar Tage weg sein werde. Ich fragte nicht, was für eine Art Klient das war.

Um halb fünf erhielt ich dann selber den Anruf eines potentiellen Klienten. Eine Bank wollte, dass ich eines ihrer Kadermitglieder observierte, Grund vertraulich. Da der Hasanović-Fall immer noch meine ganze Aufmerksamkeit beanspruchte, lehnte ich dankend ab. Wahrscheinlich war das nicht besonders klug, aber ich wollte mich jetzt nicht ablenken lassen.

Um sieben hatte ich die Schnauze voll und ging nach Hause, wo mich Guinness schon ungeduldig erwartete. Obwohl ich genau wusste, wie ihn meine Nachbarin während meiner Abwesenheit verwöhnt hatte, schien mein Kater kurz vor dem Verhungern zu sein. Dann setzte ich mich mit einem Bier vor den Fernseher und schlief bald darauf ein.

Mit einem steifen Nacken und einem schmerzenden Rücken erwachte ich kurz nach sechs Uhr morgens wieder. Entsprechend war ich bereits zum zweiten Mal nacheinander vor sieben im Büro. Um neun putze ich mir zweimal die Zähne und machte mich dann auf den unumgänglichen Weg zum Zahnarzt. Lieber hätte ich mich mit tausend Belgrader Gangstern duelliert. Eine Stunde später kam ich mit tauben Lippen und einem Backenzahn weniger wieder heraus. Ich betastete mit der Zunge das weiche, schlabbrige Gewebe in der Zahnlücke und schauderte. Dann fuhr ich direkt nach Hause, holte mein Auto und machte mich auf den Weg, um Niamh von der Schule abzuholen.

Nach einem angenehm ruhigen Nachmittag, an dem sie hauptsächlich mit ihren Hausaufgaben beschäftigt gewesen war, brachte ich meine Tochter zurück zu ihrer Mutter. Diesmal verschwand ich nicht wie üblich schnellstmöglich, sondern wartete auf Claudia. Ich musste etwas mit ihr besprechen, und ich wusste jetzt schon, dass es ihr nicht gefallen würde. Erstaunlicherweise war sie aber in einer ungewöhnlich versöhnlichen Stimmung und stimmte sogar ohne Weiteres zu, als Niamh fragte, ob ich nicht zum Abendessen bleiben könne. Nach dem Essen anerbot sich Niamh, das Geschirr abzuräumen. Kaum war sie in der Küche verschwunden, ertönte daraus auch schon laute Popmusik.

Claudia beugte sich vor und raunte: «Also, raus damit.»

«Was meinst du?»

«Irgendwas ist los. Du hast schon den ganzen Abend diesen schuldbewussten Ausdruck auf dem Gesicht.»

Verdammt! Auch Jahre nach der Scheidung konnte sie noch in mir lesen wie in einem Buch.

«Ich möchte, dass du Niamh nimmst und für eine Woche oder zwei zu Deiner Mutter fährst.» Claudias Mutter war in dritter Ehe mit einem deutschen Hotelier verheiratet und wohnte im nördlichen Schwarzwald.

Mein Anliegen passte meiner Ex-Frau überhaupt nicht. «Spinnst du? Niamh hat ja gar keine Ferien! Und ich hab andere Pläne! Wieso überhaupt?»

Ich erzählte ihr in groben Zügen, worum es ging. Der Gedanke, eine Woche mit ihrer Mutter zu verbringen, schien sie mehr zu schrecken als ein paar Glatzköpfe, die zu Besuch kamen, aber mein Argument, dass auch Niamh in Gefahr sein konnte, überzeugte sie schliesslich. Sie seufzte resigniert und schnaubte: «Du weisst schon, dass ich dir das nie verzeihen werde, oder?»

Ja, das wusste ich. Aber es war mir ziemlich egal. Niamhs Sicherheit war alles, was für mich zählte.

Sie schnaubte noch einmal. «Und *wann* sollen wir gehen?»

Je rascher, desto besser. «Am besten sofort.»

«Was, heute *Abend*? Das kommt nicht in Frage. Ich muss sie zuerst anrufen und fragen, ob's für sie überhaupt passt.»

«Sie ist deine Mutter. Es hat für sie zu passen.»

«Trotzdem. Heute geht nicht mehr. Ich muss auch noch packen, und Niamhs Sachen zusammenklauben und...»

Ich hielt beschwichtigend die Hand auf und unterbrach sie: «Okay, okay. Aber dann fang gleich damit an. Und lass mich heute Nacht wenigstens hier übernachten. Morgen früh fahr ich euch dann hin.»

Sie nahm mich beim Wort. Zwei Minuten später hatte sie ihre Mutter am Telefon, der es nicht nur passte, sondern die sich sogar darauf freute. Dann ging sie packen.

Ich half Niamh derweil in der Küche. Danach sassen wir noch eine Weile im Wohnzimmer und sprachen über Gott und die Welt. Ich erfuhr das Neuste über ihre Freunde und Klassenkameraden: Wer mit wem ging, wer wen schon geküsst hatte, wer ein Blödmann war und wer nicht, welches das beliebteste Mädchen und welches der hübscheste Junge war. Wenn ich sie so reden hörte, sah ich schwarz. Bald würde ich der Fiesling sein, der alle ihre Möchtegern-Freunde vergraulte.

Der Rest des Abends verlief wie der Beginn ungewohnt friedlich. Nach einem gemeinsamen Fernsehabend ging Niamh gegen halb zehn ins Bett, und wenig später zog sich auch Claudia zurück. Als die Damen weg waren, kontrollierte ich, dass alle Türen und Fenster verschlossen und alle Jalousien heruntergelassen waren. Anschliessend überprüfte ich meine Beretta und legte sie in Reichweite unter ein dickes orientalisches Kissen auf dem lächerlich teuren und äusserst unkomfortablen Ledersofa im Wohnzimmer, auf dem ich es mir anschliessend so bequem wie möglich machte. Ich wälzte mich noch eine Weile hin und her und schlief schliesslich ein.

Nach einem kurzen Frühstück fuhren wir am nächsten Morgen kurz vor halb acht Uhr los. Die Fahrt verlief ereignislos. Niemand folgte uns und niemand interessierte sich für uns. Ich lieferte die beiden ab und machte mich nach einer Tasse Kaffee gleich wieder auf den Rückweg. Bereits kurz nach elf war ich zurück in Zürich.

«Also», dachte Steiner laut nach, «es scheint, dass es eine Verbindung zwischen diesen Belgrader Gangstern und einer Gruppe Glatzköpfe hier in der Schweiz gibt.»

Wir hatten uns zum Mittagessen in einer Pizzeria getroffen und waren jetzt in Steiners Wagen unterwegs nach Glattbrugg, wo er etwas zu erledigen hatte.

«Genau.» Ich nuschelte, weil ich auf einem Stück Trockenfleisch herumnagte.

«Aber wir *wissen* nicht, ob es sich um *deine* Glatzkopfschwadron handelt.»

«Richtig.»

«Und wir haben die Aussage eines Zeugen, der behauptet, dass dieser Kerl…» Er machte mit der Hand eine Komm-schon-Bewegung.

«Luka Princip», sagte ich.

«…*Princip* kurz vor dem Tod von Mujo Hasanović hier in Zürich war. Allerdings war er zum Zeitpunkt des Mordes nachweislich wieder zurück in Belgrad, und ausserdem ist die Aussage dieses namenlosen Zeugen vor Gericht weder verwertbar noch wird er aussagen. Soweit alles richtig?»

«Absolut.»

«Wunderprächtig», knurrte er, «und was willst du nun machen?»

«Gleich. Eine Frage zuerst: Hat sich in Sachen Pariser Mordfall was getan?»

«Du meinst den Buchhalter, der in der Seine versenkt wurde?»

«Ja, genau. Der, von dem du mir erzählt hast, als ich in Wien war.»

«Okay. Ja, die Pariser haben ein paar Typen verhaftet, soweit ich weiss. Alles Albaner, wie vermutet. Ich meine aus Albanien, keine Kosovaren.»

«Okay, aber konntest du rausfinden, wie viel Geld in seinem Mund war?»

«Ach so, ja. Fünftausend Euro.»

«Bist du sicher?»

«So sicher, wie ich sein kann. Es war im offiziellen Bericht der Pariser Polizei. Ich habe ihn via Interpol aufgetrieben.»

«Okay. Und bei ähnlichen Morden waren auch immer Geldsummen von mehreren tausend Euro im Spiel, nicht?»

«Soweit ich weiss schon, ja. Worauf willst du hinaus?»

«Wieso also sollten die Täter bei Hasanović nur lächerliche fünfzig Franken da lassen? Etwas über dreissig Euro? Ganz zu schweigen davon, dass ich bisher keinerlei Verbindungen zwischen Mujo und den Albanern feststellen konnte. Und ein Motiv fehlt auch. Hingegen gibt es ganz klar einen Link zwischen Hasanović und unseren glatzköpfigen Idioten. Und wenn Princips Waffendeal tatsächlich mit Rappolders Gruppe abgeschlossen werden soll…»

«Wofür du keinerlei Beweise hast», unterbrach mich Steiner. «Und wozu sollen die überhaupt Waffen benötigen? Du weisst auch immer noch nicht, wo das Betäubungsmittel herkommt, das Hasanović gekillt hat. Und wie es verabreicht wurde. Und wie sollen die Glatzköpfe überhaupt an Princip geraten sein?»

«Über einen Mittelsmann, würde ich sagen.»

«Sicher, aber wie? Woher soll Rappolder jemanden kennen, der die Belgrader Waffenmafia kennt? Das sind doch zwei ziemlich verschiedene Paar Schuhe.»

«Das weiss ich nicht. Noch nicht. Das heisst aber nicht, dass es nichts zu wissen gibt.»

«Sicher nicht. Aber genau genommen weisst du eigentlich immer noch fast nichts.»

«Stimmt nicht. Ich muss einfach noch ein paar Lücken füllen.»

Steiner lachte. «Eines muss man dir lassen, van Gogh: Du bist ein unverbesserlicher Optimist. Wie genau willst du das anstellen?»

«Tja, da liegt eben das Problem.»

«Wir könnten einen der Glatzköpfe unter einem Vorwand festnehmen. Vielleicht packt er dann aus.»

«Das glaube ich nicht. Im Knast gewesen zu sein ist eine Art Statussymbol für die Typen.»

«Okay», fuhr Steiner nachdenklich fort, «und wenn du gegen einen von ihnen etwas wirklich Belastendes findest?»

«Erpressung?» Ich grinste breit. «Papst, du alter Schlingel. Nie hätte ich geglaubt, sowas mal von dir zu hören.»

Er zuckte mit den Achseln und erwiderte ziemlich unwirsch: «Wenn wir die Saukerle sonst nicht erwischen… Falls sie's waren, natürlich.»

«Die waren's, das spür ich im Urin. Aber die Frage ist, wo wir den Hebel ansetzen können. Wie gesagt, diese Typen haben keine Angst vor dem Knast, wenn's nicht gerade um lebenslänglich geht.»

Eine Weile lang sassen wir schweigend nebeneinander und dachten nach. Plötzlich ging mir ein Licht auf. Weil das eher selten passierte, war es ein umso erhebenderes Gefühl. Triumphierend sagte ich: «Es muss etwas sein, das sie nicht in Konflikt mit dem Staat bringt, sondern mit ihren Kumpels! Die Kameradschaft geht ihnen über alles.»

Steiner war bedeutend weniger beeindruckt. «Schön, und was?»

«Na, irgendwas. Das weiss ich doch jetzt noch nicht.»

«Und welchen der Kerle picken wir raus?»

Ich ging mental die Liste von Rappolders Glatzköpfen durch, die mir bisher begegnet waren. Leider wiederholte sich meine Erleuchtung nicht. Aber vielleicht wusste Gunnar Neumann Rat. Ich rief ihn an. Er war da und er wusste tatsächlich Rat. Ich bedankte mich, legte auf und schaute Steiner an. «Grubenhauer.»

«Wie bitte?»

«Markus Grubenhauer, fünfundzwanzig, Rappolders Jugendfreund und seine rechte Hand.»

«Welcher der Kerle ist das?»

Ich grinste. «Das schmalbrüstige Narbengesicht, das in der Tiefgarage von Rappolders Wohnsiedlung seine Gorillas auf mich gehetzt hat.»

«Und wieso denkt Neumann, dass… wie heisst er nochmals?»

«Grubenhauer.»

«…dass Grubenhauer für deine Zwecke am besten geeignet ist?»

«Er ist sich sicher, dass Grubenhauer von der ganzen Führungsriege der psychisch Labilste ist. Und Dreck am Stecken haben sie alle in irgendeiner Form. Na ja, wer nicht ausser dir?» Ich grinste.

Steiner ignorierte mich. «Na schön. Und was jetzt?»

«Ich hänge mich an den guten Markus dran und finde was.»

«Natürlich streng im gesetzlich erlaubten Rahmen.»

«Natürlich», antwortete ich mit meinem süssesten Lächeln.

Eine Stunde später sass ich wieder an meinem Schreibtisch und rief Imam Kulenović an. Ich berichtete ihm so viel von den Ereignissen in Wien und Belgrad, wie mir angezeigt schien. Alles musste er nicht wissen. Ausserdem erzählte ich ihm in groben Zügen, was ich vorhatte, ohne allerdings Namen zu nennen. Er sprach mir sein Vertrauen aus, erwähnte aber gleichzeitig auch, dass ihm das Geld ausginge und wir die Sache schnell zum Abschluss bringen sollten.

Ein kleines, aber nicht unbedeutendes Problemchen gab es allerdings noch: Ich hatte keine Ahnung, wo ich den guten Markus finden konnte. Als ungemein findiger Spürhund mit jahrelanger Erfahrung versuchte ich es zuerst unter ‹Markus Grubenhauer› im Telefonbuch, allerdings vergeblich. Dann versuchte ich Kombinationen aus Vor- und Nachnamen, Initialen und anderen Schreibweisen des Nachnamens. Alles ohne Erfolg. Wahrscheinlich war er wie viele junge Leute heutzutage und hatte gar kein Festnetztelefon mehr, nur noch ein Handy.

Falls er vorbestraft war, konnte Steiner mir eine Adresse besorgen. Also rief ich ihn an. Er versprach, sich rasch darum zu kümmern und legte auf. Ich öffnete meine Schreibtischschublade, schaute die Flasche Bushmills darin an und schloss die Schublade wieder, ohne diese anzurühren. Ein paar Minuten später rief Steiner zurück. Grubenhauer war nicht aktenkundig. Diesmal kam ich Steiner zuvor und legte auf, ohne mich zu verabschieden.

Dritter Versuch: Gunnar Neumann. Bei ihm hatte ich mehr Glück. Er besass sowohl Grubenhauers Privatadresse als auch die seines Arbeitgebers und diktierte mir beide über das Telefon.

Den Rest des Tages plante ich meine nächsten Schritte. Um halb acht gab ich der Versuchung nach und genehmigte mir einen Schluck Whiskey. Um acht rief Fiona an und erinnerte mich daran, dass heute Besuch aus Frankreich da sei, ich aber trotzdem vorbei kommen könne, wenn ich wolle. Ich wollte nicht. Um halb neun nahm ich den Bushmills erneut aus der Schublade, genehmigte mir noch einen Schluck und liess die Flasche auf dem Tisch stehen.

KAPITEL 35

Grubenhauer wohnte im vierten Stock einer frisch renovierten, gelb gestrichenen Mietskaserne in Seebach, Zürichs nördlichstem Quartier. Für einen Extremisten führte er ein schon fast beängstigend bürgerliches Leben. Mittlerweile hing ich bereits den zweiten Tag wie ein Schatten an ihm dran und ging vor Langeweile beinahe die Wände hoch. Keine Barbesuche, keine Treffen mit Freunden, rein gar nichts. Der Kerl führte ein Leben wie ein Mönch. Bruder Markus.

Es war halb elf Uhr morgens an einem grauen, nasskalten Novembersonntag, und ich verfluchte gerade zum wiederholten Mal den Beruf, der mich dazu brachte, an so einem Wochenende um vier Uhr früh aus dem Haus zu gehen, als sich das Objekt meiner Begierde endlich regte. Er öffnete die Schlafzimmerfenster und kurbelte die Jalousien hoch. Halleluja!

Meine Freude war leider verfrüht gewesen, denn danach passierte über drei Stunden lang rein gar nichts mehr, bis Grubenhauer gegen zwei Uhr nachmittags schliesslich völlig unerwartet aus dem Haus trat, sich auf seinen am Strassenrand parkierten Roller setzte und davonknatterte. Ich hängte mich an ihn dran und folgte ihm in gebührendem Abstand, aber leider stellte sich schnell heraus, dass er lediglich am Flughafen ein paar Einkäufe erledigen wollte, um danach schnurstracks wieder nach Hause zurückzukehren. Der Kerl war die reinste Hausfrau.

Ich fluchte laut vor mich hin. Wenn das so weiterging, musste ich etwas anderes versuchen. Nur was?

Den ganzen Nachmittag herrschte erneut absolute Flaute. Dann endlich, gegen halb sechs Uhr abends, erhielt Grubenhauer Besuch von zwei kräftigen jungen Kerlen. Einer von ihnen trug eine Laptoptasche bei sich, der andere eine grosse Sporttasche. Als sie nach einer knappen Stunde wieder gingen, war es schon dunkel. Im Licht der Eingangsbeleuchtung konnte ich ihre Gesichter sehen und erkannte einen der beiden. Es war Harald, der Kerl mit dem Baseballschläger.

Danach langweilte ich mich weitere zwei Stunden lang. Um halb neun rief mich Fiona an. Ich klagte ihr mein Leid. Sie war so lieb, Mitgefühl zu heucheln und versprach mir, mich auf andere Gedanken zu bringen, sobald ich bei ihr aufkreuzte. Ich nahm mir fest vor, spätestens um halb elf Uhr von hier zu verschwinden. Natürlich kam es anders.

Um Viertel vor zehn spazierte Grubenhauer plötzlich zur Eingangstür heraus. Einfach so, ohne Vorwarnung. Das Licht in seiner Wohnung brannte immer noch. Ich löste mich aus meiner einsetzenden Erstarrung und musterte ihn durch die Windschutzscheibe. Spingerstiefel, Röhrenjeans, Bomberjacke, Glatze und hässliche Visage: Er war es eindeutig. Er liess seinen Roller stehen und ging stattdessen zu Fuss die Strasse hoch, eine graue Adidas-Sporttasche über der linken Schulter.

Was tun? Wenn ich ihm zu Fuss folgte und er irgendwo abgeholt wurde, konnte ich ihn leicht verlieren, aber wenn ich ihm im Schritttempo nachfuhr, war das auch nicht gerade unauffällig. Ich entschied mich nach kurzem Hin und Her für die nichtmotorisierte Variante. Sobald Grubenhauer um die Ecke gebogen war, sprang ich deshalb aus dem Wagen und rannte ihm nach, bis er wieder in Sicht kam.

Ich trug schwarze Turnschuhe, Jeans, eine schwarze Winterjacke und eine dunkelblaue Baseballkappe auf dem Kopf. In meinem schwarzen Rucksack befand sich meine Ausrüstung: Fernglas, Nachtsichtgerät, Richtmikrophon, digitaler Audiorekorder und eine winzige, äusserst lichtempfindliche Videokamera, die mir Mina freundlicherweise ausgeliehen hatte. Davon wusste sie allerdings noch nichts.

Ich folgte Grubenhauer zum Bahnhof Glattbrugg und stieg dort hinter ihm in die S5 Richtung Zürich. Während der ganzen knapp zehnminütigen Fahrt drehte er mir den Rücken zu und bewegte sich kaum. Wahrscheinlich hörte er Musik. Am Hauptbahnhof stieg er aus und ging gemächlich zur Toilette im Zwischengeschoss, wo er ein Geldstück in den Automaten warf, um Einlass zu erhalten, und dann samt Sporttasche in einer Kabine verschwand. Ich lehnte etwa dreissig Meter entfernt in einer kleinen Nische an der Wand und wartete.

Fünf Minuten später kam er wieder heraus. Dass er es war, bemerkte ich allerdings erst auf den zweiten Blick. Er hatte sich umgezogen. Statt seiner üblichen Skinskluft trug er nun ein dunkelblaues Sportsakko über einem weissen Hemd, dazu schwarze Jeans und Lederschuhe. Eine dunkelblaue Baskenmütze verdeckte seine Glatze. Nur die Narbe im Gesicht wies darauf hin, dass es sich um den gleichen Kerl handelte, den ich vorhin hatte hineingehen sehen. Allerdings sah selbst diese irgendwie anders aus, unauffälliger, schwächer, weniger leuchtend. Hatte sich der Kerl etwa geschminkt?

Er ging zu den Schliessfächern auf der anderen Seite des Zwischengeschosses und schloss die graue Sporttasche ein. Dann schaute er sich verstohlen um und ging davon, ohne mich zu bemerken.

Ich war verblüfft. Was sollte die Maskerade? Er sah nun nicht mehr aus wie ein gemeingefährlicher Schläger, sondern eher wie ein Dandy aus den Achtzigerjahren. Sein Aufzug erinnerte mich ein wenig an ein Jimmy-Sommerville-Video. Ich folgte ihm die Rolltreppe hinauf zur Bahnhofshalle, über den Bahnhofsplatz und dann weiter der Limmat entlang bis zur Rathausbrücke. Dort überquerte er den Fluss und ging am Rathaus vorbei geradeaus die Marktgasse hoch ins Niederdorf, Zürichs Ausgangs- und Vergnügungsviertel. Was zum Teufel sollte das Ganze?

Kurz vor der Elsässergasse bog er links in Richtung Stüssihof ab und verschwand nach ein paar Schritten plötzlich rechts in einem kleinen Hotel, welches mir nicht unbekannt war: Das *Goldene Schwert.* Bekannt war es vor allem wegen des Etablissements im ersten Stock. Das *T&M* war Zürichs ältester Schwulenklub. Die Initialen im Namen, gemäss Mina in der Szene oft als ‹Tüll und Müll› verballhornt, waren eigentlich die Anfangsbuchstaben der Namen zweier Travestiestars aus der Gründerzeit, Tamara und Marisa. Ich kannte den Schuppen, weil ich mit Mina ab und zu dorthin ging, und durch sie kannte ich auch die Dame, die gerade vor dem französischen Buchladen im Nachbargebäude eine Zigarette rauchte und wild gestikulierend in ihr Handy sprach: Sigrid Maurer, genannt Sigi, Mitbesitzerin des Klubs und bekannte Zürcher Aktivistin für Schwulen- und Lesbenrechte.

Ich wartete an der Ecke, im Schatten einer Weinbar. Was wollte Grubenhauer im *T&M*? Vielleicht plante seine Spinnertruppe einen Anschlag? In der von abstrusen Männlichkeitsidealen dominierten Naziskinszene waren Homosexuelle eines der Hauptfeindbilder. Ich erinnerte mich, wie mir Gunnar Neumann von der Attentatsserie gegen Londons Schwulenszene erzählt hatte, durch die *Combat 18* bekannt und berüchtigt worden war. Schon die alten Nazis hatten Homosexualität als ‹entartetes› Verhalten angesehen, welches den männlichen Charakter des Volkes und damit die Leistungsfähigkeit des Staates bedrohe.

In diesem Moment raunte eine heisere Stimme neben meinem Ohr: «Sieh an, sieh an! Monsieur van Gogh! Lang ist's her.»

Ich drehte mich um. «Hi, Sigi.»

Sie betrachtete kurz die Fäden und den dunklen Schorf an meiner Schläfe und fragte: «Ui, was ist denn *dir* passiert?»

«Lange Geschichte.»

«Und was machst du hier? Wartest du auf Mina?»

«Nein.»

«Eine andere Frau?» Sie warf mir einen spöttischen Blick zu.

«Nein, auch nicht.»

«Und ich dachte, bei euch Hetenmachos heisst es immer nur *cherchez la femme*.»

Ich lachte. «Bei euch Lesben doch auch, oder?»

«Genau! Du hast es erfasst, mein Lieber!»

Ich überlegte kurz und fragte dann unverblümt: «Könntest du mir einen kleinen Gefallen tun, Sigi?»

«Und was?» Ihr Gesicht nahm einen skeptischen Ausdruck an.

«Nichts Grosses, wirklich. Der Kerl, den ich suche, ist gerade in deinen Klub gegangen. Denke ich.»

«Kerl?» Sie schaute mich überrascht an.

«Ja, Kerl.»

«Wechselst du etwa die Seiten?»

«Nein. Aber es ist wichtig.»

«Na schön. Ist er im ersten oder zweiten Stock?»

Im zweiten Stock war ein Klub mit dem lautmalerischen Namen *AAAH!*, welcher im Gegensatz zum *T&M*, das mehr auf Travestie setzte, Besucher vor allem mit seinem täglich wechselnden, moderneren Musikprogramm anlockte. Und mit seinem Darkroom.

Ich kratze mich am Kopf: «Keine Ahnung.»

«Soll ich in beiden mal nachschauen?»

«Ja, das wär echt super.»

Sie machte einen Hofknicks und sagte spöttisch: «Stets zu Diensten, Monsieur. Wie sieht er denn aus?»

Ich beschrieb ihr Grubenhauers ungewöhnlichen Aufzug und erwähnte vor allem die Narbe und die Baskenmütze.

«Also schön», sagte sie, «warte hier. Ich bin gleich zurück.»

Knappe fünf Minuten später war sie wieder da und verkündete ohne Umschweife: «Ja, er ist da drin.»

«Wo?»

«Im ersten Stock. An der Bar.»

«Bist du sicher?»

«Klar bin ich sicher, ich sehe ihn ja nicht zum ersten Mal. Das ist Marc.»

Ich war mir nicht sicher, ob ich sie richtig verstanden hatte. Etwas dümmlich fragte ich deshalb: «Marc?»

«Ja, Marc.»

«Marc was?»

«Keine Ahnung. Seinen Nachnamen kenne ich nicht. Er ist alle paar Wochen mal hier, immer etwa gleich angezogen. Ein wenig schüchtern und verklemmt, aber völlig harmlos.»

«Du machst Witze!» Ich konnte es kaum glauben. Grubenhauer war *schwul*?

Sigi konnte meine Reaktion nicht nachvollziehen und fragte irritiert: «Überhaupt nicht. Wieso denkst du das?»

«Na, weil...» Ich überlegte kurz, wo ich anfangen sollte. Dann zeigte ich auf die Wunde an meiner Schläfe und fuhr fort: «Weil das hier ein Geschenk von ihm und vier seiner Kumpels ist. Und das hier auch.» Ich öffnete meine Jacke und zog mein T-Shirt hoch, um ihr die mittlerweile nur noch schwach sichtbaren Blutergüsse zu zeigen.

«Ich glaube, *du* machst Witze, mein Lieber! *Marc* soll das getan haben? Der kleine Marc?»

«Ja, er und vier seiner Kumpels. Sein richtiger Name ist Markus. Markus Grubenhauer. Und er ist nicht harmlos. Im Gegenteil, er ist ein übler Schläger und Neonazi. Und er ist möglicherweise in einen besonders brutalen Mord verwickelt.»

«Marc? Ich meine, Markus? Das kann ich kaum glauben. Er ist immer so höflich und zurückhaltend. Und ruhig. Und wenn er doch einmal was sagt, dann kann er einen kaum ansehen. Ich glaube, er fühlt sich eigentlich gar nicht wirklich wohl hier. Ich hatte immer irgendwie das Gefühl, er sei eine Klemmschwester.»

«Eine was?»

«Eine Klemmschwester.»

Als ich sie nur verständnislos anstarrte, fuhr sie fort: «Eine Schrankschwuchtel. Ein Schwuler, der sich nicht geoutet hat.»

«Ach so. Na klar hat er sich *nicht* geoutet, bei seinem Umfeld. Aber die Frage ist doch: Wieso kommt er hierher?»

«Na, das ist einfach. Wegen Jean. Das ist ihr Treffpunkt.»

Ich war verwirrt. «Wer ist Jean?»

«Jean ist Marcs Freund. Oder Liebhaber.» Nach einem Augenblick fügte sie erklärend hinzu: «Jeans richtiger Name ist Bénédict, aber welcher Schwule heisst schon so?»

Die Frage war rhetorisch und ich antwortete nicht darauf. Ausserdem war der Name definitiv nicht dasjenige Teil des Puzzles, mit dem ich Mühe hatte. Ungläubig fragte ich stattdessen: «Die beiden sind ein Paar?»

Sigi zuckte mit den Schultern. «Paar? Ich weiss nicht. Ich glaube, sie führen keine richtige Beziehung. Jean hat mir gegenüber einmal gejammert, dass sie wegen seines Jobs nur ab und zu Sex hätten und sich sonst nie sähen.»

«Wieso wegen seines Jobs? Und wieso bist du seine Gaby?»

«Ich bin nicht seine Gaby, er war einfach mal ziemlich betrunken und wollte reden. Soweit ich weiss, arbeitet er bei der kamerunischen Botschaft in Bern. Er hat wohl Angst, dass seine Karriere Schaden nimmt, wenn seine sexuelle Orientierung bekannt wird. Traurig, oder?»

Ich nickte, ohne wirklich zuzuhören. Die Botschaft von Kamerun? «Und was macht er dort? In der Botschaft, meine ich?»

«Ich glaube, er ist Sekretär oder sowas.»

«Sekretär oder *erster* Sekretär?» Das war ein kleiner aber feiner Unterschied: Der *erste* Sekretär war ein hoher Diplomat.

«Erster Sekretär, denke ich.»

Ich schluckte und fragte perplex: «Jean ist *schwarz*?»

Sie schaute mich erstaunt an und erwiderte ziemlich unwirsch: «Ja, wieso? Hast du ein Problem damit?»

«Ich nicht. Aber denk mal kurz darüber nach.»

Sie nahm mich beim Wort, und nach ein oder zwei Sekunden stiess sie einen leisen Pfiff aus und sagte: «Du meinst, wenn er ein Neonazi ist, wie du sagst…»

Ich nickte. «Schwul und ein schwarzer Liebhaber… Wenn seine Nazikollegen das wüssten, würden sie ihn umlegen.»

Sie zog scharf die Luft ein und stiess erschrocken hervor: «Das ist nicht dein Ernst!»

Ich zuckte mit den Achseln und antwortete wahrheitsgetreu: «Ich weiss es nicht. Möglich wär's. Schlimmer für ihn könnt's nur noch werden, wenn sich herausstellen sollte, dass seine Eltern dazu noch Juden sind.»

Sie schüttelte ungläubig den Kopf. «Weisst du, das ist alles ziemlich schwer zu verdauen.»

«Ich weiss, Sigi. Ist denn ‹Marc› oft hier?»

«Eigentlich nicht. Aber es kommen viele Leute in meinen Klub. Wenn ich allerdings so darüber nachdenke: In letzter Zeit habe ihn nur hier gesehen, wenn Jean auch hier war.»

«In letzter Zeit? Wie lange kommt er denn schon her? Und woher kennt er diesen Jean?»

«Kennengelernt haben sie sich hier, soviel ich weiss. Das war vor etwa einem Jahr oder so. Marc kommt allerdings schon seit ein paar Jahren ab und zu her.»

Ich verdaute das schweigend. Dann fragte ich leise: «Kannst du mir noch einen Gefallen tun, Sigi? Der Letzte, wirklich.»

Sie schaute mich erneut skeptisch an und antwortete zögerlich: «Wenn's nicht zu lange dauert. Ich sollte mal wieder rein.»

«Geht ganz schnell. Ich habe Minas Videokamera hier. Damit kann man auch in einem halbdunklen Raum einigermassen brauchbare Aufnahmen machen, behauptet sie.» Ich kramte die Kamera hervor und drückte sie ihr in die Hand. «Wär's möglich, dass du die beiden zusammen filmst? Möglichst beim Tanzen oder Händchen halten oder sowas.»

Sie musterte mich argwöhnisch. «Und wofür brauchst du das?»

«Sorry, Sigi, das kann ich dir nicht sagen.»

«Dann verlangst du zu viel!»

«Ich weiss.»

Nach einem langen Moment des Schweigens sagte sie schliesslich leise: «Es ist gut, dass ich weiss, wie eng du mit Mina befreundet bist. Aber damit das gesagt ist: Ich wäre sehr enttäuscht von dir, wenn der Junge Probleme bekommt, nur weil er schwul ist. Vor allem, weil er immer noch im Schrank steckt.»

Verärgert erwiderte ich: «Du weisst genau, dass es mir scheissegal ist, wen er vögelt. Aber dass er und seine Kumpels vielleicht jemanden umgelegt haben, das ist mir nicht egal.»

Sie seufzte. «Also gut. Weisst du, wir filmen öfters mal im Klub, das fällt also wohl nicht gross auf. Ich sehe, was ich machen kann.» Sie verschwand mit Minas Kamera und kam nach wenigen Minuten zurück. «Hat geklappt», sagte sie und reichte mir den kleinen Camcorder.

«Was genau hat geklappt?», wollte ich wissen.

«Ich hab sie beim Tanzen gefilmt.»

«Irgendetwas Intimes? Küssen, Händchen halten, sowas?»

Sie schüttelte den Kopf. «Ich glaub nicht, nein.»

«Mist!»

«Gern geschehen», sagte sie sarkastisch.

«Sorry», erwiderte ich zerknirscht. «Vielen Dank trotzdem.»

«Keine Ursache. Was willst du jetzt machen?»

«Warten, bis sie gehen. Falls sie zusammen weggehen.»

«Willst du nicht reinkommen?»

«Nein, Grubenhauer kennt mein Gesicht und ich will auf keinen Fall, dass er mich sieht.»

«Okay, wie du meinst. Du würdest sowieso sofort auffallen.»

«Weil ich so männlich bin, meinst du?»

Sie grinste. «Weil du so mies angezogen bist.»

Es war kalt und die Warterei ödete mich langsam aber sicher gewaltig an. Gegen Mitternacht hatte sich bereits eine ordentliche Wut in mir aufgestaut, als ich endlich einen eleganten Mittvierziger mit ebenholzschwarzer Haut aus dem Klub kommen sah. War das vielleicht Jean? Gleich darauf erschien auch Grubenhauer. Mit mir im Schlepptau machten sich die beiden zu Fuss auf den Weg.

Die Gässchen des Niederdorfs waren praktisch leer. Die beiden gingen in einer Art verstohlener, linkischer Zweisamkeit nebeneinander her: nicht offen zusammen und doch klar mehr als nur Freunde. In besonders dunklen Ecken und Nischen griff Grubenhauer jeweils verstohlen nach Jeans Hand und liess dann sofort wieder los, wenn die Beleuchtung besser wurde. Das erste Mal verpasste ich, aber beim zweiten und dritten Mal war die Kamera bereit. Sie verfügte über einen vierzigfachen optischen Zoom, und wegen ihres speziellen Nachtprogramms reichte das Licht völlig aus, um das alles sauber zu dokumentieren. Einmal küssten sie sich sogar lange und leidenschaftlich, versteckt hinter ein paar Bäumen beim Bürkliplatz. Die Kamera war auch da zur Stelle. Die beiden waren so miteinander beschäftigt, dass sie mich wohl nicht einmal bemerkt hätten, wenn ich ihnen die Brieftaschen aus der Hose geklaut hätte. Wäre ich nicht von Grubenhauer und seiner Glatzenschwadron verprügelt worden, hätte ich das Ganze richtig süss gefunden.

Totale, Nahaufnahme. Totale, Nahaufnahme. Einen Oscar würde ich dafür nicht bekommen, aber so gab es keine Möglichkeit für Grubenhauer, sich herauszureden.

Irgendwann gingen sie dann weiter, und bald darauf war auch klar, wohin sie wollten: zum Sheraton neben dem Kongresshaus. Ich folgte ihnen bis zum Hotel. Wer weiss, vielleicht konnte ich sie *in flagranti* filmen. Die Aussicht darauf erfüllte mich zwar nicht gerade mit Entzücken, aber andererseits wäre zwei Männern beim Sex zuzuschauen nicht das Schlimmste gewesen, was ich zur Aufklärung des Falls bisher unternommen hatte.

Eine halbe Stunde später hatte ich genug. Ich wusste noch nicht einmal, in welches Zimmer sie gegangen waren, und so musste mein erster Amateurporno wohl weiter warten. Einiges auf Band hatte ich ja trotzdem.

Ich ging zu Fuss zurück zum Bellevue und nahm mir dort ein Taxi in der Hoffnung, dass Fiona trotz meiner Verspätung immer noch wie versprochen in einem gewagten Negligé auf mich wartete. Aber natürlich schlief sie bereits, als ich endlich bei ihr ankam.

KAPITEL 36

Es war Zeit für den Durchbruch im Hasanović-Fall, und Grubenhauer war mein Ticket dafür. Ich musste ihn fertig machen. Und zwar gründlich.

Erneut war ich bereits um sieben Uhr morgens im Büro. Langsam wurde ich mir selber unheimlich. Zuallererst musste daher eine grosse Tasse dampfender Kaffee her. Dann verbrachte ich einen guten Teil des Morgens damit, Minas Schnittsoftware auf meinem Laptop zu installieren und die gestern gemachten fünfzehn Minuten Video zu einem knapp zwei Minuten langen, chronologischen *Best of* zusammen zu schnipseln. Grubenhauer beim Tanzen. Grubenhauer beim Händchenhalten. Grubenhauer beim zärtlichen Stelldichein am Seeufer. Ah, Romantik pur. Und das alles mit einem Mann. Einem *dunkelhäutigen* Mann. Zuletzt baute ich noch ein süffisantes Intro und einen Abspann ein, in welchem ich Grubenhauers vollen Namen samt Adresse und Arbeitsort einfügte. Wenn das nicht reichte, dann war der gute Markus wirklich aus einem anderen Holz geschnitzt, als ich dachte.

Um halb elf rief ich bei Grubenhauers Arbeitgeber an und verlangte ihn zu sprechen. Ich wollte sichergehen, dass er da war und nicht ausgerechnet heute blau machte. Aber nein, eine fröhliche Telefonistin mit Innerschweizer Dialekt versicherte mir, sie habe ihn gerade erst im Pausenraum gesehen. Ich legte auf, bevor sie fragen konnte, worum es ging.

Danach machte ich einen Abstecher zum Arzt und liess mir endlich die Fäden ziehen. Es tat weh.

Um halb drei Uhr nachmittags bezog ich schliesslich meinen Posten vor Grubenhauers Betrieb in Glattbrugg. Kurz nach halb fünf kam der schmächtige Skinhead in seiner üblichen Kluft zur Tür heraus, setzte sich auf seinen Roller und knatterte los. Der Feierabendverkehr sorgte dafür, dass ich ihn mehr als einmal aus den Augen verlor. Allerdings war bald klar, wohin er wollte, und tatsächlich kamen wir wenige Minuten später bei seinem Wohnsilo an.

Ich parkierte um die Ecke, wartete fünf Minuten und betrat dann das Gebäude durch einen Seiteneingang. In meinem Schulterholster steckte meine P226, verdeckt von einem halblangen schwarzen Filzmantel. Über der Schulter trug ich wieder meinen schwarzen Rucksack. Darin war mein Laptop, auf dessen Festplatte sich mein filmisches Meisterwerk befand. Zur Sicherheit hatte ich den Videoclip zusätzlich auf dem USB-Stick in meiner Hosentasche gespeichert.

Ich kletterte zu Fuss die vier Stockwerke hoch und atmete vor Grubenhauers Wohnung ein paar Mal tief durch, bevor ich klingelte. Durch die Tür drang gedämpfte Rockmusik. Wie immer hielt ich das kleine Guckloch mit einem Finger zu. Nichts passierte. Ich läutete erneut. Dann klopfte ich laut. Auch das fruchtete nicht. Schliesslich hielt ich den Klingelknopf gedrückt und läutete Sturm, bis er nur mit einem Handtuch bekleidet die Tür einen Spalt breit aufriss und verärgert hinaus kläffte: «Was zum Geier soll der Sch…?»

Bevor er ausreden konnte, zwängte ich einen Fuss in die Spalte und rammte meine Schulter hart gegen die Tür. Diese schwang wuchtig auf, so dass ihn die Klinke schmerzhaft an der Seite erwischte. Unwillkürlich machte er einen Schritt zurück. Sekundenbruchteile später stand ich auch schon in der Wohnung und hielt dem völlig verdatterten, halbnackten Skinhead meine Waffe an die Stirn. «Umdrehen! Sofort!»

Er reagierte nicht, sondern starrte mich einfach mit offenem Mund an. Sein Körper war schmal, aber drahtig. Das Handtuch war verrutscht, so dass am oberen Rand einige dunkle Schamhaare herausschauten. Die Narbe in seinem Gesicht glühte in einem besonders wütenden Rot und auf seiner Hühnerbrust prangte ein grosses, schon etwas verblichenes Hakenkreuz. Er erinnerte mich an Edward Norton in *American History X*, nur hässlich und ohne Muskelpakete. Ich fragte mich plötzlich, wie Grubenhauers schwarzer Liebhaber wohl auf die Swastika reagiert hatte. Wahrscheinlich machten sie es nur im Dunkeln.

Ich knallte ihn gegen die Wand, stiess mit dem Fuss die Tür zu und zischte halblaut: «Umdrehen, du Arsch! *Sofort*!»

Diesmal folgte er der Anweisung und drehte sich wortlos um.

«Hände hinter den Kopf!»

Auch diesen Befehl befolgte er, diesmal ohne Zögern und ohne Murren. Leider verlor sein Handtuch dabei den restlichen Halt und fiel zu Boden. Es war kein schöner Anblick. Er bückte sich, drehte sich halb um, ergriff das Handtuch und band es sich wieder um die Hüften. Seine Augen blitzten.

Ich liess ihm keine Zeit zum Nachdenken. «Und jetzt die Hände wieder hinter den Kopf! Gut so. Mit der Stirn an die Wand lehnen… Beine auseinander… *Beine auseinander*! Ja, brav. Und jetzt einen Schritt zurück… *Lass die verdammten Hände am Kopf!*»

Sobald er auf diese Weise hilflos dastand, steckte ich meine Pistole ins Holster und fesselte seine Hände mit Kabelbindern auf den Rücken. Dann drehte ich den Schlüssel im Schloss der Wohnungstür und legte die Sicherheitskette vor, bevor ich rasch und oberflächlich die Räumlichkeiten kontrollierte und feststellte, dass sich niemand sonst in der kleinen, auffällig sauberen und aufgeräumten Wohnung aufhielt. Sie bestand aus einem winzigen Badezimmer, einem nur unwesentlich grösseren Schlafzimmer und einem Wohnzimmer mit Kochnische. Alle Zimmer waren rechts vom Flur angeordnet, wie Anlegeplätze an den Docks eines Flughafens. Bad und Schlafzimmer waren durch Türen vom Flur getrennt, das Wohnzimmer hingegen nur durch einen Vorhang aus Bambus. Ich warf nacheinander einen raschen Blick in jeden Raum. Das Schlafzimmer war kaum gross genug für das furchteinflössende Metallbett unter dem kleinen Fenster. An der linken Wand hing eine Hakenkreuzfahne, an der rechten eine schwarze Flagge mit dem weissen Aufdruck ‹*Combat 18*› in gotischer Schrift und einem weissen Totenschädel, den ich aus meiner Studienzeit kannte: das Symbol der SS-Totenkopf-Division. Wie reizend. Das Wohnzimmer war nur unwesentlich grösser als das Schlafzimmer. Neben der altertümlich anmutenden Kochnische mit Gasherd, deren Siebzigerjahre-Kacheln sinnigerweise braun waren, stand ein eleganter kleiner Tisch aus dunklem Holz mit drei dazu passenden Stühlen, daneben ein dunkles, etwas abgewetztes Ledersofa. Es gab keinen Balkon.

Ich packte Grubenhauer mangels Haaren an den Handfesseln und steuerte ihn durch den Bambusvorhang hindurch ins Wohnzimmer. Dort nahm ich Kurs auf das Sofa und befahl ihm barsch, sich hinzusetzen und nicht zu rühren. Dann schaute ich mich um. Auf einer Holzkiste neben dem Fernseher stand ein Telefon. Ich machte zwei Schritte darauf zu, packte es und riss das Kabel aus der Wand. Das hatte ich schon immer mal machen wollen.

In der Zwischenzeit hatte sich der Kerl einigermassen erholt und starrte mich nun trotzig an. Ich packte zwei der Stühle neben dem Tisch, trug sie zum Sofa herüber, stellte den einen vor ihn hin und setzte mich umgekehrt darauf. Den anderen stellte ich daneben. Meinen Rucksack deponierte ich neben mir auf dem Boden.

Schliesslich brach Grubenhauer sein Schweigen. «*Du*!», zischte er. Bei ihm klang das Pronomen wie ein Schimpfwort. «Was zum Teufel willst du von mir?»

«Hallo, Markus, alter Freund», begrüsste ich ihn fröhlich, ohne auf die Frage einzugehen.

«Wer zur Hölle bist du und was zum Teufel willst du von mir?» Er versuchte, sich in Rage zu reden, aber verständlicherweise klappte das nicht so recht, da er sichtlich fror und ganz offenkundig eine Heidenangst hatte. «Was soll der Scheiss? Was denkst du eigentlich, was du hier machst? Weisst du nicht, wer ich bin? Wir haben's dir schon einmal gezeigt, und wir können das ganz leicht…»

Ich beugte mich vor und unterbrach ihn barsch: «Halt die Schnauze, du kleine Schwuchtel!»

Das kindische Schimpfwort traf ihn wie ein Faustschlag ins Gesicht. Er wurde kreideweiss. «*Was* hast du gesagt?», flüsterte er kaum hörbar.

«Ich sagte, du sollst die Schnauze halten, du *Schwuchtel*!»

«Ich…» Er verstummte, nahm einen neuen Anlauf, verstummte wieder und beschränkte sich dann wieder darauf, mich wortlos anzustarren. Sein linkes Augenlied zuckte nervös

Ich musste ihn aus der Reserve locken. «Hast Du nicht gehört, du Pisser? Ich hab dich eine Schwuchtel genannt. Eine Schwester. Einen Arschpiraten. Einen Hinterlader. Einen Freund der Schokoladenfabrik. Das bist du doch, nicht wahr?»

Das wirkte. Sein Kopf wurde knallrot – ob vor Wut oder Scham konnte ich nicht sagen – und er stammelte: «Ich… also… du verdammtes…!» Wieder verstummte er, ohne den Satz zu Ende zu bringen.

Ich liess nicht locker. «Komm jetzt, wir wissen doch beide von deinem Doppelleben, nicht wahr? Das *T&M*? Jean, dein Ebenholz-Stecher? Dem du gerade letzte Nacht den Schwanz gelutscht hast? Na, klingelt's bei dir?»

Ich nahm meinen Rucksack zur Hand, öffnete ihn und klaubte meinen Laptop heraus. Diesen klappte ich auf und stellte ihn so auf den Stuhl neben mir, dass Grubenhauer den Monitor sehen konnte. Dann schaltete ich den Rechner ein und startete nach der Passworteingabe mit einem Doppelklick den Videoclip, auf dem meine ganzen Hoffnungen ruhten.

«Schau genau hin, Markus, mein *Freund*!»

Nach den ersten Sekunden fiel Grubenhauer vor meinen Augen buchstäblich in sich zusammen. Sein ganzes auf Aggressivität getrimmtes Wesen, sein über Jahre mühsam aufgebautes männliches Selbstbild, sein im Kern unsicheres Mitläufer-Ich, alles schien richtiggehend dahinzuschmelzen wie ein Eiszapfen in der Frühlingssonne. Seine Augen sahen aus, als wollten sie aus den Höhlen treten. Sein Mund war offen und ich konnte seine Zunge zucken sehen, aber kein Ton kam heraus. Dann begann er wie verrückt zu schwitzen und am ganzen Körper zu zittern.

Nachdem wir das ganze Video zweimal geschaut hatten, fragte ich fröhlich: «Na, Analprinzessin, was meinst du? Das Licht war nicht so toll, aber ich finde, du machst trotzdem eine gute Figur.»

Er zeigte keine Reaktion. Von seinem linken Mundwinkel hing ein dünner Geiferfaden.

Ich wartete geduldig.

Plötzlich beugte er sich vor, würgte ein paar Mal trocken und übergab sich dann ausgiebig und geräuschvoll. Als er sich wieder aufsetzte, war das Handtuch um seine Hüften voller halbverdauter Spaghetti. Auch an seinem Kinn fanden sich Überreste davon, und da seine Hände auf den Rücken gefesselt waren, konnte er sie nicht abwischen.

«Aber, aber, mein Kleiner, wer wird denn gleich kotzen?» Ich griff in meine Jacke und wischte ihm den Mund mit einem Papiertaschentuch ab. Er begann erneut zu zittern.

Ich hatte kein Mitleid mit ihm. «Also, Markus, mein Freund, du fragst dich sicher, was nun werden soll, nicht wahr?»

Er schwieg.

Etwas lauter wiederholte ich: «Nicht *wahr*, Freund Markus?»

Diesmal nickte er und schluckte dabei krampfhaft.

«Na schön», fuhr ich fort, «dann sag ich dir also, was jetzt läuft. Aber zuerst einmal: Ich habe diesen kleinen Softporno bei mehreren Bekannten hinterlegt. Sollte mir irgendwas passieren – und wenn ich mich auch nur an einem Blatt Papier schneide – dann landet eine davon ganz schnell bei deinem Kumpel Rappolder. *Capisci*?»

Er nickte unmerklich.

«Ich kann dich nicht hören, Freund Markus.»

«Ja, ich hab's verstanden», krächzte er.

«Schön.» Ich stand auf und fragte im wahrsten Sinn des Wortes von oben herab: «Willst du wissen, weshalb ich hier bin?»

Er zuckte mit den Achseln und starrte auf den Boden, ein besiegter Ausdruck auf seinem zernarbten Gesicht.

«Ich sag dir, was ich will… Aber zuerst: *Schau mich an*!»

Mit Zeigefinger und Daumen meiner rechten Hand packte ich ihn grob am Kinn und zwang ihn, den Kopf zu heben.

Er wich meinem Blick weiterhin aus. Ich versetzte ihm eine schallende Ohrfeige und herrschte ihn an: «Ich sagte, *schau mich an*!»

Er tat, was ihm gesagt wurde. Ich konnte die Resignation in seinen Augen sehen. Das Ganze hatte nicht gerade lange gedauert. Lucović war ein deutlich härterer Brocken gewesen.

«Also», fuhr ich in gefälligerem Ton fort, «Markus, mein Freund, ich will wissen, was mit Hasanović gelaufen ist. Vielleicht vergesse ich dann die andere Geschichte.»

In Grubenhauers stumpfen Augen flackerte ein Fünkchen Hoffnung auf, als ich ihm diesen Ausweg anbot. Er war der geborene Mitläufer, gewohnt, sich Autorität unterzuordnen, und hier und jetzt war ich die höchste Macht, die für ihn existierte. Nach der überraschenden und für ihn extrem schockierenden Enthüllung, dass ich von seinem quälenden Doppelleben wusste, und der damit verbundenen Androhung seines sozialen Ruins bestand seine letzte Hoffnung darin, diesen durch vollständige Kooperation abzuwenden. Plötzlich war er geradezu versessen darauf, mich zufrieden zu stellen.

Während der nächsten Viertelstunde zog ich Grubenhauer nach und nach alles aus der Nase, was er wusste. Und das war nicht wenig. Er bestätigte, dass der Mord an Mujo Hasanović von der *Aktion Mjölnir* ausgeführt worden war. Über das *Warum* und *Wieso* wusste er nichts und es schien ihm auch egal zu sein, aber über das *Wie* konnte er detailliert Auskunft geben. Der ‹Sturmtrupp›, wie er das nannte, war von Harald Wagner angeführt worden, der Nummer drei der *Aktion Mjölnir*. Über Harald – anscheinend einer der ältesten Skins in Rappolders Gruppe – wusste ich bisher nur, dass er eine Vorliebe für Baseballschläger hatte. Nun erfuhr ich zusätzlich, dass er ein ehemaliger Hammerskin aus Deutschland war und erst seit ein paar

Jahren in der Schweiz lebte. In seiner Heimatstadt Dortmund hatte er wegen verschiedener Delikte, darunter Volksverhetzung und schwere Körperverletzung, mehrere Jahre im Gefängnis gesessen. Ein richtiger Musterbürger.

Natürlich schwor Grubenhauer auch Stein auf Bein, er habe selbst nichts damit zu tun gehabt und erst im Nachhinein davon erfahren. Und nur aus nackter Angst um sein Leben habe er danach nichts unternommen. Was sollte er auch sonst sagen?

Überrascht nahm ich auch zur Kenntnis, dass der Befehl für den Mord an Hasanović offensichtlich doch von Rappolder höchstpersönlich erteilt worden war. Ich hatte mich also getäuscht: Er konnte durchaus delegieren, auch wenn die Emotionen hochgingen. Er musste nicht zwanghaft alles selbst erledigen. Vielleicht war er ja auch einfach zu schlau für mich.

Über den Grund, wieso Mujo überhaupt ins Visier der Naziskins geraten war, konnte Grubenhauer nur vage Auskunft geben. Obwohl Rappolder ungefähr zur gleichen Zeit davon erfahren und fürchterlich getobt hatte, war für den Mord nicht Hasanovićs Beziehung zu Sarah Rappolder ausschlaggebend gewesen, sondern die Tatsache, dass er als Bedrohung für ein immens wichtiges Geheimprojekt der Gruppe gesehen worden war. Bei diesem Punkt druckste Grubenhauer besonders herum, und ich machte eine mentale Notiz an mich selbst, darauf später nochmals zurückzukommen.

Die Gruppe hatte anscheinend über Hasanovićs Vergangenheit Bescheid gewusst, zumindest in groben Zügen. Obwohl Hasanović ein ‹Kanake› gewesen sei – bei diesem Wort starrte ich Grubenhauer an, bis er den Blick senkte – und damit einem Weissen unterlegen, habe ihn der ‹Sturmtrupp› als Gegner daher ernst genommen und sich entsprechend vorbereitet.

«Nicht, dass die Hautfarbe irgendwas zur Sache tut, wie du ja eigentlich am besten weisst», sagte ich angewidert, «aber Slawen sind weiss, du kleiner Arschficker.»

«Slawen?», fragte er verwirrt. «Was hat das damit zu tun?»

«Die bosnischen Muslime sind Südslawen, genau wie die Serben, Kroaten und Slowenen. Hasanović war also ein weisser Mann, genau wie du, du Stück Scheisse. Einfach etwas gebräunter.»

Er schwieg und glotzte mich verwirrt an wie ein Schaf, dass seine Herde verloren hat.

Ich atmete tief durch und fuhr dann mit der Befragung fort. Es stellte sich heraus, dass einer der Skinheads als Tierpfleger beim Zoo Zürich arbeitete. In dieser Funktion konnte er sich Zugriff auf die Hellabrunner Mischung und das dazugehörige Material, Betäubungspfeile und -pistole, verschaffen, auch wenn er dazu natürlich nicht berechtigt gewesen wäre. Deshalb hatte er auch die richtige Dosierung nicht gewusst. Zur Sicherheit hatte er daher genug für ein Pferd aufgezogen, was gemäss Grubenhauer im Anschluss an den Mord für herzhafte Lacher unter seinen Angreifern gesorgt hatte. Hasanović hatte also wohl bereits den Transport nicht überlebt. Das deckte sich mit den Erkenntnissen der Rechtsmedizin. Ich schüttelte den Kopf und machte mir eine Notiz. Der rätselhafte Einstich an Hasanovićs Hals stammte also von einem Betäubungspfeil. Ich hätte mich ohrfeigen können. Tierärzte und –kliniken hatte ich alle abgeklappert, aber den Zoo hatte ich völlig vergessen.

Ich fixierte das Häufchen Elend auf dem Sofa und fragte gereizt: «Und was sollte der Scheiss mit dem zugenähten Mund und dem See?»

«Das war nicht unsere Idee. Ich...»

«Woher willst du das wissen?», unterbrach ich ihn unwirsch. «Ich dachte, du wusstest vorher nichts davon?»

«Das wusste ich auch nicht. Aber ich war bei Kalle, als er die Sache danach am Telefon besprach.»

«Mit wem?»

«Ich weiss nicht, wie er heisst. Er ist unser Kontakt für die Operation Sonnenfinsternis, und...» Plötzlich verstummte er und zog den Kopf ein, wie wenn er jede Sekunde erwartete, Rappolders ganze Wut zu spüren. Auf seinem Gesicht breitete sich ein betretener Ausdruck aus.

Nun nahm ich ihn in die Zange. «Sonnenfinsternis? Worum geht's dabei?»

«Ich weiss nicht...»

«Lüg mich nicht an», donnerte ich, «sonst wird es dir leid tun, du kleiner Pisser! *Worum geht's bei dieser Operation*?»

«Ich weiss es wirklich nicht», jammerte er. «Echt nicht!»

«Und das soll ich dir glauben?» Ich war aufgestanden und packte ihn nun drohend am Hals. «Du willst die Nummer zwei eurer lächerlichen Bande sein und weisst nichts über ein *oh-so-wichtiges* Geheimprojekt? Es fällt mir schwer, dir das zu glauben, Freund Markus!»

«Aber es ist so!» Plötzlich begannen ihm Tränen über die Wangen zu kullern. Fassungsglos starrte ich ihn an, als er schluchzend hervorstiess: «Es ist wahr! Kalle ist der Einzige, der alles weiss. Nur Harald und mir hat er überhaupt davon erzählt. Aber auch wir wissen nur, was das Ziel der Operation ist, keine Details!» Er zog geräuschvoll die Nase hoch.

Etwas versöhnlicher fragte ich: «Na schön, und was ist das Ziel?»

«*Die Rettung der weissen Rasse*!» Er stiess den Satz im Tonfall eines predigenden Missionars hervor, eines schluchzenden allerdings.

«Ist das alles?», fragte ich sarkastisch und schnaubte verächtlich. Das wurde ja immer besser. Ich machte mir eine Notiz und hakte nach: «Die Idee für den Mord stammte also von diesem mysteriösen Kontakt?»

«Ja, ich glaube schon.»

«Wieso? Warum sollte er Hasanović umbringen lassen wollen?»

«Keine Ahnung»

«Und wieso das ganze Theater drumherum?»

«Kalles Idee. Oder vielleicht die des Kontakts, ich weiss es nicht. Kalle meinte nur, so würden die Albaner manchmal vorgehen, und damit könnten wir die Spur von uns ablenken und die Polizei würde erst noch diesen Kanaken aufs Dach steigen. Zwei Fliegen mit einer Klappe.» Bingo!

«Ausser, dass die Albaner nicht so geizig sind.»

«Ich… also, Kalle…»

«Spuck's aus!»

«Kalle hat Harald dafür tausend Franken in Scheinen mitgegeben. Fünf Zweihunderter.»

«Im Mund der Leiche waren aber nur fünfzig Franken.»

«Ich weiss. Timo…»

«Wer ist Timo?»

«Er war Teil des gleichen Sturmtrupps.»

«Des ‹Sturmtrupps›, der Hasanović umgebracht hat?» Beim Wort ‹Sturmtrupp› schrieb ich mit den Fingern zwei Gänsefüsschen in die Luft.

Er nickte.

«Und», fragte ich barsch, «was ist nun mit Timo?»

«Timo und einer der anderen, Marcel, haben das Geld unter sich aufgeteilt und dem Kana…»

Ich schaute vom Notizblock auf und starrte ihn eisig an.

Hastig korrigierte er sich: «...dem *Toten* stattdessen fünf Zehnernoten in den Mund gesteckt.»

«Und woher wusste Rappolder das?»

«Kalle hat's in der Zeitung gelesen...»

«Es gab nie einen solchen Artikel.»

«Doch! Wenn ich's doch sage!»

«Du lügst! Die Polizei ist auf den Infos gesessen wie die Henne auf dem Ei. Keine einzige Zeitung hat das gebracht.» Ich starrte ihn wütend an. «Also?»

Resigniert liess er die Schultern hängen und gab leise zu: «Also gut. Kalle kennt jemanden bei der Polizei.»

«Wen?»

«Ich weiss es nicht.»

Ich verpasste ihm erneut eine deftige Ohrfeige und herrschte ihn wütend an: «Verdammt nochmal, du kleiner Wixer, ich sagte, du sollst mich nicht anlügen! Jetzt reicht's mir dann wirklich!»

«Ich lüge doch nicht!» Es schien, als würde er gleich wieder zu weinen beginnen. «Wirklich nicht. Keiner von uns weiss es!» Nach ein paar Sekunden fügte er hinzu: «Aber ich denke, es ist eine Frau.» Dabei schaute er mich hoffnungsvoll an.

Ich tat, als lasse mich das kalt. «Wie kommst du darauf?»

«Die Art, wie er mit ihr spricht am Telefon. Ich glaube, er fickt sie ab und zu. Wenn wir eine Aktion planen, schaut sie jeweils nach, wo wann wie viele Bullen Dienst haben.»

Unwillkürlich hatte ich ein Bild von Zada Meier vor Augen. Aber das war nicht möglich, oder? Nein, niemals!

Ich mässigte meinen Ton etwas und sagte: «Glaub ja nicht, damit sei die Sache ausgestanden. Aber na schön, wie hat Rappolder also reagiert, als er das mit dem Geld hörte?»

«Er ist ausgerastet, komplett ausgerastet.» Die blosse Erinnerung schien ihn zu erschrecken. «Er wollte beide umlegen. Harald und ich haben lange auf ihn eingeredet, und schliesslich hat er sie stattdessen nur fürchterlich verprügelt und ihnen gedroht, sie beim nächsten Vergehen umzulegen. Harald ist auch auf Bewährung, weil er die Verantwortung hatte.»

Das klang plausibel. Rausschmeissen konnte Rappolder die Kerle ja nicht einfach so, wenn er sicher sein wollte, dass sie den Mund hielten.

Ich überflog meine Notizen. «Also, Freund Markus», fragte ich dann fröhlich, «dieser mysteriöse Kontakt für euer kleines Abenteuer, wer ist das denn nun?»

«Keine Ahnung, ehrlich! Ich weiss nur, dass er für das Projekt extrem wichtig ist. Er ist letzten Sommer extra für ein Treffen hergeflogen und...»

«Wann?», unterbrach ich ihn und hielt unbewusst den Atem an.

«Ich weiss es nicht.»

«Lüg mich nicht an!»

«Ich *weiss* es nicht!», jammerte er, «ich weiss es wirklich nicht, ich...» Plötzlich erschien ein hoffnungsvoller Ausdruck auf seinem Gesicht. «Oder doch... Im Juli, denke ich!»

«Anfang, Mitte oder Ende?»

«Anfang. Oder nein, eher Mitte.»

Das deckte sich mit dem, was ich von Lucović erfahren hatte. Nur: Wenn der Kontakt Princip war, wieso sollte ihm Rappolder ausgerechnet vom Liebhaber seiner Schwester erzählt haben?

«Also, nochmals», knurrte ich, «wie hat Kalle vom Verhältnis zwischen Sarah und Hasanović erfahren?»

Grubenhauer starrte wortlos vor sich hin. Ich wartete einige Sekunden, aber er regte sich nicht. Schliesslich griff ich nach meinem Laptop und startete das Video erneut. Nach wenigen Sekunden gab er sich geschlagen. «Schon gut», sagte er resigniert, «es war Harald. Er ist schon lange scharf auf Sarah.»

«Sarah Rappolder? Kalles Schwester?»

Grubenhauer nickte und erklärte mir, dass Kalle höchstpersönlich die beiden bekannt gemacht hatte. Sarah hatte zwar absolut nichts von Harald wissen wollen, aber das hatte diesen nur angespornt. Ganz offensichtlich war er niemand, der das Nein einer Frau einfach so akzeptierte. Einige Wochen vor dem Mord hatte er wegen ihrer vehementen Ablehnung damit begonnen, ihr heimlich nachzuspionieren. Danach hatte es nicht lange gedauert, bis er zwei und zwei zusammengezählt hatte.

Die Befragung ging noch weiter, aber fünfzehn unergiebige Minuten später kam ich schliesslich zum Schluss, dass diese faulige Zitrone ausgequetscht war. Vor den Augen des entsetzten Grubenhauers nahm ich den Digitalrekorder aus meiner Brusttasche und schaltete ihn ab.

Dann spielte ich den Anfang der Aufnahme probehalber ab. Klar wie das Wasser des Zürichsees.

Als nächstes rief ich den Papst an.

Zwanzig Minuten später stand Steiner in Grubenhauers Wohnzimmer. Er hatte zwei Streifenpolizisten dabei, die das Häufchen Elend, das einmal Grubenhauer gewesen war, ohne Federlesens abführten. Immerhin durfte er sich noch notdürftig etwas überziehen. Sobald die drei die Wohnung verlassen hatten, spielte ich Steiner die Audiodatei vor und erklärte ihm dann, was ich von ihm wollte.

«Bist du bescheuert?», fragte er aufgebracht, als ich fertig war. «Weisst du, was du da von mir verlangst?»

«Ja», antwortete ich ruhig, «aber wenn wir den Kerl aus den Augen lassen, informiert er sofort Rappolder. Und wenn wir ihn zu schnell wegen Beihilfe anklagen, dann blasen die Anderen ihre Operation vielleicht ab. Das geht also nicht. Noch nicht. Es muss etwas sein, was bei den anderen Glatzköpfen keinen Verdacht erregt. Und er soll ja nicht deswegen verurteilt werden, er muss nur aus der Schusslinie sein, während wir die Sache zu Ende bringen.» Ich grinste. «Sieh das ganze einfach als kreative Schutzhaft.»

«Du weisst so gut wie ich, dass da eine Riesenprozedur dahinter steckt. Wir müssen die Anzeige aufnehmen, Zeugen einvernehmen, und so weiter. Schwierig ohne jemanden, der tatsächlich Anzeige erstattet, oder?»

«Das lass mal meine Sorge sein.»

Steiner war nicht überzeugt. «Der Kerl hat vom Mord gewusst! Er muss wenigstens wegen Mitwisserschaft, vielleicht auch wegen unterlassener Hilfeleistung drankommen, sofern wir ihm keine direkte Beteiligung nachweisen können. Und sonst ist er mindestens wegen Beihilfe dran!»

«Natürlich, aber alles zu seiner Zeit. Zuerst schnappen wir den Rest, dann wird jeder sauber angeklagt.»

«Wir befinden uns nicht in einer Bananenrepublik, van Gogh. Das ist kein Wunschkonzert.»

Ich schaute ihm eindringlich in die Augen und fragte leise: «Wie viel ist es dir wert, die Kerle zu schnappen, Markus?»

Gereizt erwiderte er: «Weniger als meine Prinzipien oder mein Job.»

«Aber wenn eine unbescholtene Bürgerin Anzeige erstattet wegen sexueller Belästigung, Körperverletzung und Drohung, dann müsst ihr der Sache doch nachgehen, oder?»

«Das weisst du so gut wie ich.»

«Und wenn nötig, kann der Angreifer in Untersuchungshaft genommen werden. Wenn sonst weitere Übergriffe drohen?»

«Auch richtig. Aber worauf willst du hinaus?»

«Grubenhauer hat eine Freundin von mir angegriffen. Weil sie lesbisch ist. Er hat sie zu Boden gestossen und massiv bedroht. Dafür sollten schon ein paar Tage U-Haft drin liegen.»

«Wer ist diese Freundin?»

«Mina.»

«Das ist doch völliger Bullshit!»

«Ja, aber Bullshit, der vielleicht dazu beiträgt, den Hasanović-Fall endlich zum Abschluss zu bringen.»

Er überlegte sich die Sache lange. Sehr lange. Ich rechnete bereits fest mit einem *Nein*, als er schliesslich den Kopf schüttelte und sagte: «Als schön. Du bist gefährlich, weisst du das?»

«Heisst das ja?»

«Ja, meinetwegen. Sofern Mina Anzeige erstattet. Schliesslich müssen wir handeln, wenn die Anzeige glaubwürdig ist.»

«Genau. Also los.»

«Du weisst, dass sie dafür wegen Falschaussage belangt werden kann?»

«Ja.»

«Und sie weiss das auch?»

«Ja.»

«Wieso sollte sie es dann machen?»

«Weil du ihr versichern wirst, dass es nicht so weit kommt.»

«Und wird sie mir das glauben?»

«Ja, wenn ich ihr sage, dass sie dir glauben kann.»

Er gab sich geschlagen. «Also gut. Dafür kann ich sorgen.»

«Was ist mit Roth?» Heinrich Roth, Steiners direkter Vorgesetzter und enthusiastischer Anführer meines Anti-Fanklubs, war bekannt dafür, immer dann aufzutauchen, wenn es am wenigsten passte. Wie eine Pilzinfektion.

«Überlass den mir.»

«Okay, dann los.»

Ich rief also Mina an und regelte die Details mit ihr. Sie diskutierte nicht lange, sondern wollte nur wissen, ob sie danach die Anzeige ohne Folgen wieder zurückziehen könne. Steiner versicherte ihr, sie könne, und so war sie einverstanden.

Dann verliessen wir Grubenhauers Luxusherberge, gingen die Treppen zum Erdgeschoss hinunter und dann durch den Vordereingang hinaus zum brandneu aussehenden und halb auf dem Bürgersteig geparkten Streifenwagen. Dort wechselte Steiner ein paar Worte mit den zwei Uniformierten, dann stieg er in seinen Dienstwagen und fuhr los Richtung Innenstadt, den Streifenwagen und meine Rostlaube im Schlepptau.

Langsam wurde die Sache interessant.

KAPITEL 37

Steiner schaute mich nachdenklich an und trank einen Schluck Cola. Wir sassen mutterseelenallein bei Fish'n'Chips in der neuen Nichtraucherecke im *Paddy Reilly's* und besprachen das weitere Vorgehen.

Heute Morgen hatte ich als Erstes Imam Kulenović angerufen und ihn eine Stunde später in Schlieren getroffen, um ihn auf den neusten Stand zu bringen und einige berechtigte Fragen zu den in Wien und Belgrad aufgelaufenen Spesen zu beantworten. Er war geradezu ekstatisch gewesen über die Entwicklungen der letzten zwei Wochen und ich hatte ihn ein wenig bremsen müssen. Schliesslich hatten wir die Saukerle noch nicht. Wir wussten zwar mit ziemlicher Sicherheit, dass sie es getan hatten, aber ohne Beweise war das so viel wert wie ein grosser Haufen Hundekacke.

Danach hatte ich mich mit einer Thermoskanne voll Kaffee an meinen Schreibtisch gesetzt und mir die nächsten zwei Stunden das Hirn darüber zermartert, wie wir die Glatzkopfschwadron und Princip für den Mord an Mujo Hasanović drankriegen und im gleichen Zug die Operation ‹Sonnenfinsternis› abschiessen konnten, worum es dabei auch immer gehen mochte. Ich hatte mir mittlerweile zwar etwas zusammengereimt, aber es gab nur einen, der alle Antworten kannte.

Steiner schien der gleichen Meinung zu sein. «Rappolder.»

Ich nickte. «Der gute alte Kalle. Die Frage ist nur, wie wir ihn dazu kriegen, uns sein Herz auszuschütten.»

«Mit ein wenig Druck bringen wir Grubenhauer sicher dazu, gegen die anderen auszusagen. Und dann kommt da schnell was zusammen. Die Betäubungspistole, ein zum Einstich an Hasanovićs Hals passender Betäubungspfeil, das Auto, mit dem sie ihn nach Wollishofen transportiert haben, und so weiter. Vielleicht kriegen wir auch raus, woher das Stahlträgerstück stammt, mit dem sie ihn versenkt haben.»

«Alles nur Indizien», gab ich zu bedenken. «Und was ist, wenn Grubenhauer es sich plötzlich anders überlegt? Die Geschichte mit dem

Video hat nur deshalb funktioniert, weil er sozial vollkommen auf Rappolder und diese Gruppe fixiert ist.»

«Ausserdem», dachte Steiner laut weiter, «wissen wir nicht, ob er selbst beim Mord dabei war oder ob alles nur Hörensagen ist, wie er behauptet.»

«Natürlich war er dabei.»

«Wie auch immer, wir fahren auf jeden Fall besser damit, wenn wir uns nicht nur auf seine Aussage verlassen.»

«Selbstverständlich. Aber ich hab da eine Idee.»

«Ach ja? Und welche?»

In wenigen Sätzen erzählte ich ihm, wie ich die Neos drankriegen wollte.

«Das ist aber ziemlich gefährlich», war seine erste Reaktion, als ich fertig war. «Bist du sicher, dass du das durchziehen willst? Wenn du irgendwo als Füllmaterial in einem Zementpfeiler endest, kriege ich ziemlichen Ärger.»

«Stell dir vor, darauf bin ich auch nicht scharf. Wir müssen halt einfach dafür sorgen, dass das nicht passiert. Oder fällt dir was Besseres ein?»

Es fiel ihm nichts Besseres ein. Also besprachen wir die Details und deren Umsetzung. Am Ende hatte unser Plan zwar immer noch viele Löcher, aber es war immerhin ein Plan.

Zwei Stunden später sass ich auf einem der wackeligen Klappstühle im kleinen Hinterzimmerbüro des SZA. Ivica sass neben mir. Gerade hatte ich ihm erzählt, was ich vorhatte.

«Ist das dein Ernst?», fragte er und starrte mich entgeistert an. Für einmal lachte er nicht.

«Ja.»

«Es ist dir aber schon klar, dass Rappolder versuchen wird, dir Betonstiefel anzuziehen, oder?»

«Davon gehe ich aus, ja.»

«Und dumm ist er auch nicht.»

«Nein, definitiv nicht.»

«Und du bist bei weitem nicht so schlau, wie du denkst.»

Ich grinste. «Das ist Ansichtssache.»

«Also sind deine Chancen nicht eben super», fuhr er unbeirrt fort. «Stimmt's oder habe ich Recht?»

«Weder noch. Ich denke sogar, meine Chancen stehen ziemlich gut. Sonst würde ich mich nicht darauf einlassen, ich bin ja nicht blöd. Wir haben ein paar entscheidende Vorteile.»

«Und welche?»

«Wir wissen viel mehr, als er sich eingestehen wird. Das ist seine einzige wirkliche Schwäche: Er ist extrem arrogant und völlig davon überzeugt, dass niemand so clever ist wie er. Das müssen wir nutzen. Er muss mich unterschätzen. Ausserdem ist er ein Zyniker. Also wird es ihm nicht schwerfallen zu glauben, was ich ihm auftische, solange es seinen Überlegenheitskomplex und seine Verachtung für mich füttert. Ich muss ihn nur genug reizen.»

«Mag sein. Aber es gäbe eine viel einfachere Lösung.»

«Und welche?»

«Wir könnten den Spiess umdrehen und *ihm* Betonstiefel anziehen. Wenn er verschwindet, löst sich sein Spinnergrüppchen garantiert auf. Hack einer Schlange den Kopf ab und…»

«Nein.»

«Nein? Wieso nicht?»

«Du weisst wieso. Die Diskussion hatten wir schon mal.»

Diesmal schwieg er.

«Weisst du», fuhr ich nachdenklich fort, «mal abgesehen davon, dass ich mich auf sowas niemals einlassen würde: Das wäre doch auch kein richtiger Abschluss für Mujos Witwe, nicht? Und ausserdem ist der eigentliche Mord ja anscheinend nicht von ihm begangen worden.»

«Aber er hat ihn befohlen.»

«Ja, aber die Anderen müssen wir auch drankriegen.»

«Na gut. Du willst es also wirklich auf deine Art versuchen?»

«Ja, will ich.»

«Okay, aber wenn du dich täuschst, geht der ganze Plan bachab. Und du wahrscheinlich auch.»

«Es wird klappen. Die Jungs gehören zur Fernsehgeneration. Und im Fernsehen läuft sowas immer auf diese Art.»

«Na schön», sagte er, «es ist ja deine Haut, um die es geht. Also, wollen wir ein Bierchen heben gehen?»

Zu Ivicas immensem Erstaunen lehnte ich ab, verabschiedete mich und machte mich auf den Weg zu Fiona. Falls die Sache doch schiefging, sollte das Letzte, was mein Mund berührte, nicht ein Bier sein.

KAPITEL 38

Ich bemerkte Rappolder sofort, trotz der Flut Studierender in der Uni-Mensa. Mit seiner Glatze und dem dunklen Anzug samt roter Krawatte stach er unübersehbar aus der Menge der Jeans-und-T-Shirt-Träger heraus. Er sass an einem der hässlichen gelben Tische und stopfte eine Portion des inoffiziellen Schweizer Nationalgerichts in sich hinein: Schnitzel mit Pommes frites und Salat, kurz Schniposa.

Ich steuerte auf ihn zu, blieb vor seinem Tisch stehen und sagte freundlich: «Hallo Karl-Johann, können wir reden?»

Ohne aufzuschauen antwortete er regungslos: «Verpiss dich!»

«Das kann ich nicht, Karl-Johann. Nicht, bevor ich dir einen Vorschlag unterbreitet habe.»

Immer noch ohne aufzuschauen lachte er sein trockenes, humorloses Lachen. Es klang, wie wenn er bellen würde. Dann schüttelte er den Kopf und sagte: «Ich glaube nicht, dass du mir etwas vorschlagen kannst, was mich interessiert.»

Ich stützte die Hände auf den Tisch, beugte mich vor, als wollte ich ihn küssen, und flüsterte ihm ein einziges Wort ins Ohr: «Sonnenfinsternis.»

Einen winzigen Moment lang konnte ich ihn seinem Gesicht sehen, dass ich ins Ziel getroffen hatte. Dann wurde seine Miene sofort wieder ausdruckslos und er fragte gelangweilt: «Was soll damit sein? Bist du Astronom?»

«Ich denke, du weisst, wovon ich spreche. Die Frage ist, ob du hier darüber sprechen willst.»

Er schwieg.

«Wusstest du übrigens», fuhr ich in gemächlichem Plauderton fort, «dass der wirkliche Grund, wieso Harald von Hasanović und deiner Schwester wusste, der ist, dass er ihr ebenfalls nachgestiegen ist?»

Wie immer, wenn seine Schwester erwähnt wurde, war es mit Rappolders Ruhe vorbei. Er griff nach der Gabel, beugte sich vor und zischte leise: «Am besten verpisst du dich jetzt ganz schnell, sonst wird's dir leid tun.»

«Oh, das tut's mir jetzt schon. Aber trotzdem will ich was von dir. Und du wirst es mir geben, wenn du nicht willst, dass die ganze Sonnenfinsternis-Geschichte bei der Polizei landet. Und bei der Presse selbstverständlich.»

«Ich glaube nicht, dass das in deinem Interesse wäre.»

«Wieso, weil du Harald und das kleine Narbengesicht wieder auf mich hetzt?»

«Keine Ahnung, wovon du sprichst.»

«Na ja, eigentlich ist das ja auch scheissegal. Schwamm drüber. Wasser unter der Brücke.» Ich arbeitete hart am Eindruck, den ich vermitteln wollte: harter Kerl, weiche Birne. Einfach gestrickt wie ein Topflappen. Nur ein gieriger kleiner Versager. Ich warf ihm einen Blick zu, von dem ich hoffte, dass er den Zweck erfüllte und nicht nur debil wirkte, und fügte hinzu: «Ich bin aus einem einzigen Grund hier, Karl-Johann: Geld. Ich will was abhaben. Jetzt bin mal *ich* dran!»

Er rümpfte angewidert die Nase. «Geld?»

Entweder war er noch cleverer, als ich dachte, oder mein Plan funktionierte tatsächlich. Es gab nur eine Art, das rauszufinden. «Geld. Knete. Kohle. Moneten. Zaster. Kies. Schotter. Kröten.» Ich holte Luft. «Mammon. Mäuse. Moos. Asche… Bares halt!»

Immer noch starrte er mich entgeistert an. «Und wie kommst du darauf, dass ich dir Geld gebe, sogar wenn ich welches hätte?»

«Ich weiss, dass du welches hast, Karl-Johann. Und ich weiss, dass du mir gerne davon abgibst, wenn ich nur das Maul halte.»

«Wovon zum Teufel sprichst du?»

Ich schaute ihn bedeutungsvoll an und fragte: «Willst du wirklich hier darüber reden?» Von links und rechts streiften uns verstohlene Blicke.

Er stand auf und sagte: «Los! Komm mit!» Dann ging er durch die Terrassentür und die Treppe herunter Richtung Künstlergasse. Ich ging neben ihm her, und wir mussten wohl für alle Welt wie zwei Akademikerkollegen aussehen, die irgendeine obskure Theorie diskutierten. Irgendwie war es ja auch so.

«Also», frage er ohne Gefühlsregung, als wir zwischen den alten Steinmauern zum Seilergraben hinunter spazierten, «was genau glaubst du denn zu wissen?»

«Karl-Johann, mein Freund, ich glaube nicht, ich *weiss*.» Ich drehte ihm das Gesicht zu, beugte mich etwas zu ihm herüber und sagte leise: «*Operation* Sonnenfinsternis.»

Seine Selbstbeherrschung war immens, schon fast unheimlich. Kein Zucken im Gesicht, kein ungläubiger Ausruf, rein gar nichts. Kein Aussenstehender hätte bemerkt, dass ich gerade eine ernsthafte Delle in den Panzer seiner arroganten Gleichgültigkeit geschlagen hatte. Nur seiner Stimme hörte ich an, dass der Schuss gesessen hatte, als er so leise, dass ich ihn kaum hörte, erwiderte: «Keine Ahnung, wovon du sprichst, Mann.»

«Ach ja?» In Maschinengewehrstakkato zählte ich einige Schlüsselfakten auf. «Operation Sonnenfinsternis. Rettung der weissen Rasse. Princip und seine Waffen. Seine Verbindung zu Hasanović, dem Liebhaber deiner Schwester... klingelt's da?»

Beim Wort ‹Schwester› warf er mir einen wütenden Blick zu. Ansonsten regte er sich nicht und schwieg, aber sein Gesichtsausdruck verhiess nichts Gutes.

Ich grinste, verschränkte die Arme und fügte hinzu: «Ich weiss *alles*, mein Freund. Und ich will was abhaben. Sonst gehe ich damit an die Presse, zur Polizei, et cetera. Du kennst das ja wahrscheinlich schon aus dem Fernsehen. Vielleicht erzähl ich's sogar deiner Schwester Sarah.»

Es war, als hätte ich auf einen Knopf gedrückt. Plötzlich packte er mich am Kragen und presste mich an das gusseiserne Tor eines kleinen Gartens kurz vor Ende der Künstlergasse. Dazu zischte er: «Nimm den Namen meiner Schwester noch einmal in den Mund, du kleiner Wixer, nur noch einmal...» Seine Stimme zitterte und in seinen Mundwinkeln sammelte sich Geifer. Der Kerl hatte wirklich nicht alle Tassen im Schrank.

Ich mochte es gar nicht, wenn mich jemand am Kragen packte, aber ich beherrschte mich. Mein Plan hing von Rappolders Geringschätzung für mich ab, und die musste ich nähren. Also breitete ich meine Arme aus und sagte in entschuldigendem Ton: «Hey, ich hab's doch nicht böse gemeint. Ich finde nur, es muss was für mich drin liegen, wenn ich euch nicht auffliegen lasse. Eine Hand wäscht die andere, nicht wahr?»

Er liess mich los und musterte mich wie ein besonders unappetitliches Insekt. Es war offensichtlich, dass ich endlich zu ihm durchgedrungen war. Der echte Karl-Johann spähte hinter der Maske seiner Selbstgefälligkeit hervor, und es gefiel mir gar nicht, was ich sah: ein kaltes Reptil, seelenlos, rücksichtslos, erbarmungslos. Er klang auch fast wie eine Echse, als er zischte: «Du benimmst dich genau wie ein Kanake, weisst du das? Du bist eine verdammte Schande für deine Rasse!»

Ich affektierte einen weinerlichen Ton. «Vielleicht. Aber ich habe die Schnauze voll, mich ständig nur abzustrampeln. Ich hab immer nur Pech. Ich krieg einfach nie was. Anderen fällt immer alles in den Schoss, aber ich...»

An der Neumarkt-Haltestelle wartete eine Traube Studierender. Rappolder blieb stehen und hob seine Hand in einer imperialen Geste, um mich zum Schweigen zu bringen. Ich tat ihm den Gefallen. Er dachte ein paar Sekunden nach und sagte dann leise: «Also gut, du sollst was abhaben.»

«Wieviel?»

Er schüttelte den Kopf. «Nicht hier. Komm heute Nachmittag zu mir. Um Punkt vier Uhr.»

Ich verzog das Gesicht und erwiderte: «Ich bin doch nicht blöd. Ich weiss ja noch, was letztes Mal passiert ist.»

Er war plötzlich wie ausgewechselt. Freundlich, einfühlsam und aufrichtig wie ein Gebrauchtwagenverkäufer. «Sicher, das verstehe ich. Aber überleg mal, ich bin ja auch nicht blöd. Du hast doch sicher alles niedergeschrieben und irgendwo hinterlegt, nicht wahr? Damit ich gar nicht auf dumme Gedanken komme?» Er klang wie eine Kindergärtnerin, die ein besonders widerspenstiges Kind zum Mittagsschläfchen überreden will.

Aber ich war auch nicht schlecht. Stockend antwortete ich leise: «Äh... ja, genau... also, ich... ja, es ist alles aufgeschrieben. Wenn mir etwas passiert, kommt alles raus.» Dazu warf ich ihm einen unsicheren Blick zu. Ein Oscar für van Gogh!

Rappolder war die Konzilianz in Person. «Eben. Also kann ich es mir doch nicht leisten, dich zu verarschen. Verhalten wir uns wie Erwachsene und finden wir eine für beide Seiten akzeptable Lösung, ja?»

«Ja, das wäre super», sagte ich mit einer unüberhörbaren Note von Dankbarkeit in der Stimme.

Über sein Gesicht huschte erneut ein angewiderter Ausdruck, aber sofort setzte er wieder eine freundliche Miene auf. «Schön. Dann verschwindest du jetzt besser. Vier Uhr.»

«Wieso treffen wir uns nicht woanders?»

Er seufzte und erklärte: «Schau, ich muss sicher sein, dass du nicht verkabelt bist. Und ich kann das halt am besten bei mir zu Hause kontrollieren. Das verstehst du doch, oder? Du bist ja abgesichert.»

«Stimmt genau, das bin ich.»

«Na also. Also kein Grund zur Sorge. Ich muss eben auch vorsichtig sein.»

«Ja, das verstehe ich natürlich.»

«Also dann: vier Uhr.» Mit diesen Worten liess er mich stehen.

Auf dem Weg zum Hauptbahnhof konnte ich mir ein Grinsen nicht verkneifen. Ich hatte meine Rolle gut gespielt. Rappolder hatte wirklich nur zwei Möglichkeiten: entweder alles abblasen oder das Problem van Gogh lösen. Was auch immer das heissen mochte.

Und wenn ich Recht behielt und er durch seinen Kontakt bei der Kantonspolizei weitere Informationen über mich einholen liess, würde das seinen negativen Eindruck wohl noch verstärken. Wer hätte gedacht, dass all der Mist, den Roth über mich verzapfte, irgendwann doch noch sein Gutes haben würde?

KAPITEL 39

Kurz nach halb zwei Uhr nachmittags parkierte ich hinter dem grossen, an einen Ostberliner Plattenbau erinnernden Wohnblock am Ortsrand von Opfikon, den ich wegen seiner Lage und Höhe ausgewählt hatte. Ich trug löcherige Jeans und einen alten, schlabbrigen Wollpullover, der früher wahrscheinlich einmal schwarz gewesen war. Mit meiner Beretta an der linken Hüfte, meinem schwarzen Rucksack über der Schulter und einem kleinen Klappstuhl in der Hand betrat ich das Gebäude durch den Hintereingang und fuhr mit dem schon etwas verlotterten Fahrstuhl ins oberste Stockwerk, wo ich es mir am Ende des schmalen Korridors bequem machte.

Es war ein schöner Nachmittag. In den goldenen Sonnenstrahlen, die durch die grossen Fenster des Treppenhauses einfielen, konnte ich das Spiel aufgewirbelter Staubschwaden sehen. Ich rückte nahe an die Scheiben aus getöntem Glas und nahm mein Fernglas zur Hand. Von hier aus konnte ich die ganze Siedlung auf der gegenüberliegenden Strassenseite im Auge behalten, inklusive der Tiefgarageneinfahrt und dem Eingang von Rappolders Wohnblock.

Ich liess meinen Blick umherschweifen. Strasse, Tiefgarage, Wohnblock, Nachbargebäude, Wohnblock, Tiefgaragen, Strasse... Nichts passierte.

Hin und wieder erregte ein Fahrzeug meine Aufmerksamkeit, aber jedesmal war es Fehlalarm. Alte Damen, Lernfahrer und eine ausgesprochen gut gebaute Brünette schienen mir nicht zu Rappolder zu passen. Dann endlich, um Viertel vor drei, fuhr ein blauer Opel Omega auf den Parkplatz des Nachbargebäudes. Er hielt an, aber niemand stieg aus, obwohl ich durch die Heckscheibe Bewegungen sah. Meine Neugier war geweckt, und nach etwas mehr als zehn Minuten wurde meine Geduld schliesslich belohnt: Das Fenster des Opels öffnete sich und eine Hand erschien. Sie schüttelte die Asche von einer Zigarette und verschwand wieder. Ich pfiff leise durch die Zähne. Der zugehörige

Arm hatte im olivgrünen Ärmel einer Bomberjacke gesteckt. Ein Aussenposten?

Dann, um genau fünf nach drei, fuhr ein roter, auffällig zerbeulter VW Golf in die bunkerhafte Tiefgarage gegenüber. Aufgrund des Winkels konnte ich auch diesmal nicht ins Wageninnere sehen, aber irgendetwas an der Karre störte mich, und bevor er unter zwei Metern Beton verschwand, warf ich daher einen suchenden Blick auf das Wagenheck. Und plötzlich wusste ich, was mich störte: Neben der Autonummer prangte, weiss auf schwarz, ein kleiner Aufkleber.

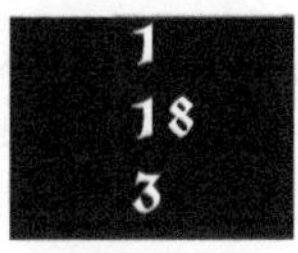

Unter normalen Umständen hätte ich mir nichts dabei gedacht, aber mittlerweile war ich für solche Zahlenspielchen sensibilisiert. Ich erinnerte mich an Neumanns Ausführungen, wofür die 18 stand. *Adolf Hitler*. Wenn ich dieser Logik folgte, dann musste die vertikale Reihe wohl zwei Zahlen darstellen, da das lateinische Alphabet ja nicht hundertdreizehn Buchstaben aufweist. Also 11 und 3? Das wäre dann ‹K› und ‹C›. Darauf konnte ich mir keinen Reim machen. Andere Möglichkeit: ‹1› und ‹13›. ‹A› und ‹M›. *Aktion Mjölnir*? Ich richtete das Fernglas auf den blauen Opel, der immer noch am gleichen Ort stand, und wurde sofort fündig. Auch an seinem Heck prangte ein solcher Aufkleber. Ich hatte ihn vorhin nicht bemerkt, weil ich nicht danach gesucht hatte. Eigentlich ziemlich dumm, sich so zu markieren. Aber dasselbe galt wohl auch für die grosse Hakenkreuztätowierung, die ich an Grubenhauer gesehen hatte und die er kaum als Einziger trug. Identität schien wichtiger zu sein als Geheimhaltung.

Nun war ich neugierig, wer im zerbeulten roten Volkswagen gesessen haben mochte. Gerade noch rechtzeitig richtete ich das Fernglas auf Rappolders glasverkleidetes Treppenhaus, um eine kleine Gruppe vierschrötiger Glatzköpfe die Treppe ins Erdgeschoss hochsteigen zu sehen. Zuvorderst war der sympathische Harald, der Hasanović verpfiffen und meine Birne mit einem Baseball verwechselt hatte. Dicht hinter ihm folgte ein weiterer Beteiligter des kleinen Tiefgaragen-Intermezzos, dessen Namen ich aber immer noch nicht kannte. Beim Dritten hingegen war ich mir ziemlich sicher, dass ich ihn noch nie gesehen hatte. Er war noch grösser und breiter als die anderen und sah aus wie ein Wasserbüffel, den man in zu enge Jeans und eine beim Waschen eingegangene Bomberjacke gezwängt hatte.

Zufriedenheit und eine steigende Nervosität kämpften um die Vorherrschaft in mir. Einerseits verhielt sich Rappolder bisher genauso, wie ich das gehofft hatte. Andererseits folgerte ich daraus, dass es in seiner Wohnung gleich ziemlich zur Sache gehen konnte. Und falls ich den weiteren Verlauf des Abends nicht korrekt vorausgesehen hatte, konnte es sogar richtig übel für mich enden. Ich schluckte leer, leckte mir über die trockenen Lippen und nahm meine Beobachtungsroutine wieder auf.

Weitere zehn Minuten später fiel mir ein brauner Fiat auf. Jetzt, wo ich wusste, worauf ich schauen musste, sah ich den Aufkleber sofort. Der kleine Spaghettipanzer fuhr ebenfalls in die Tiefgarage gegenüber, und bald darauf keuchten zwei weitere Glatzköpfe die Treppe hoch. Das machte dann also insgesamt sechs, wenn man Rappolder mitzählte. Ich fragte mich, ob ich mich geschmeichelt fühlen sollte oder nicht. Er wollte ganz offensichtlich kein Risiko eingehen.

Ich rief Steiner an, um ihm die Kräfteverhältnisse durchzugeben und mich zu vergewissern, dass alles bereit war, dann machte ich mich kurz vor vier Uhr schweren Herzens auf den Weg. Ich war nicht gerade scharf auf das, was nun mit ziemlicher Sicherheit folgte, aber ich sah keine andere Möglichkeit. Also fuhr ich mit dem Fahrstuhl ins Erdgeschoss, versorgte meine Ausrüstung samt Klappstuhl wieder im Wagen und überquerte zu Fuss die Strasse.

Rappolder wartete bereits oben. «Pünktlich wie die Feuerwehr», grinste er, während ich mich die letzten Stufen hochkämpfte. Sein Lächeln hätte kaum freundlicher sein können, als er mir die Tür aufhielt, aber seine stahlblauen Fischaugen waren eiskalt wie immer. «Komm mit», sagte er immer noch aufreizend freundlich und ging voraus ins Wohnzimmer. Dort zeigte er wortlos auf den gleichen Sessel, auf dem ich es mir schon beim letzten Mal bequem gemacht hatte.

Rappolder schien allein zu sein, aber natürlich wusste ich es besser. Er nahm auf dem Sofa Platz, so dass er mir gegenüber sass, dann seufzte er und sagte in seinem üblichen gelangweilten Ton: «Also, dann kommen wir gleich zur Sache. Wie viel genau willst du?»

«Hundertausend.»

«Franken?»

«Euro.»

Er machte eine Grimasse und fragte sarkastisch: «Ist das alles?»

«Ja.»

«Schön. Obwohl ich mich jetzt aber doch frage, ob du wirklich den leisesten Schimmer davon hast, was wir hier machen. Das Ganze wäre viel mehr wert.»

«Na gut. Dann zweihunderttausend?» Ich machte ein Gesicht, als könnte ich mir so viel Geld kaum vorstellen.

Rappolder konnte seinen Ekel nicht verbergen und sagte in angewidertem Ton: «Du bist wirklich eine kleine Kakerlake. Da hast du die einmalige Chance, aktiv mit uns gegen das Aussterben deiner eigenen Rasse zu kämpfen, aber stattdessen versuchst du billigen Profit aus etwas zu schlagen, das du nicht verstehst. Du ekelst mich an.»

Zögerlich antwortete ich: «Okay, okay, hunderttausend sind auch in Ordnung.»

«Oh wirklich?», fragte er ironisch und fügte dann boshaft hinzu: «Aber ich hab noch eine bessere Idee: Wir behalten das Geld und du kriegst das, was Kakerlaken verdienen.»

«Aber...» Ich schluckte leer und begann erneut: «Aber was ist mit den Abschriften, die ich hinterlegt habe?»

«Bei wem denn?»

In unsicherem Ton, für den ich nicht einmal gross schauspielern musste, antwortete ich: «Na, das binde ich dir doch sicher nicht auf die Nase!»

Rappolder lächelte ohne Wärme. «Es gibt gar keine Abschriften, oder?»

Ich schwieg.

Er grinste wie ein Wolf. «Ich sage dir was, du kleine Kakerlake: Du bist zu blöd, um deine kleine Geschichte tatsächlich irgendwo hinterlegt zu haben. Aber das werden wir ja bald herausfinden. Und selbst wenn, wird dir das nichts mehr nützen.»

Ich hörte das Geräusch von Türen hinter mir und drehte den Kopf. Rappolders Laufburschen kamen aus allen drei Zimmern, die an den Flur angrenzten, wie die Ratten aus der Kanalisation.

Rappolder lachte. Es klang wie eine Hyäne, die hustet. «Endstation für dich, *mein Freund*!» Er hatte seine Maske abgelegt und schaute mich triumphierend an. In seinem Blick flackerte ein eigentümliches, irres Licht. Erneut hatte ich den schleichenden Verdacht, dass mit ihm noch mehr nicht stimmte als nur das Offensichtliche.

Jetzt kam der Teil, auf den ich gar keine Lust hatte. Rappolder war nicht dumm, wie mir von allen Seiten immer wieder versichert wurde, und da vor drei Wochen fünf seiner Unterhunde nötig gewesen waren, um mich ordentlich aufzumischen, konnte ich mich jetzt nicht einfach kampflos in mein Schicksal ergeben, ohne dass er Verdacht schöpfte.

Einige Sekunden lang standen wir uns regungslos gegenüber, als wäre der kleine weisse Läufer am Boden der 38. Breitengrad und das Wohnzimmer Korea. Dann stand Rappolder plötzlich auf. Während er noch in der Aufwärtsbewegung war, versetzte ich dem kleinen Kaffeetisch zwischen uns einen kräftigen Tritt. Die Holzkante erwischte wuchtig sein linkes Schienbein, so dass er sich wieder hinsetzte und losfluchte wie ein Landsknecht. Praktisch gleichzeitig packte mich jedoch eine riesenhafte Hand von hinten an den Haaren und riss so kräftig daran, dass ich samt Designersessel rückwärts umkippte und schmerzhaft auf den Rücken knallte. Zwei der Skins warfen sich auf mich, packten meine Arme und drückten meinen Oberkörper mit aller Kraft zu Boden, so dass ich kaum Luft bekam. Ein dritter setzte sich auf meine Beine und versetzte mir einen gut gezielten Schlag in die Kronjuwelen. Der Letzte trat mir mehrfach kräftig in die Rippen. Es schmerzte höllisch.

Nachdem sie mir die Hände auf den Rücken gefesselt, mich nach Wanzen durchsucht und mir die Pistole und das Handy abgenommen hatten, führten mich die Kerle aus Rappolders Wohnung. Eine lose über meine Schultern drapierte Bomberjacke verbarg meine Fesseln. Wir gingen die Treppen hinunter und betraten kurz darauf die Tiefgarage durch die gleiche Tür, durch die ich drei Wochen zuvor schon einmal gegangen war. Die Glatzköpfe bildeten einen Kordon um mich herum wie Bodyguards um einen Filmstar. Ich fühlte mich trotzdem nicht geschmeichelt.

Rappolder ging hinter mir und raunte mir ins Ohr: «Also, du Pisser, wir werden jetzt eine Spazierfahrt machen. Wenn du dich benimmst, wird es nicht unangenehmer als nötig.»

Harald hatte mitgehört und fügte hinzu: «Und fang ja nicht an rumzuschreien hier unten, hörst du?» Dann fragte er Rappolder hoffnungsvoll: «Sollen wir ihm nicht doch eins überziehen, Kalle?»

«Nein», antwortete Rappolder knapp, während er seine Bomberjacke auszog. «Er muss einen klaren Kopf behalten.»

«Aber dann sieht er, wo wir hinfahren.»

«Das glaube ich nicht. Stülp ihm das da über.» Da beide hinter mir gingen, konnte ich nicht sehen, was ‹das da› war.

Harald liess nicht locker. «Aber er hört uns reden.»

«Na und?», erwiderte Rappolder unbeeindruckt. «Das nützt ihm nichts. Wir halten uns einfach an unseren Plan.»

«Hey Leute», mischte ich mich ein, beschwichtigend und mit einer besorgten Note in der Stimme, die ich nun überhaupt nicht spielen musste. «Kommt schon! Das könnt ihr nicht ernst meinen! Ihr wollt mir doch nur Angst einjagen, oder?»

«Halt die Schnauze!», zischten Rappolder und Harald praktisch gleichzeitig, und der Wasserbüffel, der neben mir ging, versetzte mir einen heftigen Klaps auf den Hinterkopf, der meine Hirnzellen ordentlich durcheinander schüttelte.

Ich wurde in den Laderaum eines bereitstehenden grünen Lieferwagen verfrachtet. Harald und der Wasserbüffel setzten sich links und rechts neben mich auf die aufklappbare, improvisiert aussehende Seitenbank, dann schloss jemand von aussen die Schiebetür. Meine gefesselten Hände und Unterarme waren schmerzhaft zwischen Rücken und Seitenwand eingeklemmt.

Der Wasserbüffel drehte sich zu mir hin und stülpte mir etwas über den Kopf, von dem ich im Halbdunkel des Laderaums zuerst befürchtete, dass es ein Plastiksack war, dass sich dann aber als Papiertüte herausstellte. Ich schwieg trotzig.

Kurz darauf fuhren wir los. Aus der Fahrerkabine konnte ich Rappolders Stimme vernehmen. Er sagte etwas zum Fahrer, aber wegen des Motorenlärms verstand ich kein Wort. Dann rief mir er mir – wohl durch die kleine Luke zwischen Ladefläche und Fahrerkabine – etwas zu, das ich auch erst beim zweiten Mal kapierte: «Für den Fall, dass du die Sekunden zu zählen versuchst, van Gogh: Du kannst dir die Mühe sparen, es bringt nichts.»

Ich schwieg trotzig und zählte erst recht weiter. Als ich jedoch bei zweitausend ankam, realisierte ich, dass die Fahrt wirklich länger dauerte, als ich gedacht hatte. Verdammter Mist! Was, wenn sie ganz woanders hinfuhren, als ich Steiner prophezeit hatte? Dann hing alles von seinen Leuten ab. Der Gedanke gefiel mir gar nicht, und ich hoffte, dass sie sich auch wirklich wie geplant an uns drangehängt hatten.

Mein mulmiges Gefühl verstärkte sich mit jeder Minute, die vorüberging. Die Kabelbinder um meine Handgelenke waren viel zu eng und schnürten mir das Blut ab, so dass ich meine Hände kaum noch spürte, als wir nach einer halben Ewigkeit beim Zählstand von fast dreitausend endlich anhielten. Fast eine Stunde Fahrtzeit! Shit! Shit! Shit!

Der Fahrer schaltete den Motor aus und Rappolder wechselte ein paar Worte mit jemandem. Anscheinend war ‹es› eingetroffen und bereit, was immer ‹es› war. Dann wurde die seitliche Schiebetür aufgerissen. Jemand packte mich grob am Kragen – ich tippte auf den Wasserbüffel – und zerrte mich aus dem Wagen, während ich erfolglos versuchte, unter dem Rand der Tüte über meinem Kopf herauszuschielen. Dann versetzte mir jemand einen gut gezielten Schlag in die Nieren, der mich vor Schmerzen auf die Knie sinken liess. Zwei der Kerle packten mich unter den Achseln und schleiften mich wie einen Mehlsack davon.

Ein paar stolpernde Schritte weiter wurde es dunkel unter dem Tütenrand. Dann stiess mein rechtes Schienbein schmerzhaft gegen etwas. Irgendwo knallte eine Tür zu und ich hörte das Quietschen von Metall auf Metall. Plötzlich wurde es taghell, als mir jemand die Tüte vom Kopf riss, und ich schloss unwillkürlich die Augen.

«Bindet ihn dort fest», befahl Rappolders Stimme, «und durchsucht ihn nochmals gründlich. Ich bin gleich zurück.»

Ich öffnete die Augen und sah, dass wir uns in einem Raum von etwa fünf auf sechs Metern befanden. Wände und Decke waren mit dunklem Holz verkleidet. Neben der Tür stand ein Baseballschläger, der mir bekannt vorkam. Der Boden aus hellem Naturwerkstein war mit Plastikplanen zugedeckt. Auf halber Länge standen zwei parallel angeordnete Stützbalken, welche die Breite des Raumes in drei gleichmässig grosse Bereiche unterteilten. Vor dem einen dieser Balken stand ein stabil aussehender hellbrauner Sägebock, dessen Zweck ich mir nicht erklären konnte. Vor dem anderen, etwa zwei Meter entfernt, stand ich. Meine Hände fühlten sich taub an. Jemand entfernte meine Fesseln, aber meine leise Hoffnung auf ein bisschen Erleichterung wurde enttäuscht, als meine Hände kräftig nach hinten gerissen und gleich darauf wieder zusammengebunden wurden und ich nun am Pfosten stand wie Lederstrumpf am Marterpfahl.

«Am besten den Hals gleich auch noch», überlegte Harald, dessen Stimme und Akzent ich mittlerweile sofort erkannte, laut hinter mir. Der Wasserbüffel packte mich grob an den Haaren und knallte meinen Kopf hart an den Pfeiler. Dann legte sich ein schmales, hartes Band um meine Kehle, wohl noch ein Kabelbinder. Nun konnte ich meinen Kopf zwar kaum noch bewegen, ohne mich selbst zu erwürgen, aber solange ich stillhielt, konnte ich einigermassen frei atmen.

Dann wies Harald, der seine Rolle als Rappolders Stellvertreter sichtlich genoss, den Wasserbüffel an, mich zu durchsuchen. Dieser zog mir zunächst Jeans, Boxershorts und Socken aus. Ich trat nach ihm, aber er lachte nur, versetzte mir einen harten Schlag in die Magengrube und machte ungerührt weiter, während ich nach Luft rang. Zur Sicherheit fesselte er mir aber auch noch die Fussgelenke an den Pfosten, so dass ich nun völlig bewegungsunfähig war. Anschliessend zückte er ein Schmetterlingsmesser und schnitt mir damit Jacke, Pullover und T-Shirt buchstäblich vom Leib, weil er sie mir wegen der gefesselten Hände nicht normal ausziehen konnte. Ich schimpfte und tobte und zeterte und fluchte währenddessen wie ein Rohrspatz, aber erntete dafür nur Gelächter. Nach kurzer Zeit war ich splitterfasernackt.

Plötzlich kam mir Lucovićs Verhör in Belgrad in den Sinn, und ein kleiner Teil von mir musste zugeben, dass diese neuste Wende objektiv gesehen irgendwie ziemlich ironisch war. Allerdings war der grosse Rest von mir nicht in der Stimmung für objektive Betrachtungen. Meine geschundenen Nieren brannten wie Feuer, mein misshandelter Magen probte dein Aufstand und meine exponierten Hoden versuchten sich in die Wärme der Bauchhöhle zurückzuziehen.

«Kalt hier», witzelte Harald mit einem vielsagenden Blick auf meine nackten Geschlechtsteile. Er hatte Recht: Es war verdammt frisch im Spätnovember, so ganz ohne Kleider. Ich schlotterte vor Kälte und zitterte gleichzeitig vor Wut. «Fick dich, du verdammtes Arschloch», schrie ich ihn an. «Du gottverfluchte Missgeburt! Du elender *Arschficker*!»

Beim letzten Wort verschwand das Grinsen schlagartig von seinem Gesicht. Es gab wohl tatsächlich nichts Schlimmeres für einen strammen Neonazi als die Anschuldigung, gegen §175 des alten deutschen Strafgesetzbuches zu verstossen. Er trat ganz nahe an mich heran, packte mich mit einer Hand in einem schraubstockartigen Griff am Hals und zischte, während sein nach Bier und abgestandenem Rauch stinkender Atem meine Nasenhöhlen füllte: «*Was* hast du gesagt?»

Ich bekam keine Luft mehr, aber ich war so wütend, dass ich trotzdem noch irgendwie hervorstossen konnte: «Verfluchte… Nazitunte!»

«*Du*...!» Er lief grellrot an und griff ausser sich vor Wut nach dem Baseballschläger, wohl um mir den Schädel einzuschlagen.

«Was ist denn hier los?», erklang Rappolders befehlsgewohnte Stimme in diesem Moment von der Tür her. «Leg den verdammten Schläger hin, du Idiot! Zuerst die Arbeit, dann das Vergnügen!»

«Aber Kalle...» Harald liess mich los und rang nach Atem.

«Nichts Kalle. Mach gefälligst, was ich dir sage, du Arsch!»

Resigniert liess Harald den Schläger langsam sinken. «Sorry, Kalle, hast ja Recht. Aber die Sau hat mich provoziert und...»

«Ich will's nicht hören. Mach gefälligst deinen Job! Du weisst, was auf dem Spiel steht.»

«Ja Kalle», antwortete Harald zerknirscht, «alles klar.»

«War er verkabelt?», wollte Rappolder als Nächstes wissen.

«Nein, war er nicht.»

«Wo sind seine Sachen?»

«Hier.» Er reichte Rappolder die Plastiktüte mit den Dingen, die er in meinen Taschen gefunden hatte: Brieftasche, Schlüssel, Handy.

Ich hatte damit gerechnet, nach Wanzen durchsucht zu werden, schliesslich lief das im Fernsehen auch immer so. Womit ich nicht gerechnet hatte, war, dass sie mich dafür nackt ausziehen würden. Das gehörte zwar zu einer gründlichen Durchsuchung, aber da die meisten Krimis und Thriller aus dem prüden Amerika stammten, sah man das am Bildschirm nie. Und ausserdem waren die guten Jungs in den Filmen immer nur unter dem T-Shirt verkabelt und die bösen Jungs schauten auch immer nur dort nach. Erneut hatte ich die Glatzköpfe unterschätzt.

Nachdem Rappolder meine Sachen genau untersucht hatte, reichte er Harald den Sack zurück und schickte ihn und den Wasserbüffel aus dem Zimmer. Dann ergriff er einen alten Holzstuhl, schloss die Tür und pflanzte sich darauf vor mich hin, mit der Lehne nach vorne. Ich dachte an meinen Besuch in Grubenhauers Wohnung. *Déjà-vu.*

«Also», sagte er freundlich, «beginnen wir mal ganz vorne. Was genau meinst du denn zu wissen?»

Ich war immer noch wütend. «Ich weiss alles, du Wixer, und bald wissen es alle, wenn ihr mich nicht sofort gehen lasst!»

«Tja, das geht leider nicht.» Er machte ein trauriges Gesicht. «Erstens kann ich das Risiko nicht eingehen, dass du später plötzlich deine Meinung änderst...»

«Das werde ich nicht!»

«...und ausserdem bist du wirklich eine Schande für unsere Rasse. Weisst du, ohne dich sind wir viel besser dran. Und sogar wenn ich blöd genug wäre, dir zu glauben, so wäre da immer noch das kleine Problemchen mit meiner Schwester.»

Wo waren wir, in Afghanistan? Ungläubig fragte ich: «Mit deiner Schwester? Wie meinst du das?»

«Ja, meine Schwester.» Er studierte mich wie eine Laborratte auf dem Seziertisch. Dann fragte er unnatürlich leise: «Hast du sie gefickt? So wie all die anderen?»

«Wovon zum Teufel sprichst du?»

«Ich weiss, dass du bei ihr warst, in ihrer Wohnung. *Hast du sie gefickt?*»

«Nein!», protestierte ich lauthals. *Aber ich habe ihre Titten gesehen, du Wixer*, dachte ich dabei trotzig. Es war ein kindischer Gedanke, aber irgendwie half er mir in diesem Moment. Erneut bemerkte ich diesen irren Blick in seinen Augen, der immer da war, wenn es um seine Schwester ging. Hatte ich ihn doch falsch eingeschätzt? Würde er zu weit gehen, bevor er von mir die Antworten hatte, die er suchte?

«*Lüg nicht!*» Plötzlich war er ausser sich, von null auf hundert in einem einzigen Augenblick. Aus seinem Mund flog mir die Spucke nur so entgegen, als er mich anschrie: «Du hast sie gefickt! Wie dieser verdammte Kanake! Sie lässt sich von jedem ausnutzen. Jeder kann sie ficken!»

Die Wut übermannte mich erneut und ich schrie zurück: «Herrgott nochmal, fickst *du* sie denn, oder was soll das Ganze?»

Er erstarrte. Das Blut wich ihm aus dem Gesicht. Nur auf seinen Wangenknochen brannten zwei hellrote Flecken. Sein Blick verlor den Fokus. Er murmelte ein paar Sekunden lang zusammenhanglos vor sich hin. Ich war perplex. Niemand mochte es, wenn schlecht über seine Familie gesprochen wurde, aber das hier ging weit darüber hinaus. Ich wusste nicht, was genau zwischen ihm und seiner Schwester ablief, aber es schien mir nicht normal zu sein. Und ganz sicher nicht gesund.

Nach ein paar Sekunden kam er wieder zu sich. Es sah aus, als erwache er aus einem Alptraum. Er zog ein äusserst scharf aussehendes Klappmesser aus der Tasche, zeigte damit auf mein exponiertes Glied und sagte in beiläufigem Ton: «Wenn wir hier fertig sind, schneid ich dir den Schwanz ab und stopf ihn dir in dein verdammtes Schandmaul, damit du daran erstickst!»

Es klang, als meinte er es ernst. Ich testete erneut die Stärke der Fesseln an meinen Händen und Füssen. Überall ein solider Millimeter Polyamid. Da war nichts zu machen. Ich schwieg.

Plötzlich flog die Tür auf und Haralds Kopf erschien im Türrahmen. «Ist was, Kalle? Wir haben Schreie gehört, und…»

«Ich hab gesagt, es soll mich niemand stören, verdammt nochmal!»

Harald machte ein betretenes Gesicht und schloss die Tür rasch wieder. Die Unterbrechung holte Rappolder zurück auf den Boden der Realität, und er sagte bedauernd: «Aber soweit sind wir leider noch nicht. Zuerst werden wir uns mal ein wenig unterhalten, du und ich.»

Ich musste die Sache hinauszögern, so dass Steiner und seine Leute Zeit hatten, mich herauszuhauen. Mit versteinertem Gesicht sagte ich: «Keine Chance!»

Seine Wut schien so plötzlich verflogen zu sein, wie sie gekommen war. Er fixierte er mich mit seinen kalten blauen Fischaugen und sagte beiläufig: «Da mach dir mal keine Illusionen. Du wirst alles sagen, das verspreche ich dir.» Das Tempo, mit der sich seine Stimmung komplett ins Gegenteil verkehren konnte, war wirklich furchteinflössend.

«Was wollt ihr machen? Mich foltern, bis ich euch verrate, wo die Abschriften sind? Ist das nicht ein wenig zu klischeehaft?»

«Komm schon, du weisst so gut wie ich, dass jeder früher oder später redet. Es ist nur eine Frage von Zeit und Aufwand.» Plötzlich bleckte er die Zähne in einem breiten Grinsen. Seine Augen blieben kalt und leblos. Er sah aus wie ein Wolf, kurz bevor dieser seine Fänge in die Kehle eines Karibus schlägt. «Aber wer sagt denn, dass wir *dir* weh tun werden?»

Ich hatte eine eigentümliche Vorahnung, dass erneut etwas schiefgegangen war. Bevor ich jedoch nachfragen konnte, fuhr er im gleichen beiläufigen Ton fort: «Wenn du übrigens darauf wartest, dass dir die Kavallerie zu Hilfe kommt, dann muss ich dich enttäuschen. Die zwei Fahrzeuge, die sich in Opfikon an uns geheftet haben, waren leider in einen hässlichen Verkehrsunfall verwickelt. Ist das nicht schockierend?» Er grinste breit. «Schade um Timos schönen roten Golf, aber wir müssen alle unsere Opfer bringen. Freunde von dir?»

Verdammte, verfluchte, ver*fickte* Scheisse! Mein ach so durchdachter Plan fiel nach und nach auseinander wie eine nasse Zeitung. Ich erinnerte mich an Moltkes berühmtesten Ausspruch: «Kein Plan überlebt die erste Feindberührung». Ich hoffte zwar immer noch, dass der alte Preusse heute für einmal nicht recht behalten sollte, aber es sah nicht gut aus.

Rappolder lachte arrogant, als er mein besorgtes Gesicht sah. «Ach komm, nun sei doch nicht beleidigt. Du dachtest halt, du wärst schlauer als ich. Es haben schon Bessere als du denselben Fehler gemacht.»

Ich beherrschte mich, musterte ihn nachdenklich und fragte ruhig: «Warst du auch schlauer als Hasanović?»

«Sarahs Kanake? Meinst du das ernst? Ich dachte, du weisst alles?»

«Ich sage dir, was ich weiss. Ich weiss, dass du ein sehr enges Verhältnis zu deiner Schwester hast, um es mal so zu formulieren. Etwas zu eng.»

Seine Miene verhärtete sich sofort wieder und in seinen Augen glitzerte die pure Mordlust, aber er schwieg und hörte erwartungsvoll zu.

«Ich weiss auch», fuhr ich fort, «dass du deine Rassenideen als Teenager entwickelt hast. Einen Dachschaden hattest du aber wohl bereits vorher. Ich weiss auch, dass deine Schwester eng mit einer Türkin befreundet war und sich schliesslich in deren Bruder verliebte, bevor du und deine Kumpane die beiden so verprügelt habt, dass sie nichts mehr von Sarah wissen wollten. Und ich weiss, dass du dafür im Knast warst. Sehr mutig übrigens, ein Mädchen zu verprügeln.» Ich fixierte ihn mit einem trotzigen Blick.

Nach ein paar Sekunden sagte er: «Wir haben die Kanakin nicht verprügelt. Wir haben ihr nur die Haare abgeschnitten.»

«Wie überaus grosszügig von euch», erwiderte ich ironisch. «Aber weiter: Ich weiss auch, dass deine Schwester und Mujo Hasanović ein Verhältnis hatten, nachdem sie sich bei irgendeiner Veranstaltung an der Uni kennengelernt hatten. Und ich weiss, dass dir Harald davon erzählt hat.» Ich starrte ihn so trotzig an, wie das in meiner Lage eben ging, und fragte ruhig: «Na, wie mache ich mich bisher?»

Er starrte wortlos zurück.

«Aber wusstest du auch», preschte ich vor, «weshalb Harald überhaupt von der Sache wusste? Er hat ihr nachspioniert. Weil er sie ebenfalls will!»

«Du verdammter Lügner», knurrte Rappolder, «denkst du, ich weiss nicht, was du hier versuchst?» Trotzdem beschäftigte ihn die Sache offensichtlich, und er starrte eine Weile vor sich hin ins Leere. Dann wiederholte er im Brustton der Überzeugung: «Du lügst. Harald weiss, wo er hingehört. Aber selbst wenn: Wenigstens wären beide reinrassige Arier, oder? Nicht wie der Kanake!»

Auf dieses Argument wusste ich keine Antwort. «Ich weiss auch», fuhr ich deshalb mit dem seltsamen Verhör fort, «dass du versucht hast, von der Belgrader Mafia Waffen und Sprengstoff zu kaufen. Ich weiss, dass der zuständige Gangster Luka Princip heisst und dass der kurz vor dem Mord an Hasanović hier in Zürich war.» Als ich Princips Namen sagte, schaute Rappolder überrascht auf. Hastig ergänzte ich: «Und ich weiss, dass Mujo ihn zufällig gesehen hat, wahrscheinlich als Princip zur Bank ging. Trotz der langen Zeit hat er ihn wiedererkannt. So jemanden vergisst man wahrscheinlich nicht, oder? Hasanović hat sich an Princip drangehängt, wohl um sich zu rächen. Irgendwie hast du davon erfahren und Princip informiert. Oder Princip hat selbst was gemerkt.»

Rappolder schnaubte verächtlich. «Er hat sich zuerst nicht mal an den kleinen Kanaken erinnert, obwohl meine Schwester so ein Riesentamtam um ihn und seine Heldentaten gemacht hat.»

Das wunderte mich nicht angesichts der Menge an Opfern, die während des Krieges durch Princips blutverschmierte Finger gegangen sein mussten. Aber nun waren wir an einem Punkt angelangt, der mich neugierig machte. «Wieso hat sie dir überhaupt von ihm erzählt?»

Erneut schnaubte er verächtlich. Das Geräusch war im höchsten Masse irritierend. «Nachdem Harald mit seiner Geschichte zu mir kam, habe ich sie zur Rede gestellt. Am Anfang wollte sie es abstreiten, aber Harald hatte Fotos. Er wusste wohl, dass ich ihm sonst vielleicht nicht geglaubt hätte. Ich konfrontiere sie also damit und sage ihr, was ich von diesem feigen Saupack halte, und weisst du, was sie dann macht? Statt die Rassenschande zuzugeben und um Verzeihung zu bitten, verliert sie die Beherrschung und erzählt mir allen möglichen Schrott über den Wixer. Folteropfer hier, grosser Kriegsheld dort, und so weiter. Ich habe das natürlich nicht geglaubt, und da erzählt sie mir, dass sie sogar den Namen der Person kennt, die ihn gefoltert hat.»

«Luka Princip», warf ich automatisch ein.

«Ganz genau, Luka Princip. Da habe ich zwei und zwei zusammengezählt und Princip von der Sache erzählt. Und was stellt sich heraus? Sarah hatte Recht.»

«Du hast ihn unter seinem richtigen Namen kennengelernt?»

«Ich weiss nicht, ob es sein richtiger ist, aber er wurde mir so vorgestellt. Was auf seinem Pass steht, weiss ich nicht.»

Ich überlegte. «Du hast vorhin gesagt, Princip hätte sich gar nicht an Hasanović erinnert. Wieso hat er dich dann trotzdem unter Druck gesetzt, ihn verschwinden zu lassen?»

Rappolder setzte zu einer Antwort an, als er plötzlich stutzte und inne hielt. Dann grinste er mich an und fragte: «Was soll das? Ich dachte, du weisst schon alles?»

«Ich weiss alles, was wesentlich ist. Nur bei ein paar Details bin ich mir noch nicht ganz sicher.»

«Und du denkst wirklich, ich sei jetzt blöd genug, dir den Rest zu erzählen? Was habe ich davon?»

«Befriedigung? Eine Chance, mir dein wahres Genie zu zeigen? Du bist ja anscheinend überzeugt davon, dass ich sowieso nichts mehr ausplaudern kann.»

«Da hast du auch wieder Recht. Sehen wir's als letzten Wunsch. Dafür kriegst du keine letzte Mahlzeit, bevor du abtrittst.» Er bleckte erneut die Zähne wie ein Wolf, dann holte er tief Luft und sagte beiläufig: «Na ja, Princip meinte, der Kanake könne ernsthaft Ärger machen. Einige dieser Moslembastarde seien gar nicht so inkompetent. Auch wenn das schwer zu glauben ist. Und das konnten wir natürlich nicht brauchen.»

«Aber das macht doch keinen Sinn, wenn er sich ja nicht mal an ihn erinnert hat!»

«Nicht an die Zeit, als er den Kanaken gefoltert hat. Aber er wusste vom Ruf des kleinen Fickditsch später im Krieg, als ich ihm den Namen und ein paar Hintergrundinfos gegeben habe. Hast du gewusst, dass die Serben ein Kopfgeld auf ihn ausgesetzt hatten, weil sie ihn nicht erwischen konnten? Das muss man sich mal vorstellen! Einen kleinen Untermenschen wie den!» Er schüttelte ungläubig den Kopf, als läge das jenseits seiner Vorstellungkraft.

«Ja», erwiderte ich trotzig, «das weiss ich. Weisst du auch wieso? Weil er eine ganze Reihe serbischer und kroatischer Heckenschützen erledigt hat. Dreckschweine, die auf Frauen und Kinder schossen, während die nach etwas Essbarem oder ein wenig Feuerholz suchten.»

«Alles Kanaken», sagte er gleichgültig. «Im Krieg gibt es halt Opfer. Sie hätten nicht dableiben sollen.»

«Und das war's? Das ist alles? Deshalb musste Hasanović sterben?»

«Na ja, deswegen und weil er meine Schwester gefickt hat, selbstverständlich.»

«Und was solltet ihr dafür kriegen? Ein paar Gratisgewehre?»

«Einen Rabatt auf die ganze Lieferung. Ausserdem wollte er das Geschäft nur machen, wenn wir den Kerl erledigen.»

«Aber du wusstest, dass nach dem Mord der erste Verdacht auf dich fallen würde, sobald jemand deine verqueren Ansichten mit der… sagen wir… *besonderen* Beziehung zu deiner Schwester und ihrem Verhältnis mit Hasanović in Zusammenhang brachte. Deshalb hast du so gut wie möglich versucht, von dir und deiner kleinen Spinnergruppe abzulenken.»

«Ach ja? Und wie habe ich das getan?» Er grinste. Das Ganze machte ihm sichtlich Spass.

«Na ja», fuhr ich ruhig fort, «einerseits hast du nicht selbst Hand angelegt, obwohl es dich sicher in den Fingern gejuckt haben muss. Schliesslich hast du ja den Ruf, immer alles selber zu erledigen. Wirklich clever gemacht. Und so vorausschauend. Du sorgst dafür, dass du zur Tatzeit im Knast sitzt, indem du den Vermieter deines Kumpels Markus wegen irgendeinem Scheiss zusammenschlägst. Wahrscheinlich hast du Grubenhauer vorher sogar angewiesen, er solle Streit mit ihm anfangen…»

Er grinste breit.

«Dachte ich's mir. Das passt. Also, du sitzt im Knast. Aber natürlich kann sich jeder Ermittler mit einem halben Hirn zusammenreimen, dass du trotz deines Rufs vielleicht einfach deine Jungs mit dem Mord beauftragt hast. Daher muss die Sache nach etwas anderem aussehen. Aber zuerst müsst ihr ihn ja überhaupt mal kriegen. Wo also suchen? Klar, bei deiner Schwester, er ist schliesslich mehrmals in der Woche bei ihr, wie dir dein guter Kumpel Harald völlig uneigennützig berichtet hat. Also lässt du ihre Wohnung beobachten. Wahrscheinlich hat's ein paar Tage gedauert, weil er zu der Zeit ja hinter Princip her war, aber dennoch habt ihr ihn schliesslich erwischt. Nur eben, der Kerl ist kein Weichei, und deine Jungs sind nur in der eigenen Vorstellung Profis. Er muss also irgendwie ausser Gefecht gesetzt werden. Nur wie? Zum Glück arbeitet einer deiner Hilfsarbeiter beim Zoo und kann von dort die Betäubungspistole samt Zubehör mitgehen lassen. Wahrscheinlich hat er sogar selbst geschossen, oder nicht?»

Der Ausdruck in Rappolders Augen bestätigte mir, dass ich ins Schwarze getroffen hatte.

«Dass die Dosis viel zu hoch für einen Menschen ist, kratzt euch natürlich überhaupt nicht. Wenn er am Betäubungsmittel verreckt, ist er genauso mause, wie wenn er im See ersäuft. Wahrscheinlich konnte er sich gar nicht mehr richtig wehren, als deine Jungs ihn verprügelten. Wirklich mutig. Reinhard Heydrich wäre stolz auf euch.»

«Eine reine Frage der Effizienz», erwiderte Rappolder unwirsch. «Wer bescheisst, gewinnt. So einfach ist das.»

Ich hatte mich in Rage geredet und holte tief Luft, bevor ich weitermachte. «Und wer kam auf die Idee, die Sache den Albanern in die Schuhe zu schieben? Princip?»

«Nein», entgegnete Rappolder immer noch grinsend, «das war meine Idee. Princip gab mir nur den Tipp mit dem Vorgehen.»

«Also Teamwork vom Feinsten», entgegnete ich sarkastisch. «Wo hattet ihr die Fischerleine her?»

«Angelschnur», korrigierte er mich automatisch. «Harald hat sie aus Deutschland mitgebracht.»

«Na schön. Und wo habt ihr alles so schön säuberlich vorbereitet? Geld in den Mund, dann mit der Angelschnur zunähen, die Ketten, das Stück Eisenträger… ich tippe mal auf hier. Dein abgelegenes kleines Waldschloss. Dann habt ihr ihn mit dem gleichen VW Bus nach Wollishofen transportiert, mit dem wir hierher gefahren seid.»

Wieder grinste er breit. «Nicht schlecht», antwortete er dann fast anerkennend, «nicht schlecht. Zum Glück bist du so ein gieriges Arschloch, sonst hättest du uns tatsächlich noch Ärger machen können.»

Ich ignorierte ihn. «Nur eins verstehe ich nicht», erwiderte ich ungerührt, «und zwar, wieso sich die serbische Mafia mit einem kleinen Schweizer Spinnerverein wie euch abgeben soll. Wie seid ihr überhaupt an die rangekommen? Ich meine, die stehen ja wahrscheinlich nicht in den Gelben Seiten.»

Er liess sich nicht provozieren, sondern grinste mich weiterhin breit an. Ich konnte ihm förmlich ansehen, was er dachte: Alles war unter Kontrolle. Bald würde ich Hasanovićs Schicksal teilen. Wieso sich also nicht vorher noch ein wenig im Schein der eigenen Brillanz sonnen?

Nach einer Kunstpause fragte er mit bedeutungsschwangerer Stimme: «Hast du schon mal von *Combat 18* gehört?»

Ich nickte und sagte: «Es geht das Gerücht um, du hättest einen Schweizer Ableger gegründet.»

Er lachte trocken und erwiderte: «Ein strategisch gestreutes Gerücht, mein Freund. Auf diese Weise wollen alle bei uns mitmachen und wir können uns die Besten raussuchen.»

«Es stimmt also nicht?»

«Doch, doch, aber unsere Ziele sind viel grösser, als ein paar Schwule zu verkloppen oder ein paar Briefbomben an Kanaken zu verschicken.» Er blickte mir in die Augen. «Weisst du, die arischen Krieger sind weltweit vernetzt, und gerade hier in Europa treffen wir uns oft. Bei einem Meeting in Helsingborg… Weisst du, wo das ist?»

Ich nickte. «In Schweden.»

«Genau. Unsere Brüder sind stark dort. Also, bei einem Meeting in Helsingborg habe ich vor zwei Jahren einen der englischen Gründer von *Combat 18* getroffen und bin danach mit ihm in Kontakt geblieben. Ein Supertyp! Als Jugendlicher hat er sich in den Siebzigerjahren beim *British Movement* eine solide ideologische Basis geholt, in den Achtzigern war er beim *Ku Klux Klan* in den USA, und zurück in England ist er 1993 *Combat 18* beigetreten. Er hat uns geholfen.»

Der Anflug von Heldenverehrung in Rappolders Stimme erstaunte und irritierte mich zugleich. Ausserdem sah ich den Zusammenhang immer noch nicht. «Na schön, aber das erklärt nicht, woher *er* die entsprechenden Kontakte hatte.»

«Begreifst du's nicht? Ich dachte, du wüsstest so viel. Er war *da*!»

«Was? Wo, da?», fragte ich verwirrt. «In Schweden?»

«In Bosnien, du Idiot! In Bosnien! Während des Kriegs! Er hat für die weisse Rasse Kanaken getötet! *Combat 18* hatte damals gute Kontakte zu einer patriotischen Gruppe in Serbien, von der du wahrscheinlich noch nie gehört hast. Sie nannten sich die ‹Weissen Adler› und haben heldenhaft für ihr Vaterland und die weisse Rasse gekämpft, oft zusammen mit anderen patriotischen Gruppen. Bei einem dieser Einsätze hat er Princip getroffen.»

Als er die letzten Worte aussprach, sah ich den alten Begić vor mir, wie er unter Tränen seine Geschichte erzählte. Mir fiel keine angemessene Antwort ein, und so schwieg ich. In Tat und Wahrheit hatte ich keine Mühe, seinen Worten zu glauben. Ivica hatte erwähnt, dass ausländische Extremisten bei serbischen Paramilitärs im Bosnienkrieg im Einsatz gewesen waren. In der Presse waren sie

‹Wochenendkiller› genannt worden. Wieso sollten nicht auch Engländer dabei gewesen sein? Der Mensch war ein Herdentier, und dass nicht nur Sportler und Sänger und Philatelisten und Numismatiker, sondern auch Mörder und Vergewaltiger zueinander fanden, erschien mir nur logisch.

Rappolder missverstand mich jedoch und versicherte mir mit missionarischem Eifer: «Es ist wahr! Ich hab's sogar recherchiert. Seine Lebensgeschichte, die Verbindung nach Serbien, alles. Im Kampfjahr 1999, als unsere englischen Brüder die Entarteten in London bekämpften, publizierte zum Beispiel der *Guardian* mehrere Artikel, in denen diese Fakten bestätigt werden.»

«Und dieser Kerl hat für euch den Kontakt hergestellt?»

«Genau.»

Für einen Moment schwiegen wir beide. Rappolder war wohl ehrlich erstaunt, dass ich so viel herausgefunden hatte, und ich schwieg, weil er allen Ernstes stolz auf all dies zu sein schien. Schliesslich musterte er mich nachdenklich und fragte: «War's das mit den Fragen?»

«Nur eine Sache beschäftigt mich noch», erwiderte ich, ehrlich neugierig, «woher habt ihr überhaupt das nötige Geld?»

«Ich bin reich.»

«Das ist zu einfach. Ausserdem weiss ich, dass dein Vater deine Unterstützung eingestellt und dich aus dem Testament gestrichen hat.»

Er konnte sein Erstaunen darüber, dass ich auch davon wusste, nicht verbergen und schaute überrascht auf. «Ach ja?»

«Ja. Also woher kommt das Geld?»

«Sag du's mir, Herr Superschlau. Was denkst denn du?»

«Ich habe mehrere Vermutungen. Sag mir, wenn ich richtig liege. Das Naheliegendste ist, dass ihr versucht habt, mit Rechtsrock Geld zu beschaffen. Über *Blood & Honour*, nehme ich an.»

Er nickte anerkennend. «Stimmt.»

«Aber», überlegte ich weiter, «das reicht nicht. Damit kommt nicht genug zusammen, vor allem nicht in der relativ kurzen Zeit, die ihr für euren Deal zur Verfügung hattet. Also muss noch mehr dahinter stecken.»

«Ach ja?» Er kratzte gelangweilt an seinen Fingernägeln herum, strahlte aber gleichzeitig eine solche nervöse Energie aus, dass diese Pose als reines Theater entlarvt wurde.

«Ja», erwiderte ich. «Ich weiss, dass die Drogenfahndung letztes Jahr hinter deiner Gruppe her war, genau wie die Zollfahndung. Ich vermute, dass ihr Kurier- oder Sicherheitsdienste für Schmuggler übernommen habt. Oder selber im Schmugglergeschäft seid. Zigaretten?»

«Überwiegend. Aber wir sind da nicht wählerisch. Hauptsache, es bringt Geld.»

«Drogen?»

«Manchmal. Vor allem Ecstasy und Heroin. Aber hauptsächlich Zigaretten.»

«Für wen? Princip?» Ich wusste, dass im Zürcher Drogenhandel eine klare Arbeitsteilung herrschte. Der Handel mit Heroin wurde durch Gruppen aus dem Balkan kontrolliert, derjenige mit Kokain durch Westafrikaner.

Er schüttelte den Kopf. «Nein.»

Ich liess nicht locker. «Verkauft ihr auch selbst?»

«Nur Zigaretten. Meist an patriotischen Konzerten. Koks und Ex importieren wir nur und verkaufen es dann an Zwischenhändler. Der Endverkauf ist was für die Kaputten.»

«Aber», fragte ich in einer ironischen Anspielung auf seine missionarischen Hetzreden, «schwächt das nicht die Volksgemeinschaft?»

«Ach was», entgegnete er eifrig und ohne auf meinen Sarkasmus einzugehen, «nur die Schwachen nehmen ja überhaupt Drogen. Und wenn sich dieses Unkraut sozusagen gleich selbst jätet, brauchen wir uns nach der Wende nicht mehr darum zu kümmern.»

«Nach der Wende?»

«Wenn die weisse Rasse endlich realisiert hat, dass sie sich in einem Krieg befindet und sich unserem Aufstand gegen das zionistische Besatzungsregime und alle Anderen, die die arische Volksgemeinschaft schwächen wollen, anschliesst.»

«Also wenn die Operation Sonnenfinsternis anläuft.»

«Du hast ja keine Ahnung», meinte er abschätzig.

«Ich denke schon, doch. Ihr versucht, die Vergangenheit wieder auferstehen zu lassen und euren Vorbildern in Belgien, Deutschland und Italien nachzueifern, oder?»

Nun hatte ich seine Aufmerksamkeit. «Und das bedeutet?»

«Das bedeutet, dass du während deines Studiums von den NATO-Geheimarmeen erfahren hast. Oder vielleicht wusstest du schon vorher davon und hast während des Studiums bewusst diesen Kurs belegt. Schliesslich wurde in der Schweiz ja schon einiges über die P26 geschrieben. Auf jeden Fall hat dich die Idee fasziniert, wie diese

Widerstandsorganisationen zur Manipulation der Bevölkerung missbraucht wurden. Der Anschlag auf den Bahnhof von Bologna, das Oktoberfestattentat, die Brabantmassaker… Das war für dich das Rezept zum Erfolg. Die Kommunisten sind zwar von der Geschichte überholt worden, aber ihr habt ja noch genug andere Feindbilder. Das politische Klima ist zu wenig fremdenfeindlich? Verüb ein paar Anschläge und schieb es den Kanaken, wie du das nennst, in die Schuhe. *Et voilà*, schon ist der Rechtsrutsch da. Noch ein paar Anschläge, und bald kommt kein Moslem mehr ins Land rein. Noch ein paar, und diejenigen, die schon hier sind, werden ausgewiesen oder in Lager eingesperrt, wie die amerikanischen Japaner nach Pearl Harbor. Früher waren es die Kommunisten, heute sind es die Muslime. Nebst all den anderen ‹Rassenfeinden›, die es in eurer absurden Ideologie gibt.»

«Absurd?» Er stand auf und trat so nahe an mich heran, dass ich die Füllungen in seinen Zähnen sehen konnte. «Was weisst du schon? Schau dich mal um! Fällt dir nicht auf, wie weit es schon gekommen ist mit uns? Die Geburtenrate der Kanaken ist so viel höher als unsere, dass sie uns über kurz oder lang verdrängen, wenn wir uns nicht *sofort* zu wehren beginnen. Schau dir Frankreich an! Willst du solche Zustände?»

Ich ignorierte auch diesen Ausbruch und fuhr mit meiner Theorie fort: «Der P26-Skandal hat bewiesen, dass es auch in der Schweiz möglich ist, geheime Waffenverstecke anzulegen. Das hat dir gefallen. Waffen und Sprengstoff bunkern und bei Bedarf hervor nehmen. Was wolltet ihr machen, Asylbewerberheime in die Luft jagen statt sie nur wie üblich anzuzünden?»

Verächtlich erwiderte er: «Denkst du, ich habe so wenig Fantasie? Meinst du wirklich, wir würden all diesen Aufwand für solchen Kleinkram betreiben?»

«Wozu dann das Ganze?»

Er senkte die Stimme und sagte ohne jeden Anflug von Ironie: «Die Sache ist viel grösser, als sich ein Kleingeist wie du vorstellen kann. Waffen, Attentate und Anschläge… das ist alles nur Mittel zum Zweck. Damit kann zwar der Nährboden geschaffen werden, aber niemals eine fundamentale Erneuerung der Volksgemeinschaft. Das geht nur auf politischer Ebene. So wie das unsere Vorgänger vorgemacht haben.»

«Und eure Vorgänger sind…?»

«Die NSDAP natürlich!»

Nun war es an mir, verächtlich zu lachen. «Ist dir schon aufgefallen, dass in deren Namen ‹Deutschland› vorkommt? Wir sind aber in der Schweiz!»

«Das tut doch nichts zur Sache. Ich spreche vom Parteisystem, nicht der damaligen Ausgestaltung. Strukturen, Programme, die Art, wie die Wählerschaft auf ihre Seite gezogen wurde... daraus können wir viel für unsere heutigen Pläne lernen. Wir stehen kurz vor der Gründung einer Partei. Das Programm ist massgeschneidert. Denk nur mal an die Reaktion der Wähler, wenn unbekannte ‹Islamisten›» – er grinste höhnisch – «ein paar Bomben in den Pendlerzügen der Zürcher oder Berner S-Bahn zünden. Oder in Kloten oder Opfikon oder Rümlang ein landendes oder startendes Flugzeug mit einer Stinger abgeschossen wird und ein Bekennerschreiben auf Arabisch eingeht. Schon sind wir in den Medien mit unseren Forderungen, bald darauf haben wir Fraktionsstärke, dann assimilieren wir die anderen patriotischen Parteien...»

Ich konnte nur den Kopf schütteln ob so viel Fanatismus. «Du übersiehst da aber einen wesentlichen Faktor: Die Art Staatsstreich, wie sie dir vorschwebt, ist in der Schweiz nicht möglich.»

«Wieso nicht? Nur weil wir eine lange demokratische Geschichte haben? Weil wir sieben gleichberechtigte Regierungsmitglieder haben statt einem Ministerpräsidenten? Wegen dem föderalistischen Staatswesen?»

«Unter anderem, ja. Wir sind nicht die Weimarer Republik. Und die heutige Gesellschaftsordnung ist generell viel stabiler als die damalige. Wir sind nicht gerade aus einem Weltkrieg herausgekommen, den wir verloren haben.»

«Natürlich ist die Situation anders. Aber die Bedrohung auch. Und wir stehen vor der grössten Wirtschaftskrise der letzten Jahrzehnte. Während solchen Zeiten sind die Menschen besonders empfindlich gegen schädliche Einflüsse von Entarteten und Untermenschen. Auch die jüngere Vergangenheit enthält schliesslich genügend Beispiele dafür, dass die Menschen sich nicht alles gefallen lassen, gerade in Krisenzeiten. Es ist Zeit, den Kanaken die Grenzen aufzuzeigen!»

«Wir leben aber in einer Demokratie. Jeder kann zwar seine Meinung sagen, aber die Mehrheit entscheidet.»

«Ja, und das ist genau das Problem. Die Demokratie steht den wahren Interessen der Volksgemeinschaft im Weg.»

Ich erkannte Hitlers *Mein Kampf* hinter dieser formelhaften Phrase und fragte trotzig: «Und was ist die Alternative?»

«Eine gesunde Volksgemeinschaft braucht einen starken Führer an der Spitze.» Noch mehr *Mein Kampf*.

«Das hat schon einmal nicht funktioniert.»

«Ja, aber das heisst nicht per se, dass die Idee an sich schlecht ist. Es wurde nur schlecht umgesetzt.»

Mir schwante etwas. «Und wer soll dieser Führer sein? Du?»

Das missionarische Feuer in seinen Augen drohte mich zu verbrennen. «Weshalb nicht? Ich habe die Intelligenz und sprachliche Begabung, die dafür nötig ist. Meine Vision sorgt dafür, dass die arische Rasse allgemein und die deutsche Volksgemeinschaft im Besonderen überleben kann.»

«Führer der Schweiz?»

Er lachte verächtlich. «Nicht nur der Schweiz, du Kleingeist. Die Schweiz ist nur ein Sandkasten, in dem wir unsere Methoden perfektionieren, bevor wir sie im grossen Stil anwenden. Da sie nicht zur EU gehört und international in mancher Hinsicht isoliert ist, müssen wir nicht mit einer Intervention von aussen rechnen, wenn wir die Macht übernehmen. Wenn das geschehen ist, werden wir alle Mittel, die dem Staat zur Verfügung stehen, dafür einsetzen, in anderen Regionen der arischen Revolution ebenfalls zum Erfolg zu verhelfen. Wie die Sowjetunion damals, nur mit der richtigen Ideologie dahinter. Wirtschaftlich gesehen ist die Schweiz eine Mittelmacht, kein Kleinstaat.»

«Die westlichen Regierungen oder die Russen würden vorher militärisch eingreifen.»

«Das werden sie nicht. Das ist ja gerade das Geniale an der Sache: Wir expandieren nicht militärisch, sondern übernehmen jedes Gebiet von innen. Dadurch gibt es keine völkerrechtliche Handhabe für eine Intervention von aussen. Wir können in der UNO immer darauf pochen, dass es sich um rein innerstaatliche Angelegenheiten handelt. Und wenn sich die Westmächte oder die UNO schliesslich doch zum Handeln entschliessen, ist es zu spät. Denk nur daran, was auf dem Balkan passiert ist. Sind wir erst einmal an der Macht, werden sie keinen Krieg riskieren. Der Westen ist schwach. Die Notwendigkeit von Opfern für die Volksgemeinschaft wird nicht mehr eingesehen. Sobald ein paar Bilder von Särgen in den Nachrichten kommen, wollen die Amis und die Briten nicht mehr mitspielen. Schau dir nur an, was im Irak läuft!»

«Und was kommt dann nach der Schweiz? Lichtenstein?»

Mein Sarkasmus prallte wirkungslos an ihm ab. Eifrig antwortete er: «Vielleicht, wieso nicht? Und Österreich, Bayern und die anderen konservativen Regionen Grossgermaniens. Das Elsass. Vielleicht sogar Lothringen. Und irgendwann können sich uns selbst die linken Regionen nicht mehr in den Weg stellen. Vielleicht dauert es zehn, zwanzig oder auch dreissig Jahre, aber der Sieg ist mit unseren Methoden unausweichlich.»

«Was ist mit Norditalien? Die sind doch bereits so schön ausländerfeindlich dort unten, da habt ihr sicher leichtes Spiel.»

Meine Frage war ironisch gemeint, aber er beantwortete sie mit tödlichem Ernst. «Nicht nötig. Die alten Neofaschisten sind bereits ein etablierter Teil der Macht. Die italienische Regierung wird sich mit uns verbünden und uns unterstützen, da bin ich sicher. Mit genügend Zeit können wir eine neue Achse bilden, diesmal ohne weissen Fleck in der Mitte. Und dann kommt der Rest Europas.»

Fassungslos starrte ich ihn an. Seinen Ambitionen waren so monströs, dass es mir schier den Atem raubte. Wir schwiegen.

Für eine Weile herrschte Totenstille. Kein Knacken der Holzbalken. Kein testosterongetriebenes Gegröle der Glatzköpfe vor der Tür. Keine Musik, kein Verkehrslärm, kein Triebwerksgrollen vorbeifliegender Jets, nichts ausser dem leisen Rauschen des durch die Bäume streichenden Herbstwindes vor dem Fenster.

Irgendwann seufzte Rappolder plötzlich laut. Dann bleckte er erneut die Zähne wie ein Raubtier und fragte: «Wo sind die Abschriften?»

«Daran kann ich mich leider nicht mehr erinnern», sagte ich bedauernd.

«Ach, wirklich?» Mit grüblerischer Miene ging er zum einzigen Fenster des Raums hinüber, das ich aus den Augenwinkeln gerade noch halb sehen konnte, und öffnete es. Sofort strömte ein Schwall eiskalter Luft herein, der meinen ganzen Körper mit Gänsehaut überzog. «Vielleicht hilft ein wenig frische Luft deinem Gedächtnis auf die Sprünge?»

«Vergiss es», sagte ich mit klappernden Zähnen. «Sobald ich dir das sage, ist mein Leben keinen Pfifferling mehr wert.»

Plötzlich änderte er seine Taktik. «Und wenn ich dir anbiete, dich uns anzuschliessen? Wir könnten ein cleveres Kerlchen wie dich brauchen.»

«Sicher, wo soll ich unterschreiben? Aber schliess zuerst das Scheissfenster!»

Er grinste. «Das ist wohl ein Spiel für dich, was? Schau dich an, du traurige Gestalt: Nackt wie Adam und an einen Pfahl gefesselt wie ein Stück Vieh. Bist du wirklich zum Witze reissen aufgelegt?»

«Eigentlich nicht, nein.»

«Also, wie wär‘s? Machst du bei uns mit?»

«Nein. Niemals.»

Er nickte nachdenklich und sagte: «Hatte ich auch nicht gedacht. Und sogar, wenn du Ja gesagt hättest: Wir könnten dir niemals vertrauen, du kleiner Lesbenfreund. Also, nochmals: *Wo sind die Abschriften*?»

«Fick dich! Das ist meine Lebensversicherung. Solange ihr das nicht wisst, könnt ihr mich nicht umlegen.»

«Aber dafür können wir dein restliches Leben sehr ungemütlich machen.»

«Na wenn schon! Nur zu! Aus mir kriegt ihr nie was raus!» Mein kleiner Ausbruch war kindisch und wohl das Resultat meiner fortschreitenden physischen und psychischen Erschöpfung. Wir wussten beide, dass jeder Mensch seine Grenzen hatte. Das Gefühl der Hilflosigkeit war besonders schlimm. Ich konnte plötzlich nachvollziehen, wie sich Lucović in der alten Ziegelfabrik gefühlt haben musste. Aber ich versuchte immer noch, Zeit zu schinden.

Rappolder schüttelte traurig den Kopf im Stil eines Vaters, der sein Kind bestrafen muss, obwohl es ihm fast das Herz bricht. Die Welt war seine Bühne, er selbst sein eigener Lieblingsschauspieler. Schliesslich schien er sich mit dem Unvermeidlichen – was immer es war – abgefunden zu haben und starrte mich längere Zeit wortlos an. Seine kalten Fischaugen schienen irgendwie leblos, aber sie enthielten auch das Versprechen unsäglicher Schrecken gleich unter der Oberfläche. So leise, dass ich ihn kaum verstand, sagte er: «Ich habe dich wirklich unterschätzt, van Gogh.» Dann wurde seine Stimme laut. «Aber du mich auch. Und darum zum letzten Mal: *Wo sind diese Abschriften?*» Er packte mich mit beiden Händen am Hals und drückte langsam zu. «*Wo?*»

«Fick… dich!» Ich spürte, wie mir rasch schwarz vor Augen wurde. Aus der Ferne hörte ich ein eigentümliches Röcheln. Überrascht stellte ich nach einer Sekunde fest, dass es von mir kam.

Kurz bevor ich das Bewusstsein verlor, liess er los. «Na gut», sagte er fast bedauernd, «du willst es so. *Harald!*»

Fünf Sekunden später steckte Harald seine Glatze zur Tür herein und blickte seinen Führer fragend an. Rappolder nickte. Einige Sekunden lang passierte nichts. Dann knallte irgendwo jäh eine Tür auf, ein Stuhl oder etwas Ähnliches fiel um, jemand stiess einen unterdrückten, aber tief empfunden Fluch aus, und auf einmal hörte ich aus heiterem Himmel eine bekannte weibliche Stimme: «Lass mich verdammt nochmal in Ruhe, du haarloses Arschloch!»

Es war Mina.

KAPITEL 40

Unterstützt vom Wasserbüffel zerrte ein keuchender und fluchender Harald meine Bürokollegin und beste Freundin herein. Sie trug nur einen schwarzen BH und ein grünes Höschen. Ihre Hände waren gefesselt, ihre Haare zerzaust und ihre linke Gesichtshälfte geschwollen. Haralds Nase blutete und er jammerte, sie habe ihn gebissen.

Mina wehrte sich heftig und fluchte in einem fort. Schliesslich versetzte ihr Rappolder eine kräftige Ohrfeige, packte sie am Hals und herrschte sie an: «Halt deine verfluchte Schnauze, du perverse Schlampe!»

Sie verstummte. Rappolder zeigte auf den zweiten Stützbalken im Raum. In etwa einem Meter Höhe war eine dicke, silberglänzende Krampe eingeschlagen. Rappolder zeigte stumm darauf. Der Wasserbüffel packte Mina grob an den Haaren und schleifte sie förmlich zum Balken. Dann führte er einen Kabelbinder durch ihre Handfesseln und machte sie damit an der Krampe fest.

Ich spürte Panik in mir hochsteigen. Wenn Mina etwas passierte, würde ich mir das nie verzeihen. Wobei ich zugeben musste, dass ‹nie› im Moment nicht nach einer langen Zeit aussah.

Rappolder schaute mich triumphierend an. «Wieder vereint, was?» Er lachte höhnisch. Dann erklärte er seinen Untergebenen: «Das da ist die Hure, die Markus verpfiffen hat. *Du blöde Sau!*» Er versetzte ihr einen harten Tritt, und sie stiess unwillkürlich einen Schmerzensschrei aus.

Wütend schrie ich ihn an: «Krümmt ihr auch nur ein Haar, und ihr könnt's *vergessen*! Dann sage ich euch *nie* etwas!»

«Oh, aber ich denke, das wirst du doch.» Rappolder klopfte mit der Faust dreimal laut gegen die Holzwand.

Die Tür ging auf und mindestens zehn weitere Glatzköpfe kamen herein. Sie stellten sich an der gegenüberliegenden Wand auf und warfen begehrliche Blicke auf Minas schmalen, bleichen Körper.

Keiner von ihnen war bewaffnet. Kalle hatte alles minutiös geplant, also war das wohl Absicht. Einige der Kerle grinsten mich hämisch an, andere starrten finster vor sich hin. Unter ihnen war auch Karl, der etwas Schlauere der beiden Wachtposten, denen ich damals bei meiner Erkundungstour vor Rappolders Waldhütte den verirrten amerikanischen Touristen vorgespielt hatte. Er stutzte, als er mich sah, sagte aber nichts. Das war wohl auch besser für ihn, wenn ich an seinen aufbrausenden Führer dachte.

Rappolder zog ein Taschenmesser und schnitt Mina den BH und das Höschen vom Leib, so dass sie nun wie ich völlig nackt vor den Glatzköpfen stand. Sie fluchte wieder lauthals drauf los und ich heulte gleichzeitig vor Wut, bis uns der Wasserbüffel nacheinander mit zwei gezielten Schlägen in den Magen zum Schweigen brachte.

Rappolder stellte sich neben Mina hin und zeigte mit dem Finger auf sie. «Schaut genau hin: Diese Kreatur hier ist homosexuell.» Rappolder sprach jetzt eindeutig zu seinen Gefolgsleuten, nicht mehr zu mir. «Es ist die Aufgabe der Frau, der völkischen Gemeinschaft möglichst viele Kinder zu schenken. Lesben verstossen gegen diese natürliche Ordnung der Dinge, weil sie durch ihr entartetes Verhalten nicht zum Erhalt der arischen Rasse beitragen und diese dadurch schwächen.»

Die Glatzköpfe murmelten zustimmend. Rappolder packte Mina am Haar und zog ihren Kopf nach hinten, so dass sie ihn ansehen musste. Er studierte ihr Gesicht einen Moment lang, dann gab er ihr einen derben Klaps auf den exponierten Hintern und fuhr höhnisch fort: «Vielleicht muss diese spezielle Lesbe hier aber auch nur einfach mal ordentlich durchgefickt werden, um sie auf den rechten Weg zurückzubringen, so wie das unsere Brüder von der SS in Bützow, Flossenbürg und den anderen Lagern erfolgreich praktiziert haben.»

Die Augen seiner Zuhörer begannen zu glänzen. Rappolder genoss ihre Aufmerksamkeit sichtlich. Nach einer Kunstpause packte er Mina grob am Genick und fasste ihr zwischen die Beine. Dann hob er die Hand an die Nase, schnüffelte daran und verkündete mit gespieltem Erstaunen: «Lesbenmöse riecht genau wie normale Möse!»

Seine Adlaten wieherten los wie eine Herde aufgeschreckter Mustangs. Mina sagte nichts. Als sich das Gelächter gelegt hatte, wandte sich Rappolder wieder an mich. Mit einem breiten Grinsen zeigte er auf die Versammlung an der Wand und erklärte im Ton eines Missionars: «Meine Brüder hier drüben sind Krieger der weissen Rasse! Sie kämpfen in einem Krieg, der schon lange läuft und den wir uns nicht ausgesucht haben. Aber wir werden ihn gewinnen! Und in Gefechtspausen brauchen Krieger manchmal Abwechslung, um auf andere Gedanken zu kommen. Das wussten schon die Japaner.»

«Ich hätte nicht gedacht», entgegnete ich tonlos, «dass Hirohito zu deinen Vorbildern zählt.»

Er stiess einen kurzen, humorlosen Lacher aus. «Klar sind die Japsen schlitzäugige Kanaken. Aber immerhin waren sie mit unseren Vorgängern verbündet, das zählt doch auch was, nicht? Und sie wussten wie gesagt, was ein Soldat zwischendurch braucht: Eine warme Möse und eventuell eine Tube Gleitmittel!»

Seine Gefolgschaft lachte erneut derb. Das Geräusch war nicht zum Aushalten. Mina schwieg und schloss die Augen.

Rappolder zeigte auf einen seiner Helfer und schnippte mit den Fingern. Dieser warf ihm eine Schachtel zu. Als Rappolder diese in die Höhe hielt, konnte ich erkennen, dass es eine Jumbopackung Kondome war. «Also», fuhr der selbsternannte grosse Führer im Stil eines Radiosprechers fort, während er sich um die eigene Achse drehte, bevor er sich mir zuwandte, «es läuft nun folgendermassen, van Gogh: Was du dort siehst, ist nur knapp die Hälfte der momentanen Mitglieder unserer Bruderschaft. Die anderen sind draussen und sorgen dafür, dass wir ungestört bleiben. Allesamt junge, vor Testosteron nur so strotzende Hengste. Ich werde sie jetzt wieder rausschicken, was sie sicher furchtbar enttäuscht. Dann gebe ich dir noch eine letzte Chance: Sobald sie draussen sind, stelle ich dir nochmals die gleiche Frage wie vorhin. Beantwortest du sie wahrheitsgemäss, machen wir es kurz mit euch beiden. Stellst du weiter auf stur, dann stellen wir der Sau diesen Sägebock unter den Bauch und binden ihr die Fussgelenke daran fest. Und *dann* rufe ich meine Brüder wieder rein und lasse sie über die verdammte Leckschwester steigen, bis sie aus allen Löchern blutet.» Wie als Nachgedanke fügte er nach einer Sekunde noch boshaft hinzu: «Selbstverständlich mit Gummi, man weiss ja nie, wo sich diese Perversen rumtreiben.»

Wieder lachte seine Gefolgschaft wie auf Kommando. Rappolder hielt die Hand auf, um sie zum Schweigen zu bringen, und ergänzte: «Und wenn sie dann noch bei Bewusstsein ist, kommt gleich danach die Ablösung.» Er trat so nahe an mich heran, dass ich die Wärme seines

Atems spürte, während seine Glatzköpfe grölten, klatschten und pfiffen, und schrie mir ins Gesicht: «*Hast du verstanden*?»

Wieder war da dieser irre Ausdruck in seinen Augen. Resigniert nickte ich schwach, so gut es mit dem Kabelbinder um meinen Hals eben ging. Ja, ich hatte verstanden. Es gab keinen Ausweg. Ich musste retten, was zu retten war.

Rappolder schickte wie angekündigt seine Speichellecker hinaus, und in den nächsten zehn Minuten versuchte ich ihn krampfhaft davon zu überzeugen, dass Mina von nichts wusste, dass ich nur geblufft und keinerlei Abschriften bei irgendwem deponiert hatte, und dass sich die einzige schriftliche Niederschrift meiner Fallnotizen auf meinem Laptop befand, abgesehen von einer Kopie im Wandsafe meines Büros. Nur die Eisprinzessin und Imam Kulenović hielt ich weiterhin aus der Sache heraus.

Leider war mir Rappolder erneut einen Schritt voraus. «Du bist noch dämlicher, als ich dachte, du armseliger Versager», sagte er schliesslich, «aber stell dir vor, ich glaub dir sogar. Nur eins will ich noch wissen: Was kümmert's dich überhaupt, wenn ein Kanake verschwindet?»

«Ich kannte Hasanović und wollte einfach wissen, was passiert ist.»

«*Bullshit*! Du hast kein Geld, aber eine Tochter und eine gierige Exfrau. Unmöglich, dass du drei Monate Arbeit in etwas investierst, das keine Knete bringt.» Er versetzte mir einen ansatzlosen, aber trotzdem ungemein harten Schlag in die Magengrube, der mir den Atem raubte. Reflexartig wollte ich mich zusammenkrümmen, aber die Plastikfesseln um meinen Hals hielten mich schmerzhaft aufrecht, und ich hustete und spuckte und rang krampfhaft nach Luft, während mich Rappolder amüsiert betrachtete wie eine Python eine weisse Maus in ihrem Terrarium.

Als ich mich wieder einigermassen gefangen hatte, sagte ich leise: «Ein paar Bosnier sind zu mir ins Büro gekommen und haben mich mit der Suche beauftragt.»

«Was? Wer?»

«Keine Ahnung. Zwei Männer, beide über Vierzig, gut gekleidet, einer mit Glatze. Sie haben keine Namen genannt und immer bar bezahlt.»

«Nummer?»

«Ich habe nie eine Telefonnummer von ihnen erhalten.»

«Und wie hast du ihnen dann Bericht erstattet?»

«Sie haben mich alle zwei, drei Tage angerufen, oder wir haben uns bei mir im Büro getroffen. Es gibt keine schriftlichen Berichte, alles war immer mündlich.»

«Blödsinn», erwiderte er kopfschüttelnd, «absoluter Blödsinn!»

Aber ich wirkte überzeugend, ich konnte es in seinen Augen sehen. Er stand nahe davor, mir zu glauben.

Mein Unterbewusstsein registrierte ein sporadisches dumpfes Klopfen in der Ferne. Ich hielt den Atem and und horchte aufmerksam in den Wald hinaus. Da war es wieder. Es klang, als sei der langsamste Holzfäller der Welt irgendwo da draussen an der Arbeit. Dazwischen hörte ich auch einen gedämpften Schrei. Ich fragte mich flüchtig, was zum Teufel Waldarbeiter wohl so nahe am Hauptquartier dieser Naziarschlöcher zu suchen hatten, ohne dass sie bemerkten, was hier ablief, als Rappolder aus seiner Sinniererei erwachte und sagte: «Na schön. Und wenn du's doch jemandem erzählt hast, kommt das ja früher oder später sowieso raus. Dann können wir uns immer noch um die kümmern.» Erneut das wölfische Grinsen. «Zeit für euch zwei, zu verschwinden. Aber zuerst kommt noch das Vergnügen.»

Er klopfte an die Wand, und in einer unheimlichen Imitation des ersten Mals kam die Gruppe Skinheads wieder zur Tür herein und stellte sich erneut an der Wand auf, in der genau gleichen Reihenfolge wie vor ein paar Minuten.

«Also», sagte Rappolder fast beiläufig zu Mina, «meine Soldaten haben einen langen und blutigen Krieg vor sich. Da ist es nur recht, dass sie sich zwischendurch ein wenig vergnügen dürfen.»

Danach erklärte er den Möchtegernvergewaltigern das weitere Vorgehen: «Also, ich bin der erste, danach kommt Harald, dann Timo» – er zeigte auf den Wasserbüffel – «und so weiter. Nach Rang. Alle nur mit Gummi, wir brauchen euch schliesslich noch für den Kampf. Alle bleiben hier, alle schauen zu, wie sich eine Lesbe verhält, wenn sie mal von einem richtigen Mann drangenommen wird. Lernt daraus, in Zukunft wird es viele solcher Bekehrungszeremonien geben. Irgendwelche Fragen? Nein? Dann aufstellen. Timo, Harald, macht sie bereit!»

Die beiden Genannten stopften Mina einen Stofffetzen in den Mund und fixierten den improvisierten Knebel mit einem Halstuch. Dann stellten sie den Sägebock vor sie hin, spreizten ihr gewaltsam die Beine, banden ihre Fussgelenke am Sägebock fest und schoben ihn schliesslich zurück, bis ihr Oberkörper und die am Pfosten festgebundenen Arme und Hände eine fast waagrechte Linie bildeten. Das Ganze war so arrangiert, dass Mina nun in einem rechten Winkel zu mir stand, da ich ja eine gute Sicht auf die kommenden Ereignisse haben sollte.

Der Anblick dieser unglaublichen Erniedrigung brach mir fast das Herz. Ich schaute Mina an. Ihr Kopf war hochrot, aber sie weinte nicht. Sie war stinksauer. Unsere Blicke trafen sich. Sie blinzelte zweimal und versuchte, mit den Achseln zu zucken. *Es ist, wie's ist!* Dadurch fühlte ich mich allerdings kein bisschen besser, im Gegenteil. Ich war so wütend, dass ich keinen Ton hervorbrachte.

In der gleichen Reihenfolge, in der sie an der Wand standen, stellten sich die Glatzköpfe nun im Halbkreis um Mina auf. Rappolder achtete darauf, dass mir niemand die Sicht auf die kommende Szene verdeckte. Einer namens Lukas erhielt den Auftrag, die ‹Bekehrungszeremonie› mit seinem Handy zu filmen. Der unsägliche Begriff liess mich aus meiner Wutstarre erwachen. Ich begann wie wild zu schreien und Rappolder anzuflehen, es nicht zu tun. Dazwischen versprach ich ihm das Blaue vom Himmel und alles zwischendrin, aber keiner der Kerle achtete auf mich. Alle Blicke waren hungrig auf Mina fixiert.

Rappolder nickte dem Wasserbüffel zu, worauf mich dieser schon fast beiläufig mit einem Schlag in den Magen zum Schweigen brachte, während Rappolder selbst sich hinter Mina aufstellte, seinen Gürtel öffnete und seine Hosen und Boxershorts zu den Fussknöcheln hinunterfallen liess. Dann drehte er mir den Kopf zu, grinste mich breit an und sagte: «Also los! Nun pass mal gut auf!»

In diesem Moment sagte Ivicas Stimme hinter mir ruhig, aber bestimmt: «Pass *du* mal besser auf, wenn du die Miniwurst da behalten willst!»

In diesen ersten paar Momenten nach Ivicas völlig unerwartetem Eingreifen glaubte ich fest an eine Halluzination. Ich war unterkühlt und aufgrund der Schläge, die ich eingesteckt hatte, waren innere Blutungen nicht ausgeschlossen. Ivica hätte Mina beschützen sollen, aber Mina war hier. Das bedeutete, dass die Glatzköpfe ihn erwischt haben mussten. Ivica war nicht hier. Er *konnte* nicht hier sein. Ich musste mir seine Stimme eingebildet haben.

Die Glatzköpfe waren allerdings genauso schockiert wie ich. Jeder im Raum erstarrte, niemand regte sich. Rappolder selbst stand in seiner lächerlichen Pose da wie bestellt und nicht abgeholt, nackt von der Hüfte an abwärts und mit der Flagge auf Halbmast.

Wieder diese Stimme: «Wehe, es rührt sich einer von euch Arschlöchern! Hey, das gilt auch für dich. Ja, du da mit dem Zauberstab. Lass die Hosen unten!»

Okay, das war wirklich Ivica, kein Zweifel! Ich versuchte meinen Kopf zu drehen, aber die Fesseln um meinen Hals waren zu eng und es ging nicht. Mit einem Ruck versuchte ich es erneut, und diesmal gelang es mir. Es schnürte mir zwar die Luft ab, aber nun konnte ich Ivicas breites, freundliches Gesicht im Rahmen des geöffneten Fensters erkennen. Er stand im Halbdunkel draussen und zielte mit einer Automatik grinsend auf Rappolders Körpermitte.

Harald war der Erste, der sich aus seiner Erstarrung löste. Er brüllte los wie ein verwundeter Auerochse und machte gleichzeitig zwei schnelle Schritte vorwärts, so dass sich nun Mina und der Balken, an dem sie angebunden war, zwischen ihm und dem Fenster befanden. Einige der anderen Kerl schauten sich auch suchend um. Einen Augenblick lang stand die Situation auf der Kippe. Dann flog die Tür auf und Steiner erschien mit blitzenden Augen wie ein biblischer Racheengel im Türrahmen. Er trug einen schwarzen Overall, und seine schwere Schutzweste liess ihn riesig erscheinen. Seine MP5 hielt die Glatzköpfe in Schach, während er barsch bellte: «Wer sich bewegt, stirbt!»

Rappolder, immer noch nackt von der Hüfte an abwärts, tobte. «Wehrt euch, ihr Feiglinge! Sie sind nur zu zweit, sie können euch niemals alle erledigen!»

Fast gleichzeitig herrschte Ivica die Meute vom Fenster her jedoch an: «Sobald sich einer bewegt, singt er nur noch Sopran!» Das wirkte.

Steiner ergänzte: «Ich habe hier dreissig Schuss. Bevor einer zwei Schritte macht, hat die Hälfte von euch schon eine Bleivergiftung. Und mein Kollege am Fenster erledigt den Rest.»

Die zwei Bewaffneten hatten eindeutig die besseren Argumente. Niemand bewegte sich. Niemand sprach.

Der Schock über die urplötzliche Umkehrung der Machtverhältnisse sass tief. Von der Tür her befahl Steiner barsch: «Umdrehen und an die Wand! Beine breit, Hände hinter den Kopf! Du da, zieh deine verdammten Hosen hoch, du Drecksau!»

Die Skinheads kamen seiner Aufforderung widerstandslos nach. Diese Sprache verstanden sie. Rappolder zog seine Hosen hoch und blieb unschlüssig an Ort und Stelle stehen.

Hinter mir hörte ich paar Kratz- und Schleifgeräusche, dann flüsterte mir Ivica ins Ohr: «Nur einen Moment, okay?» In seiner Hand befand sich eine kleine Kneifzange. Damit ging er zur gefesselten und immer noch stinkwütenden Mina hin und befreite sie, nachdem er bereits seine Windjacke über ihre gebückte Form gelegt hatte, um ihre Nacktheit notdürftig zu verhüllen. Kaum war sie frei, zog sie die Jacke an, schloss den Reissverschluss und wollte sich auf die an der Wand stehenden Beinahe-Vergewaltiger stürzen. Ivica hielt sie mit Mühe zurück, bis sie sich schliesslich soweit beruhigt hatte, dass er auch mich losbinden konnte.

Meine Hände waren ganz taub, so dass ich die traurigen Überreste meiner Kleider, die in einem unordentlichen Haufen neben meinem improvisierten Marterpfahl lagen, kaum anziehen konnte. Ich kreiste mit den Armen und umarmte mich selbst, bis das Blut wieder soweit zirkulierte, dass ich meine Finger spürte. Es kribbelte noch einige Zeit höllisch, aber wenigstens konnte ich nun meine Jeans und Schuhe anziehen. Jacke, Pullover und T-Shirt waren nicht mehr zu retten. Nur halb angezogen stand ich deshalb verloren da und schlotterte vor mich hin, unsicher über das weitere Vorgehen und voller Fragen.

«Wie… was ist mit…» Hilflos zeigte ich nach draussen.

«Alle einkassiert», grinste Ivica, zog seinen dunkelblauen Kapuzenpullover aus und reichte ihn mir, bevor er ergänzte: «Zwei werden morgen einen mächtigen Brummschädel haben, aber alle leben noch.»

Dankbar streifte ich mir den Pullover über und fragte: «Wie viele Bullen sind draussen?»

Ivica schaute Steiner an. Der antwortete mit einem Blick auf die Glatzköpfe an der Wand: «Genug.»

Wie auf Stichwort erschienen drei von Steiners Leuten hinter ihm. Er trat aus dem Türrahmen und machte einen Schritt zur Seite, um sie vorbei zu lassen. Diesen Augenblick nutzte Harald für den Versuch, sich durch einen Sprung aus dem offenen Fenster zu retten. Aber Ivica war darauf vorbereitet und versetzte ihm einen gewaltigen Bodycheck, der ihn kopfvoran an die Wand knallen liess. Benommen blieb er liegen.

Ivica schloss das Fenster, während die drei Polizisten den Glatzköpfen die Hände mit Kabelbindern auf den Rücken fesselten. Dann führten sie die Meute ab. Keiner wehrte sich. Schliesslich war nur noch Rappolder übrig, der immer noch verdächtig ruhig war. Steiner senkte die MP5 und sagte: «Und jetzt du. Umdrehen und Hände hinter den Kopf! Van Gogh oder Sanader, fesselt den Kerl!»

Ivica war bereits in Bewegung. Er ergriff die Stahlhandschellen, die ihm Steiner hinhielt, und trat hinter Rappolder. «Mach ja keinen Scheiss, Kleiner. Her mit dem Patschhändchen!» Er stellte sich seitlich hinter den verhinderten Führer, packte ihn am linken Handgelenk, führte seine Hand am Körper hinunter auf den Rücken und legte ihm den einen Bügel der Handschellen an. Gerade wollte er ihn am anderen Handgelenk fassen, als plötzlich ein markerschütternder Schrei erklang und sich Mina wie eine Furie auf Rappolder stürzte.

«Du krankes Schwein! Du elender, verfluchter Dreckskerl!»

Mina hatte normalerweise einen ordentlichen Schlag drauf für ein so schmales Persönchen, aber jetzt war sie so ausser sich, dass sie nur kratzte und biss wie eine in die Enge getriebene Katze. Wahrscheinlich hätte sie auch an seinen Haaren gerissen, wenn er welche gehabt hätte.

Ivica wurde von diesem Ausbruch überrascht und verlor für einen Moment die Konzentration. Rappolder nutzte die Verwirrung sofort aus. Er schlug mit dem Kopf nach hinten aus und brach Ivica die Nase. Dann drehte er sich blitzschnell um, trat ihn ans Schienbein und schmetterte ihm gleich darauf den Ellbogen so stark an den Brustkorb, dass es an ein Wunder gegrenzt hätte, wenn alle Rippen heil geblieben wären. Den Abschluss bildete ein perfekter seitlicher Fussfeger, der Ivica von den Beinen riss.

Steiner hielt die Maschinenpistole bereits wieder im Anschlag, aber die fassungslose Mina stand zwischen ihm und Rappolder. Verdammt, war der Kerl schnell!

Wie ein Blitz bückte sich der Skinhead und zog dem benommen am Boden liegenden Ivica die Pistole mit einer routinierten seitlichen Drehbewegung aus dem Sicherheitsholster. Dann packte er Mina an den Haaren, drehte sie mit einer raschen, brutalen Bewegung um und trat ihr in die Kniekehlen, so dass sie vor ihm auf die Knie sank. Er hielt ihr die Mündung der Pistole an den Schädel und schaute uns triumphierend an, bevor er ruhig fragte: «So, und was jetzt?»

Steiner erwiderte ebenso ruhig: «Lass sie gehen! Du hast keine Chance!»

Rappolder sah das etwas anders. «Halt die Schnauze, du Scheissbulle! Ich sage dir, wie's läuft: Ich und die kleine Lesbe werden jetzt ganz ruhig zu meinem Lieferwagen raus gehen und davon fahren. Niemand stellt sich uns in den Weg und niemand folgt uns. Es gibt keine Strassensperren und keine Fahndung. Wenn ihr schön mitmacht und mir nicht auf den Sack geht, lass ich sie vielleicht laufen, wenn ich in Sicherheit bin.»

«Da kann ich leider nicht mitmachen», erwiderte Steiner kalt, «und das weisst du auch.»

«Dann stirbt die verdammte Schlampe!» Rappolder fingerte nervös am Abzug der Glock herum.

«Ich sag dir, wie's läuft, du Spinner», sagte Steiner. «Du legst jetzt die Pistole hin oder ich erschiesse dich.»

«Verpiss dich! Mein Finger ist am Abzug. Sogar wenn du triffst, nützt dir das nichts. Dann verkrampft sich mein Finger, und sie ist ebenfalls dran.»

Steiner blieb unbeeindruckt. «Nicht, wenn ich richtig treffe. Mein Lauf zielt genau auf die Mitte deines Halses. Wenn ich jetzt abdrücke, durchtrennt die Kugel dein Rückenmark und du bist augenblicklich gelähmt. Dann ist nix mit schiessen. Vielleicht stirbst du nicht einmal, aber du wirst dich nie wieder bewegen können. Überleg's dir gut!»

Rappolder wurde zunehmend nervöser. Sein Finger krümmte sich drohend um den Abzug und begann, Druck darauf auszuüben. «Verschwindet endlich, oder sie stirbt!»

«Dann stirbst du auch!»

«Das ist mir scheissegal!»

Rappolder war so auf Steiner fixiert, dass er zusammenzuckte, als ich mich einmischte. «Wer», fragte ich sachlich, «soll denn die Führung der Operation Sonnenfinsternis übernehmen, wenn du tot bist? Überleg mal. Da hat die Volksgemeinschaft was Besseres verdient, nicht?»

Unter normalen Umständen hätte er mich wahrscheinlich ausgelacht, aber in dieser Situation lenkten ihn der Gebrauch seines eigenen Jargons und die verdrehte Logik meiner Worte für einen kurzen Moment ab.

Steiner schoss.

Die Kugel trat in einem leichten Abwärtswinkel durch Rappolders Mund ein und durch ein pflaumengrosses Loch in seinem Hinterkopf wieder aus, bevor sie sich in das dunkle Holz der Rückwand bohrte. Auf dem Weg zerschmetterte sie ihm mehrere Zähne, zerriss ihm den Gaumen und zerfetzte seinen Hirnstamm. Er war auf der Stelle tot. Seine Finger verloren jegliche Kraft, und sein Griff um Ivicas Pistole löste sich. Die Glock fiel mit lautem Poltern zu Boden. Der Schuss hatte seinen Kopf nicht wie im Film nach hinten gerissen, und so blieb seine leblose Hülle noch einige Sekundenbruchteile lang aufrecht stehen, bevor er langsam in sich zusammensackte und regungslos auf der Seite liegen blieb. Unter der Mitte des unnatürlich verrenkten Körpers formte sich eine langsam grösser werdende Pfütze.

Vor meinem geistigen Auge erschien unwillkürlich eine Wiederholung der Schiesserei im Korridor unseres Belgrader Hotels, die fast gleich geendet hatte. War das wirklich erst zehn Tage her?

Mina erhob sich und starrte die Leiche längere Zeit still an, ohne jede Gefühlsregung und ohne einen Muskel zu bewegen. Wir anderen warteten ebenfalls wortlos.

Was in Steiner und Ivica vorging, konnte ich nur ahnen. Steiner hatte einen Fall gelöst und Ivica ein bisschen Spass gehabt, auch wenn ihn das eine gebrochene Nase und ein paar geprellte Rippen gekostet hatte. Für sie beide war das Ganze nicht so schwer, sie kannten Mina nur flüchtig. Aber ich war dafür verantwortlich, dass Mina um ein Haar gruppenvergewaltigt und umgebracht worden wäre. Was würde das für unsere Freundschaft bedeuten? Würde sie mir je verzeihen? Wie sollte ich damit umgehen?

Schliesslich, nach einer halben Ewigkeit, murmelte Mina ein paar Worte vor sich hin, schüttelte mehrmals den Kopf, spuckte auf den toten Rappolder und verliess wortlos den Raum. Steiner, Ivica und ich schauten uns ratlos an.

«Okay», brach Steiner schliesslich das kollektive Schweigen, «räumen wir den Schweinestall auf.»

EPILOG

Steiner, Ivica und ich sassen bei einem Bier im *Paddy's*. Seit den Ereignissen im Klubhaus der *Aktion Mjölnir* waren vier Tage vergangen. Vier Tage, in denen die noch fehlenden Puzzleteile nach und nach gefunden worden waren.

Steiner hatte uns gerade darüber informiert, dass eine interne Untersuchung Rappolders Spitzel bei der Polizei zum Vorschein gebracht hatte. Es war tatsächlich eine Frau, aber es war nicht Zada Meier. Danach hatte ich mich dafür geschämt, dass ich die Möglichkeit überhaupt in Betracht gezogen hatte.

Unmittelbar nach den Ereignissen am Rhein hatte mir Ivica erzählt, wie er mich überhaupt gefunden hatte. Anscheinend hatte ich ihm in Wien oder Belgrad von Rappolders Waldhütte erzählt, inklusive einer ungefähren Lagebeschreibung. Nach Minas plötzlichem Verschwinden hatte er zwei und zwei zusammengezählt und war schurstracks zum Tössegg gefahren, um die Hütte zu finden. Aber wie ich ja ebenfalls herausgefunden hatte, war das gar nicht so einfach. Deshalb hatte er nach einiger Zeit frustriert versucht, Steiner anzurufen, aber der war zu der Zeit gerade bewusstlos auf dem Weg ins Krankenhaus gewesen, weil Rappolders Leute seinen Wagen gerammt hatten. Und denjenigen des Backup-Teams. Gründlich waren sie gewesen, das musste man ihnen lassen.

«Wieso hat das eigentlich so lange gedauert?», fragte ich zum wiederholten Mal.

Ivica zuckte mit den Achseln und antwortete: «Zuerst hatte ich kein Netz und musste zum Wagen zurück und aus dem Wald raus fahren. Dann konnte ich Steiner hier nicht erreichen…»

«Ja, weil ich im Krankenhaus lag und mein Handy im Wagen war!», unterbrach ihn Steiner mürrisch.

«…und habe Zeit mit rumtelefonieren verschwendet. Die bei der Kapo wollten Steiners Handynummer partout nicht rausrücken, also hab ich halt meine hinterlassen. Bis der Papst dann aufgewacht ist und die Nachricht gekriegt hat, ist mehr als eine Stunde vergangen.»

Ich schaute Steiner an. «Hättest du nicht im Krankenhaus bleiben müssen?»

Er grinste. «Wahrscheinlich schon.»

Ivica grinste ebenfalls und meinte beiläufig: «Immerhin Glück im Unglück! Am Schluss hatte mein Handy kaum noch Saft. Die Batterie hat wenige Minuten nach Steiners Anruf den Geist aufgegeben.»

«Ihr wart aber erst nach etwa zwei Stunden dort.»

«Na, zuerst mussten wir auch noch mehrere Streifen und die EGD aufbieten. Das hat auch knapp eine Stunde gedauert.» Die EGD war die *Einsatzgruppe Diamant*, die Interventionseinheit der Kantonspolizei Zürich.

«Ach so.»

Es hatte sich auch herausgestellt, dass Ivica Mina nicht verloren hatte, sie war ihm absichtlich entwischt. Das wurmte ihn immer noch mächtig, und auch Steiner hatte die Sache noch nicht ganz verdaut. «Erzähl mir nochmals, wie die Kerle das hingekriegt haben», forderte er mich auf, nachdem wir eine zweite Runde Bier bestellt hatten.

«Ganz einfach: Sie haben Mina reingelegt. Rappolder brauchte unbedingt ein Druckmittel gegen mich. Und er wusste, dass ich eng mit Mina befreundet bin, aber sie hatten nur wenig Zeit. Also hat er ihr ein Fax mit dem Foto ihrer Mutter darauf geschickt, sie dann angerufen und gedroht, dass ihr…»

«Mina?»

«Nein, ihrer Mutter. Dass ihrer Mutter etwas Schlimmes passiert, wenn Mina sich nicht mit ihnen an einer Tankstelle in der Nähe trifft. Du weisst welche, die an der Birmensdorferstrasse kurz vor dem Triemlispital. Natürlich musste sie allein kommen, und so weiter.»

«Und das hat sie geglaubt? Ihre Familie wohnt ja in Deutschland, nicht?»

«Ja, aber die Glatzen sind international bestens vernetzt. Ganz so abwegig ist das also nicht, und Mina wusste das.»

«Und woher hatten die Kerle das Foto? Wenn sie doch so unter Zeitdruck standen?»

«Auf Minas Firmenhomepage ist ein Kurzprofil von ihr. Darin steht auch ihr richtiger Name und wo sie ursprünglich herkommt. Einer der Glatzköpfe hat sie dann gegoogelt und ist auf die Homepage ihrer

Familie im Rheinland gestossen. Von dort hatten sie das Foto von Minas Mutter. Das haben sie rudimentär bearbeitet – gespiegelt, ein wenig gedreht, den Hintergrund abgedunkelt, solches Zeugs – und es dann Mina gefaxt.»

«Und wieso hat die Familie überhaupt eine Homepage?»

«Keine Ahnung. Viele Leute haben eine, mit Fotos und Infos über sie und so. Das gleiche Prinzip wie bei MySpace oder Facebook, einfach etwas individueller.»

«Das ist aber nicht sehr clever.»

«Nein, wie man sieht. Aber trotzdem wird es gemacht.»

«Und Mina hat sich darauf eingelassen.»

«Sie hat gesagt, dass Foto habe sie so schockiert, dass sie im ersten Moment gar nicht gross überlegt hat. Und du kennst Mina, sie denkt sowieso immer, dass sie mit allem alleine fertig wird.»

«Und wie ist sie Ivica entwischt?»

«Das weiss ich nicht.» Ich schaute Ivica bedeutungsvoll an und ergänzte: «Sie hat ihm versprochen, nichts zu sagen. Es ist wohl ein wenig peinlich. Wahrscheinlich war er auf dem Klo oder so.» Ich lachte.

Ivica zeigte mir den Mittelfinger. Dann sagte er nachdenklich: «Aber wisst ihr, eines ist mir noch nicht ganz klar: Rappolder… Der Kerl wollte sozusagen das Vierte Reich errichten, nicht wahr?»

Ich nickte. «Irgendwie schon, ja.»

«Aber wie kann jemand ernsthaft daran glauben, dass so etwas im heutigen Europa machbar ist? Du hast ja gesagt, er sei so intelligent gewesen!»

«Die Kraft der Selbstüberzeugung. Gunnar Neumann…»

«Wer?»

«Das ist dieser Sozialarbeiter, der so viel über die Rechtsextremen weiss. Steiners Bekannter.»

«Ach so.»

«Also, Gunnar hat ursprünglich Psychologie studiert und ist auch sonst ein sehr guter Menschenkenner, soweit ich das beurteilen kann. Er ist der Meinung, dass Rappolder eine antisoziale Persönlichkeitsstörung aufwies.»

«Und was heisst das?»

«Er war ein Psychopath.»

«So wie ein Serienkiller?»

«Möglicherweise. Auf jeden Fall führte das in seinem Fall zu einem völlig übersteigerten Selbstwertgefühl. In seinem eigenen Kopf kann so jemand alles. Niemand ist so gut wie er. Die Welt dreht sich um ihn. Gleichzeitig fehlt ihm jegliche Empathie. Er kann sich nicht in andere hineinversetzen und missachtet grundlegende soziale Verpflichtungen.» Ich versuchte mich an Gunnars Worte zu erinnern. «Anscheinend können viele Personen mit dieser Störung die Gefühle und Stimmungen anderer gut wahrnehmen.»

«Aber ich dachte, er konnte sich nicht in andere hineinversetzen?»

«Er konnte nicht selbst nachfühlen, was andere fühlten, aber er konnte intellektuell nachvollziehen, was er tun musste, um jemanden zu manipulieren.» Ich schaute Steiner an und fragte: «Hätte er auf verminderte Zurechnungsfähigkeit plädieren können?»

«Kaum», antwortete dieser, «er konnte die Folgen seiner Handlungen ja klar abschätzen.»

Ivica war noch nicht zufrieden. «Und stimmt es, dass er vor Hasanović schon mehrere andere Leute umbrachte? Oder umbringen liess?»

Ich nickte. «Mindestens vier, aber wahrscheinlich noch mehr, gemäss Steiner. Zwei konkurrierende Dealer, einen Inder, mit dem seine Schwester einen One-Night-Stand hatte, und ein Mitglied seiner ‹Bruderschaft›, das aussteigen wollte.»

«Das hat er dir einfach so gesagt?»

«Nein, Wagner und die anderen haben in der U-Haft schliesslich ausgepackt, nachdem ihr Gröfaz tot war.»

In Ivicas Augen blitzte der Schalk auf. «Und die Schwester? Ist sie hübsch?»

«Wer, Sarah Rappolder? Ja, sie ist hübsch.»

«Und Rappolder dachte, du hättest sie geknallt?»

«Ja.»

«Und hast du?»

Ich lachte trocken. «Was denkst du denn? Selbstverständlich nicht.»

«Aber wieso dachte er es?»

«Weil grundsätzlich jeder unter Verdacht stand, mit dem seine Schwester sich traf.»

«So wie der Inder. Das klingt nach krankhafter Eifersucht.»

«Natürlich, das ist es auch. Gunnar hat da eine Theorie. Er denkt, dass Rappolder intellektuell über sein fehlendes Gefühlsleben Bescheid wusste und seine Schwester, die das pure Gegenteil ist, deshalb auf ein Podest gestellt hat. Sie war für ihn sein Fixstern am Firmament.»

«Ich dachte, er fühlte nichts?»

«Nicht nichts, aber wenig. Den Punkt habe ich auch nicht ganz verstanden. Aber Gunnar meint, es sei nicht ungewöhnlich, dass Leute mit APS trotz ihres fehlenden Gefühlslebens völlig von etwas besessen werden. Bei ihm war das vordergründig das Glück seiner Schwester, aber natürlich handelte es sich dabei nur um seine eigene Vorstellung von ihrem Glück. Das leuchtet mir ein, weil es mit seinem völlig übersteigerten Selbstbild zusammenpasste. Er war zwar auf seine Schwester fixiert, glaubte aber auf jeden Fall, besser als sie selbst zu wissen, was gut für sie ist. Ausserdem war sie seine *jüngere* Schwester und das Ausleben seines Beschützerinstinkts hat ihm die Gelegenheit geboten, sich als Mann zu fühlen. Deswegen und wegen seiner verqueren Überzeugungen hat er alle ihre Beziehungen mit ‹Minderwertigen›, wie das in seinem Jargon hiess, sabotiert. Also eigentlich mit allen Männern, da ja niemand so gut war wie er. Meist hat er den Kerlen einfach solche Angst eingejagt, dass sie nie wieder etwas von Sarah wissen wollten. Aber das mit dem Inder war einfach zu viel für ihn. Rassenschande! In *seiner* Familie! Und der Kerl liess sich nicht mal einschüchtern. Seine Schwester konnte er nicht bestrafen, also musste der Verehrer dran glauben.»

«Wieso wusste er überhaupt davon?»

«Während der Zeit, in der sie verkracht waren, hat er ihr oft nachspioniert.»

«Wie später dieser Harald», meinte Steiner.

Ich nickte und sagte: «Genau. Er hat dem armen Kerl aufgelauert, ihn zur Rede gestellt und ihn dann im Zorn totgeprügelt. Drei andere Kerle seiner Bande, Harald, Karl – die Nachnamen habe ich wieder vergessen – und Markus Grubenhauer haben ihm geholfen, die Leiche zu beseitigen.»

«Grubenhauer auch? Wirklich?» Ivica schien richtig schockiert, wie wenn Schwule seiner Ansicht nach sowas einfach nicht machten.

«Ja, Grubenhauer auch.»

Eine Weile sassen wir schweigend und in Gedanken versunken da. Dann fragte mich Ivica: «Hast du eigentlich Sarah Rappolder das Notizbuch zurückgegeben?»

«Mujos Gedichtband? Ja, vorgestern.»

«Schön. Dann hat sie wenigstens ein Andenken an ihn. Hat sie sich gefreut?»

«Sie war eher traurig.»

«Das Ganze muss sehr schwer für sie sein.»

Ich nickte überrascht. Ivica war sonst nicht unbedingt für seine Anteilnahme bekannt.

Wieder herrschte eine Weile lang nachdenkliche Stille. Irgendwann wollte Ivica dann wissen: «Und was passiert nun?»

«Na ja, was die Glatzköpfe anbelangt», antwortete ich, «so müssen sich die meisten vor Gericht verantworten.»

«Wussten sie alle von den Morden?»

«Nein, wahrscheinlich nicht, aber es gibt genügend andere Anklagepunkte. Alle bis auf zwei der neusten Mitglieder waren am Überfall auf ein alternatives Musikfestival vor zwei Jahren beteiligt, bei dem mehrere Konzertgänger spitalreif geschlagen wurden. Und alle waren in irgendeiner Form an den Aktivitäten beteiligt, mit denen Rappolder an das Geld für seine grosse Operation kommen wollte. Drogenhandel, Schmuggel, Erpressung. Wahrscheinlich kann ihnen also mindestens die Mitgliedschaft in einer kriminellen Vereinigung nachgewiesen werden. Nur, weil sich eine Gruppe ein politisches Programm gibt, heisst das noch lange nicht, dass sie keine gewöhnliche Verbrecherbande ist.»

«Etwas leuchtet mir irgendwie immer noch nicht ein: Wieso hat Rappolder das Geld nicht einfach selber aufgebracht?»

«Er hatte kein Geld mehr. Sein Vater hat ihn enterbt und ihm auch jegliche Unterstützung entzogen. Markus hat das überprüft.»

Steiner nickte zustimmend. Ivica wandte sich an ihn. «Und was ist eigentlich mit dir? Kriegst du Ärger wegen der Sache?»

«Keine Ahnung», antwortete Steiner. «Es ist eine Untersuchung eröffnet worden, aber das ist immer so, wenn im Einsatz geschossen wird. Der Schusswaffeneinsatz ist grundsätzlich erlaubt bei Notwehr und Notwehrhilfe. Und unter Umständen zur Auftragserfüllung. Wobei bei solchen Untersuchungen dieser Punkt immer am meisten Diskussionen verursacht.»

«Und was war es in diesem Fall? Auftragserfüllung?»

«Notwehrhilfe. Das heisst, mein eigenes Leben war nicht unmittelbar bedroht, aber das einer anderen Person. Ihr seid ja beide Zeugen, was den Tathergang anbelangt.»

«Absolut», sagten Ivica und ich wie aus einem Mund.

«Es ging nicht anders», ergänzte ich.

«Ich weiss.»

Wir bestellten ein zweites Bier. Dann wollte Steiner wissen: «Hast du eigentlich jemals rausgefunden, wer die drei Typen sind, die für den ganzen Spass aufgekommen sind?»

«Du meinst die Kerle, die meinen Einsatz finanziert haben?»

«Ja, die.»

«Nicht so richtig. Kulenović wollte sich dazu nicht äussern. Er hat nur gesagt, dass sie Mujo aus dem Krieg kannten.»

«Und denkst du, dass da alles koscher war?»

«Wohl kaum. Einer der Kerle ist anscheinend ein grosser bosnischer Kriegsheld. Die Kroaten und Serben sehen das allerdings ein wenig anders. Heute führt er eine Kette von Fitnesscentern in Sarajevo und Umgebung.»

Steiner verzog das Gesicht. «Sprich: Geldwäsche.»

«Wahrscheinlich. Aber ich sage dir ganz ehrlich, das ist mir egal. Kulenović ist ein guter Mann, und wenn er das nötig fand, dann bin ich auf seiner Seite.»

Steiner schüttelte resigniert den Kopf und seufzte. Dann fragte er: «Und was ist eigentlich mit der Hasanović-Frau?»

«Jasmina?»

«Ja, genau. Die Eisprinzessin.»

«Was meinst du?»

«Wie geht es ihr? Wie ist sie mit all dem umgegangen? Ich hab sie nur einmal gesehen, als sie ihn identifiziert hat.»

«Ich hatte den Eindruck, dass sie froh ist, jetzt wenigstens zu wissen, was geschehen ist. Es scheint ihr eigentlich nicht schlecht zu gehen. Weisst du, ich vermute, dass sie und Mahir Kulenović mehr als nur zwei Mitglieder der gleichen Glaubensgemeinschaft sind. Wahrscheinlich ist das auch der Grund, wieso es so lange gedauert hat, bis sie mich eingeschaltet haben.»

«Du meinst, sie haben ein Verhältnis?»

«Ich weiss nicht, wie man das nennen soll. Vielleicht ist es nichts Sexuelles.»

Ivica mischte sich ein. «Im Krieg sind viele Frauen vergewaltigt worden. Oft von Sonderpolizeieinheiten. Vielleicht gehört sie auch dazu.»

«Das würde einiges erklären», fügte ich hinzu.

«Zum Beispiel?»

«Wieso sie nicht zur Polizei gehen wollte. Wieso sie und Mujo anscheinend kein Sexleben hatten. Wieso sie chronisch depressiv ist.»

«Ja», meinte Steiner nachdenklich, «das kann gut sein. Die arme Frau.»

Wir bestellten ein drittes Bier. Dann sagte ich beiläufig: «Aber das Beste weisst du ja noch gar nicht, Markus.»

Ivica grinste breit, während Steiner mich erwartungsvoll ansah. Ich zog die Kopie eines Belgrader Zeitungsartikels hervor, den ich am Vortag elektronisch zugemailt erhalten hatte, anonymisiert und ohne erklärende Notiz. Er war nicht in kyrillischer Schrift geschrieben und ich hatte daher ohne Weiteres in den zwei mit Leuchtstift angestrichenen Zeilen den Namen *Princip* erkannt. Der eilig herbeigerufene Ivica hatte mir dann den Rest übersetzt. Jetzt nahm er mir das Papier aus der Hand und las laut vor: «Luka Princip, Alter einundvierzig, bekannter Belgrader Gangster und ehemaliges Mitglied von Arkans notorischen ‹Tigern›, wurde gestern in *Voždovac* auf offener Strasse erschossen, als er am frühen Morgen einen Nachtklub verliess. Unter den Opfern waren auch der Besitzer des Nachtklubs, Goran Lucović, dreiundvierzig, und zwei seiner Leibwächter. Die Polizei geht aufgrund der professionellen Vorgehensweise von einer Abrechnung unter verfeindeten Banden aus.»

Steiner blickte skeptisch und fragte: «Und ihr glaubt das?»

«Na ja», antwortete ich, «genauso wahrscheinlich ist es, dass der gute Riba in die Sache verwickelt ist. Aber was soll's, die Saukerle sind jedenfalls Geschichte.»

«Auf Ribas Wohl», sagte Ivica fröhlich und tippte mit seinem Bierglas meines an.

In diesem Moment klingelte mein Handy. Ich kramte es aus meinen Jeans und schaute auf das Display. Es war Claudia. Etwas widerwillig drückte ich die Anrufannahme. Meine Exfrau klang auch für ihre Verhältnisse ungewöhnlich aufgeregt, aber nach einer Weile gelang es mir, ihr den Grund für den Anruf aus der Nase zu ziehen. Anscheinend hatte sie Niamh dabei erwischt, wie sie in ihrem Zimmer mit einem Jungen geknutscht hatte. Oder es zumindest versucht hatte. Meine frühreife Tochter.

Da war er also, der Tag, vor dem ich mich immer öfter gefürchtet hatte in letzter Zeit. Ich erklärte meinen grinsenden Freunden, was vor sich ging, bezahlte meine Zeche und machte mich auf den Weg.

«Jetzt geht's dann erst *richtig* los», rief mir Steiner fröhlich lachend nach.

Mein Mittelfinger zeigte ihm, was ich davon hielt.

ENDE

ANMERKUNGEN UND DANKSAGUNGEN

Das vorliegende Buch ist ein Roman, kein Geschichtsbuch. Mein oberstes Ziel war es, spannende Unterhaltung zu bieten. Dabei war es mir allerdings sehr wichtig, die Geschichte in einem so realistischen Kontext wie möglich stattfinden zu lassen. Alle vorkommenden Örtlichkeiten und Zusammenhänge sind nach bestem Wissen und Gewissen so nahe an der Realität wie möglich beschrieben worden, seien es rechtsextreme Strukturen, NATO-Geheimarmeen oder die Darstellung des Bosnienkrieges. Die Liste der verwendeten Quellen umfasst zwölf eng bedruckte A4-Seiten.

Insbesondere die Behandlung der Balkankriege war dabei eine Gratwanderung, aber ich habe versucht, neutral und ohne einseitige Parteinahme davon zu berichten. Meine Sympathie und Anteilnahme galt dabei selbstverständlich immer den Opfern, niemals den Tätern. Bei der Beschreibung des Massakers von Ahatovići, einem lange Zeit übersehenen Kriegsverbrechen, habe ich mich primär auf die schriftlichen Urteile und Prozessabschriften des Internationalen Strafgerichtshofs für das Ehemalige Jugoslawien in Den Haag verlassen. Es ging mir dabei nicht um einseitige Schuldzuweisungen an eine bestimmte Volksgruppe, sondern ich wollte den Opfern eine Stimme verschaffen und ihr Schicksal einer breiten Öffentlichkeit ins Bewusstsein rufen.

Viele Leser mögen auch die in diesem Buch behandelten NATO-Geheimarmeen für eine der vielen Verschwörungstheorien halten, mit denen unsere moderne Welt so überladen ist. Dem ist nicht so. Bei der Beschreibung dieser Stay-Behind-Organisationen liess ich mich sowohl von den neusten Erkenntnissen der modernen Geschichtsforschung wie auch von Zeitdokumenten leiten. Zu nennen sind in diesem Zusammenhang insbesondere die Dissertation ‹Nato-Geheimarmeen in Europa: Inszenierter Terror und verdeckte Kriegsführung› des Historikers Daniele Ganser sowie die BBC-Dokumentation ‹Gladio› von 1992, nebst vielen anderen Quellen wie dem Amtsblatt der damaligen EG, in der die ‹Entschliessung zur Gladio-Affäre› 1992 veröffentlicht wurde, die SWR-Dokumentation ‹Anschlag auf die Republik: Das Oktoberfestattentat 1980› und eine Reihe von Beiträgen des Schweizer Fernsehens zur P26.

Handlung und Figuren sind dagegen frei erfunden. Wie heisst es so schön: Alle Ähnlichkeiten mit lebenden und verstorbenen Personen sind rein zufällig. Das gilt auch für einige der mit diesen Figuren verbundenen Örtlichkeiten, zum Beispiel die im Buch erwähnte Garage Gotti im Seefeld oder das Schiesszentrum Altstetten, das SZA, welches allerdings gewisse Ähnlichkeiten mit einem tatsächlich existierenden Schiesszentrum im Westen Zürichs aufweist.

An dieser Stelle möchte ich es auch nicht unterlassen, all denjenigen zu danken, die in irgendeiner Form zu diesem Projekt beigetragen haben, darunter meine ungenannt bleiben wollenden Kameraden bei den Zürcher Polizeikorps, die mir Vorgehensweisen und Zusammenhänge erklärten, Autoren wie Stephan Hunter, W.E.B. Griffin oder Robert B. Parker, deren gesammelte Romane ich seit Jahrzenten mit Haut und Haaren verschlinge und von denen wahrscheinlich einiges in dieses Buch eingeflossen ist, und natürlich die Schweizerischen Bundesbahnen, in deren exzellenten Businessabteilen sicher mehr als die Hälfte dieses Werks entstanden ist.

Mein besonderer Dank gilt schliesslich meinem Bruder Benny, der das Projekt von Anfang bis Schluss begleitete, meinem thrillerbegeisterten Freund Paul, der das fertige Manuskript mit kritischem Wohlwollen gegenlas und kommentierte, Annelies für das Lektorat sowie meiner Frau Manuela für die vielen wertvollen Tipps und ihre Geduld, wenn sie wieder einmal auf mich verzichten musste.

www.ingramcontent.com/pod-product-compliance
Lightning Source LLC
Chambersburg PA
CBHW030822310726
18980CB00006B/601/J

* 9 7 8 3 0 3 3 0 3 1 1 6 6 *